兄弟兄弟

范元 郑钢 著

重庆出版集团 重庆出版社

图书在版编目（CIP）数据

兄弟兄弟 / 范元，郑钢著 . —重庆：重庆出版社，2014.10
ISBN 978-7-229-07974-1

Ⅰ. ①兄… Ⅱ. ①范… ②郑… Ⅲ. ①长篇小说—中国—当代
Ⅳ. ① I247.5

中国版本图书馆 CIP 数据核字（2014）第 093675 号

兄弟兄弟
XIONGDI XIONGDI
范元　郑钢　著

出 版 人：罗小卫
策划编辑：欧阳秀娟
责任编辑：陶志宏　汪晨霜
责任校对：刘　艳
装帧设计：艺海晴空

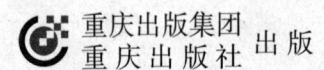

重庆出版集团
重庆出版社　出版

重庆长江二路 205 号　邮政编码：400016　http://www.cqph.com
北京宏泰恒信文化传播有限公司制版
北京天宇万达印刷有限公司印刷
重庆出版集团图书发行有限公司发行
E-MAIL:fxchu@cqph.com　邮购电话：023-68809452
重庆出版社天猫旗舰店
cqcbs.tmall.com
全国新华书店经销

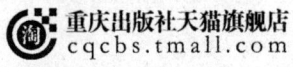

开本：710mm×1000mm　1/16　印张：25　字数：350 千字
2014 年 10 月第 1 版　2014 年 10 月第 1 版第 1 次印刷
ISBN 978-7-229-07974-1
定价：39.80 元

如有印装质量问题，请向本集团图书发行有限公司调换：023-68706683
版权所有，侵权必究

一

1

　　蓝莹莹的木炭火苗舔舐着三个黑色的砂陶药罐。灶台上，一支插在香炉里的线香几欲燃尽，长长的香灰弯曲着。药汁在陶罐里咕咕地翻滚，袅袅热气弥漫着整个房间。

　　大太太宛如此刻正端坐在太师椅上，眼睛紧紧盯着药罐，满脸肃然。她的身后，几名丫鬟笔直地伫立一旁。

　　终于，线香熄了，长长的香灰簌然坠下。

　　宛如舒了一口气，起身吩咐道：灭火，滗药！

　　药汁被倒进三个瓷碗，又被丫鬟们放进手中的托盘，再由她们轻轻地托起，跨过甬道，送进了内院的三个房门里。

　　随即，一声清脆的瓷碗着地碎响，三太太水香尖细的嗓音从内院传了出来：不喝了不喝了！我再也不喝了！

　　水香恼怒地在窗前来回疾走，光影中她年轻的脸忽明忽暗：两年多了，这又苦又麻的药汤子喝了怕有十几水缸了，肚子好久有过动静？

　　一个丫鬟战战兢兢地站在她面前。

　　水香发泄道：喝得人吃饭不香睡觉冒汗整天像只母狗直犯骚，简直是受罪！嫌我生不出娃娃写休书好了！有本事把大太太二太太一块儿都休了，既然都是不下蛋的鸡，都休了，休了这院子就清净了！……

　　内院，放下药碗的宛如和二太太颂莲，同时跨出了各自的房门。

　　颂莲满脸不忿：怎么回事？丢人臊皮的事能这么叫唤吗？她不要脸我们还要呢！

　　宛如神色沉郁：我们三个人的肚子都不争气，还要什么脸！

　　颂莲没好气：怪我们呀？要是只怪我们，那老爷他早晚也吃那些大药丸子做什么？

话音未落，脸色铁青的孟敦甫拉开了自己的房门。

宛如和颂莲赶紧迎了上去，异口同声地叫了一声：老爷！

孟敦甫耷拉着眼皮，看了一眼水香房间，叹了一口气。

颂莲一脸是非地小声说：水香太不像话了，不喝药不说，还把药碗给摔了！

孟敦甫什么也没说，从房间里出来，扭头迈步朝外院走去。

听见了外面的动静，水香小心翼翼地把脸探出房门，宛如和颂莲赶紧走上前去。

颂莲带着责备说道：你胆子也太大了，大太太她每天早上亲自盯着熬这碗药已经盯了多少年了？这药何等重要你又不是不知道，孟五德堂的百年江山都在里面的！生不出娃娃来接老爷的班，孟五德堂这偌大的金山银山，将来又要给哪个？

颂莲的话一出口，三人不禁都陷入了沉默。

正如颂莲所说，作为川地首屈一指的盐商巨擘，孟五德堂下有几百口井灶，数十条盐船，十余家钱庄字号，外加城外几千亩田地。可是，面对这巍然的财富江山，孟府上下却怎么也高兴不起来。原因在于，当家人孟敦甫有痛入骨髓的难言之隐——年近五十，膝下竟无一子半女。

为了生儿育女，孟敦甫前后娶了三房太太，却都未曾生养。二十余年来，汤剂饮片、丸散膏丹，都被孟敦甫和他的三位太太吃了一个遍。可是，硬是半点作用都没有。

这天，孟敦甫纳着闷儿出了自家大门，一路走着走着，不知不觉间，竟然又走到了名中医何汉儒的半济堂门口。

面对老朋友，孟敦甫一脸忧患地倾诉起了衷肠：何先生，我和我太太们吃你的药年头已经不短了，你直接说，毛病到底出在哪个身上？还有没有救？

何汉儒犹豫有顷：甫公今天决意探究底细？

孟敦甫十分坚决：对！

何汉儒一脸严肃：那汉儒便坦诚相告了。

孟敦甫洗耳恭听：请讲。

何汉儒清清嗓子：三位太太肾气充盈，天癸正常，汉儒用药也都是温补气血、养肝暖肾的寻常方子，实属可用可不用之间。

孟敦甫不忍卒听似的微闭上双眼。

何汉儒看着孟敦甫，摇摇头：但甫公你却是少见的男症顽疾，的确超乎我早年间的判断！

孟敦甫一动不动。

何汉儒满脸无奈：这些年，我将家传的所有秘方全都用了一遍，尤其是真龙丸、养精汤、金龟散，都是十用十准的方子，可在甫公这里竟然没有丝毫效力，显见是……

孟敦甫睁开眼睛。

何汉儒咬咬牙：先天缺失！

今生今世，无子无嗣，何汉儒的这个论断，让孟敦甫如五雷轰顶，肝肠寸断。

两百年的孟五德堂，难道真的要在自己手上散伙？不孝有三，无后为大，没有给孟家留下香火，自己死后连祠堂也进不了啊，只能，只能去做孤魂野鬼了。想到这里，孟敦甫的身体突然一阵抽搐，一口鲜血猛地喷了出来。

孟敦甫前脚才刚刚倒下，却没想到，就在这个节骨眼上，内江糖商沈月庭后脚怒气冲冲地登门逼婚来了。

人还没照面儿，就听见沈月庭的声音从外院嚷嚷开来：每次我来催，甫公总是说你们那个念洋书的兄弟还在日本修学，我也就信了。可三天前我在成都青石桥遇见他啦！

从沈月庭口中得知这个消息，让出门接待他的大太太宛如万分错愕：啊？光甫在成都？

沈月庭跺跺脚：不仅在成都，还领着一帮人上街游行反朝廷，闹什么保路！你们就不怕株连九族？

宛如瞠目结舌。

沈月庭继续诉苦：五年前你们吹吹打打上门下了聘，结果我那大女子在娘家沤到二十出头也没见花轿上门，还骗我说人在日本！

宛如只好解释：庭公，我们真是不知道光甫已经回了成都，我们……

沈月庭截断话头：且不说我大女子等了他五年多，上街反朝廷也是砍脑壳的大罪呀！赶紧叫人把他弄回来，避祸，成亲！

沈月庭不管不顾地说出了自己的意见，这意见却让困顿中的宛如眼前一亮。

这天晚上，宛如坐在孟敦甫的床头，看着他苍白着一张脸，心中充满忧患，心疼地说：老爷，我想到了一个方法，既然光甫回来了，就该履行这门亲事，成了亲，生了娃娃，不就是我们孟家的血脉吗？孟五德堂不就有后了？不就保住了？

宛如的话，让孟敦甫黯淡的眼神倏然间亮了起来，大喜道：太好了，太好了！我怎么早没想起光甫生了娃娃也是孟家的血亲啊！

宛如笑着点头，继续推波助澜：白天，我和庭公已经商量过了，喜事赶早不宜迟，不如就把喜日子定在这个月的十六！

孟敦甫想了想，却犹豫了：可是，光甫犟得很哦，要是不回来怎么办？

宛如安抚他道：那我就亲自去成都接他！孟五德堂的存续是天大的事，他能不懂这个道理？他能不感念我们把他抚育成人？

孟敦甫气息衰惫：算了，还是我去吧，你一个女人家出远门诸多不便，要是……

看着终日神伤哀牢的丈夫，宛如心有不忍，万般体谅道：何先生刚才说了，你这些年为这件事劳神耗心，早就种下了病根，这次是一起发作了，可不是寻常小恙。必须静养两个月，不能下床，不能受风寒，更不能着急动气。你就放心吧，我带俊川上成都，让颂莲和水香备办喜事。七月十六我一定把光甫带回来，吹吹打打进洞房！

2

五年前，孟光甫离家之前，曾与孟敦甫爆发过一场激烈的争执。

那日，孟光甫突然向孟敦甫提出自己想去东洋留学的理想。孟敦甫不明白，光甫从小到大，从私塾、书院再到成都的官学，都已经念了十几年的书了，学的东西也不算少了，为什么还要到东洋去念书？那洋书能教他打井、汲卤？能教他煮盐、晒盐？

孟光甫很倔强，告诉大哥，他不会守着卤水、盐巴数银子的，那不是他的理想。他的理想，是要去东洋学更大的本事，学工业，学新政！

孟敦甫不懂什么是工业，也不懂什么是新政，他打心眼里反对孟光甫漂洋过海，离家万里。他怒气冲天地质问孟光甫，偌大一个孟五德堂，这么多的井灶枧号，难道还不够你施展本事的？再说了，你是老孟家的子孙，不跳碓板不打井，卤水自己往外冒？不开火圈不煮盐，卤水晒干就成了盐？笑死先人！

可是，光甫依然不为所动。孟敦甫眼看劝不住弟弟，惹急了就开始撂狠话，说自己不给光甫出盘费！

孟光甫也急了，告诉大哥，爹的遗嘱里说了，这孟五德堂是他们两个人的，虽然他也不是闹着要分家，但情是情，理是理，偌大的孟五德堂自己只要一份留学费用，这过分吗？

最终，孟敦甫根本拦不住孟光甫的一腔热血，只好甩手随他而去。

这一晃，竟然就是五年过去了。

山青水绿，大太太宛如坐在一辆骡车上，一边行进在蜿蜒的官道上，一边回忆着往事，深邃的目光中，流露出来的尽是担心。

宛如心里很清楚，光甫在外面闯了这么多年，见识自然不是自流井的人可比的，如果他肯收住心，回来帮着老爷经营孟五德堂，那自是再好不过。可是，他收得住心吗？即便他不肯留下，至少也要把喜事办了，只要他一进洞房，老爷的病马上就会好起来，只要他能给孟家留下一脉香火，只要孟五德堂不改姓，以后就算光甫愿意在外面搞什么工业、新政，也都由着他了！

想到这里，宛如心里骤然轻松了一些。临走之前，她已经盼咐过颂莲和水香，全力以赴筹办婚事。沈家小姐苦候了五年，婚礼不搞得喜庆点，也真是对不住人家，三十桌的海参席，二十盏的大红灯笼，这些都不算什么，最重要的就是等着二老爷一到家，新娘子掐着点儿进门，时间分毫都别差！

所以，宛如此行的任务就颇为艰巨了。然而，她做梦都没有想到，孟光甫在日本求学时参加了同盟会，此时，正在成都参加如火如荼的反清保路运动。

保路运动，在历史上被称为辛亥革命前哨战。运动开始后不久，朝野僵持，川督赵尔丰便挥舞起了屠刀，血腥镇压四川民众。

于是，孟光甫与其战友丁一轩、夏楷等激进青年，便在成都计划刺杀赵尔丰。他们事先打听好消息，得知赵尔丰最近频繁地造访少城的将军衙门，估计是在说服满将军玉昆同意出兵镇压保路同志会！而他去少城的将军衙门时，均是轻车简从没有排场，而且必须经过走马街和学道街的丁字路口。孟光甫又和丁一轩去勘探好地形，发现这个路口两侧分别是品涛茶铺和悦来客栈，而两边二楼敞开的窗口，刚好和街面构成一个四十五度的绝佳角度，距离又在三丈以内，以两把枪交叉射击，想必赵尔丰是在劫难逃。

前期准备工作完成后，留着齐肩短发，穿着一身黑色学生装，目光坚毅的孟光甫拿起一把滑膛枪，当即表示：我负责一把，另一把谁来？

同样留齐肩短发的夏楷和梳满清辫子的丁一轩眼神交接，都纷纷表示我来！我来！

兴奋起来的夏楷还欲夺孟光甫手中的枪：光甫，还在日本的时候你大哥就来电报，让你回自流井成亲并经营家族产业，你这次就不要参加了吧？万一有个闪失……

孟光甫坚定地回绝了夏楷：如果我贪恋那份家业，当年就不会东渡留学了！他环顾二人，慷慨激昂地说：有人说，川人贪图安逸享乐，是不思进取的族群，错！当需要用我们的热血去浇灌自由民主之花的时候，我们没有丝毫犹豫！

于是这天，终于到了孟光甫等人预定好的刺杀时间，而宛如的骡车也在此时风尘仆仆地赶到了成都。可是，原本成都最为繁华的东大街，街两边鳞次栉比的商号、货栈，此时却全都关门闭户，一片萧条。这一情景，让宛如万分愕然。

由成都市民和学生组成的游行请愿队伍声势浩大，络绎不绝，潮水般迎面而来，两辆骡车赶紧靠到路边停下。

人们高呼着"川汉铁路属于中国人"、"四千万四川人誓死保路"等口号，举着横竖不一但激情澎湃的标语，从骡车边经过。

保路闹成这个样子，朝廷岂有无端纵容之理？宛如紧张地看着这一切，赶紧吩咐随行的管家汤俊川，快去打听打听，青石桥怎么走？找到了光甫，我们马上打转身上路！

汤俊川应下声来，跳下骡车，挤到一家临街住宅前，向正倚门看游行的一个老者问路，却没有发现孟光甫和丁一轩紧贴着他的身边，匆匆走过，擦肩而去。

孟光甫和丁一轩是去走马街守株待兔的，他在茶铺，丁一轩在客栈，按照事先商定的，以路面上一块有裂纹的石板为标记，只要轿夫一踏上那块砖，两人便同时开枪射击，定让赵尔丰有来无回。

可是，这天非常不巧，孟光甫刚刚走进茶铺，茶铺老板便满脸堆笑地迎了上来，拱手作揖道：各位先生，各位同学，本茶铺为了呼应"罢课罢市声援保路"的主张，从现在起也要关门歇业了。万望各位海涵哟！

茶铺的歇业，让孟光甫等人登时少了一个射击点，他仰头扫视着四周的建筑，四周店铺均已关门罢市，唯有悦来客栈还挂着招客的布幌。如果两把枪都在客栈的话，就没有交叉射击来得保险。

正当他打算招呼丁一轩再到下个路口看看时，夏楷满头大汗、慌里慌张地跑了过来，告诉他们，赵尔丰今天改变行程，未时整就出了总督衙门，要去少城！

丁一轩掏出怀表看一眼，惊呼糟了，也就是说，赵尔丰很快就要到走马街了！

机不可失，这是一个难能可贵的刺杀良机。孟光甫来不及多想，当机立断，让大家别再犹豫了，然后吩咐丁一轩上客栈，轿子到位就开枪，枪一响，街上肯定大乱，他再趁乱冲上去补枪，务必击毙赵尔丰！

听了孟光甫的话，丁一轩有点发抖，大战在即，没想到来得这么快。

孟光甫颇为沉着，冷静安抚他道：只要你的枪一响，卫队的注意力就会全部集中在客栈，这正是我开枪的机会；而我的枪一响，卫队必然顾头不顾尾，街上必定乱成一团，你正好从客栈后墙撤退，我也能趁乱脱身。而夏楷这个时候，则可以在客栈门口待命，丁一轩的枪一响，便假装害怕迅速关上客栈大门，尽量延缓卫队冲上去的时间！

虽然听起来非常保险，丁一轩还是不太确定，脸色苍白地表示，他还没有真正试过这把滑膛枪呢。

孟光甫依然胸有成竹地告诉他，简单，对准轿子，只管扣动扳机！

走马街南口，被清兵卫队护卫着的赵尔丰官轿拐了进来，一路浩浩荡荡地行进着；走马街北口，孟五德堂的两辆骡车也由北向南而来，亦步亦趋地朝青石桥行进着；中间与学道街交叉的丁字路口上，孟光甫正藏身在墙角，掏出燧发手枪，睁大了眼睛，静静地等候着，而对面客栈二楼的窗台上，丁一轩握着燧发手枪的双手也慢慢抬起。

世界顿时安静了下来，所有焦点都集中在这三伙人的身上。

随着两个面无表情的轿夫大步行进地踏上了那块裂纹石板，孟光甫将燧发手枪猛地举过肩头，静静等待着窗口丁一轩打响第一枪。

可是，随着轿夫踏过了那块石板，枪声却依然没有响。

孟光甫猛地抬头，这才发现丁一轩正一脸着急地使劲击发手中的枪，却没有任何响动。他再回头时，官轿已近在咫尺，即将擦身而过。此刻的孟光甫，眦眦欲裂不及细想，只见他双手持枪，纵身冲出了墙角，对准眼前的官轿就是一枪。

火光，烟尘，震人心魄的枪声。

一瞬间，街道像炸了窝似的乱成一团，马嘶人喊，狼奔豕突。孟五德堂的骡车虽然被车夫死死勒住，受惊的骡子还是高高蹬起了前蹄，在空中一阵乱蹬。

烟雾中官轿倒地，被击碎的轿帘后面空空如也。原来，赵尔丰早已洞悉同盟会党人的刺杀计划，这是他特地设下的圈套。孟光甫大吃一惊，怔了那么一瞬，然后转身开跑。他的身后，卫队亲兵们不慌不忙地举起了手中的九子钢枪。

车夫刚刚按捺下惊慌的骡子，这才从骡车中伸出脖子探查消息的宛如，却看到迎面不远处，孟光甫惊慌失措地朝她跑了过来。

光甫也看见了迎面的骡车上，探出头来的竟然是大嫂宛如，脚步慢了一瞬。亲兵们的子弹随后即到，随着一阵枪声，寒光闪闪的钢珠撕破空气，直追孟光甫而来。

被打成血人的孟光甫，恰恰扑倒在宛如轿前。他的嘴角流出鲜血，轻声喏嚅着：大、大嫂，对不起……

一声凄厉的惨叫，恸天彻地：光甫——

3

天低云暗，山野死寂，孟五德堂的两辆骡车沿着蜿蜒的官道向自流井缓缓行去。

骡车的车轮在山间不停地颠簸，可是，宛如却永远都是一副失了魂魄般的表情，呆呆地坐在骡车上，眼含泪水，面如槁木。

本是前往成都迎接唯一的希望，谁料到这希望竟然破灭得如此残酷。难道从祖辈手中接过来的财富江山，真的要因为后继无人，面临崩塌了吗？

而此刻，在孟五德堂等待宛如的家人们却被蒙在鼓里，正欢天喜地、翘首盼着他们的回来。

前门，无数串鞭炮热烈地炸响，喜乐班子奏响了欢快的鼓乐，大红喜轿落地，轿帘掀开，大红盖头、大红嫁衣的新娘子被搀扶出轿子，围观人众鼓掌喝彩。

新娘子已经到了，新郎却还没回来，这一事实让站在前门接亲的颂莲和水香十分忐忑，心里头百十面小鼓直敲敲。正在尴尬时，一个伙计从院内疾跑而来，附在颂莲和水香耳边说了几句什么，颂莲和水香跟着便是一副瞠目结舌的表情。

后门，一口黑漆棺材被伙计们抬了进去。喜庆欢快的鼓乐声隐约传来，两个丫鬟一左一右搀扶着宛如，跟在棺材后面，所有人都是脸色瓦灰，眼睛红肿，脚步瘫软。

婚丧相撞，这一巨大的戏剧性场面，令孟五德堂阖府上下都愕然了。

那口刺眼的棺材被摆放在了大红喜字的正下方，伙计们手忙脚乱地在正厅里撤下"囍"字和红绸，换上了"奠"字和白绸。

就在大家忙忙叨叨着丧事，独自待在洞房的沈家小姐闻知事情真相，悲恸万分，穿着一身大红嫁衣，用一匹红绸了结了自己的生命。

新娘子在房里寻短见的消息，让本就沉浸在悲痛中的孟府上下，更是雪上加霜。正厅里一片死寂，本来还想暂时将这个不幸的消息压下来，瞒住病中的孟敦甫，却没想到又横生枝节。宛如仿佛触电一般，一把扶住了棺材，几欲跌倒。

有顷，管家汤俊川上前提醒道，按常理，新人这会儿应该去老爷房里问安讨喜了。如果要瞒老爷，得赶紧想个万全的法子呀。

宛如肝胆俱裂，两条人命，哪里瞒得过去？没办法，她只好硬着头皮，去老爷那里言明情况。

连遭打击，最后一线希望也破灭了，得知消息后的孟敦甫心碎欲裂。

气若游丝间，首先映入孟敦甫眼帘的，竟然是曹原三那张扭曲的脸。只见曹原三满脸讥讽，大肆嘲笑着孟敦甫，说他年过半百还没有子嗣，偌大的孟五德堂看来只能留给他们瓜分喽！还有商会会长的金交椅，一个断子绝孙的人还好意思坐吗？还不挪开屁股让贤？啊哈哈哈哈！

孟敦甫无力辩驳曹原三，泪如泉涌，他竭力强撑着起身，对身旁的大太太说道：宛如，孟五德堂，孟五德堂我就拜托给你了……你、你、你千万要替孟家担当起来，不能、不能让它落在外人手里，不能让、让它垮了呀！……我、我替孟家祖宗先人感、感念你……

话还没说完，孟敦甫一口鲜血喷出，倒在了宛如怀里，离开了人间。

消息传遍孟府上下，所有人都惊呆了。

短短数日，不可思议的灾难竟然赶着趟儿似的接踵而来，这到底是怎么回事？

来不及去想这些，眼前迫在眉睫的是安排这三桩丧事。

无数的挽联、经幡在风中翻卷；白色的纸钱如雪花般飘舞，飞散；三个墓穴，三口黑色的棺材被缓缓放入，泥土随之倾泻而下。

一身素衣的宛如被颂莲、水香搀扶着，眼眶里有泪光盈动，但她紧咬嘴唇，竭力克制自己。宛如知道，她现在责任重大，今后，整个孟五德堂的存亡危机，都落在了她的肩头，她必须坚强。

水香有点看不下去，泪眼婆娑地劝道：大太太，您别憋着呀，您哭出来吧！

宛如却一脸严峻地拒绝道：不，老爷现在不想看见我哭，老爷现在想看见我坚强，看见我用肩膀担起孟五德堂！

墓穴中的棺材渐渐被泥土淹没，宛如眼望着墓穴，想起此一别，便是永别。终于，眼泪还是像断线的珠子倏倏淌落，她的腿一软，晕倒在地。

强撑着办完丧事之后，宛如大病卧床，再也起不来了。

名医何汉儒又被请过来诊病，一番望闻问切，他面色严峻地断定，大太太是因为悲伤过度又兼焦虑烦忧，肝郁肺燥，气血瘀结，导致阴升阳退，心力衰微，伤了元气，不下猛药恐有不测啊！

随即他慎而重之地为大太太开出了一剂药方，还特别详细地提醒，这方子必须连服三七二十一天才可保得中元，而最要紧之处，是在于这方子必须以还元汤为药引，始可见效！

水香和颂莲当即好奇，这个还元汤是为何物？

何汉儒想了想，慢慢地说出了三个字：童子尿。

二位太太听闻之下，大为不悦，纷纷责怪何汉儒这是在存心找碴，明明知道孟府没有男童还偏偏要童子尿做药引子，这不是有意刁难吗？再说了，孟府家大业大，若立块招牌到市场去寻，那岂不是让普天之下都知道大太太是喝尿医病，脸面都没了！还有，竟然还要求必须是娃娃早晨屙出来的第一泡尿，这个谁能保证呀？

两人正没头没脑地抱怨着，管家汤俊川走了进来，得知情况后，当即建议去府外寻找，而既然须是每日天明第一泡晨尿，还有一个时辰的限制，为免某些环节掉链子，最好的法子就是寻个男童暂养府内，专人伺候每天早晨这泡还元汤。

两位太太都认为汤总管所言甚是，当即吩咐他去府外寻人。

次日一早，一个怯生生的汉子在孟府伙计裴二娃的带领下，牵着他四岁的儿子跨过了高高的门槛，走进了巍峨的门楼。

怯汉子名叫朱老八，是德福井的烧盐工，带着婆娘从泸县到自流井讨生活，四年前生了个儿子，还算结实，也不算太脏，大体符合要求。

人被送到了汤俊川面前，他抬眼望去。正如裴二娃介绍的那般，跟在朱老八后头的那个小男孩，生得是虎头虎脑，后脑勺上还撅着一根猪尾巴似的小辫子，见了生人也丝毫不怯，一双眼睛滴溜溜地四处乱看。

他，就是狗娃。

4

狗娃随即被安排暂住孟府二十一天，专人伺候，每日清晨贡献那一碗还元汤。

对于这个天上掉馅饼的好事，狗娃是乐乐呵呵地接受了。有新衣服穿，有肉吃，暂别父母这也没什么。他毫不犹豫地跟老爹告了个别，留了下来。

自此之后，每日天刚亮，便由彻夜守在狗娃身边的丫鬟荷花接下第一泡尿，再由腊梅送去厨房，之后被端到大太太面前。

一天两天，宛如的身体渐渐康复，身上也有了力气，精神随即恢复。她心里清楚，自己决不能倒下，不然就会愧对老爷的在天之灵。既然他如此信赖地把孟五德堂托付给自己，就不能让老祖宗看不起，不能让盐场那些盐商看笑话，更不能让孟五德堂上上下下以为垮了天，陷了地，大树要倒了，猢狲要散了。

宛如挣扎着从床上起身，又开始像从前一样处理大小家事。首先是安抚沈家亲家，赔给他们一万两银子，告知光甫突发绞肠痧死人，好在对方也没太疑心，倒是对孟家老爷一并撒手西去甚感意外；然后，是井上的大小事宜，眼下盐市虽然疲软，不过孟五德堂的盐仓馈空，正是减推增煎的好时候。

荷花每天陪着狗娃子在院子里玩耍，这天，刚好撞见了在廊檐下晒太阳的大太太。

宛如把狗娃叫到身边，没想到却被他笨拙可爱的打千，童言无忌的话语，顽皮活泼的性格深深吸引。

之后，宛如竟然每天开心地和狗娃玩在一起，又是掏鸟蛋，又是斗蟋蟀。吃饭的时候，还把狗娃抱坐在膝上，又是夹菜，又是喂汤，分外亲昵。

看着狗娃和宛如形影不离，一旁的颂莲和水香这两位姨太太很是不悦，说什么只听说喝奶喝得出感情，怎么大太太喝这娃娃的尿也喝出一个难分难舍来了？

孟五德堂上下只有总管汤俊川意识到了什么。果然，一日，宛如对汤俊川感叹道，这娃娃要是一个孤儿就好了，我收养他，让他姓孟，以后给孟五德堂撑门面！

汤俊川当即明白，这还不好办，让朱老八把他过继给孟家不就行了。

宛如却略有担心，平白无故的，人家凭什么把孩子过继给你。

一

汤俊川想了想，建议道，不行就签一份契书，再给一笔钱，让他们回老家盖房子置地，条件是这辈子不能再进自流井！

宛如听了，不禁陷入了沉默。她自从十八岁那年嫁给十五岁的孟敦甫，又做妻子又做娘，两人不仅感情很深，更是孟敦甫须臾不可离开的贤内助。如今，孟敦甫撒手西去，如何保住孟五德堂，成了悬在她心头的最大难题，而狗娃子的出现，却让宛如看到了一线希望。

为了抓住这一线希望，宛如默许了汤俊川的建议。

却没想到，这个消息被二太太颂莲和三太太水香知道后，顿时生出了许多是非。

自打孟老爷去世后，颂莲和水香就没少抱怨过。

颂莲以前是个唱戏的，长得颇有姿色，当初嫁过来做小，也是指着能给孟家生个一男半子，子荣母贵，却没想到结果竟然是今天这样。她总是念叨，还不如十六岁那年跟着富春班跑了，那个唱小生的云娃子眉清目秀，一句"更阑静，夜色哀，明月如水浸楼台"唱得人心尖尖都在颤，一辈子给他打洗脚水都愿意。

水香也跟颂莲差不多，当初觉得自己能够嫁给孟五德堂的老爷，哪怕做小也是招人眼红的，却没想到竟然要孤寡到老，真不如嫁个吃得饱饭就行的如意小伙儿，起码还有几天快活日子过，起码还能有自己的骨血养老送终。

两人既害怕老爷走后，孟五德堂这棵大树倒了，从此自己失去了靠山；更害怕如果离开孟府，两个寡妇没有去处，只能嫁个下力人，吃糠咽菜住茅棚。

听到了大太太要过继狗娃子给她当儿子，两位太太都觉得不可思议。

颂莲更是找到了大太太，言明自己家里虽然在江安乡下，但也有几百亩地，算得大户人家，大哥如今在家里主事，嫂子一口气给他生了七个男娃娃，那个老七今年两岁多了，人见人爱！既然要过继狗娃子，还不如过继她大哥的老七。那个狗娃子是什么东西嘛，不过一个烧盐匠的娃娃，又顽劣又没教养，以后肯定不成器，我大哥的娃娃起码……

颂莲话还没有说完，宛如就面无表情地抬手，制止了她继续往下说。

过继一个外人的娃娃到孟五德堂而没有在自家亲戚里面考虑，大太太不是没有想过。颂莲、水香，包括自己，娘家都有一大家子人，聪明的娃娃也不是寻不出来，但是无论如何，她都不能选这条路。因为，过继了颂莲家的孩子，水香怎么想？过继了水香家的孩子，颂莲又怎么想？那孟五德堂往后就不清静了，就要生事了。再说，过继了狗娃，是要拿来当亲生儿子养的，今后要他做孟五德堂的顶梁柱；而过继亲戚家的孩子，哪个家里都有舅子老表七姑八姨一大堆人，那孟五德堂以后就危险了，就算不被五马分尸，能不能继续姓孟也都难说了！真要那样，怎么对得起老爷？

大太太一番剖析，最后一句"孟五德堂的存续大事不是儿戏，颂莲你千万不要有见不得人的私心私念"让颂莲彻底无语了。

颂莲希冀宛如收养自己侄儿的愿望落空，气恼之下，无意当中撞见狗娃独自在院子里的水井旁边玩。

一腔恶意冲上心头，颂莲蹑手蹑脚地朝狗娃子走过去，抬起一条腿，狠狠踹在他的后背上，狗娃子哼都没有来得及哼一声，就头朝下栽进了水井中。

幸亏这一幕，被刚巧从耳房走出来的荷花看见了，不然狗娃这条小命，就凶多吉少了。

而得知消息的宛如更是怒不可遏，呵斥颂莲竟然为了自己的私念，朝一个四岁的娃娃下手，简直是蛇蝎心肠！她毫不留情地将颂莲赶出了孟府。

而汤俊川那边，准备好了契书就立即去找朱老八买狗娃，却没想到，朱老八把头摇得像个拨浪鼓一般，儿子是自己的，打断骨头连着筋，哪个也不能给。

汤俊川苦口婆心，大骂他愚蠢，想想狗娃要是过继给孟家，以后是什么前程？跟着你朱老八又是什么前程？

朱老大还是一根筋，龙生龙凤生凤，耗子生儿打地洞，老天爷把他投生到我家，他就是做烧盐匠、钩水匠的命，我认！

最终，不管汤俊川愿意出多少钱，朱老八都是态度坚决地予以回绝！

好不容易相中了一个娃娃，还没这个缘分，宛如长长地叹了一口气。

汤俊川不依不饶，想说要不再想想别的办法？

宛如却只有沮丧地摇了摇头，他爹妈这样稀罕他，就算过继过来也是藕断丝连，以后少不了麻烦的。

慢慢再寻吧，必得是合适的孤儿才能考虑。

二

1

两天前，反大清反朝廷的同志军在荣县闹了独立。这帮人烧了衙门，赶跑县令，宣称不再当大清的子民，要搞共和。于是乎，周遭县乡的百姓因为没见过这等大变天的阵势，纷纷逃离家门朝自流井涌来。他们心里想着，这天下大乱了，富甲全川的自流井总不会饿死人吧。

于是，平日原本繁华的自流井街道，此时混乱不堪，到处都是一群一群衣衫不整、拖家带口、神色凄惶的流民。他们有的跪在商铺门口乞讨浆水，有的在垃圾堆里翻捡食物，还有的索性在房檐下铺开篾席安营扎寨。

衙门里主事的人一个也找不着，四处乱哄哄的，自流井的商铺们纷纷无法正常营业了，只好由商会出头，把大家招呼过来，开会讨论一下这个问题。

自打庚子年自流井商会成立以来，大家相约，谁家的井灶枧号占了鳌头，谁便是商会会长的不二之人。作为本地大户，孟五德堂一向稳坐头把交椅。如今，孟敦甫虽然驾鹤西去，但是孟大太太宛如却当了孟五德堂的家，生意经营得张弛有度，自然也当仁不让地持有商会会长头衔。

看这闹哄哄的形势，宛如也没主意，只好按照以前灾荒年馑的老规矩，号召各家各户按拥有井灶的比例出钱，设几座粥棚赈济街面上的逃难之人，先稳住眼前的局面再说。

可是，对于这个提议，众商户当中有人点头，摇头的人却是更多。大家纷纷害怕粥棚搭了也填不饱流民的嘴，自己却给自己挖了个无底洞。其中，孟五德堂老对头曹永茂堂的曹原三甚至还觉得，这不比往年闹灾荒，个把月时间灾民就能散。同志军敢跟朝廷对着干，那抱着洋枪的安定营、巡防军不可能依了他们，保不准还有一场大乱。

众人各说各的理。

最后，只好还是由宛如来拿主意，总不能看着市面上这些流民活活饿死吧？先搭粥棚救人！

从商会回去的路上，又是一路饥民饿殍。宛如痛心地看着这一切。

街角，躺着一具女人的尸体，脸上盖了一张布帕。她的身边，坐着一个三四岁的男孩子，正在号啕大哭。宛如被孩子的哭声吸引，下意识地驻足观望。男孩子脸虽然很肮脏，却长相端正，一双眼睛分外的亮。

宛如走过去跟旁边围观的市民打听，才得知他们是叙府那边逃难过来的，就母子两个，妈妈病死了，撇下了这个男孩。

看着男孩枯槁的面容，宛若有些愤愤：怎么没人管哩，自流井的人这样淡漠？于是，她回头吩咐身边的管家汤俊川，拿点钱把女人给葬了，娃娃带回孟府。

虽然一方面出于好心，仗义救助孤儿，而另一方面，宛如的心里却还在惦记着孟五德堂后继无人的窘迫境遇。她多么希望，这个男孩就是自己生的，将来能把孟五德堂的光辉门庭一路撑下去。

可是，这个男孩却让她失望了。

带回孟府后，打点清洗干净了，大家问他的名字，他不说话；问他的年岁，他也不说话；问他任何问题，他都一律闭口不答。开始还以为这孩子是个聋子哑巴，可是，他又极为聪明，当别人说他坏话时，他会狠狠瞪回去，拔腿就跑开。他不和大家打招呼，不跟大家一起吃饭，性格孤僻，胆小怕事。据照看他的水香说，晚上睡觉时，他还会不断地吓醒，猜想可能是在动荡中受到惊吓，一时难以恢复吧。

看着这样一个孩子，宛如的期待荡然无存，觉得他比狗娃子简直差太远了。这一伤心，就又病倒了。汤俊川最明白宛如的心思。作为听命孟五德堂几十年，忠诚早已融化在血液里的老管家，他眼见着这座财富江山无人承继，眼见着宛如心病难解，一再病倒，他心里也不好受。

那天，安顿好生病的宛如，从她房间出来时，汤俊川站在雕花扇门后面，垂头背身，半天一动不动。

就在这天晚上，汤俊川终于作出了一个决定。他痛下狠心，趁着月黑风高，一把火烧了朱老八夫妇栖身的工棚。

朱老八夫妇葬身火海，狗娃子真就成了孤儿，不知内情的宛如喜不自禁地收养了他，还以为是老天爷怜惜、眷顾自己，终于给了她一线生机。

此后，狗娃子和那个捡来的孩子就生活在孟府里，他们一起玩游戏，一起吃饭、睡觉。孩子都还小，又有了小伙伴，衣食无忧，他们很快就把伤心事都忘掉了，又变得活泼并且快乐。

眼见如此，宛如决定同时收这两个孩子为义子，并且在家祠里办一个认祖归宗的仪式。孟家有了后，老爷的牌位也终于可以移进家祠，真正安息了，宛如长舒了一口气。

在祖宗牌位前，香烟缭绕中，两个孩子磕头叩首，正式成为孟家养子。宛如给狗娃子起名孟天成，从此便是孟五德堂的大少爷；给另一个孩子起名孟天运，虽然他看起来比狗娃子大一些，但按着先来后到排序，还是只能做二少爷。

两个懵懵懂懂的孩子望望牌位，望望宛如，浑然不知，此生的命运已经彻底改变。

正式收养之后，宛如打算按照孟家的规矩，慢慢教养这两个孩子，却不想，轰隆轰隆的炮声和砰砰啪啪的枪声骤然响起。

同志军一路起义，并且攻打到了自流井，巡防军节节败退，根本顶不住。满大街都是逃难的人和被遗弃的物品，人们惊慌失措着四处散播谣言，说同志军不分满汉，全部都要砍脑壳。

宛如指派伙计裴二娃外出打探，遇到正在四处给老百姓宣传独立口号和剪辫子的同志军队伍。裴二娃想跑，却已经来不及了，被拉了进去，一把大剪刀咔嚓一声给他把辫子齐根剪了去。

裴二娃哭丧着脸回家报告，说同志军不但罐子炮凶得很，隔着釜溪河一炮就能把火神庙轰了个大洞子，还把人的辫子给剪了，大汉四川军政府已经在成都成立了，川省各县通电响应，大清国肯定是要完了，城里好多人都跑出城避祸去了。他建议宛如，不如带着大家也到城外避祸吧。

可是，宛如却一脸正色道：跑？这么大的孟五德堂能带着一起跑？我就是死，也要和它死在一处！

在宛如的坚持下，众人坚守着孟五德堂。找麻烦的同志军没多见，找麻烦的老朋友却上了门。有一天，老对头曹永茂堂的曹老板来了。

宛如赶紧把他请进来，却不想他带着好多地方群众，在他们的簇拥下，一起给宛如送来了一个三四岁的男孩子。

据说，这个男孩的父母老家是富顺乡下的，在城边街租了一间板板房做豆花生意。打得最激烈的时候，一个罐子炮刚好落在板板房上面，大人全给炸死了，就留下这个娃娃，在废墟里哭了一天多也没人管。曹老板之前听说宛如收养了两个孩子，想说孟五德堂的孟太太最心善，历来怜惜孤儿，所以，这就带着一众乡邻，给她送过来了。

曹老板一脸奸笑，想看宛如到底如何收场。宛如看了看那个浑身脏污，满面泪痕的男孩，抬头道：承蒙大家看得起我孟常氏，那我就把善事做到底吧，留下了！

此后，三个男孩都生活在孟府，家里虽然也有人质疑，这样的收养让孟府都快成为育婴堂了。可是，宛如心里却有着自己的打算——男孩子多几个总是好的，得让他们争，让他们斗，争斗出个人中豪杰来，才能做孟五德堂的顶梁柱。

2

洁净的石板院落，青翠的盆栽盆景，宛如将孟府东边的偏厅修缮一新做了家塾，她要按着自己的想法，造就出一个孟五德堂的少东家。

为了给孩子们最好的教育，宛如还请来了自流井鼎鼎大名的前清秀才燕伯卿。燕先生是一个着长衫、蓄山羊胡的中年男人，他身形瘦削，紧绷着脸，不苟言笑地站在宛如的身旁，看着眼前的六个男孩——数年间，为了孟五德堂的百年江山，宛如以各种方式收养了这六个男孩，期待这群孩子中间，能培养出人中精英以承继孟家祖业。

此刻，这些孩子都已经长到了七八岁，每一个都落落大方，在宛如的招呼下跟燕先生介绍自己——

老大孟天成，大火中丧生的泸县夫妻独子，昂首挺胸，在孩子们中个头最高。

老二孟天运，宛如在逃难人群中捡来的孤儿，站得笔直，眉宇间充满英气。

老三孟天许，自流井攻防战中父母皆亡的男孩，黑黑的眼珠，分外有神采。

老四孟天佑，某个夜晚被人遗弃在孟五德堂门前的孩子，调皮又好动。

老五孟天慕，孟五德堂乡下佃户的孩子，父母欠租双双自尽，眼神从容。

老六孟天宝，被三太太水香搭救的小叫花子，一双眼睛滴溜溜乱转，很聪明。

在这六个孩子的身后，还有一个年纪更小的女孩。她叫燕知秋，是燕伯卿的女儿，每日带来一同习课。

伴随着习课铃声的响起，孩子们开始大声地读书，宛如温情地看着他们。

然而，她做梦也没想到的是，眼前这六个男孩的未来，竟有云泥之别，有英雄，有枭雄，有俊杰，有流氓，不仅搅得自流井天翻地覆，也使她的人生承受了无数的灾祸和苦难……

这些故事，就先从老大孟天成开始讲起吧。

孟天成是六个孩子中发育最快，也最人高马大的一个。他仗着自己有勇有力，到哪儿都要说了算，不喜欢读书不好笔墨，经常因为背不下来书，也从不温习功课，被燕先生教训，甚至连带着兄弟们也一块儿受惩罚。

有时候，老二孟天运因为不想看大家一起受罚，偷偷给他打小抄，被燕先生发现后，反而更受牵连。

可是，孟天成却丝毫不觉得自己有过错。放午学的时候，大家都在院子里玩，老三、老五在一边下五子棋，老二、老四和老六在另一边玩跳拱，他却挥着一根木棍子跳了进来，嘴里一边夸张地喊着：杀！一边将木棍在地上一阵乱敲，两步趋到孟天许和孟天慕面前，挑翻棋盘，令黑白棋子四处迸溅，又挥舞着木棍在院子中乱舞，孟天运三人只好连忙抱头躲闪。

搞破坏就算了，孟天成还不依不饶，让弟弟们挨个跟他单挑。其他几个小孩子都面露惧色，只有老二孟天运不服，敢于对抗孟天成的霸道。结果，孟天成恼羞成怒，挥起木棍就向孟天运扫过去，却一不小心击中了孟天许的额头。

孟天许的头被打烂了，缠了白布，痛不欲生。孟天成也被罚跪在孔子神位下，翻着白眼，一脸不忿。宛如和燕伯卿在家塾窗外，看着这个终日舞刀弄棒的老大，皱着眉头，燕先生还不住地哀叹着，孟天成整天就知道打打杀杀，欺负弟弟，不思进取，顽劣无比，上个月已经罚跪过七八次，没一丁点儿效果。宛如忧心忡忡，这个老大争强好胜，有勇少谋，就喜欢拳脚打斗，这个样子下去，能有多大出息啊？

结果，还没等宛如想到解决的办法，孟天成就又闯下了大祸。

年节时分，自流井盐商携家眷齐聚盐业会馆观赏川剧。锣钹齐鸣，丝弦悠扬，会馆中的戏台上，开锣戏已经热热闹闹地演开了。庭院里坐满了看戏的人们，二楼则坐着自流井商界的头面人物，比如宛如、曹原三等大盐商以及家眷就坐在正中。

有戏演的日子是孩子们的快乐节日，除了变脸、吐火以及武打戏能让他们暂时安静地瞪圆眼睛屏住呼吸外，其他时候大都三五成群地在庭院中奔跑、追逐、嬉戏，惹来大人们一阵阵呵斥。

老大孟天成更是兴奋异常，早就偷偷溜到了后台，他的目标很明确，就是一大堆戏用兵器中的一把刀。可是，他几次要伸手去抓那把刀，都被来回穿梭的人腿给挡了回来。他只好左等右等，等到人腿终于少了，喜出望外地蹿出去，却发现衣箱后面，刀已经被人拿走了。

而台上，急急的锣鼓声中，两个大花脸手擎灯盏奔上戏台。观众兴奋地观看着大花脸的吐火表演，孟家的几个男孩子与燕知秋以及曹原三的两个女儿曹大欢、曹二欢等几个孩子，更是好奇地全都涌到了戏台前。

调皮的孟天宝不停地好奇发问：他们肚子里怎么会有火，不烫吗？

燕知秋却一本正经地说：他们是神仙，不怕烫！

正当几个孩子交头接耳地议论吐火男是不是神仙时，老大孟天成从后台窜了回来，大声宣称：我知道火是怎么吐出来的！曹大欢不相信，一番激将，孟天成就要带大家去后台亲眼瞧个究竟。孩子们都很好奇，想都没想就跟着去了。

乱糟糟的后台，孟天成带着他们溜了进来，指着桌子上的一个瓦罐说：看见没有？就是那个罐子里面的东西变成火的！刚才我在后台的时候，曾看见那个吐火人就是从罐子里抓粉粉放在嘴里面，跑到台上就吐出火了，不信你们可以试试。

孟天宝经不住撺掇，果然伸手从那个瓦罐里抓了一把粉末，嗅了嗅，塞进嘴里，猛地往外一吐。孩子们吓得猛一躲，可是，孟天宝嘴里吐出来的，还是粉末。

曹大欢又开始讥笑孟天成。孟天成急了，说不是这样的，要对着油盏吐！孟天宝闻言便对着桌上的玻璃罩油灯鼓起了腮帮子。正在这时，一个扮小丑的演员拐进来，看见这一幕，不禁大吃一惊，正欲阻止，却不想孟天宝更加惊慌，将口中的粉末尽数对着油灯全吐了出去。

松香粉末遇上火，一声轰响，瞬间腾起火苗，引燃了近在咫尺的幕布、服装等什物。

后台传来一阵惊惶的喧哗，浓烟漫上了戏台，正在表演的演员赶紧往外跑。看戏的人们顿时慌乱起来，纷纷叫着，跑着，拥挤着往外逃去，宛如和曹原三都在焦急地寻找着孩子们。

烟雾和火焰中，后台一片混乱，孟天成等几个孩子晕头转向地惊叫着四处找着出口。孟天佑挤不出去，急了眼的他索性爬上旁边堆放的箱柜想抄近道。他的手一划拉，一个摞着的大衣箱从高处落下，跑在孩子们最后的曹二欢被狠狠砸在底下，她的脸痛得变了形，撕心裂肺地惨叫。

二

曹二欢的双腿在混乱中被砸成骨碎裂。她父亲曹原三所经营的曹永茂堂也是自流井盐商大户，孟曹两家在盐场明争暗斗不睦多年，遇此大祸，曹原三岂能善罢甘休？

他暴跳如雷地指责宛如：你自己去看看啊，我那个二女子，两条腿骨头全碎，痛晕过去好多道，她妈现在提着菜刀要跟我拼命呀！天爷呀！菩萨呀！

宛如只好一脸惶恐地赔不是：曹老板，犬子惹下这么大的祸，是我教养无方，我一定严加管束。现在当务之急还是赶紧治好二小姐的腿伤，所有费用我来承担。

曹原三脸上糊满了鼻涕眼泪，不依不饶：你养的儿子干的好事，当然是你承担！

说着，还不忘讽刺起了宛如：生不出儿子就要认命，不是啥子娃娃都可以捡回来当自家儿子养的！都是些什么顽根劣种嘛，还当成宝贝！……

宛如被曹原三说得脸红一阵白一阵。

曹原三撒完泼，临走前还撂下了一番话，说他的二女儿腿肯定是残废了，将来大了肯定没人要。你的儿子虽都是假的，可好歹也是孟五德堂的少爷，不管你愿不愿意，我们两个的亲家是打定了！

人前，宛如赔钱赔礼赔笑，受尽羞辱；人后，自然也不忘收拾这帮混小子。一支鸡毛掸子狠狠地敲打桌面，孟天成、孟天运、孟天许、孟天佑、孟天慕、孟天宝在正厅里跪成一排。

宛如脸气得煞白，追问：是谁吐的火？

孟天宝眼看瞒不下去只好承认，宛如狠狠一掸子下去，孟天宝被打得直叫，只好把老大孟天成又招了出来，说是他唆使自己干的。

宛如又一掸子挥向孟天成，问他干吗唆使弟弟，还奇怪他怎么就知道如何吐火。孟天成只好招供他是喜欢他们那道具刀，想去拿一把回来耍。

话还没说完，宛如就挥起鸡毛掸子连连抽打，痛骂孟天成除了刀枪棍棒，还喜欢什么！书不好生念，字不好生写，就晓得一个打打杀杀，连燕先生都烦死你啦！

其他几个孩子眼见着孟天成被打得如此凄惨，个个噤若寒蝉。等到宛如打累了，还不忘教训众娃，让他们记住老大老六的教训，要晓得哪些事可以做哪些事不能做。她辛苦养他们，是为了让他们有教养有出息，有一天能够在自流井出人头地，而不是给她惹祸，让她在人前丢脸！

众孩子垂头不敢出声，其中，孟天佑尤其紧张，左右窥觑，而一旁刚刚挨过打的孟天宝则一边用手抹着眼泪，一边偷偷在指缝间觑着宛如。

宛如看着他这副样子，更加来气，手一指老六，说：你本事大啊，平日里除了扮乖巧装伶俐，还会吐火了！是不是想去当个戏子啊？不然就去给曹家当上门女婿，曹老爷说了，他家二小姐的腿残废了，嫁不出去了，以后她就归你了！

孟天宝闻言，吓得哇哇大哭。

事后，被罚跪的男孩们都气不过，尤其是挨了打，还被威胁要做上门女婿的老六，眼泪汪汪一刻也不停。老大孟天成眼见如此，气呼呼道：腿断了我们赔钱嘛，我们孟五德堂有的是钱！凭啥子把一个跛子婆娘拽给我们老六？曹老爷心也太黑了！

为了惩罚心黑的曹老爷子，孟天成单刀赴会，躲在曹永茂堂大门口的一棵大树后面，等他们用骡车接上受伤的曹二欢，准备上成都瞧病去。孟天成悄悄拉开了弹弓，一石子打在了曹老爷所乘的骡屁股上，骡子负痛，猛地往前一蹿，踩上骡车还未落座的曹原三被颠到了空中。

这事儿传回了孟府，宛如已经是连生气的力气都没有了，管家汤俊川已经吩咐过总账房了，让他们准备一笔礼金，亲自上曹永茂堂赔罪。汤俊川还小心翼翼地提醒宛如，孟天成已经跪了一个多时辰了。宛如则极不耐烦地挥手让汤俊川把他轰走，他把孟五德堂的脸面都丢尽了，孟家要不起这个娃娃！

可是，想想过去，汤俊川又不能对孟天成撒手不管，只好婉转着提醒宛如：我们养了他这么多年，花了这么多的银子，怎么能说不要就不要了？天成好动，的确不适合做生意，不如把他送到成都武备小学堂去读书，让兵营里的规矩来约束他。如若他今后真学成了，在队伍里谋个一官半职，对我们孟五德堂也是有百利无一害的事情。

宛如心想有理，将来要是有了枪杆子撑腰，莫说自流井，就是整个川南，怕也没有哪个敢和孟五德堂打对台了！

于是，就这样，小小年纪的孟天成被送入军营，第一个退出了与兄弟们的竞争。

3

孟天成天性如此，剩下的五个孩子又会是怎样的秉性呢？今后谁能担当起传承孟五德堂的重任呢？忧心忡忡中，宛如决定要在恶劣的环境里考验他们，让他们未曾展现的本性在生死攸关中一一显露。

一个寒风呼啸的冬日，宛如狠下心来，把五个孩子叫了过来，告诉他们燕先生偶感风寒，告假一周，家塾也暂闭一周。五个孩子正待高兴，以为可以放假了，宛如却说，家塾关了，可你们五个要出一趟远门，时间长短，取决于你们自己。

五个孩子在面面相觑中，被换上厚厚的棉袍棉帽，前前后后走出房间。孟天宝依依惜别最爱他的三娘水香，还许诺出去的地方要是有好玩儿的东西，一定给她捎回来。水香十分受用地给天宝抓了一把糖果。

漫山遍野的翠竹形成一片竹的海洋，山风吹过，绿色的波涛此起彼伏，蔚为壮观。这里就是蜀南竹海，他们此行的目的地。

一条小路蜿蜒伸向竹海深处，一众家丁护卫着三辆骡车逶迤走来。第一辆骡车上，汤俊川撩开车窗布帘，喊了一声停车，几辆骡车依次停了下来。

宛如掀帘下车，看看到地方了，分别把车里的小孩们都叫了出来。孩子们兴奋着眼前的新鲜事物，宛如却说了一句，先要委屈你们一下，然后转头高声吩咐，把少爷们都绑了！

十来个家丁一拥而上，手脚利索地将五个孩子拖下山坡，分别捆在碗口粗的竹子上。

孩子们慌了神，纷纷抬头高声叫喊，问宛如，大娘您这是要干什么？

宛如却不听他们的哭诉，虎着脸怒道：都给我闭嘴。然后，她告诉他们，无钱无粮，只留一盒火柴，一把柴刀和一卷绳索，五个孩子须凭自己的才智和毅力生存下来并在十日内回到自流井。成功者，自是孟五德堂的少爷；失败者，或入狼口，或为饿殍，皆由命定。说完，宛如带着一众家丁乘上骡车，绝尘而去。

风乍起，孩子们惊恐的呼叫声很快就被竹海的波涛声淹没了。

而骡车里，汤俊川还是不无担心地问宛如，要不要让裴二娃留下来，暗中盯着几位少爷？

宛如想了想，还是摇着头，若让他们发现，咱们谋划许久的这桩事就告吹了！宛如很决绝，如果他们当中，有人回不去，那就注定不该是孟五德堂的人。世事险恶，不狠不行，要真养出一群纨绔子弟，那孟五德堂也就岌岌可危了！

竹海中，眼看着宛如等人离去，首先冷静下来的就是老二孟天运，虽然被绑在竹子上，他还是伸直一条腿，用脚将柴刀一点点钩到自己面前。然后他挣一挣被缚的胳膊，让身体沿着竹子蹲下，再转身用手抓住了柴刀。

几个孩子哭啼着，用凄绝的眼神望着孟天运，只见他用柴刀一点一点割断了绳索。首先松绑的孟天运活动活动手腕，一把抓起那匣火柴放进怀里，然后又逐一割开了几个兄弟身上的绳子。

松了绑的孩子们还是不知道下面该怎么办，有的害怕，有的恐惧，孟天运却极为冷静地告诉他们，这应该是大娘对他们的一次考验，不然也不会留下柴刀、绳索和火柴这些工具。所以，当务之急，就要趁下雨之前，天还没有黑，赶紧下山，跟着路上的车辙印走，应该没问题。

在孟天运的带领下，几个孩子爬上山坡，沿着路上的车辙印跌跌撞撞朝山下走去。

雨越下越大，当一身泥污的几个孩子来到一个十字路口，天已快黑了，路上的车辙印也已模模糊糊看不太清楚。

孟天运看了看天，对冻得用袖手捂耳直跺脚的几个兄弟说：今天肯定下不了山了，得赶紧找地方躲雨，生一堆火过夜。他把柴刀递给孟天慕，吩咐老三、老四、老五上竹林砍点枯死的竹子，老六跟他捡些笋壳来引火。孟天运让大家都快点，天马上就要黑了！

等到篝火燃着时，天果然黑了，孩子们又累又饿，都困得不行，蜷缩在一块岩石下面，横七竖八地倒卧在篝火旁。孟天运强撑眼皮跪在地上，往篝火里添加柴火。一只猫头鹰飞过，夜枭的号叫让他们胆战心惊。

为了不挨饿，天刚亮，孟天运就带着孩子们四处寻找可以吃的生嫩竹笋。晨雾尚未散去，五个孩子来到渺无人踪的十字路口，孟天佑还手拿生竹笋嚼着。可是，经过一整夜雨水冲刷，路上哪还有车辙印，几个人面面相觑，傻眼了。

回不去的可能让大家团团乱转，害怕，惶惑。孟天运却努力地左右张望，辨识方向，就在大家争论不休时，聪明的老五孟天慕突然想起，昨天坐车来的时候，总能听见流水的声音，也许应该先找到河沟，水往低处流，顺着河沟肯定就能走下山！

孟天运闻言眼睛一亮，立即赞成。

为了活下去，光吃生竹笋可不行，孟天运还带着大家一起找食物。他们把竹子砍下来，制作成竹管，然后划着火柴，点燃一把枯草塞到灌木丛中的洞口前，再把竹管伸进去，对着黑乎乎的洞口使劲吹着。

烟熏着洞里的蛇实在待不下去，只好从另一头奔出，而守在洞口的另外几个兄弟则趁机把它打死，足以饱餐一顿烤蛇肉了。

为了寻找到河沟，素喜读书又爱钻研的老三孟天许根据书里记载，见有白鹭飞过，跟着它追了一阵，果不其然，河沟就在正前方。

入夜，溪边一片空地点起了篝火，孟天运猜想，河沟里肯定有鱼，明天削几根竹子叉鱼，顺着岸边摸，说不定还能摸到螃蟹、螺蛳！

白天，孟天运、孟天许和孟天慕高挽裤脚，站在溪流里举着竹竿砍就的简易鱼叉，寻觅水中的鱼。频频出手，却无一见功。没办法，众兄弟只好用石头在溪中垒起两道堤坝，又在中间挖出一道小沟，把水放走，等水一干，里面的鱼就好抓啦！

这天晚上，溪边又点燃了一堆篝火。孟天宝在一块石头上逐一砸开摸到的螺蛳。孟天佑用竹签串起螺蛳肉在火上烤着。孟天运几个人则把小鱼用宽大竹叶包裹住，扔进火堆。众人饱餐了一顿野味之后，还禁不住叨念，要是有盐就好了！

就这样，五个孩子解决了生存的基本问题，一路在竹林中寻找下山的路线。他们排成一路纵队，深一脚浅一脚行进在茂密的竹林中。孟天运挥舞着竹竿在前开路，孟天慕手拿柴刀断后，走上一段都要在竹子上做下一枚记号，以免绕路。

走了一路，老六孟天宝终于忍不住了，嚷道让大家停下来休息一下，他则跳进齐腰深的草丛中，边跑边解裤带，一边蹲下身子，一边还从裤兜里掏出一颗临走前三娘塞给他的糖果，使劲嚼了嚼。正在这时，一只小动物突然从他的脚边急速窜过。孟天宝吓得大叫一声，拎上裤子就跑。没跑两步，他一声惨叫，栽进一个深深的天坑当中。

众人围着十来米高的天坑边，轮番呼喊，格外担心，半天才听到孟天宝的动静以及微弱的呼救声。孟天运手忙脚乱地将那捆棕绳打开，一头系在一株粗壮的竹子上，另一头捆在了自己的腰间。在众兄弟的帮忙下，孟天运下到了天坑里，艰难地背着孟天宝又爬了上来。

可是，看着脚踝受伤，不能走路的孟天宝，大家又为难了。孟天佑翻着白眼，要背老六下山么，他的小身板儿可没这个力气。好在，孟天许想到了办法，他用柴刀砍了很多竹子，做成一个类似担架一样的竹排，一头系上棕绳。这样，兄弟们把孟天宝放在竹排上，每拉两百步然后换人。就这样，沿着溪边的一条小路，老二孟天运用力拉着躺在竹排上哼哼唧唧的孟天宝，艰难地前进着。

走到一处溪流拐弯处，众兄弟突然听见溪流下方传来一阵狗吠和人声，紧接着又是几声刺耳的枪声。孟天运压低嗓子，迅速招呼溪流边的几兄弟找地方躲起来，并七手八脚拖着孟天宝钻进灌木丛里。

大家轻轻扒开草丛，往下看去。只见山崖下有一农家院落，一男一女已经横倒在院子当中。四五个扛枪提刀的人正从茅草屋里往外搬着被褥、米柜；有人满院子追撵鸡鸭，还有人牵出一头肥猪。一条被绳子系着的黄狗不停吠吼着。

孟天运估计这伙人是打劫的棒老二，打死了人现在正抢东西。几个孩子一直躲到这帮匪徒离开后才下去，他们用一张晒席将那对夫妇的尸体盖上，然后围住石磨台，贪婪地啃食生红薯，却若有若无地听见有人在咳嗽。

几兄弟又屏住呼吸听了听，发现再无动静，这才安心。吃完红薯的孟天慕想去农舍找口水喝，结果一掀开厨房水缸的盖，却看见里面蜷缩着一个半截身子浸泡在水里的小女孩，四五岁的样子，脸已经乌紫。

孟天慕大叫一声，把兄弟几个都叫了进去。孟天运伸手试探了一下小女孩的鼻息，发现她还有气，便赶紧和兄弟们一起，七手八脚将小女孩拉出水缸，抬出了农舍。

小女孩被平放在石磨上。孟天运脱下自己的棉袍将浑身湿透的小女孩紧紧裹住，看她奄奄一息的样子，心中盘算着不把她弄走，她肯定会死在这儿的。可是，她父母双亡，又不清醒，能把她弄到哪儿去呢？孟天运想来想去，只有弄回家。

刚作出这个决定，孟天佑就瞪大了眼珠，质问二哥：我们自己都还没走回家呢，还带一个半死不活的女娃娃？

孟天运想了想，还是觉得应该救她一命。他扭头问孟天许和孟天慕的意见，二人虽然也有些许担心，但还是觉得救人为大，且这里已经有人家，那就快到山脚了，遇上人问了路，半天时间就能回家。

躺在一旁的孟天宝还是担心地说，要是大娘不要她，怪罪我们怎么办？可孟天运还是坚持己见，背起了小女孩，说：是打是罚，将来我一个人扛了。

4

转眼十天过去了，几个兄弟都还没有回来，水香着急不已，每天都要站到门口张望好几次；汤俊川也忧心忡忡好几次算账都算错了，唯有宛如心中淡定,如果这几个孩子,连路都找不回来,就不配做我孟家的儿子。

天将降大任于斯人也,必先苦其心志,劳其筋骨,饿其体肤。历经饥寒、恐惧、争吵、迷路、绝望,狼狈不堪的孩子们终于一个都不少地回到了自流井。三个脏污不堪、疲惫不已的孩子坐在前院,孟天宝则躺在简易竹排上呻吟,而老二孟天运的背上还有一个奄奄一息的女孩。

宛如迅速打探情况,这才知道这是他们在回来路上捡的,爹妈都已经被人打死,不忍看她冻死在山上,才带了回来。

宛如迅速吩咐去半济堂把何先生请来给孟天宝看病,又吩咐厨房生火,让韩大厨赶紧做饭。脏污不堪的孩子们围着圆桌,各自捧着大海碗狼吞虎咽,这是十多天来,他们吃得最香的一顿热饭。

大家一边吃着,一边讲述着这十多天的荒野生存经历,听得家里人个个惊诧不已,同时也对孩子们的勇敢和耐力表示赞许。只有宛如坐在正厅上首,一言不发。孩子们吃完了饭,换了干净衣裤,在宛如面前站成一排,当然,脚上上了夹板的孟天宝,则是坐在一旁。

良久,宛如才开口问起孟天运带回的那个女孩,孟天佑赶紧开口撇清楚关系,说他跟老六都不同意把她弄回来,孟天运只好自己承认,是他想把她带回来的,跟他们都没有关系。

宛如质疑孟天运,你现在连自己都还养不活,有什么资格发慈悲救人命呢?继而她拒绝收养这名女孩,害怕一旦开了这个头,今天是老二捡一个回来,明天老三再救一个回来,后天就该老五了。孟家又不开育婴堂,谁弄回来的,谁就再给弄出去。

宛如的决绝让坐在一旁的水香都有些看不过去,可宛如还是一脸义正词严的表情。眼见如此,孟天运扑通一声跪在地上,继续求宛如,说那女孩的爹娘已经被棒老二给打死了,这么冷的天把她送回去,她也活不了,如果大娘肯通融,那养这女娃娃的钱就算我借大娘的,等以后我长大挣了钱,我再还给大娘就是!

宛如深深地看了一眼孟天运,答道:那好,养这个女娃娃的钱我就先替你老二垫上了,将来你是一定要还我的!口说无凭,咱们立字为据。

就这样,在孟天运的坚持下,宛如留下了那个小女孩,取名孟若因,做了兄弟们最小的妹妹。

而这一趟训练下来,也让宛如更加看清了兄弟几个身上的长短优劣,她觉得老二孟天运胆大心细,善良宽厚,自律自强,同情弱小,怜惜孤苦,颇具首领气质；老五孟天慕识大体懂本分，处事不疾不徐，待人不卑不亢，话虽不多但心思缜密，有大局观，他和老二都是最恰当的接班人选。但是，他们两个又都有一个毛病，就是心肠过于善良，生意场上十分险恶，心若不狠还是难以让人放得下心来。

老三孟天许，儒雅内向，喜好读书，尤其对化工物理兴趣颇浓，志向是学习现代工业，将来可改造自流井的作坊式手工业生产。可是，他做事虽然执着，身上却缺了一些戾气。

老四孟天佑是在某一个深夜被不知名的人放在孟府大门口的，他深知自己来路不明，若干年后是否有人登门要挟也未可知。他很聪明，但爱财，爱贪便宜。今后的路如果走正了，应该是把理财的好手。

老六孟天宝很小就流浪于乞丐群中受尽欺凌，偶然中被三太太水香搭救回府。他在乞讨生涯中学会了隐忍，惯于察言观色，投其所好，扮伶俐装乖巧是他生存的法宝。可是，小聪明小心眼太多，见风使舵就难见真心了。

这几个娃娃各有所长，将来可以分别去把持一摊井灶枧号的生意。至于孟五德堂的掌门人，宛如一时还拿不准，因为他们毕竟还小，没遇到过真正的大事，谁的心思更缜密一些，谁的肩膀更硬一些，实在还不好判断。

时光荏苒，转眼又过去了十年，宛如的养子女们都长大了，同在自流井的新式学校蜀风中学念书，渐近毕业。

但宛如对他们的考察并未停止，她又设计了一场自己被绑票的假戏，来继续观察孩子们的反应。

三

1

  这天下午,孟天运急急召唤正在上课的兄弟几人赶回家中,大娘出事的消息让他们个个慌张失措。

  厅里,三太太水香不住地抽泣,汤俊川满脸焦苦,孟家兄妹将刚从出事现场赶回的裴二娃围成一圈,裴二娃细细说明出事经过——今天一大早,他陪着大太太到栗子坝去,釜溪河边有三十多亩旱田要出让,大太太跟人约好去看地。因为是去远郊,还特意叮嘱家丁带了枪,不到巳时,大太太办完了事情,他们就开始往回走。轿子经过一片静谧无人的竹林,大太太原打算晌午赶到桥头铺去吃梭边鱼,没想到路不好走,才到绿豆坡,抬轿子的大班就喊抬不动了,要歇口气。大太太见河边有幺店子,悬着写有"茶"字的布幌,就吩咐大家去那儿歇脚。

  裴二娃在幺店子买了一筲箕锅盔给大班和家丁吃,又给大太太要了茶水,然后他的肚子突然开始疼了起来,就跟大太太打了一声招呼,跑到不远处的竹林子里。结果,就在他正准备起身拉裤子的时候,脑壳后面冷不丁挨了一棒。

  正因为如此,裴二娃根本没看清来的是什么人,以及到底来了多少人,而剩下的四个大班,还有四个拿枪的家丁,跟着也东倒西歪地躺在了地上,原来他们刚刚吃下的锅盔早就被人下了毒。

  等到裴二娃再醒过来的时候,就发现大太太不见了,大班、家丁也都不见了,只剩一顶空轿子在那儿搁着。他吓得惊慌失措,然后一口气跑回来了!

  听裴二娃叙述完毕,孟天佑怒不可遏,破口大骂道:他妈的,大班说要歇就让他们歇啦?穷乡僻壤一破幺店子里的东西你们也敢下嘴去吃?锅盔都能被人下毒,绑匪肯定是有预谋的!

  一旁的孟天运却比较冷静,开始质疑裴二娃的叙述,问他既然被人打晕了,压根儿就没看见是什么人打劫,那怎么能认定大娘是被人绑票了呢?

裴二娃有些慌神，扭头望着汤俊川。汤俊川赶紧接过话头，说，其实是他判断大太太被人绑票了。

孟天运追问依据。

汤俊川进一步解释：大太太失踪的地点在绿豆坡，距十字岭二陡岩六七里地；那里人烟稀少，灌木丛生，历来是打家劫舍之徒的藏身之地。裴二娃说他们曾走过一片少有人迹的林盘，他估计那是箭竹沟，以前很多人都是在这条沟里遭了劫，一般商旅客人大多会绕道而行，可大太太他们人虽不多，毕竟手里有枪，所以选了这条捷径来走。

可是，对于汤俊川的话，孟天慕依然心存质疑，因为绑匪留下了裴二娃，为何又不让他传话索要赎金呢？

汤俊川进一步分析，可能是绑匪想要家里人着急地等待一番，才好勒索更多的钱财。

既然确定为绑匪所为，孟天许便围绕这个思路继续发问：孟五德堂最近在商场有没有与人结仇？与三教九流有没有结下什么梁子？

汤俊川随即否定了这两点疑虑，孟五德堂最近在商场上风平浪静，与三教九流也素来敬而远之。

汤俊川的话甫一出口，一股不祥之兆立即笼罩在大家心头，孟天宝不安地提醒大家，就怕绑匪既图谋钱财，又加害性命，去年丰顺盐号的大少爷不就是给了钱，也被撕票了吗？所有人都被孟天宝的话一震。

孟若因更是忍不住地泪眼婆娑，强忍悲伤让大家赶紧报官。可是，保安署那十几个废物抓个偷鸡贼都费劲，哪里在这等大事上见过功？四处一咋呼，反惊动了绑匪，于大太太更加不利！

那既然不能靠官，就只能靠自己了。孟天慕首先想到，四个大班和四个家丁当中，有没有来自绿豆坡、十字岭或者是栗子坝的人，他开始疑心中间有内应，于是当即吩咐裴二娃去总账房把府内花名册拿来。

而孟天运也开始觉得要主动行动起来，他当即决定出去，尽量设法摸清楚对方是何许人，竟敢如此胆大妄为！为了不声张起事，他还决定单独行动，让众位兄弟留在家中，各自调查，对外就称大娘偶感风寒，正卧床静养。

孟天慕拿到花名册之后，也随即让汤俊川找两个腿脚利索的家丁，带上家伙，跟他到绿豆坡附近亲自去看看，还点名让裴二娃给他带路。

孟天慕走后，孟天许又开始担心，追问汤俊川，大娘不露面，能使孟五德堂看上去一应如旧吗？

汤俊川解释，井灶枧号自有各自运作的规矩，大太太数旬不露面也没有问题。只是今天德弘井要在盐业会馆出让日份，帖子早就发了出去，大太太若不在场，局面不好收拾。

孟天许当即表示，汤总管你陪我去，就说我是代我大娘坐镇，日份出让你能够把握就照常进行。

这样，孟天许和汤俊川又出门了，留下孟天佑和孟天宝在家里看家并陪着三娘。临走前，汤俊川还顺手解下腰间一串钥匙递给孟天佑，有劳四少爷坐镇总账房，倘若遇事也好有个接应。

孟天佑颇为意外地接过了汤俊川递过来的那串钥匙。随即，他便利用这串钥匙深入账房，查阅了孟五德堂的所有账簿，一个意想不到的结果让他愕然了。

孟天佑悄悄找到三娘水香，跟她汇报了他的发现——总账房的账上，其实已经没有什么钱了。

水香无不忧虑地看着孟天佑，而刚被水香打发出去张罗午饭的孟天宝也轻手轻脚回到正厅窗棂下，偷听着孟天佑和水香的对话。

孟天佑继续说：现在就算把总账房账上所有的款额加起来，还不到这个数！万一绑匪知道我大娘是谁，还不往死了讹钱啊？他们绝不会相信偌大的孟五德堂居然会拿不出银子来！

在这样的现实面前，孟天佑开始试探水香，万一老二、老五奔忙一阵无功而返，最后还是得靠大笔的银子去赎大娘，怎么办？

水香说：那就只能卖井、卖灶筹钱了！

可是，孟天佑继续忧患现实，卖井灶不是卖鸡蛋，一手交货另一手便能得钱！绑匪不会给我们太多时间去筹款的！

水香皱着眉头，实在挨不过去，就从德源钱庄拆借！

孟天佑迅速地盘算，拆借？拆借数额如果大了，迟早会走漏风声，后果就是德源钱庄被挤兑，把孟五德堂也拖垮了！

水香紧盯孟天佑：难道你的意思是为保孟五德堂不垮，比救回你大娘更要紧？

孟天佑赶紧否认，开始进一步打探内幕，说自己就算倾家荡产也要把大娘救回来，要不他现在就出去跑一圈，找人商量出顶几处井灶，提前把钱备好，免得绑匪急眼了撕票！

水香却又提醒孟天佑：想都别想，没有你大娘和汤总管，单凭老四你去出顶井灶，自流井没人敢接手，你去德源钱庄也取不了现！

孟天佑得知后，不由蹙起了眉头。

而躲在窗外偷听到这一切的孟天宝也分外震惊，可除了震惊之外，他还多了一份疑虑。所以趁孟天佑离开之后，他又走进房间，偷偷找水香聊天，他让水香好好想想，任何盐商的账目都绝不肯轻易示人，可汤总管却很爽快地把总账房的钥匙交给了老四，这事情显得太不合常理！

孟天宝继续推测，也许原因只有一个，那就是十有八九汤俊川想撂挑子了，最为清楚孟五德堂的财务现状的一个人，他更知道营救大娘十分棘手，一定是预见到了这种种可能，所以心生了二志。

被孟天宝这一说，水香顿时慌了神，赶紧追问，那会是个什么结果？

孟天宝答，只有两个答案，一种结果！一种是没钱赎人，激怒了绑匪，大娘被撕了票，孟五德堂彻底垮了！一种是卖井卖灶倾家荡产，好歹把大娘弄回来，可孟五德堂也什么都没了，孟五德堂依然是彻底垮了！

所有的结果都脱不开孟五德堂垮了，然后就该是分家，散伙，各奔前程的时候了。孟天宝提醒水香：孟家上下近百口都要打发，三娘您不先下手，找点儿值钱的宝贝，到时候守着这座空宅子，是坐吃山空呢，还是空着两手回娘家去啊？

府里值钱的宝贝基本都存放在中院书房里，孟天宝眯着眼睛跟水香打听钥匙在哪儿，水香却说这种钥匙大太太一般都是带在身上的。眼见如此，孟天宝就没辙了。

2

惨白的汽灯下面，孟府女眷和孟天佑、孟天宝再一次齐聚这里，各自捧着脑袋想心事。

首先从外面回来的，是去商会办完事情的孟天许和汤俊川。他们那边还算顺利，大太太的事既没有任何外人知道，也没有引起怀疑。

眼看已近深夜，老二和老五还没有回来，孟天许就利索地安排女眷们回屋睡觉，养精蓄锐，他和老四、老六在客厅值班，一人一个时辰。

又过了好久，漫天星辰，两个家丁搀扶着一瘸一拐的孟天慕走了进来。

他在前往绿豆坡的路上不小心崴了一下脚，正要说明情况，孟天运也从外面回来了，他和孟天慕互看了一眼，询问对方的情况，哪知两人竟然都是同一个感受——蹊跷。

正待商讨，孟天佑突然插进来说话，情势也许比料想的还要严峻得多。于是，他就把今天在总账房的查账情况告诉给了三兄弟，现在绑匪的赎金数目不确定，总账房无钱能够调度，大娘又生死不明，可供我们走的棋，几乎是没有的。

孟天佑对于形势的看法是极其消极并且失落的，说完了账房的事情，他也不想再留下来跟三人一起分析对策，伸了个懒腰回去躺着，让有事再叫他。

孟天佑走后，三人重新坐下，孟天慕这才又讲起自己的脚踝和今天的发现，让大家惊愕的是，裴二娃不见了。

原来，今天他想实地沿大娘早上的路程去走一遭，看能不能寻找到绑票者的蛛丝马迹。哪想到，有了重大的发现——从孟五德堂到栗子坝足有三十里路，他领着人不负任何重物，快脚走了刚好一个时辰；大娘坐轿，走得再快的大班，赶到那里也要两个时辰的时间！他还问过，大娘是辰时出的门，照裴二娃的说法，巳时就往回返了，按道理这个时候他们应该还在去栗子坝的路上，最多只能走到芝麻塘！裴二娃为什么说谎？是他记岔了时间，还是另有隐情？

带着这个疑问，孟天慕小心翼翼地观察着裴二娃。当他们走到一段幽深的林间小路，裴二娃开始甩开大步走在前面，把孟天慕和两个家丁远远甩在身后。

孟天慕估计这一段路就是汤总管所说的劫匪出没的箭竹沟。可穿过这里之后，却并不是裴二娃描述的遭劫的幺店子。孟天慕当即向裴二娃提出质疑，可是裴二娃却显得十分懵懂，装傻卖呆。

结果，等孟天慕他们一直走到绿豆坡的时候，他才明白，裴二娃其实领着他们绕了很大的一个圈子，根本没有必要去走荒无人烟的箭竹沟，况且那里有半数的路程是不可能走四人轿子的。

然而，就在孟天慕发现这一切想要找裴二娃问个究竟时，却再也找不到裴二娃了，他已经趁着刚才孟天慕喝水的时候，偷偷溜走了。

孟天慕满腹狐疑，正巧走到了裴二娃之前所说的那间幺店子，赶紧让随行的家丁把枪藏起来，他们一起到里面去看看。结果，让孟天慕更加震惊的是，那个幺店子老板告诉他，近三天时间，根本没有轿子在他的店子歇过脚。

也许绿豆坡这个幺店子根本就不是绑票的现场，也许裴二娃根本就是在撒谎，而且还是个弥天大谎，但是，这背后究竟藏着什么样的秘密和动机，孟天慕却实在揣摩不透。

接着，孟天运也开始讲起他今天的经历，他今天跑了一整天，询问了若干人，这些人里面，有街上算卦的老者，有茶馆里的堂倌，有渡口的船老大，可是，他们通通都没有听说过最近在自流井的地界上，有发生过任何劫案。

于是，孟天运很不甘心，他又想起了一个叫文玉琨的人，此人是自流井义字堂口的舵把子，手中掌控的入会袍哥有数百人之众；据说方圆百里每天发生的重大事件，他都会有耳闻甚而至于插手干预！

孟天运当即就去找了文玉琨，可是，文玉琨却告诉他，不止三天，上溯十天，自流井地界都没有发生过任何劫案！

孟天运难以置信，让文玉琨把范围缩小，限定在绿豆坡一带。文玉琨却说那更不可能，因为他就是十字岭绿豆坡的人！绿豆坡若出了事，自流井他该是第一个知道的，所以，这件事，要么根本没有发生在自流井，要么根本就没发生！

看来，大娘的失踪，要远比他们预料的复杂得多。孟天运又去工棚找了赵国梁和赵国栋，他记得赵家兄弟说过，他们有一亲戚在釜溪河平安桥头开豆花馆，倘若大娘是走旱路去栗子坝，必经平安桥过釜溪河，于是他便让二人去打听。打听回来的消息是，今天辰时以后，确实有人看见大娘的轿子和家丁。但是之后，大娘他们并没有过平安桥，而是顺着釜溪河朝川主山水月庵方向去了。

孟天运说到这里，孟天慕突然好像想起了什么，他从桌上抓起那本府内花名册翻着，果不其然，裴二娃正是十字岭二陡岩的人，白天他查了大班和家丁，唯独忽略了他。

可是，随着他继续查看花名册，在裴二娃的籍贯、性别、年龄之后，保人一栏上，却赫然填着"汤俊川"三个字。

三人这才想起，之前好像听大娘说过，裴二娃是汤总管的一个远房外甥。那么，也就是说，包括账房亏空的线索在内，今晚的所有嫌疑都在指向一个人，那就是——汤俊川。

三人沉默，头顶煞白的汽灯光线投射下来，让他们的脸亮暗分明。

少顷，孟天运开口总结，眼前的事只有两种可能。一、一切都是真实的，所有的偶然凑巧聚在了一起；二、汤俊川主使了这桩绑票，我们遇到的疑惑都是他的设计！

刚听孟天运说完，孟天慕忍不住开口补充，还有另外一种可能！

孟天运和孟天许看着孟天慕，只见他语气冷冷地说道："这是一场彻头彻尾的骗局，真正的主使是大娘！"

想想当年，她把兄弟几人扔在竹海的事，想想这些年来，她一直在兄弟之间制造竞争。这也很有可能又是大娘的一次试探，看看他们谁更适合接掌孟五德堂。

三个人眼神交错。如果是事实，他们则要不惜一切代价，全力营救！如果是戏，他们也必须尽力演好，别让看戏的大娘失望！孰真孰假，都顺其自然，只要大娘平平安安就好！

而就在三人商量思索这一切的同时，孟天宝却轻轻悄悄地起身下地，蹑手蹑脚地溜了出去。他摸黑钻进了中院，径直走到书房外，四周看看，然后推门。不想，门上却拴着一把大铜锁。

孟天宝趴在门缝往里窥视，又起身踮起脚尖试图打开窗户，反正家都要散了，他一定要趁着没散之前能捞一点是一点。

可是，正待他行动时，一个家丁打着灯笼进了中院，他大约是被黑影吓了一跳，惊叫一声。孟天宝急忙转过身来，呵斥了他。家丁发现是六少爷，这才缓过神来，孟天宝赶紧装作自己也是来巡视的，叮嘱家丁好好看守，书房里都是贵重物件，出不得岔子，之后悻悻然地离去。

孟天宝做贼不成，家丁童老幺却手拿一封信件，急风火燎地跑进了正厅，说是汤总管安排，叫他每隔半个时辰就到大门看看。这不，看见一封从大门塞进来的信件。

三人都满心忐忑地看着信件，若是事实，这是救大娘的唯一途径；若是戏，那就是高潮要到了！

信件被打开，一行小字映入眼帘——速备现洋一百万，今晚亥时，城南小关庙人款两讫。

孟天许倒吸一口凉气，天哪，已经快到卯时了，一天时间哪里能够凑齐一百万现洋？

孟天运也皱起眉头，总账房明明没钱，绑匪还狮子大开口，这事儿是真是假，怎么想着都和汤总管脱不了干系！

孟天慕于是决定，不管怎样，都得盯紧了汤总管！如果是假的，他总会露出马脚；如果是真的，走投无路时就用他来交换大娘！

三人商议结束，便让童老幺速速到后院，把众人叫了起来。

接到绑匪的勒索信之后，事情似乎变得简单了，只要叫汤俊川准备赎金赎人即可。很明显，三娘和四爷都知道总账房的的确确是见了底，最多也就能抽扯个四万多块钱出来！

孟天运只好说，偌大的孟五德堂，随便卖几座井灶也够一百万了。汤俊川却毫不退让，出顶一口井，且不说讨价还价，光是清账都要两三天，时间根本不够。

孟天慕在一旁提醒，孟五德堂有现成的德源钱庄，拆借！

汤俊川就好像故意要跟大家过不去似的，说钱庄不是存现洋的仓库，钱得贷出去才能生息赚钱，平日里哪家钱庄会有一百万的现洋放在柜上？德源钱庄要凑够一百万的数目，必得上别的钱庄高息拆兑。少说也得跑五家以上的钱庄才有这个可能。而且，德源钱庄本金只有一百万，现在拆兑就是冒着倒账的风险；就说在没有和其他钱庄事前沟通的情况下，一天之内要凑够一百万现洋，其难度实在是堪比登天哪！

看汤俊川如此蛮横，孟天慕眼睛直视着他，质问道：报官汤总管不同意；卖井灶要两三天的时间，来不及；指望钱庄拆兑又堪比登天。那汤总管说说有没有什么更好的办法？

汤俊川又是一脸赖相，说自己只是把实情告知大家，更好的办法他也没有。

情急之下，还是孟天运比较果敢，站出来说，凑不齐现洋也没什么，不如就利用这个时间差来行事。既然总账房还有四万块钱，再让德源钱庄开一张九十六万的兑票，他带上去小关庙。告诉绑匪，大娘不在的情况下一天时间实在不能凑齐一百万现洋，请他们把大娘放回来筹钱，由他来做人质！何时拿到一百万，何时放他！拿不到一百万，任杀任剐！

这是在万般无奈的情况下唯一的办法。孟天慕当即表示赞成，说为了让绑匪认可我们的诚意，他、老三和汤总管也一起加入做人质！四条人命去换大娘，绑匪应该没话说了！

汤俊川被孟天运、孟天许、孟天慕三人的果敢所震惊，孟天运让他去账房取钱。这时，孟天佑先一步表示他已经把钱取出来了，虽然他强自镇静地表示，其实二哥的主意昨天他就已经想到了，所以提前叫人把钱汇了总。原想看事态发展再说出这个提议，没想到被二哥占了先。

一旁的孟天宝听他这么说，忍不住一番挤对，孟天佑使劲咽了一口唾液，没多说话。

最终，孟天佑和孟天宝继续看家，剩下的兄弟几个和汤俊川，一同前往小关庙。

几点寒星下,小关庙伸展着已经破败的飞檐斗拱。糟朽的庙门被缓缓推开了,孟天运、孟天许、孟天慕和汤俊川走了进来;孟天运的背上还负着一个硕大的包袱。

这里早已没了香火,断壁残垣,蛛网丛生;正殿上的关平塑像也已残破,塑像下堆了些谷草和破席,看来不时充当了乞丐们的临时栖身之所。

四个人背靠背站定,紧张地睃巡着四周。孟天运大声叫道,我们来了,钱也带来了!

四周鸦雀无声。

孟天许再叫:言必信,行必果,好汉现身吧!

四周依然静悄悄的。

孟天慕朗声叫道:好汉,你们如此求财当属无奈,我们理解。但你们也要理解我们失却一家之主的无助和哀伤,彼此相惜吧!

突然,一阵笑声自关平塑像后响起。

孟天运等人一惊。

宛如笑着从塑像后缓步而出,裴二娃跟在她的身后。

3

事后,宛如摆宴席给众人压惊,而经历了此事,她对五兄弟更是刮目相看,所以也兴致颇高。

在宛如的心中,对于孟五德堂的人选,依然还没有最终的定论,老二孟天运和老五孟天慕,这两个娃娃旗鼓相当,都很优异,实在很难取舍!

然而,还有宛如不知道的事情。悠悠岁月中,老二孟天运与妹妹孟若因竟暗暗相爱了,这为将来的悲剧埋下了伏笔。

孟若因不无担心地问起孟天运是否想做孟五德堂的接班人,孟天运说,他们兄弟六个人,除了已经从戎的大哥,都期待坐到那把椅子上去!坐上了那个位置,可以做很多想做的事情。

可是,孟若因十分困惑,少东家的椅子有那么重要吗?那我们呢?我们怎么办?

听到孟若因的质问,孟天运瞬时苦了脸,一句话都说不出来了。他们的恋情,在封建礼教的束缚下终究是无法见天的,让两个没有血缘却为兄妹的人内心十分痛苦。

经历了绑票事件后，表现不佳的孟天佑和孟天宝也是一脸苦相，答案已经是明摆了，大娘肯定不会选他们做接班人。

　　所以，天性好赌的孟天佑则在此后更加沉溺于赌博。每天出入于人声鼎沸、乌烟瘴气的赌馆。推牌九，打麻将，摇单双宝，掷状元红，样样拿手。

　　除了孟天运之外，正在被恋爱包裹的还有一个人，那就是老三孟天许。在蜀风中学，与孟若因同班的还有曹原三的大女儿曹大欢和燕伯卿的女儿燕知秋。

　　孟天许在暗中早与燕知秋两情相悦、暗许终身，而曹大欢却悄悄喜欢上了儒雅内秀、功课第一的孟家老三孟天许，并对他频频示好，又送钢笔又借书。

　　曹大欢母亲早逝，在家中泼辣任性、颐指气使，只对双腿瘫痪的妹妹曹二欢关爱有加。她的大小姐脾气让父亲曹原三也惧她几分。可是，对于性格跋扈的曹大欢，孟天许却是不理不睬。曹大欢恼羞成怒，发誓一定要得到孟天许，不达目的绝不罢休。

　　五人当中，唯有老五孟天慕一心向学，放学放假，没事儿就往教书的林先生那儿跑，讨教书里的知识。

　　林茂森是一个非常有学识，也非常有教养的先生，经常在课上讲，每一个人来到这个世上本是平等的，并无高低贵贱之分，所谓的高低贵贱是不公平的社会制度造成的。

　　这些话让孟天慕十分惶惑，他不明白，自流井的一个盐工，辛辛苦苦干一个月，只能挣到两三个大洋，比他们每个月的零花钱还少，人生来难道不应该是平等的吗？

　　林茂森非常欣赏孟天慕的好奇，夸他心系天下苍生，关心民生疾苦。还耐心跟他讲解，自流井的盐工每月只能挣到两三个大洋，一个大洋今天只能买到两斗多黄谷，新式算法也就是二三十斤粮食。而在你们孟五德堂，一个大洋或许只是餐桌上的一道菜而已。面对这样不公平的社会，我们每一个有良心的人怎么去影响它？怎么去改变它？那就是要呼唤每个人的仁爱之心，去关心社会，影响社会，改变社会，这个社会才会有公平的希望。

　　大哥孟天成军官学堂毕业，被分配到川军第一师做见习排长，报到前回家省亲。望着长大成人的孟天成，如今穿上英气笔挺的军装，帅气逼人，哪还是当年那个狗娃子，宛如非常高兴。兄弟们听说大哥如今做了少尉，手上管着二十多个人，无不投射出羡慕的目光。

　　一家人亲热地围坐在茶桌旁，一边品茶一边听孟天成说着外面的见闻。他

三

说起自己所在的第一师，打仗最凶了，曾经把王长官的保安军打得鸡飞狗跳，一路撵过长江去！他就跟教官说我只去第一师，从大头兵干起都行！结果，还真就把他分到第一师了。

水香听了万分敬仰，还交代天成要好生巴结长官，以后混个将军大帅什么的，家人脸上也有光彩！

除此之外，天成还不无担心地提醒宛如，最近时局不太安定，家里还是要作些准备才好。继而又提醒弟弟们，现今的事态比闹棒老二时严重得多，到处都在抓共党分子，杀了不少人呢！你们几个做学生的尤其要小心，切莫与人讨论什么阶级、贫富一类的话题！

一家人齐聚一堂，热闹非凡。孟天成官虽然当得还不大，但给他安排的这条路算是走对了。

宛如还叫人请来照相师拍照留念。在孟府的庭院里，宛如坐在太师椅上，她收养的七个子女依次排列在她身后，留下了一张照片。

此时的宛如还不知道，这将是她最后一次与七个养子女相聚在一起。这张照片一直挂在孟府的正厅里，随着岁月的流逝慢慢泛黄；直到三十多年后，在同样的地方他们又拍摄了同样一张照片。只是那时，耄耋之年的宛如身后，七个养子女已经残缺不全了。

孟天成此次回乡省亲还发生了另一个插曲，他回到孟府时，恰巧遇见了燕知秋来给孟若因送书。

相遇寒暄过后，燕知秋离去，可孟天成的心却被她牵走了。当年跟在燕先生屁股后面那个小丫头居然出落得如此秀美脱俗，我一定要娶她做婆娘！孟天成这样在心中发誓。这便给又一出悲剧埋下了伏笔。

4

国共分裂以后，政治形势陡然紧张起来。

而近年以来，在成都、重庆等地，也相继成立了一些赤色组织，宣传共产思想，号召普通民众罢工、罢课、抗捐、抗粮，这些现象让当局觉得严重影响时局稳定。

自流井的防区长官早早饬令，凡在防区内恶意诋毁当局，散布赤色言论，宣传共产主张，鼓动民众骚乱者，一律缉拿查办，决不姑息！

蜀风中学的校长史西凉在接到通知后，也不无忧患地召开全校师生大会，要大家多多珍重，千万不要给学校惹下祸事。

但是，事情最终还是发生了。

一日，孟氏兄弟正在听国文教员林先生讲课。突然，川南警备司令部侦缉处的一群士兵杀气腾腾地包围了教室就要抓捕林先生。原来林先生的原名叫作文德润，光绪十二年生于富顺县文家湾，涉嫌散布赤色言论，宣传共产主张。

面对气势汹汹的警官，林先生平静地要求上完最后一堂课再走。

于是，在士兵们的监视下，林先生细致讲述了王安石变法，他说，深受儒家文化影响的中国古代社会，一个最突出的特点就是官不与民争利。而王安石变法核心的一句话正是——民不加赋而国用饶。不在老百姓头上添加税赋，又要增加国家的收入，实际上就是在聚积了社会多半财富的有钱人身上想办法。归根结底，王安石的变法虽未增加普通百姓税赋，却是在跟大地主、大商人等既得利益者为代表的保守派争利。结果，必然是举世骚然，党同伐异；天下财富的大半都聚积在保守派手中，与他们争夺利益，变法失败就是注定的。

林先生一边说，一边还不无哀伤地在黑板上留下了一首词义不明的五绝诗——去径见来烟，广漠青溪涧。剩持一瓢酒，当醉忆长安。

课授完了，林先生问道，今天谁是值日生？

孟天慕站了起来，说，我是。

林先生紧紧盯住他的眼睛，语气重重地说，下了课一定记得擦黑板！

随后，他坦然走向教室外等候的士兵们。孟氏兄弟和同学们全部涌到窗前，惊恐张望。林先生再次回头望向孟天慕，脸上突然露出一个笑容，翕动嘴唇似在暗示什么。

孟天慕睁大了眼睛。

而就在士兵们围上去捆绑林先生时，他突然挣脱开来，抓起为首军官的驳壳枪，对准自己额头扣动了扳机。

鲜血溅满教室玻璃，一片哗然。

孟天慕对林先生临终前的怪异举止疑惑不解，可怎么也想不出究竟来，读那首五绝诗更是如坠入雾中。他只好拿起板刷开始自下而上擦起了黑板。当那首五绝诗被擦得只剩下最上面一排时，孟天慕愣住了。原来那是一首藏头诗，剩下的正好是"去广剩当"四个字。

广剩当，是自流井一家有名的当铺，装修考究，尽人皆知。

孟天慕明白了，林先生一定是在广剩当留下了什么东西，暗示他去取得。他飞也似的跑到广剩当。

三

果不其然，广剩当的谢掌柜捧出了一个蓝布包裹，照当铺规矩，认票不认人，凭票赎当。谢掌柜说，没有当票按说我是不能让您赎当的，但若当票遗失，就另当别论了。不过，既然孟五少爷想替原主林先生赎当，我就视您为林先生的保人，不守陈规了。

于是，就这样，孟天慕以林先生相托为由，用六个铜元从谢掌柜手中赎得了林先生当在那里的一本《宋本说文解字》。

而在学校一直搜查的士兵们，也在校长的带领下，进入林先生在学校的宿舍，除了一根刚刚熄灭的烟蒂，他们一无所获。在仔细翻找林先生的物件时，一张看不懂内容的当票，还是引起了为首军官的注意。

可是，但凡当票，只有当铺里的人能认出上面写了些什么，为的是防人伪造、涂改字迹而去诈当。士兵们又只好马不停蹄地奔向广剩当。

谢掌柜捧着那张当票，眼珠滴溜溜一通乱转。在军官的逼问下，说当票上写的是虫蛀鼠咬，霉烂不测，各由天命，素胡绉棉袍一件。

在军官的逼迫下，谢掌柜又去库房里翻了一件破棉袍出来，他们利索地收起棉袍，转身就走。谢掌柜抓着他们要钱，不然林先生来赎当咋办？

直到这时，谢掌柜才惊骇不已地从军官口中听说，林先生已经自己打爆了自己脑壳，不会来赎当了！

四

1

  孟天慕回到家中,和素来要好的二哥孟天运悄悄议论此事却百思不得其解,把那本老旧的线装《宋本说文解字》拿在手里翻来翻去,可是里面什么都没有。

  既然是一本什么都没有的书,林先生又为何拼了命的要来保护它呢?又为何那般煞费苦心地暗示孟天慕取回这本书?这让孟天慕百思不得其解。

  却在这时,一个伙计进来敲门,一个不速之客来到了孟五德堂。

  来者正是广剩当的谢掌柜,只见他从大门旁抱鼓石后面探出头来,幽幽地说了一句,孟五少爷,你可差点害死我呀!

  孟天慕一头雾水,不知所言何意,谢掌柜则二话不说,拉着孟天慕到了一个角落。谢掌柜从头讲起,跟孟天慕描述就在他前脚离开广剩当,当兵的后脚就到了那里,不问别的,拿着林先生的那张当票,只要他的东西。

  孟天慕一听情形,大惊失色,赶紧追问结果。谢掌柜一脸得意,说:好在啊,当票上的字只有本当之人识得,外人眼里就是天书。所以呀,我就顺水推舟送了五少爷一个大人情,用一件旧破袍子把当兵的先打发走了,不然现在来找你的,可就不是我了。

  孟天慕却不想买谢掌柜的账,说:这有什么,赎一本旧书还能赎出什么事,我把它交回去给川南警备司令部不就行了。

  谢掌柜阴阴一笑:要有那么简单,我还来找你做什么?原来,他已经托人打听了,林先生可不是等闲人物,他是自流井共党的老大,下午川南警备司令部又从叙府增派了一个排的军警到自流井来,看来在刘长官眼里这绝不是一桩小事情!

  孟天慕大吃一惊,同时也万分不解,林先生已经死了,他们还增兵干什么?

  谢掌柜脸上露出诡谲的笑容,人是死了,可他手里握着一份自流井共党人员的名单至今没找着呢。五少爷现在该明白自己手上捏着一个多么烫的炭圆了吧？林先生刚咽气你就替他赎了当，你说得清楚你跟共党分子林茂森是什么关系吗？要是说得清楚，你自己交到警备司令部去，说不定还能领一笔赏钱呢！

被谢掌柜这一说，孟天慕霎时间呆若木鸡。

不过，谢掌柜话锋一转，孟五少爷请放心，我只谋财，不害命！

谢掌柜对孟天慕提出了一千个大洋的价码，作为掩盖这件事的条件。

孟天慕虽是孟五德堂的少爷，但养母管教甚严，一千个大洋对他来说无疑是个天文数字，如何拿得出来？

是夜，焦头烂额的孟天慕与二哥孟天运暗中商量怎样应对。按照谢掌柜的说法，孟天运反反复复地翻阅那本《宋本说文解字》，终于看出了名堂！那书里有十好几种记号，把标注了相同记号的字串联起来，都是人名和住址，也就是说这本书里，确凿无疑地藏着自流井共党的联络名单。

这让孟天慕和孟天运都非常意外，好像手里攥着一个烫手的山芋，丢也丢不掉，哪怕是到大庭广众之下把书烧了，他也说不清楚他和林先生，和共产党的关系。而且，这可是林先生用命保下来的东西，就这么付之一炬，孟天慕下不了手。

想来想去，孟天运说，府内书房有一本一模一样的《宋本说文解字》，我们将它换了。把书房那本交与谢掌柜，就说筹不到钱，书还给他。他估计也说不清楚出于何种目的要拿件破袍子诓骗警备司令部的人，所以绝对不敢把书交给他们，这是他的死穴！

那怎么处理林先生这本书呢？孟天运想，不如就留在书房里吧，如果林先生的朋友找来，我们再取了交出去。

孟天慕同意了，于他而言，林老师一直是心中十分崇敬的长者，而且是个十足的好人，从第一天给他们上课时，他就觉得他和其他的先生不一样！他平常最喜欢上林先生的课。他总是教导他们不要读死书，要联系社会，要关心民生疾苦。他说最美好的社会就是人人有书念，人人衣食无忧，每个人都是国家的主人。如果这就是共党主张，就是林先生的理想，那不是很好吗，何错之有？为何警备司令部要抓他呢？

孟天运只好用孟天成的话提醒孟天慕，蒋总司令不是说过，再不许有第二个思想来扰乱中国，所以要在全国清剿共党！

孟天慕却不为所动，这根本就是不容异己嘛，话也不让人说，好的主张也不允许存在，这不就是林先生说的君临天下、独裁专制的时代吗？

虽然二人如今还不能分辨很多当局时政和纷纭世事，但是，林先生走的时候，那份把生死看得很淡的从容，那张坦然微笑的面孔，却给两兄弟的心灵带来巨大的震撼。

次日，孟天慕把谢掌柜约到同悦茶铺见面。孟天运则事先潜入了书房，找到另一本《宋本说文解字》。同时他还发现了藏在书房里的一把老式柯尔特左轮手枪，想想谢掌柜如果不从，倒可以让老五用枪吓吓他，于是，便将书和枪一同带出了书房。

按照事先规划好的，孟天慕跟谢掌柜谈条件，反正这本《宋本说文解字》他也只是出于好奇借阅一天，自然有理由放回当中，而且，他虽然说不清楚为何要赎这本书，谢掌柜也道不明白为何要诓骗警备司令部的人，把书放回原处，是二人之间最好的选择。

谢掌柜面无表情地翻着书，幽幽地叹了一口气，他好意援手相助，却没想到，孟天慕以怨报德，硬要把自己拽进这浑水里来。不过，他倒是可以答应把书放回当里，但有一个条件，就是孟天慕必须每天存资五百个大洋，直到想要它的人取走为止。

看着谢掌柜的一脸无赖状，孟天慕彻底傻了。他终究不是这个老泼皮的对手。一怒之下，孟天慕就要谢掌柜跟他一起上警备司令部自首去，看最终哪个说不清楚！

谢掌柜闻言也勃然大怒，操起那本书狠狠摔在桌上，你吓唬哪个？你自己看看，这是你赎走的那本书吗？别忘了老子吃的是哪碗饭！过了眼的东西长啥样，一辈子都忘不了！想在我这儿耍狸猫换太子的把戏？你娃娃还嫩了点！告诉你，马上把一千个大洋给老子放在这儿，后话再说！否则，今天晚上就领警备司令部的人抄你孟五德堂，到时候莫怪我谢某人言之不预！

孟天慕死死盯着谢掌柜，想起怀里二哥临走前给他的那把枪。本来还以为根本用不上，这会儿也不得不掏出来吓唬吓唬他了。

结果，谢掌柜依然根本不当回事儿，嘲笑孟天慕，让他有种开枪试试？

孟天慕被谢掌柜逼到绝处，一怒之下，真的扣动了扳机，连发六弹。谢掌柜瞬间变成一个血人，头一栽，倒在茶桌上。

楼下，一直等候孟天慕的孟天运闻听枪声，猛地站起身来，冲上来看见举枪站在谢掌柜尸体前一动不动的孟天慕，赶紧把他往外拉。

与此同时，静了一瞬之后，茶铺里也爆发出一片惊呼，人们纷纷夺门而逃。满街都是惊惶四窜的人，人们大声嘶喊：杀人啦！同悦茶铺杀人啦！

孟天运紧紧抓住孟天慕，撒腿就跑，跑进一条暂时无人的巷子，两人这才停下来，大口喘着气，互相看着对方。

我真的杀人了？孟天慕跟孟天运求证。

你开了六枪，他活不了的。孟天运跟孟天慕证实。

面对自己惹下的滔天大祸，孟天慕一头雾水，茶铺里那么多人看见他开了枪，保安署的人很快就会来抓他，一命偿一命，天经地义。

孟天慕害怕极了。孟天运还算清醒，立即帮他规划后路，这种时候就千万不能回家了。出了现在他们所在的这条巷子，下梯坎就是釜溪河，赶紧顺河走到猫儿石，然后上山，在鹞子崖下面找个地方躲起来。他倒是可以先回家去探探情况，再想办法编个理由，争取让大娘出一笔钱，把这事盖过去！

2

就在孟天慕枪杀谢掌柜的当天，川南警备司令部的人意识到谢掌柜拿出的那件破棉袄可能只是一个障眼法。第二天，他们暗中将广剩当的一个小伙计抓到了保安署，要其辨认那张当票。当知道底细后，他们判断谢掌柜既然蒙骗警备司令部，显然也是共党人员，而那本书绝非寻常物件，当即决定抓捕。

然而，这一次他们又扑了个空。谢掌柜已经被人击毙在同悦茶铺，据目击者说，杀人者正是孟五德堂的五少爷，川南警备司令部侦缉处和自流井保安署的人立即扑向了孟五德堂。他们认定孟天慕也是共党分子，杀同伙以灭口。

几十个持枪士兵气势汹汹地围住了孟五德堂的大门。自流井保安署长李德贵开门见山，跟宛如道明来意：三刻钟之前，贵府五少爷孟天慕在同悦茶铺持枪击毙广剩当老板谢二昌，我们是来缉拿人犯的！

宛如大惊失色，矢口否认，可是，同悦茶铺二十多名茶客皆为目击证人的事实错不了，李德贵随即还掏出了一把左轮手枪。

宛如定睛一看，那正是府上的物品，脸色黑灰，嘴唇哆嗦。

川南警备司令部侦缉处的刘处长断定，谢二昌与日前在蜀风中学毙命的林茂森都是川南共党的重要人物。谢二昌为了保护他们的组织，用拙劣手段蒙骗军警；料知他可能已经暴露身份，孟天慕遂杀人灭口，其用意还是为了保护他们的组织。这就是事件的真相。

听完刘处长的推理，宛如无论如何也不能相信，老五孟天慕居然是共产党。

刘处长催宛如交人，汤俊川不无惶然地上前道：孟天慕此时外出，并不在府中，不信的话可以进去搜。

看汤俊川不像撒谎，刘处长摆了摆手，搜就不必了，我相信你们清楚此事的轻重；窝藏共党嫌犯的罪名，不是你们这个孟五德堂承担得起的。他招呼手下，既然孟天慕不在府上，我们也就不多叨扰了。自流井水陆码头已经严密封锁，料他生出翅膀也飞不出去！

临走前，李德贵还好心提醒宛如，要是有了孟五少爷的消息，还盼您能尽快通报；若是能把人送到保安署来就更好了。这不是小事一桩，无论如何遮不过去了，我们保安署也是有心无力，请孟大太太见谅。

说完，二人带着一众士兵走出正厅，还恰巧与刚从外面回来的孟天运撞了个正着。孟天运急忙跟汤俊川打听情况，这才得知都是来抓老五的，孟天运呆若木鸡，嘴里喃喃道，完了。

等人都走后，宛如沉默有顷，突然爆发，歇斯底里地大叫。她把所有家丁召集起来，无论如何也要把老五这个混蛋乱党找回来！

当着水香和孟若因的面，宛如忍不住流下了眼泪。她怎么也想不明白，好端端的老五，怎么就成了共党了，还敢杀人？禁不住就想起当年，她下乡收租子，他们家累年积欠的租子已经有十多石了，赶上今年天干，田里绝了收成，两口子想不开，就把自己抹了，剩下一个两三岁的男孩坐在一间破陋的乡村茅屋里号啕大哭。宛如一好心，就把他抱回去收养，却没想到最后不但好心没好报，还拖了一条命债！

这天晚上，背着全家老少，孟天运悄悄溜出了房门，又悄悄去厨房偷了些吃的，然后无声无息地溜出了孟府。

不峻峭也不巍峨，但杂树密集，灌木丛生的山上，孟天运气喘吁吁地爬上山崖，四处张望，呼叫老五。

良久，孟天慕才从一丛灌木后面钻出来，带着一只受伤的胳膊和满身泥垢的身体。孟天运立即卷起孟天慕衣袖检视一番伤口，然后将怀里布包的食物递给他吃，自己则是小心翼翼地帮他包扎伤口。

孟天慕忍着剧痛，还在关心着家里的情况，孟天运却不说话，直到包好伤口，才抬眼看着孟天慕，告诉他：你回不了家了！

孟天运这才说道，就在白天他回家的时候，保安署和川南警备司令部一起上了门，认定你和谢掌柜都是共党，你是为了灭口而杀的他。现在家里前后门都有兵守着，为了抓你，自流井的水陆码头全都封锁了。最糟糕的是，

四

大娘把家里的家丁也撒出去了，四处找你！想来想去，孟天慕都知道已经无法辩白自己不是共党的事实了，当今之计，只有他尽快想办法筹钱，翻山越岭离开自流井。

孟天慕的脸变得惨白，泪如泉涌，咬牙恨言道：我为了林先生的一番信任才落得如此田地的，既然狗日的政府诬认我是共党，那就豁出去了，逃亡出去我一定要干真的共党！

当天晚上回到家中，孟天运就去账房找了汤俊川，想跟他借200个大洋，但是这件事绝对不能让大娘知道。

汤俊川抽了一口叶子烟，看着孟天运。孟天运有点着急，赌咒发誓说以后自己加倍还他。汤俊川幽幽地问道，二少爷这是在为五少爷逃亡筹款吧？

孟天运怔住。随即，汤俊川告诉孟天运，大太太当年收养你们是为了什么你们都是晓得的，她是要在你们中间培养出一个人中精英，来接掌孟五德堂这条大船。十几年的时间眨眨眼就过去了，你们每个人的德行、人品、好恶，包括才智、愚痴也都展现得淋漓尽致。你晓得大太太看中的是你们中间的哪个吗？是你和五少爷。五少爷眼下犯了命案，还和共党牵上了关系，应该说，他在孟五德堂的前途已经戛然而止了。这对你来说意味着什么你不应该不明白吧？

望着不语的孟天运，汤俊川意味深长道，这个当口你去帮他，很容易惹火烧身啊！孟天运吸了一口气说道，我们兄弟一场，情同手足，他有难，我不能袖手旁观。

汤俊川注视着孟天运，讲仁义很好，但是，仁义这两个字有时候也害人的。

孟天运想了想，说仁义太抬举我了，我只是怕我这一辈子良心会不安。

汤俊川感慨颔首，好，但愿有朝一日五少爷发达了，能够报答你的救命之恩！他给了孟天运一张两百块的银票，一百个现洋。这些都是他个人的积蓄，跟总账房无关。

孟天运谢过汤俊川，汤俊川还不无细致地提醒孟天运，府上的家丁出去也就是做做样子，保安署的那些人也不会刻意为难孟五德堂。只要避开要道、码头上那些穿黄皮的丘八，出自流井还是不难的。往北上成都，往东下重庆，都是当兵的守得最严的地方，没有出去的可能。只有朝西南走，滇黔方向，城西槐树街的骡马店里都是去滇黔的马帮。

在汤俊川的指点下，孟天运又赶紧跑到城西，跟一个满脸胡须的马帮帮头讨价还价，说自己一个兄弟，欠了一大笔赌债，要出去避避风头，最终，把孟天慕拜托给了他们。

当晚寅时，孟天慕便换上布衣、坎肩，头上缠了黑帕，与赶马帮人无异，站在骡马队伍的后面。

孟天运跟孟天慕依依惜别，让他安定以后一定要想办法捎个消息。

孟天慕不无哀伤，临走前还是提醒二哥，林先生留下的那件东西，一定要好好保管，也许他的朋友还会来找，不管怎么说，它都是牵扯两条人命，改变我后半辈子的重要东西。

孟天运点头答应，两人紧紧拥抱，热泪盈眶，然后分别。

3

另一边厢，当自流井这边闹得正凶时，人在成都的中共负责人丁一轩，也第一时间收到了来自自流井的电报。电文很简单：老俵殒亡家谱无踪速来人议。

这十二个字却让丁一轩脸色陡变，煞白如纸。老俵就是林茂森的代号，家谱是指自流井特支委员名单，这封电文的意思就是说，林茂森牺牲了，名单丢失，整个自流井的同志们都在危险中。

丁一轩当即找到夏楷。丁一轩与夏楷都是中共党员，从事地下工作多年。他俩十多年前在刺杀赵尔丰的行动中是孟光甫的战友，在寻找救中国道路中，他们加入了共产党。

这天，丁一轩告诉夏楷，自流井特支书记林茂森牺牲了，而由他发展、建立的自流井党组织名单下落不明。二人立即与重庆方面接头，得知是川南特委的一个交通员在泸州被捕变节，供出了自流井特支书记林茂森。但是，这个叛变的交通员并不知道林茂森发展的十三名委员，仅仅只是知道有他们的存在。

叛徒不除，危险依然没有解除，虽然省军委派出的锄奸小组星夜赶往川南，但是最关键的，还是林茂森手中的这一份十三人的名单，以及周边几个县交通站的地址和联络方式，现在下落不明。据悉，川南警备司令部侦缉处的人正在自流井篦虱子一样寻找这份名单，这才是真正的危险！

所以，根据这一情况，上级指示夏楷立即赴自流井工作，任务是找到那份名单，恢复自流井特支。

为避免大海捞针，夏楷到达自流井后，可以和秘密交通员、豫真相馆老板薛元章接上关系，了解林茂森牺牲的大致经过。所以，夏楷一到自流井便来到照相馆。几句暗语很快对上了，双方都知道是自己人。

从薛元章口中，夏楷了解到，军警去学校抓林先生时，林先生之所以选择当即开枪，是因为当时还有几名同志正在他的宿舍等他开会，他只能选择这种方式向他的同志们报警。

林先生的大义让夏楷赞叹不已，为了进一步完成林先生的遗志，夏楷又问起那份失踪的名单，薛元章却没有任何线索。于是，夏楷只好请薛元章帮忙，设法进入蜀风中学担任了国文教员，虽然事发后学校一直被军警严密监视，但是也只能铤而走险了。

通过在学生中间细致的工作，他了解到林茂森最后一堂课的情形，拿到了那首谁也看不懂的藏头诗并迅速破解。通过薛元章的调查，夏楷也知晓了广剩当谢掌柜被孟天慕持枪打死，而孟天慕消失的情况。

4

孟五德堂里，老五孟天慕惹下大祸继而踪迹杳然，让宛如痛不欲生。

她把剩下的所有子女召集一堂，谆谆告诫，告诉他们遵纪守法，交粮纳税，诚信经商，与人为善，两百年的孟五德堂正是遵循着这些规法，才一步步走到了今天。宛如说：你们虽不是我亲生，但扪心自问，这十几年我是不是把你们当作我自己的骨肉在养育？开家塾、读新学，我就是希望你们懂得忠孝友悌，明白礼义廉耻，还能掌握应对如今世道的新式本领，能让孟五德堂在你们手中继续屹立不倒甚至更加壮大。可是老五的事情让我几乎就快崩溃了，这孟五德堂的锦衣玉食、远大前程还不满足？为何还要心存不轨、混迹匪逆以致闹出持枪杀人的大乱子？

宛如说得语重心长，声音沙哑。如今，老五不在了，她对剩下的五个孩子，唯一的要求只有六个字——守家规守国法。

触犯家规，不论初犯屡犯，一经发现，即刻逐出孟府，永不相认。至于违逆政府号令，参与乱党活动，一旦发现蛛丝马迹，就在这院子里乱棍打死，免得劳烦军警四处抓捕，丢孟五德堂的脸面！

孟家兄妹个个噤若寒蝉。宛如还特地叫出孟天运，要他这个当二哥的，给弟弟妹妹们做个好表率，给孟五德堂留一份念想！

其实，在宛如的心里，如今的老二孟天运，已然是她唯一的选择了。她向孟天运讲述了孟五德堂浸满血汗的发家史，语重心长地告诫他，谨慎做人，勤勉行事，提醒他千万不能步孟天慕的后尘，否则孟五德堂这座金山无以托付。

不光是宛如，现在连四弟孟天佑都开始跟孟天运套起了近乎。

在孟天佑眼里，对于孟五德堂的继承人，大哥孟天成早就出局，老六孟天宝过于乖张机巧，再加之叫花子的出身，应该也早就被忽略了。至于他，一个来路不明，被放在孟五德堂门口的弃儿，也应该不会是大娘的选择。所以，当年他从裴二娃口中知晓了自己的身世后，就断定自己也是早就出了局的人，所以，唯有二哥孟天成，应该是当仁不让的继承人了。

孟天运连忙打断孟天佑的话，说家里还有老三呢！

孟天佑却不无讥诮：三哥终日与燕知秋眉来眼去勾勾搭搭，能有什么大出息？大娘选的是能呼风唤雨撒豆成兵的掌门人，不是贪恋男女私情的多情公子哥！大娘刚才那一番长篇大论，最后不还是把句号画在你身上了吗？那才是她今天训话的重点！说到这里，孟天佑还忍不住提醒孟天运，千万别在若因妹妹的问题上踩虚了脚哈，眼看着天就要亮了，一泡尿尿床上，岂不是落个鸡飞蛋打？他还指着将来二哥当家，多关照多提携，他愿为二哥效犬马之劳，哪怕做个孟五德堂的总管也不错呀！

而就像孟天佑说的那般，老三孟天许正纠结于两个女人之间。

曹大欢暗恋孟天许这已经是人尽皆知的绯闻了，连她在国文老师的课上发梦，都喊出了孟天许的名字，这让作为同班同学，同时也深爱孟天许的燕知秋颇为不悦。

为了讨燕知秋的欢心，孟天许便把那辆宛如给他们买的三枪牌自行车骑了出来，载上燕知秋，车轮一路颠簸地在青石板铺就的路面上飞快驶过。自流井街上的人哪见过这个，个个瞠目结舌，跑过来围观这个新鲜物件。结果，人一多，孟天许一个没留神，路口转弯处，自行车便差点撞上了曹大欢所乘的凉轿。

坐在凉轿上的曹大欢险些被晃倒，她满脸怒气地跳下轿子，纳闷又恨恨地看着远去的孟天许和燕知秋，心里的醋坛子早就翻了个底朝天。

又气又恨的曹大欢，先找到孟若因，质问她三哥是不是跟燕知秋定亲了。在确定答案是没有之后，曹大欢不无讽刺地说，既然没定亲，那你三哥咋用个洋马儿驮着燕知秋满自流井招摇？伤风败俗，也太不顾及你们孟五德堂的颜面了吧！

却没想到，孟若因毫无惧色，说孟五德堂的颜面跟你有一文钱的关系吗？他俩那叫自由恋爱，天王老子也管不了！

曹大欢三言两语就被孟若因顶了回来，心下不服，决定直接找燕知秋摊牌。

曹大欢来到燕知秋家中，如今的燕先生早已离开了孟府的家塾，而是在小街的旧房子里经营着一家代写书信的小门脸儿。

看着这小门小户，寒酸潦倒的样子，曹大欢更加趾高气扬了，大呼小叫地把燕知秋叫了出来，直接叫她不要再缠着孟天许了。曹大欢说，你们是没有结果的，门当户对这四个字摆出来，就能砸死你懂吗？你一个过气秀才的女儿，八辈子也别梦想做孟五德堂的少奶奶！

却没想到，燕知秋不卑不亢地告诉曹大欢，你喜欢孟天许，你认为你曹永茂堂的大小姐才与他般配，那是你的权利；要博得他的好感，你大可尽情施展你的才华，没有任何人阻拦你。当然，还要看你的才华是不是足以打动他，这是最关键的。

说完，头也不回地进屋关门。

曹大欢又碰了一鼻子的灰，暗暗发誓，燕知秋，你别得意，我曹大欢看中的人，谁也别想抢。

燕知秋和曹大欢的纷争不由得引起了孟若因心头的波澜，她心里多么希望孟天运也能骑车带她出去风光一圈。可是，孟天运却以还没学会为由拒绝了她。

其实，孟若因已经看出来了，孟天运是在害怕。只要是在人前，孟天运跟孟若因讲话都显得很难。而自从大娘的训话之后，孟若因了解到孟天运若是做了孟五德堂的掌门人，他们悲惨的爱情就没有一丝希望了。

孟若因只好把自己心里的这些忧虑告诉了孟天运，孟天运却哑然相对。

一边是竞争十余年、即将获得的金交椅，一边是万般疼爱的孟若因。孟天运愁肠百结，陷于两难。

5

而自知在家中竞争无望的孟天佑则更加放纵，频繁地往来出入赌馆。这天，孟天佑还在赌馆里认识了一个人。这个人自称是曹永茂堂的总管，名叫钱家富。他客气地请孟天佑喝茶，赞叹孟天佑很有赌品，具备赌钱不赌气的心气和不惧输钱的赌胆。

孟天佑被钱家富说得飘乎乎的，两人当即结为挚友。

但是，这并不能改变孟天佑的赌运。孟天佑在牌桌上连续走背字，却还要屡败屡战，无奈囊中早已羞涩。万般不得已，他只好借机到中院书房看书，瞄准了书架上的一把四方紫砂壶，趁着众人不注意的时候，悄无声息地把这方茶壶塞进了兜里。

然而，不巧的却是，就在孟天佑去"鉴古斋"卖掉这方茶壶出来的时候，正好被在街上闲逛的孟天宝看见。孟天宝那双不安分的眼睛立即开始骨碌碌地乱转，脚下也加快步伐，一直跟着孟天佑，直到他又走进了赌馆，心里才盘算着刚才孟天佑大概是犯了家规。

孟天宝从外面回去的时候，走过中院，又听见书房里传来宛如怒不可遏的叫声。细听之下才得知，孟敦甫生前最珍爱的那把四方紫砂壶不见了，宛如四处找不到，正在发火呢！

孟天宝恍然大悟，嘴角流露出一抹奸笑。他忙不迭地跑到了水香的房间，悄悄把这个秘密分享给了水香。

水香当即跑到书房，看着丢了这把在孟家已有两百年历史的茶壶和沮丧不已的宛如，当即说出：我知道那把壶现在何处！

鉴古斋内堂，水香带着宛如等人前来，果不其然，一把四方"开光方壶"就摆在架子正中。宛如捧在手里，翻来覆去仔细查看，寻问老板什么时候收到的。

老板嗫嚅答道：没几天之前。

宛如又问：是从谁手里收的？

老板面露难色：行内的规矩是不能说的。

汤俊川立即晓以颜色，这是孟府失窃之物！不想吃官司又还想在自流井继续开这铺子，就最好告诉孟大太太，究竟是谁卖给你这把壶的？而你这把壶多少钱收的，加上两成利，明天到孟五德堂总账房来支领！

听汤总管这么说，老板才鼓足勇气说出了，是孟府的四少爷孟天佑。

盘龙赌场里，麻将桌前，孟天佑正挽着袖口鏖战，走了小半个月的背字了，老子今天要翻身啦！他气势很盛地打出一张牌。

桌上另外三人见宛如一行进来，突然间像入了定似的，瞠目不语。

浑然不觉的孟天佑厉声质问，怎么不抓牌不打牌呀？发什么呆呢！

话音还未落，他的耳朵已经被宛如狠狠地揪住了。孟天佑转身正待发作，青黑着面孔的宛如扬手就是一巴掌。这一巴掌打得孟天佑差点从椅子上跌坐在地，待他捂着脸看清是宛如和汤俊川站在身后时，顿时傻了。

赌场内一时有些乱。邱老板远远看见这一幕，急忙跟身边伙计嘀咕了几句，把账簿和一把算盘拿了过来，然后热络地跑了过来道：哦哟，是孟大奶奶来啦！什么事情发这么大的火啊？平日里恐怕八抬大轿也把您请不到我这个地方来，今天您来得可是将将好！这是四少爷欠小馆的一些账，请您过目。

宛如接过账簿翻看了几页，她抬头，眼睛狠狠地逼视着孟天佑：是你欠的吗？

孟天佑弯着腰缩着脖，怯怯地点头。

邱老板在一旁不失时机地进言，数目虽不多，还是得有个了结，是吧，孟大奶奶？

汤俊川上前从宛如手中接过账簿，又拿过伙计递来的算盘，坐在桌旁噼里啪啦计算起来。宛如闭目等待，赌场里的赌徒们都兴趣盎然地聚成圈围观着。待汤俊川核实完账簿，报出孟天佑所欠赌账已经达到了两千七百个大洋。

孟天佑闻言不禁打了个寒噤。宛如也睁开眼睛看了看账簿，然后站起身来对邱老板说，账要是没错的话，到孟五德堂来结吧。

言毕，宛如又转身叫了一声，天佑！

孟天佑惶悚不安抬起头：大娘，您唤我？

宛如一脸平静地说：从今往后，你就不用再叫我大娘了。

孟天佑咕咚一声跪在地上，涕泪交加不住告饶，发誓再赌就把手剁了，求大娘饶了他这一次！

可是，宛如却依然冷着脸：晚了！单就赌钱，孟五德堂的家规已是不可宽宥；更何况吃喝嫖赌抽，搂拐诈骗偷，十毒之中偷是最下作的。你身为孟五德堂少爷，居然伸手偷窃家中财物供你滥赌，万万没有饶恕的可能！

她朝看热闹的赌客们说道：诸位，跪在地上这人曾经是我的养子，可他触犯了孟五德堂的祖训、家规，越过了在孟五德堂做人的底线！孟五德堂如何能容德行、人品如此低劣之徒？从即日起，我将此人逐出孟五德堂，永不相认！

孟天佑一路哭喊着跟宛如回到孟五德堂大门口，可是，他却被两个家丁阻在了门外，他跌跌撞撞、连滚带爬地请求，别关门呀！别关门呀！

可是，大门却还是被两个家丁缓缓推动，訇然阖上。

孟天佑跪在台阶上，用力拍打大门并声嘶力竭地哭号：大娘！大娘呀！我错了！您就放过我这一次，饶了我吧……大娘，开门呀大娘！……我求求您啦大娘！……饶我一次吧……

至此，孟天佑成为了第三个离开孟五德堂的养子。

五

1

  根据林先生生前在黑板上留下的藏头诗，夏楷来到了广剩当。可是，当铺关门闭户，一把大锁挂在了门上，他只好怏怏离去。

  从照相馆的薛老板口中，夏楷意外得知了谢老板在林茂森同志遇难的第二天，被一个富家少爷枪杀的消息。这让他错愕不已。

  而林先生的当物，据说是一件破棉袍，早就被侦缉处的人取走了。夏楷推测名单肯定不在那件棉袍里，否则，薛元章和名单上的支委们，现在不可能安然无恙。不过，让他百思不得其解的是，老林遇难前留下了去广剩当的重要信号，这个信号是留给谁的？侦缉处从广剩当拿到的破棉袍里并没有名单，名单又在哪里？出事第二天那个富家少爷就杀了广剩当的老板，又是为了什么？这里面一定有某种关联，但关联又是什么？

  夏楷立即让薛老板进一步调查有关这个富家少爷的一切信息，得知他正是孟五德堂的五少爷孟天慕。于是，回到学校后，不免对他的另外两个兄弟孟天运和孟天许有了更多的关注。

  夏楷找孟天运出去谈话，开门见山地询问孟天慕的下落，他知道孟天运和孟天慕两兄弟关系最好。

  却没想到孟天运为人十分谨慎，当即表示抱歉，说五弟失手杀人亡命天涯，连堂堂保安署都不清楚他去了哪里，自己就更不可能知道了。

  夏楷只好转换话题，询问孟天慕为什么要持枪打死当铺掌柜。

  孟天运依然装懵懂状，不肯透露任何消息。无奈之下，夏楷只好晓之以理动之以情，他先说孟天运肯定知道他为什么找孟天慕，也知道他在找一件东西，那是一件关乎林先生和另外十几人性命的东西。为了让孟天运相信自己，夏楷还掏出了一张泛黄的旧照片，说这张相片是二十年前在日本拍摄的，相片中有三个身着学生装的年轻人，一个是林先生，一个是他，另一个人叫作孟光甫。他让孟天运把这张相片拿回家问问其养母宛如，或许这样孟天运就能够信任他了。

孟天运疑惑地看看夏楷，接过了照片。

当夜，孟天运便拿着照片追问宛如。宛如捧着那张照片，眼睛里充满伤感，不断询问照片是从哪里来的。

孟天运说是学校新来的一位夏先生，他给我的。宛如十分惊骇，像是看见了一条蛇似的，要求孟天运离他远些，千万不要来往！

孟天运不知何故，只好安抚大娘说他只不过是一个代课老师，给他们上过几堂课，外加现在就要毕业了，也没什么机会来往了，再说这个夏先生看着好像挺老实本分的。

宛如却竭力否认，既然是光甫的同学，那就不可信！他们那一批人都不可信！

孟天运不明所以，在他的追问下，宛如只好讲述了当年孟光甫的故事。她讲得悲伤，充满惋惜，但是在孟天运听来，刺杀赵尔丰的壮举却尤为震撼。

之后，孟天运便约夏楷在文庙见面。夏楷笑着赞叹孟天运行事小心，孟天运却问夏楷说，我想知道，林先生为何把生死看得那么淡，微笑着就离开了人世？难道他天生就不惧死吗？

夏楷回答，当然不是，林先生同样热爱生命，我能告诉你的是，林先生朝自己头上扣动扳机那一刻，几名同事正在宿舍等他，他把生的希望留给了他的同事。

孟天运惊问，他真是共产党？

夏楷说，他是，他的理想是让天下所有人都过上好日子！另外还要告诉你的是，林茂森不是他的本名，他姓文，是我母亲最小的弟弟。我们在日本留学时与你叔父孟光甫相识，我们相约回国后要为民族复兴的理想而奋斗。你叔父是第一个为这理想献身的，林先生是第二个。

孟天运惊异地望着夏楷说，如果还需要有人为这理想献身，夏先生也会吗？

夏楷回答他，我毫不犹豫！

孟天运从怀里掏出那本《宋本说文解字》，激动地说，现在我能确信，您应该是这本书的主人！

在和夏楷的进一步接触中，孟天运也逐渐接受着新的思想。夏楷告诉他，新的时代正在来临，人们都是自由的，没有任何束缚，一切违背人性的旧规矩都会瓦解。每个人都可以按照自己的意愿选择工作方式和生活方式，想从戎就去当兵，想做工就进工厂；年轻人彼此爱慕就可以自由恋爱自主婚姻，组成幸福家庭，没有任何封建戒律的桎梏！

孟天运惊讶地听着夏楷给他描述着这个社会主义国家的样子，想象着也许在这样的国家里，他和妹妹孟若因的爱情就可以成立了。

2

操场上挂了横幅，上面写着"毕业典礼"四个大字，学生、教员列队站在操场上。毕业的学生们排队走上台子，鞠躬，从史西凉手中接过毕业证书。孟天运、孟天许、孟天宝、赵国梁、赵国栋以及孟若因、燕知秋、曹大欢依次领了毕业证书。

一桌丰盛的菜肴，围坐了孟家的所有老少，众人喜笑颜开。宛如高兴地要大家举杯，庆祝众人从新式学堂毕业了，放在过去也算做了秀才。现在她要几个秀才铺排一下以后的路了！从明天开始，都得到下面见习去，弄明白孟五德堂的金山银山是怎么一分一厘积攒出来的！

在宛如的分派下，孟天运到井灶去熟悉盐业生产，这是他未来接班不可或缺的一项实践。所以，先从井上开始，就去德昌井吧。

老三孟天许则主动向宛如请缨，说自己想上成都，去考官费留洋生。此言一出所有人都很诧异，纷纷询问老三你还没读够书啊？唯有宛如沉吟片刻，开口表示理解，说远足深造也好，老三喜欢技术，喜欢钻研，学点洋本事回来未尝不是好事。

可是，当宛如问起孟天许，想考哪里的留洋生。孟天许回答，日本东京帝国大学。宛如却脸色骤变。那一刻，她想到了很多年前，在一样的厅堂，一样的气氛中，孟光甫也是这样请求她和孟敦甫的。

宛如无论如何也不能答应孟天许的请求，严词厉色地要他换个地方！去西洋，法兰西、英吉利都行，就是不要去日本！

孟天许莫名其妙，询问原因。宛如却不肯明示，就是不答应。孟天许只好陈述自己想去日本的原因，他说：日本曾经是一个跟在中国后面学了一千多年的岛国，可是，经过了明治维新，却在短短的数十年之间，一跃成为亚洲列强，其中肯定有很多比我们先进的东西，值得他去学！

宛如却说，英法一样比我们先进，也值得你去学。

孟天许却摇了摇头，戊戌变法失败，帮康有为、梁启超脱身并加以庇护的是日本人而不是起初鼓动变法、事败之后又袖手旁观的虚伪的英法人！再说，欧洲大学的试验室歧视华人，少有对留学生开放的，不像日本大学对中国人所持有的宽容态度。而且，甲午一战已经把中国人的最后一点尊严都给打没了，如果我们继续落后就还要挨打！他就是想去把日本先进的知识、技术学回来，回到自流井实现盐场生产的现代化！往小了说，报效大娘的养育之恩；往大了讲，办实业来强盛我们的国家！

听了孟天许的说话，饭厅里很静，所有人都望着宛如。

宛如沉吟许久以后，缓缓开口，你讲得有道理，强盛国家，不再被日本人欺负，以其人之道还治其人之身，我没有反对的理由。但是，一定要记住，好好学技术，千万不要过问、参与政治、朋党一类的事！

孟天许当即表态，那些事我向来没有兴趣。

宛如松口，正是因为知道你不感兴趣，我才答应放你走的！

听到宛如答应让孟天许出去，大家都很高兴。

对于老六孟天宝，宛如则没有多大的期待。原本因为小时候火烧戏台那件事，曹永茂堂的曹老爷曾经扬言要事主对他残废了的二女儿负责，如今曹二欢早已长大，却因为身残，整日窝在家里发脾气，曹老爷就多次催促宛如把这门亲事给办了，让孟天宝入赘过去他们老曹家当女婿。孟天宝对于此事一直惴惴不安，三天两头讨好水香，让她帮他抵挡。可是，水香却责怨老六不长进，其实她当年拼死拼活从小叫花堆里把他收留回来，无非也是看大太太收了那么多，自己也想收一个，兴许培养成了接班人，自己还能沾沾光。可是，这些年下来，孟天宝应该是没什么指望的了。

孟天宝自然很不满水香的话，老五孟天慕那么厉害，可是最后不也是亡命天涯。老四孟天佑聪明过人，不也被赶出家门了。老三出国留学，整天就知道跟燕知秋眉来眼去。老二孟天运就更别提了，他和孟若因的关系就是一枚随时可能爆炸的地雷。

但是，这些也都不能改变宛如不会重用孟天宝的事实。她直接将其安排到了总账房，美其名曰了解孟五德堂的日常运作，实际也不过就是做汤俊川的跟班。孟天宝虽然心里不情不愿，嘴上亦不敢多说。

而孟若因则反复恳求宛如，要去旭光小学做教师。还说燕先生都准许燕知秋去应聘，为什么自己就不能出去做点事？宛如以门户有别为由拒绝，要孟若因老实待在家里，研习女红、琴棋书画。孟若因生气地责备宛如顽固，还不如念了一辈子四书五经的燕先生开明。

经不住养女软磨硬泡，宛如只好答应，好吧，我就让你疯一阵子，待嫁了人,自有人管束你。孟若因抵触说,我不嫁人,我一辈子守着大娘。宛如道,你还小,不懂男女之情;待你懂了,大娘哪里还留得住你?孟若因听了这话自是伤感不已。

3

被赶出孟五德堂的孟天佑万分失意,终日混迹于清冷酒馆,一杯接一杯地往嘴里倾倒着烧酒,醉生梦死。

这天,孟天佑因为无钱支付酒账,正要被酒馆老板赶出店门,不想一个旧识突然出现,不但帮孟天佑清了酒账,还又加菜加酒。这个人就是孟天佑先前在赌场结识的曹永茂堂总管——钱家富。

两个人此前曾经常凑在一起切磋赌技。钱家富十分看好孟天佑的算计和狡黠,暗忖如有机会这小子怕不是个寻常人物。眼下孟天佑落了难,钱家富自然不会袖手旁观。对于孟天佑的自暴自弃,钱家富看不过去,问他难道甘心自己这样的人中之俊杰,会就此忍辱吞声甘做一混迹于市井的杂皮?

孟天佑听其话里有话,便让钱家富指点一二。他告诉孟天佑说,既然孟五德堂无情无义,那你也不妨学学人家越王勾践。为了复仇,不仅睡着草堆舔着猪苦胆,连吴王的屎尿屁都敢吃!你为什么不能先蛰伏几年?留得五湖明月在,何愁无处下金钩?养精蓄锐,待具备实力再寻机雪恨!

于是,在钱家富的安排下,孟天佑低眉顺眼地进了曹永茂堂,在总账房做了一名终日拨打算盘珠子的小帮账。

得知消息的宛如,下意识地感觉到了钱家富区区一个总管,当然做不出这样的决断,而他背后的那只黑手,是多年来一直被孟五德堂压着的曹永茂堂。其间的算计,让宛如再三沉吟,但是,以她的心胸,还不至于为这点小事闹上门去。却没想到,这一姑息,为之后的惨剧铺下了伏笔。

孟天佑在曹永茂堂栖身做了帮账,不想却因此见到了一位故人。那就是曹家的二小姐曹二欢。正如曹老爷说的那样,自从残废之后,曹二欢终日待在家里,郁郁寡欢。而孟天佑看到生活全然不能自理的曹二欢,心情却是极为复杂的。个中原因,也许只有他自己心里清楚。

原来,很多年前的那次事故,戏台着火之后,几个孩子嚷嚷着往外面挤,正是孟天佑伸手一划拉,那个大衣箱才从高处落了下来,砸伤了曹二欢,也因此改变了她一生的命运。一个貌美如花的姑娘,只能永远瘫在床上。

幸好曹家也是有钱人家，而且也没有儿子，所以，就算能进来当个入赘女婿，在众伙计看来，也是让人颇为眼红的。

外加曹二欢那个泼辣的姐姐曹大欢，对所有人都不讲情面，唯独对这个妹妹照顾有加。这天，午后艳阳，曹大欢又痛斥忘记把曹二欢抬到院子里晒太阳的两个丫鬟。

院子里，曹大欢一边陪着曹二欢晒太阳，一边给她削梨吃。二欢说，昨天杨媒婆到家里来给你提亲了？是一家油麻米豆行老板的儿子。

曹大欢万分不屑，开油麻米豆行的也敢打我曹大欢的主意，门都没有，还顺势安慰曹二欢，我要先把你的婚事办妥了，再嫁。

曹二欢好奇曹老爷总是在说的那个孟家老六，曹大欢却非常不满，说那个孟天宝油嘴滑舌、奸狡鬼怪的，一看就没什么大出息，她一定要给二欢找一个在外上得台面、在家又体贴的！

而对于自己的爱情，曹大欢亦是自信满满。

为了和孟天许自由恋爱，曹大欢此前已经拜托曹老爷也给她从成都买回了一辆三枪牌自行车，现在，全自流井就他们俩有车，天生的一对。

可是，孟天许却好像并不乐意跟曹大欢做一对，他急速地蹬踏自行车躲开，曹大欢也骑上车拼命追赶。这颇有意思的一对，让街上的人们忍不住停步观看，议论纷纷。

曹原三却完全不曾领悟到女儿的心思，既觉得曹大欢花好几年光阴，近百个大洋，换回来一张纸的毕业证书万分不值，以后还要他赔上一大笔银子，把她嫁出去，对曹大欢没好气地说，要把你赶紧嫁了！

曹大欢怒吼一声，你敢，本小姐好久可以嫁了，嫁给谁，我会告诉你的。

曹原三连连哀叹曹大欢的黄牛秉性比她已经去世的妈妈还吓人。

曹大欢却完全没有想到，此时的孟天许正在收拾行装，准备踏上接下来的成都之行。行前，孟天许和燕知秋难舍难分。

他搂着燕知秋坐在绿草葳蕤的河岸上，细语绵绵地许下诺言，等我在成都考上官费留洋生，马上回自流井举行婚礼，然后一起东渡去日本！我要让你做世界上最幸福的女人，这是一个梦，一个美梦，一个很快就要实现的美梦！

可是，燕知秋却不知为何，心里充满了害怕，觉得自己没那么好命，觉得今天孟天许许诺给她的一切，会被风给吹散了。

孟天许安抚燕知秋，让她不许瞎想，老天爷永远保佑好人，我们都是好人呀，没起过坏心，没说过坏话，也没做过坏事，当然会有好报的。好好在家等着我，等着我回来娶你！

收拾完东西，孟天运来送孟天许。

孟天运好奇地询问孟天许，是什么时候决定要去留洋的？

孟天许想了想，回答道，其实早在大娘设计的那场绑架案之后，他便动了这个念头。从小到大，大娘就在他们兄弟间不厌其烦地强调孟五德堂少东家的重要性，以至于他们都把争坐那把椅子当成了理想。一口锅里吃了十几年的饭，彼此再熟悉不过，他对自己的结论是，精明不及老五甚至老四，宽厚不如二哥，倘若留在孟五德堂，以后充其量只是一个汤总管而已。所以，他既然不能放弃自己的理想，那只能转变，他现在的理想是留洋，学得一身的技艺，而后再回来做技师、工程师、科学家，办新式工厂，用最新的技术来改变自流井的落后面貌！

孟天运理解了弟弟的选择，也体悟着弟弟的情谊。孟天许临走前还询问了孟天运和孟若因的事情，他们都不是瞎子，都看得出来。可是，二哥现在距孟五德堂掌门人仅半步之遥，熊掌和鱼的选择，可得掂量好了！

孟天许语重心长地提醒着孟天运。孟天运一时无语，内心纠结，但同时也默默祝福着这个即将前往成都的弟弟。

孟天许走后不久，孟天运接到了一封来自重庆的来信。信是老五孟天慕写的，他怕招惹麻烦，信件上写的是汤总管收，可是汤总管一打开，却发现信件内容是写给孟天运的，便没有再往下看，急忙送来给孟天运。

信里，孟天慕说他已经在重庆安顿下来，现在一家报社做校对，完全能够自食其力，让他们别担心。

得知这一消息的孟天运和汤总管都很庆幸，谢天谢地孟天慕总算是躲过这一劫了。

汤总管还不无小心地提醒孟天运，警备司令部的人好像还在寻访五少爷的下落，所以只能把地址记下来，信可不能留！孟天运觉得有理，便把地址记下，信烧掉了。而对于宛如，他亦觉得还是等过一阵子，外面消停了再汇报情况。

而此时，身在重庆的孟天慕却在一家小饭馆吃饭时，偶遇了一个吃白饭的汉子。这个汉子衣衫整洁、青白面皮，不像是坏人或者地痞无赖。可是，吃完饭后，他却不肯付钱，令店家十分为难。正在僵持时，孟天慕好心出头，帮汉子结了账。

事后，汉子磕头感谢孟天慕出手相助。孟天慕不解他这身装束不像是恶意诈吃白食的人，口音又非本地，莫非是遇上了难处了？

汉子想了想，还是告诉了孟天慕，说自己寻亲不果，行李被盗，身无分文，一时半会儿又没找着活干。

孟天慕于是用手一指，说：我就在前面不远一家报社做工。报社每日都要临时招些人做勤杂，不嫌弃的话，我可代为引荐。

汉子喜出望外，此后便跟孟天慕一起。他还告诉孟天慕，他因为人长得老相，大家就都叫他老索。孟天慕也告诉他自己不姓常，而姓孟，并且他推测，老索应该也不是到重庆来寻亲的。

老索惊讶地问孟天慕是怎么知道的。孟天慕只是平静地回答：因为你的那种眼神，我很熟悉。

4

孟天运要开始在井上工作了。孟若因偷偷拿自己的私房钱为孟天运做了两身衣服，令孟天运颇为感动。孟天运想起从小到大的时光里，自己一直悉心呵护照顾着孟若因。

小时候看木偶戏的时候，为了让若因看得更清楚，孟天运把她高高地托起，而他自己却在人群背后什么都看不见；孟若因如果有什么做不出的习题，孟天运也会想方设法帮她打小抄；去郊外放风筝，孟天运看孟若因想摘河边的花儿，不顾危险帮妹妹去摘，结果一不小心就掉进了河里，成了一只落汤鸡。

然而，这些美好的时光终究一去不复返，孟天运紧紧地抱住孟若因，痛苦不堪地闭上了眼睛。

除却这些儿女情长，孟天运天生具备经商头脑，才一下井，遇到了可以施展的空间，就把他的这份才华展露无遗。

德昌井，一个直径十余米的竹木车盘上套了六头水牛，周而复始地转动，车盘上的绞索绷得紧紧的，带动天车上的天辊地辊一起转动。绞索从碗口粗的井口不断上升，最后露出了一根红缨子，井口钩水匠喊一声：松车——

绞索渐渐慢下来，随即一个近丈把长的南竹筒被提出了井口；钩水匠拽过竹筒，用一铁钩将竹筒底部的牛皮活阀一顶，黑色的卤水哗哗地倾泻到了楻桶里。

德昌井刘掌柜向孟天运讲解：德昌井是一口黑卤井，孟五德堂最好的花盐都是用这口井的黑卤熬制的，这里一天出卤一百八十担，眼馋的人形容不是出卤水，而是整天冒银子！

硕大的煮盐铁锅旁，刘掌柜正在向孟天运介绍煮盐工艺：卤水进锅直到盐卤浓缩，这个过程叫烧生水，坐灶师傅依据自己的经验，判断下豆浆提清化净的时间，他们的这门手艺都是口口相授，世代传袭，那是他们的饭碗，非血缘至亲不肯轻易外传。外人，哪怕是东家，都很难窥透其中的诀窍。

而孟五德堂是当地众所周知的大户，除了自己汲卤，每日还要从井户手中购买卤水以供众多灶口熬盐，这些购买的卤水都要舀一碗送到这里用小锅煮盐，以鉴定卤水的浓淡，防止井户舞弊。

这些见闻，都让孟天运禁不住地感叹，井上灶上的学问真多啊！

一日，孟天运从外面回来，听见宛如正在总账房里发火，忙走进去关切。这才得知新来的盐务局监察骆阿宝，将德兴灶一万多斤的优质花盐判为劣质，要求化水重煎，这将令孟五德堂损失惨重。

宛如责问负责的掌柜是不是没按规矩办事。

掌柜一脸苦状，说昨天一大早就派轿子去盐务局请骆监察到灶上验盐。事前已经打探了，他是下江人，头天晚上特意叮嘱灶上厨房忌辛辣，六菜一汤是照富和园南堂厨子的做法仿的，始终赔着小心，没有开罪他的地方。而且红包还没来得及送，就撂了一句"颗粒不均匀，化水重煎"，抬屁股走人了！

一屋子的人陷入沉默，不明所以。正在这时，裴二娃气喘吁吁地跑进总账房，他终于打听清楚，新来验盐的骆监察是嫌德兴灶没给他叫出堂唱曲的洋琴荡子！而曹永茂堂钱总管为两傲带铁屑炭的巴盐称吊入仓，头晚便把姓骆的偷偷领到了抱翠阁，第二天还专门请了唱曲的洋琴荡子到灶上陪酒。

宛如气愤地连呼下作，命备轿，她要亲自上盐务局会一会这个下江小鬼！

裴二娃连忙提醒，说这个骆阿宝是盐务局局长夏青城的小舅子。

宛如不禁一愣，当场僵住。

眼见如此，孟天运上前一步，主动请缨处置此事。他觉得这件事说小不小，说大也不大，大娘出面不合适。还是他去盐务局试着斡旋一下。倘若没有结果，回头再来想办法也不迟。

宛如注视着孟天运，颔首答应。

既然主动请缨处置此事，孟天运还是运筹帷幄了一番，他看准了这天市政委员会主任胡祖善来巡视盐务局，便趁着这个机会径直登门造访夏青城。

夏青城长相猥琐，脸上架着的眼镜厚若瓶底，孟天运进去的时候，他正一脸谄媚地巴结胡祖善，大赞自己的小舅子骆阿宝是正经政法学堂毕业生，窝在盐务局充一检验盐斤的监察，一肚子本事没有地方用，想推荐到胡主任那儿去公干。

结果，就在这时，孟天运突然闯了进来，死活要见夏局长。夏青城迫于无奈，只好当着胡祖善的面，接见了孟天运。

孟天运掏出两个精致的牛皮口袋，从口袋里各抓出一把花盐放在桌上，问夏青城可否鉴别一番。他早闻夏局长久涉盐场，想必是具有一双识别盐质的慧眼。

夏青城被他一抬举，自然下不来。可一看那盐，一堆色泽发黄、粗细不匀，另一堆雪白洁净，颗粒匀称，极为不屑地回答，这位少爷你是在同我开玩笑吗？这何须我出手，就是随便找个会煮饭的婆娘都分得出来。

可是，既然夏青城都这么说了，孟天运却忍不住向他请教，那为什么这堆色泽发黄、粗细不匀的盐，却填了仓单称吊入了仓。而这个灶煮的花盐，却被贵局监察认定颗粒不均匀，需化水重煎！

夏青城顿时明白自己已经中了对方的套，迫于胡祖善的面，只好询问这两个灶煮的盐是同一个人验，同一天验的吗？在得到肯定答案后，又询问孟天运，验盐检查是谁？倘有舞弊行径，他决不姑息护短！

孟天运小心翼翼地回答，此人姓骆。

夏青城的脸瞬间僵硬了，他觑一眼胡祖善，极力掩饰自己的尴尬。

眼见如此，孟天运又赶紧补了一句，他好像是刚来盐务局不久。

夏青城赶紧就坡下驴，说：哦，对，这人刚调到本局不久，许是业务不熟吧？这应该算是一个明显的失误。

孟天运淡淡一笑：关于这位骆监察骆先生是如何失误的，井灶间有一些不太有趣的传闻，我就不讲出来与局长大人和这位先生分享了，我宁愿相信他是业务不熟造成的失误。烦请夏局长转告这位骆先生，这种失误很低级，会造成盐务局在盐场公信度的折损。耽误你们时间，告辞！

就这样，孟天运让欲袒护骆阿宝的夏青城生生吃了一个哑巴亏，灰头土脸之下只得放行德兴灶的优质花盐，孟五德堂挽回了几乎不可避免的损失。

汤俊川对孟天运赞不绝口，以前但凡盐商碰上这类事情，无一例外最终都是低眉顺眼大把行贿来了结事端。没料到二少爷初出茅庐，便有如此不凡的出手，实在是令人刮目啊！

而对于孟天运绵里藏针、声东击西的计谋，宛如十分赞叹的同时，又觉有锋芒毕露，盛气凌人之嫌。虽说夏青城放了仓单，但当着外人被臊了脸皮，难说他就没有记恨在心，或许还要借势为难我孟五德堂一番呢！

汤俊川倒是毫不担心，兵来将挡，水来土掩，那不正好可以看看二少爷用什么手段来应对吗？

果不其然夏青城因为此事十分记恨孟天运，让毁了仕途的骆阿宝去找曹永茂堂的钱总管，让他设法联手一些盐商挤对挤对孟五德堂，太不拿老子当菩萨了，得让他们吃点苦头！

这天，正在井上工作的孟天运，被裴二娃急急召回家中，原来，一直从中小盐商处购买盐卤的孟五德堂，这天却不明所以，所有中小盐商拒绝售卤给孟五德堂。裴二娃暗中调查，这才搞清楚，原来是曹永茂堂钱总管私下里每担加价五文钱买走了这批卤水，然后雇挑卤帮挑到他们的杨家冲灶口去了。

对此，汤俊川十分担心，这分明是曹永茂堂有意为之，没有卤水输送，德通枧十天左右就会爆管，那样损失可就大了！

孟天运想了想，请求宛如将这件事全权交给他来处理。

宛如连头都没抬，说：既然把这桩事交给你和汤总管办，我不发表意见，你们看着办吧！

孟天运当即让汤总管帮他算一下，曹永茂堂买走这批盐卤再雇人挑到他们的灶上煮盐，成本会增加多少。

汤俊川把算盘一阵拨打，得出答案：一包盐大概会增加一块钱，八百担盐卤出盐五百担，大约会增加五百块钱的成本。

孟天运当即想到自流井枧管输卤历来为几家大户垄断，中小盐商受尽盘剥，如果能改变这样的积习，既可笼络中小盐商又有利可图。于是他决定在商会发通告，开放孟五德堂枧管，中小盐商皆可输送自家盐卤，只需留下一定的卤水作为过枧资费。这一借鉴了银行汇兑方式的改革令中小盐商欢呼雀跃，也让孟五德堂赚了个钵满盆满，宛如和汤俊川刮目相看，欣喜不已。

这一招让靠枧管发不义之财的曹原三焦头烂额，连忙让钱家富召集几个盐商，想把从他们手中买走的盐卤退了。此话一出，便让同样遭受损失的几位盐商愤愤不已，连呼受了曹原三的骗，他们现在也跟着鸡飞蛋打，损失重大。

曹原三回去生气地责备钱家富偷鸡不成蚀把米，把曹永茂堂的脸给丢大啦，以后讨好盐局的人你得盘算清楚了再动手，你赢了，他夏青城当然高兴；你输了，姓夏的也不会少一根毛，损失得他们自己担着。

钱家富被骂得无可奈何，面对局势又想不出翻身的招数，只好请求自罚三个月薪俸。曹原三为人精明，说罚薪俸就免了，自流井遍地人精，谁能保证招

五

063

招见血。不过，这借用钱庄兑水的办法，轻易拆了釜底抽薪这一招，还盘活了德通枧，一箭双雕！曹原三猜想汤俊川应该没这脑子，不知道是什么人在背后点拨。

钱家富立即说明，他已经让薛老五打探过了，说是孟府二少爷想出来的招数。

孟天佑一震。

曹原三也大吃一惊：啊？那个刚刚毕业的娃娃？

钱家富说：据我估计，此人很有可能成为孟五德堂的少东家！

曹原三倒吸一口冷气，要是这小子接掌了孟五德堂，真不可小觑啊！钱家富立即进言，说大坟堡地区日产卤量有一万多担，咱们可不能让孟五德堂一家独大。不妨也建一条从大坟堡到郭家坳的枧管，跟它孟家分庭抗礼，依样画葫芦地分他一杯羹。

曹原三自然也不在乎别人说他抄袭，邯郸学步能学出银子来，哪怕有人说我曹原三拾人牙慧都不惧！枧管的名字也不用想了，他不是叫德通枧吗？我们就叫永通枧！

两人说话间，一旁帮账的孟天佑听说了二哥的壮举，眼睛也忍不住滴溜溜地乱转。

除了这两件事之外，孟天运还在德昌井试验了一系列改革，如将四班工时制缩减为三班，但每班增加一个小时，剩下的三个时辰，则让盐工休息。休息好了才能更好地干活。

对于这个自古至今井上留下来的规矩，众人都充满不解，要让他们歇三个时辰，就等于井上每天要少替孟五德堂推三个时辰的卤水哦？

可是他不仅要把一班缩短成三个时辰，还要有额外的奖红。孟天运跟大家解释道：四个时辰不间断劳作，大概能推五十五筒卤水，对吧？他已经了解过了，最后一个时辰大多数盐工已经没有体力，在勉强支撑。如果一班能在三个时辰内推满六十筒卤水，每个盐工每推一筒卤水出井加一文钱作为奖红；不出意外，三个班每天肯定能多推十五筒卤水，最终的结果是井上增产，而且还增产不少！

听到了这些话，大家连连点头，心下不禁释然。

不仅如此，孟天运还给盐工适当改善伙食，又博得一片感激，令盐工们自觉下力，导致成本并未增加多少，但产卤量翻倍。

眼见着满自流井的盐商都在盛赞孟天运的奇思妙想，说他的脑壳太会算计了，绝对商界奇才！宛如欣喜自己没有看错人。

这天，宛如把孟五德堂属下井灶枧号的几十个掌柜全部召集到正厅，春风满面地宣称要让孟天运接班。她说：大家都知道，孟五德堂自辛亥年遭遇变故后，我孟常氏前后共收养了六个儿子，为的是在他们中间培养出孟五德堂的接班人，为孟五德堂这条大船看风、掌舵！十几年的观察，十几年的考验，今天结束了！我决定，确立二少爷孟天运为孟五德堂新的掌门人，从今天起，接手掌管孟五德堂所有产业！而我，将退居幕后，不再过问具体事项。希望诸位一如既往，尽心辅佐少东家，让我们孟五德堂在自流井盐场屹立不倒！

面对宛如的决定，孟天运除了惊诧不已，更多的是不知所措，张着嘴半天都没阖上。

而就在孟天运接掌孟五德堂的次日，备受煎熬的孟若因再也无法承受这苦涩无比的感情。索性以教学繁忙为由，搬到学校去住，避开孟天运。

看着孟若因失魂落魄，燕知秋一直安慰着她，问她是否就准备这样认命，听从等候大娘给她找一个门当户对的人把她嫁了？

孟若因不禁感叹，自己是个孤女，是二哥把她捡回来，央求大娘收留。没有他们两个人，她一定早就饿死了。大娘把她抚养大，供吃供穿供她读书，她还能怎样？对于二哥，她也充满理解。他心里其实也跟她一样苦，她不能怪他。

孟天运因为担心孟若因，也到学校来看她。可是，燕知秋却将他拦在门外，问他见了若因，想说什么。

孟天运无言以答。燕知秋只好劝他，先冷静下来，各自好好想想究竟应该怎么办。如果决定断，感情上就不能有丝毫的藕断丝连，那样你们会更痛苦的。

一边是兄弟六人明争暗斗十几年的头把交椅，一边是心爱的妹妹，孟天运经不住感叹，鱼，我所欲也，熊掌，亦我所欲也；选择是一件多么痛苦的事情啊！

六

1

夜色清寒，裴二娃悄悄把一封信交给了孟天运。汤俊川忧心忡忡地关切道：五少爷在信里又说了些什么？

孟天运将手中的信笺递给了汤俊川。孟天慕在信中说，他决心投入推翻现在这个不合理社会的阵营中去，还动员二哥也离开封建家庭，一起做革命青年。

汤俊川惊讶不已，现而今孟天运已经是孟五德堂的掌门人了，也就是自流井最有钱的人，他要革命，也会革你的命吗？孟天运想写信奉劝孟天慕不要乱来，汤俊川却建议一起去听听大太太的方略。

捧着信笺的宛如一脸凝重，这个老五他究竟想干什么呀？自己做了乱党也就罢了，还敢写信回来劝你也离开？还封建家庭！我们是封建家庭吗？

孟天运忧心不已，奉劝宛如：想老五可能是因为流落在外，无亲无故，提心吊胆的日子肯定不好过；闲来无事看些乱七八糟的书打发时辰，把心看野了看花了，才会在信上这么胡说一气。现如今，刘湘的二十一军早已撤出自流井，他托人去保安署打听过，当初老五惹下的祸端也无人提及，不如把他找回来，一是免得他稀里糊涂真加入党派之争不可收拾；二是找他回来后，跟我一起经营孟五德堂。

宛如当然首肯这个提议。于是孟天运便带着伙计裴二娃赶赴重庆寻找与他感情匪浅的老五孟天慕。

不想，此时的孟天慕正和老索，以及另外十来名报社员工排成一排，面墙而立，双手扶墙，被警察挨个搜身检查着。

警察们进进出出，将搜缴出来的书籍、报刊扔在院落里。几本《现代政治思潮》、《阶级斗争》和《社会主义史》等书被警察扔到了孟天慕、老索的脚边。

报馆被封了，孟天慕和老索又开始终日为生计所愁，甚至开始去码头干一些体力活，累死累活只能挣一点微薄的收入。

这天，老索突然幸福地拉住孟天慕，告诉他，他找到了一个吃饭不花钱的地方！

老索带着孟天慕来到一块空地，两张临时拼搭成的条桌前坐着身穿灰色军装的一男一女，有三三两两的男女青年围在条桌前，条桌上方挂着一个横幅："中央军事政治学校武汉分校招生处"。

孟天慕蹙了一下眉头询问，你的意思我们去考这所学校，以后吃军饷？

老索反问，有什么不好？我离开家最想干的事就是当兵！

孟天慕不语。

老索说他都已经打听清楚了，他们招生的条件是念过小学，我们都读过中学，肯定没问题。你要觉得行，我去要两张表来填了？

这时他们又在人群中看见有女生在报名，原来军校有一政治科，专招女生。两人跟着便结识了正在报名的阆中姑娘郝爽。郝爽的美丽、开朗、善解人意深深吸引了孟天慕。

在郝爽的热情鼓动下，孟天慕和老索一起报名参加了军校。教官非常欢迎他们这样的有志青年，当即录取，并约定今晚七点，准时在储奇门码头上船！

而与此同时，和裴二娃一起赶来的孟天运根据信上的地址找到报馆，却发现这里早已被查封。茫茫人海，孟天运无望地寻找着孟天慕，却终究还是在码头上，和满怀激情准备登船的孟天慕擦肩而过。

2

一支川军部队开进自流井。街道倏然间喧闹起来，路人纷纷闪到两边的街沿上，引颈而望。整齐的脚步声和马蹄声传来，街道上迤逦走来一长列扛枪行进的士兵。

队列最前面，领缀少校军衔的孟天成骑在高头大马上，目不斜视，英姿勃勃。

原来，升任营长的孟天成率部移防叙府，途经自流井休整两日。看他领回来一个整建制步兵营，三百多人，宛如喜不自禁，忙不迭安排人打扫盐仓安顿几百名士兵，又嘱汤俊川给每个士兵发放两个大洋的辛苦费，她要给有了出息的大儿子足够的面子。

随即，她安排孟府大开宴席，要把自流井有头面的人物全都请来，看看孟天成的发达，看看她宛如含辛茹苦的成就，也出一出多年来因收养孤儿备受讥讽的恶气。孟天成提醒，千万记得要请燕先生。宛如说，那是自然，你今天能够出息，燕先生开蒙也有功劳，岂有不请之理？

满院子都是忙碌的人，修剪花草的，擦拭廊柱的，洒扫庭院的，搬挪桌凳的。人人脚下生风，喜气洋洋。

汤俊川把要请人的名单递给宛如，说自流井地界有头有面该发帖子请来作陪的，都在这上面了！

宛如看着单子，却发现并没有曹永茂堂的曹原三，便问汤俊川，你是一时疏忽漏掉了还是有意没有邀请？

汤俊川回答，有意没请。

宛如不解。

汤俊川说，当初曹原三收留孟天佑，想必是有意为之，其目的无外乎让孟五德堂难堪。我想，来而不往非礼也，借此机会我们以牙还牙，也让他姓曹的在自流井跌一回颜面！

宛如当即否定：我与他曹原三素来不睦，尽人皆知，当年为了自己养这几个娃娃的事，他也没少闲言恶语，今天我一定要让他看看天成的威风！发帖，你亲自登门去请。还得把他安在主桌，让他见识见识我的气量！

汤俊川只好从命。

次日，孟五德堂中院果然摆上了整整二十桌鱼翅席，自流井的达官显贵商贾雅士齐聚一堂，参加宛如名为儿子孟天成接风洗尘，实为其亮相炫耀的盛大宴会。

觥筹交错，笑语喧哗，宛如满脸含笑，十分得意地给大家介绍家厨做了十几年的拿手大菜黄焖鱼翅。凡能把鱼翅做到软烂味厚、浓鲜不腻已属不易，要是再能做到吃罢鱼翅，齿颊留香，那菜可是上品当中的上品了。

正当众宾客品评佳肴，赞不绝口时，孟天成突然站了起来，请示宛如说自己有话要说。宛如示意由他说话。孟天成先一拱手，声如洪钟地感谢宾朋，说自己托了大娘之福，今天有幸在自流井各界翘楚面前亮相，万分荣耀。除此之外，他还要特别感谢一个人。

孟天成离席走到燕伯卿面前，啪地立正，行了一个标准的军礼。

燕伯卿吓一跳，下意识地也抬了抬右手。

孟天成大声说道：感谢燕先生当年为愚钝天成开蒙！天成终日忙于军务，无暇旁顾，年过弱冠，尚未娶亲。不瞒诸位，上门与我提亲的人还真不少，但我统统回绝了，因为我心中早有归属！今日借我大娘宴客之际，天成亲自向您提亲，我要娶燕知秋！

举座哗然惊诧，孟天成不容商量地继续说道，今日天成就当着自流井各位政界、商界魁首的面，冒昧地代表我大娘，郑重其事地向燕老先生提亲！聘礼已经备好，酒席过后即派人奉送上门。待本部在叙府驻防就绪，即行迎娶！

孟天成的霸道令燕伯卿愕然。宛如则明白，这个做了军官的大儿子她已经没有能力控制了。

燕知秋浑然不觉地从学校下课，拎着书袋与几位教员一起走出校门，彼此道别，哼着曲子一路回到至味山房。看见一大堆披红挂绿的聘礼堆在天井里，燕知秋顿时愣住了。

燕伯卿搂着燕知秋坐在屋檐下，满脸愁苦地说起中午他去孟五德堂赴宴时，孟天成的突然提亲。

天降横祸，燕知秋五内俱焚。她当即手书信笺一封，匆匆出门，与正要进门的孟若因撞了个正着，孟若因见燕知秋已经知晓一切，便陪着她一起去电报局给尚且身在成都的三哥孟天许发电报，让他赶紧回来！

另一边厢，曹原三从酒席回来后，立即兴高采烈地跟曹大欢描述了酒席上的一切，并且说你们没有看见那个不可一世的孟常氏脸上红一阵白一阵的狼狈样儿太可惜了哦！这个孟天成，从小顽劣不堪，大了还依然如故，那老太婆让自己的养子打了一个措手不及，当场就被打瓜了呀！哈哈！

曹大欢无比惊讶地询问：燕家已经答应这门亲事啦？

曹原三摇头晃脑笑眯了眼：他燕伯卿一介穷儒，有胆量拒绝吗？

听到这一消息的曹大欢，咬着嘴唇思索着什么，也许，她该开始行动了，她的机会来了！

曹大欢首先来到总账房。孟天佑一手翻账簿一手极快地拨打算盘，曹大欢让正在盘账的钱家富早点收了，她有一点事情想找孟天佑单聊。

待确定钱家富离开后，曹大欢开始问孟天佑，堂堂孟五德堂的四少爷，竟然沦落到曹永茂堂做帮账，你会安之若素？

孟天佑尴尬回道，蒙令尊不弃收留天佑，天佑唯有结草衔环倾尽绵薄以报大恩！

曹大欢哼一声，你是安于在这儿打一辈子算盘的人？

孟天佑无语。

曹大欢倾身言道：我给你创造一个登堂入室的机会！

孟天佑眼睛一亮，问：登堂？入室？怎么讲？

曹大欢说：我让老爷子把曹二欢许给你，入赘曹永茂堂！

孟天佑惊喜一瞬然后问道：条件呢？你不会是无条件的吧？

曹大欢这才把当天中午孟天成向燕伯卿提亲一事讲了出来。

孟天佑闻言惊道：燕知秋和老三是一对呀，老大怎么插了进来？

曹大欢说：所以我料定燕知秋会在第一时间把这消息告诉人在成都的孟天许，而孟天许也会第一时间赶回自流井来。但他说服孟大太太改弦易辙的可能性根本没有，孟天成更不会同意，事情便会陷入僵局。

孟天佑问：你要我做什么？

曹大欢说：我要你做的，就是想尽一切办法鼓动孟天许和燕知秋逃婚私奔！他们只要一动脚步，我们两个这桩生意就算做成了！

孟天佑早知曹大欢喜欢孟天许，此时说，我明白了，你是要在他们冒险私奔的当口出手搅局，从中渔利。

曹大欢道：这件事你我各得其所；我，遂了心愿，你，一步登天！

孟天佑颇有深意地看了看曹大欢，说了两个字：成交！

3

孟天许急急赶回自流井。木船靠岸，他都不容艄翁放好跳板，就已经纵身跳到岸上，撒腿就跑。

他首先来到燕知秋家中，好一通安抚燕知秋，让她一定要放心，他会想尽办法说服大娘改变主意。

燕知秋看着孟天许，眼里的忧愁浓得化不开，但也只好选择相信他。

孟天许跟宛如一通理论，要求宛如拒绝孟天成的婚事，让他和燕知秋成亲才对。

宛如却半天不说话，孟天许逼问宛如。宛如怒道，燕家收了聘礼，燕知秋名义上就已经是你嫂子了，弟弟娶嫂子不是乱了伦常吗？你想让我在自流井颜面扫地吗？绝对不可以！

不管孟天许怎么辩白说他们又没有成亲没有进洞房，为什么不能更改！宛如都不再理会孟天许。

和宛如谈判未果，孟天许又只好飞快地蹬上自行车，以最快速度远赴叙府兵营与老大孟天成摊牌。

叙府，一轮夕阳将大江染成血红色，沿江透迤着一座城市。孟天许筋疲力尽地推着自行车来到兵营门口。卫兵摘枪一横，将孟天许拦住。

孟天许跟卫兵解释半天，终于被带进去。在孟天成房间，赶了二百里路，水米没沾牙的孟天许先是狼吞虎咽，饱餐了一顿之后，就开始急不可耐地跟孟天成讲起拜访缘由。

他说，大哥，很小你就离家了，自流井发生的好多事情，你其实并不知道。

孟天成细问是什么事情。

孟天许说：就是我跟燕知秋的事情。

孟天成一愣：你？跟燕知秋？怎么了？

孟天许说：你可以去打听一下，二哥，老六，还有若因他们，都晓得我和燕知秋早就情投意合啊！我们早就暗自订了终身，说好等我考上官费留洋生，马上回自流井举行婚礼，然后和她一起东渡日本。

孟天成的脸僵住了，看着孟天许，一个字都说不出来。

孟天许言辞恳切，大哥你赶紧退婚吧，再把你送给燕家的聘礼统统收回来。大娘还说这事丢人，可笑。什么年代了？恋爱自由，婚姻自由应该是我们这一代人拥有的权利！

却没想到，孟天许话刚一说完，孟天成就突然爆发，他起身猛地一掀桌子。饭碗、菜盘、饭粒、菜汁满屋散落。

孟天成气急败坏地抓住孟天许的衣领，高声咆哮道：你龟儿子是吃错药了还是脑袋被驴踢了？退婚？把我聘下的婆娘退了让给你？亏你想得出来！

头上沾满饭粒，菜汁还在面颊流淌的孟天许也不示弱，与孟天成抓扯着：燕知秋本来就属于我！你去问问她，是愿意跟你还是跟我？

孟天成质问：你提亲了吗？下过聘礼吗？她怎么就属于你了？

孟天许不依不饶：你们拎着枪去提亲，去下聘，哪个还敢说个不字？

孟天成怒吼：你管我用什么方式？他燕家接了聘礼，这门亲就铁板钉钉啦！你以为我会妥协退让？我还就告诉你了，燕知秋我娶定了，任何人休想阻拦！

孟天许毫不退让：这是什么逻辑？你们的行径跟欺男霸女的强盗有什么区别？我也郑重其事地告诉你！燕知秋只愿意嫁给我，你绝没有染指的可能！

眼见如此，怒不可遏的孟天成猛地松开孟天许的衣领，抽出腰间的勃朗宁手枪，转头大喝一声：给我来人！

六

呼啦啦从门外冲进几名卫兵。孟天成一指孟天许：竟敢跑到我兵营里来撒野，把这人给我绑了！

卫兵蜂拥而上，将孟天许摁倒在地，五花大绑。

孟天许挣扎着大喊大叫：你们要干什么？松开我！

孟天许被摁在地上，还依然骂不绝口：买东西还讲个愿卖愿买，你们这是什么？是强盗！兵痞！你们眼里还有没有王法？

孟天成在孟天许身旁蹲了下来：听着老三，我是在血盆里抓饭吃的人！他将枪口抵住孟天许的额头：这个，就是我的王法！

孟天许傻了。

孟天成站起身：找辆车，把他押回自流井去！立即！马上！

孟天许被卫兵拽了起来。

孟天成比画着手里的手枪，朝他的背影喊道：七天之后，我要回自流井迎亲；你要是胆敢继续捣乱，我认识你，这枪膛里的子弹不认识你！

与此同时，曹大欢拿出了一本载有自己生辰八字的红缎簿册，知会父亲曹原三，要其亲赴孟府提亲，她要嫁给孟天许。

曹原三惊得眼珠都凸了出来，你嫁给谁都可以，就是不能嫁给孟五德堂！曹孟两家在盐场明争暗斗几十年，明面上大家彬彬有礼道貌岸然，可私底下却是不折不扣的冤家，把我的女儿嫁到他家去？绝对不行！

曹大欢却说，多个仇人多堵墙，冤家宜解不宜结。曹孟两家联了姻，和气生财，对大家只有好处没有坏处。

曹大欢又要挟曹原三说，跟你明说了吧，孟天许我这辈子嫁定了！你若是不去提这个亲，我明天就把自己挂在大门口的门框上！

素来惧怕这个女儿的曹原三一边哀叹一边无奈地答应了曹大欢。

一乘四人轿子来到孟五德堂门口。轿帘掀开，曹原三走了出来，他一脸的惴惴不安，提起长袍下摆跨上台阶。

却没想到，宛如对曹原三的提亲倒是欣然接受。当即表态跟他换庚帖。

汤俊川还不无担心地提醒宛如，被您撵出府的孟天佑还在曹永茂堂，以后两家联了姻，您不觉得这事堵得慌？

宛如却十分淡定，一个在曹永茂堂打打算盘苟且过活的卑贱小人不足挂齿！日后我让曹原三把他耧走就是，这个面子他不会不卖给我。而孟曹两家联了姻，彼此争斗就此罢手，在自流井无疑少了一个对手，而且是最大的对手，何乐而不为？我想曹原三应该也是这样考虑的。再说，这个老三竟然同老大天成争夺上了同一个女子,传出去岂不成了天大的笑柄?曹家女儿此刻登场恰逢其时!

可汤俊川还是担心,若三少爷犯了轴,不同意这门亲事呢?

宛如依旧坦然:这种事能由着他?曹家大小姐也是大家闺秀,也是在蜀风中学读过洋课本的;又有一副肉墩墩的身坯子,一看就是又能生又能养,哪里比燕伯卿那个柳条丝一样的女儿差了?再说了,我养他孟天许这么大,供吃供穿供念书,为个小女子,一点面子都不给我了吗?

孟天佑答应曹大欢之后,便想尽办法接近孟天宝。当年他和孟天宝六弟要得最好,也知道他油尖嘴滑,最容易被利用。

这天,他躲在街口,见孟天宝的轿子经过时,有意识地跳出来装着不小心撞上似的,然后拉着孟天宝一通寒暄,去了茶馆摆龙门阵。

合盛公的茶馆里,孟天宝和孟天佑坐在老虎灶边上的一张茶桌旁。

孟天佑故意跟孟天宝打探家人的情况,孟天宝也迫不及待地跟孟天佑说起老大、老三和燕知秋的事情,孟天佑装作一副大为惊讶的样子,说没想到自己离开后府里竟然出了这么多事啊?那老三跟燕知秋咋办?他们两情相悦的年头可不短呀!

孟天宝回答:不短又能怎样?燕家收了聘礼,燕知秋已经就是孟天成的人了,就等着拜堂成亲了!

孟天佑再次佯装痛心疾首,说:那完了,老三娶了曹大欢,这辈子完了!你老六,估计也完了!

孟天宝不明白孟天佑的意思。孟天佑只好解释,曹大欢飞扬跋扈蛮不讲理尽人皆知,书呆子老三要是娶了她还想有好日子过?他完了!老二已然被老太太指定为掌门人,孟曹两家一联姻,老三必是以后接替汤俊川的人选,那就是个二当家啊!你呢?不彻底成了替老二、老三拎包的跟班了吗?所以你也完了!

孟天宝被孟天佑这一煽动,也开始担心。孟天佑赶紧建言:为老三这辈子的幸福考虑,也为六弟你日后的前程谋划,这事你绝不能袖手旁观,说什么也得把这事给它搅黄,把老三和燕知秋送走,一来呢,有情人终成眷属;二来呢,你最少也是第二个汤俊川,一箭双雕!

从叙府回来,委顿不已的孟天许一身尘土地推车走进院子。孟若因赶紧上前,把曹原三提亲之事告诉给他。

孟天许大惊失色,得知大娘已经答应,并且互递庚帖,正让命馆先生推择喜期。

孟天许瞬间呆滞，一通反省，拔腿朝中院跑去。

他义正词严地告诉宛如，无论如何，他都不同意这门亲事，他根本就不喜欢曹大欢。

宛如反问，这世间又有多少东西是你喜欢你就能得到的呢？

孟天许无语，可是，让他跟不喜欢甚至反感的人朝夕相处一辈子，不如让他去死。无论如何，他都要追求自由的爱情，要娶燕知秋！

眼看孟天许如此倔强，宛如怒了：我处处为你着想，你怎么听不进道理呢？读了十几年的书，都读到哪里去啦？再说了，我当初收养你们，不是为了让你们自由，你们能活到今天，就得承担该承担的义务！

4

经不住孟天佑的煽动，孟天宝当即决定把孟天许和燕知秋叫过来，一起和孟天佑商量对策。

深夜，除了几个亮着昏黄灯火的鬼饮食摊子，其他商家关门闭户，只有合盛公茶馆依然灯火通明，并且传出一阵川戏锣鼓的声音。

孟天宝领着孟天许、燕知秋走进合盛公的大门，他说老四很想见你们，他一直在曹永茂堂做帮账，他也许可以给你们透露点曹家提亲后面不为人知的事情。

茶馆没了白天人声鼎沸的嘈杂，除了打麻将牌和打纸牌的几桌人，最热闹的要数靠墙的十来个川戏戏迷，正坐成一圈打围鼓。

孟天宝在前，引着孟天许、燕知秋绕过大堂桌椅朝一个角落走去。孟天佑见他们过来，立即打了声招呼，又叫堂倌赶紧沏茶。

川戏票友们哼唱的正是《林冲夜奔》，孟天佑就由这出戏开头，说起了他对孟天许的关心。他说自己虽栖身曹府，但仍关注着家里的事情。听老六讲了你们的遭遇，猜想两人现在的处境怕也称得上进退维谷了吧？你们就打算逆来顺受、听凭旁人摆布了？

孟天许长叹一口气：我们两个焦头烂额，实在想不出来还能有什么计策。

孟天宝也在一旁撺掇：都说情急智生，三哥倒好，事到临头茫然失措！不然我能把四哥搬出来想办法？

孟天佑打了个哈哈，然后说：人家已然安好砧板，举起菜刀；你们又不想成为待宰的鱼肉，怎么办？三十六计，走为上。惹不起，未必连躲都不会了？

孟天许和燕知秋一震。

孟天佑一脸真诚，你们莫非真要让封建礼教捆住手脚？莫非真要被人活活把恩恩爱爱的你们拆散？

他指了指远处打围鼓的人。八十万禁军教头林冲被逼无奈，都有勇气投奔梁山落草为寇；三哥你当下不过一介书生，有什么放弃不了的？千年传颂的文君当垆、相如涤器不是编出来的故事吧？司马相如和卓文君为了追求自己的爱情不仅敢于私奔，堂堂富家千金竟然当垆卖酒，才高八斗的文豪也能躬身水槽刷盘子！千百年来他们的故事有多少人赞叹不已？有多少人效仿不已？

在孟天佑的开导之下，孟天许眼神慢慢坚毅起来，决心冒险一搏。他扭头问燕知秋，你愿意跟我一起走吗？

燕知秋坚定地点头。

看着这一对恩爱有加的情侣，孟天佑大声赞叹，然后又开始积极热心地为他们设计逃亡路线，陆路不能考虑，辛辛苦苦走上两天，一匹快马半天的时间就能把你们撵上。只能走水路，而釜溪河上运盐的船只多得很，能轻易遮掩你们的行踪。但是孟天许你不能出面，由他来设法搞定船只比较保险。时机嘛，为免夜长梦多，越快走越好！

四人商定，不如就定在明晚二更时，老六带两人到王爷庙码头上船，孟天佑提前安排好船只在那儿等。顺釜溪河而下，一夜就能到邓关镇；换船进沱江之后，也只一夜时间便到泸州。一旦进入长江，就彻底自由啦！

再沿着长江直抵上海，那是中国最早开埠的城市，工业最发达，三哥完全有机会施展自己的理想和才华！孟天佑不无期待地说：明天晚上，就是你理想之路的起点！

孟天许、燕知秋也是兴奋不已，连连感谢他帮忙筹划。

次日夜晚，孟天许、燕知秋坐在船头，紧紧依偎着。深夜的釜溪河静极了，只有船桨搅动河水的声音。黑暗中，孟天许的手握住了燕知秋的手，他惊讶燕知秋的手怎么这么凉。

燕知秋不无担心地跟孟天许道出了自己的害怕，虽然已经自由了，可是，他们除了对方，什么都没有。

孟天许安慰她，说我们拥有对方就够了。

可是，燕知秋依然害怕，总有一天孟天许也许会后悔，因为他的理想是留洋，学了本事回来强盛国家。

孟天许告诉他，在理想和爱情二者必择其一的时候，他已经毫不犹豫地选择了爱情!

燕知秋感动地把头深埋在孟天许的怀里。

船桨一下复一下地划动河水,水面波光点点,明明灭灭。木船拐过一道河弯,突然岸上星星点点的灯光聚了过来,孟天许赶紧起身,抄起船桨,想和艄翁一起,奋力冲过去。

可是,眼前的那座石桥,顿时烛火通明,怒目而视的宛如、孟天成以及一排持枪伺立、杀气腾腾的兵士就站在上面。他们旁边,还有浑身直打哆嗦的燕伯卿,正在埋怨着燕知秋,怎么这么冒失,把你爹的老脸都丢尽了,让他以后有何脸面去见祖宗啊!

就这样,由于曹大欢及时向宛如告密,二人被带了回去。孟天许被关入花园阁楼,燕知秋困在燕家。两天后,孟天成即将迎亲,事情陷入不可逆转的僵局。

宛如再次力劝孟天许,同时叱问他是不是觉得自己翅膀硬扎了,不打算再吃我孟五德堂的饭菜了?

孟天许一腔悲愤,如今追求民主、科学、自由是中国的潮流,他怎么还能做包办婚姻的殉葬品呢?

宛如并不看他,嫌我包办?十几年前我要不包办,还有今天的你吗?我包办了你十几年你都欢天喜地的,现在反感啦?再说了,娶婆娘回家就是传宗接代,娶谁不是娶?若是这门亲事还能带来生意上的好处,那就千值万值了,跟曹家的亲事正是这样!曹大欢怎么啦?不缺胳膊不少腿,一脸旺夫相!这女子脑袋还不是一般的清楚,又明是非又懂道理,凭哪样你就看不上人家?

孟天许依然陈诉他和曹大欢没有共同志向,宛如包办婚姻就是扼杀人性。

宛如没好气地反驳,两口子在一个房顶下过日子就是共同志向!一起生儿育女就是共同志向!夫唱妇随就是共同志向!不管如何,她含辛茹苦把他们几个养大,不感恩不报恩,倒学会了私奔!谁给你这么大的胆子?放在过去这就是忤逆之罪,可以拿家法惩治知不知道?

孟天许说自己也是被逼无奈,大娘实在是强人所难,太自私了。

宛如猛站起来,痛斥孟天许沉溺于男女私情,没有出息!置忠孝友悌于不顾,跟大哥翻脸,跟大娘对抗,宁肯放弃官费留洋生考试这样的大事,也要丢人现眼地偷情私奔,是她太自私还是他太自私?

孟天许被宛如说愣了。宛如走到楼梯口,回过头来伸出手指,给你两条路。一、官费留洋生的考试你错过了,我出钱,让你自费留洋;前提是办完与曹大欢的婚事才能东渡!二、孟五德堂的前门、后门从现在起全部敞开,走留你自便！你要去追你的什么自由，什么爱情绝不会有人阻拦，我就当养了十几年的一条狗跑了！

骂完，宛如转身下了楼梯。孟天许则如木雕一般呆立在阁楼上。

码头，满面风尘的孟天运从重庆赶回。一听说家里发生了这么多的事情，不禁大愕：我才走几天啊，家里出了这么多事情？

孟天运寻问宛如，打算怎么了结这件事？

宛如有气无力，可以对老三说的话，都已经说绝了，尽人事听天命吧！作为孟五德堂如今的少当家的，宛如也希望孟天运可以去劝劝弟弟。

孟天运找到孟天许，孟天许孤注一掷，还是想带着燕知秋逃走，哪怕粉身碎骨。

可是孟天运却给他当头泼出一盆冷水，严酷的事实无可争辩地摆在面前，外面有人守候，时时刻刻盯紧了你和燕知秋，根本没有逃掉的机会！

听了二哥的话，孟天许好像失掉了魂魄一般，呆呆坐在那里，骨子里还在倔强着，我要捍卫我和知秋的尊严，逼得走投无路，就以死相搏！

孟天运一脸担心地劝说孟天许，生命殒灭是件很简单的事情。也许一死是能捍卫你的尊严，可如此不尊重生命，你的尊严价值也会大打折扣。不消一年半载，你就会在人们的记忆中淡漠，因为你什么也没给这世间留下！私奔的失败已经让你们撞得头破血流。你要晓得，并不是每一次跌倒都有再爬起来的机会！人是要有热情，但也不能失去理智。就目前求而不得、舍而不能的际遇，你必须作出抉择。很残酷，但是作为一个男人，你必须面对。理想和爱情，二者必择其一！

其实孟天运跟孟天许说的这一番话，也不无他的心声。他和孟若因的爱情，也是时刻挣扎，左右为难。

孟天运继续劝道：为了孟五德堂的前程，我不是也放弃了若因吗？很痛苦，可必须去承受！你面前有两条路，一边是按计划留学，学得一身本事回来强盛这个国家，改变自流井。一边是与你心爱的人逃亡他乡，隐姓埋名苟且偷生，只求长相厮守。你如果决定逃亡，我无话可说，尽力帮你；你如果同意放弃，那我来同燕知秋谈。虽然这对我来说一样痛苦！

二哥的一番语重心长，终于让孟天许泣不成声。

而另一边厢，燕知秋则誓死不嫁孟天成。但她也知道孟天许遭遇到了前所未有的难题：赴日留学是他多年追求的理想，如果放弃，他这一生都不会快乐，她也不愿看见他万般为难的样子。

一边是渐渐逼近的婚期,一边是恋人深陷无法抉择的困境,燕知秋知道,自己必须作出决定了。

这天,燕知秋来到釜溪河边,她走上石桥,矗立当中,面无表情地看着深不见底的河水在脚下打着旋涡。

寻她而来的弟弟燕家成担心地拉着姐姐,问她在这儿做什么,快点回家吧。

燕知秋突然望向燕家成,忧伤但是平静地说:家成,答应姐姐一件事情。

燕家成问:什么事?

燕知秋说:以后别离开爹,替我给他养老送终。再给天许少爷带句话,姐姐来世再做他的女人!

说完,燕知秋猛地跨过石栏杆,站在了桥墩上,纵身一跃,跳进了脚下的河水里。燕家成撕心裂肺地大叫一声,奋力伸手去抓。

白衣黑裙的燕知秋像只断了翅膀的鸟儿,扑进浊浪翻涌的釜溪河中,瞬间就没了踪影。

最终,为了孟天许的理想,燕知秋果决地选择了釜溪河,纵身跃下。

追赶而来的孟天许木然地坐在石桥栏杆上,仿佛魂飞天外。

而由一队士兵簇拥着的孟天成,也在听说事情经过后,急忙赶到了桥头。眼看人不见了,孟天成急忙吩咐手下的士兵,让他们顺着河往下游找!好歹给老子把尸首捞回来!

士兵分成两队,沿釜溪河两岸往下游搜索而去。

孟天成则倒提着一把毛瑟驳壳枪,杀气腾腾地朝石桥当中走来。他走到孟天许身后,将枪顶住了他的后脑,眦眦欲裂地质问他,人都让你逼死了,你他妈的还配不配做我兄弟?

孟天许看着河水,朗声道:想杀我吗?来吧,开枪吧!

好!那我就成全你!孟天成拇指压开击锤,正欲开枪,孟天运、孟若因等人急忙赶来,阻止了愤怒的孟天成。

兄弟一场,可是,斯人已去。

碧绿的釜溪河,一河呜咽。

孟天成终于还是阖上了驳壳枪的击锤,他躬腰贴近孟天许,咬牙切齿地说道:孟天许你给我记住,你我有夺妻之恨,老天爷会给我们机会来了断的!

一滴眼泪淌出孟天许的眼眶,缓缓滑过脸颊。

七

1

无数串鞭炮同时炸响,纸屑横飞,青烟弥漫。

孟曹两家联姻,是自流井的大事,婚礼盛大隆重。

可是,在孟天许的世界里,好像什么都没有发生。

震耳欲聋的声音一点点消退了,热闹的鞭炮无声地炸裂,无声地迸射出朵朵耀眼的火花。满地残红,满地狼藉,满地凄清。所有的灯笼是红的,所有的窗棂也是红的。红得艳丽,红得浓烈,红得像血。

新郎装束的孟天许坐在床边,灵魂出窍般呆滞着,眼睛里空无一物。

凤冠霞帔的曹大欢和他坐在一起,她注视着孟天许,眼神里是满意,是喜悦,当然也有新嫁娘的羞涩。

许久,曹大欢开口说话:今天是我们的好日子,你就准备这样坐到天亮么?

孟天许慢慢抬起眼睛,惑然看着眼前这个将要和他相伴到老的女人。

曹大欢一脸幸福表情:从今天起,我就是你们孟家的人了,我要好好伺候你,好好打理这个家。等你三年两载学了洋本事回来,你主外,我主内,让孟五德堂水火滚涌,兴旺昌盛!她羞赧地轻抚孟天许的前胸,我还要、还要给你生一堆娃娃,五男五女好不好?男娃娃都像你,博学儒雅,相貌俊秀;女娃娃都像我,长得又巴适,脑袋又灵醒!嘻嘻!

孟天许没有表情地看着曹大欢。曹大欢眼含秋波,半是害羞半是挑逗地望着孟天许。

孟天许猛地起身,吹灭那对腾腾燃烧的红烛,洞房里顿时漆黑一片。

当夜,冷冷的月亮已经爬高了,孤零零地悬在半空。孟天许翻窗逃离,在后花园枯坐彻夜。

曹大欢自然不干,大哭大闹,情形十分难堪。孟天运急忙命人去寻找孟天许,孟天许蹲在花园一角,手拿一根树枝,在地上画着一幅女人头像,不用看都知道,那是燕知秋的样子。

宛如嘱孟天运前去说服孟天许。兄弟相向，孟天运不无惆怅，谁也没料到会是这样的结果，包括已经拜堂成亲的曹大欢！

孟天许心中不忿，就是她跟老四还有老六给我们挖坑下套，最终逼得燕知秋去跳河。那天晚上我要多长一个心眼儿，不上他们那条船就好了！说罢，他泪如雨下。

孟天运非常理解孟天许此时的痛苦，但他也找不到合适的语言来劝他。只好告诉他别因此消沉，一蹶不振！别忘了，除了爱情，还有理想！

孟天许悲愤莫名，我的这份理想是燕知秋一条命换来的；是我背叛承诺，与曹大欢的婚姻换来的！

孟天运安慰捂脸呜咽的孟天许，事情已然发生了，就必须正视现实！要是始终沉浸在自责自怨的情绪里不能自拔的话，那还不如索性抹脖子上吊，一了百了！

他非常能够理解孟天许失去燕知秋以后的那种难以言表的哀痛，但这绝不应该是孟天许今后生活的全部内容！要振作起来，把已经失去的留作记忆，把要去追寻的理想当作一块橡皮，用它来抹去心底的悲伤！

其实话虽如此，孟天运的心里也不无悲怆，因为孟天许和曹大欢的这一生，恐怕都是不会幸福了，而自己竟也是推波助澜者之一。再想想自己和孟若因，内心不禁一片荒凉。

婚后七天，孟天许东渡日本留学。他上船之后，连头都没有再回一下，没有多看一眼孟家的人，多看一眼曹大欢。在孟天许心中，他是把自己当作祭品，供奉在了理想的祭坛上面。

就在孟天许与曹大欢的婚事红红火火操办的同时，一场入赘仪式也在曹永茂堂悄悄进行。

一本古旧的册子端端正正地放在紫檀方桌的正中，上书四字：曹氏宗谱。

曹原三坐在紫檀方桌后面，两边是钱家富和孟天佑。

曹二欢坐在一旁的椅子上，丫鬟翠兰站在她旁边伺候着。

曹原三看着孟天佑，按照规矩，入赘的第一件事，就应该是改换姓氏，认宗曹门。以后孟天佑就再也不能姓孟了，他得姓曹。

孟天佑信誓旦旦，入得曹氏门，便是曹家人，理当殚精竭虑、肝脑涂地为曹门兴盛而尽全力。为了表示决心，他干脆将姓氏名讳一并改了叫作曹子才，取竖子成才仰仗曹门之意！他一定会孝敬曹原三，疼爱双腿瘫痪的曹二欢，还要跟着钱家富好好学本事。

他的恭顺让曹原三心满意足，而慧眼识珠的钱家富更是得意十分。他们都没有意识到，恶狼进宅，悲剧已经拉开帷幕。

而宛如得到这个消息也吃惊不小，曹原三对于此事一点风声也没有放出，曹永茂堂对外一张帖子也都没发，关上大门为两人成的亲。

宛如终于明白，孟天佑当初屈身曹永茂堂做帮账，盘算的就是有朝一日登堂入室。没有男丁的曹家，他这个女婿的分量委实不轻。如果这时再去提醒曹原三，他也未必肯听，又或者现在将孟天佑赶出自流井，也显得孟五德堂太过小气。

宛如扭头问孟天运的意思。孟天运也很淡然，孟天佑肯定不是他的对手。

倒是燕知秋的死，让宛如好生难过，没想到看似弱不禁风的燕家小姐，竟然如此刚烈，大少爷孟天成虽然伤心难过，但听说有富商在叙府张罗替他另找般配的女子。而对于死不见尸的燕家老人，宛如则吩咐好生照管，燕家小姐虽说没有过门，但毕竟也算孟家的人；找一块好地，建一衣冠冢，以示孟五德堂情礼兼到。

2

在这一系列变故中，老六孟天宝也未置身事外。他先是在孟天佑的鼓惑下，为孟天许燕知秋的逃婚出谋划策，积极奔走；继而又开始煽动孟若因向孟天许燕知秋学习，拉上二哥一道远走高飞，追求自由美好的爱情。他的想法很简单，兄弟们都走了才好，那自己就是孟五德堂的独苗苗了！如今三哥远赴日本，看他那副秋风黑脸的样子，大约是不会再回来和曹大欢共偕连理了。唯一的障碍便是已经做了少东家的二哥孟天运。思来想去，私念攻心的孟天宝又开始行动了。

这天，孟天宝看见自流井的杨媒婆来跟宛如提亲，说富顺樊德坤樊家嘛，做猪毛生意的，人称樊猪毛，想娶孟五德堂的小姐。樊家的生意做得非常大，猪毛全是整船整船地下重庆到上海出洋，又整船整船的银子挣回来！你们家小姐要是嫁过去啊，穿金戴银吃香喝辣，简直就是掉到福窝窝里头啦！只不过呢，那个樊少爷虽然没有别的嗜好，就好吃两口烟土。

宛如当即表示不屑，我孟五德堂的千金小姐，会嫁给一个卖了猪毛就抽大烟的人吗？她让裴二娃立即去总账房给杨媒婆支十个铜元的车马费把她送出门去。

可是，这件事情却被有心之人孟天宝知悉了。这天晚上，他碰巧看见孟若因正情绪颓丧地整理着床铺。自打燕知秋去世后，孟若因就从学校搬了回来，知秋的东西都还摆在那儿，她实在住不下去。

孟天宝安慰了几句，话锋一转，就开始说起白天听见杨媒婆上门给若因提亲的事情。

孟若因乍闻之下，脸色骤变。虽然得知宛如的态度是看不上对方一个做猪毛生意的，可孟天宝也忍不住提醒，今天送走了杨媒婆，保不准，哪天换成李媒婆上门提亲，大娘觉得门当户对，允了婚事，你怎么办啊？

孟若因不置可否。孟天宝继续游说，你怎么就不学学人家三哥呀，让二哥拉上你一起远走高飞，追求自由美好的爱情啊！有了三哥和燕知秋的失败经验，你们再跑不是易如反掌吗？你和二哥青梅竹马情投意合难舍难分大家早就看出来了，真不忍心看着你俩被封建家庭生生拆散！等需要六哥帮忙的时候，尽管言语。

这天晚上，孟若因无论如何都睡不着，辗转难眠，只好掌着一盏灯，去找孟天运。孟天运悄悄起身，拉着孟若因去了院子里。孟若因这才把白天孟天宝告诉她杨媒婆的事情说给孟天运听，不无担心大娘会把自己许配给别的人家。

可是，孟天运听到这一切之后，却让若因动动脑子。之前，老六联手老四怂恿老三私奔，现在又瞄上了他们，其目的再明显不过，挤走我们兄弟后孟五德堂就剩他一棵独苗了，别上他的当！

孟若因却觉得，孟天运之所以这样想，是因为他贪恋孟五德堂的这把交椅，并问孟天运：二哥，你鼓励三哥放弃爱情，追求理想，结果呢？看着三哥痛苦不堪逃离洞房，随后逃跑似的背井离乡，你作何感想？

孟天运无语。孟若因说：你若不忍舍弃孟五德堂少东家的椅子，我们就恐怕连三哥那样的结果都没有！

一直趴在门缝里偷看的孟天宝，诡谲一笑。

第二天，孟天宝还是忍不住跑到宛如处，将孟天运与妹妹孟若因暗中相好一事向大娘宛如告了密。

宛如起初并不相信孟天宝所言之事，她又不是瞎子！老二跟若因关系亲近些她也是有所察觉的，并觉得也在情理之中，毕竟若因是当年老二从竹海捡回来的，救命之恩摆在那儿，兄妹感情深一些罢了，让孟天宝别少见多怪。

可是，孟天宝却赌咒发誓，说自己亲眼所见两人搂搂抱抱，做出逾越兄妹之情的事情来。

宛如闻言大骇。孟天宝继续添油加醋,说被自己撞见的还不止这一次呢!大娘您想,堂堂孟五德堂少东家跟自己的妹妹相好,要让外人知晓了,岂不让人笑死个先人哪?咱们独步盐场的孟五德堂还有何脸面在自流井立足?

宛如连忙厉声让孟天宝住嘴,把他刚才的话,统统咽到肚子里去。

事后,宛如不无担心地找汤俊川商量此事,她不明白,自己到底上辈子是欠了什么孽债,老天爷怎么就对她这么不依不饶呢?含辛茹苦收养了七个孩子,没一个让人省心的!老三的事刚消停没两天,老二这边也冒出事端来了!

为了事先阻止这场天大的丑闻发生,宛如决定提前出手。她让汤俊川立刻去把杨媒婆请回来,前阵子她来给若因提过亲,是富顺做猪鬃生意的樊猪毛的儿子,虽然是个痨病鬼,卧床不起都两年啦,可现在也顾不了那么多了!

两人正说着,裴二娃一路狂奔冲进了大门,边跑边叫:大太太!出事了!出大事了!德昌井垮腔啦!宛如让汤俊川立即前往查看。而在井上和赵有仓盘账的孟天运也在第一时间赶到现场,着急地询问垮腔在什么地方,还有救没得。

山匠师立即上前解释:估计是在二百三十丈的井底,镔铁汲卤筒下井之后,二百丈和一百七十丈的地方也相继垮了,连汲卤筒也一并埋在井里了。照以前类似的井难经验,要修好这口井,多则两年,少也得一年半载,前提还是南竹汲卤筒。现在落在井下的是镔铁大筒,没救过,不好说。

而随后到来的刘掌柜则进一步调查了事故原因,他不停抹着额上的汗水,惶恐不安地陈述说,是因为德昌井近日卤水产量骤减,急于在孟天运面前表现自己的赵有仓没有认真观察,错误认为是汲卤筒皮阀错位造成没有汲够卤水。他令盐工们换了一个更长更重的新式镔铁汲卤筒下井汲卤,结果酿成井腔垮塌的重大事故。

众人得知后,全都陷入沉默。浑身颤抖的赵有仓咕咚一声跪在地上。

汤俊川责备着说道:你跪要是能把井给跪活,你就跪吧,看来此事要按井上的规矩办了!

赵有仓瞬时瘫软在地。汤俊川使了一个眼色,两个家丁趋前,架着他出去。

孟天运不明所以,急忙打听井上规矩是什么。

汤俊川解释说:孟五德堂不会动粗,只是看管起来别让他跑了,以免届时无法向这口井的其他股伙人交代,而闯祸的事主则要自掏腰包修复这口井。修井期间，按事故前这口井的每日收益赔偿井主。

孟天运大惊失色：赵有仓一个井口管事哪有钱来修井？哪有钱来赔偿每日收益？

汤俊川说：那他就只有两条路可以走。一、去借高利贷。二、将自己和家人押给德昌井做工，一代两代，三代四代，直到偿尽损失。非如此不能警醒井上盐工待井慎之又慎不敢疏忽，这是自流井千百年传下来的规矩。

孟天运愣了。这不是明摆着要把赵有仓逼死吗？这是什么吃人的规矩？他心中充满了愤懑，拔腿便走，说是要找大娘论论公道！

书房，孟天运跟宛如理论，宛如叱问孟天运，你有什么资格跟我讨论这样的问题？

孟天运气势汹汹，当着孟五德堂井灶枧号一众掌柜宣布我为掌门人，接手掌管孟五德堂所有产业，您说我有资格吗？

家里的人听见吵架声，都跑过来围观，连刚刚过门的曹大欢也跑了过来。

孟天运继续申辩，说世上任何事情都要讲个公道吧。

宛如大怒着反问：想讲公道？她把一本账簿往桌上一摔，这就是公道！

孟天运一愣。

宛如指着账簿：德昌井光绪三十三年开凿，前后凿办六年见功，一共耗费生银七千三百两！按库秤七钱二分折合一块银元算，应该是一万零一百三十八块！德昌井若是就此废了，这一万多块大洋的凿井资费我找谁讨要去？再说，就算我孟常氏放过事主赵有仓，这口井另有股伙人四名，这四个人投入的凿井费用也由我来充填不成？

孟天运还是不肯罢休，可赵有仓并非故意造成井难，他的动机还是想给东家多汲盐卤！

宛如无情地说道：除了天灾，不管什么动机造成的井难都得有人承责，何况德昌井这桩事故是完全能够避免的人祸！就像你下馆子吃饭不慎摔坏了碗碟，能说不是有意为之就躲过赔偿吗？

话虽如此，孟天运却依然关心赵有仓没有能力赔偿，问宛如就不能想想用别的什么办法挽救或者弥补？

宛如依旧语气决绝：他是否有能力赔偿不是我该关心的事情！也没有旁的办法，赵有仓不承担，井难之责就得算在我们头上！自流井千百年传下来的规矩就是这样！

孟天运却对这吃人的规矩愤恨不已，宛如也提醒他，别以为立你做了少东家你就能做一家之主了，我还没咽气呢！她当即决定，孟天运对于灶上的事务已经熟悉得差不多了，这段时间要给他另外找点事做！

孟天运目瞪口呆。

3

一扇房门嘎吱一声被推开了。值夜伙计上身披着外衣，下身穿条裤衩，一溜小跑到院子一角小解，却看见高大的天车上，赵有仓直直地悬挂着。

值夜伙计煞白了脸，跌坐在地，凄厉地惨叫：来人啊！

听闻赵有仓死讯的宛如大惊，没想到他竟然这么孤注一掷，急忙打探他家里还有什么人。

汤俊川告诉宛如，赵有仓家里还有两个儿子，跟少爷们年龄相仿，还是蜀风中学的同窗。而且听说少东家与他们两个的关系向来很好。他已经把这两个儿子暂扣到寨子岭的德广井，让他们踩一阵子碓板。不以儆效尤，担心日后众人以为孟五德堂心慈手软，还会捅娄子的！另外，也只有这样，才能堵住德昌井几个股伙人的嘴巴。

宛如不说话默许，也只能这样了。

一副门板上放着身盖白布的赵有仓尸身，被盐工抬着走出德昌井槽门。

刘掌柜跟出来，掏出几个铜元说：汤总管吩咐了，平日赵管事人还不错，尽量把坑挖深一点，免得让野狗给刨了。

一扛着锄头的盐工接过铜元，一行人朝后山走去。

孟天运则被安排得远远的，看不到这一切，汤俊川带他去孟五德堂下属的德泽粮行开始新的见习。

家中，宛如再次约见杨媒婆。而这一消息，也被唯恐天下不乱的孟天宝及时地告诉了孟若因。孟若因触电般猛地一颤，急忙让孟天宝带自己去德泽粮行找孟天运。

正在粮堆上清点数目的孟天运，看见粮仓门口站着红着眼睛的孟若因和她身后的孟天宝，赶紧从粮堆上跳了下来，一脸诧异地询问：若因，老六，出什么事了？

孟若因哇的一声哭了起来，什么都说不出来。一旁的孟天宝只好道明：大娘应了杨媒婆提的亲，正让三娘着手操办若因的婚事呢！

孟天运如五雷轰顶，顿时呆了。

孟天宝满脸诚恳地劝说：二哥，你和若因相好我早就知道，你说，若因是你救的命，她从小拉着你的手长大，比青梅竹马还青梅竹马！若是把你们拆散了，若因她怎么办？你就忍心她嫁给一个卖猪毛的，在臊臭烘烘的环境里过一辈子？昨天，二哥你为了一个井口管事跟大娘争什么公道呀？我听说她气得一晚上都在喊胸口疼！急忙要把若因嫁出去，我估计她就是在报复你呢！

　　孟若因泣不成声：二哥，你要是还在意我的话，就赶紧拿出个决断吧。

　　孟天运却不能全然相信孟天宝的话，昨天他和大娘的争执，涉及是与非、善与恶，跟儿女情长没关系！何况她又不清楚他和若因的事。孟天运让孟天宝别瞎扯了！

　　孟天宝却八面来风地开始胡说起来：你怎么知道大娘不清楚？老四多坏呀，他不会通过旁的手段告诉大娘？比如曹大欢？对二哥你当了孟五德堂的掌门人，老四恨得牙根痒痒呢，四处散布说从小到大你都不如他！

　　孟天运听闻之下，好心抚抚孟若因的肩膀，柔声安慰道：若因你别哭了，你让我认真想想怎么跟大娘谈这件事，好不好？我绝不会不管你的！

　　孟若因抬起蒙眬泪眼望着孟天运，无助地点点头。

　　孟天宝又唯恐天下不乱地在旁边提醒孟天运：二哥，你不是给赵国梁、赵国栋两兄弟在德润盐号都找了差事吗？他们怎么全不干了？听说一起去了咱们家，正在寨子岭开凿的德什么井！

　　孟天运大惊失色，他让孟天宝先把若因带回去，自己跌跌撞撞一路飞奔来到德广井的槽门外，刚要进门，四名家丁已经挡住了孟天运的去路，不准他进去。

　　得知是汤总管盼咐不让他进去，就是因为他跟赵家兄弟要好，怕他把人放了，才让他们守在这儿的。

　　孟天运连忙询问把赵家兄弟扣在井上做什么，得知是在踩碓板抵债，孟天运怒火中烧，使出浑身力气继续往门内硬闯，家丁们一起用力将孟天运死死箍住。眼看拗不过他，只好跪在地上求他，若他今天把赵家兄弟放走，汤总管肯定不会轻饶他们！他们家里的人也都是全靠他们在府上听差养活。

　　无奈的孟天运只好放弃，悻悻离开了德广井。

　　孟天运在街上走着走着，不知道走了多长时间，一抬头竟然走到了蜀风中学的门口。想起夏楷老师还住在学校的宿舍里，便想进去找他聊聊，抒发一下心中的不平。

　　孟天运从头到尾诉说了事件经过，又说活活把人给逼死还不作罢，还把赵国梁、赵国栋扣在井房踩碓板抵债，哪有这样的道理？他替他们算了账，凿井踩碓板的规矩是踩一脚碓板得一张签子，五张签子才值一文钱！赵国梁、赵国栋就是三生三世不下碓架，也是还不完这笔债的！这是多么不讲理的世道？

夏楷坐在藤椅上，神色凝重地肯定了孟天运的说法。正是这个黑暗的人吃人的世道造成了赵有仓一家的不幸，造成了千千万万底层盐工的不幸！我们只有把这个黑暗世道彻底推翻，才能避免这样的人间悲剧继续发生！我跟你讲过，现在有很多人正在为这个目标而努力，你所熟悉的林先生就是他们中间的一员！

孟天运不由得握起了拳头：也算我一个！

夏楷目光深邃：你有这样的抱负当然很好，我们以后再来讨论这个问题。现在的当务之急是要想办法把赵国梁、赵国栋从井上救出来！

可是，能想的办法孟天运都已经想过，看来只有叫些人把他们硬抢出来！

夏楷摇头：不好，这容易酿成更大的矛盾。他在房间里踱步思考有顷，驻步回头告诉孟天运，如果用说服、组织盐工起来罢工，你有把握吗？但是，如果用这种方式营救赵氏兄弟，对你在孟五德堂的前途是有影响的，你要考虑清楚啊！

孟天运想了想，说，如果盐场生意必须用盘剥、吃人的方式来维系，我宁肯不做这个少东家！更何况我现在才明白，我这个所谓少东家不过是个傀儡！

夏楷欣慰地点点头：既然你有这种认识，那我主张你和你深爱的孟若因一起远离自流井，不仅追求自由的爱情，更应该到外面的世界去看看，去学更新更大的本事。不能蜷缩在孟五德堂做封建礼教的牺牲品，更不能做人吃人制度的帮凶！

在夏楷的开导下，孟天运的内心又经过一番痛苦挣扎后，终于下定决心，他找到孟若因，告诉她说，他决定放弃的是孟五德堂。他要孟若因再给他三天时间，他把赵国梁、赵国栋兄弟救出德广井，就带着孟若因远走他乡。

孟若因扑进孟天运怀里，脸上第一次绽开了灿烂的笑容。

然而，不幸的是这番谈话恰巧被三娘水香听见了。其实，孟天运的离开对水香喜欢的老六孟天宝是极好的机会，但水香素来没有心机，火烧眉毛般赶紧向大太太宛如禀报。宛如却道，莫慌，我自有安排。

次日，孟天运去井里号召盐工，他慷慨激昂地讲话：我们每个人的利益、尊严乃至生命只能靠我们自己去保护！如果我们永远逆来顺受，棍棒落在自己身上也只是乞求能够打得轻一点，那么我们就永远是奴隶，永远受欺负。赵有仓的故事说不定哪一天就会落在我们自己的头上！要改变这种不平等的现状其实很简单，就是我们大家把其他工友遭遇的灾难当作我们自己的灾难，心往一处想，劲往一处使，团结起来跟老板谈条件！

神色各异的盐工们或坐或站，围在孟天运面前，静静聆听。

孟天运站在碓架上，挥舞着拳头继续鼓动盐工们：大家知道，我是孟五德堂的少东家，我清楚东家最在意的是什么，最在意的是钱！只要能够挣到钱，盐工的苦和累，盐工的生与死都不放在他们眼里！那么我们就试一试让他们挣不到钱，让他们心痛，让他们被迫答应我们的条件；释放赵有仓的两个儿子，改变井灶上不合理的规矩，把盐工当成人来对待而不仅仅只是把他们当作挣钱的牲口！……

围在碓架下面的盐工议论纷纷，情绪渐渐激动。

天车下空无一人。

所有的火眼全都熄灭了，盐浆凝结在盐锅里。

大车已经停转，黄牛们悠闲地嚼着谷草。

在孟天运的鼓动下，井灶盐工停车熄火闹罢工，得知消息的宛如气得几乎七窍生烟。她扬起手中的单子，愤愤说道：工价一文钱都不能涨，这个头绝不能开！想做三天歇一天更是白日做梦，想都别想！至于膳食，倒是可以考虑适当给他们加一些油水。还有赵家两兄弟，放了吧，读过书的娃娃，扣在井上也可惜了。

宛如说完，略冷静之后，叫汤俊川去把那个想做菩萨的少东家找回来，她有话同他讲！

然而，未能等到孟天运的搭救，赵家兄弟已经在头天晚上逃跑，孰料跑不多远就被发现，赵国梁被捉住，赵国栋脱逃成功。

赵国梁被暴打一顿，断了腿骨，然后被扔出了德广井。赵家人的凄惨遭遇让孟天运彻底愤怒了，他将赵国梁背到夏楷处，请来半济堂的何汉儒为其疗伤，而自己决定立即带上孟若因逃离这个残忍的环境。

孟天运赶回孟府，一直四处张望的孟天宝三步并作两步跑上来拦住他，连呼我的二哥，我找你一晚上，你都跑哪儿去啦？出大事了，你知道吗？若因昨天晚上已经被人抬走啦！

孟天运大惊。孟天宝这才说起，昨晚在饭堂吃饭的时候他就觉得有些不对劲。当时，宛如一反常态，特地给若因准备了红枣猪肝汤。若因本不想喝，但禁不住大娘劝，结果，喝了汤回房后，没一会儿就昏睡不醒了！

跟着他就被大娘叫到中院书房，让他盯着丫鬟们把若因抱到后门的轿子上去。就这样，孟天宝只能眼睁睁看着昏迷中的若因被放进轿子里，抬到了富顺，给卧病在床的樊家少爷冲喜。

听到这里，孟天运已然痛断肝肠，青筋暴绽，眦眦欲裂。

孟天宝知道，他已经无须再多说其他，好戏开锣了。

中院书房，宛如坐在桌案后面。孟天运隔桌而立。

一阵沉默之后，孟天运朗声道：大娘，我感念您的养育之恩，没齿难忘。但我实在无法忍受孟五德堂对盐工的残酷，也无法忍受您对若因的无情！我再也没有可能为孟五德堂，为您效力了！说完话我就离开这里，从此与孟五德堂一刀两断，不再踏进这道大门半步！

宛如看着孟天运的目光渐渐寒冷起来，她慢慢起身，强自镇静地说：那我养你这么大花的是钱不是纸，连本带息不是一笔小数目，你能拍拍屁股就走了？饭馆吃饭得会钞，客栈投宿要结账，赖不掉的。

孟天运目光刚毅：我会还的，这些年您抚养我的花费我会还给孟五德堂的，包括当年为了抚养若因我给您打下的欠条，我都会还的，我说到做到！

说完，他双膝跪地，深深地磕了一个头，而后起身，转身离去，成为第五个离开孟五德堂的养子。

宛如望着孟天运的背影，嘴唇剧烈颤抖，跌倒在椅子里。老五孟天慕失踪以后，孟天运是宛如唯一的希望，眼下他的出走让宛如被击垮，再次病倒在床。

孟天运身背包袱、手执油伞，来跟夏楷告辞。

夏楷为孟天运写了一封推荐信，既然孟天运决意离开自流井，他推荐他去成都。他的一位好朋友在成都祠堂街开了一家饭庄，饭庄的名字叫稻粱谋，孟天运不妨就到那里去做学徒，长长见识！

临走前，夏楷说，孟天运，对于你，我只有一个要求。我的好朋友丁一轩，他有很多藏书，也很有见识。做工之余你一定要多读书，开阔自己的眼界。还要勤思考，思考怎样改变这个不合理的社会。

孟天运给夏楷鞠了一个躬，满腹苍凉地离开自流井，他迈开大步，顺着蜿蜒的山间土路一路前行，独自北上成都。

隐隐约约中，他似乎感觉到有呼唤声在他身后响起。他连忙转身望去，远远的山坡上，孟若因拼命挥舞着手臂。孟天运顿时热泪盈眶，孟若因也是泪流满面。

孟天运狠狠抹了一把泪水，再抬头看去。

山坡上，风萧瑟，草萋萋，却哪有孟若因的身影。

孟天运转身，前行，义无反顾。

天低，云暗，人孤寂。

因为赵有仓一家的悲惨遭遇，也因为孟若因的凄凉结局，孟天运毅然决然地放弃了他竞争十余年才得到的，令所有人羡慕的高贵地位，黯然离开了自流井。从此以后，他将不再是锦衣玉食、千营共一呼的少东家了，他要在命运的激流中重新寻找自己新的人生目标。

大哥二哥三哥四哥五哥统统离开了孟五德堂，这让老六孟天宝喜不自禁。他得意地问水香，是不是像他之前所说，二哥不会珍惜孟五德堂的江山？天快亮了也能尿了床？而书呆子三哥以后回不回来还是个未知数，他孟天宝不想当这个金宝卵都不行啊！万事不由人计较，一生都是命安排！老天爷还真没把我孟天宝给忘了！

水香看孟天宝得意，虽然也高兴，但还是谆谆教诲孟天宝，要夹起尾巴做人才做得长久，你要让大太太把这偌大的家业托付给你，就要处处都顺着她的心思！不要学老五沾惹是非，更不要学老二不晓得天高地厚！最近因为伤心，大太太又是大病一场，你最好多表现表现！人生病的时候心里头最孤单了。

听三娘这么说，孟天宝又赶紧问三娘借钱，说要去给大娘买点补品，尽尽孝道，还讨好三娘说，有朝一日等他坐正了孟五德堂的金交椅，三娘就差不多是一个皇太后的身份，享不尽的荣华富贵啊！

孟天宝有事无事都往宛如房间跑，一会儿端鸡汤，一会儿送人参。但宛如的脸上总是不咸不淡，让孟天宝惴惴不安。

而没过两天之后，一乘两人蓝布小轿在几个伙计簇拥下抬到后门，有伙计上前叩响了门环。

孟府上下这才得知，孟若因被匆匆嫁往富顺为樊家儿子冲喜，然而轿子还在路上，那个痨病鬼就咽了气。孟若因不但因此成了寡妇，樊家人还都认为孟若因是个克夫的扫把星，丧事都没让小姐参加，红不说白不说把人又给抬回来了。

短短三天，孟若因就从一个冰清玉洁的大小姐变成了让人侧目的寡妇，连水香都禁不住感叹，也不晓得孟五德堂是把哪方神灵开罪了，晦气背时的事一桩接一桩，就没消停过！

水香劝慰孟若因，许愿过一阵子再为孟若因寻一好人家。孟若因冷着脸道，谁再逼我嫁人，我就在这房梁上把自己了结了！这正是当年沈家小姐自缢的房间，水香不禁连打几个寒噤。

从此，孟若因深居简出，不与他人交往。尤其宛如，孟若因再不与她说话，几乎就成了陌路人。

宛如身体略好之后，水香才把若因的事告诉给她听。只见满面病容的宛如委顿地坐在椅子上，她侧脸窗外凝神不语，眼中噙着浑浊的泪水，万分内疚，同时也万分心痛。

她让水香帮她把墙上那张她与七个养子女的黑白照片取下来，她手捧照片凝视半天，悲从心起。

八

1

  孟天运来到成都，找到了稻粱谋饭庄。饭店的店堂很大，摆放着十几张八仙方桌，店堂两侧还有几间镂空扇门的包房。午堂已过，店堂里没有客人，仅有担水和挑柴的伙计不时进出，去往后厨。

  孟天运跟正在店堂里看报的人询问丁一轩在不在，没想到对方正是。

  看完夏楷的信，丁一轩上下打量了一番孟天运，问道：你的身份是大户人家的少爷，到我这饭庄做学徒，不会觉得委屈吗？

  孟天运回答：不会。他因为不能忍见井灶主残忍、无情对待盐工，才同养母断绝关系到成都来的。他没有退路可走，也作好了吃苦的准备。

  丁一轩相信夏楷的推荐，他热情地留下了孟天运在店里做伙计，并将他安顿在饭庄的二楼隔间居住。

  在稻粱谋，孟天运迎来了他人生的一个重要转折。开始，他只是在后厨洗碗洗菜打杂，看精瘦矮小的墩子师娴熟地舞动菜刀，或丝，或丁，或片，切斫各式生熟主、配、辅料。

  淅淅沥沥的秋雨让城市笼罩在一片忧郁之中，也不免增添了孟天运心头的愁绪，尤其是街面上走来一男一女两个学生模样的年轻人，他们共用一把雨伞，从街面匆匆跑到饭庄屋檐下避雨。你侬我侬的样子，让孟天运不免想起了当初在蜀风中学，他也忘记带伞，是孟若因怕他感冒，把自己的伞塞到他手中，一头扎进雨中。

  丁一轩见孟天运站在门口看雨，就问他来成都有一段时间了，是不是有些想家啊，孟天运回道，自己在那里生，在那里长，说一点不想肯定是假的。

  丁一轩见孟天运说话颇有理数，想来他也是念过中学的，在后厨水案打杂实在有些屈才，便问他要不来账台学着记记账，可是孟天运却觉得打算盘、记账他都会；既然来饭庄做学徒，还是想先在后厨学学手艺。丁一轩便让稻粱谋的墩子师，号称川南第一刀的李老二李师傅带一带他。

李老二欣然接受，教他各种切菜方法，从直切到推切，从横切到竖切，个中要义，毫不保留。

除此之外，丁一轩还借了很多书给孟天运看。一到了晚上没人的时候，孟天运就在自己的小阁楼里，捧起在丁一轩那里借来的书本读个不停。书中不懂的问题也常向丁一轩请教，这让丁一轩对他刮目相看。

一天，饭店已经打烊了，一个十六七岁学生打扮，美丽活泼的女孩来到稻粱谋，她与丁一轩十分亲热，俨然熟识。

丁一轩叫过孟天运，相互介绍了他们。这个女孩叫文一佳，竟然就是当年为了保护同志饮弹自尽的林茂森林先生的独生女儿，被丁一轩收留后现正在成都懿行女子师范学校读书。这让孟天运不禁肃然起敬。

而文一佳从丁一轩处，知道孟天运的身世后，也很敬佩他放弃万贯家财的少东家不做而追求理想的决心。

孟天运和文一佳年龄相近，很快就谈到了一起。孟天运跟文一佳回忆起林先生，说他曾教过自己国文。文一佳则说自己很小的时候，父亲就去了自流井，她都不太记得他了。她询问孟天运，在他的眼里，她父亲是一个什么样的人。

孟天运想起林先生以前在讲台上讲课的样子，想起他给他们说王安石变法，于是回答文一佳，林先生不仅仅是一位博学的国文老师，他还是一位满身正气、有责任感的人，对社会了解很透彻，用他的学问和感知给了我们兄妹诸多教益。不仅如此，林先生在他的脑海里留下一生的烙印，他以后也要成为林先生那样的人，正直、善良、勇于担当。

文一佳十分感动，此后便常常来到稻粱谋，和孟天运一起分享读书心得，讨论共同关心的话题。孟天运的成熟、睿智、善良、宽厚渐渐吸引了文一佳，久而久之，她看孟天运的眼神开始有了异样。

孟天运在稻粱谋勤快、好学，与人为善，丝毫没有少东家的影子。他好奇着，厨帮分工居然这么细，而且人人都有一手绝活。就拿很不起眼的大灶煮饭师傅来说，他怎么就能天天把一百多斤米饭焖煮得滋润松散，嚼起来有骨力？更令人惊奇的是，不揭锅盖，鼻子一闻，耳朵一听便知饭熟了没有！后来他才搞明白，大灶师傅动手淘米之前，是一定要搞清楚大米产地的，因为产地不同的大米，淘洗的步骤也不一样，更别提加水，蒸煮，这些，都是他们赖以生存的本事，偷学是学不到的。

在砧板前，孟天运在李老二的悉心指点下，熟练地挥刀切片，很快便成为

八

了一个合格的墩子师。孟天运也很好奇，李老二从来不带徒弟外传手艺的，为什么会教他？

李老二一边抽着叶子烟，一边跟孟天运说起，他十六岁跟着师父进丁家做家厨。老爷、太太仙逝后，少爷开了这家饭庄，他就跟到这儿来做墩子师了。而他在灶台上的手艺，也绝不比现在的这些灶头们差。

孟天运于是便让李老二教他上灶，就这样，在饭庄里，孟天运对于能够接触到的多个工种逐渐熟练起来。顾客多时，他甚至也能如老幺师一般迎来送往，报菜名，算账单。而掌灶和墩子这两个技术含量高的工种，有心人孟天运也依靠自己勤学好问的性格一一掌握。

经过一段时间的了解以后，丁一轩也开始让孟天运做一些外勤，比如拎上食盒去某某公馆送餐，或到某某商号取回预订的鱼翅海参干货等。

孟天运兢兢业业地完成着丁一轩交代给他的每一件差事，从没出过差错。丁一轩感慨夏楷没有看错，这个年轻人的确值得培养。而孟天运虽然并不知道自己经常在为中共地下党传递情报，但他也明白，丁一轩让自己做的外勤绝不简单。每次丁一轩交代送餐、收货事项时的严肃，接食盒人和付货人的警惕，都让孟天运有一种暗暗的激动。他隐约觉得，这些人所从事的也许正是夏楷夏先生告诉他的、与推翻这个人吃人的社会有关的工作，他在自流井的遭遇使他迫切希望自己也能成为其中的一员。

孟天运的表现令丁一轩越来越放心，丁一轩总是告诉他，你是因为对自流井现状不满才与家庭决裂的，但是除了朴素的善恶观，还一定要懂得事物发展的偶然性与必然性，还不断提醒孟天运要多看书，广涉猎，历史、人文、科学，要对社会的认识更加深刻。

果不其然，因为这些见识，让孟天运对自流井发生的许多事都有了新的认识，包括养育他长大的孟五德堂，是爱恨交织，并且充满担忧的。

2

孟天运的担忧主要来自于被赶出孟五德堂的老四孟天佑。现在的孟天佑做了曹永茂堂姑爷，变身曹子才之后，正在一点一点地蓄积力量，寻找可以翻身的机会。

曹永茂堂在修永通枧，枧路要从当地的很多村民的自家地基里通过，其中符幺婶一家怎么也不同意走他们家地基。

钱家富和跟班薛老五一再上门，都是狼狈不堪地被赶出门。气呼呼的符幺婶抱着他们送来的蓝布包袱跟出门来，将包袱用力朝钱家富身上一扔。

闪亮的银元丁零当啷散落一地。

一个四五岁年龄、衣衫褴褛的男孩子哭着跟出门来。符幺婶搂过孩子道：我们就是穷得讨口要饭，也不稀罕你们曹家这些昧良心赚来的钱！

原来，前年曹永茂堂的永生井火灾把她男人烧死了，这些年来，她一直嫌曹永茂堂赔给的丧葬费薄了！

曹原三很是为难，问钱家富永通枧不走她家地基，要多费多少钱？

钱家富稍稍一算，先得在坡下建一提卤站，而后翻过姚家山绕一圈，才能回到曹永茂堂的枧窝。多出好几里路不算，还有铺设的管道、人工等等，花钱肯定少不了！

眼看着现在遇到的这个难缠的婆娘，两人都颇感为难。一直默默无语注视着他们的曹子才突然开了口，爹，钱总管，要不让我去试试？我换个法子去，说不定以柔克刚能够说服她。

曹原三虽然对曹子才将信将疑，但也答应让他去试试。而钱家富则满脸揶揄，倒要看看他的以柔克刚是不是比我的软硬兼施管用！

曹子才接手之后，招呼凉轿抬自己出门办事，可是，他的凉轿并没有去符幺婶家，而是来到了合盛公门口。

曹子才把事情经过跟文玉琨一描述，文玉琨便说：办法嘛不是没有，就看孟二姑爷出好多钱啰？曹子才拍拍胸脯：文大爷尽管开口，我不还价。再有，鄙人入赘曹府已经改了姓氏，日后望文大爷改口称我子才，曹子才！

两人大笑，这桩买卖就这样谈成了。

次日，符幺婶背着一背篓衣服，牵着她儿子顺着石梯走下河来。她把儿子放在石梯上坐好，从口袋里摸出一个生红薯放到儿子手中，叮嘱几句之后才下到河边，在几个洗衣妇女中找了个空当蹲下，开始洗衣服。

符幺婶洗了几把衣服，回过头来看儿子坐在石梯上津津有味地啃着红薯。符幺婶似乎放宽了心，回过头来一边用洗衣棒使劲捶着石头上的衣服一边同身旁的妇女说着话。有顷，她不经意间再次回头，霎时一怔，石梯上的儿子不知道什么时候不见了，只遗留下啃了一小半的红薯。

符幺婶四处找不到儿子，这时候，有人给她带话，说要是敢报官就到王家沱去给儿子收尸，还提醒她在自流井地界，只有合盛公的文大爷有办法救她的儿子。

八

符幺婶二话不说，泪流满面地来求文玉琨。

文玉琨则告诉他，按照他们义字公口规矩，替人赎回六岁以下男童，一千个大洋起价。

听这价钱，符幺婶眼睛都快凸出来了。

一旁的祝三爷忍不住提醒符幺婶：你儿子不到五岁，这么大的娃娃卖给人家是最容易出手的，少说也能换回六七百个大洋，我们去赎人也不会低于这个数。再加上堂口一帮兄弟替你探听、说情、舆马、伙食，不能随便扔两个铜元就把人家打发了吧？

符幺婶哀声恸哭，她哪有这么多钱，勉勉强强伸出三个指头，就三十块，家里男人好赌，根本没有积蓄。在井上被烧死后，也就只给了一百块的安葬钱，买了棺材，还了赌账，再也没钱啦，没办法她也只能去借高利贷了。

文玉琨长叹一声，说：你也莫去借什么高利贷了，没有值钱的东西抵押你也借不来钱。这笔钱，文大爷我替你垫了，日后你慢慢还吧！

符幺婶咕咚一声跪在了地上，以头磕地：谢文大爷的大恩大德！日后我一定报答您！

文玉琨看着鱼儿已经上钩了，便问你准备拿什么报答我？

符幺婶张口结舌。

文玉琨话锋一转：是人都会遇上难处的，我帮了你一忙，你也帮我一忙，权当报答吧。去年堂口在曹永茂堂的钱庄借贷了三万大洋，已经到期了，我正愁没有抓拿呢！曹家催我还钱，你求我搭救儿子，这不正好吗？你在曹永茂堂从你家地基经过的枧路租佃契约上把押一画，他们还好意思再逼我？帮了我这个忙，我也就不追要赎救你儿子的那笔钱啰！

符幺婶愣在那里。

祝三爷在旁煽动，文大爷把话都说到这个份上了，这种好事哪儿去找？你还在犹豫个啥子？

眼看符幺婶若有所思，文玉琨开始拿起了范儿，他慢腾腾地折叠契约，说祝三爷你可不能这么说，符幺婶是有气节的女人，许是怕枧路走她家地基坏了风水，下辈子不得超生。若不然，怎么连亲生儿子都愿舍了哩？

一闻此言，符幺婶疯一般抢过契约，我画！我画！

契约摊在桌上，符幺婶的食指在契约上摁上了鲜红的指印。

搞定了符幺婶，曹子才扬扬得意地将契约递给了曹原三，曹原三一脸喜气，盛赞曹子才以柔克刚好本事，曹子才还故作谦恭状，说自己仅仅是往钱总

096

管烧了多半天的灶膛里添了根柴火，水就滚沸了，何足挂齿哩？

钱家富窘恨难掩，阴阳怪气地挤对了曹子才几句。曹原三却说，既然子才这么能干，守着账房整天拨弄算盘珠珠子也是屈才了，不如就把永通枧的建造交给他办。

曹子才胸有成竹，运筹有方，说自己建成永通枧顶多也就只要三个月的日子。

曹原三不由一惊，钱家富都已经忙活了小半年的事情，你曹子才能在三个月时间内办到，将近二十里路的枧路，还有一半的租佃契约没有签约呢！

曹子才却十分自信，一边建一边签嘛！搬挪符幺婶这个钉子户时，我顺便把枧路沿线摸了一下底，预计不会再遇上类似的麻烦了。

曹原三立马将钱家富手中的建枧权交给了曹子才，还倍加欣赏地说：年轻人有闯劲是好事！我绝不质疑，放手让子才干去！不是还有钱总管你在身后把关嘛，出不了什么大纰漏的！

钱家富心中十分不屑，老子的地盘岂容他来染指。他把手下薛老五叫过来，给了他一枚银元，让他盯死二姑爷！他去过什么地方，见过什么人，还说了些什么话，都得想办法打探到。

除此之外，钱家富还在各处给曹子才使绊子。这天，一个商人突然来找曹子才，说实在对不住曹姑爷了，您需要的桐油、麻丝量太大，小铺实在支应不下来。您再去别家看看吧，免得耽搁您永通枧的建造，这是定金，还给您，不好意思啰！

曹子才还没反应过来，又有一个人过来说，二姑爷，昨天我请堪舆先生看了风水，他说你们曹永茂堂的枧路说什么也不能走我家地基上过，否则家中老人堪忧！我家有爹有妈还有一个九十岁的爷爷哩，不敢乱来！你还是另外想办法哈。

曹子才紧了脸：那你昨天怎么把胸口拍得当当响？还收老子定钱？

那人掏出一个叮当作响的布口袋往茶桌上一放：昨天我是瞎子见钱眼睛开，对不住，对不住了！言毕，他急忙起身离去。

面对这些突如其来的问题，曹子才气愤不已，一转头却发现，那些刚刚拒绝他的人，纷纷跟一个头戴破草帽的人耳语拱手。曹子才仔细一瞧，那个人正是薛老五，当下明白了是怎么回事。

第二天，薛老五跟踪曹子才来到合盛公的茶馆，结果，茶馆角落，一清癯老者摆了一副象棋残局，有几个人围着残局七嘴八舌，争论不休。向来爱赌的薛老五来了兴趣，走到残局面前。

在一个小白脸的激将和撺掇之下，薛老五最终还是没忍住，下场参战，而且一赌就是很大，赌到最后没钱了，薛老五想走，一个黑脸汉子一把抓住他，说兄弟你莫急着走，我赊给你的十个大洋是帮合盛公堂口收的欠账，赶紧还我哟！

薛老五顿时傻了。

薛老五被带到文玉琨面前，上身已被扒光，被两个壮汉死死摁在桌子上。文玉琨质问他，你一个曹永茂堂跟班伙计一年才挣几个钱？拿什么还？

薛老五煞白了脸，汗如雨下：我能还，能还！三个月之内我一定还钱给文大爷！

文玉琨哪里肯信，说这种事情，按照堂口的规矩，他用哪只手赌的，就得把哪只手剁掉。

恰在这时，曹子才从里面出来，看见这情景，连忙让文玉琨放了他，说这人是我们曹永茂堂的一个伙计，恳请文大爷给我曹子才一个面子，他上有老下有小，欠您多少钱我加倍替他偿还。

文玉琨做思量状，片刻之后言道：好，这个面子我让给子才兄了！

曹子才带着薛老五去三圣桥桃园酒楼的包房喝大酒，这才从薛老五口中得知原来一切都是钱家富在背后搞的鬼。曹子才给了薛老五五个银元，加上曹子才在合盛公对他有救命之恩，薛老五当然不能再帮钱家富办事，于是便理所当然地被曹子才反间成自己人了。

薛老五从此处处在钱家富面前说曹子才的不好，今天跟老爷吵架了，明天又被谁给退钱了，他一个没有打虎手的，还敢摘壮士牌，做顶门杠太短、当吹火筒嫌长的料，以为修永通枧是搭晾衣竿！

钱家富听了这些话，一脸得意地说：曹子才这就叫看人挑担不费力，自己挑担伸不直腰，背时货！不是老子藐视他，任凭唱什么戏，就他那点脑髓，一辈子也站不到台中间！

也因此，钱家富开始放松对曹子才的警惕，心想着这段时间可以暂时不用盯他了，等他混不下去了，自己到老子面前来下矮桩磕头！

3

再说孟五德堂，曹大欢嫁到孟府时一片风光，可七天后就守上了活寡，滋味很不好受。

她泼辣率直的性格在等级森严的孟府也施展不开，整日低眉顺眼，忍气吞声。再者，曹大欢毕竟来自于昔日对手之家，宛如虽有相逢一笑泯恩仇的愿望，但曹永茂堂将孟天佑招为女婿一事让她耿耿于怀。

而汤俊川与曹永茂堂打了一辈子交道，深知商场如战场，谁又能保证曹大欢不是对方的卧底呢？在大家的敬而远之中，曹大欢感到了一种深深的寒意。

于是，曹大欢只能把所有的希望都寄托在丈夫孟天许身上，没事就去看看他有没有写信回家，盼他早日归来。可是一次一次，她都是分外失望。

宛如告诉她，心里憋屈又找不到人倾诉，整日郁郁寡欢，都是能理解的。可你回过头想想，孟五德堂还有比你更不开心的人呢。

曹大欢立即想起了孟若因。宛如说，若因这孩子命苦，被夫家抬回来大概把怨气都撒在了我们身上。我同你三娘商议了，老这么窝在家里，可能还要出事。已经给她寻了几户人家，可她任何人不见如何是好？我想你们既是同窗，又是姑嫂……

曹大欢立即懂了宛如的意思，努力接近并改善着与孟若因的关系。

孟若因无比孤苦，终日足不出户，以泪洗面，声称如果再逼她嫁人，她就在这房梁上把自己了结了！

曹大欢打听孟若因平常都喜欢吃什么东西，得知是富和园的金银脑花后，便特地命人准备，并亲自给她送去。可是，孟若因对曹大欢没有好感，认为她断送了三哥孟天许的爱情，还逼死了自己最要好的闺密燕知秋，她告诉曹大欢，要不是心里还存有一丝挂念，她也早学燕知秋那样一了百了了！

曹大欢说：其实我很明白你此时的心境，因为我自己也是一肚子的委屈。自从被抬进你们家门那天起，我就从所有人的眼睛里感觉到了不友善，甚至还有敌意。我喜欢孟天许有那么大的罪过吗？而且，话说回来，婚姻大事由得了我一个人的意愿吗？我爹和你大娘把什么都铺排好了，留给我的，只剩下点头答应了。为啥要把燕知秋投河的命债算到她的头上啊？

孟若因说，那是因为你在我大娘那里告了密，才逼得燕知秋投河的，账当然要算在你头上！

可曹大欢却说，我要不告密拦下他们，不跟你一样成寡妇了吗？哦不对，是弃妇。

此言一出，两人都不再说话。

有顷，曹大欢抹了一把眼泪：你家大哥向燕家提亲在前，你三哥没有缘分跟燕知秋走到一起是我的过错吗？你三哥要留洋，我没拦过他吧？他走的时候连正眼都不看我一眼，我没向任何人抱怨过吧？可他一走这么久，是死是活总应该写封信回来呀？我现在跟你差不多，只不过、只不过守的是活寡而已。

看着曹大欢哭得伤心，孟若因这时候才明白，曹大欢也是为了一份痴情才陷入如今困境的，渐渐开始有些同情她了。而她自己，现在连哭都哭不出来了，因为她的心早就已经干涸了。

孟若因埋怨自己被抬回孟府后，孟天运都不来看他，还在有滋有味做他的少东家！

曹大欢这才知道，原来孟若因还不知道孟天运离家出走的事情，赶忙跟她解释。孟若因这才知道，原来二哥为了她，早就已经放弃了做少东家，这让她相信二哥对她感情的执着，不禁泪如雨下。

虽然天各一方，孟若因心底的希望又开始重新燃起，她开始大口吃饭，要水洗澡，坚定着决心要好好活着。

此后，孟若因也常常有事没事就和曹大欢在一起，两个孤独又压抑的女子同病相怜，由冷漠到宽容，竟也开始坐在一起下下围棋，说一些无甚意义但足以慰藉空虚时光的话。

4

湖北武昌。牌坊式门楼正中，镶嵌着硕大的国民党党徽，其下白底黑字写着"中央军事政治学校武汉分校"；门楼左右斜插着国民党党旗和青天白日满地红国旗。门楼边，有岗亭和持枪站岗的哨兵。

学校枪械室，孟天慕身穿深灰军装，一脸英气，此刻他正在熟练地将拆卸成若干零部件的毛瑟步枪装填复位，而后举枪抵肩瞄准。

自打来到了这里，孟天慕整个人都变得兴奋起来，而他与先他入校的女孩郝爽，也是两情缱绻，恩爱不已。

这天，正在拆装枪支的孟天慕，见老索突然进门，立即拿枪对准了他，两人戏谑了一通后，孟天慕说欲善其事，必先利其器。他可不愿因枪械不熟被人莫名其妙地打翻在战壕里。

老索则趁着别人不注意，把一小纸条偷偷递给孟天慕，还建议他干脆给大队打报告调他们分队来算了，免得他每个礼拜提心吊胆地给他和郝爽当信使！

孟天慕则回答他，你们分队与女生队一墙之隔，随时都有交接信的机会，我要老往你们分队跑很容易被发现。再说了，你不是有天然的伪装嘛！长了一张誓死不跟女人谈情说爱的脸，很容易被人忽略！

郝爽约孟天慕去东湖岸边散步，郝爽说起自己从家里逃出的经过，说她爹拿她也是没办法，只好派四个伙计一步不离随时跟着，从阆中一直跟到成都。有一天终于把她给跟烦了，自己动手剪了头发，换了身洋服，大摇大摆离开了客栈，四个伙计居然没把她认出来！剪了头发，也不能一直扮男人啊！恰好在报纸上看见军校招女兵，索性就参加了考试。到了军校，才给家里写了封信，还照了张相片寄回去。估计爹看了，会气得双脚乱蹦的！

孟天慕也趁机问郝爽要照片，而且不但要军装的，便装的也要了一张。郝爽直骂他太贪心。

随着学习的深入，郝爽已经秘密加入了共产党。

这天，郝爽正坐在江滩一块大石头上埋头读书。孟天慕突然飞奔而来，跳上石头，问郝爽怎么不做射击练习，溜到这里。

郝爽说她想找个清静地方看书，还问孟天慕，之前她给他的那本毛泽东的《中国社会各阶级的分析》看完有什么感想。

孟天慕说，读了那本书才知道，自流井最底层的盐工就是真正的无产阶级，是实现共产主义社会的主要革命力量。可是，他以前从来没有注意过他们，倒是二哥和盐工子弟赵国梁、赵国栋是好朋友！说完，孟天慕又问郝爽，像她大娘，像孟五德堂，拥有自流井最多的井灶枧号，雇用了那么多的盐工，城外还有几千亩田地，绝对是大资本家和大地主，财富的积累一定存在着剥削。那应该算作打倒对象还是团结对象呢？

郝爽挥一挥拳头道：坚决打倒！他们造成了这个社会的极度不公平，是反动政权的社会基础。不把这些骑在劳动人民头上的地主资本家彻底打倒，如何创造一个崭新的社会？理智上我们懂得必须和反动家庭决裂，可情感上一定难以割舍。但是，如果我们连自己都舍不得牺牲，又怎么去拯救天下所有的受苦人？

孟天慕若有所思，郝爽的这些话，对他这个本身就因为共党事件而逃离自流井的流浪儿影响很深。

八

除了看书以外，孟天慕还和郝爽一起出演话剧。这天，他们在舞台上，孟天慕扮演趾高气扬、表情夸张的大地主，扬着手上的契约，问佃户们收地租。

老索和郝爽则扮演一对佃户父女，一个跪地求饶，一个则是怒指孟天慕，为自己鸣不平。孟天慕见郝爽生得俊俏，便要老索把她抵给自己当丫鬟，他就不再追讨欠租了！

孟天慕正欲抢人，结果，戏还在演着，一群头戴钢盔、荷枪实弹的宪兵，突然杀气腾腾地冲进了礼堂。

一个军官模样的人走上舞台，说最近共党在本校的活动愈发猖獗，已经到了不可容忍的地步，校方决定予以彻底清除！他们已经掌握了一部分人的名字，要把他们请到宪兵队恳谈、审查一下，坐实了共党身份，就劝其离开学校。

郝爽万分担心，觉得一定会念到自己的名字，问孟天慕该怎么办。孟天慕迅疾看了看四周，凑近老索窃窃私语。老索点头，趁人不备，悄悄往舞台一侧溜去。

直到军官们念到郝爽名字的时候，礼堂一侧，老索猛地拉下配电盘上的电闸。礼堂上下一片漆黑，鬼哭狼嚎、乱成一团。孟天慕拉上郝爽，一路朝舞台后跑去。

这天晚上，三人寄居在客栈里。老索又回学校打探了一番情况，说宪兵队名单上一共有二十四人。因为他拉了电闸，都乱了，大家一哄而散，最终只抓住两人，已经关进宪兵队，估计凶多吉少。

孟天慕也认为，学校现在在戒严，郝爽应该是回不去了，而且也不能再和过去的战友们联系了，显然是有人告密，宪兵队才会准确无误照单逮人的；万一告密者正是你要去见的人，不是自投罗网吗？

郝爽想了想，那也只有赶紧离开武昌了，重庆有中共的地下交通站，她可以联系上，所以她决定去重庆。

孟天慕听她这么说，也决定跟她一起去重庆。虽然他还没毕业，不过比之于学校，郝爽对他来说更重要，而且他也早就对军校照搬教科书、陈腐呆板的教育方式厌倦了，没什么可留恋的！

老索则因为已经报了宪警班，审查通过的话，很快会转学到南京受训。三人也因此各奔前程，说不定最终还是殊途同归呢！

就这样，孟天慕和郝爽，两个志同道合的人，跟随着心底的呼唤，张开双臂，紧紧相拥，拥抱彼此，拥抱彼此心底那个美好的共产主义理想。

5

成都，稻粱谋饭庄，这天，丁一轩掏出一块银元，让孟天运明天跑一趟外街，去染坊街温家祠堂送一趟外卖；对方付账时会多给你一个银元，你把这块银元还给对方。

孟天运慎重地接过银元揣进衣兜里，抑着兴奋小声问丁一轩：丁先生，我是不是在为你们做事？

丁一轩微笑：如果说这是做事，那你是在为天下所有的穷苦人做事。

孟天运灿烂地笑了。

丁一轩说：其实，前面几次让你出外街，就已经是在做事了。就像我们多次谈过的，要让天下的穷苦人都过上好日子，要让你所亲眼目睹的自流井盐工挺直了脊梁做人，路还很长，也很艰难，有的时候还会很危险。你如果愿意投身到这样的事业中来，就一定要服从安排，听从指挥，保守秘密；甚至连自己最亲近的人，都不能透露所作所为！

孟天运猛地点头：丁先生您放心，只要是和推翻那些人吃人的万恶规矩有关的事，我都愿意干。要是遇上危险，我会像林先生那样去做的！

丁一轩赞许：好，我相信你是值得信任的！

说到这里，丁一轩又想起什么，问孟天运道：对了，你一直没有你五弟的消息吗？

孟天运说：他曾经写过两封信回家，我去重庆找他但没找着人，后来就再没音讯了。不过逃亡前他说过，他一定要做一个像林先生那样的真共产党！

丁一轩竖起一根手指，嘘！为了推翻这个不合理的黑暗社会，其实有许许多多的仁人志士都在奋斗。你五弟有这份决心，那他也一定会找到属于他的斗争阵地的。

孟天运点点头，嗯，我也相信我五弟绝不是浑浑噩噩混日子的人！

丁一轩说，好！天运，我还有一件事交代给你。前阵子让你留意过店堂招待吴师傅如何鸣堂叫菜，明天跑完外街，你就接替吴师傅鸣堂叫菜。

丁一轩一边说一边还掏出了一张纸条，递给孟天运：这几天会有人陆续到饭庄点要这三道菜，告诉对方，稻粱谋饭庄是四六分加南堂，不出这样的菜，推荐来客吃这三道菜。若对方欣然接受，那付账的时候会不经意给你看一张裁剪成小块的《四川全省明细详图》，你就告诉他去柳荫街14号！

八

孟天运仔细地聆听着，牢记在心。

不出几日，孟天运已经成了稻粱谋的鸣堂师傅，他身着干净的对襟衣服，围腰上插着一把筷子，高声吆喝：有客来，上茶！几位左边请，左边这桌挨窗户，亮堂！

孟天运正麻利招呼着一桌又一桌，只见郝爽独自一人走进饭庄，迅速地扫视了一眼店堂后直奔右侧空桌坐下。

孟天运抬头看了一眼，立即招呼了一声，女客一位右上落座喽！然后走到跟前，问道：小姐是一个人用餐？

郝爽答：两个人。

孟天运擦桌安筷，问：右上两位上茶水！小姐想吃点什么？

郝爽眼都不眨，一份荷叶蒸肉，一份东柳香糟肉，再要两碗豆花加蘸水。

孟天运眼睛猛地一亮，三样菜式对上了之前丁先生跟他说的暗语，他连忙接了下去：小姐有所不知，小店是四六分加南堂馆子，不出蒸菜，更没有豆花卖。如果不喝酒，我建议二位炒一蒜薹肉丝，金钱腰花，再红烧一个豆腐，配一碟爽口泡菜下饭就可以了！

郝爽心领神会，好，就照你说的做吧！然后，起身走到门口，招呼自己的同伴一起进来，幺师已经替我们把菜点好了。

门外，只见一个年轻男人走了进来，孟天运顿时瞠目结舌！

那人就是孟天慕，他看着孟天运也瞪大了眼睛：二哥？！

九

1

成都，祠堂街稻粱谋饭庄二楼孟天运房间，重逢的孟天运和孟天慕两兄弟，紧紧搂抱在一起。

孟天慕激动不已：我设想过无数种我们重逢的情景，唯独没有今天这样的场面！

孟天运难掩兴奋：我也没想到！

站在门外的郝爽微笑着望着他们。孟天慕赶忙把她拉过来：二哥，我给你介绍一下，这是我的未婚妻，郝爽！郝爽，这是我二哥孟天运！要是没有他，我怕是早就埋在自流井的土里面和盐卤做伴了！

郝爽礼貌地问候孟天运，总听天慕说起你。你们兄弟他乡偶遇，应该好生庆贺庆贺！成都最好的饭馆是哪家？我来做东！

孟天运兴高采烈地说：哪儿都不去，就在这儿！今天二哥给你们俩置办一桌，露一手！我现在的手艺啊，绝不比我们家韩胖子炒的菜差！

满桌菜肴，孟天慕和郝爽连连称赞。

说起自己离开孟五德堂的经历，孟天运倒是异常平静，孟天慕却疑问连连，他说自己离开是亡命天涯是迫不得已，可你呢？你已经坐上少东家那把椅子了，有和孟五德堂决裂的必要吗？

孟天运不无哀伤地说：有老三和燕知秋的前车之鉴，又有赵有仓被逼上吊、赵国梁、赵国栋兄弟离散，让我意识到我的能力太有限了，我那少东家就是一个傀儡！于是萌生了跟孟五德堂一刀两断，带着若因远走天涯的念头，虽然动这个念头很痛苦。却没想到，最后赵家兄弟不但没有救下来，大娘竟然又匆忙把若因嫁给富顺的痨病鬼去冲喜，断了我最后一丝留恋！

孟天慕也是忍不住一阵叹息：若因的事，大娘做得太绝情了！

孟天运没有说话，转脸一旁掩饰自己的情绪。有顷，他说：我丝毫也不后悔当初作出的挣脱封建家族束缚、离家出走的决定！这里面一个是因为林先

105

生，当着我们的面饮弹自尽的林先生。还有一个，是因为我到这里之后借阅了大量的书籍，这些书籍让我明白了许多当初困扰我们的问题。从那些书里面，我知道了，人生而平等，并无高低贵贱之分。就拿自流井来讲，为什么财富集中在少数盐商手中而绝大多数的盐工却过着贫苦交加的生活？书里告诉我们，造成贫富悬殊的根本原因，是不公平的社会，是剥夺绝大多数人分享社会财富权利的苛政！

听了孟天运的话，孟天慕和郝爽对视一眼。郝爽也忍不住赞叹，二哥的思想很激进啊！

兄弟团聚有说不完的话，一顿饭吃了很久。孟天运还告诉孟天慕，他曾经去重庆找过他，可是去了他做工的那家报社，大门被贴了封条，打听两天也没有他的下落。

孟天慕赫然想起，就是孟天运去的那天，报馆被查封，他们两个很有可能是擦肩而过了，他那时在去码头的路上。孟天慕感叹，要是没有与你失之交臂，我当时身无分文，说不定还真跟你回孟五德堂了！

饭后，孟天运又趁着郝爽洗碗，和孟天慕聊起了这个未婚妻，问他们是不是一个学校的，女人怎么也上军校舞枪弄棒。

孟天慕这才回答：郝爽是政治科的，舞枪弄炮不是她们的主科。她爹是阆中的绅粮大户，她又是家中的独生女，偷跑出来考学、上学以后才写了信回家，家里拿她也没办法。

孟天运关心孟天慕接下来和郝爽会去哪里，可是他又对稻粱谋是共产党交通站的事情并不知晓，只是把老板交代下来的事情，小心翼翼，不出差错地去完成。

孟天慕却告诉孟天运：军校生活完全改变了我的人生观，我现在正在积极努力，争取早日成为跟林先生一样的人，而我的未婚妻郝爽，早就已经是了。我们听说在川北一带活动的红四方面军正在积极筹建苏区，我们就是受到上级指派，以军政技术人才的身份去那里参加工作。

孟天运感叹可能大娘做梦也不会想到她最喜欢的老五居然也从了军！而孟天慕做梦也没有想到，他走了短短不到几个月，孟五德堂出了好多事情，称得上天翻地覆！……

这天晚上，孟天运又把两人送往柳荫街14号丁先生住处，跟他们一起研究将他们分别送往川北根据地的时间和路线。

次日，成都驷马桥，兄弟俩即将分别，郝爽用照相机为他们拍下了一张合影,两人脸上阳光灿烂。

临走前,孟天运叮嘱孟天慕扛枪打仗要多加小心,安顿下来后记着给他写信!

孟天慕想了想,走了两步还是又折返回来,跟孟天运说:二哥,我觉得你不该始终待在饭庄与厨帮为伍!要说这就是你的理想,第一个不相信的就是我,你是应该有更大抱负的!我希望你可以跟我一起到川北苏区去投身革命,轰轰烈烈干一场。

孟天运却以担心政审为由婉转回绝。孟天慕只好表示:我跟郝爽先过去,向上级提出这个要求,获得首肯的话,再写信给你叫你去。我是衷心希望二哥和我们一起为改变这个社会而奋斗。他还顺便拜托孟天运把自己的近况也写信告诉家里,让他们保重。

许久不见的兄弟,就这样意想不到地在异地重逢,然后又匆匆分别。

2

陡峭的山峰一座接一座,高耸入云,巍峨险峻。山峰与山峰之间是深暗莫测的万丈峡谷,一缕瀑布飞流直下,在半山腰就跌得粉碎,化成一片水雾。

大山腰间是一条蜿蜒崎岖的山路,孟天慕与郝爽一前一后走来。山岩上凿刻着雄伟壮观的四个巨大的字:赤化全川。两人卸了背包,大张着嘴,完全被震慑住了。

看看这四个字就知道了,多么雄伟的气势!他们相信很快四川就会赤色一片,他们的理想就要实现了!郝爽问起孟天慕,参加了红军,最大的愿望是什么。

孟天慕回答:打到川南去,解放自流井!然后和你在自流井举办革命的红色婚礼!然后和你生一堆娃娃,让他们和我们一起,建设共产主义的新自流井!

两人一起梦想着将来在那个人人有饭吃,人人有书念,一个红彤彤的国家里,他们都是国家的主人!建立一个民主、自由、平等、富强的新社会,消灭剥削,消灭阶级,消灭一切人压迫人的旧制度!

孟天慕甚至还要革孟五德堂的命,把财富全部分给穷苦百姓,让大娘三娘洗心革面,做自食其力的劳动者!他们身上的热血已经要沸腾了!

川北巴中,柳林小镇热闹非凡,户院围墙上,祠堂庙宇的照壁、牌坊上到处都张贴着写有革命口号的标语。

这些新鲜的人事物,让身背行囊的孟天慕和郝爽暂时忘记了疲劳,他们目不暇接,兴奋异常。

一所庙宇的门楣上,高悬着"欢迎革命学生到苏区工作"的标语,庙门一侧是写有"柳林区苏维埃政府"字样的木牌。郝爽拽着孟天慕一起跨进了庙宇。

大雄宝殿改就的办公场所,人们出出进进,每个人都匆匆忙忙,风风火火。

一个戴着眼镜、红军干部模样的人热情地与孟天慕、郝爽握手,欢迎他们到川北苏区来工作!这里比不上大城市,条件艰苦,要有心理准备哦!

郝爽当即表示:条件艰苦我们不怕!首长同志,就尽快给我们安排工作吧!

可是红军干部却搓着手,说:苏维埃政治保卫局有规定,凡从白区新来的同志都要先通过政治审查。他从抽屉里取出两份表格递给孟天慕和郝爽,让他们先把这张表填了,一会儿保卫局会来人同他们分别谈话。

两人找了个空地填表,在填家庭出身那栏时,却停住了笔。孟天慕回头轻声问郝爽:家庭出身你填的什么?

郝爽答:地主,我爹就是地主。你填什么?

孟天慕想了想,俯身在家庭出身那栏里,写下了"孤儿"两个字。

之后,两人都没再往这方面多想,开始积极地投入革命工作。郝爽对新发的军帽军装十分喜爱,孟天慕则急着给二哥写信,向他描述一下红色苏区热火朝天的革命景象!对于下午在保卫局接受的问话,两人都没有异议,只是把他们的相机和日记本等私人物品都拿走了。

郝爽被分配到了宣传部,孟天慕则要去给省军区办的短期集训班讲分队防御战术,这都让学有所长的他们有了充分的用武之地。

这天,孟天慕正在课堂上跟几十名年轻的红军战士讲解如何布置防御阵地的事,一个戴眼镜的红军干部急忙走到了孟天慕的身旁,告诉他保卫局的同志有几个问题需要核实。然后将课还没讲完的孟天慕急匆匆地带走了。

保卫局,一脸严肃的红军干部,询问孟天慕同郝爽什么时候认识的。

隔着一张桌子,孟天慕孤零零地坐在椅子上,回答是在报考中央军事政治学校武汉分校的时候认识的。

政工干部又询问,郝爽在军校的时候加入过国民党,他知不知道,孟天慕回答知道，政治总教官恽代英要求我们加入，大部分同学就都入了，他没加入是因为正赶上他患疟疾，躺在床上打摆子，错过了。

继而政工干部又拿出很多郝爽拍摄的照片，其中有他和孟天运在成都驷马桥上拍的照片。孟天慕说那是自己二哥。政工干部当即疑问，你家庭出身填的是孤儿，怎么会冒出个二哥来？孟天慕灵机一动，回答说小时候流浪时，结识的另外一个孤儿。

但是，政工干部还是疑心郝爽拍摄的大量川北风景照，觉得她身为一个正规军校的学生，怎么会对文人墨客才感兴趣的纯粹风景产生兴致？所以这些关隘风景照，极有可能是用作军事用途的！

孟天慕一惊，立即回答自打郝爽在重庆买了这架相机后就对风景产生了强烈兴趣，见啥拍啥，绝对就是身上小布尔乔亚的东西在作祟，没有任何别的目的！他开始有点担心郝爽，着急想见到她。

可是，政工干部却说他的保证没有丝毫价值，而且，根据政策，他们是不会冤枉一个好人的，但也绝不会放过一个坏人！为了党和队伍的纯洁，为了共产主义的崇高事业能够蓬勃发展，让孟天慕把他和郝爽交往过程中所能回忆起来的全部事情，包括说过的话统统写下来，这也是为了他和郝爽能够政审合格必须履行的必要手续！还有，在没有通过政审之前，他也暂时不能离开这所院子。

孟天慕顿时傻了。

不大的拘留室里很昏暗，孟天慕不时透过铁栏杆朝屋外张望一眼，一名全副武装的红军战士在拘留室外来回警戒。

心烦意乱的孟天慕趴着不知道该写些什么，他的脚下已经堆满了废弃的稿纸。

随着一声门响，另一个浑身已经淋透的人被推进了拘留室，他口吃很严重，可还在不住地嚷嚷说自己浑身都湿透了，为什么不能回去换身衣服？

可是没人理他。孟天慕把自己的干衣服脱下一件递给那人换上，那人告诉他，他的名字叫王用之。王用之询问孟天慕的关押理由，孟天慕说自己也莫名其妙，回问他。他说是因为出身问题，他的家里面是川北阆中的大地主。而他上下打量了孟天慕一番，也判定他肯定也不会是贫寒人家出身。

王用之看孟天慕人还不错，就好心告诉他一件事，刚才他遇到了一个叫郝爽的，因为家庭出身是大地主，在军校又加入过国民党，来这里的路上又拍了那么多关隘照片，特务的嫌疑很大，而她在审问中嘴还硬，审问她的人一点办法都没有，估计这会儿已经凶多吉少了。

被王用之这么一说，孟天慕充满了担心，他再也难以集中精力写他的汇报材料。次日，那个审问他的政工干部又过来检查他的材料，可是，没看多久，他就很不满意，将几张白纸扔在木桌上，说孟天慕将他与郝爽抵达成都、逗留成都以及离开成都这一段写得太过简单了，重写！见过的人，去过的地方，所有的细节都要写上，不能有任何遗漏！

很晚的时候，王用之又一身泥污地被人推搡进拘留室，门随即又被锁上。孟天慕不解他为何一身泥水。王用之目光呆滞，也不说话，慢慢地靠墙溜坐在地上。愣怔半晌，他忽然呜呜哭了起来。一边哭一边告诉孟天慕，他想他们应该是死定了。

孟天慕这才从王用之口中得知，原来，张国焘正在川北苏区大搞肃反运动，连好几个师长、政委都被肃了，从白区来的孟天慕与郝爽被分别拘押根本不算什么。而他，因为隐瞒他爹是大地主而且还当过民团团总，已经让他们查出来了，他们还查到孟天慕有一个大哥是白军军官，不日也会被处决。

孟天慕彻底傻了，五雷轰顶肝肠寸断，美好理想瞬间化为乌有。王用之还在不停哭诉，说他不想死，他爹还等着他传宗接代呢，他就因为他爹给他指婚的婆娘太丑才跑了出来，可他真的不想就这样去死。

孟天慕的眼睛里烧起了一簇火，他不甘坐以待毙，要王用之和他一起逃跑。

当晚，屋檐下的雨滴淅沥淌落，绵绵不绝，一个身披蓑衣的矮个红军战士前来接替一直看守的矮个红军，对过口号后，二人匆匆换班。

就在换班后不久，拘留室内突然传来一声响动，接着便是一阵猛烈击打肉体的声音，继而传来王用之叫声凄厉的呼救声。

矮个红军战士一跃而起凑到窗前，高举马灯，借着微弱的灯光，看见拘留室内的两个人扭打成一团。他赶紧放下马灯，掏钥匙开了锁，结果，门猛地被拉开，孟天慕高举木凳狠狠一击，将矮个红军战士打倒在地。

孟天慕和王用之又一起用力，将矮个红军战士拖进拘留室。他们换上蓑衣手拿步枪并且穿戴上了红军军装和军帽，将这个红军锁在拘留室里，然后迅速跑出了院子。

孟天慕十分聪明，而且懂得审时度势，他知道，如果他和王用之现在就贸然进山逃跑的话，跑不出半天就会被搜山的人又抓回来。所以，他没有着急跑，而是找了个地方和王用之一起先躲了下来。

等追他们的人都离开之后，孟天慕又利用王用之就是本地人，相对熟悉地形的优势，仔细规划了逃跑路线，最终决定回王用之的老家阆中。王用之虽然担心自己好不容易从家中跑出来，可是孟天慕却说，回家去顶多挨一顿骂，总比让保卫局抓住了强！不找个地方休整一下，万一保卫局再扩大搜索范围，把去往阆中的关隘一堵上，到时候我们真就插翅难飞了！

崎岖蜿蜒的山路上，孟天慕和王用之跌跌撞撞地一路猛赶，王用之告诉孟天慕，他婆娘家是二龙镇的绅粮大户，他爹是看上丈人家有二百亩水田的陪嫁，才逼他成亲的。成亲前他连对方人都没见过，他一直都是在成都文庙前街的成都府中学堂念书，暑假刚一回家，就被拉去拜堂，而等他入了洞房，一掀开婆娘的盖头，差点没把他吓死，当天晚上，他就翻墙逃跑了。

两人一路跋山涉水，终于回到了自家门前。可是，还没待高兴，一声清脆的枪响划破山野的寂静，孟天慕赶紧拉着王用之手刨脚蹬地爬上了山坡。王用之惊讶地看见一座深宅大院里人嘶马叫，火把穿梭，一个身着白绸睡衣裤的老者被几名红军架着拖出了大门。

王用之涕泪横流，觉得是自己连累了老爹，连累了全家。凄风苦雨中，被满腔仇恨烧红了眼睛的孟天慕问王用之想不想替家人报仇，而他也因此作出了再一次改变人生的重要决定，去投奔大哥孟天成！

3

留在成都的孟天运对于孟天慕的遭遇全无知晓，继续衷心追随着丁一轩。

而中共在这个时候特派一名专员来到成都，可是，丁一轩左等右等却始终等不到他跟自己联系，继而又接到警察局里传出的消息，说他的交通员已于两天前被捕，很有可能已经变节！

更加麻烦的是，丁一轩根本不认识这个特派员，只知道他姓许。

面对危险，丁一轩召集所有的联络人，让他们暂停一切活动，什么时候恢复工作等他的消息，千万不能轻举妄动！而他，因为稻粱谋饭庄是特派员知道的最后一个接头地点，上级的指示说又是极其重要的，所以，他决定冒险再等三天。

几人正在内里商量着，而为他们望风的孟天运则伏在门边的柜台上，装作盘账的样子，他隐约听见外面有人声和脚步声，赶紧以打算盘的方式跟丁一轩通报，丁一轩当即明白大家被堵在了这儿。

饭庄大门被人粗暴地敲砸着。孟天运嘴里横衔着毛笔，出去开门，他刚抽掉门闩，大门就被猛地推开，四五个警察蜂拥而进。

一名长相蛮横的警长扫视空无一人的店堂，说之前亲眼看见刚才有三个人鬼鬼祟祟进了饭庄，孟天运则一脸笑容，手指楼上，说那是他们老板约的牌友，老板惧内牌瘾又大，不敢在家里打，只好把场合弄这儿了。

警长依然不信，吩咐几个警察在下边守着，让孟天运带他上去检查。一推开包间大门，丁一轩等人正坐在桌前酣战方城，每个人面前都放了些银元、铜元。

丁一轩一见警长驾到，立即热络地招呼他上桌打牌，还让孟天运把抽屉里今天的流水都拿过来，让他作为赌资。警长乐乐呵呵地上了桌，吩咐下面的几个小警察出去巡逻。一个危险就这样被他们轻松化解了。

翌日，丁一轩早早地来到饭庄，把任务交给了孟天运。他告诉孟天运，今天也许会有人来点红烧牛头方，你就告诉对方，这是高档筵席的头菜，必须预订，建议他改点别的菜；他若要你安排，你就推荐干烧牛筋这道菜给他。结账的时候，他会悄悄给你一张纸条，你就把这本书交给来人。

丁一轩一边说着一边从公文包里拿出一本牛皮纸包着的书，孟天运仔细聆听。

然后，丁一轩又拿出一支毛笔，将笔帽拧开，笔毫卸掉，交代孟天运要把他给的纸条放进这支善琏紫毫湖笔的笔杆内！

孟天运神色凝重地接过毛笔，丁一轩说他今天有事，要稍晚点回来。叮嘱孟天运千万不能出差错！如果有意外，就把账台后酒格上的那坛大曲转向里面！

丁一轩说完之后，便匆匆离开稻粱谋。这一天，孟天运都按照丁先生的指派，极为小心。一直到中午时分，一个文质彬彬、身着长衫的人进了饭店，孟天运立即迎了上去。

而就在他们没发现的街道对面，一辆黑色奥斯汀轿车缓缓驶来，远远停在那里。

轿车里坐着几个身着黑色中山装的男子以及一个头上裹着渗血纱布，满脸血污、眼睛肿成一条缝的人，黑衣人问伤者，是这人吗？

伤者用力朝饭庄张望一阵，说我也只见过一面，又是黑灯瞎火，没看清楚长什么样子。不过，那人穿的倒也是件长衫子。据说，他是中共南方局派给四川地下党的特派员，带着中共高层的指令而来，但指令具体是什么，他也不知道，他只知道获取指令的路径。

轿车里一名领头的男子觉得刚才走进饭庄的那名男子非常可疑，便吩咐手下去盯住那个人，一举一动都不要放过；他们交换的物品包括钱币一律扣下！如果能够确定这是共党的联络点，就把人都给我堵里边一锅烩了！

后座上身着黑色中山装的两个人一左一右，同时下车奔饭庄而去。

而饭庄里，孟天运正站在桌边与长衫人交谈。按照之前丁先生的吩咐，这名长衫男子点了红烧牛头方。孟天运立即以做工复杂，极为耗时，需要预订为由，推荐他点干烧牛筋。

穿黑中山装的男人恰在此时走进饭店，明显心不在焉，不时拿眼偷觑长衫人。孟天运再一转头看向店门外，发现对面停着一辆轿车，顿时警惕起来。

而长衫人似乎也有意识，一边点菜一边开始用手蘸着茶水在桌上写下"青石桥明阳"几个字，写完后又以约的朋友恐怕爽约为由，不再点菜，离开饭庄。

孟天运一边送客，一边用抹布将桌上的字样迅速擦抹干净。眼看长衫人出门，黑衣男子也当即起身追出，孟天运三步并作两步冲上楼，拿着那本牛皮纸包裹的书又箭步下楼，将酒格上那坛写有大曲字样的酒坛转过去之后，匆匆离开饭庄。

青石桥，孟天运急匆匆地走着，眼睛四处搜寻着。突然，他发现巷子深处"明阳客栈"的店幌在微风中缓缓摇晃。

孟天运驻步，假意蹲下身子，脱了布鞋抖落鞋里的沙石，借机观察街面。路面另一侧，先前的黑衣男子也气喘吁吁地跑来，孟天运大吃一惊。他略作思忖，转身便走。

菜市场，人来人往。孟天运一路走着，一边紧张思考着。两旁的摊子上摆满了时鲜蔬菜，几个木盆里游着活鱼。突然，孟天运的眼睛一亮。一个中年农民蹲在地上抽着叶子烟，他的面前是一竹编笆篓。

孟天运蹲在他面前探头朝竹笆篓里看，都是半夜现逮的黄鳝。孟天运用四个铜元，连带笆篓、黄鳝和农民的破草帽一起买走了。

孟天运拎着竹笆篓拐进小巷，他左右看看确定无人，便三下两下将粗布外套和布鞋脱下，塞进一个破墙洞里。然后弯腰卷起裤脚，顺势抓了些地上的稀泥，往手上、脚上和面颊上胡乱一抹，最后将那顶破草帽扣在头上。

他又撩起后衣襟摸了摸，那本牛皮纸包着的书本紧紧掖在他的后腰上。

孟天运拎着竹笆篓，走出小巷，大摇大摆地走进了明阳客栈。对面监视的

九

黑衣男子并没有在意一身泥污的孟天运。

　　明阳旅店二楼，孟天运找到特派员。他将那本牛皮纸包着的书交给特派员后，特派员郑重地将一张纸条交给孟天运，要他转交他们老板，千万当心！孟天运接过纸条，用手搓成小卷，塞进衣领缝隙当中。特派员又说找一本道光十一年武英殿本的《康熙字典》，对照这张条子就知道内容了。而他，因为已经被警察局特别侦缉处盯上了，不能在成都久留，会有人再和他联系的。

　　两人正说着，听见外面有人高声嚷嚷，原来特务们已经证实长衫人的身份，正要进来抓捕。孟天运急忙推开后窗往外看，发现是一条僻静的小巷，他让特派员先行跳下逃走，而他则在送走特派员后，急忙将衣领中的小卷纸条抽出展开，迅速看起来。

　　就在几个气势汹汹的便衣特务冲开大门的前一刻，孟天运嘴里念念有词地将纸条又匆匆看了一遍，然后将其迅速塞进嘴里。

　　特务们闯进房间后，什么都没有找到，就只好将孟天运和那一竹篓鳝鱼带回了警察局。

　　丁一轩在饭庄看到了孟天运留下的危险信号，急忙伏案笔走龙蛇，安排在成都的几处重要联络人迅速转移，而他自己则蹲在稻粱谋饭庄二楼账房，在一个火盆里焚烧着重要文件。

　　熊熊火光映照中，他神情严峻的脸忽明忽暗。

　　却在这时，楼下传来轻轻的拍门声。丁一轩猛然一惊，赶紧加快了手上的动作，然后举着马灯走下楼梯，轻声探问：是谁？

　　门外是孟天运的声音。丁一轩迅速蹙眉判断了一瞬，然后走到饭庄门口，抽掉了门闩。满脸血污、一身泥泞的孟天运扑倒进饭庄。

　　丁一轩一边替孟天运包扎伤口，一边听孟天运讲述这天的经过。原来，他发现特派员被跟踪后，就特地多长了个心眼，买了一笼黄鳝，装成是农民的样子进入客栈。特务们闯进来的时候，他已经把纸条吞下，所以什么都没有搜到，只好把孟天运结结实实地捆了起来，连带他的黄鳝一起带回去查看。

　　特别侦缉处，特务们把竹笆篓里的鳝鱼倒进一个木盆，然后一条一条地剖开翻找，孟天运则被脱光了衣服捆在树上，他做着可怜状请求，说自己真的是华阳乡下的农民，进城来卖自家水田里逮的黄鳝。

　　特务们当然不相信他卖黄鳝居然都卖到客栈里头去，孟天运只好一脸委屈地表示是那个客人买了黄鳝喊他送到二楼房间的，可去了他人又不在，他只是在那儿等人收钱的呀！

孟天运不停地替自己喊冤，而特务们又从他身上搜不出任何蛛丝马迹，最后只好把他暴打一顿，一通恶骂，然后将满脸血污、赤裸上身的孟天运，一脚踹出了大门。

孟天运为人非常谨慎小心，他一出警察局就直接出了南门，在南河边上坐了估摸有两个多时辰，断定侦缉处那帮人没跟他，才绕道送仙桥走青羊宫，再从南校场外垮了的城墙翻进城里回来的。他心里想着，不管出了多大的事，绝不能让侦缉处那帮人知道他们稻粱谋饭庄！

听了孟天运的叙述，丁一轩颇为感动，称赞了孟天运的细心，转而又开始遗憾未能接收到上级下达的指令，成了睁眼的瞎子，不知道下一步应该往哪里走。

孟天运却告诉丁先生，他虽然把纸条吞进了肚子，可是，纸条上面的内容他都已经记下来了。

丁一轩惊奇地看着他。孟天运从书架上找到一本道光十一年武英殿本的《康熙字典》，然后提笔在笺纸上写着字，口中说道：三十七左二下六、四十一左一下二；三十三左三下八；二十六右四上五……

就这样，他们终于一个字一个字地把上级的指示翻译了出来。丁一轩看完，激动地握住孟天运的手说：你立功了，你立大功了！

最终，孟天运凭着他的勇敢、机智和超强的记忆力，不仅搭救了上级的一位特派员，还避免了中共四川地下党的一次大损失，功不可没。而他也在这一系列的行动中迅速地成长和成熟，他希望丁一轩能给他安排更多的工作。可是丁一轩却告诉他，因为他们工作的特殊性质，不是每天都有任务的，坚守岗位也是做事的方式之一。

孟天运也跟丁一轩汇报了五弟孟天慕曾经鼓动他去川北苏区和他们一起革命，还说他们会跟上级汇报他的情况，得到批准他就可以奔赴苏区去找他们，希望到时候丁先生可以批准。

丁一轩赞许了孟天运的勇气，但也告诉他，自己已经把孟天运这段时间的表现汇报给了组织，组织正在对他进行考察，如果考察合格加入了组织，就必须听从组织上对工作的安排。当然，有去苏区工作的愿望也是好事，如果孟天慕有信来，他会向组织汇报孟天运的想法。

孟天运笑着感谢丁先生的理解，并表示他就是想像五弟他们那样，轰轰烈烈地闹革命！

十

1

许久不跟家里联系的老三孟天许，这天终于发回一封电报，裴二娃跌跌撞撞，一路呼叫着跑进院子，宛如读完电报，却是一脸的面无表情。

听说消息的曹大欢也是急忙赶来，询问电报内容，宛如却将手里的电报往桌上一拍，电文只有十个字：食宿金告罄，速汇一千元。

宛如一脸愠怒地埋怨老三：除了要钱，没一句多余的话！养条狗扔根骨头它也晓得摇两下尾巴，把我当什么了？钱庄？我欠他是吧？大欢，去电报局给你男人回封电报，让他马上写信回家，把他走了以后都干了些什么说清楚了才能给他汇钱！

曹大欢迟疑着，怏怏离开了书房。

宛如坐在椅子上谁也不看，兀自生着闷气。汤俊川一旁上前劝说着，当初老三同意娶曹大欢您可是答应了他的留学条件的，他新婚七天拔腿走人，显然是揣了一肚子的怨气。没给家里写信，只能说明他还没把郁在心里的这口气给化解开，还不够懂事儿。可话又说回来，十几年前您花费那么多的心思收养了这六个儿子，如今一个个都走了，难道您还真把孟五德堂掌门人的椅子留给六少爷去坐不成？

宛如被汤俊川说得无话可说，只是起身走到板壁前，凝视着那张她与七个养子养女合影的照片。当年的几个孩子在照片上笑得都是那么灿烂。

汤俊川继续劝说：倘若借故再把生活费给拖延一阵子，不就等于暗示我们对他不满？搞得三少爷怨气满腹只好异国他乡四处借贷，那还能指望他学成之后返回自流井为孟五德堂效力？还是给他把钱汇过去吧，您说呢？

宛如眼睛里却充满哀伤。一直站在门口聆听的曹大欢，听见婆婆对丈夫的责怪，心里也是沉甸甸的。

当天，曹大欢就回到曹永茂堂，拜托曹子才叫人去成都专卖东洋货的科甲巷的仁祥号，买上几百块钱的东西，装一大箱回来，而且都还得来回保密，莫让旁人知道！

曹子才不知道曹大欢要干吗，曹大欢强调只要东洋货，曹子才顿时心领神会，答应明天就安排人上成都！

不日，曹子才就替曹大欢搞回了一批东洋货，曹大欢在府上挨个分发，并说这是天许在日本给府上人买的礼物，托人捎回来了。

宛如接过一只手表，喜滋滋地摆弄着，夸赞老三收到汇款，都学会给家里人买东西。连汤总管都收到了一副金丝眼镜，戴上看东西都跟刚洗过一样！

曹大欢还给孟若因买了玫瑰香皂和狮牌洗牙粉，孟若因拿在手中端详半天，问曹大欢，你给我说实话，这些东西真是我三哥从日本托人捎回来的？

曹大欢一愣：怎么让你看出破绽的？

孟若因指指牛皮包装纸一角不太显眼的几个小字——仁祥号，问曹大欢，这是专卖东洋货的商号？曹大欢尴尬地一笑，只好解释说，大娘对他不写信回家很是不满，我就想帮你三哥一把，别让他以为孟五德堂的门对他掩上了！

除此之外，宛如还要求曹大欢给孟天许写信，曹大欢对此格外害羞，宛如就骂她说，你是他明媒正娶的婆娘，给他写信天经地义！写！从现在开始，一句一封信！跟他说这孟五德堂在等着他回来当家，跟他说你想他盼他，盼他早点子回来和你生娃娃，给孟五德堂传宗接代！写得越热辣越好，让他晓得，他就是一只风筝，飞得再远再高，那根线也是在我们手上捏着的！

灯光下，曹大欢秉笔书写：我最亲爱的天许，你听见我跟你说的话了吗？我分分秒秒都在盼你早日回来，我要把我跟你许的愿一件一件都兑现了，给你生一堆娃娃！五个男娃娃五个女娃娃，男娃娃都像你，女娃娃都像我，让孟五德堂百年千年延续下去！啊，想到那美妙的未来，我的心已经醉了！

写着写着，曹大欢羞涩地抿嘴笑了，脸上漾满了幸福与期望。

2

成都，稻粱谋饭庄，空无一人的后厨里，孟天运站在灶前，左手拎一只铁锅反复颠动，铁锅里是一些铁砂子；他的右手举着一本《中国社会各阶级的分析》，眼睛看着，嘴里念念有词。

丁一轩从外面进来，似有些心事重重。孟天运因为看书遇到一些问题，见丁先生坐在桌前发呆，就跟他请教。孟天运说读了《中国社会各阶级的分析》后，他在想，孟五德堂的井灶枧号是自流井最多的，又雇用了上万名盐工，每年还有几千亩田地收租,是大资本家和大地主毫无疑问,应该算作打倒对象还是团结对象呢?

丁一轩回答:严格来说,孟五德堂在毛泽东划分的五大阶级中,属于民族资产阶级。他们有可能成为革命的朋友,也有可能成为革命的敌人,是我们团结争取的对象。你这样想,如果在自流井爆发革命,而孟五德堂能够支持革命、帮助革命或者说至少不反对革命,那将会产生多么大的影响?

孟天运点点头,他明白丁先生的意思。然后见丁先生似乎略有心事,便询问是不是有什么事。丁先生没有回答他,倒是反问起他穿过西装没,会跳交际舞吗?

孟天运一一否认,丁先生却从手边携带的藤箱里,拿出一套西装,让孟天运穿上看看。孟天运换上衣服,丁先生又帮他打好领带,仔细地瞧了瞧,顿时眼睛亮了起来。

孟天运身着笔挺西装,脚蹬雪亮皮鞋,玉立,倜傥,风度翩翩,完全换了一个人。丁一轩当即给孟天运安排了一个紧急任务,要他在三个晚上以内,学会交际舞。然后丁一轩神情严肃地跟孟天运谈起,四川军阀刘湘最近即将向全省各地派出剿共特派员,扬言要在四个月内肃清我党组织。省政府机要室有我们的一个内线,他通过川康绥靖公署拿到了这批剿共特派员所掌握的我各地地下党的情报。但这个内线和我们一直是单线联系,与他接头的同志是一名邮差。不幸的是这位同志昨天在盐市口被警备司令部的一辆汽车撞死了,我们和这名内线的联系完全中断了!因而可以说,现在的各地党组织都处于高度危险之中,所以他们要想尽一切办法与这名在省政府机要室做主任科员的内线取得联系,而十三号是省政府袁副秘书长的生日,晚上要在童子街大中饭店举办一场舞会,这名内线极有可能参加,这是我们接触他的唯一机会!

丁一轩拿到了一封宽巷子冉公馆冉少爷的请柬,而孟天运和冉少爷的年龄相当,最合适顶替冉少爷去参加舞会,寻找那名内线!他们有一份紧急情况下的接头暗号,但是,除了知道这名内线是主任科员、男性以外,年龄、身高、籍贯、体貌特征一概不知,只能靠孟天运在舞会现场去寻找!

孟天运深深吸了一口气,但是,想来这应该是唯一的机会了,他咬咬牙答应想尽一切办法也要找到他!

丁一轩于是安排文一佳用三个晚上教会孟天运跳交际舞,十三号夜间执行任务时她也将同他一起去,他们扮成情侣,好互相掩护行动。

孟天运好奇地问:难道文一佳也是共产党?丁一轩则否认,还没有告诉过她我们的身份，但这姑娘很聪明，她应该有所感觉；再加上父亲牺牲的前因，她的思想是靠近左边的！我会叮嘱她，配合你演好情侣就可以了，其他的都不用管！

孟天运点头答应。丁一轩又鼓励道：天运，我知道你很机敏，头脑也清晰，但这个任务实在太艰巨也太重要了，把它交给你，我是捏着一把汗的！随即他又告诉孟天运，那一组暗号是，你说：鸢尾草是六月开花吗？对方答：不，六月开花的是半枝莲。你再说：我母亲六月做寿，看来不能送她鸢尾草了。对方再答：六月做寿应该送她一盆朱顶红。你要好好记住了！

大中饭店舞厅，雪亮的枝形水晶吊灯下面，优美的《蓝色多瑙河》旋律中，舞会已经开始。一对对男女搂抱在一起，踩着舞步旋转，扭摆。

西装革履的孟天运修饰了头发，与同样云鬓高卷、长裙在身的文一佳翩翩起舞；他们的舞姿大方，开阖自如，犹如一对云中的鸟儿，自由翩跹。文一佳仰脸注视着孟天运，绯红了双颊，妩媚了眼神。孟天运自然微笑，大度从容，带着文一佳飞旋，折腰，信步。渐渐，跳舞的人们散开，围在舞池边看着这一对年轻人尽情翩然。

一曲终了，掌声一片。

孟天运拉着文一佳去圆桌后面就座，眼睛也不时地在人群中扫过，寻找丁先生口中的那位内线科员。文一佳一边用手绢擦汗，一边啜着一杯橘子水。一名侍应生托着酒水走到孟天运面前，孟天运拿了一杯杰克丹尼，喝了一口，孰料那完全陌生的味道让他狠狠呛了一下，咳嗽起来。

邻座一个胖胖的中年人说：那美国酒有一股猪草味道，我也喝不惯。

孟天运便与这名中年人寒暄了一番，然后又抿了一口酒，问道：鸢尾草是六月开花吗？

那中年人指着孟天运的酒杯，莫名其妙道：我说的是猪草，一股猪草味道！

孟天运眼里掠过一抹失望，嘴上应付道：是，是有一股猪草味道。

孟天运及时退回去，又开始在人群中四处搜索，然而一屋子的中年男子，他实在无法判断到底哪个人能接得上他的那句暗语！

孟天运眉头紧蹙，左右张望。看见舞厅角落的花架上有一盆茂盛的花草，周围坐了不少人，于是他端着酒杯走到花草前，假意欣赏，然后询问身边坐着的中年男子们，鸢尾草是六月开花吗？

结果，那些人扫了孟天运一眼，回答：兄弟，这是令箭荷花！

119

孟天运一看又不是自己要找的人，无奈地说了一句，哦，我还以为是鸢尾草呢！

茫茫人海，孟天运找不到自己要找的人，然而一个要找他的人却在这时向他走来，对方听说他是冉府的冉公子，主动上前打招呼，说他在很小的时候见过冉公子，当时，冉公子还在他怀里撒过一泡尿呢！孟天运一看这人是冉公子父亲的故交，急忙开始寒暄起来。这人这些年一直在汉口做生意，今年才将字号迁回成都，他说多年来一直未曾见过冉公子，却没想到，当年的臭小子，如今一表人才，风度翩翩啊！

继而这个旧识又开始跟孟天运聊起了冉家的故知，聊得孟天运满头大汗，正不知道该怎么往下接，差点露馅时，另一个人过来叫走了这个热情的旧识，孟天运这才逃过一劫。

然而，舞会已经过半，他还没有半点眉目，挤在人满为患的舞池里，终究不是个办法，要是再遇上个熟人，露了馅那就麻烦了。思索有顷，一个主意突然出现在孟天运的脑海里。

他突然拉着文一佳，放开声音骂起来，说：你是我婆娘，你说这种话就不应该，他是我表弟，我怎么不管？我荣华富贵，他做邮差，我能忍心吗？风里来雨里去，哪天让汽车撞死了怎么办？我怎么向我爷爷交代？我怎么向我奶奶交代？我怎么向那么多的亲戚交代？我就是不能让他再干邮差了！

周围人都侧脸看他们，人群中一个精瘦男人也注意上了孟天运。

文一佳先是愣怔，之后立即反应过来，积极配合孟天运演了一场戏。而那个精瘦男人的眼睛也一直紧盯着孟天运。

舞曲终了，人群散去。文一佳挽着孟天运的胳膊向休息区走，两人正在踌躇时，那个精瘦男人追了上来，犹豫一瞬，问道：您是做花草生意的唐先生吗？

孟天运眼睛一亮，顿时明白了，小声道：鸢尾草是六月开花吗？

精瘦男人声音也很小：不，六月开花的是半枝莲。

孟天运继续说：我母亲六月做寿，看来不能送她鸢尾草了。

精瘦男人对答：六月做寿应该送她一盆朱顶红。

黯淡的灯光中，精瘦男人的手和孟天运紧紧握了一下，然后离去，孟天运摊开右手，手心里赫然躺着一支大号雪茄。

这天晚上，孟天运就是手上挽着文一佳，嘴里叼着这根大号雪茄，躲过了警备司令部行动处的盘查，离开了舞会。但他们却已然重新与这位内线建立起联系，顺利拿到情报，又一次圆满地完成任务。

经过了这几次的重大考验，丁一轩一一向组织汇报了孟天运的事迹，组织上也正式批准了孟天运的入党申请。这天晚上，稻粱谋饭庄的二楼账房里，丁一轩将窗帘轻轻拉上，回过头来，一脸郑重地宣布：孟天运同志，经过考察，组织上批准你正式加入中国共产党！

丁一轩从自己的公文包里拿出一面用红纸画成的，只有一本书大小的中国共产党党旗，钉在墙上，然后，他让孟天运举起右手，在党旗面前宣誓！

孟天运庄严地举起了自己的右拳，一字一句跟着丁一轩重复：我志愿加入中国共产党，严守秘密，服从纪律，牺牲个人，阶级斗争，努力革命，永不叛党。

从这一刻开始，孟天运就是一名真正的无产阶级先锋队战士了，他泪光闪烁地告诉丁一轩，请党放心，为了天下穷苦人翻身解放，为了共产主义社会早日到来，他不怕流血流汗，不怕杀头坐牢，随时愿意牺牲个人的一切！

而自从那晚舞会以及之前学习交际舞的过程，文一佳也越来越多地接触孟天运，她秀外慧中，一眼就看出孟天运和丁叔在做比这个饭庄更大的事情，或许和她爹做的事是一样的，她崇敬他们这样的人。那天在大中饭店，她觉得孟天运好像完全变了一个人，让她好佩服！她喜欢那天晚上的感觉，也好想参加他们做的事！

孟天运却要文一佳不要瞎猜想，一切听从丁先生的安排。

3

曹永茂堂，自打之前曹子才夸下三个月的海口，把修造枧路这样的大事从钱家富手上揽到自己手中，在合盛公文玉琨的帮助下，不出三个月，曹子才果然把这件事办成了。这天，他兴高采烈地回来跟曹原三通报这件事，钱家富不无嫉妒地要求在枧管正式开张过卤水之前，让二姑爷把修筑永通枧的决算账本交给老爷审核一遍，再给总账房过账存根。并表示万丈深沟终有底，唯有人心不可测啊！

钱家富的话被恰好回家的曹大欢听见，她忍不住询问曹子才是不是行事太张狂，开罪了钱家富？曹子才这才得知，钱家富让曹原三查自己账目的事情，曹子才倒吸一口凉气，这么大的工程，又是背着钱家富施工，不能说一点问题都没有。

曹大欢连忙告诉他，决算总账要是超过一成合不上，赶紧想办法，否则过不了爹那关！如果没有问题，你肯定不会留在总账房打算盘了；但爹会把哪样重一点的差事交给你，取决于你和钱总管关系的深浅，恃才傲物是大忌，懂吗？

听曹大欢这么说，曹子才明白，不管如何，一山不容二虎，该是除掉钱家富这个老家伙的时候了。

次日，钱家富正在审看账簿，一个伙计走进来，说：钱总管，二姑爷让我给您捎个口信。他说请您掌灯之后去桃园酒楼赴宴，有急事相求。还说千万莫让老爷晓得。

钱家富蹙紧眉头兀自念叨：有事求我？还不让老爷晓得？

当晚，在三圣桥桃园酒楼的包房里，曹子才准备了满满一桌丰盛菜肴，还特地去了永春糟坊，专门买了上等大曲，单请钱家富一个人，摆出一副有事相求，而且还事情不小的样子。

钱家富却不肯讨曹子才的好，让他有事说事，曹子才无奈地放下酒罐，委顿地在钱家富下首椅子上坐下半个屁股：是这样的钱总管，我丈人限我十日之内把修筑永通枧的决算账本交他审核。可这个账，它合不上！

钱家富将折扇一甩：修筑永通枧你不是大包大揽吗？不是才高八尺、气冲牛斗吗？现在账合不上了？不过也没什么，你是老爷招的上门女婿，他喜欢得很哟，差上千儿八百的他哪会在意？

曹子才一脸苦相：要是只差那么一点点，用得着惊动您老的大驾吗？差了四万！

钱家富愕然：你胆子也太大了！十几万的修筑款你就敢截走四万？钱呢？

曹子才垂头：跟几个老陕赌钱，输了。

他站起来将长衫一撩，咕咚一声跪在地上，钱总管，您得救我呀！我晓得，为修筑永通枧小人不知天高地厚开罪了您，请您大人不记小人过，再救我一次啊！从今往后，我曹子才一定唯您马首是瞻，鞍前马后绝无怨言！

钱家富看着曹子才，想说还以为你有多聪明，老爷才让你经手这桩事情，而你毫不珍惜如此大好机会，竟敢侵吞大把修筑款供自己豪赌！要是让他知道了，又要被扫地出门了！不过，如果他这回出手相救，说不定能买下曹原三的当红女婿做自己的走狗，以后在曹永茂堂还有什么可惧怕的？

于是，钱家富抖了抖肩膀，啜了一口酒，对曹子才说：不要以为刚吃了两块豆腐就升仙了！现在晓得曹永茂堂除了老爷，哪个是大爷哪个是丘二了？

曹子才极尽谦卑：晓得了晓得了，我是丘二，您才是大爷！

我不光是大爷，我还是你的救命菩萨，钱家富拉长音调：明天上午在总账房等我，等我出手救你！

第二天，钱家富将一张银票轻飘飘地扔在曹子才的面前，说这笔钱是他从别人商铺拆兑来的，不收利息，但借条总还是要写一张的。

曹子才不慌不忙地掩上门并插上门闩。又转身打开一个柜子，取出一个蓝布包裹放在桌上，一边放一边说：有几样东西先请你过目。看了这几样东西，你可能就不让我写借条了！

钱家富愣了，只见曹子才解开桌上的包裹，里面露出三本账簿。

钱家富脸上浮出一丝不祥。曹子才挨个解说：账一共有三本，本本精彩！这一本，是你历年挪用曹永茂堂盐款存入亿源钱庄生息的。这一本，是你用生息子金化名所开一家叫作福生同的货号每年的流水。对了，这四万元的银票就是从这家货号开出来的。还有这本，这本账是在你的授意下，曹永茂堂下属各个井灶从福生同货号采购所需物资的汇总。用曹永茂堂的水养你自家池中的鱼，这招耍得不错啊老钱？我帮你算了笔账，这十几二十年下来，你把这条大鱼养得至少有这个数了吧？

他用手指比画了一个七字，而钱家富的脸，已经变成了酱紫色。

曹子才拾起银票，大大咧咧坐下：还用给你写借条吗？

钱家富瞠目结舌，没料到曹子才居然早早地收买了薛老五之后，在背后把他的事情调查得如此通透，什么跟老陕赌钱输掉了，分明就是诓他吐出点银子出来。这会儿才明白过来的钱家富，一个字都说不出来。

曹子才则仔仔细细地叠好那张银票，不无得意地说：钱总管，钱大爷，老钱，这四万大洋可是你自愿孝敬本姑爷的哈，我就笑纳了。在你眼中，我大约就是一个仰你鼻息的瓜娃子，对吧？你小看我喽！我何许人？我乃堂堂孟五德堂调教出来的人中精英！本来呢，我的设想是假以时日让你体面退休我再取而代之，所以虽然提前作了许多准备但也只是未雨绸缪而已。但是我没想到老天爷这么早就将机会送到了我的面前，我自然不能继续忍气吞声舍脸蛰伏，我理当主动出手，这就是我抢你永通枧修造一事的由来。如果你的心胸能够开阔一点，不说为我开路搭桥，起码不要设置障碍的话，我也许会让你"钱总管"的帽子再戴上一阵子。但是你却使尽小人伎俩，欲置我于尴尬无奈、求告无门、颜面扫地之境地，心肠何其毒辣也？长时间以来，你在我面前颐指气使，飞扬跋扈，盛气凌人，我为啥统统都忍了呢？那是因为我最终要用事实来告诉你，不要随意轻视出现在你生活中的任何一个人，因为任何一个人都有可能成为你

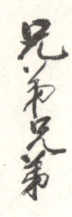

的救命恩人或是索命鬼！

钱家富扑通一声跪在曹子才的面前，以头磕地：姑爷放我一马，二姑爷放我一马呀！

曹子才不屑地看着他，放你一马？我试着估量了一下这件事的严重性，你看对不对啊？试想若是把这些账簿往我老丈人面前一放，在自流井算得头面人物的曹原三还有脸见人吗？他会轻易饶了你吗？估计不会，他会报官。报官之后你不仅是死罪，还要抄没家产，你的婆娘、娃娃今后怕是只有讨口要饭这一条路好走了。紧接着，官府会把福生同罚没充公，你的那些合作伙伴一个也跑不了，只能在大牢里骂你咒你；你家的十八辈祖宗先人大概在很长一段时间里都会不得安宁啊！

钱家富涕泪横流，哀声央求：二姑爷！高抬贵手放我一马吧？这事天知地知你知我知，姑爷只要盖下这件事，福生同归你！以后我钱家富给你当牛做马万死不辞！

曹子才斜眼看着钱家富，说，你的意思是让我跟你同流合污？那我岂不是又站到了刀尖上？险啊，你若寻到合适机会把我轻轻这么一推，那刀尖岂不是把我戳穿？

钱家富连忙摆手：不会不会，我绝对不会！

曹子才摇摇手指，制止钱家富继续说下去：不过呢，为了报答当初你对我的提携，我倒是可以不把这件事情捅破。但是，要想把曹原三蒙在鼓里不致报官，要想保住你的家产让你的婆娘娃娃不至于流落街头，还想保住那家福生同货号，该怎么办呢？

曹子才眼里闪过一缕寒光，钱家富惨白着脸看着他。

曹子才语重心长：老钱啊！说老实话，现在摆在你面前的情形是，要脸面的曹原三指望你死，你荣华富贵的婆娘娃娃巴望你死，你福生同的挣钱伙伴们翘盼你死！你若一死，差不多就是十全十美了，真的，真的体面了！

钱家富面如死灰。

钱家富的尸体是第二天在釜溪河的码头外漂起来的，一大早被船工发现，捞上岸人已经硬了。仵作也验了尸，浑身上下没有一丝伤痕。保安署的人也看了，荷包里的钱都在，排除了谋财害命的可能，认定是酒后失足落水。被蒙在鼓里的曹原三对于钱家富的去世万分惋惜，嘱咐姑爷曹子才亲自操办了钱家富的丧事，钱总管为曹永茂堂呕心沥血操劳了大半辈子，却走得这么不体面！丧事一定要大办，厚葬，让他最后风光一回！

124

得知消息的宛如错愕不已，而曹原三也在钱家富落水身亡后，正式安排曹子才做了曹永茂堂的总管。

汤俊川不禁开始感叹，最聪明的老五，最踏实的老二都没了下落，倒是这个改名换姓、忘恩负义的老四如今混得像个人物，想想我们真是白替曹原三养了一个继承人。

宛如却开始担心起来，说当初他投靠曹永茂堂就让我匪夷所思，其后登堂入室做了曹家的上门女婿更让我惊愕不已。如今居然就当上了曹永茂堂的大总管，远远不是一句运气好能够解释的！这一切看来都是他盘算、经营出来的。他够聪明，让曹原三放手由他经管一些盐场事务也在情理之中；但钱家富何许人也？断不会让他抢了全部风头；而他要有所作为，钱家富又必是障碍，这样一想，这个人实在是太可怕了！

宛如不禁担心曹子才将会成为孟五德堂的一个死对头，说：目前也只能避而远之，尽量不与曹永茂堂有生意上的往来，做个清水亲家好了！对付这样的人就是要时时都睁大眼睛啊！现而今他已经大权在握，我真怕他就把杀人的刀，对准了孟五德堂哩！

正如宛如所料，如今大权在握的曹子才，下一个目标就是孟五德堂。这天晚上，他有点高兴，喝了一些酒，趁着酒意正浓，跟曹二欢许愿，说自己有两个心愿：一、把曹永茂堂经营成自流井第一大户，第一大金山，让所有人叹为观止，俯首称臣！你呢，一辈子荣华富贵，爹呢，好生安享晚年！二、曹永茂堂腾达，孟五德堂就一定要衰败。皇帝轮流做，明年到我家！我要把孟五德堂搞垮！

说完，他又跟二欢说，他也是自从娶了她以后，这一辈子才算踏踏实实地真正开始了！他做梦都想着要让二欢终身不愁，不怨，不悔，终身都泡在蜂蜜里享福！

二欢不解地询问曹子才为何要对她这样好。

曹子才嘴上说大概是因为同病相怜，到底也没说出当初的那个错误。内疚也好，恻隐也罢，曹子才也只在面对弱不禁风的曹二欢时感情是真实的。

4

入主曹永茂堂之后，为了扳倒孟五德堂，曹子才立即开始着手行动，他让薛老五严密监视孟五德堂的一举一动。薛老五却挠着头皮说：孟五德堂那么多井灶柜号，您就是把我切成十八坨，也盯不过来呀二姑爷！

曹子才随手抄起手边的东西丢向薛老五，大骂：你笨死了，不会想办法请人啊，在自流井闲着没事，给碗剩饭就能替你跑路的是什么人？

薛老五眼睛一亮，当即想起文武庙后面叫花营的向麻子，据说他手下人不少，让他匀出几个来就行了，让叫花子去监视，还能保证不让对方知道。

一日，孟五德堂来了一位蓬头垢面的不速之客。他叫郭家宝，乃二十几年前清廷驻自流井官运局的一个小职员。

望着潦倒不堪的郭家宝，宛如询问登门何事。郭家宝打开一个随身携带的藤箱，说当初孟五德堂就是自流井盐场翘楚，想必这些年更是水火滚涌，财源茂盛啊，孟大太太，我有东西可以让孟五德堂发一笔大财！

他从藤箱里取出许多二十几年前官运局的陈旧账簿，郭家宝告诉宛如，这些账簿记录了自流井大部分盐商拖欠官运局盐款的数目，称之为官运积欠，其中也包括孟五德堂。他问宛如对这些账簿有无兴趣，可以议价。宛如说，大清国早就没了，你还拿这些劳什子吓唬人吃诈钱？

郭家宝前脚离开孟五德堂，骂了一路，被薛老五派去的乞丐闻悉，汇报给曹子才之后，他立即让薛老五把郭家宝找了过来，用十个银元将藤箱中的账簿悉数买下，钱货两讫。

为了报复孟五德堂，曹子才正在不遗余力地作着一切准备，不放过任何可能利用的机会和手段。而眼下这箱账簿在适当的时机出现，或许就是压垮孟五德堂的最后一根稻草。

接着，曹子才趁曹原三生病，设计让其迷恋上了鸦片烟，致使曹永茂堂的大事小情曹原三基本不再过问，终日喷云吐雾，由着曹子才谋划自己的复仇大计。

自流井虽是富甲全川的盐税重镇，可各路军阀今天你来征税，明天他来筹饷，利益冲突就开枪开炮打上一仗。搞得盐业生产大不如前，销售渠道也因战乱不畅，盐场凋敝人心惶惶。

曹子才眼见正规销售渠道受阻，便琢磨出另一条发财之路。这天，他来到了合盛公的茶馆找文玉琨，话里话外的意思是撺掇堂口跟他一起寻一条长线厚利之道。

文玉琨虽然说自己命定栖身柴扉之家，没福气忝列朱门之户，但一听说有厚利的事情，立即就来劲了。

曹子才所说正是贩运私盐。自流井每年熬出的捆盐、私盐都在一口锅里，你不下手舀它自有旁人动手！况且从卤水到成盐，各个井灶是课了税的，还真能算是私盐？至于运到哪儿卖给哪个，管得着吗？

文玉琨担心道，公然避了关税运税，也还是犯法的勾当！曹子才却说，这年头，什么是法？枪杆子就是法，银元就是法！他激将文玉琨，都说自流井没有文大爷不敢做的事情，该不会浪得虚名吧？只要你堂口出人手，我曹永茂堂出捆盐，即刻组建一家盐号，专往盐商们不愿去的滇黔山区贩运巴盐。想想看，插上堂口旗号的马帮，哪个敢拦敢截敢收关税？马帮回程，再驮回南土和黔土，一转手，那可是十倍于盐价的东西啊！

文玉琨似有心动，这是一桩任何人都不可能不动心的买卖。但不是他文玉琨为人胆寒怯阵，而是此去一路匪患猖獗，运去的捆盐和运回的烟土，安全是个大问题！单靠堂口一己之力，怕是不够保险啊！

曹子才嘿嘿一笑，他早就想到了，除了堂口弟兄押运，要让人想不到他们运的是私盐而沿途安全又有保证，请哪个来给马帮护镖最为硬扎？

文玉琨略加思忖：盐务局的盐警？

曹子才一拍大腿：对，我打的就是这个主意！那座庙里的菩萨，也不能说完全请不动，舍得金弹子，没有打不下的凤凰鸟！

当天晚上，曹子才就设宴宴请了盐务局长夏青城，席间，口若悬河地说服他。

夏青城被他说得一言不发，心中蠢蠢欲动。曹子才又拿出一个精致的紫檀木盒，说夏局长是雅致之人，曹某淘换了一件稀罕物，兴许能入您的法眼！

夏青城打开木盒，顿时目瞪口呆，盒子里是一把翡翠烟枪，灯光下晶莹剔透，碧绿如洗。

曹子才连忙介绍，这是五十年全南土烟底子缅甸玉枪，请夏局长笑纳！

夏青城拿起翡翠烟枪，爱不释手，追问着刚才曹子才说的组建盐号往滇黔运销巴盐之事，都有哪个知晓。

曹子才回答，除了你我，还有合盛公的文玉琨文大爷。不要害怕鱼龙混杂的袍哥堂口来掺和，此事上不得台面。倘若事情泄露，总得有人背过，堂口是最合适的。

夏青城的魂儿都被翡翠烟枪牵走了，就此着了曹子才的道，开始了贩运私盐的勾当。

随着天津、江苏那边的海盐生产越来越盛，机械加工更是让产量倍增，四川的井盐哪是对手？自流井的盐市萎缩，灭火停推的井灶已经过半，可曹永茂堂却是一个例外。他们的井灶不仅没有一处停产，而且听说还经常加推加煎。

汤俊川打听到他们的几家盐号现在只零散卖些销往川内的票盐，大宗捆盐均是由合盛公刚刚组建的祥和泰大盐号包销的，连袍哥们也到盐卤桶里捞饭吃了，所以才深得跟井似的，探不到底，没人晓得他们把盐发到什么地方去了！

宛如好奇曹子才难道开辟了新的市场，便把曹大欢叫了过来，让她回家探探曹子才都把盐卖到了哪里。

几趟铤而走险之后，曹永茂堂、袍哥堂口以及夏青城均获利甚丰，便准备扩大规模。既然趁战乱铤而走险，啄一嘴就得算一嘴，走一趟就要走出十趟的效果来！为了更加安全起见，提前给自己搭好下岩坎的梯子，他们把胡祖善也拉了进来，让他占着祥和泰的干股分红。

曹子才将曹家捆盐畅销的秘密告诉了曹大欢。曹大欢闻言大惊失色，说这不是犯王法的事吗？曹子才哈哈一笑，王法？这年头银子就是王法！就连堂堂胡主任胡祖善也在祥和泰占着干股呢！

曹大欢带回来的消息让宛如惊诧、愤怒、不耻，可是，祥和泰的马帮出了叙府走到来复镇盐关，不管是经叙永、古蔺去贵州仁怀；还是走高县、筠连到云南盐津，统统改由川南盐务局的盐警押运捆盐了！由盐警押运捆盐自然是没交关税的，武装押运又逃避了运税，到了滇黔口岸，哪家盐号的货是他们对手？

面对这种公然贩卖私盐的勾当，宛如说：事情不仅牵涉政府官员和盐务局要员，还牵涉了自己亲家，我们再不齿这种勾当，行事也当慎之又慎。即便手里握了证据，这马蜂窝也捅不得，投鼠忌器是一方面，要是引火烧了孟五德堂就不值当了，装聋作哑吧！

她让汤俊川把芭茅坡那一片的井灶也停了，给工匠们垫付三个月的工钱，让他们候着。另外通知万县、奉节、涪陵的盐号，尽快回笼资金，收缩规模。孟五德堂现在能做的，就只有等待转机了！

这天，因为要号召本地盐商趸盐给祥和泰，曹子才和文玉琨在盐业会馆召开商会，宛如终于见到做了曹永茂堂管家的老四，上来就损了他一通，说两百年来，孟五德堂最大的污点就是寻了一个长着三只手的人来做过几天儿子，就为这，她怕将来九泉之下祖宗们都不愿见她！说得曹子才很没面子。

之后，文玉琨又号召大家踊跃地来同祥和泰做生意，共同赚钱，共谋盐场之发达，宛如又很不给他面子，拂袖而去，把文玉琨气了个半死，还不无担心地说：她一拂袖而去，等于是暗示那些盐商，她孟五德堂不会跟祥和泰做生意！如此一来，哪个还肯趸盐给我，这个比期人家预订的七万担巴盐哪儿去想办法？

曹子才劝他，生意场上，脸面不值钱。表面上看，盐商们是在看她商会会长的脸色行事，可你别忘了，利益才是商人的爹娘！有利益在，赴汤蹈火都在所不惜，还顾及哪个的脸色？他让文玉琨只需把盐价提一成，只消几日，保证收足七万担巴盐！虽然这样亏了一点，可再下一个比期，就一定能让祥和泰半价收回十万担巴盐！

文玉琨闻言这才高兴起来，与此同时曹子才也开始建议，孟五德堂这只鸡蛋还是有裂缝的，只不过除了我旁人看不见罢了；现在我们给这条缝里下点蛆，让它从里往外边烂！

十一

1

  文玉琨和曹子才搞不定宛如，只好从别人处下手，这个"别人"现在也唯有老六孟天宝。这天，曹子才以自己的名义把孟天宝请到饭馆吃饭，结果孟天宝一看偌大的包间里就坐着文玉琨一人，当即不干了。

  有宛如之前发过的狠话，祥和泰与孟五德堂，你走你的阳关道，我们过我们的独木桥，井水不犯河水！孟天宝自然不敢造次。

  正欲离去，酡红着脸的曹子才走了进来，曹子才借故把文玉琨支开，留下孟天宝，说是要跟我兄弟好生喝一台！孟天宝依然不情愿久留，曹子才打听之下才得知，原来最近昆玉班来自流井了，头牌就是红遍川南的小月秋！他们说那个小月秋歌唱得好，人长得媚！孟天宝还说今天晚上去看戏呢！

  曹子才一笑，告诉孟天宝，他打听过了，今天晚上昆玉班的戏是《雁荡山》，没有小月秋。不过孟天宝要是想见见这位美人，他倒是可以帮忙！

  曹子才出去打点一番，不一会儿竟然果真把小月秋招到了这里，让孟天宝大为惊叹的同时大饱眼福，连问曹子才是怎么做到的。

  曹子才满脸堆笑地告诉他，有钱能使鬼推磨，更何况是人。他让小月秋又唱又笑又是给孟天宝陪酒，顺手就替孟天宝赏了她大把的银子，让小月秋对孟天宝极尽讨好之能，连赞他出手阔绰，什么时候还想听戏，月秋随叫随到！

  小月秋走后，曹子才看着孟天宝魂牵梦绕的样子，干脆建议他，要真喜欢她，索性包了，赁一处精致点的小院，再给她一笔钱，关房子里让她天天唱给你听，那个时候你随心所欲，想干什么干什么，实在就是活神仙啊！

  孟天宝连问需要多少钱，曹子才轻描淡写，万把块钱足矣。可是，想想也知道，孟天宝在宛如手下，就算当了孟五德堂少东家，也抽扯不出来万把块钱的。

  看孟天宝神情沮丧，曹子才惋叹着埋怨孟天宝，说大把赚钱的机会也让你给拒绝了，现在只能望着小月秋流口水了！

孟天宝心头一紧，问曹子才：四哥你指跟祥和泰贩运私盐？

曹子才正色道：哪个讲是私盐？汲卤烧盐都是交了税的，它盐务局本就不该拿什么配额仓单来夹磨盐商！至于祥和泰载盐出关交不交税，跟我们这些坐地盐商有何关系？

就这样，曹子才用小月秋的美色，勾引出来了孟天宝心中的那只坏虫，他一步一步把孟天宝拉入自己编就的天罗地网，一步一步实施着毁灭孟五德堂的复仇计划。

曹子才要孟天宝千万背着宛如和汤总管悄悄地做这件事。为了给孟天宝筹足本金，曹子才事前去宝丰钱庄把招呼打好，到时候他直接上钱庄签字画押，拆兑三十万现金！之后，孟天宝不能开动孟五德堂自家已经挂车的井汲卤，那样动静太大，很快便会让汤总管晓得，他得用这笔钱去买卤水。再之后，选几个远一点，汤总管很难走去巡视的灶房，芭茅坡的就行。曹子才说：反正孟五德堂给工匠们垫付了三个月的工钱，你不使唤白不使唤！而四哥，捆盐最后如果还是出给祥和泰，事情照样捂不住的，以宛如那样好脸面的人，她不齿跟袍哥堂口打交道，所以这时候你再悄悄把盐茞给我，我再曹以永茂堂的名义出给祥和泰，一倒手，老太婆的面子不就保住了吗？孟五德堂在自流井不依旧清高吗？哈哈，到时候你就抱着小月秋，躲在金屋子里面悄悄数银元耍吧！

孟天宝听曹子才说得天花乱坠，自己也是心花怒放，连声道谢。曹子才说，你是该谢谢我啊，你知道我为什么帮你吗？那年你要不把我告发了，说不定我现在还蹲在孟五德堂的总账房里打算盘呢，哪会有今天的飞黄腾达？

布置好了这边的一切之后，另一个更加歹毒的计划又浮上曹子才的心头——冬至这天，有戏班在盐业会馆唱戏，大小盐商带着家眷齐聚一堂。就连久未出门的孟若因也被水香和曹大欢强拉了来。台上演得精彩，台下看得开心，曹子才却发现大家都在看戏，偏偏夏青城扭着脸圆睁一对小眼。曹子才顺其视线一看，顿时明白了，夏青城是对孟若因动了心思。

夏青城人在自流井当官，可是却把家眷安顿在重庆，而他一年当中有一多半时间都待在自流井，主要是因为他媳妇是下江人，嫌这里空气污秽，交通不便，饮食也不合口味。这让夏青城正好有了口实，在自流井讨一房小妾，免得总是到花楼。早晚还有个铺床叠被、端茶倒水、说说体己话的人，岂不安逸！夏青城因此想起了孟若因，不过可惜她是个寡妇。

曹子才连忙以手加额，告诉他：局座大人原来只知其一啊，抬孟若因的花轿还没走到富顺，她那个痨病鬼丈夫就咽了气，根本就没圆房！三天之后就被抬回了孟五德堂，也就是个名义上的寡妇！

夏青城一听原来如此，立马要曹子才遣媒人上门提亲！

第二天，杨媒婆又出现在了孟五德堂的正厅，亲事的事情刚一出口，宛如就一脸愠怒，欲将杨媒婆送到正厅门口。

杨媒婆还似有不甘地不断劝说：孟大太太，您再好生想一下子嘛，夏局长心很诚的！他要是做了您的女婿，您想想，在自流井您还有什么生意不敢做啊？这可是自流井好多好多盐商梦都梦不来的好事啊！

宛如斩钉截铁地说：我孟常氏无梦可做，告诉对方四个字，绝不可能！

为了进一步挑拨宛如和夏青城的关系，杨媒婆回来告诉曹子才宛如的态度后，曹子才不怨反赏，给了杨媒婆一张银票，要她在这天晚上他和夏青城喝酒的时候过来，然后交代了她一番说辞。

这天晚上，曹子才和夏青城正吃得高兴，杨媒婆过来，把曹子才叫到隔壁，大声跟他埋怨，说自己做媒几十年，少说也做成了几百上千桩姻缘，从来没有遇到过这种事情！那孟老太婆竟然骂人家夏局长也不屑泡稀屎照一下他自己长成什么样子，就跟遭猪舔了脸遭门挤了脑壳没得两样！休说是做小，就是正房大太太，他夏局长都只有望着她女儿流口水的资格！

曹子才连忙说：小声点，小声点！却打着手势让杨媒婆高声继续。

杨媒婆又喋喋不休地说：不就是地上凿了几个洞洞，熬了些盐，攒了些钱嘛？有什么好不得了嘛？看不起人家你放在心头莫开腔也就算了，咋能这样挖苦人家夏局长嘛？气死我啰！

曹子才再忙做安抚状，给了几个银元给杨媒婆，要她千万别把这些事情说出去，以免折了夏青城的面子。杨媒婆当即答应。

待到曹子才再回包间时，已然听到上述对话的夏青城青黑着脸，喝退了房间里的小姐，曹子才又跟着煽风点火说了几句宛如的不识趣儿，夏青城更是怒不可遏地要曹子才替自己出了这口恶气。

曹子才连忙建言，那就随便找个理由，把它孟五德堂的售盐仓单一扣，还怕她孟老太婆不引颈就范？

2

下一个出盐比期快要到了，文玉琨故意当着孟天宝的面为难曹子才，说三月之前祥和泰还是给啥吃啥，任随一个盐商都可以讨价还价，蓐到一包盐他硬是笑嘻了！现而今不一样啦，来他这儿趸盐的人门槛都要给老子踩塌了，明天他就立一招牌，少了五万担盐，免开尊口！

曹子才询问：听文大爷的意思，是不屑于跟那些渣渣盐商打交道啰？你报个数，看我曹某人给你凑得齐整不？

文玉琨回答：下个比期，三十万担巴盐，由你一家趸给我，价钱好说！

曹子才只好拉着孟天宝商量，孟天宝如今已经背着孟五德堂准备了十万担巴盐，两个盐仓都快满了，正急着要曹子才帮他快点出货，一看这形势，文玉琨吃块豆腐就以为自己成仙了，竟然杀起价来了！曹子才说自己手上还有五万担现成巴盐他还打不上眼，你看那副爱买不买的架势！

无奈，曹子才只好让孟天宝铤而走险，他们曹永茂堂一个比期再熬五万担，孟五德堂也再煮十万担，不就凑齐三十万担啦？

孟天宝闻言惊愕不已。曹子才同样无奈，心想大不了他费点心思再折点银钱，凑够十万担盐该不是桩难事。但这样就得再等一个比期，等他凑足了二十万担巴盐，连同孟天宝的十万担才能去跟文玉琨办交接啊！

孟天宝自然等不起，更怕在宛如那儿露馅，于是在曹子才的煽风点火下，决定再偷煮上十万担。

硕大的平底盐锅里，卤水瞬间凝结成雪白的盐粒。

空荡荡的盐仓，短短一瞬，盐包由少到多，到密密匝匝，到铺天盖地。

然而，却在这个时候，孟天宝满自流井找不到曹子才了。这天他终于按捺不住，直接冲进了曹永茂堂，结果薛老五先是跟他兜了半天圈子，之后告诉他曹永茂堂出事了，重庆盐号的一个管账卷了五万块钱跑了，曹子才已经星夜赶到了重庆，去处理这事去了，现在还不敢让曹原三晓得呢！

孟天宝无奈，只好又去找文玉琨。一直躲在内堂的曹子才赶紧吩咐薛老五去抄近道告诉文玉琨，说他去重庆了。

当着孟天宝的面儿，文玉琨十分配合曹子才，还说连他都花重金托堂口帮他寻人，而这一枝节，也不可避免地要耽误十天半月，也就会把这一比期的交割捆盐给耽误了。所以，没办法，曹总管当然要赶紧到处薅刨些盐把窟窿堵上！未必然等着预订他巴盐的盐号罚他的滞期金啊？现而今他已经收上了将近二十五万担盐，做生意嘛，任谁都要讲个先来后到对不对？再说，这个比期他也没有余钱收他的二十万担盐了！

听到这里，孟天宝已经快哭了，耗占大量资金的囤盐已然爆仓，还有大量许下的工钱、成本没有对账，孟天宝脚像踩在棉花上，失魂落魄地走进小巷。

突然，他发现自己给小月秋租下的那间别院，正门户大开，他拔腿冲了进去，里面空荡荡的连人带家什全都不见了。

孟天宝又撒腿奔出，盐业会馆戏台后面空空荡荡，一个老者正在洒扫。孟天宝满脸是汗焦急地询问昆玉班那些人呢。老者头都没抬，回答他昨天接了夜戏，连夜装箱走啰！去向不明。孟天宝惊问，那小月秋也跟着走啦？老者异常肯定，不跟着走才怪事了，她是昆玉班的台柱子，全靠她在台上扯眼睛挣银子哩！孟天宝彻底傻了。

而孟五德堂，前来追缴工钱的掌柜正把宛如和汤俊川团团围住，灶上的烧盐工拿不到薪水喊话不干了，他们只好前来。宛如认为做了活路就该给钱，天经地义的事情，让汤俊川连忙把账盘出来，结果一看，两人都呆了，粗略统计，那六个灶这几月一共烧了差不多二十万担巴盐。而烧出来的盐都让六少爷雇抬盐工抬走了，抬哪儿去了他们也不便张嘴多问。

汤俊川确认孟天宝没有从账房支过大笔钱款，而烧盐的盐卤又不是孟五德堂所提供，仔细调查之后才发现，牛屎山、菱角塘、白果坝和斗笠冲四个盐仓确实堆满了巴盐，估计有二十万担，快要爆仓了！

眼看着盐还在，宛如就让汤俊川赶紧把几个灶房拖欠盐工的钱给结了，然后阴着脸让裴二娃去把孟天宝叫来。

孟天宝忐忑不安地走进书房，宛如问他最近在做什么，他还想遮掩，宛如却质问他：啥都没忙就烧了二十万担巴盐堆在盐仓里干吗？

听说孟天宝烧盐的卤水都是买的，买卤的钱都是拆兑的，宛如更是怒不可遏，连声骂他胆子太大，居然敢拿孟五德堂的信誉去作保，这么大的事情也都不跟她说一声！下一次是不是把她和孟五德堂一并卖了，她还得赔着笑脸帮他数钱啊？

汤俊川在一旁劝说，询问孟天宝，盐场捆盐卖不动，而你却逆市烧盐，肯定有你的道理，赶紧跟你大娘解释清楚吧。

孟天宝眨着眼，说自己就是气不过！自流井盐商个个愁眉苦脸，都快揭不开锅了；一个手脚不干净被大娘撵出府的小人，凭什么就能耍得风车斗转？而且曹大欢打探回来说祥和泰马帮贩私盐，根本就是不实之词，完全是曹子才不想让孟五德堂染指，才故意把事情讲凶险，吓唬她的！

汤俊川从中劝和，一下子烧了那么多盐，不管是怎么考虑的，好歹事先应该商量。好意归好意，生意是生意，虽然六少爷不甘孟五德堂落于人后。虽说买卤烧盐成本会高一些，但好在盐还在。他问孟天宝二十万担巴盐的销卖是否已经谈妥了的。

还不待孟天宝回答，宛如就坚决反对跟祥和泰合作，贩运私盐孟五德堂都不齿与袍哥帮会为伍，这是她做人经商的底线之一！随即便剥夺了孟天宝的管理权利，让他把拆兑盐款的契约，买盐卤、烧巴盐的账本统统交到总账房！从明天起，老老实实待在总账房打算盘做帮账去。

听说孟天宝被轰回总账房做帮账，汤俊川四处邀约了几名盐商，明天午后在盐业会馆出盐。曹子才又详细打探了盐商姓名，让文玉琨请他们吃饭，联合削价！让他孟五德堂手里的盐一担也卖不出去！甚至，为了说服这些盐商，曹子才还掏出了银票，说银票上的数额足够弥补他们削价的损失。要是再添点钱，莫说联合他们几爷子削价，就是喊他们给你做龟儿子都要干！

果不其然，文玉琨连吆喝带恐吓，这些盐商自然见利就收，都不去买孟五德堂的盐，曹子才又让薛老五去买通电报局的人，把孟五德堂接收和发出的每一封电报内容都窃取回来，让他们毫无施展的余地。

被暗中这只黑手折腾得毫无喘息之地的汤俊川愁容满面，告诉宛如情况不妙，照惯例，售盐和收盐双方都是把烧本和销盐折耗刨除在外，单就盐利讨价还价。可现在他约人出盐，三家人报出的收盐价，一家比一家低！而且孟五德堂设在重庆、泸州、奉节、万县、宜昌、汉口包括贵阳的盐号这几天一开市挂出的盐价，统统比别人每斤高出十文钱，他们调价，市面随即也调，他是怎么也没想明白问题出在哪里。就这样，连着三天了，一担盐都没卖出去！

就这样，大量积盐占用了太多的资金，孟五德堂只好先把所有的井灶都停了！

3

孟五德堂库存过量，曹子才又暗示夏青城，该他出手的时候了。

这天，孟五德堂伙计裴二娃一大早领人抬着轿子在盐务局门口候着，恭请骆监察去仓房验盐，可是，他根本不坐他们给备的轿子，硬是优哉游哉晃了一个多时辰才走拢仓房。然后各种找碴，验了半天的盐，还不肯吃裴二娃他们备好的午饭，叫了一乘滑竿，直接去了三圣桥的桃园酒楼。

裴二娃生怕骆阿宝跟他找碴，就卖了个乖，事先把骆阿宝吃的那一桌饭钱给结了，没想到骆阿宝却一脸纳闷地看着裴二娃，裴二娃又赶紧笨手笨脚地递上一张银票，结果，骆阿宝一见如此，竟然高声叫嚷起来：你这是什么意思呀？大庭广众公然对盐务局司员行起贿来啦？

酒楼里的人们都纷纷扭头观望，骆阿宝更是扬着那张银票，呼唤大家都看看！它孟五德堂熬了几万担不合格的鱼籽盐，就用这种卑劣手段拉盐务局司员同流合污，企图骗取售盐仓单，鱼目混珠于盐市！

然后，他猛地把银票往裴二娃身上一扔，说，回去告诉你们东家，这三万多担鱼籽盐色泽灰暗，颗粒不匀，潮湿粘手且残留异味，统统化水重煎！

宛如听了裴二娃的描述，脸都气紫了，手脚哆嗦，口不能言。

汤俊川猜想，之所以会如此，许是姓骆的没忘多年前被二少爷顶撞吃的软瘪，心存不忿，抓住这次机会出口气而已。

可是，宛如却说她有一种预感，很不祥的预感！这几天发生的这一连串事情，怕不都是偶然的；看样子，是有人在暗处作祟啊！那个人，她猜想，就是改姓了曹的那个狗东西！

可是，不管怎么说，汤俊川还是备了厚礼，上盐务局找夏局长，请他出面斡旋一下。

夏青城却一副正襟危坐打着官腔的样子，连问了汤俊川好几个问题，他说敝局负责上你孟五德堂盐仓验盐之司员，可曾收受贵堂钱物贿赂？该司员与贵堂可有嫌隙？此人可曾提出与验盐无关之非分要求而贵堂没有满足该司员之愿？

在汤俊川一连否认之后，夏青城挥挥手道：那么基本可以排除该司员营私舞弊、寻隙报复的嫌疑啦。从骆监察填写的验盐报告单，若贵堂对检验结果持有异议，可于三日内向盐务局提出复议，敝局会在十日之内另派司员赴孟五德堂盐仓验盐！质量和信誉无论如何都应该放在第一位，莫贪图蝇头小利而给百年老号脸上抹了黑！

夏青城连珠炮似的说辞令汤俊川有些口讷，他想了想，掏出一个黑丝绒包裹着的东西，悄然放在办公桌上，说这是东家的一点小意思，望夏局长笑纳！

夏青城翻开黑丝绒包裹，一看是五根金灿灿的金条，却当即变脸质问汤俊川，说自己一向以为你们东家孟大太太虽系商贾，但骨子里尚具侠义之风，是令人敬佩之人，怎么也搞起这套龌龊之事了？赶紧收起来，收起来！清平世界朗朗乾坤，公然在我办公室向政府官员行贿，太不像话啦！

汤俊川送礼被拒，还被夏青城一通奚落，难掩羞愧。

当晚，汤俊川把这件事情汇报给宛如，说他怎么也想不明白，自打姓夏的到自流井履新，跟我孟五德堂没有过多交道，再说岁时节庆分送盐务局的年寿礼，每次他也照单接纳了。要说冒犯，能记得起来的，就是当年二少爷上门顶撞过他！可是，照理那件事不足以令其大动干戈！

宛如想来想去，这才想起，难不成是为她拒绝杨媒婆提亲一事？

然而，这边的疑惑还没有解开，孟五德堂的事态愈发严重，汤俊川又仔细核对了孟五德堂的账目，发现六少爷从宝丰钱庄分两次拆兑了六十万块钱，从七家井商手中购买了黄黑卤，有近一万元的窟窿，再加上二分息水，补偿烧盐工的工钱，共支付出去六十四万元。这一比期十五万担花盐的烧本花费了三十万。五万担鱼籽盐烧本是二十五万，总共花去一百一十九万。账面上还剩下的流动不到十万，拿到仓单的盐却只有一万担鱼籽盐，如果勉强把这一万担鱼籽盐运到口岸，孟五德堂的账面就告罄了。可是，如果盐运不出去，滞期不说，罚金的钱也先搁置一旁不管，倘若孟五德堂的盐号打算自己运盐，上盐务局领运照前必须交清的税款还没着落呢！

在这样岌岌可危的形势下，宛如只好跟汤俊川说，我们走一步险棋吧！

孟五德堂德源钱庄，宛如为了维系庞大产业运转，不得不抽用钱庄的本金。掌柜不无担忧地提醒她，德源钱庄的本金就五十万。虽然账面上有将近五百万在流通，可那都是储户的钱，抽走本金一旦有个风吹草动让外人知晓，肯定造成恐慌性挤兑！德源钱庄大量资金都放贷在外无法即刻兑现，只消一两天工夫，钱庄就得倒账，连带把孟五德堂也一并拽进泥潭里啦！

可是，形势危急，宛如也只能出此下策，铤而走险。她交代掌柜，此举千万不可被外人知晓，只能天知地知，他们三人知道。

然而，令他们没想到的是，就在宛如进门的那一刻，门边拐角蹲着的两个小乞丐，其中便有一个抽身离去，奔向了曹永茂堂。

得知消息的曹子才知道，鱼儿已经上钩了。他去找文玉琨，让堂口的兄弟伙帮他做一件事情，就是从明天起，派人暗中收购孟五德堂德源、德厚两家钱庄的即兑票，加五厘子金在票额上，有好多收好多，莫让人觉察出来就行。

曹子才已经准备好了，要在孟五德堂的屁股后面架一把柴火，时机到了，一根洋火就把它点着！收拾孟五德堂，确实给他带来了一种莫可名状的快感。

4

与此同时，人在成都的孟天运，又接到了一件丁一轩交代给他的重要任务。

最近，中央要求各地党组织在发动群众的基础上伺机组建革命武装！具体到四川党,就是坚决执行中央的决议,组织游击队,等待命令武装暴动!省军委员温宪章同志负责川南地区组建革命武装以及开展武装斗争的具体指导工作,近期他将奔赴川南。由于孟天运是川南人,对沿途也较为熟悉,组织上决定,由他护送温委员前往。

孟天运需将温委员安全护送到他川南之行的第一站自流井,自流井特支已经接到了通知,与负责的夏楷夏先生接上关系,他的任务就完成了。

听说夏楷最近在自流井的工作开展得不错,组织了两次小规模的罢工行动,为盐工们争得了一部分利益,也在盐工中扩大了党的影响。孟天运说自己太想念夏先生了,也想念自流井了!可是,丁一轩却交代他,不能在自流井久留,也不能与夏楷之外的其他人接触!简单地说,就是悄悄进去,尽快出来。因为他在自流井的社会关系相对复杂,目前还无法评估其对我们今后工作的影响,所以组织上有这样的要求。

临走前,丁一轩还异常谨慎地提醒孟天运:最近,刘湘正在频繁调动部队赶赴川西,阻击准备在四川建立根据地的红四方面军。你们的川南之行还是有相当风险的,所以要确保一个稳妥的护送方案,让温委员的人身绝对安全!而这个温委员又是下江人,长期在党的南方局工作,对四川的情况包括风土民情都不是太熟悉,路途中要多担待,多做解释工作。

孟天运与温宪章坐着一辆破骡车上路,出成都刚翻过龙泉山,就与一支自南向西的川军队伍迎面相遇。

孟天运慌忙将温宪章拽下骡车推下公路,一同藏身草丛。队伍就在他们头顶跨过,气氛紧张。孟天运透过草丛观察这支川军,突然大惊,他看见身着上尉军装的孟天慕竟然也在队伍里!睁大眼睛再次看去,却已是远去的背影。孟天运大为震撼,前往川北苏区参加红军的孟天慕怎么又干了川军?这是人鬼颠倒还是自己错认了人?

鉴于时有川军队伍经过,孟天运告诉温宪章,为了安全只能放弃骡车改为步行了。他们避开通衢要道,一路跋山涉水。

这晚,两人来到威远的黄荆沟镇,打算在那儿歇一晚,明天起早赶路,晚上就到自流井了。

他们在一家小客栈歇下了。深夜,两声刺耳的枪响划破了寂静,随即便是急促的狗吠人叫,二人被一片喊杀声惊醒。

客栈老板紧张地告诉他们,附近大堡山上盘踞的棒老二下山绑票来了!孟天运急忙拉着温宪章躲起,结果,棒老二已经听说店子里歇了穿长衫子的人,就想劫他们的财，老板未免生事只好把他们供了出来。

孟天运急忙又拉着温宪章冲出客栈后门，往山上爬去。

孰料温宪章惊恐中脚下一滑，滚下山坡，恰被土匪们拿获。孟天运大惊失色。

棒老二们把抓回的温宪章绑好，看他细皮嫩肉的，不是少爷也是个东家，肯定是头大肥猪，打算先带回去再回头索要赎金。

孟天运待棒老二们离去后，才又回到客栈，跟惊魂未定的客栈老板打探消息，这才得知这伙棒老二来这大堡山快一年了，起码有三四十个人，号称杀富济贫！明后天就有人下山来递条子，每个肥猪好多钱都是写清楚的，最少一般也要几百个大脑壳，各家照条子筹好钱等消息，然后约地方一手交钱一手接人！

孟天运十分担心，说自己老板的家不在四川，开了价也送不拢啊。

无奈，孟天运只好独闯大堡山，他背着包袱奋力向山上爬去，欲用身上所带五百元经费赎出温宪章。

不料半山腰，他掉入了陷阱，被土匪们搜走财物，直接五花大绑押到了老大蓝滚龙的面前。孟天运张口就要用包袱里的银票赎人，可是，蓝滚龙却认为温宪章绝对不止五百元。方圆几十里都找不出他那么白净的人，脚上穿的丝袜子，身上还有金怀表，水深得很啊！

孟天运说他们是在成都浆洗街做牛皮生意的，到自流井去收牛皮。蓝滚龙却一口否定，从成都去自流井不走资阳资中的大路，偏要绕威远钻黄荆沟？肯定有名堂！当即命人将孟天运关了起来。

阴暗的柴房里堆满了柴草，靠墙一排坐着手臂均被串绑着几个乡绅商贾。温宪章单靠在角落里，不仅手反绑着，连脚上也缠了绳索。

柴房的门打开，孟天运被推了进来，门旋即又被关上了。

温宪章见孟天运也被关了进来，埋怨他不该改道步行，指责他将毁掉党的武装斗争计划。

这迫使孟天运铤而走险。他用石块磨断绳索，然后趁土匪开门送饭之机劫持了一名匪徒。可是，身在敌营，他跑不出去的，当即又被聚拢而来的匪徒们包围。

蓝滚龙手指孟天运，骂他不知天高地厚，居然还敢绑他的人。孟天运却叫他把温宪章给放了，五百元加我一条人命，只要让他下山！他下了山随便你怎么处置我！

十一

139

蓝滚龙一脸嬉皮地问孟天运,如果他把温宪章放了,等他走到半山腰时他就让人把他杀了,然后跟你说他坐滑竿去自流井了,你信吗?你还赔了你一条人命,你冤枉啊,瓜娃子!

孟天运却义正词严,质问蓝滚龙,说兵有兵路匪有匪道,你收了钱还杀人,无耻!我老板是个小生意人,拿出所有积蓄指望这趟贩牛皮赚几个养家的钱,你杀他于心何忍?你们不是号称杀富济贫吗?

蓝滚龙被孟天运说急了,将老套筒顶在孟天运的脑门上,说老子好久没有拉命债了,今天是你逼我破戒!

正待双方僵持的关键时刻,二当家的从外面回来,听说有肥猪跳槽,顺手提刀走了过来,扬言今日要以血祭刀。但是,他与孟天运甫一照面,二人惊愕不已,原来这个土匪二当家竟然就是当年逃离德广井的赵国栋。

赵国栋扔了刀,一把推开蓝滚龙手中的老套筒,扑上前去抓住了孟天运的肩膀,激动地叫起来:天运哥!你咋上了大堡山了?

危机解除,自是一番盛情款待。堂屋中间的桌子上摆了酒肉,依次坐了蓝滚龙、赵国栋、孟天运和温宪章。

蓝滚龙脸喝得通红,还不住地盛赞孟天运有胆识,不虚火,是个人才,劝他留下来入伙,大碗喝酒大块吃肉,大秤分金银,过几年无法无天的日子!

孟天运却赶紧摆手,说自己跟章老板签了五年学徒呢,平日对他又好,教他好多本事,他咋能背信?

蓝滚龙又大着舌头去招呼温宪章,结果,被温宪章一通埋汰,说他们四川人就是目光短浅,今朝有酒今朝醉,小富即安。

赵国栋眼看局面不够友善,连忙招呼人把温宪章送去休息,自己和孟天运单聊。

月华如水。山风掠过,林涛欷歔有声,孟天运和赵国栋坐在堂屋外面的石阶上。

赵国栋忆及往昔,说今年年初天最冷的时候他才第一次摸回自流井,找到了他哥,这才晓得他跑以后还发生了那么多的事情,也知道了孟天运为了他们也受了牵连。他哥现在很好,夏先生把他介绍给学校做了校工,除了腿是残的,衣食没有问题。

赵国栋还一眼看出了孟天运并非正在成都做学徒,而温宪章也绝不是生意人,虽然孟天运想方设法遮掩,赵国栋还是悄声问起了,你们是不是共产党?

孟天运依然坚称自己是做生意的。赵国栋理解,说你就是真干了共产党也不会跟我说的，你们有你们的规矩。其实，你说我就不恨现在这个世道吗？爹死了家没了，我也做了见不得天日的棒老二，心里不好受哩！

孟天运询问赵国栋以后有什么打算，一辈子都做这一行吗？赵国栋说自己是上了官府缉拿告示的人，起码眼下没有别的法子，而大堡山也不是他们永远的驻扎地，他们的规矩是不能在一个地方待太久，但也走不了很远，就在川南这些山里转吧。

赵国栋又问起孟天运离开孟五德堂后，跟家里有联系吗。他说出的一个消息却令孟天运目瞪口呆。

孟天运这才知道，去年孟若因的花轿还没走拢富顺，她丈夫就咽了气，夫家嫌她晦气，三天以后又把她给抬回孟五德堂了！

朝思暮想的孟若因竟然又回到了孟五德堂，这是孟天运做梦也没有想到的。他的牵挂，他的思念，他的魂牵梦萦，在这一刻突然有了明确的目标。

革命者也应该拥有自己的爱情，这是丁先生告诉他的话。于是孟天运对即将到来的自流井之行充满了强烈的期待。

十二

1

　　孟天运护送温宪章抵达自流井，清静的小街上坐落着公益旅社。夏楷见到了温宪章，紧紧握住他的手，万分激动地欢迎他来川南指导工作！他一直怕他们进不了自流井，因为最近川军调动频繁。孟天运告诉夏楷，是当了土匪的赵国栋，派人绕道把他们从双河口的一条小路送进来的。

　　得知赵国栋当了土匪，夏楷万分惋惜，但亦能理解，天下大乱，选择什么样的生活，都是每个人的自由。

　　因为住旅社很不安全，夏楷要将温委员立即转移到马吃水那边，一个开豆腐作坊的同志家里，地方隐蔽，进退都有余地，有利于开展工作。

　　而孟天运出来之前组织上有交代，让他完成任务尽快回成都，不能在自流井久留。

　　行前，孟天运还是忍不住来到了孟府外面，心里实在割舍不下此刻就在这座宅院里的孟若因。孟天运面对高墙一筹莫展之际，竟然遇到了刚巧从外面回来的三娘水香。

　　孟天运立即招呼水香到一条僻静的小巷里说话，水香惊讶孟天运怎么会出现在自流井，并询问他这些年都跑哪儿去了。孟天运说他回来处理点事情，现在在成都一家饭庄当伙计。

　　水香问孟天运为何不回家。孟天运说自己在家门口站了有一阵子，不清楚府里的情况，没敢贸然进去，也没想好该跟大娘说些什么，就一直在门口站着。

　　水香万分同情孟天运，同时也告诉他孟若因现在的情形很不好，现在根本不出孟五德堂的大门，跟大娘也一句话不说，甚至连正眼都不看。

　　孟天运很想见若因，可是又怕大娘记恨他离家出走时扔下的狠话，不让他见，只好拜托水香想办法把若因偷偷领出府来。水香因为十分同情孟若因与孟天运悲凉的爱情遭际，她含泪答应了孟天运的苦苦请求。

恰好，盐业会馆又来了新戏班，今晚开锣。水香打算回家偷偷告诉若因孟天运回来了，然后把若因约出去看戏，让孟天运去戏台后面等着。

水香一回去就叩响了孟若因的房门，恰好曹大欢也在，她便约若因去看戏散心，若因却不想出门。水香只好讲起她在门口碰见孟天运，并约他在后台见面。

为了让若因的离开悄无声息，水香还特地让孟若因换上曹大欢的衣服，梳了一个曹大欢的发型，就这样神不知鬼不觉地离开了孟府。

而水香做这一切的原因，都是因为当初她向宛如告密，破坏了若因和孟天运的私奔，对此她一直心怀内疚。

前台，戏已经开锣，铿锵作响。水香领着孟若因从后台台阶拾级而下。水香轻声呼唤孟天运，孟天运从黑暗中走了出来，孟若因一看见孟天运，竟呆愣在原地，一动不动，嘴唇微微颤抖。

孟天运展开双臂激动地抱住孟若因，若因则在孟天运怀里抽泣，孟天运柔声劝慰。孟若因求孟天运带她离开，今天她既然离开了孟府，那就是打死她也不要再回去了。

水香一时有点懵，但是，看着孟若因神情决绝，孟天运只好请求水香成全，大恩大德，他和若因记一辈子！

水香呆呆地望着孟天运和孟若因，最终，咬咬牙，跺跺脚，让他们走了，大不了回去就是被宛如大骂一顿。

于是，孟天运和孟若因双双谢过水香。孟天运决定先带孟若因离开自流井，回到成都，在祠堂街他做工的饭庄安顿下来，再慢慢计划以后的生活。

2

孟五德堂大厦将倾，宛如、汤俊川走投无路，哀叹天道不公。

宛如的内心依旧不肯服气，她让曹大欢回曹永茂堂探听虚实。曹大欢从曹二欢处打听到，曹子才根本没去重庆，一天都没离开过自流井，而曹永茂堂早就因为原盐价格跌得厉害，几乎无利可图，而兼做点别的生意。还说宛如给夏青城送礼目的性太强，平时不烧香急时来抱佛脚，他是盐官也不敢收这礼，万一给他下的套，得不偿失啊！

虽然没有不沾腥的猫，但是，给夏青城送礼学问很大，孟五德堂至少得弄清楚对方稀罕什么，一出手就让他不得不接下礼敬，求他办的事也就顺理成章了。曹子才还道明，其实他早就知道夏青城的喜好，不妨给孟五德堂指条道儿，听说夏青城对干妹妹孟若因一见钟情。自打遣媒人提亲遭拒之后，成天茶饭不思，萎靡不振，就跟得了病似的。所以呀，他估计夏局长就是因为此事才迁怒孟五德堂的。

宛如对这些消息很是踌躇，她无法判断夏青城和曹子才是不是联手下套，同时也更加愤恨他一个盐务局小吏，竟然无端扣下孟五德堂的仓单还得了手！

宛如想让汤俊川以商会名义召集全自流井盐商，摊开仓房鱼籽盐盐样，让众人来评说，盐样是不是色泽灰暗、颗粒不匀、潮湿粘手、残留异味需化水重煎？她不信所有人都仰其鼻息，黑白不辨，指鹿为马！

可是，汤俊川却不无忧虑。此举必将使夏青城以及盐务局无言以对，灰头土脸，无奈发放给孟五德堂部分或全部仓单；可他们转身明的暗的授意运商拒绝运销我孟五德堂之捆盐，这是他夏青城完全办得到的，逼迫我们盐号只好自己运销。如果自己运销，领运照和护运查验单前，每担盐需缴税费二十八项共计十四元，四万担鱼籽盐该缴税费五十六万，十五万担花盐就是二百一十万！大太太，这账都不敢往下算！外人不晓，我们可是心知肚明，到何处去抽调巨额现金垫付盐税啊？

汤俊川的一番分析，让宛如蓦然间委顿下来，可总不能让一张不起眼的仓单，把孟五德堂逼入绝境吧。如果打电报把大少爷孟天成叫回来，依他那脾气，肯定是拎着枪就上盐务局质问。仓单是领着了，可孟五德堂也跟盐务局成了对立面，盐商看盐务局面色行事，与我们敬而远之，今后还咋做生意？

万般无奈之下，宛如只好亲自去见胡祖善。结果，胡祖善也摆出一张十分油滑的面孔，说：孟大太太，真不是我胡某拂您的脸面。如今正在整顿吏治，上峰三令五申，禁止各级政府介入商业纷争，以免扰乱市场秩序。它川南盐务局隶属于川康盐务总局，与我不是上下级关系，面对夏局长，你让我说什么好？倘若他再不忿，一纸诉状递上去，说本人干预盐政，我才是有苦难言哪！

宛如沉着脸一言不发。胡祖善又把皮球踢了回去，说他倒是觉得，孟五德堂一定是跟夏局长之间有误解，才导致了今日之局面。他愿意充作中间人替他们传个话，最终化解抵牾还得靠双方相互沟通才好！

就在宛如这边一筹莫展的时候，曹子才终于亮出了他的杀手锏，要给岌岌可危的孟五德堂做最后同时也是致命的一击。

曹子才把孟天宝叫到合盛公喝茶，孟天宝还浑然不觉，以为他刚从重庆回来，不住抱怨：你把我害惨了，小月秋也跑了。孟天宝对于家里正在遭受的劫难浑然不觉,还撂狠话说,既然盐务局要流氓扣住仓单不发,索性老子也要无赖就不领了!把盐工遣散了,井挂车停汲,灶灭火卸锅,抄手喝清茶!要晓得孟五德堂这几十万担盐可是占了自流井年产盐量的一成还多,盐没卖出去,税款就得短好几百万,那些可都是军饷!到时候不是我们急,急的是夏青城那个龟儿子!说不定他还得哭着喊着主动垫盐税帮我孟五德堂运盐呢!

曹子才暗笑他过于天真,从身上摸出一张票据,让他拿回去跟宛如说,有人在暗中收购孟五德堂德源钱庄的挤兑票。

孟天宝回到孟五德堂,劈头盖脸就被宛如又骂了一通,他气不过,就掏出曹子才给他的那张兑票。宛如和汤俊川当即惊愕,开始怀疑抽走德源钱庄本金一事走漏了风声。

而他们却不知道,正是被孟天宝无疑听到的这句话,走漏了抽走德源钱庄本金一事。曹子才无非是利用孟天宝的无知,用一张兑票探听虚实。

当傻不拉几的孟天宝又跑过去跟曹子才一通埋怨宛如,并把这句话告诉曹子才的时候,曹子才终于原形毕露了。他狞笑着告诉孟天宝,一直以来,在背地里搞鬼,想要整垮孟五德堂的那个人,其实就是他。

当夜,孟五德堂的书房内灯火通明,人影幢幢。宛如找来了德源钱庄的彭掌柜,得知从德源钱庄开出去的挤兑票一共有八十多万。她立即让德厚钱庄的何掌柜明天一早,拆五十万给德源,以备不时之需。

次日,曹子才和孟五德堂的最后一战终于拉开序幕。德源钱庄对面的客栈,曹子才租下了一间正对着钱庄大门的房间。他把屋里乱七八糟的东西都搬走了,单在这儿摆上一张桌子,去富和园订一桌十个大洋的山珍席,顺便再到凝香院叫两个洋琴荡子来,打算和文玉琨在这儿看一整天的稀奇哩!

一大早,汤俊川就来到德源钱庄,而德厚钱庄就把五十万现银送过来了,彭掌柜又从别的地方调了三十万,钱庄的现银大概在八十万。汤俊川今天就打算在这里安营扎寨,看看到底是谁要捣鬼。

而曹子才那边,德源钱庄的挤兑票他们一共收了五十三万,而德厚钱庄的是三十来万,几乎与这两家钱庄的现金量持平。可是,曹子才却胸有成竹,四两拨千斤的关键,就在于兄弟伙们要把阵仗吼响点!就算德源钱庄不虚火,那也要把灶膛给它捅漏,在德厚钱庄如法炮制!没有哪个愿意看着白花花的银子化成水,没人愿意冒钱庄倒账、鸡飞蛋打的险!

曹子才不无细致地交代,把五十三万挤兑票有多有少地分给三拨三十个兄弟伙。第一拨十人,一起涌进钱庄兑换现金;而后,即刻前往茶馆、酒楼、烟

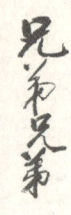

馆等等人多的地方，大肆散布德源钱庄抽走本金已经空仓的消息！另外十个兄弟伙再从不同地点冲进钱庄，造成去晚了手中兑票将成废纸的态势！接着，依样画葫芦放第三拨人去挤兑！到最后，就干脆不用挤兑票了，在它门口扯个热闹场子就行，目的是吸引手中握有德源钱庄承兑汇票的大宗客户前来挤兑它！

果不其然，在曹子才的操控下，德源钱庄果然不支，心急如焚的宛如收到消息后，只好让人去后花园地窖抬四个樟木箱子来，下面垫石头，把总账房的十万铺在上面，大张旗鼓抬到德源钱庄去！

可是，曹子才一眼看穿，说孟府的总账房里从没留存过这么多现银，而汤总管出面请储户不要听信谣言的话，分明就是心虚胆寒，鱼质龙文，不折不扣的虚张声势！曹子才立即命人再加把火，让德厚钱庄那边的兄弟伙们都动起来！

于是，德源钱庄的门口也逐渐挤满了前来兑换现金的人们，两边压力蜂拥而至，来势凶猛，孟五德堂陷入焦灼。

却在这时，骆阿宝突然跑到孟五德堂求见，宛如根本不想见，回来的汤俊川一番劝说无效，只好自己走出厅堂，接待骆阿宝。

骆阿宝一脸谄笑，上来就说自己是来给贵府赔不是的。当初贵府二少爷搅黄了他去市政委员会的差事，这次也就借机泄泄私愤，哪料遭到他姐夫夏青城的严厉斥责；特勒令他上门赔礼并补上贵府三万多担鱼籽盐售盐仓单。

言毕，他恭恭敬敬地掏出一沓仓单，放在了茶几上。

汤俊川很是诧异，不知道骆阿宝葫芦里卖的什么药。骆阿宝这才抖搂出此行的真实目的，原来他是替姐夫说媒来的。他说：姐夫夏青城仰慕贵府小姐孟若因已有时日，孟小姐虽有一次不幸婚姻经历，但姐夫并不嫌弃。这次回重庆已征得了姐姐的首肯，愿不惜一切代价，与孟小姐缔结连理，望孟大太太玉成其美！

汤俊川闻言绷紧了脸，怎么也没料到这个夏青城打的是小姐的主意！

骆阿宝又不失时机地进言，说今日孟五德堂两家钱庄前后发生挤兑，此事已经在自流井闹得沸反盈天，相信贵府是遇上难处了。倘不能完全满足储户自由兑换现金的要求，估计不出明日日沉，两钱庄便将相继挂牌倒账，接下来呢？盐务局将出面拍卖贵府井灶以支付巨额罚金，而孟大太太作为孟五德堂东家难辞其责，怕还有一场躲不过去的诉讼甚至牢狱之灾！如果大太太同意这门亲事，便让盐务局司库今晚各给两家钱庄送去现金三百万，以渡难关。孟五德堂库存四十万担捆盐的巨额盐税也不用预缴，迎亲那天，直接到盐务局领运照和护运查验单到各个口岸盐号售盐,算是送给大太太的聘礼。

为了孟五德堂的存亡,宛如深思熟虑,最终答应,让骆阿宝回了夏青城的话,这碗汤圆水她孟常氏端给他!七天以后可以来迎亲。转头,宛如就让裴二娃马上坐火车去叙府见大少爷,明天晌午之前务必把人马领回来!只能让老大手上的枪杆子来震慑震慑这帮肆无忌惮算计孟五德堂的人了!

可是,这一天的危机虽然缓过去了,次日,前往叙府的裴二娃却万分惊慌地赶了回来。他去到叙府后才得知,大少爷没在叙府兵营里,他们的队伍五天前开拔啦,具体去到了哪里,说是军事机密,不能告诉外人!

宛如闻言差点昏了过去,半天才缓过神来,瘫坐回椅子里,嘴唇颤抖着喃喃自语道:当真是天要绝我孟五德堂啊!

3

当孟五德堂的生死都悬系于孟若因一身时,让大家惊愕的是,府里上上下下找遍了,都没见小姐的身影!

宛如愕然,怎么可能呢?她平时大门不出二门不迈,会去哪儿?

无奈,宛如只好把平时和若因来往最为密切的三少奶奶曹大欢请来了。曹大欢被宛如逼问得有些发憷,只好又把问题推给了水香,说前天若因是陪三娘去看的戏。

水香这才知道,孟五德堂遇到了如此巨大的灾难,而她则有可能惹下大祸了!

宛如得知后,愤怒地大骂水香,说她成事不足败事有余,这个时候把人放走了,等于是把这正厅里的柱子给砍啦!

水香埋头嗫嚅道,她对家事并不知情,又看他们两个人挺可怜的,完全没想到自己的好心,却让孟五德堂陷入了万劫不复。

宛如大骂水香之后急忙叫人备车,她要连夜赶往成都,要是找不回小姐来,那就谁都救不了孟五德堂了!她还要府里上下都把嘴闭紧了,千万不能让外人知道若因已经不在府里!不管怎么说,宛如是孤注一掷了。

孟天运带着孟若因回到稻粱谋,跟丁一轩介绍了她,也陈诉了她不幸的命运,现在从家里偷跑出来的,因为他们已经相爱很多年了!

丁一轩十分赞赏他勇于追求爱情的举动和执着的精神,在饭庄二楼孟天运房间的隔壁安置了孟若因。他对孟若因说,你若还想读书,我给你推荐学

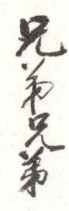

校；若想做工，我帮你寻份工作。孟若因似乎怕人再把他们分开，紧紧抓住孟天运的手臂说，我只要和二哥在一起！丁一轩笑了，他明白，这是两个爱得太深的人。

孟天运随即向丁一轩汇报了路途中的情况，同时也讲出了自己的困惑，那就是在送温委员去自流井路上，刚翻过龙泉山便撞上了一支川军队伍，他看见那支川军队伍中的一名军官很像五弟孟天慕！

丁一轩惊诧不已：你五弟不是去了川北苏区吗？

孟天运说，所以他才一直为此纳闷呢！跟那个人正面撞脸的时间太短，确定不了，但觉得非常像！而五弟和他的未婚妻到过稻粱谋，知道这里是我们的交通站；如果他真的投奔川军，加入了敌方阵营，这里可就有危险了！

丁一轩表示要马上向上级汇报这一情况，请他们设法调查、核实此事！

孟若因留在了孟天运身边。晚上，他们睡在饭庄二楼。孟若因把床上铺好的被、褥悉数抱到门边，跪地铺设起来。

已经在门外地铺上躺下的孟天运急忙欠身，问若因这是在干什么。

孟若因说她不想在床上睡，要在门边挨着孟天运睡，而且现在一点不困，还想跟孟天运说会儿话！

两个终于自由了的恋人，隔着一扇门板，聊起天来。

孟若因问孟天运在想什么。孟天运说，想再攒点钱，去外面租佃一处房子，不能让若因天天栖身在饭庄受委屈。孟若因却觉得自己一点也不委屈，只要能跟二哥在一起就行，如果租佃了房子二哥又不去住，她是打死也不会去住的。孟天运说，他现在是伙计，得听老板的，守着铺子。孟若因说，二哥要不我们结婚吧？结了婚，你们老板就没理由再让你守铺子了！没钱我明天就去跟老板说，我也在饭庄打份工，择菜、淘菜、洗碗我还是可以做的，你也别太小看我了，我们一起攒钱。

孟天运怕若因跟着自己吃苦，心里不好受。孟若因却说，只要能跟你在一起，做什么我都不介意！我想老天爷对我真是太好了，终于让我和你在一起了！二哥你知道吗？看不见你的时候，我的心特别晦暗，还有一种莫名其妙的恐慌；可只要拽住了你的手臂，哪怕牵到的只是衣角，我心里都是踏实的，对，踏实，就像现在这样！你知道我现在有多幸福吗？我现在是天底下最幸福的女人！

两人发誓，今生今世我们都不会再分开了！

就这样，店堂、后厨，孟若因的眼睛几乎一刻也没离开过孟天运，脸上溢满了幸福。入夜，两人隔着薄薄的板壁尽情倾诉爱慕、思念以及对新生活的憧憬，从深夜到天明。没有顾忌，不用害怕，十多年来这是第一次。

　　白天，孟若因跟在孟天运身后，学着洗菜洗碗，学着擦桌椅，扫店堂。饭庄大厨说，看你这细皮嫩肉的分明就是大户人家出来的小姐，怎么干起这下力人的活路来了？孟若因大声回答，只要和我二哥在一起，做什么我都高兴！

　　与此同时，暗恋孟天运已久的文一佳听说孟天运从自流井回来了，也急着赶来看，孟天运却带着孟若因去逛春熙路了。丁一轩看出文一佳异常关注孟天运，文一佳说，她和他很能聊到一起，那天大中饭店的事她也很佩服他！她觉得他是一个敢作敢为的男人，为了别人的疾苦不惜抛弃大富大贵，这样的人今天有几个？

　　丁一轩看着文一佳，犹豫了一瞬还是说：有时间过来见见孟天运的妹妹，听听他们的故事。

　　春熙路，孟天运带着孟若因逛街，可是，这里再好玩，孟若因说她也不喜欢，她只想和二哥在一起；任何地方都只有他们两个人，就像现在这样！

　　孟天运却告诉她，那是不可能的，这个世界上有很多人，由男人，女人，好人，坏人组成了整个社会……

　　孟若因又问起：那二哥，你说大娘是好人还是坏人？

　　孟天运愣怔一瞬，然后回答道：在自流井生意场，大娘不算好人；她盘剥欺凌盐工，视人命为草芥，没有丝毫善良可言。虽然是这个社会造就了不公平的规则，但大娘还是难辞其咎。可是在十几年含辛茹苦养育我们这一点上，她又是一个好人；没有她的善举，我们很难说能够活到今天。善与恶在她身上密不可分，让人又爱又恨。

　　孟若因也叹息一声：是啊，虽然我恨她把我匆匆嫁到富顺，虽然我回到孟五德堂再没和她说过话，但我知道她心里也苦得很。她的所作所为都是为了孟五德堂，为了老爷去世时的嘱托。一个女人，挑那么沉重的担子，唉！

　　孟天运说：我们现在在一起了，以后的生活一定会越来越好。有一天我们还是要回去看望她，也许我们还要为她养老送终呢！

　　孟若因点头：我愿意。现在自由了，才发现大娘在心里的分量是那么重，我们以后一定要好好报答她老人家！

　　然而，他们还没来得及报答宛如，宛如就出现在他们面前。

　　这天，午堂已过，饭店最清静的时候，孟天运拨完最后几个算盘珠子，对照着账本，指出孟若因帮他算账，有几笔账都记错了。盘账时钱、物对不上账可就麻烦了!

孟若因吐了下舌头,连忙道歉。孟天运又让孟若因把"闭堂"的木牌挂到店堂外边去。结果,孟若因刚走出去,孟天运还在低头抄账,就听见一声木牌落地的响声传来。

孟天运急忙冲出柜台查看,却看见孟若因犹如木头桩子般站在门口的屏风旁,而她的对面,宛如正满面憔悴地看着她,此刻她的眼神不再锋利似刀,而是凄怆、哀怨,一旁的裴二娃也是风尘仆仆。

孟天运有些茫然无措,招呼了宛如。许是长途跋涉,许是悲伤过度,宛如跟跄一步,孟天运急忙上前和裴二娃一起搀扶着宛如走进店堂。

孟天运让若因给宛如倒了一碗水来,霎时间店堂里似乎空气都不再流动了,出奇静谧。

宛如喝完了水,泪却止不住地往下流,孟天运感到她肯定有什么事,便问起宛如,赶到成都来,是有什么事情吗?

宛如这才呜咽着说:我是来求你们谅解的,不,不单单是求你们谅解,还要求你们救救孟五德堂啊!

孟天运和孟若因都是一脸的茫然,宛如呜咽着向他们诉说了孟五德堂的穷途末路,诉说了孟府上下的凄怆绝望,诉说了自己的孤独无助,然后,她恳求孟若因,能够舍身相救。

她的话音还未落,就传来孟天运一声大吼:不,绝不!我不会让你把若因带走的!

宛如号哭着解释:我本想借他盐局的库银度过挤兑风潮,回身搬你大哥领兵回来,让枪杆子去同夏青城讨价还价!哪知道你大哥开拔走了,一点办法都没有啦!

孟天运睚眦欲裂、青筋暴绽,如困兽般在店堂里乱窜。他拒绝宛如的请求,拒绝拿若因去做交易。

宛如不停地抽泣,说:大娘知道你们俩走到今天这步是多么艰难!拆散了你俩,我是夜夜做噩梦,没睡过一个安稳觉!当初你离家出走时,我就后悔了!还不如成全你们两个,至少不会走到今天非要用若因去换取孟五德堂存活这一步啊!

说完,宛如又转向孟若因,对她说:你恨大娘,大娘不怪你!谁都有脑子一热办错事的时候,把你嫁走,就是大娘办的最错误的一件事情!养一只猫,养一条狗都会日久生情,何况我养的是个可亲可爱的大活人呢!轿子把你抬走，我的心扯着疼了好久啊！

孟天运还是不能答应让宛如把若因带走！挪用了盐务局库银，可以协商转成高息借贷，何至于非要搭上若因呢？

宛如却说夏青城盯上若因已经不是一天两天了，他怎么可能咽这口瘪气啊？他完全可能以此为借口，派盐警强行封了孟五德堂的所有资产公开拍卖！我是孟五德堂东家，断断躲不过诉讼甚至牢狱之灾呀！孟五德堂所有人都会被撵出府去，自生自灭！老二，你要是死活不同意我带走若因，我也没办法。你知道大娘我是要脸面的人，不会去与人打官司，更不可能让人把我送进班房受辱！我会回去把自己挂在孟五德堂的正厅，以死来面对孟家列祖列宗！而后，让人一把火烧了孟五德堂！

宛如说着号啕大哭起来。孟天运傻了，孟若因也傻了。

宛如哆哆嗦嗦站起身，出人意料地猛跪在了地上，声泪俱下：养育你们兄妹七人，耗费了我半辈子心血。眼前这道坎，我实在是跨不过去了，救救孟五德堂，救救养你们成人的大娘吧！求求你们了！

孟天运焦灼痛苦，用头撞着店堂的柱子，一条鲜红的血线从额头直流到下巴，他高声咆哮：不！不！不——

沉浸在悲苦中的孟若因抹一把眼泪，疯了一般向后厨冲去，从灶膛里拖出一截烧得通红的木炭，她握着木炭的双手腾起一股白烟，然后举起通红的木炭向自己的面孔戳去。还好李老二眼疾手快，用一木盆水浇熄了木炭，浓白的水蒸气弥散开来，孟若因的脸上仅留下了一块黑色的水渍。

随后追至的孟天运和宛如一前一后奔来。孟天运猛地夺下孟若因手里的木炭，砸在墙上。

宛如则抱住孟若因，伤痛欲绝，惊吓过度说自己什么都不要了，只要你好好活着啊！

4

当晚，宛如趁着孟天运和孟若因不备，留下了一封信，悄悄离开了稻粱谋。

宛如在信里写道：若因我的女儿，看到你和老二这么要好，我的心咋就那么生刺刺地疼。想想当年我跟老爷也是这么的好，想想那时的日子，才知道大娘我是那么的错着，对不住你了，我的若因。跟老二那么开心，那么幸福地一路活下去吧，人间本应该是这个样子的。不要再回自流井了，自流井不再有孟五德堂，不再有你的家了。不要记恨我啊，若因。你以后的日子还很漫长，如果想起大娘来了，多想想我的好，我就很安心了。清明时节，记得往我的坟头撒把土，叫我一声大娘，我就会睡得很香甜。记着若因，规矩还是不能坏了，你得在报纸打一条脱离孟家的启事，我拿着这条启事，老爷才不会怪我的吧，我是孟五德堂的罪人，我对不起老爷。

天运我的儿子，现在是大娘向你告别的时候了，往后，你要忘掉我这个铁石心肠的大娘，好好带着若因往好日子里奔。天运啊，你是七个孩子里头我最看好的接班人，你有情有义，有担当，是个男子汉。若因是个好女子，她这么跟着你，可算是眼神不差。不要负了她的情意，带了她远远地走掉。

孟天运和孟若因一边读信，一边痛哭，二人紧紧地抱在一起，两张信纸从手中掉落，在院子的风中缓缓地飘。

这天晚上，隔着一层板壁，孟天运和孟若因都是一夜无眠，一夜无语，各自大睁着眼睛各自想着心事。

而回到自流井的宛如，却是作好了与孟五德堂共存亡的准备。

这天，宛如将孟家各号从掌柜、掌班到盐工，齐齐招到正厅。丫鬟们搀着一身孝服的宛如出现在人群中间，宛如让人抬来一摞摞打着红封的银元、银箱，平静的目光从一张张熟悉的脸上掠过。

宛如开腔说话：今天，我叫大家来，不为别的，就是为二百年基业的孟五德堂，出殡！天下没有不散的筵席，而今，孟五德堂气数已尽，天意不可违！今天，我把最后的家底子全抬出来了！今天能来的人，也全是孟五德堂实在的家底子、顶梁柱，为了孟家，辛苦你们了！

厅、院内的人众闻言，纷纷跪下，哭喊声此起彼伏。

宛如和旧识们一一招呼，然后昂首向天，脸上闪着两道泪痕，哽噎道：你们有的三代，有的两代，有的三十年，有的二十年，为孟五德堂创下这份基业，我，孟常氏，对不住你们！

宛如怆然下跪，晕厥倒地。厅、院内人众，哭天喊地纷纷跪爬而去，将宛如围在核心惊呼着。

离与夏青城约定的时间还有一个小时，宛如梳好头发，上了浓妆，命人在孟五德堂外架满了木柴，大量木柴将建筑围得密密实实。

正厅，宛如在孟敦甫遗像前跪下，叩了三叩，凝望敦甫遗像，做最后的告别：老爷，不要用这样的眼神看着宛如好么。宛如无能，让孟五德堂二百年家业毁于一旦。有天地在,就有孟五德堂在,宛如时时记着老爷您的话,没有睡过一次安生觉,没有吃过一顿安心饭,眼见孟五德堂后继有人了,可一个个的各怀心思,不以孟五德堂生死存亡为重。六个养子,一个养女,一个个长大成人了,一个一个离开了孟五德堂,灾难连着人祸啊脚跟脚地来,打得孟家花落叶残。活不了啦,我一个女人家,如何担得起啊?如何面对孟家列祖列宗啊!

一条白绫自空中飘然坠下,挂在正厅粗大油亮的横柱之上,一只手将其挽成一个死结,宛如虚脱一般,摇摇晃晃蹬上一只鼓凳。她仰面凝望着什么,腮边挂满泪珠。

然而,就在她把下巴挂进白绫之时,大门却猛然被推开,一束亮光射进正厅。

生死一线,竟然是孟若因赶了回来。

原来,孟若因最终还是无法背弃孟五德堂。那个不眠夜过后,孟若因哭肿了眼望着孟天运说,二哥,没有大娘,没有孟五德堂,也就没有我们,该我们还债了。你等我,你一定要在下辈子等着我,那个时候我再做你的新娘!

凄风苦雨,水香、曹大欢一左一右扶着一身猩红衣裙,面色惨白的孟若因走出后门,一乘蓝布小轿从孟府后门抬走了心若槁灰的孟若因。

绵延三代的孟五德堂终于保住了,但所有人的心也都碎了。

入夜,偌大的孟府,屋脊、青砖、院落都泛着蓝幽幽的天光。这里,犹如坟茔,阒无声息。

而这场灾难的始作俑者孟天宝,却如同鬼魅般游走在孟府内院。如今,在宛如眼里他就像弃物,连汤俊川的跟班也当不成了。一肚子邪火无处发泄,他竟在这个忧伤的夜晚把三娘水香的贴身丫鬟栀子强暴了。

栀子投井自尽,而栀子的未婚夫、孟五德堂轿夫童老幺怒杀孟天宝,搏斗中却只踢碎了他的下身,然后亡命天涯。

想想这一连串的灾难,想想可怜的孟若因,宛如怒火中烧。孟五德堂历经三世,从未出过如此丑陋、龌龊之事,不清除掉你这人渣,我无颜去见祖先!唯愿你下辈子再莫投胎做人,做畜生!她命人将孟天宝拖到河滩上乱棍打死,给栀子偿命,给孟若因赔罪。然而汤俊川却动了恻隐之心,放走了残疾的孟天宝。

宛如悲凉地坐在孟敦甫的那间书房里,一滴浑浊的老泪夺眶而出。

十二

十三

1

川西，峰壑间的蜿蜒山路，一只苍鹰在天空盘旋，山风呼啸在崇山峻岭之间；山上高高低低的草木早就黯淡了，一片凋零，一片萧瑟。

头戴斗笠、身披蓑衣、农人打扮的两个人急急走在山路上。

他们是孟天慕和王用之。突然，他们身后传来一声清脆的枪响。孟天慕回头张望一眼，低声叫道：快跑！

身后枪声渐渐乱如炒豆，啸叫的子弹在奔跑着的两人头顶恣意横飞。两人在山路上慌不择路地狂奔，又趴到冬水田里，朝十几米开外的小山坡爬去。

无意当中邂逅了国军人马，孟天慕和王用之才逃了出来。

土地庙院子里，临时设置的孟天成团前线指挥所内，滴滴答答的发报机声和接听电话之声不绝于耳。领佩上校军衔的孟天成站在土地庙石台阶上，他面前站着十几个军官。

孟天成手拿一张电文，杀气腾腾地训话道：有临阵退缩或作战不力者，一律军前正法！倘有违令者，排长以下的由连长枪决，连长以下的由营长枪决，营长以下的由我亲自枪决！

一院子的军官均露出胆寒之色。

正在这时，几个士兵架着浑身泥水的孟天慕、王用之走进院子。孟天成大喜，因为他已经等了他们整整一天，还以为回不来了。

对着一张军用地图，孟天慕汇报侦察结果：我们的正面夹关口是共军八十八师二六三团，有一千多人枪，大部分是老式的汉阳造，有少量捷克式机枪和不少手榴弹。观音岩和王坡各有一个连，预备队放在了青岗沟，兵力投放重点是这里，响水沟，大概有两个连的兵力。

孟天成赞许孟天慕立功，他们判断，共军才投了一半不到的人马，是想跟他们打消耗战，可是，团里接到的命令很明确，务必攻下夹关口，威胁百丈关共军的左翼。否则共军如果合力冲开正面防线，邛崃城必将不保！邛崃以东一马平川，哪个还能挡住共军杀进成都？

于是，孟天成命令，一营在右，三营在左，分别用一连人马佯攻观音岩和王坡，其余的留作预备队；二营以整连为单位，分梯队主攻响水沟！下午一点发起总攻，如果响水沟得手，今天就能拿下夹关口！

而孟天慕和王用之则回到院子后面，休息待命。

此时的孟天慕，已经是一名川军的上尉，他从投奔孟天成所在川军部队以来，用了并不长的时间，就凭借自己在军校学到的军事技能受到了重用，并随部队开赴川西阻击红军。

孟天慕问正在洗澡的王用之想不想亲手替你家人报仇。王用之说当然想，可是就怕自己还没动手，反遭别人给宰了！他这半路出家的丘八没法跟孟天慕这种正规军校出来的比，刚才这一路要不是孟天慕，他准已经死好几回了！所以他只能做情报参谋！

突然间，他们听见外面的枪炮声骤然响起，天空飘过阵阵硝烟。孟天慕撂下饭碗，起身冲了出去。

只见下方冬水田已经被鲜血染成了暗红色，横七竖八漂浮着几十名川军士兵的尸体，尚有伤兵在蠕动或是奋力往回爬行。川军在炮击的掩护下，想要冲过水田，对对面的红军阵地发起进攻，可是水田上面毫无遮挡，眼看他们接近时，红军阵地枪声大作，冲在最前面的川军齐齐栽倒在地，而没中枪的散兵还在懵然中，从红军战壕飞出的手榴弹已经冰雹般落下，在川军中次第爆炸。川军人仰马翻，四散奔逃，乱作一团；火光烟尘泥水中，不停有士兵中弹，凄厉惨叫。

眼看没有中弹的士兵纷纷回身鼠窜，为稳住军心，孟天成当即将一支旗杆用力地插进前沿阵地的壕堑上，猎猎作响的黑色旗帜上写着八个杀气腾腾的大字：前进者赏，后退者斩。

几筐银元被抬进了壕堑。孟天成又跳上壕堑，声嘶力竭地喊道：兄弟们，只有冲进共军阵地我们才有生的希望，后退，必死无疑！共军已经被刚才那轮大炮轰得没几个人啦，只要拿下响水沟，每人赏十个大洋！

川军士兵们跟着兴奋地一阵号叫，在连长的率领下，又翻出战壕，潮水般朝红军阵地涌去。虽然冲锋没再像刚才一样被人当活靶子扫射，可是，红军战士纷纷跃出了战壕，与扑到阵地前的川军拼起了刺刀，肉搏厮杀在一起，刺刀捅，大刀劈，枪托砸。

十三

红军战士无畏的气势令人胆寒，川军士兵渐渐不支，又丢下一片尸体后，狼狈不堪地退下阵地。

孟天慕眼看着川军死伤惨重，急忙让孟天成把这一轮冲锋暂停了！如此冲下去，只要共军弹药充足，一个团的人马也不一定冲得开响水沟！

可是，孟天成却说：这是死命令，把一团人打光了也得去冲！

孟天慕冷静地分析：我们的目标是夹关口，响水沟冲开了，后面还有一个营的共军在青岗沟等着我们，等我们再冲开青岗沟，哪里还有攻击夹关口的兵力？

孟天成似有所动，孟天慕又开始思忖，想了一个办法。他让孟天成给他十个邛崃籍的壮实士兵，统统换上农民服装，绕过共军防线，从屁股后面把他的指挥所端了！倘若没有得手，也至少可以放把火，打乱他们的阵脚！

计划悬归悬，不过，兵者，诡道也，这应该是最让共军料想不到的一招棋！孟天慕告诉孟天成，打仗本来就是一场赌博。不是我赢他输，就是他赢我输，除非现在双方鸣金收兵！

孟天成也担心计划虽然完整，可是诸多环节只要有一个地方出了差错，后果难料。可是，刘总司令今天已经下了三道饬令，明天正午之前必须拿下夹关口！即便这个计划有些冒险，也只能去赌一把了！

临出发前，孟天成还是有些担心，告诉孟天慕作为作战参谋，没必要亲力亲为，可是孟天慕却说：大哥，我来投奔你的目的非常简单，就是要拿起枪，把冤杀我未婚妻的深仇大恨给报了！我不是沽名好勇之徒，别以为我想凭此在军中平步青云升官晋爵，那不是我的理想。所以你别劝我了，这件事情哪怕有些冒险，我也非做不可！

日暮渐渐到来，孟天慕的计划开始执行了。他让士兵先大张旗鼓把这一带水田统统铺上稻草，做出一副孤注一掷今晚要强攻响水沟的架势。共军没料到他们敢夜战，必定会往响水沟增兵，那他们青岗沟的预备队就将空巢。

与此同时，左右两连人马依然佯攻观音岩和王坡，转移、麻痹他们的视线。将团里所有预备部队绕过正在接火的观音岩下，走板桥溪直插到青岗沟，在沟底给他们做一口袋！等他领人在夹关口共军二六三团指挥所一打响，这三处共军定会抽人回援，他们就给共军先使一个调虎离山，再来一个他们最爱用的围点打援！

然而，孟天慕做梦也没想到，是夜，在奔袭夹关口的路上，他们找了一带路的农民，却是个亲共分子，将他们带进了共军游击队的口袋。等到孟天慕发现这一切的时候，共军已经快要追来了，他们没命地往山上跑，王用之右肩中弹，疼得龇牙咧嘴，一个时辰内不止血也会有生命危险。

眼看着形势对己不利，孟天慕临时改变战略，他让王用之假意投降，然后这帮游击队肯定会押着俘虏去夹关口团部邀功。他们就能尾随到红军二六三团指挥所，再把王用之救出来。

就这样，孟天慕终于摸到了夹关口，红军二六三团的指挥所。他用手上有限的人手和有限的资源对指挥所发起了猛烈的进攻，打了对方一个措手不及。

在指挥部的孟天成，当即命令观音岩和王坡的两连人马变佯攻为主攻，再急速攻占夹关口，谨慎殿后！

就这样，孟天慕以一套诡诈的作战计划，亲率一支小分队绕过正面红军阵地，突袭其指挥所，迫使红军后撤，使孟天成终于攻下了夹关口。

2

成都，南校场，礼堂正中悬挂着孙中山遗像，两旁分别斜挂着国民党青天白日旗和国民政府青天白日满地红旗。

一身戎装、领佩少将军衔的孟天成手捧绒面布夹，宣布在本次百丈关阻击共军战役中，孟天慕冒险侦察精密准确，洞悉敌情运筹适宜，唯最困苦时毅然奇袭挽回颓势，致我部能获夺取夹关口之全面胜利。着即晋升为本旅少校作战参谋，并授国光勋章一枚！

孟天慕敬礼，接受勋章。凭此战功，孟天慕、王用之还受到嘉奖并被选派到峨眉山中央军事训练团受训。

峨眉山，一辆黑色福特汽车沿着蜿蜒而静谧的山路缓慢行驶而来。孟天慕、王用之一起到达中央军事训练团。

军训团大门是一座木质结构的牌坊，上有国民党党徽和"中央军事训练团"的牌子，横额上写着"坚苦卓绝"四个大字，两边木柱上分别写着"攘外必先安内"和"抗日必先剿共"的联额。

在总务组，两人接受配给，同时填写履历表和中国国民党党员申请表。关于履历表上家庭出身的一栏，王用之问起孟天慕。孟天慕突然想起，当年他和郝爽一起刚到达川北，同样填写一张履历表的时候，他也同样问过郝爽这个问题，那一刻的回忆让他心酸极了。

而当时，孟天慕填写的是孤儿，他觉得他当时就像一个孤儿一样，离开了自流井，离开了他的家人，他连自己是谁都不知道。可是现在，孟天慕填写的却是地主，他似乎又找到了自己，找回了家人，他知道自己还是那个来自孟五德堂的五少爷——孟天慕！

在训练团，孟天慕头悬梁锥刺股，刻苦学习钻研，引起了前来授课的国民党四川省党部书记长曾纪周的注意。

曾纪周称赞孟天慕，说百丈战役他夜袭共军指挥所导致夹关口获胜的战法很有些深谙孙子兵法的味道嘛，暗度陈仓，声东击西。虽是险中取胜，但谋略缜密细致，过程中又能随机应变，一个奇字被运用得娴熟流畅，难得难得！还说这个战例已经列入本期授课教材了，到时候可以现身说法，给学员们讲讲具体思路。

孟天慕受宠若惊，在课上毫无保留地把自己的心得和体会告诉给大家，同时也把一个有勇气有谋略的向上青年展现给了曾纪周。他告诉曾纪周，只要是能够让这个国家更美好、更完善的事情，他什么都愿意做！

几番晤谈，孟天慕与曾纪周结下了师生之谊。曾纪周还不时给孟天慕开开小灶，解答疑问。同时，还经常拿着一些书给他加餐，让孟天慕受益匪浅。

不久，蒋介石上山看望学员们。礼堂里，在曾纪周的领读下，众人一起慷慨激昂地宣读军人读训：负责知耻，崇尚武德，不容有污辱贪鄙之行为；刻苦耐劳，节俭朴实，不容有奢侈浮滑之行为；注重礼节，整肃仪容，不容有亵荡浪漫之行为；诚心修身，笃守信义，不容有卑劣诈伪之行为。

而随后，蒋介石为学员们做了一番慷慨激昂的演讲。

这次演讲成为孟天慕人生的又一道分水岭，他确立了自己的人生方向。

在苍翠的峨眉山下，在一个天气阴霾的上午，年轻的孟天慕激动万分，他决定他这一生，都要为三民主义鞠躬尽瘁，死而后已。这之前他所有的困惑、迷茫、痛苦，在蒋委员长的演讲中似乎全都迎刃而解了，他仿佛是在一瞬间明白了自己肩上的责任以及人生的意义。他甚至开始憧憬能够早日回到自流井，他希望在自己热爱的家乡来实践自己刚刚明确的宏伟理想！

3

温宪章组织、领导的川南武装暴动失败，中共自流井特支也暴露了，薛元章等一批党的骨干分子牺牲，他们浑身血污、五花大绑被拉出街示众，身后的死因标上均写着"共党叛乱"的字样。

刚刚从重庆回来的夏楷，为此事和温宪章爆发了剧烈的冲突，温宪章认为牺牲是必须的，砸碎旧世界需要的就是一鼓作气的决心！前瞻后顾裹足不前，新世界什么时候才能出现在我们面前？

夏楷则反驳：我不反对砸碎旧世界，这是我们每个共产党人的理想！但是这次暴动导致自流井九处井灶受损，非常可惜！我们要砸碎的是旧的生产关系而不是民族财富，武装暴动如果把战火全面引进自流井，大量的井灶就有被毁灭的危险，那样的话我们革命还有什么意义呢？

温宪章认为，暴动计划是经川南特委批准的，并非他的个人冲动，而且革命哪有不流血的？他不主张温情脉脉！

夏楷被他激怒，质问把自流井所有党员统统拉去参加暴动，不是把这些同志的身份全部暴露给敌人了吗？你考虑过后果吗？让手无寸铁的盐工、农民用胸膛去面对反动派军队的枪炮，造成无谓的牺牲，这不是义和团！

温宪章坚持道：不管怎么说，历时七天的暴动，横扫乡镇反动政府和团防十几个，缴获长短枪二十多支，还镇压了几个罪大恶极的团正、土豪，不能说这次武装暴动一无是处，是完全失败！

夏楷则害怕敌人的疯狂反扑，会把他们好不容易建立起来的基层党组织破坏殆尽！

两人正吵着，一阵杂乱的脚步声渐近，有人在校门外粗暴地拍门。守在门口的赵国梁一惊，迅速从屋内拎出一盏马灯，冲着教工宿舍亮灯的窗口，闪了四下灯。这是他们的危险暗号。

夏楷脸色一紧，一口气吹灭马灯，让大家迅速撤离。

而另一边厢，赵国梁刚打开校门，保安署长李德贵就领着一群警察呼啦啦冲进校门，并用枪顶着赵国梁的脑门问他，今天晚上有没有一个下江口音的人进学校？

赵国梁胆怯而口吃着回答，说有，他们学校好几个老师都说下江话，李署长问的是哪个？

李德贵眼见赵国梁不实诚，打开手枪击锤威胁，并让他直接带他去夏楷房间。

夏楷和另两个人则将稍胖的温宪章推上墙头，然后自己也翻墙而出，几个人遁入黑暗之中。

成都，稻粱谋。与孟若因的悲惨分别让孟天运万分痛苦，几乎就要崩溃。他只能拼命劳动，用汗水和疲惫来驱散心头的凄怆。

这晚，文一佳又来到稻粱谋，孟天运正在后厨挥汗如雨，舞着大斧劈砍着脚下一堆碗口粗的木柴，对文一佳的到来视若无睹。

文一佳无奈地把给孟天运端来的水，放在一旁的案子上。这段时间她已经来找他好几次，要么他不在，要么早早闩死了店门，怎么敲也不开。到底出什么事了？文一佳询问着孟天运：是什么事情让你的情绪这么低落？

孟天运没有回答，仍旧劈砍着柴火。

文一佳只好自己去捅破那层窗户纸，问是不是你大娘把你妹妹弄回自流井嫁人的事。孟天运浑身一颤，却依然不肯开口。

面对孟天运多日来的沉默，委屈不已的文一佳突然就说出了自己对孟天运由来已久的爱慕。她说：天运，看见你这样，我很难受！我有太多的话想跟你说，可是，可是站在你面前，我，我脑子一片空白！我就是想告诉你。自打见了你以后，你的模样就老在眼前晃来晃去的，赶都赶不走！我也不知道是怎么了！就连上课注意力都老集中不起来，总是走神！特别是经历了大中饭店的事，我怎么也打消不了想你的念头！

文一佳越说越语无伦次：天运，你知道吗？夜里我总是被同一个梦惊醒，总是因为想不起你长什么样子被惊醒！可、可一旦睁开眼睛醒来，你的模样又在我眼前清晰地浮现！天运，我想我是喜欢上你了！我给我自己定了个目标，我一定要嫁给你，不管会等多长时间！

说完，文一佳羞涩地从衣兜里摸出一张照片，这是她特意去正容女相馆照的相片。她送给孟天运，然后含羞着跑出了稻粱谋。

看着案桌照片上的文一佳，嫣然巧笑、朱唇榴齿。孟天运傻了，瘫坐在柴堆上。心头因孟若因而撕裂的伤口还在淌血，文一佳的表白和誓言又给了他重重一击。

文一佳刚走，丁一轩就从外面回来，他行色匆匆，神情严峻地告诉了孟天运一个紧急情况。

那就是川南一带的武装暴动失败了，自流井的党组织遭到毁灭性破坏，夏楷的身份也暴露了，省委已经将他调往川东。而指挥武装暴动的温宪章，这次武装暴动失败的责任虽不能归咎于他个人，却是他执行了错误的路线！"左倾"冒险主义路线不承认中国革命的不平衡性和长期性，盲目要求各地党组织领导暴动，攻打中心城市，导致各地党组织的损失都非常惨重！

所以，现在组织上决定，派孟天运回自流井工作！时间上越快越好，任务是尽快恢复遭到敌人破坏的自流井特支，并继续主持工作。

另外，丁一轩还告诉了孟天运一个重要信息，组织上经过调查，确认他的五弟孟天慕在川北苏区政治保卫局审查期间，打伤卫兵逃走，后投奔了他大哥孟天成的部队。在阻击红四方面军的百丈战役中立了功，晋升少校并被送往峨眉军官训练团受训，在那里他加入了国民党，现在去向不明。

孟天运听着丁一轩的一番话，瞠目结舌。

丁一轩说，鉴于他来过稻粱谋并且知道饭庄的性质，组织上决定从现在起放弃这个交通站。你到自流井以后，若有紧急情况汇报，用密语电文跟我联系，这是密语本，这是我的地址。

孟天运看着丁一轩递过来的纸条，默记了纸条上的地址，然后将纸条在油灯上点燃。

丁一轩还交代孟天运：回去以后任务非常艰巨，又要独当一面，不要辜负组织上对你的信任！

孟天运于是对丁一轩提出了自己的一点看法，他说：我离开自流井这么久，乍一回去，没个正当职业很难开展工作。我在稻粱谋学到了不少厨帮的知识，灶上和墩子上的活路也会了不少。所以，能不能在自流井开一家小饭馆？一可安身，二能够掩护工作？

丁一轩当即认可，说：你和组织上想到一起去了！但不是开小饭馆，而是大酒楼！夏楷领导的自流井特支长期以来注重在基层群众中间开展工作，忽略了对官员、盐商乃至袍哥帮会等自流井上层的渗透、瓦解，知己不知彼。此次暴动失败也有这方面的原因。因此，组织上希望你这次前往自流井，除了在基层群众中继续扩大党的影响外，也要与达官显贵、商贾名流多交往，这样可以掌握更多情报，更有利于掩护和开展党的工作。开办大酒楼就是要达到这个目的，你要做一条能够周旋于自流井各界的变色龙！

孟天运点头。

但是，组织上能够给孟天运的经费十分有限，开大酒楼的大笔资金还得由他自己去筹措，丁一轩担心地寻问孟天运有没有问题。孟天运思忖一瞬，说我能想到办法！

川南，山野丘陵。凄风苦雨中，一列窄轨蒸汽火车冲出隧道，呼啸而来。汽笛呜咽，回响在苍茫寂寥的天地之间。

身穿长衫靠窗坐着的孟天运痴痴望着窗外湿漉漉的山野河川，眼睛里似有期待，似有兴奋，似有惆怅，也似有几分不安。

怀揣着对自流井的眷恋与仇恨，纠结于和孟五德堂的恩恩怨怨，牵挂着命运多舛的孟若因，孟天运踏上了返回自流井的旅途。此刻，有风，有雨，就如同他的坎坷命运。他不知道，当年的情仇未曾了结，新的恩怨即将扑面而来。他即将面对的人生会更为残酷，像冰一样凛冽，像刀一般锋利！

4

火车喷吐着疲惫的蒸汽，靠着站台慢慢停住。孟天运戴着礼帽、墨镜，提着皮箱走下车厢，他做出漫不经心的样子，四下观察。

行前，丁一轩曾交代过他，据他们掌握的情况，整个自流井地区没有暴露身份的同志只有两个人，一人会在车站同他接头；另一人是夏楷的交通员，但这个交通员与他是单线联系，他们也不知道他是谁。夏楷离开时留下了联络方式，得由孟天运自己去恢复关系！

按照夏楷的吩咐，赵国梁一直守候在火车站，等待新的领导人。他看见了孟天运身着指定的衣服，于是一瘸一拐，悄悄走到了他的身后，询问：这位先生是在等人？

孟天运没有回头，说我在等我的表弟。

赵国梁回答：你表弟得了绞肠痧，走不了路，托我来接你。

孟天运转过身来。可是，当他看见来人是赵国梁的时候，不禁大愕，摘下墨镜，问道：怎么是你？

赵国梁也愣住了：天、天、天运哥……

孟天运猛然意识到不妥，继续：我怎么听说他得的是急喉风？

赵国梁口讷起来：是、是庸医误诊。

赵国梁把孟天运安排到公益客栈，掩上房门，难抑兴奋，说天运哥，我做梦也没想到接上的是你！

孟天运放下皮箱，张开双臂，两人紧紧拥抱在一起。孟天运也没有想到，那个人会是赵国梁，他用力拍了拍赵国梁的后背，说想死你啦兄弟！

原来，当初夏楷收留赵国梁并为其养伤，后又推荐给学校做了校工。赵国梁因家破人亡兄弟离散，对黑暗社会充满深仇大恨。夏楷经过考察，将他发展入党，成为了中共自流井特支的骨干分子。

赵国梁眼里噙着泪花，说：天运哥，从今以后，我们就是要一起战斗的战友了。你是从省里下来的干部，我听你的！

孟天运立即告诉赵国梁，根据上级的指示，他们要立即着手在自流井开办一家大酒楼，掩护党组织的工作！可是，现在的问题是，他只带了五百元，租佃店面够了，别的还得另想办法！

次日，孟天运便和赵国梁一起四处寻找合适开大酒楼的店面。赵国梁引着孟天运走在街上，他们一家一家地观察店面，不时和某个店主攀谈两句。

孟天运对于大酒楼的设想是，首先须在城中心；其次，门面不能少于四开间，最好还有二楼；最后，必须要有后门，而且后院可以住人。

赵国梁当即想到了一个门脸，立即带着孟天运前往。孟天运一看，果然，对于他的三个条件样样合适，立即跟房东表示这个店面他不仅要承租，而且要长租，让赵国梁跟老板详细谈谈契约的事。

孟天运则走到街道中心，抬眼打量。这个门面占去十字路口整整一角，是一座赫赫然的二层楼，而它的斜对面，恰好就是合盛公茶馆。

租佃好房子之后，便开始马不停蹄地投入装修，几名木匠师傅在店堂内的马凳上锯的锯、刨的刨、钉的钉、凿的凿。

孟天运让赵国梁把蜀风中学校的工作辞了，来做他的账房先生。他还算了一下，店堂至少能摆十张大桌，楼上六间房子把它装葺成雅间。而厨倌师，他则叫来了当时在稻粱谋做他师父的川南第一刀的李老二来管领后厨，到时候赵国梁只需去人口市场招一批伙计来打杂就行了！

后院的天井两厢各有几间房子，孟天运拉开后门探头看了一眼，后门外是一僻静小巷，有石梯可以下到釜溪河。

他又让赵国梁找人把这几间房子收拾出来，一间做账房，一间做库房，别的既可以住人，也可用来开会。

赵国梁却不无担心，付了房东一年租金，又买了这么多材料，他们可没剩多少钱啦。

孟天运则不慌不忙，他正打算去筹钱。

赵国梁好奇孟天运能找谁筹到这么大一笔钱。孟天运回答：说出来你可别惊讶！我要去找曹子才。

赵国梁惊愕得眼珠都凸出来了。

孟天运解释，这家酒楼将是党组织的秘密交通站，我把曹子才拉进来做股东，不仅利用他的资金，还要利用他在自流井的身份，利用他和三教九流的关系，做我们最好的保护伞！

赵国梁钦佩地望着孟天运，无声地伸出了大拇指。

孟天运还说：我已经想好了，这家大酒楼的名字，就叫作天下滋味！

三圣桥桃园酒楼包房，孟天运宴请曹子才。当着曹子才的面，孟天运一道一道评点着桃园酒楼的菜肴：说这道干贝炒鱼淖，桃园的后厨墩子师处理鱼蓉肯定是用刀背砸出来的，把砧板的异味和刀的铁锈味道都带进菜里了，哪个师傅教的？鱼刺、鱼筋都没有碾压挑尽，就敢下锅推炒？还有这道炸扳指，肠头煮熟，捞出收了汗，怎么能直接放到热油里炸呢？里面还没炸透，外面已经焦了，欺我孟某没尝过正宗的炸扳指？再有这道兰花肚丝，肚筋都没撕干净，就敢下刀切丝？肚仁背面不剞花刀不说，还不上浆，师娘教的做法啊？我告诉你，偷工敷衍的结果，便是这菜的肚仁脆嫩口感顿失！你桃园酒楼不是号称自流井数一数二的大饭馆嘛？如此潦草打整客人，有点欺世盗名的味道哈！

专业和充满段位的评点，让掌柜的汗都出来了，连忙说这就让后厨重做这几道菜。

孟天运摆摆手：免喽！别以为我评点几句，你饭馆的头灶、二灶、墩子就能把这几道菜的诀窍学会了！坦白告诉你，见真章的东西我还一个字没漏呢！说完，他就把掌柜的赶了出去，让他别败了他跟四弟的谈兴！

孟天运一边鄙夷着掌柜，一边埋怨就这几刷子抓黄手艺，自流井居然还有人给他捧场。而孟天运的这一表现，也让曹子才对他刮目相看，说：经年不见，我对二哥简直是刮目相看哦！比起过去的温文宽厚，如今身上居然多出了几分邪戾之气！

孟天运谦虚着说：不改变不行啊，以前我那副样子，在江湖上是混不下去的。

曹子才便开始打探这些年渺无音讯，孟天运都在何处发财。回来了要不要去给大娘低个头，重回孟五德堂？

孟天运却说发财谈不上，四处浪迹厮混而已。而一提起大娘和孟五德堂，他则一脸不忿地问曹子才，你看我是能轻易给人低头的人吗？对于自己愤然离开孟五德堂一事，孟天运更是气不打一处来，说过往之事不提还好，你以为当初我那个少东家是什么？就他妈是个摆设、招牌，不折不扣一傀儡！大事小情一样也做不了主，受尽憋屈！再加上若因出嫁这件事，当年他亲手救回来的人，又喜欢了那么多年，连手都没有摸一下就嫁给一个卖猪毛的痨病鬼了，能不怄气？商量都不通一个，简直没把他放眼里！最可气的是，他在总账房扯了二百元来用，居然被大娘臭骂一顿，还差点被罚跪一个时辰！

曹子才连忙附和，说宛如那个老婆娘向来吝啬！小时候吃饭，恨不得让他们把盘子都给舔喽！

孟天运说，所以他才不伺候了！天高鸟飞海阔鱼跃，自由自在自逍遥，何苦受那些鸟气!

对于若因,孟天运说既然是他救回来的人,说一点不记挂也假。不过嫁了人就不归他记挂了,缘分尽了。他在成都有了新相好,比她巴适!见曹子才将信将疑,他还拿出文一佳的那张照片拍在桌上:这还有假?大学生呢,你看如何?

曹子才盯着照片看了半天,这才释然,他相信孟天运的回归,多半还是冲着孟五德堂的,他之前担心二哥不会把孟五德堂忘得一干二净的。现在如若不嫌弃,曹子才希望二哥跟他去曹永茂堂。

孟天运点头附和:那当然了,被人无端扇了几巴掌,换作是你,会做什么?孟五德堂在我心中,是早就一刀两断了。而对于曹子才提出去曹永茂堂的建议,孟天运回答曹子才,我连孟五德堂少东家的椅子都不愿坐,更莫说你曹永茂堂了!

曹子才这才得知,原来孟天运早就另有所谋,以他对二哥的理解,二哥绝非是缺志乏趣之人。

孟天运这才实不相瞒,说他对商场勾心斗角、尔虞我诈已生厌倦,出去晃了一圈也晓得了江湖的险恶。自忖依他的心力和志趣,依他的放浪与散淡,最适合开一家酒楼,遍交江湖朋友!谈风月,论诗文,有兴趣再议议庖厨,创几道新菜式,岂不快哉?

曹子才眼见如此,这才明白刚才孟天运干吗要为难掌柜,当即询问酒楼何时开张?有无股伙人?他愿意入一股,好歹是跟二哥你联袂做桩生意嘛!挣钱多少无所谓,与曾经最受器重的二哥共进退,正好可以让孟五德堂那个老婆娘齿寒一阵子!

孟天运见鱼儿上钩了,当即开口答应,可是关于入多少股的问题,他说:要让你入多了,我不成了给你打工的伙计?入少了,你又枉自背个股伙人的皮!这样,你我兄弟碗底开花,对半股伙,一人五千,怎么样?

曹子才当即喜笑颜开地答应入股,只要是能够让孟五德堂不快的事情,哪怕鸡毛蒜皮,他曹子才也向来不甘人后!

十四

1

虽然孟五德堂暂时逃过一劫，但孟若因的遭遇以及孟天宝的下场，让宛如心力交瘁，一病不起。

这天，何汉儒又来为躺在床上的宛如切脉，劝她要慢慢静养，别无他途。

而视孟天宝为依靠的水香经此打击，也病倒在床。前来诊病的何汉儒开了药方，可三太太死活不喝苦药汤子。何汉儒说拖下去转为虚劳那可就麻烦了，遂建议三太太去成都四圣祠街洋人开的仁济医院看看西医。

于是，宛如便让汤俊川安排人，陪水香去成都看看病，顺便也散散心。

水香出发的当天，在街上恰好遇到了曹子才，看着水香大包小包的，曹子才好奇水香要到哪里去，便让人跟在后面打听。

合盛公堂口，曹子才跟大家一起庆祝前次挤兑孟五德堂德源、德厚钱庄的事情，虽然没有把孟五德堂彻底扳倒，但是把宛如气了个半死，神光褪了，心气灭了，也算是很不错的斩获。

恰在这时，跟踪水香的薛老五回来报告，说水香是乘火车到叙府，改上行船到嘉州，再换小船到成都。曹子才推测这不急着赶路的样子，看来是以散淡游耍为主了，当即询问文玉琨，合盛公的堂口与成都的袍哥堂口可有交道？得知文玉琨跟同声社执法当家李白扇李三爷是喝过血酒的拜把子兄弟，便决定要亲自上成都一趟，请对方帮忙转圜，给爬不起来的孟老太婆心里再堵上一块石头。

灰暗的天空下，街道上人流如鲫、车水马龙。水香到达成都后，立即入住了提督街有名的凤集客栈。结果，在当晚客栈里的师傅不断的吆喝声中，水香烦不胜烦，立即让德娃子去寻一家清静点的客栈，自己则去悦来茶园看戏，然后去东大街夜市吃香香！

悦来茶园装饰华丽，水香落座在边厢，兴致盎然地望着戏台。她身后的杜鹃等人也看得入神，张大了嘴巴。灯火通明的戏台上正在演出川戏《秋江》，演到精彩时，观众大笑，夹杂着掌声。

然而，演女主角的那个，举手投足，一颦一笑，身上的许多地方都让水香觉出几分熟悉，像极了当年被大太太赶出家门的二太太颂莲。

戏刚演完，水香就急不可耐地跑到后台。结果，刚刚卸完妆的颂莲从里面走出来，发现竟然是水香。水香热络地跟颂莲打招呼，没想到颂莲却并不稀罕，连忙说自己现在的艺名是花蝴蝶，莫二太太二太太地叫，嫌丢人！

如今的颂莲说起自己，挣包银，又自由，还和她牵肠挂肚半辈子的云娃子搭上了班子，过的是自己想过的日子！她问水香，那你呢，还在那个阴黢黢的院子里沤着？

水香想跟颂莲说她走了之后，孟五德堂发生的这些离奇、惊险的故事，可是颂莲却说她不感兴趣，如今就想有一天回自流井去，当面锣对面鼓地给孟大太太唱一台《思凡》，气死她！

水香这才发现颂莲还在记恨大太太。颂莲却劝水香离开那个暗无天日的家，留在成都，到她的班子里来随便打个杂，她养她！有一天一起回自流井，让那个孟大太太颜面扫地。

水香不乐意了，你养我？我要一个戏子养我？你搞清楚，我做姨太太好歹也是自流井堂堂孟五德堂的姨太太，是有身份的人，身上随便一摸也是几万元的银票！混迹于下九流吃卖笑饭？死了都进不了坟圈子！

颂莲闻言忍不住嘲笑水香，你个给人当小老婆的说话不晓得客气点吗？啥子叫吃卖笑饭哦？

水香于是就怒了，质问颂莲：怎么了？你没给人当过小老婆？我看戏是花了银子的，跟谁客气？当个戏子还不得了了，说白了跟梭夜子也差不多！还想回自流井去招摇？你敢回自流井我就敢叫人给你摆个八阵图！

说完，她招呼杜鹃等人离开，多年不见的两个女人就这么言语不和，不欢而散。

随后，在东大街夜市，水香等人走到一个卖甜水面的摊子前，打算吃碗面，却有两个不三不四的地痞吊儿郎当的人贴了过来，伸手准备去抓水香的绣花荷包，正在这时一个西装革履的白面书生大步而来，一把抓住那个小偷的手，质问他们想偷太太的钱包吗。

两人见白面书生就一个人，顿时揪住他的衣领，恨他断他们财路，一阵拳打脚踢，而后扬长而去。

水香被这场景吓坏了，要去报官。白面书生却连忙阻拦，说刚才的人是东门一带的地痞，还是快走为妙。

第二天，水香去医院看病，又恰好遇到了这个来包扎伤口的白面书生。她谢了他昨天的见义勇为，之后得知他叫查理·唐。

查理·唐风流倜傥，从医院出来后，就要主动开车送水香回去。车上，水香询问查理·唐成都最好的客栈是哪家。查理·唐告诉她是东大街裕成客栈和鼓楼街一般都住洋人的同盛旅馆，水香便让他领她去看看。

结果，水香却忍受不了洋人身上浓重的体味，掩着鼻子，忙不迭地走出同盛旅馆。

找了半天，都找不到水香希望的那种清静干净的旅馆。眼见如此，查理·唐只好说：要是不嫌弃的话，想请太太去他府上住，绝对清静，还省了住宿费！查理·唐说自己的父母都到上海去了，家里就他还有一丫头，一伙房，再就是吴妈，有的是房子让她们主仆住呢。

一处别致的小院，查理·唐热情地把水香迎了进去，又是请她喝地道的印度大吉岭红茶，又是给她用留声机放唱片听。水香得知他的父亲是一家银行的董事长，而他本人就是那家银行的襄理，便答应把客房都退了，搬到这里来住。

之后每天，查理·唐领着水香又是吃西餐，又是看电影，又是打台球，又是进舞厅。水香幽居深宅大院多年，正值生命如花的年龄，本就苦不堪言，哪里见识过这种奢华与美妙？没多久她便被查理·唐迷住了。

查理·唐第一时间向曹子才报告了这一消息，曹子才让他着手换袍奔滩。

第二天，水香一直睡到午后才醒来，却发现书房内一片狼藉，一向风度翩翩的查理·唐凌乱着头发，敞着衣领，疯了似的在书房的旮旯角落里翻找着什么东西。询问之下，水香这才得知，查理·唐丢了一份质押单，中午十二点之前找不到的话，是要出人命的！

眼看着查理·唐心急如焚，水香当即回屋，从她的荷包里拿出两张银票，一张是全兴银号一万五的即兑票，另一张是德诚裕钱庄的一万元，还把她身上所有的银元、银毫子和首饰都塞给了查理·唐，让他拿去当了救急。

然而，这天晚些时候，水香左等右等都等不回来查理·唐。直到晚上，杜鹃突然惊惶地跑进客厅，说外面来了个人，说她是这院子的房东，要找唐先生！而且，唐先生已经欠租半个月了，房东逼着水香补交房租，不然别想走出这个房子。

水香这才发现出了问题，又想找唐先生的丫鬟和管家，可是他们一早就出门了，都不见了。水香赶紧又让德娃子去通商银行打听，结果那里的人告诉他，根本没有姓唐的人，更莫说啥子查理襄理啰！水香这才傻了。

水香只好给自流井发电报，宛如满心无奈，走的时候给了她两万五的通兑银票，她自己还有些私房，咋就不小心被盗得那样干净？只好再给她寄钱，怕她在成都再受了委屈，并劝她早点回来。

水香一行不日便回到了自流井，可是主仆几人都事先套好话，坚决不能说出钱是被小白脸给骗走了，只能说是放在客栈里被偷走了。结果，这个说法谁都不相信，偌大的客栈，怎么能把钱偷了，理应找他们索赔！水香却死活拉住汤俊川别再计较这件事了，然后回到自己的房间，独自趴在枕头上伤心地大哭了一通。

2

自打入主自流井之后，孟天运一改此前的作风，穿戴上不但派头十足，还有一些放浪不羁。这天，他身穿一件嘉定大绸长衫，头戴白丝葛礼帽，鼻梁架金框水晶墨镜，一手摇着黑色洒金折扇来到了永春糟坊。

按照事先约定的暗号，孟天运向老板购买了帘子麸曲，几句口白合上之后，双方互悉了对方身份，老板便将孟天运请进了内间。

石条砌就的糟池热气腾腾，四周摆满了硕大的酒坛。后门临釜溪河，可以看见水边泊着木船。

两人在糟池旁的木凳上坐下，孟天运告诉老板杨老五，自己的代号是木铎，杨老五当即会意，但却觉得他十分面熟。经过孟天运提醒，才想起原来他是孟五德堂的二少爷！那年灯会他曾见过他。

孟天运告诉他，他接替了夏先生的工作，现在是即将开张的天下滋味大酒楼的老板，从今天起，他们将单线联系。联系的方式则是以后天下滋味的酒都由杨老五的糟房送，若他不在，会有一个跛子管账跟他交接。但是，除他之外，任何人交给的电文、信函都不能接！

杨老五当即答应。孟天运还将一张纸条递给杨老五，说分手以后照地址把这份电报发出去。日后，若落款是曾公或者宋丁的电报，定是由成都发给你转我收的，即刻把电文藏在酒封夹层里，借送酒的机会交我手上，不能假任何人之手转交！

杨老五一一答应，可是看他脸色晦暗，孟天运不禁关心起来：你好像情绪不高，是不是有什么顾虑？

杨老五声音有些哽咽地说：木铎同志，你是没看见，太惨了！光是长堰塘河滩，警备司令部就枪杀了我们三十几名同志啊！说是各乡被清剿的农会会员更是多得牵线线！我不是胆怯害怕，我是心寒！你一定要向组织上汇报，被敌人杀害的都是对我们事业忠贞不贰的好同志，这种以卵击石的事情再也不能干啦！

孟天运说：我知道，这笔账给反动派头上记着，不是不报，是时候未到！我们现在确实跌入低谷了，但越是这个时候我们越要坚持，相信革命一定会有成功那一天的！

做好一切筹备工作之后，矗立在袍哥堂口合盛公对面的天下滋味大酒楼装饰一新，开业在即，孟天运打算在自流井广发请柬。

了解内情的赵国梁在伏案写请柬的时候，故意漏掉孟五德堂和盐务局夏青城，孟天运发现后，前来询问。赵国梁诧异地询问他，你与这两家的过节可不是一般二般的，难道还要发帖请他们来吃开张宴席？

孟天运点头：当然要请！这点气度都没有，不是让人非议他鼠肚鸡肠、心胸狭窄吗？而且不但要写，这两家的帖子，还得他亲自去送！

孟天运首先来到孟府，从裴二娃处得知了六弟已死的消息和过程，便判定他是咎由自取。而汤俊川将孟天运造访的消息汇报给宛如后，宛如担心他是为了小姐的事情回来向孟五德堂寻仇。可是汤俊川却觉得不会，说二少爷虽然衣着、做派变化很大，但那双眼睛还是坦诚的，说的话也是磊磊落落的。宛如却不解，按照孟天运的脾性，既然与孟五德堂断然决裂，离开了自流井，应该不会再回来的。何况并非衣锦还乡，竟然以庖厨业为生，她还是有些不放心，再加上之前的旧伤，宛如最后还是决定以生病下不了床为由，避而不见，也不参加天下滋味的开业庆典。

汤俊川尴尬地接待了孟天运，让孟天运不要见怪。

孟天运却笑着说：经一番挫折长一番见识；容一番横逆增一番器度。如今他也算是见识了江湖险恶的人，没有丝毫责怪大娘的意思！他还告诉汤总管，离开孟五德堂这段日子里他想了很多，最多的当是孟五德堂给予他的磨砺、教育以及大娘的恩爱，没有这些也就没有他的今天。请汤总管代为转告大娘，她收养的孟天运永远是她的儿子，当下世道并非河清海晏，只要大娘需要，孟五德堂需要，他随时倾尽全力！

汤俊川一脸感动，却无法表达，只是使劲点头。

孟天运的下一个目标是夏青城。可是，早先被孟天运使计谋收拾过的骆阿宝，还在惦记此人数年前跟他结下的梁子。夏青城不解孟天运出去混几年回来开这么个酒楼是何目的。骆阿宝眼珠一转，告诉夏青城，孟天运多半是为孟若因而来！

夏青城大惊，忙问究竟。骆阿宝才把孟天运当年执意从竹海把孟若因捡回来，孟天运与孟若因的暗恋，孟天运放弃孟五德堂少东家的椅子不坐拍屁股走人等等事迹，加盐加醋描述一番。

夏青城恍然，怪不得孟若因终日沉着脸不言不语，原来是心里有人，这还了得！他告诉骆阿宝，去跟合盛公堂口知会一声，让文玉琨他们使点招，把这厮给我轰撵出自流井去！

孟天运要见夏青城，却特地没有去夏青城工作的盐务局，而是来到了夏青城家。送请柬是真，太想见到孟若因也是真。

一条僻静小街，一座精致宅院，孟天运敲开了夏家院门。

在夏家院子里，他与枯坐藤萝架下的孟若因相见了。短短数月，孟若因已被摧残折磨得羸弱憔悴，形神黯淡，这让孟天运心痛不已。

孟若因转过脸去说：你为什么不把我忘了？为什么还要来看我？我不愿你看见我现在的样子。孟天运说，我回自流井了。我来是要告诉你，我一定会把你从这里救出去和我在一起；下辈子太久了，我等不了！

孟若因眼睛亮了起来：二哥你说的是真的吗？孟天运坚决地说：当然是真的！孟若因泪眼婆娑道：二哥，我信你，我信你，我等着你来救我！

正在这时，夏青城下班回来了，一见孟天运和孟若因站在院子里，不禁叫起来：哟！青天白日朗朗乾坤，你就敢私闯民宅勾引他人婆娘啊？

孟天运说：夏局长，我的天下滋味明天开张，我是来请你赴宴的。

夏青城道：不敢不敢，我怕你的酒里下了蒙汗药，把我麻翻了好来偷我的婆娘！

孟天运强抑愤怒将请柬放在石桌上说，希望你善待我的妹妹，你我还会见面的！然后离去。

望着孟天运远去的背影，夏青城的蛤蟆眼好一阵乱眨，然后转身给了孟若因一个大耳光，骂道，乱伦的贱货！看你看他的眼神，是不是马上就想和他私奔啊？他将孟若因拖进房间，扑上去撕扯她的衣服，吼道，脱了，都给老子脱了！我看你光着身子还怎么和他私奔！被扒光了衣服的孟若因蜷缩在床角，用被子遮掩着身体无声流泪。她在心里叫着，二哥，二哥，你一定要早一点来救你的若因呀！

十四

171

3

若干串鞭炮炸响，硝烟弥漫，一地碎红。酒楼修葺一新，气派非凡，写有"天下滋味"四个大字的牌匾，高高挂在酒楼门额上。

天下滋味大酒楼开张了，可是，等到鞭炮响完，还未散开的硝烟中居然走出了二三十名衣衫褴褛、蓬头垢面的乞丐来；他们来到天下滋味的大门前，齐齐跪下，不言也不语，令人进出不得。

街道两旁立刻涌来许多看热闹的人，津津有味地看着眼前这一幕。

街对面合盛公茶馆二楼的窗口边，骆阿宝、文玉琨临窗而坐，十分带劲地看着。文玉琨告诉骆阿宝：你别着急，更有意思的还在后头！骆阿宝津津有味地说：好！那他骆某人今日拭目以待，倒要看看孟二少爷如何消灾、关门收场！

酒楼厅堂，赵国梁惊惶地跟孟天运汇报，请的官员盐商一个都没来，反来了一群封门的叫花子，分明就是来惹事的。

孟天运沉吟道：有人想看戏，那就演给他们看！他询问赵国梁，知不知道门口那群乞丐是谁的人？

赵国梁看其中有两个人面熟，猜想应该是城西叫花营向麻子的手下。

孟天运让赵国梁去准备了些铜元。然后走出大门，对着一众叫花，一拱手道：没猜错的话，诸位是城西叫花营向麻子的兄弟。今日赶来朝贺敝店开张，孟某人谢过了！来，给大伙发谢礼。

赵国梁捧出一个木头匣子，孟天运接过，将满满一匣铜元撒向跪地的乞丐们。

孰料乞丐们纹丝不动，不捡钱，也不出声，只是静静地跪着。

眼见如此，孟天运笑道：嚯！大概是向麻子统领无方，诸位兄弟多日未开张，饿得连钱都捡不起来了！

他回头叫道：来人，炒一大盆回锅肉，端一大桶甑子饭出来！

几名伙计抬着一大盆香喷喷的回锅肉和一大桶热腾腾的白米饭，放在乞丐们面前。香气四溢的饭菜，连四周看热闹的人都忍不住吞咽口水。而乞丐们犹如入了定，依旧沉默，依旧不动。

孟天运朝周遭围观的人众再次拱拱手，朗声言道：众位父老乡亲，孟某人开店谋生，无非是与人方便自己也赚钱谋生，千古一理，无可厚非。这些乞丐兄弟围跪敝店我也视作朝贺以礼相待。但你们大家都看见了，他们是钱不要，饭不吃，话不说，敝店若要是没个主张，日后这生意还如何往下做呢？

围观人众议论纷纷，乞丐们还是纹丝不动。

孟天运回头对店堂内高叫：头灶二灶三灶蒸锅听好了，一起烧开水！这些乞丐兄弟身上虱子、臭虫太多，皮肉太痒，给老子帮他们烫一下，烫完就舒服啦！

围观的人群中发出一片幸灾乐祸的笑声和掌声。跪在地上的乞丐们面面相觑，也有了稍许骚动。赵国梁使劲朝店堂内挥手：快！快快！开水！未几，几大桶热气蒸腾的开水真被伙计们抬了出来。

孟天运挽起衣袖握住瓜瓢，口中言道：老子今天亲自伺候你们！说完，他下手将一瓢热气腾腾的开水舀出桶来。

乞丐们纷纷爬起来四散而去，嘴里还惊恐地喊叫：兄弟伙赶紧闪哪！今天这趟活路没包汤药钱啊！

孟天运扔下瓜瓢高叫：向麻子！还躲什么呢？给老子赶紧现身，我们来定个规矩！

乞丐头目向麻子讪笑着从墙角溜了出来。

厅堂内，孟天运一抖长衫后襟，坐下，掏出一张二十元银票放在桌上：今天我开张，没有不封红包的道理，这些钱够你的兄弟伙大鱼大肉一个月了！

向麻子眼睛都直了，他没想到孟天运出手如此阔绰。他今天这趟差事，对门堂口拢共才给两个银元，夹手夹脚太小家子气了！

孟天运又说：另外，从今天开始，每天我这酒楼打烊后剩下的汤汤水水神仙菜全归你们，你只管派兄弟来挑就是了；但要说好哈，各做各的生意各发各的财，再来肇皮惹麻烦，老子就不是开水伺候这么简单了！我大哥是吃哪碗饭的你是晓得的！

向麻子谦卑有加：晓得晓得！以后任随是哪个给钱遣差，我们也不敢来搅肇孟二爷的堂子啰！孟二爷豪爽之人！今后有用得着我们这些叫花子的地方，打个招呼就是，绝不拉稀摆带！说完，抓起银票欣喜若狂，起身一个长揖后匆匆离去。

向麻子刚走，曹子才就进来了，看见店里清风雅静的，疑惑今天开张，怎么没人来啊？孟天运不无揶揄地说道：你来晚了，要是早一步就赶上叫花子跪地封门的戏码了！

曹子才怒骂：是哪个胆子那么大，踩到我们兄弟的地盘来了？孟天运则让他自己去对门堂口打听打听！曹子才恍然，一拍脑门道：哎呀，半句话都省不得！招呼打晚啦，打晚啦！言毕，他转身跑出了门。

对门，眼见乞丐们散了，文玉琨愤愤骂道：这个狗日的向麻子，喊他把酒楼跪得关门，他倒遭人家抽了底火，还揣着老子的银元去赔笑脸！

骆阿宝啜了一口茶：文大爷，我姐夫的意思，可是叫你把对门的人轰撵出自流井去的呀！你就没招数啦？

文玉琨无奈，正想不出主意时，曹子才从外面进来。听到曹子才过来打招呼，说自己是对门馆子的股伙人，文玉琨瞪大了眼珠子。转而，曹子才又告诉骆阿宝：你姐夫夏局长多虑啦，孟五德堂内外之事，我比谁都清楚。夏局长听闻的那些事，并非无中生有，而是确有其事；但夏局长臆测我二哥回到自流井是冲着我干妹妹孟若因而来就缪远乎！

说完，曹子才还把二哥在成都已经有一相好，是个美貌雅致的大学生一事也告诉骆阿宝，并十分肯定，他只是冲着孟五德堂而来的！

文玉琨松了一口气，赞叹道：讲良心话，如今的孟二少爷已经修炼得相当不错！有文有武，有规矩有滥条；轻轻松松就把老子摆的摊子推翻啰，是一人才啊！呃，曹老板，要不替我递个话，叫他不如当袍哥算了？

曹子才道：这就要你文大爷自己去展劲了！

文玉琨一拍桌子：老子初八嫁女，把堂子就摆在天下滋味，我交他这个朋友！

初八，文大爷嫁女，酒楼门外，人头攒动，笑语喧哗。穿得一身簇新的文玉琨正站在门前，春风满面地与前来贺喜的人众拱手称谢。

一张桌子摆在一侧，桌后坐了祝三爷，而管五爷则站在他的身前。自流井的富商豪绅三三两两到来，纷纷将手中装着银票的红包递到管五爷手中，管五爷高声唱喏着来宾身份名讳：致和堂李吉康李老板贺礼五百元！……利源堂何宗文何老板贺礼五百元！……枧商唐永镇贺礼三百元！……篾商冯万高贺礼三百元！……宝元堂田之良田老板贺礼六百元！……

大堂，孟天运头戴白丝葛礼帽，鼻梁架着金框水晶墨镜，身穿湖绉素色长衫外罩绿地蜀锦团花褂，衣襟上垂一条明晃晃的金链子，链子另一头挂的是珐琅壳江诗丹顿怀表，手执一柄檀香骨蜜蜡坠洒金折扇，气度典雅，富贵，又有一些放浪不羁地站在店堂正中。

胡祖善拱手跟孟天运打招呼，说：孟老板，胡某向来眼拙，不是有人事前提醒，我不可能认出你来！面容虽然无大变化，气宇却与从前大相径庭。

孟天运仰面恣意大笑，说我不过就是换了一身拜客衫子而已，实则是鱼质龙文，虚有其表，哪有胡主任器宇轩昂！您是主客，楼上雅间请！他又凑近胡祖善耳畔，楼上主桌的菜肴由我亲自督做。胡主任品尝后以为还可圈可点的话，敝店恭候您随时拨冗莅临！

好说，好说！胡祖善答应着上楼。

自流井的盐商们都纷纷过来与孟天运打着招呼。孟天运嘻嘻哈哈，应付自如；安座，叫茶，寒暄，一派江湖气概。

大家背地里纷纷小声地议论着，这哪里还是当年那个孟五德堂的二少爷哦，看这做派比文大爷的气势还高嘛！

在众人的惊叹中，夏青城来给文玉琨道贺，孟天运有一霎迟疑，但随即将衣袖一抖，走出门去抱拳迎接，一脸笑容，大声招呼：啊呀呀，大驾光临，蓬荜生辉啊！我是该叫你局座呢，还是妹夫哪？

夏青城愣怔一瞬，当着众人只得挤出一丝尴尬的笑容：夏青城，叫夏青城即可。

孟天运潇洒地收拢洒金折扇：那怎么要得？我就随大家，场面上叫你夏局长！私下里我可是你的大舅哥啊，认不认？哝？认不认？

众人不明就里，嘻嘻哈哈地围上前来。孟天运借机向众人一拱手：我乃夏局长妻舅，日后大家给我，给天下滋味面子，也就是给夏局长面子！我在这里先替夏局长谢过大家！

就这样，孟天运借着文玉琨嫁女的场合，终于让自己和天下滋味在的三教九流中，有了一个完美的亮相。

4

成都，纯化街，一座公馆的门侧悬挂着"中国国民党四川省党部"的牌子。

提一皮箱，身着便装的孟天慕走来，他向卫兵出示了证件。卫兵放行，孟天慕朝公馆内走去。

曾纪周办公室，曾纪周一脸喜色地接待了孟天慕，自打在峨眉山上一场师生情之后，他对孟天慕格外器重。曾纪周费了不少周折，差点跟川康绥靖公署的刘长官翻脸，才把孟天慕从军官训练团调到他这儿来。

孟天慕的理想本来就并非是在军旅之中升官晋爵，来到这里也是遂了他的愿。曾纪周于是当即对他委以重任，任命他为省党部刚刚组建的调查统计室主任。

孟天慕还婉拒了给他安排的一个小院。他孤身一人，实在没这个必要，于是，便在省党部后院挑选了一间空房子，够他一个人住就行了。

曾纪周赞许他全身心投入党国工作，艰苦卓绝的奋斗精神都被他身体力行得很好，还要在家中设家宴，为他接风洗尘，与他促膝一谈，以涤尘嚣！

当晚，曾纪周家，曾纪周为孟天慕引见曾妻，而餐桌旁却坐着一个三十岁出头、目光无神的女人。曾纪周说，这是他的女儿语蓉。

孟天慕礼貌地向曾妻鞠躬，又向曾语蓉颔首致意，曾语蓉眼睛里却好像没有孟天慕这个人，木木地呆坐着，令孟天慕有几分尴尬。

席间，曾纪周十分热情，让孟天慕就当这儿是自己家里，别拘束，还说：不知你饮食好恶，也就没特意准备，都是些家常菜。我和内人喜清淡，家厨老抱怨施展不开手艺；天慕你要嫌菜素的话，我让人单独给你做几道荤菜？

孟天慕当即表示不用，他也是吃素的，吃素能让他持续保持一种心静如水、耳聪目明的状态，不仅如此，他还不喝酒，一是因为家慈家教甚严，从小到大，不许他们兄弟饮酒作乐；再则天慕戎马倥偬时日短暂，尚未有机会学会与袍泽会酒。最主要的是，酒让人的意识紊乱，所以，他也有刻意远离的意思。他喝点白水，以水代酒。

没想到，孟天慕说完这些，曾语蓉却突然大笑起来，令孟天慕异常尴尬。曾氏夫妇也很尴尬，曾妻连忙将曾语蓉带下桌子。曾纪周这才跟孟天慕解释，说这个孩子，小时候生了场病，高烧旬日不退；病好了也没觉出什么异常，等渐渐长了几岁才发现，这场高烧，把脑子给损啦！身体器质上倒是没丝毫问题，也听话，喊吃就吃，喊睡就睡。如今已经虚岁三十了，不过她这个样子，不了解的人家他们也不敢轻易嫁出去。他和他师母已经对不住孩子了，不能让她再受苦啊！

此时，曾妻返回餐厅，开始跟孟天慕打听，孤身一人前来，是不是还有眷属没跟到成都？

孟天慕只好说，天慕如今仍单身一人，没有眷属。

曾妻又问起可有相好的人？孟天慕摇头。曾纪周却问道，查阅你的档案，你曾有一未婚妻，现在是个什么近况？

闻言，孟天慕霎时黑了面庞，悲从中来，回答说：她是我军校同学，我跟她一起去川北苏区，被肃反，死了。

曾纪周与曾妻对视一眼，曾妻开始游说孟天慕，自打他走进家门见第一眼，她就喜欢上天慕了！刚才你也看见了，语蓉平常很少笑，今天你来了，她笑得很开心，看来对你很有好感，呃，要是不嫌弃她脑子有些问题的话，你不如跟语蓉交往交往，看你同她有没有缘分？

孟天慕不说话了。曾纪周又在旁边劝说孟天慕，不要有心理负担；若是不同意，直接拒绝也无妨。

孟天慕依然沉思不语。曾纪周说：其实，这些年前来家里提亲的人的确不少，他都没有看上眼的！他阅人无数，孟天慕是他以为最具前程未可限量之人。

半晌，孟天慕终于开了口，说：书记长、师母，自打我未婚妻被惨遭杀害后，我便发誓，此生不再娶亲，独守一生。

不过，孟天慕又赶紧解释，说这不是他拒绝这门亲事的托词，而是心底话。而且，从根本上来说，孟天慕也觉得自己不适合语蓉小姐。原因就在于，书记长回绝了若干提亲之人，很重要一点，是忖度这些人上门提亲都有所谋图，而我虽初涉宦海，但深知官场险恶，谁也不能保证我日后的仕途沉浮，撑的就是一艘万年船。娶走小姐，一旦犯事，祸害的不仅是语蓉小姐，还会连累恩师一家的！之于小姐，我认为，官宦之家应该首先不予以考虑，最好觅一远离政治、朋党，为人忠诚、厚道的寻常人家，把小姐安顿了，平平安安度完此生！

曾纪周和曾妻听他这一番言说，都觉得颇有见地，当即展颜道：好，好，说得好啊！那就拜托天慕，帮语蓉留意留意这样的人家。

孟天慕点头答应：我帮书记长和师母惦记、留意着这件事。

好不容易等一切都安顿了下来，孟天慕最想见的人还是二哥孟天运，可是，当他赶到稻粱谋饭庄门口时，却发现以前的"稻粱谋"金字匾额已不见踪影，只在屋檐下垂悬着一面蓝底白字写着"廖记豆汤饭"的店招。

孟天慕急忙左右打听，听伙计说好像是搬走了，可也没人知道搬到哪里去了，是什么原因和其中的细节，却无人知晓。

自流井，裴二娃手拿一封电报，一路狂奔跑进院子。这一纸电报让孟五德堂所有人都欣喜了起来，电报是孟天许发来的，他告诉大家，他要回来了。

宛如的身体一夜之间便好了很多，连忙颤巍巍地伸腿下床，叫汤总管赶紧吩咐人打扫院子去，别让老三回来看见家里一股子破败的味道！

曹大欢寡居数年，丈夫的即将归来必然带给她无限的遐想，欢愉不已。洒扫庭院，张灯结彩，孟五德堂的架势不啻于旧时迎接高中的状元。

自流井火车站，孟府上下十几口人聚集在月台上，翘首以盼。

一声汽笛嘶鸣，火车喷吐着蒸汽，徐徐驶来，孟府的人们全都兴奋起来，曹大欢尤其激动。

火车靠着站台慢慢停住了，蒸汽散去，西装革履的孟天许春风满面地走下靠近车头部位的头等车厢。

然而，接下来的一幕却让所有人目瞪口呆——西装革履的孟天许竟然同一个如花似玉的小女子一起从车厢里走了出来。

孟天许给大家介绍，这是他的姨太太孟千鹤。孟千鹤非常有礼貌地跟大家一一鞠躬，直到走到面无血色的曹大欢面前，孟天许没有直视曹大欢的眼睛，说这位就是我的大太太曹大欢，她年长你几岁，你该叫她姐姐。

不待孟天许说完话，孟千鹤趋步近前，绵软悠长地叫道：姐姐好！

而后，她深深地弯下腰去，迟迟不见起身。

所有人的眼睛望着躬身施礼的孟千鹤，望着呆若木鸡的曹大欢，站台上鸦雀无声。

稍顷，曹大欢一声号哭尖利地迸发出来，一跺脚，捂着嘴转身跑走。

孟府一干人与孟天许、孟千鹤面面相觑，尴尬万分。

十五

1

　　留学归来的孟天许交上了一份不错的成绩单,各科成绩均是全优,不枉花那么多钱出去留洋,可以把这本子放进孟家祠堂里光宗耀祖!可是,孟天许连个禀告都没有就娶了二房,这当然令宛如不悦。

　　孟天许却说,首先他喜欢孟千鹤,其次与其提前写信回来让曹大欢在府上闹腾,不如索性先见面,摊开之后再跟她解释。

　　可是,这会儿的曹大欢正情绪失控,把自己关在屋里号啕大哭,任何人的话也听不进去。宛如也责备他,不把家里的事情摆平了,你会一事无成百不堪的!孟天许还想为自己辩解,宛如却让人去叫曹大欢。现在生米煮成熟饭,总不成由着她闹腾把老三再给逼走吧?再说,老三在东洋孤苦伶仃寒窗四五年,企盼红袖添香嘘寒问暖也是可以理解的,不是什么大逆不道的事情!这女人在异国他乡照顾她丈夫,她曹大欢应该感念才是,有啥想不通的?我把道理跟她讲清楚,她也是读过新书的人,应该相当想得明白!

　　曹大欢收拾了一个包袱,正准备回娘家,宛如却把她叫了过去。宛如跟她讲道理,说大娘晓得你心里憋屈,可你想想天许当年是咋走的?他也是憋了一肚子火气的嘛!如今他回来了,你要审时度势,营造一个和谐的家庭氛围,做一个人人称道的贤妻良母,让老三惭愧,让老三感激你,你才能守得住自己的利益嘛!吵闹有什么用?

　　曹大欢虽然不吱声,但眼神里的怒气已经消散许多。为此,宛如又把孟天许和千鹤叫了过来,要跟他们约法三章。

　　孟天许站在正厅正中,左手边站着惶惑不安的孟千鹤,右手边站着面无表情的曹大欢。

　　宛如说:第一,身为二房,孟千鹤只能安置在偏院,除非她为孟五德堂生下一男半子,才能搬回正院来,这是孟府的规矩。第二,老三天许每月须有一旬时间留宿曹大欢房间,以尽夫妇之分。第三,五德之中礼字为要,二房孟千鹤须与曹大欢以礼相待、和睦相处；若有搬弄口舌、挑拨是非之行为，无论对错均依家法责罚。听清楚了吗？

孟天许刚要张嘴反驳，就被汤俊川使劲给了他一个眼色。孟天许狠狠咬了咬牙，咽回了想说的话。一旁的千鹤却鞠躬施礼，没有异议。曹大欢也应承下来。

宛如这才舒出一口气，命人把偏院收拾出来给千鹤住，另外让厨房韩胖子动火，今天一家人要热热闹闹吃顿饭！

晚上，饭厅里灯火通明，孟天许和千鹤拿着从日本带回的礼物逐一分发。宛如仔细打量着质地考究、图案艳丽的羊毛披肩。汤俊川捧着一大盒雪茄烟，孟天许在一旁教他怎么抽雪茄。水香抱着一堆化妆品，曹大欢手里捧着一条貂皮围脖，但这是没有喜悦神色的两个人。千鹤从皮箱里拿出糖果和洋烟卷，向趴在窗前的丫鬟、伙计发放，众人笑逐颜开。

汤俊川为了看雪茄烟，还掏出了老花眼镜，一边戴还一边说：这眼镜还是三少爷你上次寄回来的呢，我平日都不舍得戴哩！

孟天许一愣：我什么时候寄过眼镜？正疑惑着，这才从宛如口中得知，他去东洋的第一年，给他们每个人都寄了礼物，还给她寄了块表呢！

孟天许看一眼孟千鹤，有些惶惑：我没有寄过这些东西啊！

众人都愣了，面面相觑，气氛一下子有些尴尬。

曹大欢淡淡地开了口：你一走几个月都没有给家写信，大家牵挂得不得了。我就请人在成都买了些东西，用你的名义分给大家，免得为你担心。

大家全都傻了。宛如指点着孟天许：看看！看看！这才是巴心巴肝待你的人哪！

孟天许看着曹大欢，情绪复杂地说了一句谢谢你。

曹大欢没有抬眼睛：我是你的结发婆娘，我做这些天经地义，不用谢。

可是，等到席散了，当着丫鬟面前的时候，曹大欢又摔摔打打，说寻到机会一定要狠狠收拾那个小婆子不可，敢勾引我曹大欢的男人，找死！

当夜，宛如手捧那张与七个养子女的合影，她眼含泪光，对隔桌而坐的孟天许述说：我做梦也没有想到啊，呕心沥血二十年养育的六个儿子，竟有三个与我形若陌路，一个阴阳两隔！更没有想到我后半生最大的对手偏偏就是自己养大的老四！如今孟五德堂不说摇摇欲坠，也是勉力支撑；要想重振雄风，希望全都落在你的肩膀上了，这的确也是我没有想到的！

孟天许劝宛如不要过于伤感，他一定尽力辅佐她和汤总管，让孟五德堂的生意重新好起来就是。

宛如却否定他的话。哪里是辅佐，你要作好接班的准备啊！

孟天许目瞪口呆，他确实没有想过这个问题，怎么会让他接孟五德堂的班呢？

宛如说这都是老天爷安排的，你要打起精神开始学习经营孟五德堂的本事啊！为了两百年的孟五德堂，为了我与你们几个子女的恩恩怨怨，你都没有退路了。大娘就算拜托你了，天许！

孟天许深深吸了一口气，答应宛如，他会尽力而为。

宛如继续叮咛孟天许：曹大欢是你的发妻，我晓得你不喜欢她。可这些年她也还算尽了一个做媳妇的本分，一切都在替你着想。年纪轻轻守了五年的活寡，你还是要体恤她，要顾及她的感受，千万不要把她得罪太狠了；她若和你一条心，应该还能牵制一下曹永茂堂那个畜生。如果连她也寒了心，与人里应外合，孟五德堂真就有难了！

孟天许埋头答应。宛如接下来又要问孟天许一件事，并要他一定说实话。

孟天许不知道宛如要问什么，宛如说：孟千鹤是不是日本人？

孟天许一愣，犹豫一瞬，还是点头：她本名叫青木千鹤，是我最好的日本同学青木正夫的妹妹。他们一家热爱中国，给过我很多帮助。

宛如深表担心，不过事已至此，她再骂他，指责他也没用了。不过，她还是要孟天许记住，人前人后一定要掩饰住身份。这一两年来自流井反日闹得很凶，烧了好多日货。如果暴露了身份，让觊觎孟五德堂的人加以利用，怕又要引来大祸呀！

事后，孟天许还是找机会跟千鹤说明，两人约定，在自流井不能说日语，不能表现日本礼节，尤其鞠躬，中式鞠躬和日本鞠躬是完全不一样的，这些细节一刻也不能忘！孟千鹤一一记下，答应丈夫。

2

孟天运到合盛公拜访文玉琨。他拿出一张银票递给文玉琨，说天下滋味在文大爷堂口关照下，生意日渐兴隆，知恩报德一向是我孟某的做派。江湖，我不陌生，规矩，略知一二！不如此，堂口早该散伙了，请笑纳！

文玉琨连道：早就听闻孟二爷是侠肝义胆之人，也早就想邀你入我合盛公。你是我掌旗大爷亲邀入会的，中元孟兰节插香盟誓，翻墙而过，直接嗨我合盛公的黑旗五爷！如何？

二人正说着,一群人哭天喊地、闹闹嚷嚷涌进合盛公,为一桩纠纷来堂口评理。原来,盐工周老幺被盐商汪洪顺喊人暴打一顿,气不过,喝了胆水死了,周老幺的丈人胡打鱼就找到堂口来找文大爷,为自己做主。

文大爷本不想理会,孟天运却站起来,说自己今日兴致很高,把这个事交给他,他学着断回案子如何?

文大爷于是就让孟天运来断案。于是孟天运把汪家和周家的人分成两桌,给他们泡茶。

汪洪顺一家在左,周老幺一家在右,中间这桌坐着手捧契约观看的孟天运和汪洪顺、胡打鱼。文玉琨则迈着八字步在他们身后踱步,四周挤满了围观的人众。

有顷,孟天运放下契约说:我大概明白点了!汪洪顺,你看上了胡打鱼女婿周老幺的一块地,准备在那儿凿井汲卤,而后,你们双方就请中人叶半仙拟了这份契约?

汪洪顺一一点头称是。继而孟天运又问,你跟周老幺是什么关系?亲戚,哪怕是远房的,或者老友良朋?

汪洪顺回答:不是,不是!没一点关系,以前都不认识,嘿嘿!

孟天运闻言,故意扬起那份契约,提高了音调问胡打鱼,你女婿周老幺有病啊?他跟汪洪顺既不沾亲也不带故,平白无故要把这块地送给他?呃,我咋遇不到这种好事呢?

围观人群一阵哄笑。胡打鱼尴尬地解释,女婿不识字,他们嘴上商约的和契约上写的不是一回事!

汪洪顺则指出:那不管,周老幺他自己按了手印子,就要认账!

孟天运笑了笑:汪洪顺,你这就是在开黄腔了哈。我拿张洋文写的契约,说要送你两房婆娘喊你签字画押,你敢不敢签哇?

汪洪顺顿时哑了口。

孟天运又把中人叶半仙叫了出来,对他说:作为中人,因拟撰阴阳契约逼死了人,你是要吃人命官司的哦!

戴瓜皮帽、干瘦枯槁的叶半仙煞白了脸,只好招供不关自己事,是汪洪顺喊他这么整的,汪洪顺还为此给了他三百个大脑壳。

孟天运把手中的折扇哗地一收,做总结性陈词:大家对这件事情来龙去脉都了然了!既然是喊堂口来评理,断曲直,我就要一碗水端平。周老幺因为不识字,按了手印子,吃哑巴亏,死得冤枉!冤主只有找写阴阳契约的叶半仙!

叶半仙，要么我替周家写诉状控告你，让你去吃人命官司；要么把拿汪洪顺的三百块包袱钱掏出来，选块好地把周老幺葬了！你选？

叶半仙当即表态：我掏钱，掏钱埋人，掏钱埋人！

孟天运又指着汪洪顺：有契约在手，这件事情明面上看汪洪顺占理；但欺负人家周老幺不识字，使用欺诈这种下三滥手段将别人土地哄骗到手，实在是让人不齿！而且，汪洪顺要是觉得因购土地把人打了不说还逼死人命依然可以心安理得的话，我孟天运可以拍胸口跟他说，我肯定有办法让汪洪顺在那块地上打不成井；从今往后，也肯定会让他在自流井做不成一桩生意！

汪洪顺闻言当即表示自己认赔认罪，不但赔了一千块，还改契约，在周老幺的土地上打井，所花费用由自己一人承担，该井见功后，那口井的收益，照盐场旧规，支付周家三成！

孟天运就这样一碗水端平，断了这个案子，文玉琨感叹他这哪像一个开馆子的？堂口挨着脑壳数，也找不出一个像他这样的好口才好脑筋好气势！

孟天运淡淡地说，在江湖上闯荡这些年，听得多了见得也多了，遇上纠纷无非就是抓软肋抽底火嘛！再复杂的案子也都有通幽曲径，摸准了路数，直接翻最凶险的底牌！何况他们这件皮绊太过简单，不足挂齿不足挂齿！

文玉琨又接着之前二人的话说，让孟天运入他的堂口。孟天运好好地想了一下，说还是算了！就像现在这样，大家做散淡朋友的好。他用手点点银票，否则，堂口也会短缺一路财喜的哦！

文玉琨看一眼银票，首肯孟天运说得也有道理，道：罢了！你这个空子朋友我交定了！如有需要，堂口自当义不容辞挺身相助！

孟天运拱手向谢。

而孟二爷一碗水端得平，没有私心不吃黑钱，断案比堂口公正多了的消息顿时传遍了自流井，人们议论纷纷，说以后扯筋扯皮的事就到天下滋味找孟二爷来断！

孟天运心里十分高兴，其实他要的也就是这个效果，借断周老幺案子的由头办一所夜校，教穷苦盐工们识字，免得日后再因不认字而吃亏闹出人命！

可是，赵国梁不禁疑问，盐工哪有钱来认字？孟天运则回答，咱们免费，他正好去找蜀风中学的史西凉校长，而为了避免招摇、张扬，对外宣称就一律说他是赚了点钱做做善事，还省得跑庙里随喜功德了！

随即，孟天运就去蜀风中学找了史西凉，除了租用学校教室，过阵子盐工夜校开课时，还想请史校长来训话。聊完正事，史西凉又提起了夏楷，说他不辞而别，匆促而去，还有不少私人物品来不及带走存放在教务处，问孟天运是不是帮他取走？

孟天运当即意识到，史西凉这是在试探他的身份，或者夏先生遗留在教务处的那些东西还是警备司令部设下的陷阱，急忙摆手说：夏先生被当局通缉，我可不想跟他沾惹上关系！

史西凉不禁疑问：那史某冒昧问一句，二位开办夜校教盐工识字，目的是什么？

孟天运回答：仓颉造字并不是为某一类人造的，汉字本身也没有尊卑贵贱，可为什么只有有钱人家的娃娃才有上学堂读书识字的机会？我孟某开酒楼挣了些钱，可不想自己穿金戴银吃喝玩乐脑满肠肥，就想做做善事，跟灾馑之年盐商搭粥棚施粥赈灾同理。只不过，我们端给盐工的是一碗精神上的稀饭！

史西凉这才明白，孟天运是要布行善事。而孟天运亦了解，史西凉还算是正直文人，身上尚有同情盐工的人文关怀；但他也不想招惹事端，所以，目前他们还不能在夜校宣传主张，而且办盐工识字夜校必然引起当局的关注。所以，开始夜校纯然就是做善事教习盐工识字，别讲大道理。等当局习以为常、放松对他们的注意了，再逐渐向盐工宣传他们的主张，这事急不得。

孟天运得知蜀风中学的国文教员徐三泰为人正直，而且同情盐工，便请他过来当老师。可是，第一天上课，居然没有一个人来，赵国梁沮丧不已，先头答应好要来上课的人又不干了，说饭都吃不饱，哪有闲心上什么夜校认字？任凭他怎么劝说，都不愿来！

正无奈着，有一精壮盐工探头进教室，问认字学校是不是在这里，孟天运好奇都不愿来上课，他怎么来啦？他说，现在盐场没什么活路可做，反正也吃不饱，饿着肚子时间更难打发，不过，要是没人那就算了。孟天运当即让他进来，就是他一个人，他们也教。

3

次日，孟天运将一块木板竖在天下滋味的大门口，板上写着七个大字：盐工，三文钱管饱，但是，他又说了，他有一个条件，就是吃了饱饭的盐工，今天都得去夜校听课。

果不其然，这天，盐工们在大酒楼一侧的空地上排起了长长的队伍，人人兴高采烈，像过年一般。

青砖垒砌的灶台上，放置了一口足有三尺宽的大铁锅，一旁置放着两口硕大的木桶。有伙计从木桶中舀出一大碗米饭，再往碗里扣上小半碗饭，而后从另一木桶中舀一勺烧牛肉，再扣在饭碗上，递给排队等候的盐工。捧着大碗米饭的盐工，再从另一伙计手中接过一碗豆花，走至街沿找一空当，坐下便吃，吃完了就直接去课堂。

来看孟天运的孟天许见此情景，不禁感叹，这也就他二哥想得出来！

孟天运和孟天许久别重逢，分外感慨，忆及往事，千般滋味。孟天许说，大娘把他留学日本之后这些年孟五德堂发生的事情，统统讲给他听了。孟天许问孟天运，你不觉得当初跟家里一刀两断，有点冲动吗？

孟天运承认是有些不够理性。孟天许遂告诉孟天运：大娘虽然对你有些微词，但我看得出，她心里还是留有你的位置的，对你和若因的事也很愧疚！不如来牵线转圜，回家跟大娘认个错，我们兄弟俩一起来经营孟五德堂。大娘也老了，看着让人心酸，估计很快便会把孟五德堂交出来。不管头把交椅我们谁去坐，当初你的很多想法和我的许多设想都可以实现了！

孟天运默默斟酒，不吱声。

孟天许只好说：经管那么一大摊子井灶枧号的繁杂事务，非我志趣所在，也没有十足的把握，我需要你啊二哥！

可是，孟天运却告诉孟天许，他无法领受他的这番好意。因为谈到志趣，他欣慰孟天许这些年志趣没改，反而是脚踏实地地接近目标了。他则不一样，几年的漂泊、闯荡使他看到了一个更为广阔的世界，他已然有了新的志向！

孟天许一指外面排队买廉价豆花饭的盐工，问孟天运：这就是你的新志向？

孟天运笑笑，这只是一部分，其中很小的一部分。

孟天许凑近孟天运，问道：二哥，你是不是干了这个？他用手蘸酒，在桌上画了一个镰刀、锤子。

孟天运并不承认，只说自己同情劳动人民。

孟天许惊讶地说：那你就是反孟五德堂这样的资本家啰？

孟天运否认，据他所知，共产党反的是剥削是压迫，但对民族工商业是要保护的。就像孟五德堂，他也是一定要帮的，但不是他俩挤在一张椅子上，那样并非好事；觊觎孟五德堂的人并没因这次危机消弭就此作罢。孟天许在庙堂，自己在江湖，一个在明处一个在暗处，共同抵御有敌意的对手，也许更为有利！

话说到这个份上，孟天许只能不再强求，但他又邀请孟天运十五回家聚餐,说宛如请了孟五德堂井灶枧号掌柜,有要事相告。

孟天运猜想,这肯定是孟天许自作主张而大娘并不晓得,他摆摆手说算了老三,恰当的时候,他会回去看望她的,无论如何他也不会忘记大娘的养育之恩!

孟天许听孟天运这么说,心里这才踏实了许多,两人又聊了很多。孟天运说他跟曹子才合作,无非也是因为没那么多钱,找他草船借箭一下。而孟天许领回了姨太太,曹大欢好一通闹腾,最后多亏了大娘约法三章把她摆平了。对于若因,孟天运是万分怅然的,她曾经那么的心性高洁,如今却要跟猥琐、龌龊的夏青城在一起生活,该有多痛楚孟天运是想都不敢想。孟天运希望方便的时候孟天许让曹大欢多去看看她。

临走,孟天许又主动结账,付给孟天运大笔酒钱,说眼瞅着来吃你三文钱管饱的人越来越多了,刚才没进门就听说了三文钱管饱的条件。你要是纯粹当散财童子,我就不掏这钱了;可你是在完成你的志向,我懂,尽一点绵薄之力而已。而且,你这么仗义疏财,姓曹的股伙人怕是不会答应的。你就告诉他,三文钱管饱我出的是大头,堵住他的嘴。

孟天运一脸感激,说:谢字就暂扣下不说了,算二哥借你的。孟天许正要出门,又想起来一件事,说他一直想去看看燕先生,可又害怕。孟天运说自己也一直想去看看,正好一起。

至味山房,孟天运和孟天许手上拎着一大包礼品来看望燕先生,他还是和以前一样,桀骜不驯,只是更加老了。孟天运和孟天许的眼里都是充满伤感,孟天许想为过去的事情跟燕老师谢罪,可是燕老师却不许他提一个字,他都已经忘记干净了。

三人正说着,一个少年脖子上挂着弹弓,挑着一副空的柴担子,手上拎着一串麻雀走了回来。他就是燕先生的小儿子燕家成,已经长到了一个十四五岁的年纪了,现在在做柴担子的活路,砭了干柴挑到街上去卖。夏天就卖蚊烟,有时也卖灯草。

孟天许疑惑,怎么不读书呢?燕家成憨笑,他的收入加起来也只够吃饭,没有钱读书。孟天许当即表示,要家成读书,读书的费用他出。燕伯卿却摇头,三少爷的心我们领了,但燕某毕生不领人恩,遑论嗟来之食。家成自食其力,还能养活我,也算活得堂堂正正了,我没有遗憾。

孟天许又让家成去孟五德堂做事,总比这样风里雨里辛辛苦苦好。

燕伯卿再次抬手制止孟天许:不要用钱来弥补心里的歉疚,我不喜欢,也没这样教过你们。若有心,就把自己的日子过清白了,过磊落了,老天爷都是看得见的。

望着这一老一少，孟天许和孟天运惆怅万千。

事后，孟天运还是找机会把燕家成叫到了天下滋味，说这个大酒楼，每天至少也要烧三四百斤柴，全包给你了！每天早上你先到店里来，我叫我的伙计跟你一起把一天的柴挑来。然后你就不要走街串巷去卖柴了，就在我这里做点事，没事的时候看看书，写写字，我有空也可以教你。我跟你一日一结工钱，你不说，你爹不会知道。

燕家成见孟天运如此慷慨，但又害怕地说：我爹教过，做人要有骨气，不能求人。孟天运摆摆手说：你哪是求我了？是我求你！你还是用自己的力气换钱，只不过换了一种方式。

燕家成听孟天运这么说，才答应下来。孟天运捏捏他瘦弱的肩膀：你看你这肩膀，一点肉都没有！挑柴挑久了，个子都长不高，以后大了能做什么？找婆娘都恼火！燕家成憨憨地笑了。

4

十五当天，孟五德堂前院里整齐地摆放着九张大圆桌，孟五德堂属下井灶枧号的掌柜们围桌而坐，觥筹交错，笑语欢声。

台阶前主桌上坐着宛如、水香、孟天许、曹大欢、孟千鹤等人。

有顷，宛如站起身，端起酒杯，跟众人说话：今天是孟五德堂的家宴，客套话我就不说了。何汉儒不许我沾酒，可今天这酒哪怕是鸩酒，我也要喝它三杯下去！

此言一出，气氛顿时变得凝重起来，满院的人目目相觑。

宛如缓慢地将酒倒进嘴里，喝干了杯里的酒，继续说道：首先，我要感谢孟五德堂各井灶枧号的掌柜们，感谢你们的恪尽职守、尽心尽力和对孟五德堂的不离不弃！我孟常氏此次患病不似以前，虽已痊愈但常感乏力，不服老不行啊！今天我在这里正式向大家宣布，三少爷孟天许为孟五德堂新的老板，掌管门下所有产业；我，就退居幕后，仅参与大事谋划不再经管具体事项。希望诸位一如既往，辅佐少东家，让孟五德堂尽快走出低谷！我敬大家三杯酒。

宛如一口气喝了三杯，院子里的气氛热闹起来，掌柜们排着队，逐一走到孟天许面前，敬酒祝贺。

随着孟天许尘埃落定，入主孟五德堂，孟天运的识字学校也逐渐步入正轨。

蜀风中学一教室，一屋子或站或坐的盐工伸长脖子听着。

徐三泰在黑板上写下繁体的"众"字，转过身来：这个字念众。在甲骨文当中，这个字的字形是许多人在烈日下劳动。众的基本字义就是许多的意思，比如说，众人、民众、大众、众多。

孟天运曾经交代过徐三泰：要把深奥的道理浅显地讲给这些目不识丁的盐工，让他们听懂，不是一件容易的事情。现在，他看着那些盐工的样子，就知道他们听进去了，这已经是一个非常好的开端了。

可是，这边的课正上得如火如荼，那边赵国梁却拿给孟天运一张单子，十天的三文钱管饱，一共亏了一百九十五元，摊在每天将近二十元钱，主要是亏在牛肉上了。

孟天运当即算了一笔账，自流井的牛肉价钱，遇到井灶上有老牛、病牛死了，可以买到两个铜元一斤的牛肉。要是没遇上，杀牛巷的牛肉就要六个铜元一斤。开头几天来吃三文钱管饱的人不算多，一天四十斤肉足够了。这两天七十斤肉晌午刚过就没了，晚饭没吃到牛肉的盐工还有喊饿的呢！

照这样下去，酒楼赚到的钱都得赔进去，孟天运又不能把牛肉抹了，也不能改成七文钱管饱，以免失信于盐工。赔进去的只是盈利的一小部分，这个事还是要做。只不过要想些办法，不要赔得太多了。

孟天运皱着眉头想了半天，猛地想起便问赵国梁，牛下水卖多少钱？

赵国梁回答，不值钱。心、肝有时还有人买，牛肚多的是，基本上都甩了，或者让人捡去埋了沤肥！孟天运当即眼前一亮，让赶紧去杀牛巷买一副牛心、肝，新鲜的牛肚也捡一副回来！心、肝可以拿来红烧拿来卤，牛肚则自有妙用。

可是没想到，首先跟孟天运唱对头的就是头灶李老二，他一个大酒楼头灶，说什么也不肯给孟天运打整叫花子都不吃的牛杂，说他以后没法在厨帮混饭吃了！

他生气地在鞋底磕掉烟蒂，背手就往外走：今天该我做的活路我早就做完了，该回家睡觉了！

无奈，孟天运只好命起火生灶，他自己亲自上手，一通煎炸炒，一锅红汤牛杂出来了，燕家成第一个下筷子，结果，一口下去就开始四处找米饭，然后再也吃不停了。这锅牛杂，又辣又麻又香又烫，比什么菜都下饭！而且，因为放了很多花椒、辣椒和香料的原因，牛的腥气被完全压了下去，一点也吃不出来。孟天运自己尝了一口，还说味道不够厚。明天挑点牛骨头回来，熬成浓汤加进去就对了！

第二天，天下滋味的门口多了三口二尺的大锅，下面点火支上，来一盐工舀了甑子饭，围着锅随便吃！自流井有的是没人要的牛下水，红汤牛杂绝对管够！这下子三文钱管饱不怕了，任随来好多盐工，管够！

这天，交通员杨老五又递来新的情报，说国民党在成都成立了清共委员会，发布了消灭共匪方案，上级要求孟天运要隐蔽开展工作，重点是在基层群众中宣传党的路线、政策，扩大影响；在时机不成熟的情况下，切记不要盲目开展冒进斗争，保存和发展党的有生力量是工作重点。

孟天运交代杨老五，暂时中断联系，他手中的密语本该更换了，送新密语本的交通员已经上路，他们必须等待。就像务庄稼一样，先把田土耙细耙均，再播撒种子，一步一个脚印，把路先走稳当，走踏实！

而随着这一消息，两位故人也相继踏上了前往自流井的路。

成都，柳荫街14号丁一轩家书房，丁一轩交代给文一佳一项任务，先去重庆，住进打铜街的联升旅店，而后在《重庆广益丛报》上刊登寻人启事；两天后，会有自称表哥的人到旅店找她，并交给她一个本子和上行叙府的船票。她到叙府后不作停留，即刻购火车票赶往自流井，将本子交给天下滋味大酒楼的老板。

丁一轩又把接头暗语交代给文一佳，然后告诫她，此次任务非常重要，必要时宁可毁掉这个本子，也不能让它落入军警手中！尤其是路途中，要慎之又慎！

文一佳当即答应，又询问丁一轩，天运在自流井，她这趟过去，能见到他吗？见她眼里充满期待、兴奋和羞涩，丁一轩语焉不详地回答，应该会吧。

而成都的国民党四川省党部，曾纪周把孟天慕叫了过去。孟天慕草拟的消灭共匪案，他已经仔细阅看了，非常好！他准备联合川康绥靖公署以及警备司令部，成立一个清共委员会，把他这个方案在共党活动愈发猖獗的川东地区付诸实施，若得斩获，即刻在川西、川北地区推而广之。

孟天慕见调查统计室工作进展顺利，一切都在按部就班，便跟曾纪周请示，说自己离开家乡时间不短了，十分挂念养母一家人；趁现在工作不忙，想告假回家去看看。

曾纪周当即表示：回乡省亲，人之常情，准你十天假，走嘉州绕道叙府，替我给我丈人家捎带些物品去，然后再回自流井。

就这样，文一佳和孟天慕分别踏上了去往自流井的路。

而曹大欢也在孟天许的授意下，去夏青城家探望孟若因。孰料，孟若因不

十五

189

但没有出门迎接，而当曹大欢推开卧室门的时候，里面昏黑，幽闭，了无生气，家具什物凌乱无比，四周没有任何亮色。孟若因憔悴，枯瘦，青黄的脸上是黢黑的眼圈，昔日明丽的大眼睛黯淡孤寂，此刻她蜷缩在被子里，坐在床角。

曹大欢大张着嘴，想让若因下来帮她收拾收拾，这才发现孟若因紧裹被子。原来她没有穿衣服，夏青城怕孟若因和孟天运私奔，把她的衣服都抱走，藏起来了。曹大欢顿时勃然大怒，怒骂夏青城猪狗不如。言毕，她便一阵风似的冲出门去。

曹大欢来到盐务局夏青城的办公室，当着人把夏青城一通臭骂，说：夏青城！你他妈是个什么东西？把自己老婆扒光了不让下地，是人干的事吗？干出这种事情的男人猪狗都不如！我告诉你，我曹大欢从今往后隔三差五就要去看她一次；要是发现你再欺负、虐待她，我要让全自流井人人都知道你是个他妈的什么货色，让你颜面尽失、无脸见人！做不到，我就不姓这个曹字！

曹大欢直把夏青城骂得目瞪口呆，满面紫黑，才狠狠摔门而出。夏青城眨着蛤蟆眼，半天没有回过神来。

曹大欢又给孟若因抱去了一大包衣服，孟若因穿好了衣服下床，曹大欢这才发现她怀孕了，惊问夏青城他知道吗。孟若因难过地啜泣，曹大欢要带她回孟五德堂，她也自觉无脸见人，只是拜托大欢，要是能见到二哥，给他捎句话，别让她等得太久了。

一打听才知道，孟天运曾经来找过孟若因，说是要带她走，曹大欢闻言又是一阵怒从心起，再次风风火火地冲出了房间。

天下滋味大酒楼后院账房，曹大欢一把推开门，劈头盖脑便朝孟天运骂开了：你知不知道若因过的是什么日子？被夏青城那个猪狗不如的东西欺负成什么样子了，你知道吗？

孟天运脸色一紧：若因她怎么了？

曹大欢继续发难：你不是说要救她出去吗？早忘了吧？别净顾着自己发财，穿金戴银四处招摇！说话不算话，你还是个男人吗？

孟天运此时却不能告诉曹大欢，他一直在做着营救孟若因的努力。比如与文玉琨交朋友，就套出了夏青城勾结曹子才和合盛公贩卖私盐走私鸦片以及胡祖善就是他们保护伞的事实，只是苦于还没拿到确凿证据。

于是，在曹大欢一连串的指责下，孟天运只能选择打哈哈，这让曹大欢很是看不起。

十六

1

　　三太太水香自打从成都回来，完全变了一个人，这种变化最开始起源于她这个月的月事没有来，继而不管吃饭还是不吃饭，总是忍不住地干呕。这些症状让水香的心情烦透了，想起在成都发生的那一切，眼泪更是止不住地往下流。

　　最终，水香还是趁着家人不注意，跑去了半济堂。何汉儒要给水香切脉，水香当即拒绝，说自己就是难受，脑壳痛，胸口痛，腰杆痛，肚子痛！上吐下泻，头晕眼花，四肢无力，周身酸胀，反正浑身所有地方都不通泰！让何汉儒随便给她开点儿猛药，什么麝香啊，虎骨啊，熊胆啊，一律照单全收。

　　可是，何汉儒听水香这么说，更是坚持要搞清楚病因，再行下药，不能病急乱投医。何汉儒询问水香月事、腹胀、嗳气、反酸等症状，水香胡乱答了一切，生怕暴露了自己，说得何汉儒一头雾水，水香又撒手离去。何汉儒一脸困惑，难道她得的是癔症？

　　时间一天天地过去，看着自己的肚子一天又一天地大了起来，水香万分无奈，每天都拿一匹白绸使劲缠着自己的腰腹，一圈又一圈。可是，这已经逐渐无法掩盖怀孕的事实了。

　　这天，万般无奈的水香悄悄走出了房门，去往千鹤的别院。不巧恰好被经过的曹大欢看见，她不解水香去那里干什么，也跟着尾随了过去。

　　水香是来求千鹤的。她听说西医里有专门打胎的药，吃两片就行。而千鹤的老家又是在广东，她想请千鹤叫家里买这种药寄过来，帮帮她。千鹤却被水香说懵了，她起初不明白水香为什么要打胎，为什么要扼杀一条生命，之后因为水香求她的事情，她根本办不到，又不能说明原委，而万分为难。水香见千鹤犹豫，一咬牙给千鹤下跪请求。

　　而门外的曹大欢听到这一切后，这才想起那天水香在孟天许继承孟五德堂的大宴上，连连作呕，退席离开，原来是因为怀孕了。曹大欢随即跑到宛如的房间，把这件事告诉了宛如，临了还告了千鹤一状，说千鹤晓得三娘的丑事，不仅不向您禀报，还悄悄帮着三娘遮盖这件事情，说凶一点，这可是犯了忤逆之罪呀！

宛如当即发话，把千鹤叫了过来。千鹤又彷徨又无助地告诉宛如，她还没有明白过来发生了什么事，三娘就跪下了。而且，她也没有答应要帮水香，她不懂府里的规矩，不知道这样的事情该怎么办，准备等天许回来先问问他。

可是，宛如却要求千鹤，天许回来你也不要提这件事，从今往后，这件事就烂在你肚子里了！你就当做了一个梦，醒了，忘了！千鹤依旧不解，但也不敢再多问。

丑事败露，宛如把水香的贴身随从杜鹃和德娃子叫了过来，怒不可遏地盘问水香成都之行的前前后后，了解真相后，宛如要求二人，一个字也不能跟人讲！否则饶不了！喝退二人之后，宛如万分失望，这等丑事，要让外人知道了，孟五德堂这张脸往哪儿搁呀？

水香肚子里的孩子已经怀了，吃药硬打的话，怕大人孩子都保不住。无奈之下，宛如只好把她先禁在花园阁楼上，就说她得了肺痨，不能见人。等她把孩子生下来，再把她轰回重庆老家，孩子另想办法处理。

此后，水香便居住在那间破旧萧条的阁楼上，门口常年把守着两名家丁，每天由杜鹃拎着食盒给她送饭。一身布衣、面色惨淡的水香让杜鹃去求宛如，放她回重庆。杜鹃却不肯，说：您做了丑事，连带我们下人也跟着遭殃，挨骂不说，两个月的薪饷也给罚没了。我再去替您传话，不是自己去挨刀头吗？

水香无语，泪光莹莹，呜咽有声，度日如年地挨着时光。

2

自流井，某井灶天车下，一人高的大榿桶盛满了黑色的卤水；几个盐工手拿竹竿在里面使劲捅着。榿桶堵了，下面灶房十几口锅的瓦斯气全都白放了，这让井口管事跳脚大叫，询问是哪个龟儿子最后当班推的卤水，得知是一个叫黄三更的，现在正在发烧，脑壳很烫，在车房后面睡觉。

井口管事不顾一切地让人去把他叫了过来，劈头盖脸、凶神恶煞地就是一通臭骂，然后又不管原因到底出在了哪里，不听任何解释，直接扣了黄三更两个月的工钱，还逼着高烧不止的他立即下榿桶。

一脸病容的黄三更只能咬咬牙，脱去外套爬上榿桶旁边的石条，然后深吸一口气，沉入卤水中。半天，黄三更好不容易通了卤水，可是却不见他再从下面上来，别的盐工急了，连忙下去，才把不省人事的黄三更提出了卤水，拽出了楻桶。

这天晚上，黄三更还是不顾发烧，坚持去蜀风中学听徐三泰讲课。课上，盐工们多半觉得自己这辈子投胎做盐工，就要认命，变了泥鳅就莫怨泥巴糊眼睛。可是，徐三泰却告诉他们，人生而平等，并无高低贵贱之分、贫穷富裕之别！之所以你们盐工终日劳作不得温饱，而拥有井灶的东家一个指头不动却坐享你们的劳动成果，锦衣玉食花天酒地，都是因为这个不公平的世道造成的！我们为什么不能改变眼前这种受人奴役的现状从而争取一个公平的社会呢？公平的社会没有贫富差距，人人平等，按劳取酬！不容许少数人以现在这种方式占有本属于大多数人的财富，不容许剥削，不容许压迫，不容许将人分为三六九等！

盐工们觉得自流井没人甘愿受穷，甘愿看见老板就弯腰低头；可他们这些人无权无势，怎么跟人家老板平等啊？坐在黄三更身边的李来财还拿今天黄三更的事情举例子，指着黄三更红斑点点的脸，说脸上、身上都让卤水烧烂了！

孟天运起身走到黄三更面前，摸摸他的额头，又拉起他的衣袖看了看，说：还在发烧。散了学到我天下滋味去，我给你煮碗姜糖水喝，再给你身上抹点油！

黄三更感动地点头。

孟天运转头对众盐工说，如果东家今天欺负黄三更，湾子井所有的盐工都不答应，甚至全自流井的盐工都不答应呢。要是大家全都一条心，全都雄起，我们还怕什么呢？我们全自流井所有的盐工应该抱成一团，心往一处想，劲往一处使，一人有难，大家支援，共同来保护我们盐工自身的利益，保卫我们每个人的尊严，绝不能让高高在上的盐商为所欲为，任意盘剥欺凌我们盐工兄弟！

一个盐工问道：什么码头有那么深的水啊？可以让所有盐工抱成团？

孟天运掷地有声：盐工自己的码头——工会！

当晚，孟天运给黄三更煮了姜糖水，用棉纸蘸着碗里的菜油给他涂抹身上的红斑。

黄三更欷歔地说：从来没人对我这么好过。又说起家里的情况，黄三更家住在牛滚凼那边，家里就还有妈妈和幺妹儿。他们家原先有两间草房的，在下半城的半边街；他爹是兴源灶的烧盐工，调火口的时候放漏了瓦斯气，把灶房烧了一半，自己也掉在盐锅里煮死了。兴源灶的东家喊他们赔，他们家哪有钱赔？就把两间草房收了。没办法，他妈只好带着他和幺妹儿来这牛滚凼搭了这个破棚安身。那年他才十二岁，还在打牛草卖。现在，他的妈妈在帮没有家的盐工缝穷，可以挣几个小钱来买菜。而他的幺妹儿，十五岁了，害了眼病没钱医，大前年彻底瞎了，什么也干不成。

孟天运当即感叹，自流井的盐工忍辱吞声做牛做马，流尽自己的汗水也换不来一个温饱，还被人压在社会最底层，没有丝毫做人的尊严！

他让黄三更带他去牛滚凼的贫民窟，低矮破烂的棚屋中间是一条泥泞不堪的小路，两人打着雨伞深一脚浅一脚地走过。

走进他们居住的窝棚，窝棚又矮又小，两张木板搭就的床，一张破烂的小桌；墙角是几块石头垒的灶，上面一口铁锅，旁边几只破碗，这几乎就是这个家的全部家当。

此刻，窝棚到处都摆放着瓦盆、木盆，接着滴滴答答漏下的雨水。一盏昏昏黄黄的油灯在小桌上无力地摇曳，黄三更的老娘坐在桌前缝补着破烂的衣衫，而他十五岁的妹妹则呆坐在老娘身边。

孟天运的到来让黄妈妈分外紧张，又是让座又是倒水，孟天运当即制止，环顾着家徒四壁的窝棚，沉重地说：你们家是自流井我见过的最穷的人家了。

临走前，孟天运把衣兜里所有的钱都掏出来放在桌上，他看着黄三更，说自流井不知还有多少人过着这种暗无天日的日子，真的到了该改变的时候了！

次日一早，孟天许突然跑到天下滋味，告诉孟天运，说老五有下落了，他给大娘写的信昨天刚到！这些年，老五投奔了大哥，打仗立了功，还参加了国民党的什么中央训练团，现在到了成都，在国民党四川省党部做了调查统计室主任。说是最近可能要回来省亲，大娘接到他的信高兴坏了，正准备着在自流井炫耀一番呢！

孟天运惊诧不已：孟天慕居然当了国民党的官了？他回想起当年那个刚刚从自流井出走的孟天慕，咬牙切齿地说，逃亡出去他要干真的共党。又想起那年在成都稻粱谋，孟天慕满面红光地说，军校生活完全改变了他的人生观，他现在正在积极努力，争取早日成为跟林先生一伙的人！

孟天许担心地询问孟天运，老五做了国民党的官，看来和你的志向是相悖的；他若是回来，对你没什么不利吧？

孟天运笑着掩饰：笑话！志向不同就做不成兄弟了？当年我救了他一条命，他谢我还来不及呢！我们见了面，不晓得该有好兴奋好亲热呢！

打发走了孟天许，孟天运立即让燕家成去永春糟房，叫杨老五过午赶紧送酒来！

就孟天慕回来的事情，孟天运和杨老五讨论了一番，目前很难评估孟天慕回来的情况，但他知道孟天运在成都曾为共产党工作，如今他回到自流井，一定会质疑他现在的身份。虽然二人私交很好，但是，在理想和信仰面前，再好的私交也是苍白的。他进过蒋介石的中央训练团，极有可能彻底改变了信仰，做了死硬的反共分子。

杨老五劝说孟天运暂时回避，确保安全。孟天运却觉得，回避反而惹人生疑。若孟天慕回来只是省亲，出于以前的情谊，他想他还是有办法遮掩。

孟天运还说，通过前段时间的工作，我们已经发展了几名同志，恢复了支部；根据自流井的实际情况，我们工作的步骤还要加快才行。我这边主要开展盐工的工作，有几个对象条件还不错。你要利用你和自流井各个行帮帮首熟识的条件，尽快在他们中间物色赞同我党政策的人。一旦发现可以培养的对象，我这边派人去做工作。如果行帮帮首里面有我们的同志，那起到的效果可是事半功倍的！

杨老五当即表示，白水帮、扛运帮、捆盐帮他都很熟，其中不乏对社会现状、盐场现状不满的人。

孟天运说：要抓紧开展工作，但组织关系方面你还是与我单线联系，暂不能暴露身份。还有，孟天慕就任国民党四川省党部调查统计室主任这个重要情况必须立即让上级了解！

就在二人商量这一切的时候，叙府火车站，文一佳拎着一个藤箱，肩挎着蓝布书包，一身学生装扮出现在二等车厢里。她对照着手中车票，侧身挤过拥挤的过道，来到座位前，可是她的座位被一个堂口跑外事的袍哥占了，文一佳让其让座，袍哥还污言秽语，占尽了文一佳的便宜。

坐在这个袍哥对面的孟天慕见此情景，实在看不下去，就把自己的座位让给了文一佳，然后去热水房打了一杯热水，搂裆浇在了袍哥的裤裆上。

袍哥大怒，掏出腰间的毛瑟枪就要跟孟天慕干。却没想到，孟天慕三下两下就卸了袍哥的枪，把他打倒在地，呵斥他趁着火车还没有开，快点滚下车去。整个过程，文一佳都目瞪口呆地看着孟天慕，没想到一个文质彬彬的男青年居然有这样的身手。

川南的铁路线上，窄轨火车喷吐着蒸汽，疾驰而过。孟天慕虽然帮了文一佳一把，但是整个路途都没有要交谈的意思，各自看报的看报，看书的看书，

十六

他们的旁边还坐着一个带婴儿的大嫂，不断地安抚婴儿。

一声哨响，三名军警气势汹汹地出现在车厢门口，车厢里一阵骚乱。

军警们气势汹汹地盘查旅客，声言查共党，查违禁夹带；旅客们一片惊惶。

就在军警即将查到文一佳面前时，她镇静地与身边一个大嫂攀谈并极其自然地抱过了大嫂怀里的婴儿。

而她在侧身接过婴儿的那一瞬，已经把一件东西塞进了婴儿的襁褓之中。刹那间发生在眼前的小动作，被孟天慕准确捕捉到。他再次把目光聚集在若无其事的文一佳脸上。

军警盘查时文一佳应答自若，毫不慌乱，这也让孟天慕多了几分注意。

军官看两人手中两张车票，都是到自流井的，便询问两人是什么关系。

两人都回答是凑巧坐到了一起，并不认识，军官将二人上下打量一通，遂把车票还给二人，扭头对身后两名军警说：把这两人的箱子好好翻翻，看有没有夹带！

两个军警粗暴地翻弄着孟天慕的皮箱和文一佳的藤箱，一无所获后只好离去。

军警离去，并未暴露身份的孟天慕有意识地与文一佳攀谈起来。文一佳说，她是成都人，在成都懿行女子师范学校读的书，去自流井是为了投亲。孟天慕好奇，从成都到自流井，若走成渝马路，可比绕道叙府近多啦。

文一佳对答如流，说今年春天成都闹瘟疫，父母不幸染上了虎烈拉，前后都走了。我的书也念不下去了，只好上叙府投奔亲戚。谁想亲戚一家早搬走了，打听半天也没有结果，这才到自流井去投靠我表哥的。

孟天慕问，你表哥是盐商？文一佳答，他开酒楼。孟天慕领首，脑子里却在思索什么。

3

孟天慕回到了孟五德堂，他单腿跪在宛如面前。宛如双手捧着他的脸，老泪纵横。她最喜欢的老五，好几次了，都以为这辈子再也见不到了。

孟天慕安慰宛如，遗憾地说自己没有尽到做儿子的责任。宛如惋惜孟天慕再无经营孟五德堂的可能，但对其省上做了官也是十分满意。

宛如挨个给孟天慕介绍家里的情况，三哥的妻子曹大欢和千鹤，得了肺痨住在阁楼里不能相见的水香，她好像有说不完的话要跟孟天慕说，可是孟天慕却告诉她，上司就准了十天假。他绕道叙府替上司送了点东西，耽误了两天，明天就得动身往回返。宛如不许孟天慕走，孟天慕说自己现在是公事人，哪能随意妄为？今天晚上，陪您说一宿的话，总可以吧？

孟天许也跟分别多年的孟天慕紧紧拥抱，不经意间还提起了故人燕知秋，没想到孟天慕全都知道，当年在稻粱谋，二哥全都告诉他了。孟天许告诉孟天慕，二哥也回到自流井了，开了一家大酒楼，生意很好，人也变了许多。孟天慕闻言心里猛地一震，深深蹙紧了眉头。

天下滋味，黄包车载着文一佳来到酒楼门口。她下车付了车钱，拎下藤箱，抬头打量了一番门首，而后迈步走进酒楼，询问酒楼的老板何在。

孟天运从账台后面走了出来，说我就是老板，谁找我？却看来人就是文一佳，霎时目瞪口呆。

文一佳看自己要找的老板就是孟天运也愣住了，但是，两人还是迅速地调整情绪，开始对暗语。孟天运说：是你！大老远跑来找我有什么事情？文一佳答：父母亡故，寻亲未果，只好来投奔你，期蒙关照！孟天运：投奔我，要我关照？我怎么相信你说的话？文一佳：家严殡殁前交我一族谱，说你看过后，定会施手相援。

说罢，文一佳从书包里掏出一个棕皮本子，递给了孟天运。孟天运接过本子，迅速藏进账台下面，立刻变换了神情：一佳你还没吃饭吧，我马上去给你做。

两人正说着，孟天慕从外面进来，孟天运顿时脸色骤变。而孟天慕发现了站在账台外、满脸诧异的文一佳，也愕然道：哦？文小姐？真是巧啊，我们居然在这儿又碰上了！

孟天运奇怪二人竟然认识。文一佳赶紧解释，火车上碰巧坐在一起，幸亏有孟先生关照。呃，表哥，你刚才叫孟先生什么？

孟天运回答：他是我五弟啊，我五弟孟天慕！

文一佳错愕不已。

孟天慕鹰隼般的眼神把二人来回看了一遍：二哥，什么时候有了一个表妹？

孟天运有些发懵。

文一佳抢答道：是我在火车上告诉孟先生，我是到自流井来投奔表哥的。孟先生，我是不是应该叫你五哥呀？

孟天慕不置可否。

孟天运反应过来，从账台后走出：嗨！那年成都青羊宫花会，人太多，一佳跟家人走失了，被一帮地痞二流子纠缠。我出来打了个抱不平，送她回了家。后来，一来二往就熟了，怕别人猜疑说闲话，便以表兄妹相称了！

孟天慕话里有话：哦。如今表妹走投无路来投奔你，你可要给她安排好啊！

文一佳这才跟孟天运讲起火车上的经历，孟天慕身手不凡，三下两下就把一个捣乱袍哥的枪给卸了，看着真利落。

孟天运这才想起，孟天慕当年参加过中央军事政治学校步兵科，是个高才生，身手自然了得，可是后来，去了川北投奔革命，为什么又离开了川北呢？孟天慕这才讲起自己早就琴换弦、车改道了。当下，在国民党四川省党部调查统计室负责情报搜集，搜集共党的情报。

三人寒暄了几句，孟天运叫赵国梁过来，带文一佳去后院洗漱洗漱，找间房子把她安顿了。

文一佳走后，孟天运和孟天慕一下子沉默了，孟天运说自从那年成都驷马桥一别，但凡听闻到孟天慕的事情，都令自己意外，包括这次突然回到自流井！孟天慕答彼此彼此。他扫了一眼店堂，说：看来你和我今天有必要把所有的意外，都一一给厘清了？

随即，两兄弟坐下来开始了一场孟天慕试探、孟天运周旋的对话。孟天慕有备而来，句句话语含机锋，咄咄逼人；孟天运则成竹在胸，个个字滴水不漏，无懈可击。孟天慕步步紧逼，孟天运嘻哈应对。

孟天慕开玩笑般问，与文一佳的萍水相逢是否有两情相悦的成分？孟天运打哈哈回答，逢场作戏，顺其自然而已。

而从为何、何时回自流井到开办酒楼所需不菲资金，孟天慕一一关心；孟天运也早有准备，每一个故事天衣无缝。说起自己为什么会离开稻粱谋，孟天运还不无笑意地回答，都是拜你所赐啊。

他拉开抽屉，拿出一张照片来。那是当年郝爽为孟天慕、孟天运在成都驷马桥上拍摄的照片，孟天运说，你去川北追寻你的理想，我在成都一边等你的来信，同时也在寻找我的道路。但是这张照片改变了我的命运！你在川北打伤红军，夺枪亡命，遭到共党全省范围内秘密通缉，我是你的二哥，我在那家饭馆还留得下去吗？而后，百丈战役立功授勋，人家还有可能信任我吗？我没有埋怨你的意思，这就是我的命！

孟天慕这才讲起自己当年的转变，皆因郝爽的离世。孟天运却直指孟天慕心里的怨气很重，对命运的无常还没做到从容、淡定。

孟天慕说，我不否认，我是背叛了我的内心，但那是有人先杀戮了我的赤诚！

孟天运却答，因仇恨而更变信仰，就叫大惧失节！孟天慕当即挑衅，如此评价我，想必二哥是坚守着信仰回到自流井的？话里话外，搜寻着任何能够证明二哥是共党分子的证据，因为直觉在告诉他，二哥的放浪不羁、玩世不恭乃是有意为之，他的另一张面孔隐藏得很深。

在谈及孟若因的遭遇与现状时，孟天运眉宇间的痛苦再也掩藏不住，这足以证明文一佳与他绝无男女私情而是另一种微妙的关系，何况文一佳在火车上的不凡举止非寻常女子所为。

孟天慕由衷地让孟天运跟自己信仰三民主义。

孟天运却说，自己也曾踌躇满志，可经一番挫折长一番见识，现在对朋党政治真的不感兴趣了。成都之行让他迷恋上了庖厨，自忖自己的能力也就开家酒楼赈济贫者，办所夜校开蒙穷者，行善积德罢了。若要是再能够创制出一两道流传江湖的好菜，此生足矣！好高骛远难受的是自己。天地间真滋味，唯静者能尝得。

此时，政治理念的不同，奋斗目标的相异，还不足以令感情深厚的两兄弟反目，一番智斗后他们依依惜别。

孟天运事后让文一佳仔细回忆火车上的一切，虽然没有明显的破绽，但他敢肯定，她在火车上掩藏密语本的举动一定让孟天慕有所警觉；而他们临时编撰的表兄妹关系，也让他产生了怀疑。

为了掩护自流井特支，文一佳恐怕只能将错就错留在自流井了。

该情况报告上级组织，得到的指示是文一佳的党员身份暂时休眠，不参与自流井特支任何工作，等候组织在必要时机唤醒。而孟天运将成为文一佳唯一的单线领导。

于是，孟天运以表哥的名义将文一佳推荐到蜀风中学教书，潜伏下来。能够留在自流井，留在孟天运身边，文一佳喜不自禁。

文一佳绽开笑意：组织决定，我无条件服从。

孟天运还继续交代，精明过人的孟天慕一回成都，一定会去调查你的背景的。所以，他们临时杜撰的表兄妹那个故事，从此必须信以为真；他已经请求组织上对她的背景做必要的修饰，她也得深信父母是在瘟疫中暴毙而亡的。

十六

而文一佳今后在自流井的工作，就是去蜀风中学教书，彻底潜伏下来。而她也不能再住在酒楼，得搬到学校去住；周日或者假期，可以来这里改善伙食。这样若即若离的关系，看上去才正常！

孟天慕回到成都，报告曾纪周说，此次回乡省亲，有些意外的收获。省党部上下一致认为，通过上次大范围的清剿，川南以及自流井的共党土崩瓦解了，短时间内难以闹出什么动静来；但这趟自流井之行却已经嗅出他们另起炉灶的味道，甚至可以说，已经觅得部分蛛丝马迹。

他请求调任自流井，去那里建立市党部，将死灰复燃的共党扼杀于当下！但是，看重孟天慕才华的曾纪周却说：杀鸡用牛刀，大材小用啦！再说，人往高处走水才往低处流，自流井那个小地方不太可能干出什么政绩。我对你期望很高，已经有安排了，你就打消这个念头吧！

4

天井正中放了炉子，炉子上是一锅热气腾腾的红汤牛杂。孟天运、孟天许对面而坐，大快朵颐。

最近的局势不是很好，孟天成来信说，二十一军联合另外几支川军部队，最近要向占据川南的二十四军动手！战火一起，必将造成盐市进一步委顿，孟天许索性让汤总管把产能低的井灶统统停了，正好可以停工检修进行改造。

生意难做，初入商场的孟天许也不无困惑。首先，孟五德堂在对手面前少有机密可言却是事实；其次，孟五德堂设在重庆、泸州、奉节、万县、宜昌、汉口包括贵阳的盐号，每天开市挂出的盐价，总是要比别人家盐号每斤高出数文钱，导致他们销盐始终不畅；而他们一旦调价，市面也调，还总是比他们快半步，他是怎么也没想出问题出在哪里。他和汤总管把府里上下人等挨个清查，没有发现有吃里爬外的人。

孟天运悄悄告诉孟天许，其实曹子才一直都在通过自流井本地丐帮监视孟五德堂，对于孟五德堂的事情了如指掌。如果孟天许现在贸然出手，公然轰走监视孟五德堂的乞丐，无异于告诉对手你窥破了玄机。还不如就让这些乞丐耳目待在那儿，只需告诉汤总管有这么件事情，他自会有办法遮掩孟五德堂的隐秘，让没有现身的隐形对手得到不实的假消息！

而至于泄密，孟天运得知总账房都是通过电报跟各个盐号联系的，便觉得问题多半出在电报上，当即表示可以教孟天许发密语电报，保证杜绝孟五德堂再发生泄密的事！

这两招过后，曹子才果然很难再窥探到孟五德堂的内幕，猜想要么是有高人在点拨，要么就是他低估了东洋墨水的劲道！

等熬过了军阀混战，赶跑了二十四军的那些联军头头们，取得胜利的联军各军首脑齐聚自流井召开善后会议，商议瓜分盐税。多年战乱，自流井产盐已经很有限，盐税远不够支撑庞大的军费开支。军阀们遂决定新增护商费、保商费、护商清乡费和护商江防费四种名目并入盐税，并成立护商处统领收缴。

护商处长一职则由盐务局长夏青城兼任。夏青城令手下人反复核算，四项新税种加在一起，全年新增的税额实收不到七百万，仍不够支付各军军饷，差的还不是一点半点，只够两个人的米，却要蒸饭给四个人吃，让穿了军装，领缀少校军衔的夏青城焦头烂额地在办公室里来回乱走，收不上钱来，那些丘八是要杀人的！

正焦头烂额之时，一直寻找机会击溃孟五德堂的曹子才找上门来。原来，他在看到征税通知时，就立时想起了很久以前，他从那个前清官运局官员手上买来的账单，正好又可以借盐务局的势，往曹永茂堂身上贴秋膘呢！

曹子才告诉夏青城：曹某今日特意来给局座兼处座献西川地图以为贺礼！说着，打开藤箱，拿出一本账簿，并跟夏青城讲了一段历史——

前清时，捆盐运销由官运局承办。官运局于每年五、八、腊月三关，预交议定盐价七成给灶户，订买四个月的原盐。那个时候江山不保人心惶惶，于是就有不少盐商或因与官运局官员串通或仗地方势力并未交清原盐，要不就趁局势混乱根本拖欠未交。紧跟着，辛亥之变翻天覆地，人们似乎把这些旧账给忘了，但在这些账簿上，却都一一记录在案！这都是现成的钱啊，局座为何不收，仅仅拿辛亥前一年腊月和辛亥这年五月自流井的积欠来说，粗略翻了一下，少说也有一百万两白银！照民国十五年两换元库秤七钱二分折合一块银元算，就是将近一百四十万块！再把其他若干次的积欠加上呢？再累加上二十多年的利息呢？早奔着九位数去啦！是不是您想收好多就是好多？

夏青城眨着厚镜片后面的蛤蟆眼，当即大喜过望，下令马上成立官运积欠追缴处，吹糠见米，以解燃眉之急！而曹子才还不忘提醒，凑够军饷以后多出来的部分，你我兄弟碗底开花，一人一半！

这一下自流井可炸了窝。既有盐税加上军阀们新增的四种费用已经抵近生产成本，汲卤煮盐哪里还有钱可赚？如今再荒谬地把前清旧账翻出来索要银元，实在是匪夷所思。盐商们欲哭无泪又不知如何应对，齐聚盐业会馆，连久

十六

未出门的宛如也赶来了，一起商议对策。

而孟天许则去找孟天运求助，夏青城穿上了那身黄皮，代表的就是如狼似虎的军队，怎么抗衡？

孟天运怒斥夏青城荒唐，竟然用早就土崩瓦解的前清的旧账来盘剥盐商，绝不能答应！他想来想去，如果盐商们顺从了，就会导致井灶大量压缩生产成本以将损失降到最低，这是必然结果。那么这一笔毫无道理的烂账最终还不是要自流井的盐工乃至所有老百姓来承受？唯一的办法就是大家团结起来，坚决抵制这个不合理的官运积欠！

他告诉孟天许，他有三招应对此次事件：一、盐商们立刻采取极端行动，罢推罢煎，停止生产，动静越大越好！二、紧急组成盐商请愿团，赴重庆军政府陈述盐商苦衷，要求政府出面斡旋！第三招是杀手锏，我要向你暂时保密，但前提是你们盐商决不能妥协！只要能够做到，我保证此事不会如夏青城之流所愿！

孟天许将孟天运的意见告知了宛如。宛如首肯，随即与盐商们达成一致，决定自即日起，自流井所有井灶停推停煎，盐船停运，盐号关张，集体抗税罢市，抗议军阀及盐务局无中生有、敲诈勒索盐商。复工条件是，彻底取消所谓的官运积欠，增加原盐销售价格！

另外，宛如还组织一个盐商请愿团，马上赶赴重庆，向军政府陈述盐商的苦衷！大家认为孟天许饱读诗书、学识渊博，又见过大世面，由他领头最合适！

于是，宛如当即让孟天许组织盐商请愿团，即日赶赴重庆！而令她意外的是，曹永茂堂并没有派人来，便命曹大欢回家把商会的停推罢煎令尽快知会他们！

曹大欢没有去找曹子才，而是找到了自己的父亲曹原三，将事情的前后原委跟曹原三一一道明，并说如今自流井盐商人人手中收到一份追缴单，唯曹永茂堂例外，你让盐商怎么想？这是生生让曹永茂堂和盐商们对立呀！曹二欢更是从旁证实，前段时间确实是曹子才从床底下翻出了一箱子的账单。

曹原三赶紧让人把曹子才叫了过来，曹子才倒是毫不含糊，当即承认。一、他可助夏青城一臂之力，让他以后多多关照我们曹永茂堂；二、一山不容二虎，杀杀孟五德堂的威风！曹大欢则大怒着指责曹子才，说你在耍火你知道吗？

她告诉曹子才，说宛如已经放出狠话了，哪怕自流井所有盐商都缴了，孟五德堂绝不缴一文钱，甚至不惜停推罢煎孟五德堂所有井灶一个比期，也要把无中生有的官运积欠对出个子午来！

曹子才眼里掠过一丝胆怯，曹大欢继续说道：孟五德堂井灶停推罢煎一个比期会是个什么结果你们两个最清楚！短了好几百万的盐税，夏青城第一个念头就是找始作俑者说子曰！解不了套，那个猪头肯定会把曹子才扔出去的！一旦让盐商们晓得了是你曹子才在暗处策划了官运积欠甚至杜撰追缴单，曹永茂堂从此在自流井再无立足之地，你曹子才能否保住小命都难说！

听了曹大欢这一席话，曹子才不禁汗流浃背，感叹自己智者千虑，这一失怎么就没算到？

曹原三连忙让曹子才赶紧找个地方躲躲，把这股风头先避过去了再说！

曹大欢还不无小心地提醒，让曹子才赶紧替曹永茂堂编一份官运积欠追缴单再走！同时要曹原三马上吩咐曹永茂堂各个井灶即刻停推罢煎！明天一大早，让曹原三拿着追缴单去盐业会馆做做样子，否则遮不过去！

号令停推停煎的汽笛声回荡在林立的天车间，回荡在层叠的灶房中，回荡在纵横的街巷里，回荡在蜿蜒的釜溪河上。

孟天运送走了孟天许，并承诺自己会随时盯紧孟五德堂，不管是养育之恩还是它在自流井举足轻重的地位，若有难，他都不会袖手旁观！

孟天许心下踏实地踏上了重庆之旅。

十七

1

  天下滋味大酒楼后院，孟天运聚集刚刚成立的自流井中共特支，一边涮锅，一边商讨对抗盐务局，提高盐工待遇。

  孟天运说，盐务局使用这种无赖行径搜刮盐商，完全是四川军阀连年混战造成的恶果！如果盐商最终抵挡不住，那么他们必将银钱损失转嫁到盐工头上！克扣工价，超时劳作，更严酷的剥削将压得盐工喘不过气来！以孟五德堂为首的盐商已经在盐场采取停推罢煎的极端方式来反抗盐务局所代表的反动军阀的无耻盘剥，而他们特支则要利用这次机会大规模地组织盐工以"要工作，要生存"的口号进行抗议活动。一方面间接支持盐商的合理诉求，一方面争取盐工的权益得到最大限度的提高。借此机会号召全自流井的工、农、市民、学生及一切民众，坚决反对国民党军阀战争，要求民主权利！

  众人听他讲得慷慨，都面露兴奋。孟天运又继续鼓励：同志们，这是我们自流井特支恢复以来的第一次大行动，虽然是以工会名义发起，但我们的同志一定要做好盐工的组织工作，充分调动我们在盐工中那些积极分子的热情，让他们在这次行动中尽快成熟起来。另外，行动要有理有利有节，不能破坏盐场设施，不能施行打砸抢，要最大限度争取广大民众的同情和支持！还有，鉴于这次行动的特殊性，必要时我们的同志可能要代表盐工出面与当局，与盐商交涉、谈判。我一直参与工会的筹建和组织，和盐工熟悉，通过开办这个酒楼，与自流井各界也都建立了良好关系，经过慎重考虑，这个工作由我担任最为有利。如果我出现了意外，特支的领导工作由徐三泰同志代理。

  就在孟天运开会和大家交代这一切的同时，夏青城则在满自流井地寻找曹子才。得知他已经连夜坐末班车去重庆盐号了，脚底抹油开溜。而且目前，全自流井的井灶都停了，无一家例外，连曹永茂堂也一并停推停煎了。

  盐商们的这些举措让夏青城坐不住了。他明白，一旦断了盐税收入，面对军阀们的枪口，他夏青城的脑壳虽大得堪比猪头，可又吃得消几颗枪子？夏青城无奈，让骆阿宝去请宛如过来商讨。宛如不肯，说想跟我商讨就自己过来。

夏青城闻言将一个杯子狠狠摔在地下，但还是不得不去，于是又换了一副笑模样，逢人点头招手，在骆阿宝陪同下步入会馆。

会馆里，宛如正在与曹原三下棋，看见夏青城进来，也不招呼，只闻棋局。在夏青城的注视下，曹原三如坐针毡，宛如却手拈棋子，眼盯棋盘，轻描淡写地询问：夏青城，据说你想找我谈谈？

夏青城咬咬牙，涎着脸跟宛如说，盐场生产攸关川省税收，纵我盐务局同盐商在盐政上有抵牾之处，完全可以坐下来协商解决；大可不必大动干戈停推罢煎贻害地方，希望尽快复工。

宛如却冷冷地说：复工不难，就看你夏局长兼夏处长愿不愿意接受盐商们的条件了。我只是他们的代表，并非一言九鼎的首领。

夏青城为难，提高原盐价格我没这个资格，须川康盐务总局审议确定。至于官运积欠嘛，他倾身凑近宛如与曹原三，压低了声音，二位贵堂象征性地缴一点做做样子，我保证把有关孟五德堂和曹永茂堂官运积欠账簿全部销毁！

宛如声音不减：那你就先呈文给川康盐务总局，告诉他们，新增的四项税种已然抵近煮盐成本，若当局不涨盐价，生产越多亏本越大，只能停推停煎！说到官运积欠，川南盐务局休想从孟五德堂收走一文钱，所以账簿销毁与否实在无所谓！

夏青城觍着脸：看在我是您女婿的面子上，就算帮我一次好不好嘛？

宛如将手中一枚棋子放入棋盘：在我心里，我的女儿孟若因早就死了！

宛如的不为所动让夏青城勃然大怒，他让骆阿宝立即带一队盐警去把孟五德堂所有井灶给封了！就拿孟五德堂开刀，敬酒不吃吃罚酒，看她孟老太婆低不低头！

骆阿宝领着一队盐警气势汹汹地来到孟五德堂的井灶，却不想孟天运早已安排好手拿扁担、赤裸上身、臂系毛巾的盐工游行队伍，他们既不狂呼口号，也不高声叫嚷，而是极有节奏地每走两步便挥动手中扁担杵一下青石板地面，其声震耳欲聋，气势恢宏。

骆阿宝见势不妙，忙挥手叫撤退。

重庆，一座戒备森严的大门，两边分别悬挂着"川康绥靖公署"和"国民政府军事委员会委员长重庆行营"的牌子。

孟天许来这里已经三天了，可是，当值的刘主任却迟迟抽不出时间会见他们，踢皮球一样把他们来回踢。众盐商都很失望，孟天许鼓励大家，别说泄气话，现在自流井已经闹开锅了，收不上来盐税，对于他绥靖公署来讲是头等大事，绝不会等闲视之的！另外，他还派人去成都找关系，今天也应该到了！

人在成都的孟天慕从一份《国民公报》上得知了自流井盐商罢市抗增税捐，全场盐工欲添工价大游行的消息，恰在此时，孟天许的信到达。孟天慕阅信完毕，思忖片刻，当即来到了曾纪周的办公室。

他又一次跟曾纪周提出了想要调回自流井的愿望。他说，自流井富甲全川，盐税收入占全川税赋六成。军阀连年内战，争夺的就是自流井盐税。此次自流井罢工的起因，也乃军阀们无端增添四项税种，导致盐税大大超出制盐成本，才迫使盐商停推罢煎，酿成事端！他虽然不想直接插手盐务，却想借这个事端把中央的势力延伸到川南地区。再说，中共在自流井的活动很明显已死灰复燃了，盐场数十万盐工一定是他们最想拉拢的对象，怎能放任自流？他们如果动作迟缓，很有可能造成共党势力在盐场的恣意蔓延！

可是，曾纪周对于孟天慕的愿望依然不太能接受，人往高处走，水往低处流，他要是想往南京活动，倒可以理解。再说了，孟天慕还是立有战功的人，是委员长的高足！把孟天慕调职自流井是对党国人才的极大浪费啊！

孟天慕说，正因为他是委员长的学生，才更应响应、践行委员长提出的"在最艰苦条件下，实现进步主张"的号召，把自流井建成一个革新的政治示范区！

曾纪周说不过孟天慕，只好说，兹事体大，还得向中执委汇报请示后才能答复！

2

因为盐工们的游行不喊不闹、严明缜密，而且不管是烧盐、捆盐、扛运、白水，哪个帮都没能力招呼这么多盐工来游行，夏青城有理由怀疑有共党分子煽惑作祟，暗中指挥，把所有行帮盐工都捏合起来，有组织而且有纪律。

川康盐务总局发来电报，一句"自流井事端并非起自新增四项税种而是贵局追缴官运积欠引发"让夏青城怒不可遏，转身一把抓过电报，三下两下撕碎了：炒好豆子大家吃，打烂砂锅喊老子自己赔嗦？

正发着火，胡祖善更是青着脸前来，说你川南盐务局追缴什么官运积欠把自流井的天捅漏了，川康绥靖公署现在喊我拿话来说，那我就对不起了，给你三天时间平息事端和纠纷，恢复既往秩序！否则，莫怪我胡某翻脸不认人！说完，拍拍屁股又走了。

夏青城目露凶光，说既然电函里有勿使盐商盐工怙恶不悛一语，就莫怪老子下狠手了！

盐业会馆，对于盐工通过游行提出三项条件：一是盐务局必须提高盐价；二是盐商必须增加盐工工价；三是井灶要改善盐工待遇。一些盐商们开始怀疑，这是盐工在趁浑水摸麻麻鱼，乱上添乱，或者趁火打劫，釜底抽薪等等。

宛如却高声发表了自己的意见，她认为时值商会与盐务局各执一端僵持不下，盐工大游行无异于搅乱了这盘棋局，让事端的解决更有利于我们这一方！

众人不解。她继续解释，即使退一万步，我们在盐务局面前低了头，可几十万盐工的要求得不到满足，盐场还是无法开工，而盐场迟迟不开工恰恰是夏青城他们的软肋！

众盐商作恍然状，原来盐工大游行是在变相逼迫盐务局答应他们的条件！

宛如说：如今，百物陡涨，普通人家生活尚感艰难，更莫说盐工了。我看，在涨了盐价的前提下，适当增添盐工工价的要求还是可以答应的；毕竟，盐卤得靠盐工去汲，卤水也得靠盐工去熬。诸公都是盐场核价高手，趁现在无事，不妨各自掏出算盘把盐价该涨多少，盐工的工价相应该添多少提前盘个框架出来，免得事到临头没个抓拿！

大家正商量着，一票盐警、保安警，呼啦啦分几队持枪围住了会馆。夏青城要采用强制手段，把这些盐商困在会馆里，不老老实实缴了官运积欠下令复工，哪个也休想回家！

没想到，宛如根本不吃这一套，让汤总管立即回府上去把韩胖子叫来，她今天就请大家在会馆里好生品尝一下孟五德堂家厨的手艺！

而孟天运听说后，则当即断定夏青城是在困兽犹斗，立即让赵国梁通知游行的盐工，统统聚集到盐业会馆去声援盐商，给包围盐业会馆的军警来一个反包围！明确告知盐商们，哪怕他们跟盐务局妥协，但不满足盐工的要求绝不复工！同时，千万别同军警发生冲突，夏青城已经狗急跳墙了，不能给他任何开枪镇压的口实！

成都，请愿团代表孟天许依然没有见到刘主任，这天，他号称自己胃病犯了，昨天夜里被送进了医院。

没办法，孟天许只好学古人，拦轿喊冤！

一辆黑色轿车驰过街道。身着军装、领佩少将军衔的陈伍明坐在后座翻阅文件，正生气四川军阀画地为牢、目光短浅，只顾经营自家小鸡窝。他打算寻

十七

207

一个事端，把中央势力的楔子狠狠插进四川！

正在这时，孟天许等人手举写着大大"冤"字的白纸，拦在轿车前，轿车猛地一停车，陈伍明抬头向外望去，外面喊冤的领头人，竟然是孟天许。

原来两人是日本留学时最要好的同学，陈伍明现在重庆行营就事，孟天许立即将自流井发生的一切告诉了陈伍明，陈伍明这才愕然，川军垄断了自流井的盐税，那川南盐务局不是形同虚设了吗？他沉吟片刻，告诉孟天许，把这件事情交给他来办，正好借此事端，把自流井的巨额盐税收到国民政府囊中并以此削弱川军势力！即刻知会令堂和自流井盐商，千万不能向川南盐务局低头！给他三天时间，自会见分晓！

盐业会馆大门口，围守会馆的军警和围住军警的盐工形成鲜明的对比，一边是疲乏困倦，无精打采杵着枪，背靠背坐在地上打盹；一边则是个个手握扁担，挺着胸膛，雄势而立。

而夏青城也搞清楚了组织煽动盐工游行的是一个叫自流井盐场总工会的社团，这个社团的代表，是天下滋味大酒楼的老板孟二爷，孟天运！

夏青城顿时眼中精光陡现，说他花钱教盐工认字，赔钱请盐工吃饭，继而鼓噪盐工起来暴动造反，典型的共党行径。虽然没有证据，但把这坨黄泥巴先塞进他的裤子里，让他说不清楚就行！他想找文玉琨来这趟黑手。

可是，文玉琨却不愿蹚这浑水。盐工里头也有不少人嗨了袍哥。他说，倘若发令喊袍哥去打盐工，兄弟伙们愿不愿动手单说，他的码头也就只有撤摊散伙了！夏青城愤然，文玉琨终究还是一个上不得台面的臭鱼烂虾！

无奈之下，夏青城只好再次前往盐业会馆，会见宛如。

盐业会馆，若干盏汽灯将庭院照如白昼，六张八仙桌摆放在灯下，盐商们围坐在摆满菜肴的桌前。宛如情绪颇高地给大家讲解桌上佳肴的做法，故意冷落夏青城，让他很没面子。夏青城用川康绥靖公署来了电函，可有勿使其盐商怙恶不悛一语来提醒宛如，宛如却说：我孟常氏不是吓大的！一句怙恶不悛吓不倒我！

夏青城又语带威胁，说官运积欠我们可以暂缓一步来协商。现在首要的是请商会下复工令，让停推罢煎的井灶动起来。若让事态扩大蔓延，徒使共党钻了空子，大家都吃罪不起哈。

宛如却牢记着孟天运告诫决不能妥协的话，态度坚决地对夏青城说，如果当局不涨盐价，生产越多亏本越大，只能停推停煎。况且，数万盐工的罢工要求没有得到满足，就是下了复工令，谁来推卤煮盐？气急败坏的夏青城只好叫人去请工会代表，三头对面，谈判解决事端。

谁代表工会参加谈判，在自流井特支起了争论。但最后还是孟天运说服大家由他出面最为妥当安全。他说，我在自流井树立的就是好抱打不平又乐善好施的形象，既有江湖侠士之风，又有慈悲为怀之心，我代表盐工谈判，最坏的评价也就是我喜好登高一呼，乐为人师。如果一旦出现意外，徐三泰接替我指挥这次行动，不达目的决不复工！必要时，组织全城学生、市民大游行！

孟天运戴礼帽着长衫，架墨镜摇折扇，端着架子步入会馆。他走到宛如跟前深深鞠了一躬。宛如说，你变了，变得像个堂口大爷。孟天运打着哈哈道，我即便做了堂口大爷，也还是您的儿子嘛，养育之恩想忘也忘不掉的。

谈判开始，孟天运和宛如口径一致，都不同意在没有满足工会提高盐价、增加薪水、改善待遇的情况下复工。夏青城的托词在他们面前一概无效，孟天运还说，几万盐工希望我替他们说话是看得起我孟二爷，今天我这肉肩膀也要担一担道义。

谈判未果，夏青城狗急跳墙道：孟天运！你可别不识抬举！你替盐工出头，就有共党嫌疑！他令人将孟天运五花大绑押进川南盐务局。

宛如高声叫道：老二，莫服软！

被五花大绑的孟天运回头，宛如复杂的眼神直望着他，孟天运微笑着点了点头。

3

又一轮大游行开始了。

不过这次不是盐工，而是中小学生与服饰各异的市民。他们手举标语，高呼口号，声势十分浩大。

夏青城脸色阴沉，总工会代表在他手里，这学生和市民游行又是哪个组织的？看来还真低估了这个孟二爷了！哼，丘八们成立护商处可不是装点门面吃素的，这回我们就来比一下是脖子硬还是刀头硬！再不下点狠药还以为老子是坐在庙子里的菩萨！

夏青城命人把和孟天运一起逮捕的赵国梁押解到院子里，让他去传话，给盐业工会和盐工社团下最后通牒，说他有足够的耐心等到明天午时。你们游行也好，围盐业会馆也罢，统统都是没有用的！你们只有两个选择，要么即刻解散，回到各自井灶候命，莫再听那个孟代表的调遣；要么就叫那些盐工明天到长堰塘去给他们的孟代表收尸!

赵国梁的消息让文一佳万分担心,孟天运态度决绝,丝毫没有妥协的意思。万一夏青城真的狗急跳墙,借机杀一儆百怎么办呢?眼睁睁看着天运明天中午被押到长堰塘枪决?

事到临头没有选择,他们一方面让杨老五马上给成都的上级党组织拍发了孟天运被羁押的急电。一方面组织盐工把盐务局的大门给他围了!夏青城胆敢轻举妄动,就把狗日的盐务局踩扁!

得知消息后宛如立即授意汤俊川,分别给成都的老五孟天慕和驻扎泸州的老大孟天成拍去了求援电报。现在的盐局、盐商和盐工三方都不退步,成死局了!若没有外部力量介入,难有解决的希望!

4

川南盐务局羁押室,一盏油灯跳动着微弱的火苗,孟天运伏在小桌上,心无旁骛地写着什么。

门外传来一阵开锁声,骆阿宝走进羁押室,孟天运就像什么都没听见似的,眼皮都没抬一下。骆阿宝只能干咳两声,说局座想请孟代表去小酌两口,专门请富和园林师傅来盐务局伙房给您做的大菜!

孟天运放笔,将写满字的两张纸折叠起来揣进怀里,好啊,我正想喝酒呢!

好酒好菜,一桌珍馐,孟天运却只顾着埋头狼吞虎咽,夏青城说了半天,大家都做了笼子里的鸟雀,何苦互相为难?

孟天运还是那句老话,简单!现在苛捐杂税太多,他盐商熬盐赚不到钱甚至于亏本,只好停推罢煎;希望你涨点盐价是再正常不过的事情。至于官运积欠本身就上不得台面,自该抹了!你盐务局答应了盐商的这两个要求,盐业会馆的扣不就解了?再把我礼送出去,代表盐工与商会商议盐工涨工价和改善待遇的事,盐工的扣不也解了?你盐务局门前就清静了嘛!

夏青城苦着脸,官运积欠都好商量,涨盐价他不敢!只有川康盐务总局有调整盐价的权力,我只能下情上陈!

孟天运没好脸,那它川康盐务总局都不着急,你急什么?

夏青城语气急迫,几个军需处长一天几封电报催军饷,换哪个都要急!我又没那个胆量,让几个军需处长莫催我,去催川康盐务总局赶紧涨盐价,我那脑壳又不是陶罐子做的，打烂了还镶得起！

可是，不管夏青城怎么好言好语，孟天运就是软硬不吃。最后，夏青城只有黑了脸：实话跟你说吧，孟代表，川康盐务总局根本就没有上调盐价的意思！我们是政府机关，权柄在握，治你这种小民的罪，名目多的是！留给孟代表的时间不多了！明天正午一过，孟代表若还执迷不悟不肯下复工令，那就是你的大限时辰！夏某要借你的人头，绥靖地方！

孟天运却依然油盐不进，一口喝干了杯中的酒，神情泰然：要是以为把我杀了就能吓唬住工会让盐工复工，我倒愿意试一下！更何况，商会那边你还没拣顺！多谢你的酒菜哈，要是明天你没杀成我，我一定要带李老二去富和园找林大师傅学学这几道菜是怎么做的，太他妈的好吃了！走了，回去睡觉了！

说罢，他朝门外走去。夏青城彻底傻了。

次日，围在紧闭的盐务局大门外的盐工继续抗议示威，他们仍是齐吼一声"释放盐工代表"，便用扁担捣地两下，声势宏大。盐工身后是文一佳领着的学生和市民，他们也高举着游行时打出的标语声援盐工。

落地钟的时针跳到了十一点整，随即响起巨大的钟鸣声。夏青城瞪着镜片后一双蛤蟆眼正在苦思，钟鸣声令他猛一激灵，回头看钟。

骆阿宝沮丧地推门而进，告知夏青城，孟天运依旧没有低头服软。

门外聚集的盐工越来越多了，如果这个时候把孟天运押到长堰塘去枪毙，中途恐怕会出事，还有可能引火烧身。夏青城早就想好了，要耍一招暗度陈仓。他叫李署长从后门进来，多带些军警，弄一顶空轿子，大摇大摆往长堰塘抬，把外面那些盐工引开。等李署长领着轿子把盐工一引开，他们押着姓孟的马上去重庆，把人直接交给二十一军，让刘长官来接这个烫手的炭圆！告诉他，自流井收不上来盐税，皆因共党分子孟天运和他的工会罢工罢市、聚众暴乱，请求刘长官火速派兵弹压！

盐局大门訇然打开，围在门外的盐工一拥而上，惊慌失措的军警慌忙横枪相阻，乱成一团，随着一声枪响，场面静了下来。

李德贵拎着尚冒青烟的手枪高声叫道：据查，盐场工会代表孟天运乃共党疑犯。此次盐场罢工纯系此人煽惑闹事，不杀不能绥靖地方，这可是川康绥靖公署的饬令！若有人胆敢中途截人，本署长接到的命令是，格杀勿论！然后，他当即命令手下保安警、盐警全体枪上膛，拉动枪栓，直冲阻挡在门前的盐工。盐工以及围观的人众呼啦啦后退了十几步，稳住脚跟，依然跟军警对峙着。

十七

211

一乘遮掩得密密实实的四人官轿被抬出了盐务局，二十几名军警迅速围住轿子，面朝外，举枪警戒，慢慢移动。

羁押室，夏青城、骆阿宝带着两个换穿了便衣的盐警来到孟天运的关押室，夏青城得意扬扬地问孟天运：听没听见外面盐工已经无声无息了？他们都去长堰塘看热闹啦！自流井毙人是大事，估计今天中午的长堰塘会是人山人海哩！

孟天运以为夏青城怕人劫法场，耍了一招金蝉脱壳，准备就地动手。

夏青城却说：我改主意了，不动手。不想落下命债，免得以后到了阴间你我依然做冤家！不过，虽然我不杀你，但还有别人要杀你，就是让二十一军的刘长官杀。不仅让他杀你，还要请他派兵到自流井来把那些让他收不到军饷的人都杀了！

孟天运一惊。

夏青城更加得意，说：你想想，刘长官的四川，刘长官的自流井，岂容他人鼓噪骚乱以致军饷筹集阻力重重啊？枪声一响，我看自流井还有几个人敢雄起！来吧，外面现在很清静，我们准备上路去重庆吧。

孟天运怒斥夏青城，夏青城却从孟天运身上搜到两张折叠好的纸，还以为是暴乱计划和联络名单，结果一看是写给孟若因的信，不由勃然大怒，抬手狠狠扇了孟天运一耳光。

孟天运斥责夏青城，说孟若因从来就不属于你，你得到的只不过是一份卑鄙、丑陋的虚荣心罢了！

成都，丁一轩接到杨老五发出的加急电报，立即报请上级批准，派出特勤人员打算武装营救孟天运。这与赵国梁及众盐工准备劫刑场的行动不谋而合，众人商议了一个周密的行动计划。

而保安署的人押着一乘轿子进入了设伏地点，众人正准备动手劫人时，一彪凶悍士兵斜刺里杀到，是孟天成的队伍赶来了。

孟天成蹁腿跳下马背，抽出驳壳枪朝天连发三枪。所有人均是一惊，堵在轿子前的盐工闪开了路面。李德贵也呆若木鸡。孟天成大步走到李德贵和那群军警面前，一挥手下令：把他们的枪下了！还没容李德贵反应过来，他和他手下已经被孟天成的士兵三下五除二地缴了械。

孟天成上前一把扯下轿帘，轿子里面空空如也。街面大哗，前来营救的徐三泰、赵国梁、黄三更以及李来财等也大惊失色。

孟天成一把抓住了李德贵的衣领，像拎一只鸡似的将其拎离了地面，逼问孟天运人呢，得知还在盐务局，夏青城要押他去重庆，孟天成狠狠一拳击在李德贵的下巴上。

然后翻身上马，孟天成赶往盐务局。

然而，夏青城并没能把孟天运押出盐务局，就被一票皆身着黑色中山装、胸缀国民党党徽的人堵了门口，为首者正是孟天慕。

孟天慕精明过人，头一天晚上就潜入自流井，这天早上本想前来搭救孟天运，可是见轿子吃重很浅，心下怀疑，就没有随大流，而是让大家悄悄等在了盐务局的门口，直到夏青城押着孟天运出来，他才现身。

孟天慕的手下已经解开了孟天运身上的绳索，孟天运和孟天慕狠狠地拥抱了一下。一旁的夏青城却大叫，公然抢劫官方要犯，你是什么人胆子这么大？

孟天慕一回头，道：中国国民党自流井市党部书记长孟天慕！

夏青城吓了一跳，孟天运也很震惊。而孟天慕则直视夏青城，问道：你就是川南盐务局局长夏青城？一个盐务机构，哪个给你捕人权力的？说是煽动罢工、组织暴乱，还是共党疑犯，有证据吗？

孟天慕一通噼里啪啦的质问，夏青城哆哆嗦嗦，支支吾吾，半天答不上来，孟天慕却声色俱厉：没有证据，就敢随意捕人？你给党国的脸上抹黑啊！他让人立即将夏青城一伙押起来。

孟天慕看着孟天运，不由担心道：二哥你做了工会代表？眼下这可是担风险的身份！

孟天运却一咧嘴解释：你晓得我这人心软，见不得弱肉强食，帮盐工说几句话而已，打抱不平总不需要太多理由吧。

两人正说着，孟天许大步走进了盐务局院子，他身后是陈伍明和胡祖善。

5

此前，孟天许邂逅陈伍明，他则借自流井全面停产，盐商及盐工代表被无故扣押一事大做文章，迫使重庆军政府同意调整盐务政策并撤销了夏青城的职务。任命陈伍明以特派员身份兼任川南盐务局局长，尽快赶赴自流井。

孟天许当即为孟天慕引见陈伍明，陈伍明说，自流井乱则川省乱，自流井治则川省治，他愿在自流井与孟书记长共事，一同报效党国。

两人正说着，一阵汹涌的声浪越来越近，其中还夹杂着马蹄声。只见孟天成骑在马上，他的士兵押解着李德贵等一干人行进在街道上，正朝着盐务局走过来。

兄弟相见，分外亲热，孟天成与孟天运拥抱，又在孟天慕的介绍下与陈伍明握手，唯有孟天许，他连看都没看一眼。

在陈伍明的主持下，问题逐一解决。盐业会馆门前的空地上，官运积欠的账簿堆成了小山，孟天许往账簿上浇上了洋油。陈伍明划着火柴，对自流井的父老乡亲说，众位明鉴，所有官运积欠账簿今日付之一炬；我代表政府声明，此事永不再追！

他将火柴扔进了那堆账簿，轰的一声，成堆的账簿被点着了，火光熊熊。盐商、盐工和市民们一片欢腾。站在宛如身后的汤俊川激动得眼眶湿润，而裴二娃则使劲鼓掌。

陈伍明四方一拱手：陈某听闻了不少既往盐务弊端，既然领命前来就职盐务局长，决议取消所有不合理税费，还自流井盐业产销以公平、宽松！前任夏青城无中生有追缴官运积欠，且无故将诸位盐商扣押，纯属僭越权限，对立官民；上峰已有结论，责成职下即刻将夏青城降为盐局普通司员并限制行动听候发落。待把这些年盐税账目审计完毕之后，再行决定他的处置、去留！

而部分盐业政策也随之得到了调整，提高盐价并将所谓官运积欠有关账簿当众焚毁。盐工增加薪水、改善待遇的要求也得到了部分满足。

此次风波，终以孟天许、宛如为首的盐商以及孟天运为代表的盐工们获得胜利而告终。自流井一片欢呼声。

难得老大老二老三老五都在自流井，孟天许建议大家吃顿团圆饭，他跟二哥说，能够聚在一起不容易，今天盐商盐工大获全胜大家又很高兴，还是回家去吧。大娘虽然没说，但我看得出来，她是希望你回去的。

孟天运却说：老三，我认真想了想，还是没到我回孟五德堂的时候。一是明天总工会要和以大娘为首的商会谈判劳资问题，我今天回去见大娘容易在盐商和盐工中引起误会。二是若因还在外面受苦，哪里说得上就团圆了？大家坐在一起徒增伤感。你放心，我一定会有回去的那一天，但不是现在，理解我。你快回去，回去好好陪陪大哥和老五。

孟天许只好点点头：好吧，我就不勉强你了，改日再叙吧。不过，孟天许还是不无担心地告诉孟天运：你又不是没看见，大哥根本就不理我。

孟天运劝说：你主动点，赔个笑脸。过去这么多年了，连燕先生都原谅你了，他多大的疙瘩还解不开？

家里，宛如、孟天成、孟天慕坐在一起。孟天成说，大娘，老五主政自流井，我再没有什么可以担心的了，就两个字，踏实！从今往后，看哪个还敢跟孟五德堂过不去?

宛如内心欢喜却貌似平静:老五当老五的官,孟五德堂做孟五德堂的生意,我们不搞官商勾结那一套。

孟天成问候了一番三娘之后,便要起身告辞,说老五回来了,事态平息了,您身体也硬朗,家里一切都好,我就放心了。队伍上最近事情多,我就告辞了。

宛如想留他,说厨房正在张罗给你,给老五还有那位陈长官的接风宴呢,吃完饭再走!再说已经叫人去喊曹大欢和孟千鹤了,你的两个弟妹你总要见一下嘛,这是礼数!

这不说不要紧,一说孟天成就是一肚子气,他老三把我的婚事搅黄了,自己倒娶了两个婆娘!我不想见,更不想和他坐在一张桌子上吃饭!

宛如说你们兄弟一场不容易,哪能为一个女人就结这么深的仇?

孟天成却道,我就是一个记仇的人!

眼看留不住,只好让他走。结果,门口还刚好撞上了回来的孟天许,孟天许努力挤出笑容,说:大哥,多少年不见了,我们坐下来……

孟天成就像什么也没看见,什么也没听见,转身大步迈出了正厅,撂下了尴尬无比的孟天许。

气急败坏的夏青城喝了很多酒,回到家里就开始责备孟若因,对大着肚子的孟若因拳打脚踢,发泄心头邪火。

孟天慕带着两名手下撞开了门,跨步上前抱起了孟若因,孟若因扑进孟天慕的怀里放声大哭。

孟天慕盯着夏青城声音冰冷,你打她?夏青城一脸惊惶道,小纠纷,振了一下夫纲。孟天慕一抬下巴,两名手下摁住夏青城一顿暴打。孟天慕问孟若因,还想跟这人过吗?披头散发、满面泪痕的孟若因拼命摇头。孟天慕遂逼迫鼻青脸肿的夏青城在一张空白纸上签上名字,说,明天你就能收到离婚书了。

十七

十八

1

孟天慕搀着孟若因走出夏家,孟天慕说,我送你回家?

孟若因愣怔:家?哪个家?

孟天慕回答:孟五德堂啊,那不是我们的家吗?

孟若因打了一个寒噤:不!我不回去!我再也不要回去了!二哥在自流井你知道吗?我现在要见二哥!

天下滋味后院,孟天运与孟若因再次相见,四目相对,有太多的爱,太多的悔,太多无法言说的伤感惆怅缠绵交错在一起。

看着两人僵硬在原地。孟天慕说:二哥,若因自由了。

孟若因捧着自己的肚子,眼泪簌簌淌落:二哥,五哥把我救出来了,你还要我吗?

孟天运热泪盈眶,他扔掉笔和账簿,大步上前,一把将孟若因揽入怀中:你本来就是我的!

孟若因伏在孟天运胸膛上,放声大哭。孟天运也泪流满面。孟天慕走上前来,伸开双臂抱住了孟天运和孟若因,他的脸颊也有泪水滚落。

天下滋味大酒楼后院最大的房间,已经收拾一新。孟若因躺在床上,和煦的阳光从窗口投射进来,暖暖地洒在她的脸上。

孟天运端着一碗汤走进房间,他在床头坐下:这是鸡汤,以后每天两碗,你要好好补养一下身体。

孟若因又红了眼圈问:二哥,你不会后悔吧?

孟天运握住她的手:你说什么胡话呢?这里以后就是我们的家了,我们两个人再也不会分开!我要好好地疼你,让你过最快乐的日子,让你做最幸福的人!

孟若因看了一眼被子下面隆起的肚子,分外为难。孟天运的眼睛却清澈无比:孩子是无辜的,等他生下来,我和你一起养他!

孟若因悲喜交加泪如泉涌，她拉起被子，遮住了自己的脸。

这天，孟天慕回到孟五德堂之后，把若因的事情都告诉宛如了，宛如一边抽泣，一边说：早知今日何必当初，说到底是我对不住他们两个呀！老五，你去跟他们说，就说我说的，登报和我脱离关系吧，这样他们就能名正言顺地在一起了！

孟天慕劝道：大娘，何苦这样呢？自流井谁人不知我们兄妹的关系？再说了，登报脱离关系，二哥和若因就不是您的子女了？我料想他们也不会同意的。过一段时间，等大家心里的伤痛轻一些了，再来议这件事吧，您说呢？

宛如想了想，擦了擦眼泪，又把裴二娃的婆娘荷花叫了过来，让她去天下滋味照顾小姐，她生过娃娃，人又踏实，换个人宛如也还不放心，还让裴二娃去总账房支钱，多置办一些生娃娃和坐月子需要的东西，今天就过去。白天黑夜守着小姐，一定把她照料好了。

荷花当即答应，让大太太放心。

荷花每天陪着孟若因，照顾她，陪着她到天井里散步，她告诉孟若因：大太太说，她现在没有脸面来见小姐和二少爷。等小姐把娃娃生下来，气也消了，她要正儿八经地办二十桌酒席，把你和二少爷请回去，还要把你们安置在正院里面。

孟若因没有说话。荷花又说：为了保住孟五德堂，大太太舍了小姐。可我们都晓得，那段时间她老人家几乎把眼泪水都流干了，她心里痛哩！我是看着大太太把你们几个养大的，我晓得，除了老四老六，你们都是她的心头肉。戏文里讲，冤家宜解不宜结，何况她还养育你们成人。等娃娃生下来还是回去吧小姐，毕竟都是一家人啊！

孟若因叹了一口气：其实我也不是不爱大娘，不理解大娘，但回不回孟五德堂这件事我要听我二哥的。

正说着，孟天运端着一个瓷钵走进后院：你怎么不在床上休息又下地了？

荷花笑道：二少爷，是我要小姐下地多走动走动的，把筋骨走开了，生娃娃的时候少遭罪。

孟天运也笑：真是样样事情都有学问。他把一个瓷钵放在天井里的石桌上：我听他们说坡上的露水菌是大补，就叫燕家成去采。结果他不仅采了一把露水菌，还用弹弓打了三只斑鸠，我索性就给一锅炖了。一会儿不烫了，你舀了让她吃。

孟若因嗅了嗅气味：这样吃下去，我都快变成猪了。

十八

荷花赶紧说：哪里会！大家都晓得你身体亏惨了，要狠补呢！昨晚大太太让人连夜去沱江收退秋鱼，一共收了四条回来，刚才裴二娃已经送来交给后厨的李师傅了。好贵呀，四条鱼花了七个银元，值好多担谷子哟！

孟若因终于过上了幸福的生活。

孟天运与孟若因对视一眼。但是，对于回孟五德堂的事，孟天运虽然一再表示忘不了大娘的恩德，一定会回去的，但只是不是现在，眼下自流井还不太平，还要再等等！

2

随着孟天慕入驻自流井，就任国民党自流井市党部书记长，孟天运的工作也越发艰巨，党组织特地派来了丁一轩，跟孟天运交代下一步的工作。

多年不见，两个故人见到对方，都分外高兴，紧紧相拥。

丁一轩告诉孟天运：省委认为，你们自流井特支组织的这次以大游行为主的行动，声势浩大，有理有节，不仅促使当局改变了盐务政策，也让盐工们的要求得到了部分满足，使党领导下的总工会在盐工心目中确立了相当的威信，意义非凡！

孟天运说：这次行动取得胜利后，我们支委也做了总结，认为成绩还是比较大的。除了基本达到组织这次行动的目的以外，还在盐工中发展了黄三更、李来财等一批同志，壮大了自流井党组织的力量。

丁一轩赞许地颔首后说道：西安事变之后，国共两党的第二次合作已成定局，根据中央的指示精神，省委对我们今后一段时期的工作做了较大的调整；自流井的工作重心也将以宣传抗日民族统一战线，动员全民支持抗日为主。

孟天运点头。

丁一轩说：上级组织对你恢复自流井特别支部，开办夜校，组织工会以及领导这次盐工行动给予了高度肯定；但你很有可能已经成为我们对手重点监控的对象，虽身份尚未暴露，但已非常危险！

丁一轩所指的那个对手就是孟天慕。他拿出一张孟天慕与四个人的合影照片递给孟天运：这四人是孟天慕从不同地方挖来的精英，号称他的四大金刚。

孟天运这才发现，那四个总是跟在孟天慕身后的黑衣人就是他们。丁一轩手指指着照片上一个瘦削男子。这个人叫白丁，中央陆军军官学校成都分校第二期政训班毕业，湖北孝感人，其父是国民党军事委员会办公厅少将处长。此人文笔极好又兼心思缜密，恐会被孟天慕启用主管机要档案并分管宣传一职。

丁一轩又指着一文质彬彬的男子说，这人你要重点防范，他叫戴宗，与水浒传里那位神行太保同名，江西九江人，为人圆滑，极善交际，颇有心机。他是情报收集和跟踪事务方面的专家，成都地区的几个交通员均落网于他手。目前，对你和自流井特支的同志来说，此人的威胁是最大的！

丁一轩又用手指向照片上一个鹰嘴鹞目的男子。这个人姓金，叫金焘，大足县万古镇人。屠夫出身，曾因杀人落草为寇；后被杨森二十军下面的一个别动队招安，混了几年后又辗转进了宪兵团。孟天慕不知通过什么关系从宪兵团将他挖走。此人擅长刀枪，精于暗杀，手上沾满我们同志的鲜血，估计会任孟天慕的行动科长！

最后一个是外貌宽厚的老索。丁一轩说，你可千万不能小觑，他面容看似宽厚，实则城府很深，文武兼备，老奸巨猾，是个难缠的对手。我们只知他姓索，是孟天慕中央军事政治学校武汉分校同学；他父亲被我党镇压，反共立场非常坚定！

孟天运这才惊觉孟天慕准备大动干戈了！

丁一轩点点头，孟天慕带着这几个人回到自流井，搞情报的，搞跟踪的，搞暗杀的，搞宣传的，明显针对我党地下组织，而你面临的危险尤其大！现在我们就来商量一下自流井特支下一阶段的斗争策略！

孟天运接着分析：孟天慕手下的人员配置显然不同于国民党一般党务机构；更像一个特务机关。但他口头上不提与我党的交锋，而是号称首要任务是反贪腐，整顿吏治。我们就给他提供靶子，看他敢不敢打？他若真打，倒还真减轻了自流井特支的压力，我们可以根据他的招数从容调整斗争策略。

丁一轩好奇：你掌握有这方面的情报？

孟天运点头：有。我利用天下滋味与自流井各界都有较好的关系，尤其是袍哥堂口合盛公。合盛公的舵把子文玉琨把我认作了兄弟，想拉我入股做生意，无意中透露了他和市政委员会胡祖善、盐务局夏青城以及曹永茂堂曹子才合伙贩卖私盐并走私鸦片的内幕！我曾经答应过文玉琨，等酒楼有了一定积蓄以后入伙，他完全相信了。随后我安排自流井的乞丐头目向麻子派人暗中盯梢了很长时间，掌握了他们贩卖私盐和走私鸦片的证据。

丁一轩闻悉连连称其太黑暗了！他嘱咐孟天运，一定要利用好孟天慕，设计让急于做出政绩的他被迫去揭开国民党政府腐败的黑幕，也借此掩护你们的工作！

十八

孟天运说，放心，我有办法让他们自相残杀！

一块印有国民党党徽并写着"中国国民党自流井市党部"的木牌悬在井神庙门侧的青墙上，阴冷的天光下显得狰狞、莫测。

孟天慕的办公室布置得极为简洁，办公桌后是一幅孙中山像，两边挂着"安危他日终须仗"、"甘苦来时要共尝"的对联。正对办公桌则是一幅蒋介石的戎装照，两侧也有对联，分别写着"立人即以立己"和"革命必先革心"。

靠墙一角挂着帘子，帘子后面摆放着一张行军床。他和其他国民党官僚迥异，不收礼，不吃请，不在办公时间以外会见任何人，所有持巴结之意的官宦商贾都在他面前碰了钉子。在办公室见过他的人说，正襟危坐，不苟言笑，手捧一杯白开水是他的招牌形象；整顿吏治，建立崭新政治示范区是他的口头禅。而随他就任的一众人员中有四人格外醒目，称为四大金刚，分管情报、跟踪、暗杀和宣传。

四人人手之后，立即对当前工作进行调整。白丁把档案室的档案一共分为八级，其中甲乙丙丁四级，必须持有孟天慕签字才能借阅；尤其甲级档案，只能在档案室有两名档案员共同在场监督的情况下查阅。而为了宣传工作提升起来，他们也打算办一份报纸，名字就叫《釜声》！

情报科，戴宗成立了两个分队，模拟共党那套三人一组、单线联系、隐语接头的工作方式正分别进行强化训练。队员都涉及自流井三教九流，市政府和盐务局是重点。另外，还选出人员素质最好的一组，一级监控天下滋味大酒楼。工作的重心是两条腿走路，挖掘共党分子和打击政府部门贪腐，齐头并进！

行动科，金焘的主要任务就是抓捕和审讯，同时需要提高搜捕疑犯和撬开疑犯嘴巴的手段。盐务局要把现有盐警队伍彻底解散，重新成立盐务税警强化培训，据说重庆行营政训处康泽康处长已经有所动作，不能让人把坑都占满了我们再费劲去拔萝卜！

这天，孟天运正在厨房挥刀切菜，孟天慕来到了天下滋味。

孟天运问他，怎么？是不是嘴馋了想到我这儿来打打牙祭？我给你上一道东坡肘子？孟天慕说我吃素，喝白开水，清心寡欲，你的那些大菜诱惑不了我。孟天运惊讶，小时候你可是最爱吃肉的。孟天慕道，吃清淡点能保持心地纯净，抵消欲念。

孟天运问，那你到我这荤腥气弥漫的酒楼干什么？孟天慕指指窗外围着大锅争食红汤牛杂的盐工们说，听说二哥开了几乎免费的流水席，我过来观摩。

孟天运笑答，生意人以挣钱为目的，但还是做点善事心安。

孟天慕说，二哥真好啊，管他们的肚子，还管他们的脑子。孟天运忙问什么意思，孟天慕也笑道，吃饱饭的条件不就是得去你的慈善夜校听课吗？我可听说除了教识字还讲古，官逼民反一类的故事讲得最多，二哥不是借古喻今吧？

孟天运毫不回避：正是！孟天慕问：那二哥也讲给我听听？

孟天运说道，以史为镜可以知兴替，自流井再没人管，怕真要重蹈官逼民反的覆辙了。孟天慕问，有这么严重？孟天运答，当然，官员贩卖私盐严重不严重？官员走私鸦片严重不严重？武装押运私盐鸦片严重不严重？官官相护欺上瞒下中饱私囊严重不严重？

孟天慕正了脸色，有这种事？孟天运笑曰，你赴任自流井不是宣称要反贪腐吗？要建立崭新政治示范区吗？要实现你三民主义救中国的理想吗？现在贪腐证据摆在那儿了，你敢不敢打？你若不敢打或是不愿打，那你的理想不过是自欺欺人，你这个官也不过是司空见惯的庸官罢了。待有一天饱受盘剥的民众醒悟过来自己去打，这不就是官逼民反吗？

孟天慕猛地站起身来说，我要证据！

孟天运说：闻听你手下能人很多，找这种事的证据应该不难。不过我可以给你捅一点别的信息。听说保安署要升格为警察局了，保安署长李德贵对局长那个位子应该是梦寐以求的。而李德贵混迹自流井十几年，你要想知道点什么，他不是个很合适的人选吗？

果不其然，孟天慕把李德贵叫过来之后，一番威逼利诱，李德贵就乖乖招供了夏青城除了搞官运积欠，还勾结合盛公的文玉琨，贩卖私盐，而且往滇黔口岸贩运私盐那只是小头，每次马帮回程，都不是空驮子，他们将卖盐之款统统购成南土和黔土，驮回来再转手戋给成渝两地的大烟贩子！李德贵关注此事不是一天两天了，据他安排的保安署密探回报，每月朔日前后，川康盐务总局会派一个班的盐警来提盐款押送到重庆，烟土十有八九是藏匿在盐款箱子里运走的！

得知这一消息的金焘要马上带人去把姓夏的家抄了，连人带货扣了再说！孟天慕没有理睬他，询问戴宗想法，担心贸然行动，一旦扑空将会很被动。

孟天慕判断，夏青城已经去职，仍敢从事这个勾当，说明他们早就形成了网络并且有高层官员庇护。如果姓李的举报属实，那么夏、文等人手中尚存有上个月没来得及运走的烟土。他让戴宗只要寻找到烟土的下落，就可以动手了。金焘赶紧去泸州，找他大哥借一个班的人马，换上盐警服装，在泸州等电报！

十八

221

3

戴宗查到了夏青城等人囤了一百多担烟土在鱼煎滩曹永茂堂的盐仓里，曹永茂堂的总管曹子才参与其中。但他已旬月不见人影，说是去了上海。

孟天慕当即决定开始行动，电报通知金焘。然后，他又去找了陈伍明，陈诉抓不到夏青城的把柄，就无法把他彻底打垮，我们的位子也坐不牢实。他让陈伍明把夏青城叫到盐务局。陈伍明一番吹捧外加套近乎，邀请夏青城继续在盐务局担任副职，主管业务，待遇不变，辅佐他经营自流井的营业，夏青城被陈伍明说得晕晕乎乎，分外高兴。

两人正说着，金焘还故意撞进来，要求提盐款，陈伍明一脸尴尬，说是正在整顿盐政，没收到多少盐款，流露出十足的窘迫相，让夏青城确定他说的都是真的。

夏青城回家和骆阿宝商量，当即决定接了这个差事。凭他在盐场摸爬滚打几十年的经验，很容易就能把陈伍明这个龟儿子给架空！陈伍明是老大，他还不承担风险和责任，再好不过的事情！

说完，夏青城就安心地让骆阿宝赶紧去合盛公通知文玉琨，明晚九点，把那批烟土搬到他这里来；还是老规矩，把那个姓金的队长拿下以后，明晚十点让他带人连夜把货提走！

次日，金焘来夏青城家中提货，看着他们把货搬出去，夏青城总算松了一口气。孟家老五可不是省油的灯，这批货压在手上让他一直很担心。可是，看金焘搬货的时候，夏青城又觉得很熟悉，就是想不起来自己曾经在哪里见过。

当晚，为了庆祝自打官运积欠惹出事端后的连日阴霾，夏青城还和文玉琨喝得烂醉，却没想到，第二天，夏青城来到井神庙国民党党部大院，刚走到院子中央的夏青城突然停了脚步，脸色大骇。

前院静谧无声，无人走动，而一侧的回廊上，整齐码放着苫布没有盖严、封条已经撕开的一排黑漆木箱。夏青城目光惊愕，左右看看，急忙转身。文玉琨大大咧咧走进前院，与夏青城撞个迎面：哦，夏副局长也来啦？

两人没想到会在这儿不期而遇，更没想到那一排黑漆木箱就摆在那里，两人正准备转身欲走，金焘一脸杀气地站在大门口，面无表情地说，书记长请二位来，茶还没喝怎么就想走？

两人瞠目结舌，惊恐地面面相觑。金焘说，你们走不了啦！

孟天慕办公室，孟天慕坐在办公桌后看信，戴宗、白丁和老索站在一侧。金焘进来报告，说二人已经单独关在羁押室里，身上的硬物、腰带都搜走了。孟天慕交代，加派岗哨昼夜看守，要留活口。另外严格封锁消息，之后又让戴宗去请胡祖善。

继而，几人开始讨论应对。向来深谋远虑的老索分析，数量如此巨大的鸦片贩运，夏青城一伙绝不可能独吞这桩买卖的暴利，而应至少拿出利润的六到七成逐次贿通各个环节，以保障这一勾当的风险最小化，书记长手上捏着的两封信足以说明问题。令人意想不到的是，他们竟然敢让素不相识的金焘上重庆盐警总队长那儿去索要另一半押运费，足见这个鸦片贩运网络不仅成熟，还十分猖獗！顺着那两封信一捋，不知会捋出多少贪官污吏来！老索认为，也就是说，我们是捏了一个烫手的红薯在手上，处理不好，会麻烦不断的！

面对这样的麻烦，老索说毫无问题，因为书记长让戴宗去请胡主任，就是把烫手的红薯扔给了他。夏青城能够肆无忌惮地在自流井贩运鸦片，作为一市之行政长官不仅不可能充耳不闻，极有可能也在其中受益。让他出面来处理这桩案子，既给他留足了脸面，又把此人牢牢捏在手中充任党国走卒！

而对于罪大恶极的夏青城，按理，国法难容，罪当诛杀！想夏青城能在川南盐务局局长任上一坐十来年，身后不可能没人给他撑腰。在没搞清楚他身后的靠山是哪路真神之前，杀他，难免投鼠忌器。

可是，孟天慕却不管他有没有背景，坚决不肯轻易放过他。老索提醒，我们不是缺大笔的资金吗？我的意见是，反正他获得的也是不义之财，让他拿钱出来买命，把这人情卖给他的后台老板们。杀个把可以杀的人，借此事件树立市党部形象。而那些鸦片烟，当众焚烧一小部分。剩下的，当然也不能接着贩运，据老索所知，鸦片贩运大多是找好下家才敢启运；旬月之后便会有人主动找上门来赎买这批货。而孟天慕一直想在自流井办一所免费小学，正愁短缺经费，不正好借此机会。

于是，孟天慕将处理鸦片的事情交给老索，自己不过问了。

戴宗把忐忑不安的胡祖善请了来，孟天慕好言跟他商议一个妥当的处理方式，他的本意是，备齐材料立刻上报重庆行营和川康绥靖公署，连人带赃押解到重庆去，自己不插手此案，大家落个清静，请教胡祖善是否可行。

胡祖善脸色煞白，尽力稳定住自己的情绪说：这样处理当然简单。可此事的棘手就在于，如此大案，定会牵扯出上下一连串的官员。重庆行营的态度必定是立斩不赦，好借势削弱地方势力；而绥靖公署则一定千方百计予以遮掩，力求不扩大事态。如此一来，无异于捅了马蜂窝，无论他们双方博弈谁胜谁负，此案涉及的大小官员均会以你我为敌的！

孟天慕故作沉吟，称有道理。问胡祖善的意思。胡祖善说：恐怕只能限制在自流井这个范围内来处理。

孟天慕答：也好。趁现在消息尚未走漏，重庆方面还不知情，我们大张旗鼓地将一众人犯就地公审、枪决，把鸦片也焚烧了。不仅可以震慑邪恶势力，还能树立自流井党政机关公正廉明的形象。

胡祖善又关心人犯是否审过，孟天慕就借机让胡祖善负责案子，做主审官。

羁押室，胡祖善面见夏青城，告知他将被公审，然后就地枪决。夏青城起初还不信，之后又让胡祖善赶紧给他丈人发电报，求援，这才得知孟天慕封锁消息，目的就是取他项上人头。

夏青城彻底软了，扑通一下跪在地上磕头，求胡主任救命！不看僧面看佛面，念在你我相识多年共事有些时日的分上，拉兄弟一把！

胡祖善鄙夷地看着一把鼻涕一把眼泪的夏青城，说别吼啦！若不是想救你，我才懒得招揽这个案子呢！现在唯一可行的，就是拿钱买命这条路可走了！胡祖善伸出三根指头，少了这个数，我没办法跟别人张嘴。再说，还要拿钱让堂口文大爷站出来替你背过呢！

无奈之下，夏青城倾家荡产，拿出了三百万，又让老索就此事去游说了孟天慕一番，而老索也要求，既然是赃款，谁也别想挪用这笔钱。用它建立一个建设基金，把这笔钱用在修桥、铺路上。另外，市政委员会再拿一个架设长途电话线的方案来，尽快结束自流井只有电报没有电话与外界联系的历史。

胡祖善点头如捣蒜，而对于文玉琨，丢卒保车放了主犯一马，从犯就得做主犯！白科长可是已经撰写好布告，明日便要张贴！办桌酒菜吧，明天送他上路！

4

坐在一桌酒菜前，文玉琨捧着一张写满字的稿纸看。

对面的胡祖善问：想好了吗？想好了就在这里把手印摁了，我马上把管五爷和另外四个兄弟伙放了！

文玉琨不忿：为什么单单毙我，那夏青城呢？让我承认是主犯，狗日的曹子才咋个说？他才是贩运鸦片的主犯！所有主意都是他出的，始作俑者不收拾嗦？

胡祖善只能说：夏青城曾任政府官员十余年，那是重庆行营点名要的人犯，如何处置，我们鞭长莫及。而曹子才没有被抓到把柄，你如果不愿意顶这个主犯，也不勉强了。可你晓得，事情到了这个关节，怎么说你也是活不了的，而且你那几个兄弟伙还得陪你掉脑壳！不仅如此，合盛公必被查封，所有资产罚没充公！我胡祖善能够帮你的，也就是捎口信让人替你准备棺材！

文玉琨愣怔中下意识地端起一杯酒，手颤抖着，酒液洒出不少。

胡祖善乜眼看着他。文玉琨痛苦得五官挪位。

胡祖善一拱手，就此别过！话落，他抬脚往门外走去。

文玉琨下了决心，一口喝干酒杯里的酒，叫道：慢！文大爷这盘认栽！他将酒杯往桌上重重一放，袍哥人家决不拉稀摆带，把东西拿来！

胡祖善递上稿纸，又拿出一个印泥盒放在桌上。

文玉琨在稿纸上摁了手印：胡主任，文某晓得，老子不死，白道黑道都摆不平，我答应是明死，不答应是暗死，反正都要代人受过！为了我堂口浑水清水几千兄弟，文大爷答应了！不过，话要说清楚哈，死可以，但要死得体面。我有三个条件，一不上绑插标，二不跪地挨枪，三要坐车游街，唱一出《肖方杀船》！我要跟自流井的人喊醒了说，二十年后，文某人还是好汉一条！

于是就这样，锣钹声中，文玉琨头戴方巾，身着水红长衫，手拿折扇，踩着快步出了国民党市党部大门。自流井的百姓目睹了若干袍哥披麻戴孝，拉着口中咿咿呀呀的文玉琨文大爷前往河滩受刑的一幕。

河滩上，尖利的锣鼓声中，祝三爷领着一众披麻戴孝的袍哥齐齐跪在地下，哀恸大喝。文玉琨大怒，哭！不许哭！都给老子起来！袍哥人家不是哭丧匠，不准拉稀摆带！给老子雄起！有道是，袍哥人家，自己刨泥自己造，自己挖坑自己跳，自己安刀自己镖，自己下药自己瘆，何劳诸位金驾到哇！

最终，文玉琨被李德贵毙在了河滩上，走完了自己人生的最后一程。锣鼓齐响中，一声枪响，一团血雾，文玉琨从石头上栽倒在地。

5

数月之后，孟五德堂，一直被关在阁楼上的水香这天终于要临盆了，汤俊川从威远找来一个接生婆，夜里偷偷从后门领进花园阁楼，天不亮就送走了。

水香生下了一个女儿。汤俊川遵宛如之命去抱婴儿时，水香死死抱住婴儿不撒手。争夺中，婴儿的额头磕到床角，留下疤痕。最终，婴儿被汤俊川送给一个戏班班主,远走他乡。

宛如则给了一笔钱,打发水香回了重庆娘家。一叶小舟,孤独地划行在暮霭沉沉的釜溪河中。水香神色哀怨地坐在船头。

前方隐约出现一座码头。水香问艄翁,前面是什么地方,艄翁说,那是仙市。仙市一过,就要挂灯走夜路啰!水香询问,仙市离自流井有好远?艄翁说,走旱路比水路远一点,也就二十来里路,近得很哩!

水香于是让艄翁靠岸,她就从这里下船,付过的船钱也不会再要了。

就这样,沿釜溪河顺流而下的水香没走多远便上了岸,悄悄返回自流井藏匿起来。在她心里,实在太挂念那个不知所踪的女儿,还有那个早就离她而去了的孟天宝。

此时的孟天宝,人在成都。

成都,鼓楼洞街葛园茶社,一个干瘦男人与一青面龅牙汉子隔桌对坐,两人身后,各自站立了数名身穿青绒短褂、杀气腾腾的袍哥。

青面龅牙汉子叫麻大胆,正在跟干瘦的葛大爷抢地盘。麻大胆说,离城五里先问盐米,你葛大爷手底下的兄弟伙跑到我的地盘上揩油水,我麻大爷帮你修理了他,你该谢我才是!葛大爷回答:一个老鸹守一个滩,你麻大胆的手未免伸得太长了点!

麻大胆提出条件,人,他可以放他回来,但得拿扣着三益社的货来换,今天同声社不打让手,就是老婆婆吃腊肉——要撕皮!而且他还要把话喊醒了说,那些货里头有稽查处一股,看哪个敢打来吃起!

葛大爷却毫不退却:河里头的鱼,哪个打到是哪个的运气!黄糖饼子白糖糕,各人的码头各人包。抬菩萨吓罗汉吗?正好,我同声社的李三爷在警备司令部应差,喊稽查处的人到警备司令部去点货!我肯信你敢抱起石头打天?

两人吵了半天,最终都谁也不让谁。

葛大爷怒了,散了之后直骂这个麻大胆不依教,只有雇人把他毛了,这事要找一单线空子来做,最好是外乡人,莫走水!

于是,当初因为汤俊川一念之善放过的孟天宝就再次出场了。他被带到葛大爷面前,孤零零的汽灯下,一张脸煞是青白。

此时的孟天宝从河滩上死里逃生之后,流落到了成都,身体的残疾让他今生今世与女色无缘了,这令他变得格外阴毒,成了一名冷酷的职业杀手,人称白面判官,干着杀人越货、无恶不作的勾当。

孟天宝对外宣传自己是跟人结梁子杀了人,从自流井跑出来的。而他跟葛大爷做这趟生意，还意外地开出了一个分文不取的价码。

葛大爷意外地问他：那你要什么？孟天宝却说：事成之后，望葛大爷栽培！为了好办事，他还问葛大爷要了一把在警察局保留案底的左轮手枪，轻便、不跳壳、不卡壳，然后独自开展了暗杀行动。

葛园茶社，麻大胆正跟几个袍哥交头接耳，角落，孟天宝手捧报纸戴着墨镜一旁监视。见麻大胆起身离去后，孟天宝也将手中报纸一叠，摸出两个铜板往桌上一扔，跟出茶社。

一家挂着"勾魂面"幌子的面馆，麻大胆大模大样地走了进去。孟天宝趁他不备，上前抬手就照着他脑袋开了三枪，又干净又利落，麻大胆应声倒地。

一旁的马仔们也急忙摘枪，孟天宝冲着他们也是三枪，趁街面大乱，极快地遁身而去。

孟天宝顺利完成了自己的差事，葛大爷也替他做好了善后的安排，当晚便将他送往灌县去暂避三个月。另外，葛大爷还十分好奇地问了孟天宝一声，为啥想入我同声社？

孟天宝抬起那张青白面孔，一个字一个字地从牙缝里挤出来：你同声社是义字袍哥总社，自流井的合盛公是你们的分社码头。而他，做梦都在想着，有一天能回自流井去，能向害他的那些人报仇。

十八

十九

1

　　孟天慕在自流井的第一仗就打得如此成功，让远在成都的曾纪周也没料到。他决定亲赴自流井视察。

　　火车站月台，戒备森严，持枪警察三步一岗，五步一哨。孟天慕、胡祖善等接到了前来视察的曾纪周。

　　孟天慕扶着曾纪周走下车厢，胡祖善也挤出一脸谄媚笑容：曾书记长拨冗莅临自流井视事，实乃盐场数十万民众的荣幸啊！我谨代表市政委员会，热诚欢迎您的到来，并希望您对我们的工作予以指导！

　　曾纪周看了一眼胡祖善，当即知道这是一个官场的老油子，人精儿当中的人精，于是说道：你是市政委员会胡主任吧？你市政的工作我一搞党务的哪能指手画脚？不合适，不合适。我此番到自流井来，是专为你们市党部孟书记长整顿吏治的第一招便侦破一桩官商勾结的贪腐大案而来的。此事轰动全川，震惊高层。据报，你胡主任在此次反贪腐行动中也有殊功，我整理齐材料会一并上报请奖的！

　　胡祖善煞白了脸，赶紧说功劳都是孟书记长和他手下诸位得力干将的，胡某岂敢贪天之功，遂尔佞妄！

　　两个人的时候，曾纪周告诉孟天慕，你放姓胡的一马是对的！初来乍到就一窝端、赶尽杀绝，会让人疑心你反贪腐的动机，招来不必要的非议。况且，还能把他的把柄捏在你手中，驭驶其为党国效力！一箭双雕啊！而且，现在闻听孟天慕出手不凡，曾纪周真有些后悔当初不该把他给放走了！

　　看到孟天慕就在办公室搭行军床睡觉，曾纪周大骇，还以为他跟家里翻脸了。孟天慕却说，学生以为，食不过三餐，寝无非一席；锦衣玉食、抱衾覆裯很容易让人意志软化而遗忘了刻苦耐劳、节俭朴实、不容有奢侈浮泛之行为的军人读训！他想做一个先天下之忧而忧、后天下之乐而乐的人！

　　曾纪周感叹，如今的官场里，哪里再去找这样的人才。本来他来自流井，还是想给孟天慕安排一次同僚训话，现在看是不必了！孟天慕年轻又没有宦场经历，川南一带民风彪悍，原来他还担心孟天慕镇不住堂子，想帮孟天慕拉一次大旗做做虎皮呢！走下火车一看那架势，尤其是胡祖善在他面前谦恭有加的态度，就知道训话这种流于形式的过场，在他这里可以免啦！

于是，曾纪周便让孟天慕安排一次饭局！在自流井最好的饭馆设筵。

天下滋味大酒楼二楼雅间，孟天慕逐一向曾纪周介绍手下四位得力干将，白丁的父亲还与曾纪周是世交，两人一通叙旧。

等菜都上齐了，曾纪周还是简单地讲了几句，说你们孟书记长领着诸位到此履新，整顿吏治的第一枪便不同凡响，震撼了死气沉沉的川省官场，让人耳目一新啊！孟书记长的理想，是要把此地建成模范政治示范区。听完刚才孟书记长对各位的介绍，我以为，他的这个理想不是虚无缥缈的乌托邦！有你们几位党国的赳猛之夫、毅勇干城辅佐，此理想得以实现并不久远！

众人在曾纪周的勉励下都很兴奋，曾纪周说完话，就让大家不用那么正式和拘谨，动筷子吃饭。他自己率先拿起筷子，攘了一夹菜，当即大呼这个菜实在是太好吃了。问叫什么名字，孟天慕愣了一下，就让老索去把孟天运请来了！

孟天运拿壶好酒过来了，敬了两杯之后，跟曾纪周事无巨细地讲述做这道菜的要义，没想到曾纪周听得饶有兴趣，还不断发问，惊呼没想到庖厨之道还有这么多的学问，今天算是长见识了！

两人谈商道，议庖厨，论诗文，相谈甚是欢畅。曾纪周不住称赞孟天运是个人才，假以时日，必为商界翘楚。孟天慕这才说明，孟天运就是他的二哥，他的养母共收养了六个男孩，他行五，孟天运行二，是他的二哥！

曾纪周盛赞自流井真是藏龙卧虎，连忙又是起身又是敬酒，孟天慕却话里有话说，其实不管放在哪个行业，我二哥都是最优秀的！学生也以为，我二哥屈居川南一隅，陷身庖厨之列，实在有些惋惜。一直在规劝我二哥不如信奉三民主义，投身我党；以他之才干，定能做出一番卓著业绩来的！

孟天运却摆摆手，笑道：曾先生，我早就对我五弟讲过，我这人生性散漫，不受束缚，对朋党政治也不感兴趣；挣了钱有能力的话，行行善积积德也就罢了！自打迷恋上了庖厨，自忖开家酒楼最适合我，做垮了也不会要人命，不敢好高骛远！

曾纪周赞道：远离朋党好，尤其要远离政治！那是一个大是非圈，危险多多，哪有做一个普通人快活？唔，勤勉做人，问心做事，你这种想法我很欣赏！

十九

孟天运和曾纪周继续喝酒吟诗。孟天慕面无表情，他的眼神在曾纪周、孟天运脸上游移了几个来回，又转头看了看茫然不知所措的老索等人，若有所思。

可是，不管那些面上的夸奖来得多么汹涌，上司的奖励来得多么有存在感，孟天慕在夏青城和文玉琨的头上动刀，这一把火烧出了大家的信心和快感，但他自己却不觉得有什么好高兴的。

这主要还因为这第一把火是孟天运点的。如夏青城和文玉琨那样的社会渣滓确实应该铲除。但他是被动踩进别人有意布下的套子了。不打吧，与贪官沆瀣一气，起码也是官官相护；打吧，做了别人手中的杀人刀，逼上梁山没有退路，徒让他人暗中窃喜。

孟天慕把情报科科长戴宗叫到了自己的办公室，询问目前监视天下滋味的三组人马。孟天慕当即要求，启用甲类监控，把其他地方的人统统调回来，集中盯死这一个点。凡进出这家酒楼的每一个人都要监视、跟踪、调查，包括所有的供货商。另外，想尽一切办法把自己人楔进酒楼去，那里的一举一动都要在我们的视线里！如发现异常，先不可妄动，仅需记录在案即可！还不要让对方察觉，他要伺机发难！二十四小时，三个月！他就不信他能密如铁桶，没有罅隙！

2

赵国梁负责夜校日常运作，在蜀风中学与文一佳的接触多了起来。文一佳与孟天运的关系赵国梁并不知道，其中共党员身份更没有向他透露。他与文一佳的交往就格外轻松。

这天，文一佳正伏案备课，赵国梁突然上门，说盐工夜校的教课先生就你表哥和徐三泰徐先生两个人。最近天运的事情多，经常抽不出时间来上课。不知您能不能来夜校给盐工们上上课？

文一佳有些惊讶，她不知道该给盐工们教什么。

赵国梁说：很简单。我打听了，你在学校教的是国文。夜校很简单，每天教盐工认五个字，讲讲字的含义和构造就可以了，你都不用备课。

文一佳想了想，要是那么简单的话，我就试试吧，也算帮我表哥做做善事。

自此之后，文一佳便开始在夜校教课，却没想到，这位女先生的到来，让盐工们欢喜雀跃，来听课的人密密麻麻站满了教室，甚至连窗台上也站满了人。大家都想一睹这个年轻漂亮的女先生，听课的效果也格外好，赵国梁很是得意。

　　课后，赵国梁还从饭馆给她拿来外卖，姜汁热窝鸡、宫保鸡丁什么的，都是灶头李师傅的拿手好菜，也是文一佳最喜欢吃的菜，他已经早早从孟天运那里打听来了。

　　文一佳一边吃着，一边跟赵国梁聊着，询问他既然是天运很要好的中学同窗，当初他放弃荣华富贵离家出走的事是什么原因。她只知道他当初是因为盐工受欺负，愤而离家出走。赵国梁说，哪有那么简单！不满盐工被欺凌是一个原因，但更重要的是因为孟若因！

　　文一佳瞠目结舌，继续询问孟天运和孟若因的故事，赵国梁就从当年孟天运在蜀南竹海救下孟若因开始讲起，一直讲到现在，文一佳听得欷歔不已，人世间还有命运这么苦难的女人！

　　赵国梁说：可不是吗！好在历经磨难，这两个人终于在一起了！估计他俩也不会再顾忌所谓的兄妹关系以及流言蜚语了。

　　文一佳闻言抹了抹湿润的眼眶，怅然神色袭上面庞。

　　之后不久的一天，文一佳挎着书包沿街走到天下滋味大酒楼门前，她住了脚步，犹豫着。有顷，她又转身向来路而去。可是只走了几步，她再次停下，回头望着酒楼，咬紧了嘴唇思忖良久，终于下了决心，走进了酒楼。

　　见到了孟若因，亲耳听她讲她和孟天运的成长、相爱、磨难和抗争，文一佳泪如泉涌。他们的爱情经历了这么多的苦难，现在终于走到一起了，她心里也是由衷地为他们高兴啊！

　　孟若因说，这些日子她也常常在想，一件珍贵的东西老天爷是不会轻易让你得到的，必定要经历九九八十一难。只要心诚，石头也会开花的。和今天相比，她之前所经受的一切都是值得的。

　　文一佳泪眼婆娑：能和天运这样的男人相守一生是多么幸福的事情，我好羡慕你啊！你们终于走到一起了，大家都为你们故事的结局高兴！

　　孟若因看出了文一佳也喜欢孟天运，文一佳却说，他心里只有你，再也装不进任何一个女人。

　　两人正说着，孟天运从外面回来，听说文一佳正在跟孟若因说话。想起过去文一佳对自己的表白，孟天运不由心头一紧，赶紧跑了过去。文一佳见孟天运回来，告诉他自己是在赵国梁那儿知道了他们的遭遇，过来看看若因，若因就把他们的故事都告诉她了。

文一佳真诚地祝福孟天运和孟若因，然后心碎欲裂地抹着泪水跑走。

不久，孟若因临产了，可是，由于胎位不正，孩子怎么也生不下来，疼得孟若因死去活来。孟天运、孟天许和孟天慕三兄弟分别从后厨、办公室和盐井赶了过来。

来回折腾了两个多小时。产房里的孟若因张着嘴，像一条离水的鱼，大口喘息着。她已经筋疲力尽了，湿漉漉的脸纸一样苍白着。产房外的三兄弟面面相觑，都是束手无策，爱莫能助。突然，接生婆惊恐万分地跑过来，双手沾满鲜血，颤抖着告诉三人，娃娃是站着的，就出来两条腿，卡住了。她询问三人，现在大人和娃娃只能保一个。

三兄弟几乎同时脱口而出：保大人！

接生婆又急忙跑回产房处理。孟若因一声撕心裂肺的呼号终于从她胸腔里迸射出来。黏稠的鲜血顺着床腿哗哗流下。

所有人都呆了。

下雨了。天，地，山，河，井灶，街巷，全都笼罩在绵绵不绝的烟雨之中。屋子里安静极了，只有屋外雨水顺着屋檐滴落的声音。

孟若因活了下来，而那个孩子夭折了。经历了一番生死的折磨后，孟若因像一页薄薄的白纸躺在床上。

孟天运抓着她的手守候在她身边。孟若因看着孟天运问，你还会要我吗，二哥？

孟天运也湿了眼眶：当然要你！我不是说过吗，这辈子我们都不会分开了！你先别想其他的事，要好好休养。何先生开了方子，让一个月之内别下床别着凉，很快就能康复。

孟若因声音细若游丝：二十年前的冬月初六你捡了我，让我留在了这个世界上。今年的冬月初六，你娶我吧。我什么都不要，我就想要一个光明正大的婚礼。

孟天运使劲点头：你好好休养身体，到冬月初六那天，二哥一定娶你，我一定要给你办一个热热闹闹的婚礼，把我们认识的所有人全都请来，请大家见证我们苦难的爱情终于可以见天日了！

孟若因把脸贴在孟天运的手上，幸福地流下了热泪。

得知消息的宛如又是老泪纵横，交代孟天许，等孟若因身体恢复了，把她和老二都接回来吧，我给他们办喜事。欠他们的太多了，我还顾忌这张老脸干什么？

宛如一边抹掉眼泪,一边继续叹息:也好,暂时先跟着老二也好,起码不会再受委屈了。娃娃没留住,大人肯定也遭了不少罪。这段时间你让曹大欢辛苦一下,时常去看看她,送点滋补的东西过去。莫让因儿觉得家里人对她不闻不问,真把她当成泼出去的水了!

孟天许一一点头答应。

3

孟五德堂最近有一件好事,那就是孟天许一直在试验的技术革新成功了,初步算了算,如果推广到孟五德堂所有井灶,机械汲卤与蒸馏法取盐的效率比以前纯手工操作提高了近百分之六十,保守估计,盐卤产量将骤增五成甚至更多!

孟天许一边挥汗如雨地吃着热气腾腾的红汤牛杂,一边跟二哥孟天运汇报着这些,孟天运守在灶台旁熬煮膏汤,听孟天许说到能增加五成时,不由吓了一跳。

孟天运询问孟天许,技术改造成功了,预计半年之后,孟五德堂会是个什么境况?孟天许不无担忧地说,半年之后,孟五德堂的盐产量将占自流井年产三成,运销一定会成大问题。产量提高了却雍积在盐仓运不出去,最终逼迫我们不得不开工半年,歇工半年!孟天运点点头,的确,前几年产盐年景最兴盛时,自流井的运力应付起来已经捉襟见肘,釜溪河里的盐船挤得像煮汤圆。那你准备怎么解决这个矛盾?

孟天许一筹莫展,孟天运建议,不如修条公路吧!修一条从自流井到内江的公路,连接上已有的成渝马路,东可以下重庆,往西可以上成都!至于修路的钱,孟五德堂出一部分,说服盐商们出一部分。

孟天许疑问:盐商们凭什么拿钱出来?孟天运提示:这就要在你的汲卤、制盐技术改造方案上想办法了!

可是,当孟天许回家把这个想法告诉宛如的时候,宛如却表示极大的不理解,每斤盐里已经抽了马路捐,天经地义该政府拿钱出来修路架桥,盐商凭什么出钱修路?

孟天许却说,等着忙于打内仗、抢地盘的军政府拿钱出来修路,岂不是雾里看花水中望月一枕黄粱?技术改造给我们带来了巨大财富,拿出一部分来修路建桥,回馈桑梓,当是理所应该的事!

既然如此，那宛如也不反对孟天许匀出孟五德堂部分资金修路，可她又疑惑了，其他的盐商凭什么也要一起出钱？

孟天许就把二哥的意见告诉她，说自己想把这次汲卤、制盐技术改造的方案公诸于众，让自流井盐商共享现代科技成果；条件就是按照各家井灶规模出钱，集资修路！

结果没想到，宛如闻言生气了：想都别想！宛如解释说，你从东洋回来之前，孟五德堂被夏青城、曹子才之流逼入绝境，我们也曾央求其他盐商援手，哪怕一家匀销我一部分盐去，孟五德堂也不至于被动到寸步难行，也不至于要将你妹妹孟若因拱手相送来解困！可他们惮于夏、曹之流的淫威，个个埋了脑壳做缩头乌龟，哪个肯出手相援了？如今孟五德堂有了自己的杀手锏，可以独步盐场，凭什么要将这绝技与他们共享？

孟天许只好跟宛如解释，这不是什么独步盐场的绝技，这就是普通的技术革新，用新的工业技术改造原始的汲卤手段和成盐加工工艺而已。

可是，就算如此，宛如也不肯答应。起码在自流井我们是独一无二的，绝不示人！公路，你就一截一截地修，就当行善积德，早晚总有修通那一天！

孟天许因为宛如倔强的拒绝而很不开心，但是他也能理解她是让这几年的波折给折腾怕了。

千鹤鼓励孟天许：以自己的聪明才智让更多的人受益，而不是只为自家攫取财富，你是对的！

孟天许于是告诉千鹤，其实之前二哥就已经猜到了大娘的反应，料定她不会同意，既然现在千鹤也说了，这件事应该做，他就打算按照二哥说的，给宛如来一个先斩后奏！

盐业会馆的会长选举大会，锣钹齐鸣，丝弦悦耳。会馆戏台上，一川戏演员头戴相纱，身着大红加官解袍，手执一叠条幅，和着锣鼓节奏跳着加官，他在各种夸张身段、步伐下，不断亮出写有"天官赐福"、"马上封侯"、"连登三级"、"财运亨通"等吉祥字样的条幅。

自流井的各界盐商、政界和富贾人士们齐聚于此。宛如之前就以年纪大了为由，决意不再参选会长，那么新一届的会长就要在另外五名候选人当中诞生。经过自流井二百一十五名盐商投票，孟五德堂少东家孟天许获一百九十六票，以绝对多数票就任新一任自流井商会会长！

大家鼓掌贺喜孟天许，孟天许走上戏台，先给大家鞠了一个躬，然后道：真没有料到大家会推举我来做这个商会会长，心里很有些忐忑，主要是不知道这个会长该做些什么。

这一谦虚在众盐商之间引起一阵哄笑。一个盐商叫道：就是替吃盐卤饭的人操心嘛！另一盐商也喊：对头！就像前一阵你跑重庆请来陈局长，就是会长该做的事！

宛如与陈伍明在一旁微笑。

孟天许抬手示意大家安静：陈局长的盐务新政已经颁布施行，这几天诸位恐怕都在家里猛拨算盘，测算下一个比期甚至下一年度的预期收益吧？大家都知道，陈局长提出盐价自由贸易、盐斤自由贩运的盐务新政为获得首肯，是对总局有承诺的；那就是每月必须交足一百五十万税款与中央银行作公债基金，这是新政能够顺利施行的前提！这几年盐业生产每况愈下，盐场不断凋敝萎缩，现在能够推卤之盐井仅余二百多口，月产卤水五十万担出头；按一担半卤水成盐一担计算，月产捆盐不过三十五万担左右，账没算错吧？

孟天许的发言，让一些盐商不禁疑问，孟少东家，跟我们大家算盐务局才关心的大账，是啥子意思哦？

孟天许解释说，因为现在的盐务局与我们诸位休戚相关！盐场每月不推足七十五万担卤水，熬不出五十万担捆盐，盐务局也就无法收足一百五十万税款，那么刚刚推行的盐务新政很有可能随之夭折！

可是，盐商们对于一下子要增产五成，纷纷表示不可能，摆玄龙门阵差不多！

一直坐在下面聆听的宛如，突然间似乎意识到了什么，脸色有些变了。

孟天许继续说道：孟五德堂日前通过技术试验，一举解决了产量小的黑、黄卤井不宜采用蒸汽机车推汲卤水的问题，使用蒸馏法取盐也获得了成功；效率比以前纯手工操作提高了近百分之六十，盐卤产量也骤增五成以上！商家谋利，天经地义，但若能以义为本，那这利谋得就更理直气壮！孟五德堂不愿此技术革新成果为己独有，愿无偿奉献给自流井盐场，奉献给自流井所有吃盐巴饭的盐商、盐工，与大家共谋进退，共同发财！

众皆哗然，片刻之后，掌声雷动。宛如的脸色却阴沉下来。

孟天许说，不过，他有一个条件。井灶经过技术改造以后，推卤盐井将骤增至三百口以上，推卤七十五万担得以实现，月产五十万担捆盐也不会有困难，但是，新的问题又出现了。自流井捆盐外运，夏秋两季以釜溪河船运为主，冬春枯水期则全靠高于船运价格数倍的铁路运至叙府转长江再船运，每月三十五万担，是运力的上限。井灶技术改造增产之后，五十万担捆盐如何运

十九

销，诸公可否考虑过？想解决这个问题，就唯有修一条从自流井到内江的公路，连接上已经通车的成渝马路，引进先进的汽车来跑运输；东可以下重庆，西可以上成都，这才能彻底解决运力不足的问题！

在场的陈伍明在二楼站起来，也当即表态：孟会长的提议不啻一击而中自流井捆盐运销的软肋！盐务局不仅十分赞成，也愿资金襄助。不过因财力有限，只能出一小部分以资支持，大笔修路资金还要仰仗盐场诸公啦！

孟天许附和：盐务新政必将带给我们盐商以不绝财富，捐出部分资金来修路建桥，回馈桑梓，当是我们理所应该做的事，何况路修好了获利最大的还是我们盐商。孟五德堂无偿公布技术革新资料的条件，就是依照盐场各家井灶规模集资修路！

在座的众盐商纷纷议论，交头接耳。唯有宛如，面无表情地枯坐着。

回到孟五德堂后，宛如沉着脸，质问孟天许：这么大一件事情你为什么事前不跟我商量？

孟天许还是老观点：要使盐场大面积增产以促使新盐政顺利实施，唯有我孟五德堂作出利益上的牺牲，公布技术革新资料，别无他途！增产，让盐务局收足税款让盐商们在新盐政下一起发财，再凭此一石二鸟集资修通公路，这不就是您一直推崇的还富于民、泽被梓乡的义商行径吗？再说……

宛如心有不甘地蹙紧了眉尖。两人正说着，孟天慕突然回来。孟天慕也知道了孟天许今天的发言，表示支持。还说大娘很开明，不是墨守成规、抱残守缺之人，孟天许应该先跟大娘商量妥当，再行事。

宛如被孟天慕奉承得美滋滋的，同时见孟天慕也支持孟天许，就摆摆手说，既然这个家已经交给老三了，让他依着自己的设想放手去干也是应当的，又没到悬崖勒马的地步，就不说这事了。

4

生活依然在自流井的每一个人身上滚滚流淌着。

先说说孟千鹤。嫁给孟天许来到这里的千鹤，秉持着日本女人谦恭赤诚的本性，孝顺父母，相夫有道，如今更是先曹大欢，怀上了孟天许的孩子。宛如听说后，高兴万分，让她争口气，无论如何都要生个男娃娃，生个孟五德堂再下一代的掌门人出来！

得知这一消息的曹大欢分外不爽。孟天许在公布增产技术后，又开始主持修建公路的事情，忙得早晚不见人。

此时的中日关系已经愈发紧张，随时都有可能开仗。孟天许分析，中日战事一开，长江航道必然受阻，海盐西进甚至完全中断；那么川盐肯定会迎来一个产销兴旺的局面，他要赶在这之前把盐场技术改造和修公路这两件事搞定。

曹大欢闻言便怒斥了小日本一番，说那个弹丸之地，居然打起我们中国的主意来了！

宛如略略瞄了孟千鹤一眼，怕引她多心，便将话题移开。

而就在那天的饭后，曹大欢在院子里碰上风风火火要往偏院跑的德娃子。便把他叫下来，问他少东家在井灶上、工地上忙得不可开交，你不守着他，跑回家里干什么？

德娃子只好说少东家差他去了趟重庆，替他收信。曹大欢好奇，有什么信不直接寄到家里要寄到重庆去取？便问德娃子要信。

德娃子百般为难，但还是只好把信交给了曹大欢。曹大欢一看，呆了。居然是一封日文信函，细细盘问德娃子，得知他是去重庆定远碑日本国领事馆取信，于是，曹大欢当即洞穿了千鹤背后的秘密。

曹大欢冲进千鹤的别院，一番冷嘲热讽，说谁跟你是一家人？你原来姓什么我不知道，但我知道你绝不姓孟！

孟千鹤被曹大欢呛傻了。曹大欢继续道：你一日本倭人，既然跑到中国的地盘上来了，最好老老实实守我们这儿的规矩！她瞟了一眼孟千鹤的腹部，说：念你肚子里留了孟家的种，我就不追究你在日本是使什么手段迷住了天许！但我要提醒你的是，我，才是孟天许明媒正娶的正房太太；而你，是姨太太！懂正房和姨太太的差别吗？

之后，曹大欢又留下信，警告道：喏！这是你日本来的信！看完信最好毁掉，别留下把柄！中国日本就要干仗了，你最好对我好一点，包括别在天许面前说我坏话。否则，有好看的戏等着你！

关于千鹤是日本人的事情，除了宛如，孟天许谁也没说，可是，这天孟天许带千鹤去看望二哥和孟若因。看着千鹤谦谦有礼的样子，孟天运当即猜了个八九不离十，逼问之下，孟天许只好承认。

孟天运担心地告诉孟天许：这可不是一件随随便便的小事，你和大娘一定要严守秘密！中日战争一旦爆发，这件事在自流井就是一颗定时炸弹，一旦暴露，后果不堪设想！自流井觊觎孟五德堂的人很多，我们几个兄弟间的关系也错综复杂；如果被人抓住这个把柄，对你，对孟五德堂，极有可能是一场灭顶之灾！

孟天许只好让千鹤更加深居简出，与老家的通信也是通过重庆中转，除此之外，还要处处小心。

再说孟天慕。怀揣着对理想的守望，孟天慕在自流井一再建树，由他主办的育英小学就要开学了，这天，孟天慕特地来到了自己的启蒙老师燕老师家中。

孟天慕恭恭敬敬地给燕老师深鞠了一个躬，感谢他当年的教诲，才有了今天的他。燕老师受宠若惊，孟天慕如今回自流井当了大官，哪敢劳他大驾来看自己这个无用的人。

一番寒暄叙旧，孟天慕这才长话短说，说明自己的来意。他说：天慕这些年在外漂泊，须臾不敢忘记您从小的教诲；心正而后身修，身修而后家齐，家齐而后国治，国治而后天下平。如今回到自流井就职，身负党国重任，很想做成一些于民有利的事情。我最近要开办一所小学，一所免费小学，自流井的适龄儿童均可就读。想以此来实践蒋委员长提出的人人有工作、有饭吃、有衣穿、有屋住、有书读的模范社会方针。

孟天慕衷心礼请燕先生到这所小学校任教，发挥余热。他当年所教授的忠孝节义，孟天慕二十多年受用不尽，获益匪浅，希望今天自流井的孩子也能有这个福分。等将来这些有文化的娃娃长大了，自流井想不变好都难。

燕伯卿格外激动，他做梦也想不到今天这个世道还有人在记挂着无钱读书的娃娃，思虑着自流井的将来，希图改变自流井的现状，改变盐工们又苦又穷，年年岁岁过着牛马一般的日子。他当即答应了孟天慕的请求，去他的免费学堂授课，这样的善事责无旁贷啊！

除了请燕老师出山之外，孟天慕还想请出另外一个人，那就是自称孟天运表妹的文一佳。这天，孟天慕来到天下滋味，跟孟天运提起了这个事。

孟天运却滴水不漏，说这事儿你得去问她，我做不了她的主。孟天慕故意说，她能去你的夜校给盐工上课，想必不会拒绝我吧？孟天运感叹：自流井的一举一动都在你的视野之内呀。孟天慕也叹道：职责所在呀。

明里孟天运行事无懈可击，把自己包裹得无隙无缝，让孟天慕找不到任何突破口，暗里，孟天慕只好频频出手，除了全方位盯梢之外，他还让戴宗安插了人去后厨水案做学徒，再有就是，他遇到了一个可以从近处盯着孟天运的人，那就是去上海避祸归来的曹子才。

下面说曹子才。一个密雨的深夜，曹子才撑着一把小伞，拎着一个小皮箱，前瞻后顾地走到曹永茂堂门口，轻轻叩响门环。

多日漂泊和动荡让曹子才不曾有一餐热饭，这天，终于吃上了家厨久违的小面。一边吃，一边听着岳父曹原三讲述这段时间自流井的巨变，惊恐不安地得知文玉琨被毙，堂口几千号人愣是眼睁睁看着，而那个不可一世的夏青城都被收拾得皈依伏法，押到南京候审去了。曹原三感慨：幸亏追缴官运积欠一事夏青城没有把你咬出来，否则，曹永茂堂不垮也要脱层皮！

惊愕自流井变天的曹子才得知现在是国民党市党部书记长撑着，而这个书记长偏偏就是他的五弟。对于这个六亲不认的角色，曹子才依然拍拍胸脯，要去巴结一番。

曹原三害怕，让曹子才别折腾了，说：实施新盐政盐场生意好做多了，最近连着开了好几家新盐号，大家都在赶这股潮水。你莫再东想西想了，规规矩矩做好盐生意！要是再给永茂堂惹些祸事出来，你莫怪我翻脸不认人哈！

曹子才讪笑着答应：不会了，爹您放心吧！这次教训实在太深刻，我再也不会乱想汤圆吃了！

但他还是去找了孟天慕。一见面，果真孟天慕板着个脸，让曹子才在公务场所，要注意称谓。

曹子才连忙称是，书记长，孟书记长，然后觍着脸在孟天慕旁边的沙发上坐下了。

曹子才大赞了一番孟天慕，说听说你回来了，我高兴得茶不思饭不想，睡都睡不着啊！我们六兄弟里居然出了你这么一个大人物，荣耀啊！风光啊！

孟天慕却不接他的茬，淡淡地问：你找我有什么事？他抬手看看表，我时间有限。

曹子才一怔，呃？我找你叙叙旧啊！孟天慕脸色阴冷：是叙你和夏青城、文玉琨贩卖私盐鸦片一事，还是你伙同夏青城打压孟五德堂迫使孟若因身陷苦难一事？

曹子才被孟天慕彻底说傻了。孟天慕依旧不看他，冷着脸说：念在曾经兄弟一场的分上，我可以不动你，但有条件。听说你在天下滋味占了一半的股，既然占了股，就别天天往合盛公跑，没事去酒楼守你自己的摊子，关照那里的生意。但是，事实上，这守摊子是幌子，我要你去守人。

曹子才万分不解，你不是跟二哥关系向来不错吗？怎么还要我去守？

孟天慕回答，我要你守的是陌生人！但凡进出酒楼形迹可疑、举止异常之人，都是你需要关注的。我的目的，是要保护二哥。

二十

1

　　曹子才接到孟天慕的任务后，有事没事就会出现在天下滋味里。这天，孟天运正和特支同事在后院开会，燕家成匆匆忙忙赶来，说曹子才来了。孟天运只好让他赶紧把账本拿来，几个人装成来讨债的，手忙脚乱地把曹子才应付过去。

　　曹子才以前来天下滋味，都是只喜欢坐在店堂里招摇，没想到现在总喜欢在后厨、后院乱晃，让孟天运没法进行自己的事情，只能说这段时间尽量别碰面议事，等他找到合适的机会再行通知大家。

　　而根据戴宗等人对于天下滋味的监视记录，孟天慕终于还是发现了异常。

　　办公桌上摊满了监视记录。孟天慕告诉大家，根据记录，天下滋味的白酒均由永春糟坊供货，且专有一小伙计推鸡公车送酒，每次均是送四坛。酒楼每天的白酒售卖量，据密探简报是二十斤左右，一坛酒能装大概五十斤。四坛两百斤，问题就出来了！根据记录，送酒的时间极没规律。有时很密集，一两天便要送一次；有时又很长时间不见动静，与酒楼每天出售二十斤左右白酒的正常消耗不相吻合。

　　孟天慕觉得永春糟坊有重大嫌疑，让戴宗马上调人，盯死永春糟坊，别放过任何线索！

　　自此之后，永春糟坊的老板杨老五，只要一出门，身后便会跟着一名装扮成乞丐、沿途拣拾烟蒂的特务，而永春糟坊大门斜对面，是扮成瞎子算命先生的另一特务。很快，他们便得到证实，糟坊老板杨老五只要从电报局收了电报回来，必让伙计往酒楼送酒！而糟坊伙计送酒到天下滋味后，有两种结算方式。一是挂账待结，另一种便是孟老板直接付现。特务们还发现，只要是直接付现，伙计回了糟坊，杨老五随后又是必去电报局发电报！

　　由此，孟天慕基本可以断定，天下滋味老板是自流井共党首脑已经无疑了，而永春糟坊老板杨老五则是他的交通员；他的职责，便是负责与上级联络，联络方式就在送酒与付现之间！

行动组的金焘一脸兴奋，立马要领两组人马，把天下滋味和永春糟坊同时端了！孟天慕斥他，什么时候能学会动动脑子？行事不要一味的轻率、莽撞！

戴宗略做了一下调查，发现杨老五开永春糟坊足有十几年时间，做共党的交通员，估计时间也不短；能屡次逃脱清剿，说明其绝非等闲之辈。他们设计这套传递情报通道的同时，一定在各个环节也设计了预警；倘若贸然动了杨老五，必定打草惊蛇！

孟天慕首肯，并且觉得杨老五现在不但不能动，还得把永春糟坊监视人员都撤了，他们的终极目标不是他，而要让孟天运心悦诚服，必得人赃俱获！

所以，孟天慕决定兵分几路。让白丁领人去电报局，把杨老五所有收发电报的底稿统统收缴回来，顺便再叫人守在电报局门口，专候永春糟坊的杨老五；让金焘把行动科所有人马浩浩荡荡开到叙府去，大张旗鼓地声称要在那里采取行动。明天一早，悄悄地把人马又拉回来撤出去，秘密地把进出自流井的水陆要道闸断，搜查所有过往行人，凡这段时间拖家带口、无缘无故搬离自流井的人，统统把人扣了再说！第三组人马，孟天慕要求当糟坊伙计推着鸡公车去酒楼送酒时，则把送酒的伙计连人带车秘密抓捕回来。

四个酒坛整齐摆放在桌上，酒封都已经被撕掉。果不其然，里边有东西，一把利刃细细挑开红布边线。一把镊子，从夹层里轻轻抽出一张电报纸。孟天慕接过来看：在府厚扰多日，承以家人待我，铭诸心腑！今去未亲向尊甫前叩辞，留笺代面，当能谅我！曾公。

显然，这是一份密语情报，孟天慕等人并不知道其中的含义。孟天慕琢磨着，让手下把电文誊抄下来，原件放回夹层去，再找人模仿这个笔迹重新写个酒封，仔细封好，尽量复原，别露什么纰漏。然后吓唬吓唬那个伙计，还是让他把酒送到天下滋味去。然后，先给插进酒楼的密探打声招呼，戴宗则亲自领人扮成陕商，去酒楼候着。只要孟老板拆酒封取纸条，迅疾动手，连赃带人礼请到这儿来！

老索告诉那个黑布蒙眼的糟坊伙计，说他们寻仇家认错人了，给他两块钱压惊，让他把酒送到该送的地方去，然后像什么也没发生一样，再回糟坊去，要是东看西看，或者说三道四，他们保证他晚上找不到脑壳洗脸！糟坊伙计连连答应，不敢多说半句。

糟坊伙计忐忑不安，东张西望地推着鸡公车走到天下滋味大门口，像往常一样，停稳鸡公车，朝店堂喊道：老板，收酒！

店堂内坐满了客人，几名伙计抱着酒坛，鱼贯走进店堂。

燕家成去雅间叫了正在和曹子才等人吹牛皮的孟天运，询问永春糟坊的酒送来了，账台里堆不下了，赵管账喊我来问问放哪儿。孟天运佯怒：这起鸡毛蒜皮的事情也要来问我？喊他们把酒抬到后厨，我马上来处理！顺便借机从局上撤出。

而乔装的戴宗等人也都作好了准备，低声吩咐：听见后厨有摔碗声，冲进去拿人！

后厨，一片忙碌，孟天运走进后厨，看似不经意地扫了一眼放在硕大案板上的四个酒坛。然后走到案板前，刚想抬手去揭酒坛酒封，蓦地定住了。

他目光聚焦在酒封上——"九如春"三个字。

他曾经跟杨老五有过约定，就是酒封上的字必须他亲自写，字迹若有细微改变，都说明有人动了手脚，这是他们之间传递情报的最后一道警示！

一旁的内线洗碗伙计，眼睛紧张地觑着孟天运，手里的碗慢慢举了起来。

孟天运定了定神，伸手三下两下拆下酒封，顺手揉成一团，扔进了火焰熊熊的灶洞里面。水槽边的洗碗伙计顿时愣了。

孟天运口里高喊：家成，给我拿个碗来！他尝了一口酒，破口大骂：永春糟坊太不地道啦！竟然敢用苞谷水酒来冒充九如春！家成你跑一趟，马上把杨老五给老子喊过来讲清楚！燕家成应声跑走。

办公室，闻悉状况的孟天慕面色骤变，一定是哪个环节出了问题，让孟老板有了警觉！虽然所有的细节听上去并无瑕疵之处，不过这已经不重要了！他让金焘等人赶紧行动，把杨老五给拘捕回来，别让他溜了！

结果，他们还是迟了一步。去到永春糟坊的时候，伙计说刚才天下滋味来了一个伙计，说今天的酒送错了，把他喊去说子曰去了。他们又迅速地追了出去，沿自流井水陆各要道追上二十华里，都没有截住杨老五。

孟天慕虽然失望，但也清醒，让他们别再费心思去追杨老五了，孟老板让人传的那番话里，一定有两人约定好的暗语，此人溜之乎也了！他们现在还能做的，首先是马上打电话给省警备司令部，让他们立刻把杨老五发出电报的接收地址封了！戴宗也即刻带人动身去成都，挨着捋一遍，说不定会有意外的收获；其次，孟天慕让老索亲自去天下滋味，把孟天运请来他的办公室一晤。

2

　　孟天运来到了孟天慕的办公室,孟天慕打算跟二哥摊牌,他就他的发现跟孟天运一一询问:你天下滋味大酒楼的酒,每天要卖二十斤左右,问题随之而来!据蹲守你酒楼的情报科特工记录显示,永春糟坊给你酒楼送酒极无规律。有时很密集,一两天便要送一次,有时又很长时间不见动静,与酒楼每天售卖二十斤左右白酒的正常消耗不相吻合,二哥当做何解?

　　孟天运坐在沙发上,悠然地啜了一口茶:你的人仅记录了送酒,怎么没把我退回去的酒记录在案呢?还有我自己喝的和请人喝的呢?一桩偶然的事情能说明什么?

　　孟天慕说:那好,永春糟坊老板杨老五只要从电报局收了电报回来,必遣伙计往酒楼送酒;而只要二哥你付了现钱,杨老五随后又必去电报局发电报。这就不是偶然了吧?由此,我分析断定,二哥,你是中共自流井首脑无疑,而永春糟坊老板杨老五则是你的交通员,他的职责便是负责跟你的上级进行联络!

　　孟天运一笑,你的这种推断是硬要把我跟杨老五拽到一起,可他卖他的酒,我开我的酒楼,生把我们拽到一起是什么意思呢?要不咱们去把杨老五找来,咱们当面锣、对面鼓,把这件事说清楚了!

　　孟天慕摊手:遗憾,杨老五已闻风逃遁;金科长正全力搜捕,相信不久便会有下落。不过,我可没有要给你硬扣一口黑锅的意思,我就是想好要怎么跟你对话,才把你请到这里来亮我的底牌!

　　孟天运格外拭目以待。孟天慕却走到办公桌前,翻开一本卷宗:这是情报科截获的杨老五打算送到你手上的电报,也就是你察觉出异样而烧掉的那封。典型的密语情报。除此之外,我已让人去电报局把杨老五所有收发电报的底稿统统收缴回来了。经过归纳、分解、剖析,这个署名曾公的电报最多,一共有三十来封,此人该是你的上级。这些电文交给情报科的人,三天之内,便能解译出个大模样来!而情报科的戴科长已经赶往成都,找到接收杨老五电报的地址挨着搜缴,就能跟你牵扯上关系了。

　　孟天运淡然一笑:杨老五失踪,你没有指认我是共党的人证;从电报局收缴的电文也不成其指证我是共党的物证;即便你的手下抄到了成都共党的老巢,跟我也八竿子打不上关系。我说老五,你究竟想干什么呀?

孟天慕目光坚定：挽救你！我希望二哥你回头！即使不跟国民党，不跟我合作，做一平凡百姓即可，何必冒着杀头的危险从事反政府的活动呢？

面对孟天慕的认真，孟天运却还是一脸嬉皮：笑话！救我？要是我染了疾病，自会去找何汉儒何先生抓药治病；经营不好酒楼，大不了关张歇业另寻生计。有什么需你来挽救的？而且，我现在已然是一个开酒楼的平凡百姓，你却认定我是共产党，你总得拿出过硬的证据才能逼我就范呀？没有证据，凭何要我承认这掉脑壳的罪名呢？

孟天慕被孟天运的询问激怒：你一定要逼着我亮出杀手锏，才肯低头啊？他疾步走到办公桌前，拉开抽屉，拿出一沓卷宗，一口气跟孟天运说出了他手头的所有底牌：三个月之前，情报科六十多号人就启用了最高级别的监控，全方位监视你的天下滋味大酒楼；凡是进出你酒楼的每一个人均受到了监视、跟踪和调查，包括所有的供货商。比如，我随便拿一天的监视报告，看看都记录了些什么。

孟天运故作镇静：洗耳恭听。

孟天慕随手翻出一张：十月十三，甲、乙、丙三人先后进入酒楼，择左下末桌而坐。甲坐主位，看似做东者。点了四荤两素一汤并一斤白酒后，丁到来，不住赔礼。其后，四人用耳语交谈，难以倾听清楚内容。席间，丙曾两度离席小解，耽时较长。菜过五味，酒楼老板曾来敬酒，从举止看当与丙是熟识之人。席散，一番争执后由丁会钞，四人同去。再查，甲：陈顺生，骑龙街17号陈同顺生湖绉绸缎庄老板。乙：黄元发，乃甲之连襟，该绸缎庄坐账掌柜。丙：萧义兴，泸州一捐客，与甲素有往来。丁：廖荣生，往返于泸州、叙府和自流井之间游商。据信，丁欠甲一笔货款，此次会餐当是商议逐期归还之事。而丙捐客之真实身份待查。

孟天运敛住了脸上的笑意。

孟天慕看他一眼，又抽出一张报告来：再看看这份。十一月初七，掌灯时分，三操陕地口音者进入酒楼，被招待安排至账台旁，酒楼老板亲自安排六荤三素一汤和两斤白酒。酒过三巡，三人发生争执，甚喧；酒楼老板前来相劝，三人复归于善，并邀老板相陪。其所交谈，多为陕地趣闻。又查，陕商甲：施全德，陕西富平人，拥一马帮，专事往秦岭山区贩运盐斤。乙：邝国元，成都后宰门街邓益寿堂药材采办。丙：陕西商洛人，自称商人，行为举止不似，身份可疑，待排查之。

对于孟天慕的用心，孟天运不由心生感叹，但他还是一副油滑不改的样子，说老五我还是没看出来你这杀手铜上的刃有多锋利，怎么就能让我低头啦？一切都是你的臆测，并没有直接的证据。

　　孟天慕举着手头的报告，说：我坚信你的天下滋味是你建立的一交通站，你和你的同仁常聚集在那里议事，而我手上这样的报告有近千份，情报科的人业已动手排查、甄别。相信不出一旬，凡没有正当理由、且多次均同时或先后滞留在你酒楼的人，都将逐一浮出水面；这些人应是中共自流井的各方头目，让我一网打尽不是件难事。这些人当中，可不是所有人都像二哥你一样，具有卓尔不群的智慧和坚如磐石的信念；恩威并施之下，相信自有苟且偷生者，那我所起获的将不仅仅是自流井共党组织，或许就是川南共党这条大鱼！清除掉你的同仁，并非是要拿你去邀功，而是要把你同那些人隔离开来。杨老五跑了，你现在失去了同上级沟通的渠道；燕老先生的小儿子现在至少有八只眼睛在盯着他，你是不敢贸然由他去通知你的同仁撤离的。还有谁？赵国梁？他一残疾人当是不堪此任的！或者，由在蜀风中学任教的你表妹来充任信使？这个险，你未必敢冒！

　　孟天运被孟天慕头头是道说得有点晕，询问他是不是打算把自己扣在这儿，腾出手去完成这个计划？孟天慕当即否定：你是我情若手足的二哥，我扣你干什么？再说，你的一举一动都在我的视线里；令你同外界没有任何办法联系的自信我还是有的。

　　面对孟天运的沉默，孟天慕劝说道：二哥，低头认输吧？逼得你进退维谷，纯属是为保护二哥你！把你孤立在天下滋味，处于四处无援的境地，就是想让你脱离开你的组织，安安心心做一酒楼老板，潜心去探究你的庖厨之道。别忘了二哥，你对若因是有承诺的吧。把你逼下共党这艘危船，我也是在为若因着想，哪天船翻了，不也是害了她吗？来之不易的生死爱情你就丝毫都不珍惜？你考虑考虑，我静候你的答复，希望你能承认你的身份，然后悬崖勒马！

　　孟天运一脸沮丧地离开了孟天慕的办公室，失魂落魄地回到了天下滋味。他已经可以确信，市党部情报科的耳目已经混进了酒楼，谁都难以动弹不说，就算不被发现溜出了酒楼，再摆脱众多跟梢通知支委，孟天慕一定有后续手段等着撤离的支委们自投罗网！而且，跟上级组织联系的通道彻底阻断了，还不知道情报科的人是不是顺藤摸瓜把成都老家也给掀翻了！

　　某种程度，他现在是被困死在了这里。

3

　　就在孟天运一筹莫展的时候，一个磨菜刀，人称魏菜刀的师傅来天下滋味磨菜刀的时候，不经意间跟孟天运说了一句暗语。孟天运当即知道，他是组织上新派来的联络员。

　　和魏菜刀搭上线后，孟天运得知，从今天起，他已经接替杨老五做交通员，而且，另一个好消息就是曾公到自流井了。

　　在魏菜刀的帮助和掩护下，孟天运穿上他的衣服，趁着门口一众耳目换岗的间隙，金蝉脱壳一般地出了酒楼。

　　在魏菜刀家，孟天运见到了曾公。曾公就是丁一轩，得知情况后，他第一时间赶到自流井安排工作。孟天运询问杨老五情况，丁一轩说，他收到你的警报后，用最快速度赶到了荣县，给我发了立即撤离的警示电报。我烧毁文件前脚刚出门，警备司令部的人就赶到柳荫街我家了，真是很悬！而我通知及时，另外两个接收电报地址的同志提前撤离了。

　　孟天运松了一口气，但亦告诉丁先生，孟天慕做了非常大的动作，把自流井特支包括我给困死了，如果不采取有效行动，危在旦夕啊！

　　丁一轩安抚孟天运，说孟天慕掌握了国家机器，力量悬殊，责任不在你身上。至于如何脱困，也别丧气！永远记住，你不是一个人在战斗！

　　鉴于目前这样严峻的事态，丁一轩告诉孟天运：组织上决定提前唤醒麦芒，这是我们一名特工的代号。学生时期就秘密加入我地下组织，奉上级指令已成功潜伏进了市党部，具体说，就潜伏在孟天慕身边。现在需要由他来设法，帮助你们摆脱孟天慕对自流井特支的围剿！

　　孟天运正待高兴，丁一轩却说，别高兴得太早，困难还在后头。唤醒麦芒之后，他评估了周边的危险状态，提出接头地点唯有选择在公众场合，且必须是孟天慕以及四大金刚都在场的情况下进行，并只能由你亲自去跟他接头。

　　孟天运不解：为什么这么苛刻，我完全可以像今天见你一样，摆脱那些特务的监视去跟他接头啊？

　　丁一轩却说，别忘了，他可是身陷敌营，不似我来去自由；他身边又有些什么样的危险，我们是不得而知的！而且，根据分析，麦芒的谨慎其实是对的。你和他同时都出现在孟天慕视野里，对于警觉过人的孟天慕来讲，是最容易放松警惕的时候，你和麦芒此时接头，也是最安全的时候。天运，麦芒对于我们来讲太重要了，不能去冒丝毫有可能使他暴露的风险！

而对于麦芒的身份，丁一轩只知道其以前是中央特科发展的特工，真实身份仅省军委书记一人知道，也就是说，麦芒极有可能是孟天慕四大金刚之一。

孟天运闻言惊呼太难，近乎不可能完成，而且可留给他的时间非常有限，孟天慕费时三月，记录下了进出大酒楼所有人员的名册，内容之详尽，令人吃惊！凡在酒楼碰过头的自流井特支所有支委肯定都被记录在案了。现在他情报科的人正在一一甄别、排查，最多十天时间，所有支委们的身份都将暴露而遭到逮捕！孟天慕敢公然摊牌还不扣留他，目的也许就是在等他发这信号让他们撤离，他一定是在什么环节上张网以待！

闻悉此言，丁一轩更加觉得，目前需要同麦芒接上头，知晓其彼的后续手段来应对拆招！组织上相信孟天运有足够的智慧，一定会找到办法的。

丁一轩还告诉孟天运，他在成都柳荫街的住宅已经暴露，在成都活动已不安全，上级调任他为川南特委书记，仍是孟天运上级。他将在泸州、叙府一带活动，之后他们之间的联系由魏菜刀担任交通员，具体联络方式，同魏菜刀商定就行了。

孟天运欣喜，离组织更近了！

次日，正是酒楼上座时分，店堂内人声鼎沸。孟天慕却突然来找孟天运，行色匆忙，一见面就说，二哥，出大事了！

孟天运和孟天慕疾步走到后院，孟天运这才询问出了什么大事。

孟天慕说，今天曾书记长来电话了，让我带上你，马不停蹄即刻上成都去省党部见他！

孟天运不由一愣：为什么事情去见他？孟天慕忧心忡忡：没有跟我讲缘由。我估计是谁把这里的情况捅给他了！我是绝对不会的，只有把你留在自流井，局面我才可控，才能最大限度地保护你！

孟天运皱眉，迅速判断着。孟天慕却格外担心，二哥，你要是去了省党部，那可就凶多吉少了！虽然我跟曾书记长有师生之谊，但在这种大是大非面前，他是绝不会手软的，我也左右不了他的意志！所以，你把你的真实身份招认了，就现在！我自信有能力去跟上面周旋转圜把你滞留在自流井来处理；倘若去了省党部，我就鞭长莫及了！

可是，孟天运死死盯看着孟天慕，问他在开什么玩笑！不是你的顶头上司曾书记长指名要我去的吗？我看他人不错，通情达理的，不像是赵高那种指鹿为马的人。而且，你都拿不出证据指认我是共党，他省党部能奈我何？还能屈打成招？走吧，别婆婆妈妈的，还行伍出身呢！走吧！

孟天运大步流星，从容不迫地走去。孟天慕却苦着一张脸，万般无奈地跟了上去。

行前，孟天运当着孟天慕的面，告诉赵国梁：我陪五弟去趟成都办公事，酒楼就交给你了！给后厨李老二打声招呼，我不在这几天别接包席，账也别盘了，统统等我回来再说。对了，墩子老侯不是抱怨刀钝了吗？一会儿叫人去把魏菜刀叫来，让他今天再晚都把刀给磨了！

孟天运就是用这种方式，向赵国梁通告了危险，要求同志们隐蔽潜伏，暂勿采取任何行动。

孟天运和孟天慕一路坐船，从内江上岸。木船缓缓靠近码头，孟天运钻出船舱，这才看见坐着的孟天慕，好奇问道：你就这么坐了一夜？

孟天慕两眼血红：我神经没你那么坚强，都火烧眉毛了还能睡得着觉！

孟天运却笑他，杞人忧天，活得太累，太不快活！

孟天运趁机询问孟天慕，自己是不是在那天曾书记长来酒楼吃饭时，多喝两杯话多了些，抢了你四位手下的风头，他们中有人不忿，给上面报了不实之词？

虽然孟天慕表示他们不是那种公然迈过他去打这种小报告的人，孟天运还是觉得自己那天有喧宾夺主之嫌，回头他做东，让孟天慕帮着邀上那四位兄弟，赔上几杯酒。他怕莫名其妙开罪了人，开酒楼最讲的就是和气生财。

孟天慕却质问道，回头？还有回头的可能吗？一进成都省党部，后面都不知道会怎么样。他却不知道，孟天运已经在为下面和麦芒的接头做打算了。

船到岸，两人出码头，来接他们的人却告诉二人，曾书记长今天一天都有重要会议，叫二位到成都后直接去盐道街他家里等候！

4

曾纪周家，孟天慕还在犹豫要不要主动请罪，孟天运却毫不在乎。一直等到曾纪周下班后，他回来连忙道歉怠慢，之后又说，没在电话里告诉事由，是觉得这件事情不是一桩小事，把孟天运请到成都来当面晤谈，一是显得正式，再就是考虑到对天运的尊重！

曾纪周的话让孟天运和孟天慕面面相觑，不明就里。于是，曾纪周干脆开门见山，说自己自流井一行对天运留下极好、极深的印象。他搞的这行就是跟各色人等打交道，不是自诩，真是阅人无数。他自信他的眼力和判断，天运是个靠得住的人！而他也从别的渠道了解了一下，天运还尚未婚配，背景也不复杂；所以，希望能将女儿曾语蓉嫁与天运，托付终身！当然，他也不能一厢情愿，还要看天运是个什么意思。

听曾纪周道明目的，孟天运脑子被狠狠撞击了一般，外界的所有声音顿时全都消失了。只见曾纪周还在喋喋不休地张嘴说着什么，可一个字的内容都听不见。一旁的孟天慕也是惊愕得连嘴都快合不上了。

曾纪周说着又把曾妻和曾语蓉叫了出来，给孟天运介绍。孟天运的目光落在了双目无神、无嗔无笑的曾语蓉脸上。曾妻却连忙向孟天慕夸赞，说你们孟家兄弟怎么个个都一表人才啊！

看孟天运尴尬，曾纪周说：事出突然，你没有心理准备，我理解。喝喝茶，静静神，好好想一想。要是首肯这门亲事，嫁妆我是早就备下了的，日子你来定，把家安在自流井也挺好。在我看来，那是一个远离尘世喧嚣的好地方，以后退了休，我们老两口也搬到那里去养老。另外，婚礼就在天运的那个大酒楼办，也不寒酸！你觉得呢天运？

孟天运木木地张嘴，说不出个所以然来。于是曾纪周说，我同天慕还有一点公务要办，让内人和小女陪你，然后，带着孟天慕去了省政府。晚上他在布后街荣乐园订了餐，可以再接着谈。

他们走后，孟天运和曾妻寒暄了几句。孟天运突然提出，自己来时匆忙，初登尊寓也没置办礼物，既失敬也抱歉得很。他想现在上街买来补上，否则，心里会十分不安的！

孟天运跌跌撞撞地奔出大门，茫然四顾，伸手叫来一辆黄包车，跨上车，嘴里说道：去稻粱谋！

稻粱谋饭馆，孟天运站在这里，脑海里却在回忆着当初孟若因初来成都，第一次带她来这里的情景。过去的生活，诺言和情愫一点一点重新浮现在了孟天运的脑海里，让他痛苦万分，不能自已。

失落的孟天运又来到柳荫街14号，丁一轩以前的家，此刻的大门上已经被贴了十字封条。孟天运做出一副闲庭信步的样子，在柳荫街14号门口走了几个来回。脑子里却想着当初投身革命时的热情和丁先生的教诲。

这让他脸上的神色渐渐变得毅然起来。

华灯初上，大街上熙熙攘攘，孟天运拎着礼品，当初入党宣誓时的声音此刻回响在他耳边，格外悲壮：我志愿加入中国共产党，严守秘密，服从纪律，

249

牺牲个人，阶级斗争，努力革命，永不叛党。

来到布后街荣乐园的雅间后，曾纪周满面春风夸赞天运：你还真讲礼数，这是何必呢？我对于你来讲又不是外人？

孟天运已经换了神情：短了礼数，怕对您和伯母不敬。又唯恐礼薄了，拿不出手，徒让您和伯母笑话！

曾妻一张脸笑开花了：不嫌薄，不会嫌薄的！老曾你也是，人家天运讲礼是厚道，你还数落别人！

孟天慕端着一杯白水，不苟言笑地来回看着桌上的人，忖度着。

孟天运斟上两杯酒：诚如书记长所言，事出突然，没有心理准备，乍一听说这件事是有些发懵。我下午认真想了很久，我一个酒楼老板能蒙书记长高看，三生有幸！与令媛语蓉小姐的婚事，我应了！

刚喝一口水进嘴的孟天慕差点喷出来，他一把捂住嘴，一脸通红。

曾纪周和曾妻却都喜不自禁。曾纪周看了一眼身旁木偶一样坐着的曾语蓉：好啊，好啊！我这心里搁了二十多年的石头终于落地啦！好好！呃婚期呢，婚期你是怎么考虑的？

孟天运说：我想尽快吧！今天是十一月二十三，定在二十六，快虽然有点快，不过，下午出去置办礼品的时候路过一家命馆，花十块钱请人测了个吉凶，这月只有二十六是吉日，适合我的婚事。要不，就要等来年三月了。

曾纪周没想到孟天运还信这个。孟天运却憨憨一笑，不怕您笑话我，天上掉了块甜饼子还偏偏砸中我头上，总觉得不真实，惴惴不安的。请人测卦主要是看这个。卦象上说时来运转，果不其然。

曾纪周当即拍板：好，就这么定了，二十六，我亲自把语蓉送到自流井来！天运，已经是一家人了，缺什么，还需要我做些什么，尽管说！

一旁的孟天慕早就傻了，孟天运看了一眼脸色铁青的孟天慕，对曾纪周说：我现在就改口，泰山大人，我是这么考虑的，成都这边的亲友，由您发邀请；自流井要请哪些人参加婚宴，我来安排。时间很紧，我得赶紧回去准备，吃过饭，就不在家里留宿，连夜赶回去，二老不会见怪吧？

龙泉驿山道，黑色福特轿车顺着盘山公路，逶迤驶来。轿车后座，孟天运、孟天慕都闭着眼睛，但看得出，两人心绪十分不宁。

有顷，孟天慕猛地睁开眼睛：停车！孟天运也睁开眼睛，孟天慕让他下车，他有话要说，然后拖着孟天运下了车去。

山道上，孟天慕怒气冲冲地质问孟天运：你为什么要答应曾家的婚事？若因怎么办？你可是答应了她冬月初六成亲的。

孰料，谴责、诘问并未震慑住孟天运，他缓缓言道：确实，听闻这事那一刹那，我跟你一样被打蒙了。但我趁出门购礼品之机，冷静地想了想，这样的机会实在是千载难遇！不知有多少人，削尖了脑袋想当他曾书记长的乘龙快婿。他既然看上了我，我为什么要与这样的好事失之交臂呢？我承认，作出这样的选择很痛苦！可良禽择佳木而栖之，曾家小姐跟若因比起来那就是佳木，鸟都知道歇高枝，我为什么不能？

孟天慕却出奇地愤怒：你娶了曾家小姐，岂不是抛弃若因，使她再一次遭受不幸吗？你这样做会让人不齿的！

孟天运说：别那么骂我，我没你想象的那么崇高。话又说回来，我做了曾纪周的女婿对你不是也大有益处吗？何乐而不为？改变命运的机会不能错过！再说了，你们兵法上都讲"合于利而动，不合于利乃止"，这下你总能理解了吧？

孟天慕目光犀利地盯视着孟天运，怒吼着：这不是你的真实目的！你是在利用这桩婚事解困！什么算卦啊，怎么去面对若因你根本没想好，就是害怕时间拖长了，承受不住自己内心的煎熬，所以，长痛不如短痛，三两下把亲成了，一了百了！二哥，你言不由衷，骗不了我！你们的事业就那么崇高伟大吗？可以让你放弃那么宝贵、那么不易的爱情？你的选择可能会置若因于死地你知道不知道？

孟天运强自镇定：当我的梦想高于一切的时候，所有一切都不足道，包括我的生命。老五，你想救我，我领这份情；但我又何尝不想救你呢？救你的最佳方式就是让你失败！

孟天慕眼前一亮：你的意思是，承认你是共产党了？

孟天运仰面大笑：我可没那么说，你最好也不要说，因为你没有证据，我相信你也找不到证据！

孟天慕：二哥，你别把话说太死！我们等着看！

二十一

1

　　孟天运和孟天慕坐着船沿着釜溪河一路回自流井。在他们离开的这段时间里，孟若因几乎天天都跑到河畔码头等候，看着她身体恢复得好，人也开心了，连丫鬟荷花都觉得很欣慰，期盼着冬月初六快点儿到来，宛如还说要把喜事放在孟五德堂办，念叨着倦鸟归巢的话。

　　两人正说着，一艘篷船从远处过来，船头站着两名黑衣人。孟若因仔细一看，从船篷内探头出来的竟然是孟天慕，连忙大叫：五哥！

　　孟天慕回身询问孟天运，马上就要到自流井了，你想好怎么跟若因说这件事了吗？

　　孟天运停顿了一瞬，还是请求孟天慕帮自己一个忙，让他去跟若因摊牌，他想象不出若因听闻他要娶亲以后会是什么反应，她若走绝路，也只有你能拦住她；最好把她送回孟五德堂去！

　　孟天慕坚持要求孟天运告诉他抛弃若因娶曾家小姐的真实目的，他才肯帮他这个忙，他说，要是大家知道了曾家小姐的状况，你怕是要遭所有人唾弃的！

　　孟天运说，要是在乎别人说三道四，我就不会在自流井待下去了，关于这个问题我想选择沉默，你要是有兴趣，可以慢慢猜。

　　兄弟俩都再不说话，各自望着远方沉默。痛苦、悲怆、焦虑、无奈，各种情绪一起袭上孟天运的脸庞。

　　篷船徐徐靠近码头。孟若因一蹦一跳地跑下长长的石梯，询问二哥在哪里。

　　紧跟着两名黑衣人跳下船的孟天慕说，他提前下船了，他要做一件有悖他本意的事情，不敢见你！

　　清冷的码头上，孟天慕试图想跟孟若因解释，孟天运要做一个出乎常人的选择，跟他有关，也跟她有关，孟若因来不及听完，就拔腿跑开。

街上，孟若因疯狂地跑着，一直跑回了天下滋味大酒楼后院账房，看着像被抽了筋似的瘫坐在圈椅当中，低埋着头的孟天运。孟若因急切地询问，二哥，到底怎么回事？究竟出了什么事情呀？

孟天运缓缓抬起头来，望了孟若因一眼之后，又痛苦不堪地闭上眼睛，一字一顿地说道：若因，二哥明天要成亲了。

孟若因一惊不解，明天才二十六啊？离冬月初六还早呢。

孟天运却说，二哥不是跟你成亲，二哥明天将跟别的女人成亲，那个女人，是国民党省党部曾书记长的女儿。

孟若因像是被电击了一般，她简直不敢相信自己的耳朵，愣了片刻后颤抖着嘴唇问道：二哥，你说的是真的？

孟天运摊手，我怎么会拿这样的事开玩笑。我知道，我已经没有请求你原谅的资格。若因，今生我们无缘了，来生吧！

孟若因伸手制止孟天运，问：你娶这个女人，就因为那女人的爹是高官？

孟天运点头。

孟若因神情悲怆：你什么也不用说了，我明白了！她僵硬着神情转身朝门外走去。哀痛不已的孟天运愣怔一瞬，随即起身出门，像丢失了灵魂般，机械地朝前堂挪动着脚步。

眼见如此，孟天运吩咐燕家成跟上去看着孟若因。一旁同样不解的赵国梁也询问孟天运，为什么要这么做？

孟天运却说，你不该问这个。谈工作吧！我有几件事情要你马上去做。你先叫人去把魏菜刀叫来。另外你亲自跑一趟蜀风中学，让文一佳务必今晚掌灯之前来见我。还有，喊李师傅到账房来，我找他有事。

赵国梁被孟天运噎了一口，愤愤地从鼻孔里哼了一声，一瘸一拐地离开。

待赵国梁走进前堂之后，孟天运猛地转身，大张着嘴，似要仰天号叫，却没有发出丝毫声音，只有眼泪泉涌不止。

孟天运吩咐李老二明天他在酒楼举行婚宴，让他把闭堂牌子挂出去，今天不接待客人了，连夜备料，明天酉时准时开宴。李老二也满脸诧异，婚宴不是定在冬月初六，为什么突然改到明天啦？孟天运却埋头提笔写请柬，头也不抬，生硬地回道：没有为什么，就改在明天了。会比原来定的客人多出些来，你赶紧去备菜吧。

李老二刚走，燕家成就从外面回来了，他一直跟着孟若因，可是，刚才在合盛公茶馆的时候碰上了孟天慕，孟天慕让他回来，他去盯着。

孟天运见家成回来，就将桌上的一大摞请柬递给他，让他按着排好的顺序，今天务必把这些请帖送到客人手中。

同样，对于燕家成的询问和关心，孟天运苦楚难言，一句你还小，不懂，把燕家成打发走了。

燕家成噘着嘴，似有不愿地出了门。孟天运则重重地靠回在椅背上，闭上眼；一瞬间，眼泪渗出了他的眼眶。

不久，魏菜刀也来了。孟天运要他立即发信通知川南特委，让他们立刻终止行动！他们一定是认为他吉凶难料，才匆忙间制定了这套声东击西、趁乱让支委们撤离的计划的。这种当，以孟天慕的心智，他未必会上当；徒使支委撤不掉不说，还很有可能让孟天慕抓住机会，顺藤摸瓜，由此找到川南特委的踪迹！

现在的当务之急，是要想办法跟麦芒接上头，知道孟天慕手里握的底牌是什么，这样至少比起盲目行动安全得多，而明天的婚礼是最好的时机，铤而走险总比瞎马临池强。

魏菜刀感叹，你可是在走独木桥啊！孟天运却决定孤注一掷，不顾一切了。

送走魏菜刀之后，赵国梁就领着文一佳从店堂走进了后院。孟天运又让赵国梁去请冯裁缝。赵国梁走后，孟天运对文一佳介绍了大致情况，亦没有多半句要为自己辩解的意思。文一佳却不肯罢休，询问孟天运，你不选择我，是因为你的心里只有孟若因，我痛苦，但我只能接受，做不到横刀夺爱。如今你放弃了你的最爱，置她于生死莫测，毅然选择了一个只有一面之缘的女人，而且这个女人的父亲是国民党在四川的最高长官！我觉得，这已经不是对孟若因不公的问题了，你作这个决定一定有着非常复杂的背景和思考，你对我不想说点什么吗？

孟天运说，我作这个决定当然有我的理由，我为我的决定负责。我承认你非常聪明，也非常敏感，但现在真的不是讨论这件事孰对孰错的时候，我们的时间不多了！现在我们说正事，自流井特支遭遇到了极大的困难和危险，我现在只有把你的身份唤醒，帮助我摆脱困境！

文一佳这才知道，事出有因，可是孟天运此举却并未得到上级许可，属于先斩后奏。他让文一佳明天的婚宴，哪怕再不情愿，也要以表妹的身份，来做新娘的伴娘，这是极其重要的工作！而伴郎则是五弟孟天慕，非常时期，只有贴近最危险的人和地方，才有可能更安全！

文一佳的具体任务，就是代替新娘去给客人敬酒，而明天的婚宴很可能是一台鸿门宴！孟天运现在还无法预料婚宴中会出现一些什么意想不到的情况，他让文一佳要作好充分的准备，他随时都有可能给她下达具体的任务！虽然把她唤醒来协助工作，但她的身份在自流井特支还须暂时隐秘；另外，她还要把蜀风中学的工作辞了，今后一段时间，她的工作就是以他表妹的身份照顾孟天运的妻子，实质就是保姆！

　　文一佳虽然明白事出有因，可是也不解孟天运这些匪夷所思的安排，孟天运却说，这是自己作为上级给她下达的任务，她无权质疑，而且，明天她见了他妻子，就知道为什么了！

　　孟天慕询问过燕家成，当年他姐姐的投水地址。之后就去那里等孟若因。果不其然，孟若因魂不守舍地来到石桥桥头，而后，木偶般一步步走到石桥正中。她呆望了一阵河面湍急的河水，正打算抬腿翻越石栏杆。

　　孟天慕却出现在桥面，询问她：你不是答应过我不用极端方式来回应的吗？

　　孟若因对他不加理会。孟天慕又说，你看到河两边的那些黑衣人了吗？我料到了你想步燕知秋的后尘，所以就提早一步来这儿等你。可现在跳下去，我的人几秒钟之内就会把你救上岸，只会白呛几口水进肚子，别做傻事了！

　　孟若因似有心动，嘤嘤泣道：五哥，他为什么要这么做？就因为那个女人的爹是高官，他怎么会突然变成这个样子了啊？

　　孟天慕阴着脸色：世上最难看透的就是人心，哪怕是你朝夕相处的人。孟天慕劝孟若因别哭了，跟他一起回孟五德堂，毕竟那儿才是他们的家，大娘也天天盼着她回去呢！

　　孟五德堂，正厅里站满了孟府的人，抹泪的抹泪，歔欷的歔欷。老泪纵横的宛如紧紧抱住涕泗滂沱的孟若因，泣不成声：怎么会这样？怎么会这样呢？你们说，那个老二怎么会变成这种人了呢？他怎么就变成一个趋炎附势，巴结高枝，揣合逢迎，攀附权贵的势利小人了呢？背信弃义，让人不齿啊！我还说冬月初六之前就把你们接回家来办喜事呢，我的因儿，我可怜的因儿呀！

　　宛如哭，孟若因也哭。宛如只好一边哭一边劝，别哭了我的好女儿，为这种出卖人格的人伤心落泪不值当！回来好，早点离开那人回家来，也是一桩好事！若要真嫁给了他，不知道以后还会闹出什么乱子来呢！

　　一家人子人正伤着心，裴二娃突然冲进来，说二少爷遣人送了婚宴的请帖来了。宛如接过请柬，看也没看，三下两下撕成碎片，愤恨地往地上一扔：都给我听好啦！谁也不准去参加那个人的婚宴，否则，别怪我不客气！

　　眼见这种情形，老三孟天许悄悄地拉着孟天慕询问原因，以他对二哥的了解，是不会做出这样的事情，那么其中一定有他的道理。

孟天慕却说：你要想知道，就得自己去问他，我也是一名雾里观花的看客，我们大家都把他想得太简单了。

阖府上下，都不愿提这件伤心事。唯有曹大欢柳眉倒竖，杏眼圆睁，她明天还当真要去赶赶他那个场子，肇肇他孟天运乘龙快婿的堂子，让他在自流井颜面尽失！

当晚，宛如还特别不放心，毕竟这件事情让孟若因刺激不小，眼泪哭干了不说，还不停地哆嗦。直到夜深了，筋疲力尽了，才睡了过去。因为担心，大家还是决定让杜鹃和芙蓉在门口守着，他们也都别脱衣服上床了，一有动静，赶紧来照应。

之后，天下滋味大酒楼的店堂，人人都在紧张地忙碌着，擦洗桌椅的，粉刷廊柱的，张贴喜字的，披挂红绸的。

孟天运站在店堂正中，冯裁缝正在给他丈量衣身。曹子才满面喜气搓着手进来，盛赞孟天运做得好，这就叫扶摇直上、一步升天啊！

面对他的马屁，孟天运面无表情。

曹子才却继续唠叨：鱼龙变化朝夕之间！你是曾书记长的女婿，我是你四弟，好歹跟他曾书记长也成了亲戚！哈哈，看看自流井有哪个龟儿子不开眼，还敢在曹某面前不依教？

孟天运立即警告了他：别指望仗着这层关系低买高卖、欺行霸市！否则，休怪我言之不预对你不客气！

曹子才连忙答应：绝不会出现那种事情，你的威望我肯定是要维护的！明天婚宴，只要把我介绍给你的老泰山就行了。

孟天运说：是如实介绍，还是省略掉一些环节？曹子才略尴尬了一下，就介绍你我的关系就可以了！

说罢，他一溜烟跑走。孟天运收回视线，脸色冷峻。

因为之前丁一轩交代过，麦芒极有可能是孟天慕四大金刚之一，所以，最好是他们同时都出现在孟天慕视野里，对于警觉过人的孟天慕来讲，是最容易放松警惕的时候，也是最安全的接头时机。

所以，孟天运给老索、戴宗、金焘和白丁四个人都发了请柬，四人都觉得这下子想要收拾孟天运，还得顾忌曾书记长的颜面了，有点投鼠忌器了。

孟天慕也不得不佩服他孟老板超人的心理承受力，所以，他让戴宗把情报科排查、甄别监视记录范围缩小到十人之内。等明天孟老板的婚宴一完，送走曾书记长，即刻动手抓捕！他孟老板不是会束蕴请火来解困吗？我们就给他演一出上屋抽梯，把他当作招牌悬在半空中，使其真正成为孤云野鹤！

而孟天运给赵国梁下达的指令却是，明天的婚宴把支委们都通知来参加，赵国梁惊愕不已，询问你这不是正好为孟天慕的手下提供了一网打尽的机会吗？

孟天运说，与孟天慕斗智斗到现在，坦率讲，目前他还是占在上风位置上的；如果不出一手诡谲之招，难以摆脱现在的困境！明天那个场合，孟天慕未必能料到我敢走这步险棋；即使预料到，碍于曾书记长在座，他也绝不敢当场抓人，这是他的软肋！兵法上有句话，乘隙插足，扼其主机。我们得利用这个机会，变被动为主动，反客为主！

2

第二天，絮云密布的天空裂开一道缝隙，阴冷的天光投射下来。

经过了一夜的挣扎，孟若因终于下定决心给自己一个了断。她像什么事也没发生过似的，揉着眼睛拉开房门，然后让丫鬟们给她打水，对镜梳妆，无嗔无喜。

孟若因的这一表现跟前日判若两人，惹得大家纷纷奇怪，面面相觑。对着一脸紧张的宛如，孟若因说：放心吧，大娘，我想通了，我不会去寻绝路的！不仅不会走绝路，还要好好地对我自个儿，从今天起，我不想这样无所事事地在家里待着，我想出去找份工做，自食其力。

看着孟若因大口吃着韩师傅做的金丝面和玻璃烧麦，宛如这才放下心来。等宛如出去了，曹大欢悄悄告诉孟若因，她今天要去大闹孟天运的婚宴，让他颜面扫地下不来台，帮你出口恶气！

大酒楼门外人山人海，笑语喧嚣。充作礼宾的曹子才一身簇新，有些盛气凌人地与前来贺喜的人众拱手称谢。门外一侧一张桌子后坐了赵国梁，而燕家成则站在他的身前。

自流井的官吏富商豪绅三三两两到来，纷纷将手中的红包递到燕家成手中，燕家成则高声唱喏着来宾身份名讳，赵国梁秉笔记录。

孟天慕领着他的四大金刚和六七个黑衣手下，疾步赶来。曹子才赶忙上前又是寒暄又是献媚，燕家成则接过四大金刚纷纷掏出的红包。

雅间，孟天运把文一佳带到曾氏二老跟前，隆重介绍一下，说这是当年他在成都一家饭庄做学徒时认识的懿行女子师范生，文一佳。一佳的父母不幸染上瘟疫，前后脚双双都没了，到叙府投奔亲戚不遂，只好来投靠他了。为了避嫌，他们一直以表兄妹相称。今天把她叫来是做伴娘的，主要是替语蓉给客人们敬酒。还有一事就是语蓉需要人照顾，一时半会儿很难找到合适的人选；他征求了一佳的意见，她答应辞了蜀风中学教员的工作，来家里照料语蓉。

曾氏二老一开始还以为文一佳是孟天运的红颜知己，分外紧张，结果等到孟天运介绍完毕，则对她万分感激，还连忙说文小姐是大学生，来照顾语蓉，这如何使得？

而文一佳也是直到这时见到曾语蓉之后，才明白孟天运的意思。她非常利索地拉着曾妻的手，对二人说，在成都时天运哥搭救过我，我走投无路时他又收留了我，我正愁没机会报答呢！反正也是临时的，等以后找到合适的人选我再回学校教书就是，恳请二老给我这次机会好吗？

恰巧这时孟天慕进来，说既然文小姐舍得放下身架帮助我二哥，也没有什么不合适的。二老这才接受，一番好言好语说不尽的感谢。

正说着话，燕家成探头进屋说，天运哥，我爹来了！

孟天运连忙起身说，燕老先生是我们兄弟几人的开蒙先生，我得亲自去把他迎进来。

曾纪周连忙让孟天运出去。孟天运到了店堂之后，迎来了燕先生，又和众人四处寒暄，尤其看见门口处还坐着一桌黑衣人，了解之下是孟天慕带来的手下，说是怕酒宴不热闹，专门找来喝酒的兄弟伙！

孟天运看发了帖子的人差不多都到齐了，就到后厨知会走菜。他让赵国梁去招待门口那桌是市党部的兄弟，又让曹子才去支应胡主任他们那桌客人，然后拖着燕家成去了后厨。

一到后厨，孟天运就让把燕家成手里木箱里的红包往桌上一倒，然后让家成把红包里拾元面额的纸币都找出来。丁一轩曾经交代过孟天运，和麦芒的接头方式会写在一张民国二十三年版、中国银行发行、编号为A249778的拾元纸币上。

两人找了半天，终于找到这张，编号正是A249778，孟天运看见纸币一角，用铅笔写了一个很小的"箸"字，也就是说今天麦芒要用一根筷子跟孟天慕传递信息。

厅堂，婚宴开始了，一队伙计自后厨鱼贯而出，每人手中举着一个盛放菜肴的托盘，走向各桌。店堂里一片喝彩声。

雅间里，曾纪周与燕伯卿相谈甚欢。曾纪周拍着燕伯卿的手，忆起他的父亲也是位私塾里的教书先生，穷其一生，也没教出个像样的弟子来。曾经周说：还是您厉害呀！天慕，我的姑爷天运，还有孟五德堂的少东家，都可称得上是人中之才俊啊。

燕伯卿看了一眼旁边的孟天慕道：说实话，论才智，孟五少爷在令婿天运之上；可忠厚，天慕就要略逊他二哥一筹啦！

曾纪周大笑：这就叫才智可倚，忠厚可信，哈哈哈！我看重他们兄弟俩的正是这个！

他们正寒暄着，孟天运推门而入。孟天运说，这会儿热菜上了四道，酒也喝过一巡，他该跟一佳去敬客人一圈酒了，顺便再叫上孟天慕，说隔壁那桌省上请来的客人，他大多不认识，你陪着去介绍介绍？你虽然是滴酒不沾的，但是你的酒，我来喝也无妨！

曾纪周立马表示，他们应该快点去，伴娘都去了，伴郎不去不是缺了一条腿嘛，别忘了基本的礼数，兄弟之间还可以手足相辅嘛！

孟天慕意味深长地看了孟天运一眼，起身出门。

另一雅间，桌上主位坐着胡祖善，其余的客人陈伍明、李德贵以及四大金刚，还有曹子才。见三人进来，纷纷端起酒杯起身，不知是谁动作稍大，竟将好几双筷子碰落在地上。

孟天运眼睛猛地一亮，李德贵蹲在地上要捡，孟天运一把抓住李德贵道：李局长是客人，这种事哪能让你来做？

他一手抢过李德贵手中的筷子，回头对跟在身后斟酒的燕家成说：家成，去抓一大把筷子来！

再回过身来时，孟天运就开始和众人寒暄起来了。胡祖善说，想当初，孟老板蜀风中学刚毕业我就登门求贤，可遭到了孟大太太的婉拒！呃对了，今天怎么没见孟大太太的身影啊？孟天运眼中闪过一丝尴尬，但又立即找到了由头，说帖子是下了的，估计是觉得他再怎么说也是孟五德堂的人，在自己酒楼办婚宴不合孟府家规，拒来赴宴，以示不满。这才回避过去。

接着，孟天运又给大家介绍文一佳，招呼大家和文一佳喝酒，又要摆龙门阵又要单挑，把场面搞得倍儿热闹，燕家成拿了一把筷子走进雅间时，也没人注意到他，孟天运就貌似很随意地把一直攥在手中的那几双筷子往燕家成衣兜里一插，又吩咐他赶紧跑腿去拿酒，他要搏命战群英。

众人的情绪都被他的高亢和热情点燃了，谁也没有留意到那细微的动作。

喝了一圈出来后，孟天慕还不忘就刚才孟天运说大娘拒来赴宴的由头挤对

二十一

了孟天运几句，孟天运也不在乎，胡说八道了几句古代诗词，一副醉醺醺的样子，让文一佳陪着孟天慕，他头疼，得到厨房找点吃的垫一垫，下面还有十好几桌客人，这么喝下去，非得趴下不可。

后院，扶住燕家成肩膀的孟天运甫一进那里，立刻变了一个人，让燕家成赶紧把那几双筷子给他！燕家成从口袋里掏出筷子递给孟天运。孟天运又让燕家成守在账房门口，别让任何人进来！言毕，他疾步走进账房。

孟天运在灯下仔细检查那几双筷子，有一双筷子，似乎有别于别的筷子，孟天运转动筷子，细细观察。这双筷子的顶头，分别篆刻着细小的"麦"字和"芒"字。他再仔细观察，发现筷子的中部有不易察觉的缝隙。

孟天运谨慎地用力一拔，筷子从中部断开，上半部竟然是中空的。他用镊子从中空的筷子里取出一张二指宽的纸条。

纸条上写着：筵散，将抓捕纸条背面所列十人，余者一律可忽略。周边要道已封，唯背图所示能脱困。麦芒字。另，下次纸币编号 Q658211，需泡盐水中，字迹自显。

纸条背面，是画的简易地图。

孟天运禁不住热泪盈眶，忙找了支铅笔，翻过纸条，在一长串名单上划了三个圆圈。然后，划火柴点着了那张写有名单的纸条，将另一张纸条卷成小卷，放进一个火柴盒里，抬头猛擦了一把眼泪，叫燕家成去把文一佳叫来。

文一佳来到后厨，孟天运暗暗抓住文一佳的手，把火柴盒塞到了她手里，说拿好了！一会儿我们去敬酒，凡是我用左手端杯子与其喝酒的，轮到你跟他喝的时候，告诉对方三个字，准备撤！一共三人，交给最后那人。告诉对方，听见有酒杯摔地声，就是撤离信号！

文一佳点头答应，和孟天运一起举杯来到店堂。孟天慕也走到靠近门口那桌敬酒，脸上始终挂着笑意，却叮嘱他们时刻观察有异常举动者，来宾人数点验清楚，中途别漏了借故离开的。正说着，只见孟天运满面喜色地冲他招手，他只好过去和他们一起挨桌敬酒。

直到孟天运都敬得差不多了，文一佳也按照之前的吩咐跟三名支委打好招呼，却在这时，门外传来一阵骚动。原来，这天午饭，曹大欢就没在家里吃，询问之下，孟若因才说出她是去参加天下滋味的婚宴了。

曹大欢叉腰站在当街，她身旁一辆黄包车上，装了好几大捆花花绿绿的冥币。

柳眉倒竖的曹大欢边从车上卸冥币边叫道：孟天运，你给我出来！老娘给你送贺礼来啦！道貌岸然的什么东西？啊！没想到这么龌龊！跟那个被罢了官的蛤蟆眼有什么区别？哪个瞎了狗眼才会找上你这种人！

孟天运被曹大欢在人前骂得分外尴尬，孟天慕也劝不住曹大欢，曹大欢继续斥道：孟天运，你不是邀我进你店堂说话吗？好，你娶婆娘怕是人人都送了礼金的，我不能空着手来啊！你把我送的这些贺礼收了，我就进去！看清楚了，这几大捆礼金不能算薄礼，烧都要烧好一阵呢！怎么样？收还是不收啊？

孟天运煞白着脸，他看了看那几捆冥币，又回头扫了一眼身后人头攒动的人群，狠狠地将手中酒杯摔在地上，扭头便走，围观的人群一下子乱了，曹大欢一时也没了主意。

这时候，孟天许急匆匆跑来了，骂了一通曹大欢，这才把她领了回去。

等到人群都散了，孟天慕想起刚才孟天运摔杯子的情景，这才猛省，坏了，急忙让戴宗手下马上清点人头，这才发现少了三人，又让金焘赶紧去通知各水陆要道上的人，今晚不可掉以轻心！

但孟天慕心里很清楚，这一切，其实都是亡羊补牢，为时已晚。

3

后院，婚宴差不多告一段落，席还没有散，孟天运却一身疲惫地席地坐在台阶上，闷闷地喝着酒，眼睛里有晶亮的东西在闪烁滚动，身后店堂隐隐传来喧闹声。

孟天慕冷不丁地出现在孟天运身后，又开始就刚才孟天运的发怒冷嘲热讽了起来，说曹大欢可算是帮了你一个大忙啊，不管你是真作怒还是佯怒，摔酒杯都是在发出信号！有三个人，或许正是你的同事，已经趁乱逃脱了，不出意外，明天一早这三人将撞进我的罗网！

孟天运只好继续装作一脸无奈的样子，说老五，你真不该干现在这行，改行说评书吧！而至于这三人明早是不是将撞进你的罗网，我没研习过奇门遁甲，预测不了明日之事。果真那样的话，得恭喜你忙活这一阵子！

孟天慕立即抓住孟天运话里的玄机，猜想你好像很笃定我拦截不住这三个人，懂了！百密总有一疏，这个疏可能让你给抓住了！说完，孟天慕开始不由得感叹起了孟天运的行动力，说二哥，我真是由衷佩服你坚韧的神经！也得承认，面对我的中盘绞杀，你已经命悬一线之时，你的一手眼位透刺，确成了这局棋的棋筋！执意娶曾语蓉，让我始料不及，有些自乱阵脚。我一直在揣测你仓促举办婚宴的真实用意，直到你刚才摔了杯子才醒悟！你是想赶在我动手之

二六一

261

前，利用筵席我不便有所动作之机，趁乱通知你的同事撤离吧？

孟天运笑而不答。

孟天慕终于承认，这一回合他算是败下阵来了！不过，他们的对弈并未终结，胜负易手，当属很自然的事情，他也算在这里下一封战书，衷心期待下面继续过手！

孟五德堂，曹大欢眉飞色舞地跟孟若因讲述自己如何大闹婚宴，如何把那几捆烧给死人的冥币往地上一扔，生生把孟天运骂了出来！又说孟天运一见那阵仗，脸马上就绿啦，假模假样地还想请她进他酒楼说话，老娘才不吃他那套呢！喊他把纸钱收了，孟天运当时就瓜了，瓜得来连话都说不出来啦。

孟若因却只是伏案备课，对曹大欢的话无动于衷。曹大欢又说自己本想臊完孟天运的脸面，接着再把新娘唤出来羞辱一番的！哪想到你三哥跑来把我拖走了！要不然，今天晚上我肯定把那个狗屎婚宴搅得稀里哗啦的！

听到曹大欢讲这些，孟若因很有教养地感谢曹大欢帮自己抛头露面出气，可是，像今天这种撒泼骂街的事，她希望以后还是别再做了，不是不恨孟天运那么无情地把自己抛弃，只是，曹大欢的那种方式并不解恨。

晚上，送走了所有的宾朋亲友，孟天运提着马灯，轻轻关上店堂通往后院的门，并插上门闩。

他转身走进曾语蓉的房间，正在床边折叠衣衫的文一佳做了个轻声的手势。曾语蓉刚刚睡着。自打了解到她的情况后，文一佳心里觉得，她也挺可怜的，完全就是一个能听懂话的孩子。

也正因为如此，孟天运抱着被子、被褥站在衣柜前。他觉得自己名义上虽然和她成亲了，但却不能与她同房，这是他的底线！所以，他决定到账房去睡，让文一佳陪着语蓉，并且说这件事情不能让任何外人知晓，否则，会给我们引来无法预料的麻烦。

文一佳点头，孟天运轻手轻脚地出了门。文一佳看了一眼酣睡的曾语蓉，又抬头看看那扇没完全掩上的门，一种很复杂的情绪，渐渐浸满了她的面容。

次日，有伙计在洒扫店堂，也有伙计在往后厨担柴、担水。赵国梁不急不慢走进店堂，直奔账台。他告诉孟天运，以前孟天慕安插在这条街上的三个监视点，还有后门的那个统统不见了！

孟天运哦了一声，思忖起来，猜想孟天慕会不会变招了，又要什么新把戏。而赵国梁按照孟天运交代的那个办法，已经把市党部安插进酒楼的奸细给挖出来了，是后厨水案的学徒梁三娃，询问坐实了拿他怎么办。

262

孟天运却说用同样的办法再试他一次，别冤枉了人，确定之后就叫头灶李师傅找一个不是，把他撵走就行了。他就是一个走卒，手上又没有犯下罪不可赦的命案，轰走就行了！这件事给我们最大的警示就是，再不能轻易往酒楼招人了。除防着对方渗透之外，还得防着情报科对我们现有人员的策反，继而发展成他们的暗线！

4

1937年7月，川南，一条从自流井通往外乡的公路在丘陵间蜿蜒着，一辆崭新的黑色福特轿车沿着新公路缓缓驶来。不时有行路之人停下脚步，惊奇地注目。

这是自流井的第一辆车，坐在副驾座上的孟天许正在教德娃子开车，德娃子紧张地把住方向盘，同时也为自己操作起了这个铁家伙感到幸福。

人们里三层外三层地伸长脖子看那辆崭新的黑色福特汽车，惊异地议论、指点。不敢相信眼前这个大铁坨坨，自己居然跑得起来！

一辆黄包车拉着曹子才经过，他也一脸酸相地表示，明天就上成都，也要买一辆一模一样的回来。

7月7日，宛平城下，震人心魄的枪声、炮声骤然响起，密密麻麻划破夜空的弹道，次第爆炸的炮弹火光，滚滚浓烟围裹下的城墙瞬间被火光映亮，十分苍白。

听说中日开战的消息，孟天许和孟千鹤大惊失色。孟天许还强作镇定安慰身怀六甲的千鹤。宛如得知消息后也是满面忧戚，终于忍不住将这个秘密倾诉给了汤俊川，对于孟五德堂来说，这也是一颗未知的炸弹啊。

何汉儒判断，千鹤的预产期大概在十天之后，大家只好提心吊胆，以防万一着。而孟若因最近虽然去旭光小学做女先生以后，有了明显的好转，每天平平静静、按部就班地上课下学、吃饭睡觉。不过这些反倒让宛如心里愧疚，她太知道若因了，这么重的一场打击，她哪能轻易就忘了？真怕再出什么乱子啊！

而对于孟天运，自打结婚之后，基本就没人见过他的太太，好像从来不出房门似的，诡异极了。宛如长叹一口气，说真是有操不完的心啊！

孟天慕和孟天运的办公室和酒楼里，两人，两党，两种思想都在分别以自己的方式回应着这场战争。

孟天慕把胡祖善、李德贵等人都叫了过来，宣读了委员长的庐山声明，以表抗战决心，说战端一开，就是地无分南北，年无分老幼，无论何人，皆有守土抗战之责任，皆应抱定牺牲一切之决心！

　　孟天慕要求各级单位，第一，增加一项抗战税捐。重庆行营饬令要求，每一担盐增收盐税一块五，并要陈伍明在张榜公示这份饬令之前，与盐商充分沟通，务必使其知晓增税充裕军饷对支援抗战的重要性，万勿造成上次官运积欠那样的事件。

　　陈伍明说，能够让盐商欣然接受增税，唯一的办法就是出台鼓励增产的计划，抵消加税给盐商带来的损失。

　　孟天慕首肯，当然不能竭泽而渔。关于这个问题，就是他的第二点，成立兵役处，处长一职由胡主任亲自兼任，年内务必在自流井征募壮丁三个整编团。而征募经费则需要自筹。川省人口众多，又是委员长眼中的富庶之地，哪会还给你钱？再说了国家危亡，还不都得勒紧裤腰带，真不行就得裁员了。

　　第三，后方的稳定，是保障前方抗战取胜很重要的一项任务，因此孟天慕要求李德贵将侦缉队同市党部情报科合并，成立一个稽查处，戴科长任处长。新成立的这个稽查处工作原则是，机关公开，业务保密。

　　孟天运的酒楼，大家也在纷纷议论着开战的消息。

　　有人说：日本人很凶，端的全是新式钢枪，还坐铁甲车，刀枪不入，边轰炮边走，我看怕是打不赢！

　　又有人说：打不赢？打不赢咬都要咬他龟儿子两口！

　　还有人说：未见得打不赢哈！日本人脑壳也是肉做的！前几年长城喜峰口，二十九军的大刀就砍了好几千日本人的脑壳！听说后来日本人颈项上都要戴个铁箍箍才敢睡觉！

　　后面旁听的孟天运低声吩咐赵国梁，启用二号预案通知所有支委，明天中午在骑龙街余老六家院子开会。国共合作了，孟天慕最近也看不出有什么动作了，我们需要非常非常的小心。

二十二

1

  1937年7月7日，卢沟桥事变之后，日本侵略者在中国土地上点燃战火。孟天运接到丁一轩的指示，在盐工和百姓中开展了各种各样的抗日救亡运动，游行，演讲，张贴标语，焚烧日货。

  这天，趁着余老六嫁女儿，孟天运和一众支委坐在院子里边吃流水席边分派任务。他们从外省搞到了一套油印机，拿到机器后要直接去蜀风中学交给徐三泰同志，还要动员教师和学生上街演讲，散发传单，连夜张贴标语，声势越大越好！他们要逼着市党部出面，组织民众进行抗日救亡运动！

  然而即便在这种国共合作，统一战线的情况下，孟天运依然强调众位支委不能公开身份，以防万一！

  次日，自流井爆发了抗日救亡的游行。盐业会馆大门，徐三泰站在台阶上，面对围观群众慷慨陈词：同胞们，平津危急！华北危急！中华民族危急！只有全民族实行抗战，才是我们的出路！

  街道上，一个教师模样的人站在刷有大幅抗战标语的青墙下面演讲：如今，日本侵略者的铁蹄正在践踏祖国的河山，如同肃杀的秋风无情扫过，留下满目疮痍！流离失所的人们，在沦陷的国土上苦苦挣扎！残暴的日寇，正将一片片沃土染成猩红的血色！

  釜溪河边，一个年轻学生也在演讲：我们中华儿女从来不缺万众一心的团结精神！我们与生俱来就是一个不畏强暴、不甘屈辱的民族！现在我们需要的是舍生忘死、前仆后继！需要的是百折不挠和奋战到底！

  人群外边，还不断有学生在往路人手中散发传单。

  这一系列的举措让国民党市党部手忙脚乱，惊叹手脚真他妈快，一夜之间，大街小巷都张贴上了标语！不是共产党，谁有这种组织能力？一向暴戾的金焘又向孟天慕请示，要不要马上组织人手，立即将其清除掉！

  孟天慕冷着脸反问：为什么要清除？蒋委员长已经通电实行全国抗日总动

员，没有标语，没人演讲，再缺了四处散发的传单，哪儿有总动员的样子，自流井不显得冷清吗？虽然这次共产党的宣传又走到我们前面去了，不过还好，目标一致，就当他们在帮党国的忙。

说完，他环视众人，然后对着李德贵和戴宗说，现在来说说你们稽查处的具体任务，以战时调查和统计为名，时刻关注市场上各种物品的售价。一旦出现异常价格波动，又非正常市场供需涨跌，那就是不法奸商囤货居奇，希图谋取暴利。查实之后，严惩不贷，货物罚没充公，奸商当杀不赦。日本人深谙"知彼知己，百战不殆"的兵法之道，抗战期间，稽查处另一重要任务就是防止日本奸细渗入自流井，进行情报搜集。我们这里是大后方，日本人恐怕很难混进来，可汉奸还是可以混进来的。1933年，喜峰口战役缴获的日军军用地图你们不可能看不懂吧，它就是由几名充作日军奸细的汉奸绘制的。它已经精细到把山脚这个村里一口水井有多深，可供多少人饮用统统标注得一清二楚，你们能想象得到吗？

至于对共产党地下组织的追查，孟天慕说，可以暂时摆出偃旗息鼓的架势，全民抗战这个机会他们是不会错过的，会借此大做文章。等他们统统跳出来吧，一碗米倒在桌上，稗子自然就显现出来了。对街头演讲、散发传单者实施丙级监控即可。自流井提供了小半个中国的食盐，安全头等重要，倏忽不敢大意，防范日人奸细渗入是抗战期间的工作重点！

而就在这样的时候，孟五德堂却喜添人口。千鹤临盆，帮孟家生了一个少爷，宛如喜不自禁，大声感慨。而曹大欢却枯坐在梳妆镜前，两行眼泪从她脸颊滚落。

中日开战的消息，让新近得子的孟天许异常紧张。这天，孟天许借着去和陈伍明讨论设计鼓励盐商增推增煎的增产计划，以提供更多税费支援抗战为由，打听并追查起了淞沪会战的情况，疑惑国军不是从全国调集了七十余万大军吗？为什么还敌不过对方的二三十万人马？陈伍明告诉他，国军兄弟都是在用血肉之躯去弥补装备上的差距，多拖一天是一天。杨森二十军一万八千余人，装备在川军里还算不错的，全军在上海大场血战五昼夜，阵地是守住了，可折了一多半人马，基本上被打残了！现在上海、江浙一带重要工厂的机器、人员都在抓紧时间沿长江西退；南京国民政府也在作西撤的准备了。

孟天许愕然，首都都放弃了？准备撤到什么地方？

陈伍明说：很有可能会把重庆作为战时首都。他还特地提醒孟天许，说孟天慕把警察局侦缉队同市党部情报科合并成立了稽查处，任务之一是防范日本间谍渗透。

孟天许知道，作为留日老同学，陈伍明是在提醒他千鹤的身份问题，心中更加惴惴不安。

晚上回家，饭桌上大家一起讨论孩子的名字，说小名叫东儿，曹大欢故意挑刺儿，说现在是全民总动员，只要是打东洋人、骂东洋人，就是朝东边吐泡口水，都光荣得很！偏偏取个东儿，不吉利！

曹大欢的话让孟天许格外怀疑曹大欢是否知道这个秘密，然而孟天运却让他别犹豫了，现在当务之急，是把你的这个日本太太送离自流井，否则太危险！他来想想办法，看什么地方对她最安全！还有，最近千万不要意气用事激怒曹大欢，得把她稳住；日本太太生了儿子对她肯定是个刺激，如果她真知道这个秘密，要防她妒火中烧不计后果！

因为千鹤的事情，孟天许又想去咨询孟天慕的意见，这天，他来到了他的办公室。

孟天慕正在看蒋介石新写的《抵御外侮与民族复兴》，上来就给孟天许朗读里面的内容，说委员长这几句说得尤其好："所谓不爱国家，不爱民族，割据称雄，自私自利的跳梁小丑，不过是甘为国民的公敌！民族的罪人！"直指某些团体某些人，针针见血！

几句话说得孟天许格外尴尬，说自己不明白。孟天慕又加以解释，说这有什么不好明白的？自流井就有这样的人，受人蛊惑，执迷不悟，自诩为民请命，实则破坏国家安定团结的祸根。

孟天许不明所以。孟天慕明白三哥对政治不感兴趣，就问他找他什么事，孟天许支吾半天，找了些有的没的说了下孟五德堂现在的困境，就匆匆告辞了。愣是没敢说出千鹤的事情。

孟天许犹豫来犹豫去，还是只有等孟天运想办法把千鹤转移出自流井去。

孟天运找来一个在湾子井叫李来财的师傅，他的好兄弟，办事一万个放心。他家在蜀南竹海深处的山顶上，一年到头也不会有人上那儿去，那里山清水秀，空气也好，家里就老娘、老婆还有两个小儿子，再没别的亲戚，社会关系简单。

孟天运和李来财说好了，把千鹤送到他家去休养。对外就称病，送成都就医。而且走的时候还要光明正大，把车开到内江住一晚上，第二天日落再往回开。李来财在大山铺路边等着，车子接上他之后，就可以直奔竹海了。

临走前，千鹤抱着东儿依依不舍，想把东儿带上，一起去养病！孟天许说你这个想法不现实,你要真是去养病完全可以带东儿一起去,可你不是去养病,是去避难!孩子那么小,在贫寒的山上要是生了病怎么办?还有,穷乡僻壤哪儿去给孩子找有营养的食物?

听了孟天许的话,千鹤泪眼婆娑,哀求天许,不要把她扔在竹海太久。孟天许悲从中来,猛地抱紧了千鹤。

千鹤走的时候,曹大欢拉开门,左看右看,被告知三姨奶奶是去成都养病。曹大欢狐疑地打量着硕大的皮箱和行李:看个病用得着带这么多东西?搬家啊?

2

孟天运正在往院子里支着的竹竿上晾晒床单。他的身后,曾语蓉面无表情地坐在凳子上,文一佳正在为她擦脸;擦完脸,文一佳又拿起梳子给她梳头。一切都显得很平淡、自然,俨然若一家人似的。

这时候,燕家成探头进后院说魏菜刀来了。魏菜刀带来了一个消息,老家来人了!

孟天运当即乔装离开酒楼,在一处小巷里加快脚步,推进一户人家的后门,走上二楼,左右看看,敲响了一扇房门。

门开了,孟天运顿时呆住了。来人竟然是夏楷先生。

二人坐在桌边叙旧,然后开始聊下面的工作安排。夏楷递给孟天运一本油印小册子,是中央在陕北洛川政治局会议上通过的《抗日救国十大纲领》,让他抽空好好学习一下,理解下国内外的形势。

孟天运说:自流井公路没修通以前,看到的报纸大多是几天前的旧闻;公路通了以后,市党部又只允许三家官方报纸在自流井售卖。所以,外面的好多事情他都是第一次知道。

夏楷点点头:上级派我来自流井,就是办一家报纸的,而且还要是公开的。目前,国共实现第二次合作,即便孟天慕心里有抵触情绪,他也奈何不了我。况且,这是组织上精心设计的一步棋,用这家报纸来吸引、扰乱市党部的视线以减轻他们对自流井特支的压力。

孟天运不禁感叹,自打孟天慕回来,确实给他们开展工作造成很大的障碍,他们也付出得太多了,包括他个人感情上的牺牲,背负了许多不实的指责。不过,党的事业重于个人利益,在当时那种危急情况下,他也只能那样做。

对于特支今后的任务，夏楷交代：中日战争已经打响，团结和鼓动各阶层民众坚持长期抗战是今后一段时间内的首要任务。虽说国共双方开始合作，但可以预料，他们私底下小动作绝不会少，情况将会更为复杂，组织上认为，你们特支支委还不宜暴露身份，继续在隐秘状态下展开工作。而我和你之间暂时还不要联系，你还是归一轩同志直接领导。我的任务说直白了，其实是作为一枚棋子掩护我们工作的。如有特别紧要的事情，我会在报纸上用暗语通知你。

夏楷的到来，让李德贵满脸不忿，当年他是他们追捕、通缉的共匪首犯，逃脱才几年？居然明目张胆回来办什么报纸，胆子太大了！

可是，如今，毫无理由可以办他。

孟天慕当即分析，夏楷这个时候堂而皇之回来办报纸，一是认定我奈何不了他；还有一种可能，共党使的是障眼法，在掩盖我们一直没有明确找到的自流井乃至川南共党地下组织。你们把盯防重心移到它身上，选派得力人手渗透进去，这是个难得的突破口。

想到这里，孟天慕也觉得自己有必要去会会这个姓夏的，下棋遇上高手，让人摩拳擦掌啊。

《井潮》报社，孟天慕跟夏楷叙旧，打听夏楷离开自流井这些年在何处高就。夏楷回答得坦坦荡荡，说被贵党通缉，居无定所，言何高就？而自流井是他谋事以来待得最久的一个地方，足以让他牵挂。为这，还要感念孟天慕呢！

夏楷说起当年，林先生在黑板上留下的那首藏头诗，被孟天慕破解之后，去广剩当赎出那本《宋本说文解字》帮了他的大忙，没有那本书，他哪里有机会在自流井久住？

孟天慕却不想聊这个，语焉含糊，说自己不想再想了。夏楷不禁疑惑，是吗？改变命运的一桩事情，不应该遗忘呀。

孟天慕说：谈及往事，我二哥曾经说过一句话：遗忘，是最好的解脱！说完又故意问夏楷：对了，夏先生见过我二哥了吧？

夏楷故意装作懵懂：谁？谁是你二哥？

孟天慕含义不明地淡笑：把我赎出的那本书交到你手上，后又经你推荐去了成都稻粱谋饭庄的那一位。他现在呀，不仅在自流井，还娶了国民党四川省党部书记长的千金。刀枪不入的金钟罩套在身上，正是春风得意的时候。夏楷在旁听着，却继续装糊涂。

孟天慕继续发难，说当年我二哥说是受我牵连，贵党给他小鞋穿，他才愤而出走成了所谓放弃信仰的慈善家。

夏楷感慨道：在意别人的毁谤，我党不会与贵党再回到谈判桌上。国共两党携手合作，以前的抵牾、不快俱往矣；当前的要务是建立抗日民族统一战线，一致对外。至于你二哥嘛，人各有志，我们尊重任何人对志向的选择。见到他，替我问声好！

临走前，孟天慕还是赞了夏楷的口才，并表达了为了抗战大局，希望精诚合作。

而这一次的见面，也让孟天慕判断，姓夏的同天下滋味老板已经碰过面了。他们之间肯定要联系，只要拽住他们联系这条线，不会没有收获。虽然国共合作了，但不能不未雨绸缪啊！

《井潮》创刊后在自流井大热，带来了很多以前报纸没有的信息，连宛如都觉得这是一份不一样的报纸，写了以前没写的事情。

而让孟天慕更加愕然的是，驻扎泸州的四十七军孟天成旅已受命集结，拟经自流井由川陕大道翻越秦岭，出川抗日。这样的消息，他都不是从党部内部知道，而是从共产党的这份报纸上先行看到。无奈之下，孟天慕只好让白丁把手上的事情放一下，马上去找一趟盐务局的陈长官，请他帮忙，设法在重庆搞一台五十瓦的电台，我们得立刻着手组建电讯科。

而对于出川抗日军士，则电令由他们解决该旅三千多人马出川之前的给养，并且着手准备给出征部队开一个壮行会。搞得越隆重越好。不能事事都让共产党把风头给抢了，显得国民党毫无作为似的。

亦是从报纸上得知老大即将出川的宛如，担心他们一过秦岭天寒地冻，奇冷无比，连忙让曹大欢赶紧吩咐下去，给他置办两件棉背心，还有厚袜子、棉手套，再有就是火鞭子牛肉、豇豆牛肉什么的！这可不比寻常出远门哪！

空地上搭了誓师台，挂着横幅："自流井各界民众欢送出川抗敌将士誓师壮行会"。

左右分别悬挂着对联："神州暗淡，国难方殷，数十载满目疮痍，试问诸公如何挽救"、"岁月蹉跎，春阳复始，几多人同心奋起，且看壮士预备牺牲"。

誓师台上肃然站立着孟天慕、胡祖善、陈伍明和自流井各级官员、各界名流。广场正中是整齐列队的数千名川军将士，队伍之外，则是人山人海的自流井各界民众。

领佩少将军衔的孟天成跟大家讲话：御侮救亡，乃军人应尽之天职！川军今得有机会献身疆场，为民族存亡而战，无上荣光！我们四川人素来具有爱国传统精神。黄花岗烈士有我们四川人，辛亥革命有我们四川人，革命军中马前卒邹容、以身殉国的彭大将军彭家珍都是我们川人的骄傲！如今国家有难，更不能少了我们四川人！孟某此行决意，失地不复，誓不回川！

在孟天成的慷慨激昂的演讲下，台下响起一阵雷鸣般的掌声。

孟天运纵身跳上誓师台，他一挥手，盐工们拉着几辆盖着苫布的架架车进入会场，来到誓师台下。孟天运大声说道：这是自流井数万盐工每人捐出五角钱，请二十个铁匠铺连夜为将士们打造的！我们希望英勇的川军将士们，用这些大刀砍下侵略者的头颅！砍出我川军的威风！将日寇砍出国门去！

盐工们掀开苫布，架架车上，满是捆扎着的雪亮大刀。

人群中爆发出一阵惊呼，接着又是一番如雷的掌声。

孟天运刚下去，孟天许又走上誓师台：现在，轮到我们盐商表达心意了！这五大箩筐银元，是我们自流井盐商送给出征将士的一点心意！听说北方各省还在流通银元，我们商会特意将法币换成银元，你们受累带上！穷家富路，不能让我们出征的将士饿着肚子打仗杀敌！

他的话又激起一片掌声。

孟天许转身，向孟天成伸出了手。孟天成行了一个标准的军礼，却并没去握孟天许伸出的手。这么多年，孟天成还在记恨着孟天许，他说这是终身难泯的！孟天运问孟天成，你们之间的个人恩怨还有抗日救亡的事大吗？孟天慕也说，二哥说得对。三哥带头捐资支援川军抗战，大哥的态度不是在熄灭三哥的抗战热情吗？

听了二人的话，孟天成这才转身一把抓住孟天许的手：老二、老五说得对！救亡图存是国家民族的大事，我接受他们两个的提议，把你我之间的恩怨暂时放一放，先一致对外！不过老三你给我听着，如果我能活着回来，当年釜溪河上那笔账，非要跟你算算清楚！

孟天许眼含热泪：大哥，你不要食言，我一定等着你回来跟我算账！兄弟两人的手握得很紧。

3

自从文玉琨被枪毙，往日人来人往、热闹兴盛的合盛公关门闭户，一片萧索。

一众袍哥，个个垂头丧气，如丧考妣。

一个长脸袍哥站出来，说堂口这些年越来越肥，资产还不都是我们这些浑水兄弟挣下来的？既然文大爷归了西，依我说，分！浑水兄弟见人有份！

271

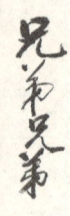

可是，另外一些有资产的，比如李八怪开的欢喜楼，还有杨二姐的凝香院等等，每年给堂口上的香钱从来不短，为什么要跟他们分家？

长脸眼看大家不同意，就要扯个场子，真刀真枪见真章，哪边赢了，堂口资产归哪边分。这话一出口，众人瞬间就炸锅了。

坐在上首一直不言不语的管五爷猛一拍桌子，一声怒吼，闹麻麻的茶馆里顿时静了下来。他手指众人骂道：文大爷不在了，祝三爷和我还在这儿坐着的，合盛公还是要讲桃园义气、瓦岗威风、梁山友情的！哪个龟儿子再提半个分字，开香堂动家法，莫怪我管五爷鼓起这对二筒不认人哈！

另一边祝三爷也说，堂口遭此大难，兄弟伙无不悲痛莫名。值此危亡关口，大家更要精诚携手一致御外才行！文大爷用一条命保下了我们合盛公，我们却在这儿要分了它，羞死先人啰！照我和管五爷的意思，马上派人上成都，向义字袍哥总社陈情求援；要么就地栽花，推举新的龙头老大；要么由总社飞降一个大舵子，率领我们重整山河，再耀合盛公门庭！

葛大爷听说这件事后，当即想起了去叙府避祸的孟天宝，就急忙把他招了回来。听说文大爷被毙，孟天宝惊愕不已，而现在合盛公祝三爷派人来走字样，说文大爷归西以后，堂口群龙无首，没了抓拿，请同声社公口遣人去镇堂子。他看着孟天宝，说孟六爷，你不是一直巴望回自流井吗？

孟天宝立即起身，郑重其事朝葛大爷丢拐子施了一个袍哥礼后，单腿下跪：感念葛大爷恩保栽培！我孟天宝蛰伏有日，等的就是这一天！

回到自流井后，孟天宝首先就开了一场隆重的盂兰会，重新宣读袍哥的家法，然后把之前闹着要分家的长脸叫了出来，问他：文大爷刚走，你就喊分家，有没有这回事？

长脸吓得屁滚尿流，当即承认。孟天宝说当年文大爷提拔你做六排蓝旗巡风帮办，你不感恩图报，人刚走就打翻天印，今天当着堂口兄弟伙的面，也无话可说，是打红棍还是挂黑牌，自己选！

长脸选择挨红棍，孟天宝上任即用家法替自己树立威信。

随着孟天宝的归来，孟天运多次提醒孟天许要小心谨慎，怕他报复孟五德堂。而孟天慕也料到他会挟私报复。他告诉孟天许，孟五德堂是盐场的一面旗帜，也是养育我长大的地方，如有危险，我不会作壁上观。至于老六，我正遣人调查他这几年的经历，不会让他为所欲为的。

除此之外，他还交代孟天许：你现在不仅是孟五德堂的东家，还是自流井商会会长，算得盐场的头面人物，与人交往要慎重，还要掌握好分寸，不能让孟五德堂真有事需要我帮忙时我反而师出无名。我们兄弟几人命运坎坷，在孟五德堂相依为命十几年。如今自立了，走的路却不尽相同，他最不愿看见兄弟阋墙、自相残杀的局面出现。

戴宗很快便把孟天宝这些年的经历查了个底朝天。当年，汤俊川心软放过他一命后，孟天宝在岸滩坝被一周姓渔民搭救上岸。这渔民的亲家正好是一江湖游医，就给他疗了伤。人废了，但好歹捡回了一条命。在周家养了三个月的伤，之后便去了成都。最先是替人收点散账，后拜龙泉驿悍匪杨寿山为师，干上了收钱索命的职业杀手，外号"白面判官"。在一次袍哥之间的仇杀事件中，结识了成都袍哥义字总社的葛本善，于是，便成了文玉琨的接班人。

孟天慕让老索去请孟天宝来相见，结果，孟天宝靠在太师椅上，冷冷地说：回去跟你们书记长说，孟大爷最近忙，没空陪他摆闲龙门阵！而且，孟大爷不是以前的文大爷，听见公事人有请跑得飞快！我是听过大锣大鼓见过大台面的，还怕几声锵锵喊？从小泡在一堆，摆什么架势给我看？他坐他的庙堂，我混我的江湖，没有一文钱的关系！

这让孟天慕心中火起，此前诛杀文玉琨，已然在市民当中博得相当口碑。如不借机把帮会彻底收拾服帖，怕会是建设自流井政治革新示范区的一大障碍。

老索提议，像合盛公这种非法社团自当毫不手软予以取缔，倘书记长顾及与此人的关系或有别的考虑，也可以依据国民政府有关特种社团之规定，令其向政府申请备案，列入正式法团。好几千人，如果利用得当，当是一股不容忽略的力量。

于是，孟天慕以践行蒋委员长倡导的振民风、安社稷、定江山、御外侮的新生活运动为由，让李德贵以迅雷不及掩耳之势，连连封了堂口下面的凝香院、盘龙赌馆、吮香阁等好几样营生。

杨二姐、邱老板等人也跟着到合盛公茶馆跟孟天宝告状，孟天宝闻言大怒：断我堂口生计，硬是要把人逼上梁山啊！他决定把合盛公各分社码头的兄弟伙，除辕门凤尾幺大以外，明天上午巳时，都叫到堂口会合。李德贵既然不给堂口面子，他就要召集兄弟伙把他警察局的堂子踩了！

祝三爷闻言使劲摇头，说这李德贵自己还三天两头在凝香院钻进钻出，私底下也没少吃盘龙赌馆和吮香阁的外水；查封一事绝非他的主意，他不过是别人放出来的一条撵山狗！

孟天宝说他知道是哪个，他偏就打狗羞臊羞臊这个主人的脸！可是祝三爷

273

却说，接下来呢？不出意外的话，人家肯定是请兵来弹压！那个时候，真就逼着我们落草为寇了！

孟天宝缄默，询问意见。祝三爷说自己这点脑水不够，没主意，于是便向孟天宝推荐了曹子才。

曹子才最乐意掺和这种事，他告诉孟天宝，昨天警察局查封堂口公产一事的起因是你没给你五哥面子，你不低头，他就端你的甑子，而且名正言顺让你喷不出痰！你如果偏要喷这口痰，那就正中下怀！一锅端了你堂口，廓清异类！

孟天宝这才意识到自己是被孟天慕将了一军，连问如何拆招？曹子才说只有低眉顺眼，上门示弱。他说，孟大爷恕我直言，咬人的牙齿露在外边，很容易被人拔掉。几年不见，你眼睛里多了几分戾气，令人望而生畏！但是现在眼下老五是自流井一手遮天的人物，和他结了梁子还怎么混？你要做的是，把牙长在心里。真正的狠，没有必要流露在外！

于是，孟天宝又去求见孟天慕，拿着自己的红片去知会，说合盛公正印大爷孟天宝求见市党部书记长！

结果没想到，孟天慕不见，还让金焘趁合盛公还来不及做出反应，可以动手了。

孟天宝回去之后大怒，曹子才连忙劝说，大怒易失智，往而不来，非礼也；来而不往，亦非礼也，现在可以使一手让其抓不住把柄的阴招！

曹子才于是给孟天宝出招，烦请祝三爷辛苦跑一趟，把内江、泸州、叙府、威远四地入室盗窃高手暗地招集到自流井来；选好有头有面大户人家同时下手，给他市党部捅一烂摊子！这是孟天慕整顿吏治、建模范区的软肋。李德贵是没本事破案、追赃的，最后还得来求你堂口出面收拾残局，以此扭转他孟天慕居高临下藐视堂口的态势！

孟天宝击节赞叹，当即吩咐出去。

两人正说着，外面有人送来一封信。信上写：有客出价三万买白面判官一命，阁下若惜其命可来文庙一议。

孟天宝看完又是一阵怒火攻心，当即从后腰掏出一把左轮手枪，打开弹巢，检查一番，遂一用力，将弹巢甩回枪身，拔腿出门，奔文庙而去。

文庙静极了，了无人迹，只有几只麻雀在地上觅食。

孟天宝号称自己鬼门关都闯过，没什么好在乎的。结果，带着人马刚刚跨进门槛，隐藏在大门内侧的一众黑衣人一拥而上，将他们包围，只有束手就擒。

孟天宝双手被反剪捆着，双眼被蒙，跪在殿中。孟天慕坐在一把太师椅上，微闭双眼，老索、戴宗、金焘和白丁分列两旁。

多年来，孟天宝四处犯案，戴宗已调查清楚，一一宣读他的罪状：

民国二十三年冬月二十三，成都惜字宫街聚源澡堂发生命案，古董商人黄国经在澡堂更衣间被人从脑后连开三枪毙命。

同年腊月十九，广东来川采购药材的商人周济凡，被人枪杀于成都湖广宫天恩旅店厕所内，也系头部中弹身亡。

民国二十四年四月初五，退役滇军中校胡栋臣被人枪杀于成都梨花街三百七十七号姘头家中，其姘头也一并被枪杀。

同年十月初九，三益社执法当家麻大胆，被人枪杀于"勾魂面"面馆。

说到这里的时候，始终纹丝不动的孟天宝突然开了口：兄弟，六月份还有个大烟贩子被我打死在咏霓茶社，你漏了。孟天慕闻言睁开了眼睛：看来你是知道为什么事情把你请来的？

孟天宝一听便知对方身份，问道：是五哥？

孟天慕朝金焘使了一个眼色。金焘抽出一把尖刀，三下两下挑断了捆绑孟天宝的绳索，又摘去了蒙住他眼睛的黑布。

十年没有相见的一对兄弟，居然在这样的场合重见了。

孟天宝栽在五哥手里，认了。他晓得今天这个门槛迈不过去了，说：赶紧的，送我上路吧，痛快点儿！

孟天慕却说：谁说要送你上路？他说：成都警察局稽查处有一密探，一直在关注职业杀手白面判官所犯案子，循着蛛丝马迹找到自流井来了。这位仁兄打算把搜集到的这些资料，逐一有偿出让给被害者家属，那你在有生之年会时时刻刻提心吊胆过日子的。

孟天宝虚张声势：我不惧死，奈何以死惧之？

孟天慕淡淡一笑：死很简单，一眨眼的事情；不知如何生，才令人恐惧。我要是事主亲朋，绝不会对你也来个三枪六眼那么干脆，让你生不如死岂不更加快意？别忘了，短短四年，你一共欠了二十五条人命，这就意味着有二十五拨以上的仇人会陆续上门找你算账。

孟天慕现在要跟孟天宝做一个交易，追踪的密探与他是故交，搜集的这些资料，被他买下来了。直白了说，孟天宝这条命，现在在他手上捏着。所以现在，除了顾及手足之情以外，还想尝试跟孟天宝合作。

白丁将厚厚两大本名册递给了孟天宝。

孟天慕说：这是你们合盛公堂口三千二百八十人的花名册。家庭住址、家庭成员，以何为业，干过些什么，该有的差不多都有了。应该比你堂口的花名册还要详细一些，对吧？你可以对堂口的兄弟发号施令，而我随时可以让这些劣迹斑斑的袍哥皈依伏法，没想到吧？我要跟你谈的事有三条，我们就约法三章好了。第一，你不准为难报复孟五德堂。被赶出孟府的缘由传到江湖上，你坐不稳合盛公掌旗大爷的椅子。况且，此事是你咎由自取，你没有理直气壮报复孟五德堂的理由。第二，妓院、赌馆、烟馆必须彻底关闭，没有商量的余地。除了这些营生，堂口还有茶馆，一家戏院，两家客栈，三家餐馆，职业袍哥不过二百多人，关了妓院、赌馆、烟馆，还不至于饿死他们。第三，平常你做你的袍哥大爷，自流井有事时，我会随时动用你的人马。那时给你一顶帽子戴，稽查处特别行动队队长。

在孟天慕的条件面前，孟天宝无话可说，都让他端上公事人的饭碗了，江湖上说话的分量更是大不一样，他感叹着，五哥，合盛公到底还是让你拣顺了！

孟天慕眼睛都不眨，说：一个国家只能有一个主义一个思想一个领袖，一个地方也只能听一个人的。另外，以后人前叫我书记长。

收拾完了孟天宝，孟天慕又去收拾曹子才，打算找入室盗窃高手来给他摆一烂摊子的点子，孟天慕非常不乐意。他怒斥曹子才：东边，捧着天下滋味老板的臭脚；西边呢，又在替合盛公运筹，很会左右逢源嘛。

曹子才连忙说，以后再不登它合盛公的门。孟天慕却说，反了！我没有谴责你去合盛公聆音察理的意思！老六是个不安分的人，你得去替我看着点他。反而是天下滋味那边，二哥为了一己私利，可以不惜一切，道貌岸然地娶了曾书记长之女，曹大欢大闹婚宴那口恶气，他都能轻易咽下。在自流井已然把自己弄得声名狼藉，就差人神共愤了，我劝你还是离他远点的好！

曹子才虽然不明白孟天慕这番话什么意思，但是天生见风使舵的本领，却让他说出来的话是：懂了，把他弄成孤家寡人，折损其锐气！我这就打上门去，抽他的底火，退股！

曹子才当即风风火火跑到天下滋味，对孟天运提出退股，要撇清关系，不想再有瓜葛。孟天运冷冷一笑，询问是有人唆使吧？曹子才虽然嘴上不承认，孟天运却心中有数，他伫立着不动，拧紧了眉头。

二十三

1

　　山西，天低云暗，北风呼啸，一只苍鹰在灰黄的苍穹下孤独地盘旋。光秃秃的山间蜿蜒着一条简易公路，公路上行进的是川军孟天成旅的部队。

　　士兵们身着单衣、短裤、草鞋，身背大刀、斗笠、草席，肩上扛着川造老套筒步枪，胸前挂着两枚川造手榴弹，步履艰难地跋涉着。

　　这是一支装备窳劣、惨不忍视的部队。

　　孟天成站在一个土坡上，挥臂大喊，鼓励大家咬咬牙，还有二十公里就到博爱县了！二战区长官说了，到了博爱就有棉衣穿了！寒风中，士兵们眯了眼睛，咬紧嘴唇，沉默无声地行进；浑重的脚步声回响在荒瘠的山谷之间。

　　一所民宅大院的门侧挂着木牌，上面写着第二战区博爱军需处，孟天成的部队终于开到了这里。然而三千人马，军需官却只能发给一千套棉衣，孟天成着急地向一名青白面皮，佩戴上校军衔的军官陈情。

　　可是，那个上校军官却耷拉着眼皮，一脸的不待见，说你们川军临时划拨我们二战区，一下子涌来这么多人，我哪有那么多棉衣发给你们？再说了，知道不是一天两天游山玩水的事，出来之前还不把冬装带上？净想着捡洋落儿？

　　孟天成被他说得不乐意了，各省调往前线的部队中央都有军费补助，唯独要求川军自筹费用！大家急着出川打日本，哪还顾得上筹经费，置冬装？再说了，他们从四川到宝鸡，几千里路全是脚板硬走下来的！出发时是中秋，翻过秦岭就冷得不行了；上峰说到西安换装，一到西安，又把他们划归二战区指挥，一天没歇又奔了山西！现在再不换装，三千多人马冷得路都走不动，哪还有精神去打仗！

　　却没想到，上校军官听了孟天成这一番陈情，斜眼乜了他一下，说打仗？听说你们川军就会吸大烟嘛？

　　一听这话，孟天成急了，猛一拍桌子骂道：你龟儿子少给老子吊二话！国家是全体中国人的，保家卫国少不得我们四川人！能不能打、亡不亡命要上了战场才晓得！你个管粮草拨算盘的白面书生没有资格嘲笑川军！刁难老子哈？不发够棉衣哈？没关系，老子的队伍光着屁股也要跟日本人干！

上校军官也毫不客气地骂回：哎哎，你嘴巴干净点！跟谁老子老子的？你一个旅长就这素质，你那些兵还能好到哪去？还跟日本人打仗？回家打铳吧！

孟天成一把拔出手枪，往桌上一拍，继续骂道：你个狗日的！口口声声长日本人的志气灭自家人的威风，我看你就是个汉奸！格老子毙你个龟儿子！

在场的所有人赶忙上前劝下了孟天成，可是，就算骂得再凶，依然不能解决三千人马的棉衣问题。

打麦场、空地、街巷无人处都生着一堆一堆的篝火，川军士兵们围着篝火取暖。

上峰命令孟天成的军队负责固守长治至壶关一线，旅驻防黎城县东的东阳关，阻击从太原南下之敌。命令要求明日下午五点前赶到东阳关，破坏道路，构筑工事，作好坚守六天的准备！

可是，山西的天气又这么冷，行军还好点，阵地战打起来，冷也冷得战斗力减半！关于紧缺的冬装，孟天成想来想去，最后决定发给最能打的陆炳坤团！

结果，真到了打仗的时候，问题又来了。预计设伏在侧翼香炉山的部队，绝对能打小日本一个猝不及防，减轻陆团长的压力！可是，问题在于埋伏时间不能确定，又不能动火，怕开打的时候士兵已经冻僵了！

团长希望从东阳关附近征用一部分老百姓的棉衣。可是，孟天成却觉得这一带都是贫寒地区，哪有多余棉衣征用？再说了，西安出发时李司令长官明令严禁扰民，我们旅不能去挨这个刀头！

真不行，只能把棉衣全发给我们团，大家均分！穿棉衣的就不要穿棉裤，穿棉裤的就不要穿棉衣！可是，总共只有一千套冬装，拆开了也不够分啊！

孟天成正在焦虑的时候，八路军一二九师后勤部张主任来了。张主任见到孟天成非常热情，他说，日本人面前我们本就是一家人，现在我们朱总司令兼着二战区的副司令长官，我们两家就更亲上加亲了。刘师长邓政委也是四川人，听说川军兄弟加入二战区共同作战非常高兴。贵军冬装短缺的情况首长很关心，嘱咐我们一定想办法给予支援。我们的物资虽然也很匮乏，但总比你们几千里路跋涉到人生地不熟的山西要好一些，我们研究了，决定调拨八百套冬装给贵军，以解燃眉之急。

孟天成起身，激动得紧紧握住张主任的手，没想到在这种时候，竟然还是八路军支援了他们，当即表示，一定在战场上多杀狗日的小日本，以胜利来报答贵军的鼎力相助！

东阳关外一字岭，火光，硝烟。孟天成的部队浴血奋战，一队队的士兵冲了上去，又倒了下来，血染黄土，呻吟不绝。

可是，士兵们并无闲暇顾及这些，他们必须全力以赴应对小日本一次又一次的冲锋，然而，他们的劣质手枪，经常打不到三枪就卡壳，枪口不断喷吐出火焰。

几支部队都相继被打残了，从连长到团长，都觉得这样的打法，相当于兄弟们用命在跟日本人耗时间，划不来呀！孟天成又不忍把自己的预备队调上前线，只好让大家在抵挡完日本人这轮进攻以后，全部撤回城里来！凭借城墙，最少还能打两天！

除此之外，孟天成还不得不下令，撤退的时候，叫他们把牺牲兄弟身上的棉衣扒下带回来，给健全的人穿！

日军的进攻一轮比一轮激烈，战士们血战的豪情也不曾减少，尤其在见到众多的兄弟倒下之后，心中燃烧着不能抑制的愤怒。

然而，日本兵的武器先进，给养充足，打到胶着时，孟天成手下的猛将陆炳坤被机枪打成了筛子，壮烈牺牲在战壕里。孟天成以手抱头哭号着：我咋个跟他广安的老娘交代啊！呜呜……

孟天成说：陆团长为国捐躯，是我们川军的光荣，兄弟们一定要为他报仇！孟天成亲自上了城墙，一线指挥战士们作战。

城墙最终还是被炸开一个大口子，日军士兵蜂拥而至。缺口两边的川军用老套筒和手榴弹阻击日军，但窳劣的装备再也无法抵挡日军的进攻了，无数张狰狞的面孔越来越近。

激烈的巷战和残酷的肉搏在东阳关的每一寸土地上展开。川军士兵的眼睛在喷火，他们每个人疯了一般开枪，劈刺，扭打。

巷口掩体后，孟天成打空机枪枪膛里的子弹，掉头一看，左边的日军从大街冲了上来。他将机枪一扔，拔出手枪就打。子弹打完，将手枪狠狠朝日军砸去。两个日本兵狞笑着逼向手无寸铁的他，步枪上的刺刀闪着寒光。

孟天成从地上捡起一把红绸大刀，抓在手中，跨前一步，跟日本兵白刃相见，迅速砍倒了面前的两个人，却没想到围上来的日本兵越来越多，一个日本兵趁他不备，竟然从背后偷袭，一刺刀插进了他的小腿，孟天成大吼了一声，挥起一刀就砍死了这个偷袭他的日本兵。

拐着一条负伤的腿收拾完身前的日本兵，孟天成一抬头，却看见一侧受了伤的龚团长也在和两个日本兵拼刺刀，身中好几刀的他像个血人一样，从怀里掏出了一颗手榴弹，用最后一口气大声叫道：有活着回去的给我婆娘带个信，老子是站着死的！然后，和身边的几个日本兵同归于尽了。

孟天成悲伤地看着兄弟们一个个为国捐躯，参谋长劝说他赶紧撤退，日本兵越来越多，再打下去全旅就完蛋啦！留得青山才有柴烧，缓过气来我们才能打更多小日本给弟兄们报仇啊！

孟天成血红的眼睛里泪光闪闪，一边跺脚一边沙哑着喉咙喊道：撤嘛！那一声四川口音里有无尽的悲愤。

2

自流井，《井潮》报社二楼总编室，不少手拿小本记录的编辑、记者围着夏楷开会。

夏楷慷慨激昂，说山西黎城县长何公振致四川省政府的这封感谢公函，川军孟天成旅在黎城东阳关御敌成功，这场血战是中国人民抗战精神的真实写照，值得我们大书特书！我们报纸要全文照登这封公函，同时，我还要亲自写社论，淞沪会战惊心动魄三个月，虽以国军惨败告终，但全中国上下凝聚出了一个共识，那就是为了抵抗日本侵略，中国纵使战到一兵一枪，也绝不终止抗战！我们要用这篇社论激起大后方更多的民众同仇敌忾，支援前线！

由于夏楷的宣传，川军在山西东阳关血战，孟天成旅窳劣装备抗击日军七昼夜，牺牲壮士两千余人的消息，一时间成为自流井街谈巷议的新闻。

孟天慕看完报纸后，把负责《釜声》的白丁叫到办公室，询问山西黎城县长致省府的公函是我们最先拿到的，你的《釜声》报为什么没有动作？

白丁嗫嚅，说自己不知报纸登这样的公函合不合适。

孟天慕抖了抖手上的《井潮》，语气冷且硬：他们不仅全文照登这份公函，还发表了社论；在舆论导向上，在顺应民意上，处处走在了我们前面。你的《釜声》报发行量至今没有突破三百份，你难道不愿意检讨一下原因吗？

白丁当即很沮丧，连声说自己失职。一旁的孟天慕却忍不住感叹，庙堂坐久了，难免懈怠和麻木啊。共产党这些所谓客观的报道，处处直指国军派系林立、内部倾轧的事实。大敌当前，这样的报道难道不是别有用心的？难道还不足以引起我们的警觉？

天下滋味大酒楼里，孟天运却没在纠结这些，而是将几张方桌拼搭在一起，桌子上摆放着一个四尺见方的红色木箱，上写"救国献金柜"。

许多民众围在孟天运周围，他正站在凳子上，手中挥舞着一份《井潮》报说：第二战区司令长官阎锡山看不起我们出川抗战的川军将士，迟迟不愿调拨冬装！我们的父兄在山西前线的冰天雪地中，只能穿着单薄的军衣草鞋甚至短裤趴在战壕里抗击武装齐备的日寇！川军每个步兵团仅有三四门二五迫击炮，一个步兵营只有最多四挺重机枪，一个连呢，才两三挺轻机枪，川造、汉阳造步枪七十来支，如此简陋装备却要去抵御日军飞机和重炮的攻击，怎么不造成重大伤亡？

围观民众无不动容，纷纷点头赞同。

孟天运又继续说：东阳关大战之前，四十七军李家钰军长亲赴临汾面见第二战区司令长官阎锡山和前敌总指挥卫立煌，要求拨给炮兵御敌，孰料竟遭到拒绝！他阎锡山抠，居然抠到宁肯让弹药库里的枪炮闲置也不愿意拨给川军打日本人，让我们的川军兄弟硬是用血肉之躯去抗击日军！民族危亡之际，他们还在打着自家的小算盘搞亲者痛仇者快的名堂！东阳关一战，川军打出了川人的气概，打出了中国人的精神！眼下我们的子弟兵困难重重，我们后方的父老乡亲要以实际行动支援他们！

民众们高呼：要得！

孟天运接着说：蒋委员长对我们川军另眼相待，让川军自筹军饷上前线，我们不能让出川抗战的子弟兵变成叫花子部队！十元钱不嫌多，一角钱不嫌少！只要你献出了一份爱心，前线官兵的枪膛里就多出一发子弹；只要你献出一份爱心，冰天雪地里的子弟兵就会穿上一件御寒棉衣！

民众情绪被鼓动起来，人们排起了长队，往"救国献金柜"里投着纸币、银元、铜板。一个小脚老太太颤颤巍巍挤到献金柜前，用力撸下手指上的金戒指，义无反顾地扔进去。几个衣衫褴褛的乞丐来到"救国献金柜"前，他们依次将自己手中已经捏得汗津津的几枚铜板悉数投进献金柜中。一个乡下老农挑来一担稻谷说，我家没有现钱，我把口粮捐给抗日将士。有人问他，你把口粮捐了，一家人吃什么？老农说，树皮、草根、观音土都可以吃，绝不能让将士们饿着肚子为国家打仗！

自流井的盐工是社会最底层，苦寒无比。但他们也推出代表来找孟天运，要求工会出面组织盐工也为前线捐款。孟天运说，大家挣钱不多还要养活老小，谁又有积蓄呢？只要努力生产就是对前线最有力的支持。但盐工们说，我们可以把每日工钱的一半捐出来，最多是饭吃稀一点，衣穿薄一点；说什么也不能让前线的兄弟们受罪。不仅如此，盐工们还呼吁井灶老板提前预支工钱以供捐款。

孟天运湿了眼眶，有这样的民众，就没有把日寇赶不出国门的道理！

得知孟天成受伤的宛如亦很悲伤，而孟天许也在积极地张罗着商会捐款，不仅如此，他还觉得仅仅捐款、捐物，对支援前线显得有些单薄，他倡议发起成立一个"反日后援会"。现在前方除了缺少枪炮、寒衣，还严重缺乏兵源。他想建一伤亡士兵基金，但凡赴前线抗战之壮丁，若不幸战死，基金负责为其父母养老；若战致伤残，失去劳动力，基金将供养其终身，彻底解除壮丁们的后顾之忧！

孟天慕连赞他有点大义川商的味道。孟天许还说，新招募的壮丁要马上补充到前线部队去整训，他要亲自押着收到的捐款、捐物与各界代表一起跟随他们去前线慰问！

而在这些热血和慷慨之余，却还有曹子才那样的人，整天窝在家里看闲书，既不出门，也不出去做生意，因为一出门到处都在喊捐款，要是被他撞上了，恐怕就要整万整万地摸包包。上次川军开拔的时候捐了一千块，他的心尖尖痛了好几天呢！而且，捐少了让大家看不起；捐多了又舍不得！索性他就病了，总没有敲开曹永茂堂的门强迫捐钱的道理吧？这个打仗是国家的事情，凭什么喊他捐钱？捐了钱把仗打赢了，还有可能捞点好处；万一要是打输了，他找哪个要钱去？而就算捐了钱的人，商会要刻石碑立在会馆门口，让人敬仰，他也不想去图这个虚名，有钱做点什么不好？他想了想，说干脆明天带曹二欢上成都、重庆耍它个十天半月，把这股旋头风耍过了再回来！

3

川军补充兵员招募处排起了长长的、自愿报名参军的队伍，里面有农民、小贩、力工、店员、学生，甚至还有和尚、道士。

天下滋味墩子师李老二的独生儿子李文斗瞒着父亲前来报名，虽然年龄不够，但却一心上阵报国，还说：个头虽然小，可拿破仑才五尺三寸，还没我高呢，而且个子小还不容易被子弹打着。军官看他如此有志气，这才答应收下他。

被录取后，李老二却突然赶到，说什么也不同意他出去当兵，不然，打仗被打死了，李家绝后不说，哪个来给我养老送终哦？又不然，打残了，谁来照顾你后半辈子。

李文斗就说，盐业会馆贴得有告示，"反日后援会"设立了伤亡士兵基金，我要被打死了，基金会给你养老送终的！要是把我打残了，基金也会养活我的！还说李老二简直太丢人了！国难当头，还在想自家那点鸡毛蒜皮的事情！日本人要是真打进来了，还李家长张家短？大家都要当龟儿子！要回去自己回去，他打死都不回去！

李老二没办法，眼看李文斗死活不干，一心要上前线杀敌，也只好跺脚。文斗他妈死得早，一手把他拉扯大，他要上前线，自己实在不放心！干脆，天下滋味的头灶也不当了，跟着上前线，当个伙夫帮着烧菜煮饭总可以吧？

李老二回酒楼感谢了孟天运当初把他招到酒楼来当头灶，圆了干厨帮以来的美梦。可是，他现在要跟着儿子上前线，只能告辞了，心中万分愧疚！孟天运赞扬他们上阵父子兵，令人敬佩！还说，等打走日本人凯旋，这天下滋味的头灶还是你来干！

自流井商会，各方捐款汇集于此，几十只手快速拨打算盘发出的声音此起彼伏，气势颇为壮观。

应盐场总工会陈情，井灶枧号各盐商同意预支盐工半年工价之一半，捐作抗战善款；款额已经核算出来了，一共是五百七十九万八千四百元！

这笔钱足可购买两架战斗机了！孟天运代表盐场总工会提议，请空军将这两架飞机命名为"盐工号"和"盐船号"，让我们的空军勇士驾驶着它，同日寇血搏长空！

而孟天许亦在这时再度站了出来，说：大家都晓得，盐工是自流井最贫寒的人，衣不蔽体，食不果腹，他们的义举，让我无比惭愧！漂亮话就不说了，我代表孟五德堂，向"反日后援会"伤亡士兵基金，捐款一千万！

短暂的寂静之后，雷鸣般的掌声骤起，盐商们都站起身，向孟天许鼓掌表示敬意。

随着这两件壮举，自流井的其他盐商代表也纷纷捐款，在一片欢腾中，孟天运和孟天许目光相遇，彼此微笑。这一刻，那笑容里洋溢着兄弟间真诚的自豪与赞许。

为此，自流井商会决定组织一个战地慰问团，由孟天许率自流井各界代表与补充兵员一道前往山西。出发那天，场面壮观，街道两侧是欢送壮丁队伍的市民。

李文斗穿着家乡父老赶制的土布军服、布鞋，背着大刀、斗笠，手举写有"国民革命军第四十七军后备兵员补充团"字样的大旗，走在队伍前列。他身后，雄赳赳行进的是同样穿着土布军服和布鞋，背着大刀、斗笠的两千多名自愿壮丁。而队伍之后，是十几辆满载各种物资、插了"支援前线"、"抗战到底"等标语的骡马车队。

　　一行人浩浩荡荡，不停向欢送的民众和自己的兄弟拱手致意。

　　突然，一身灰布长衫的燕伯卿牵着瘦弱的燕家成，在十字路口拦住了队伍。队伍停止了前进。孟天许询问燕先生，你们怎么在这儿？

　　燕伯卿说：三少爷，我老了，不能跟这些年轻人一样上前线去冲锋陷阵了！家里也没什么值钱的东西可以捐，我就把唯一的儿子燕家成捐出来！让他去杀敌立功，赶走日本人！

　　含泪。欷歔。颔首。掌声雷动中，所有人都眼含热泪，激动不已。孟天运湿了眼眶，他把瘦弱的燕家成抱在怀里，使劲搂了搂。

　　天低云暗，连天接地的黄土山脊起起伏伏，荒凉，贫瘠，却坚不可摧地绵延着。

　　孟天成在驻地迎接了自流井各界代表，他端起一个酒碗说：感谢各位代表几千里路赶来山西，又是新棉衣又是现大洋，辣椒花椒都是满满两大车，再加上两千多身强力壮、精神抖擞的壮丁，家乡父老实在太过厚爱了！虚情假意的话就不说了，一定多杀日本人，把狗日的强盗早日赶出国门，以此报答衣食父母！

　　说完，他端碗一饮而尽。众人叫好过后纷纷举碗，或豪饮或小啜，推杯换盏，食堂里气氛十分热烈。

　　正在这时，八路军独立团童团长来了。孟天成高兴叫道，快请他到这里来吃大酒！童团长进来后，孟天许顿时愣了。此时大名童克敌的童团长，竟然就是当年自流井孟五德堂的大班，就是轿夫，后来因为打残孟天宝后，逃亡出川的童老幺。

　　老乡见老乡，两眼泪汪汪，何况还是故交！孟天成立即招呼童克敌好生痛饮几碗，入座叙旧！

　　几座临时搭建的土灶，蒸炒煎炸，热气腾腾。李老二腰系围裙一边炒菜一边安排众人干活，虽是初来乍到，但俨然已是一个主厨。

　　得知八路军的长官来了，还是自流井的老乡，李老二当即高兴地又把羊肠子拿出来了，打算再做一个麻辣羊结子！

孟天成、童克敌、孟天许等围坐了一张桌子。童克敌说起当年离开孟五德堂后，一路朝北走，就想入伙一支棒老二的队伍，以后好杀回自流井，为栀子报仇。没想到棒老二没遇上，却碰上了北上抗日的红军大部队！红军干部让他明白了民族危亡远大于个人仇恨的道理，于是他毫不犹豫地参加了红军的队伍；首长给他改名童克敌，一路学习一路打仗，就这样到了延安！

童克敌听说今天孟旅长在这里，特地跑过来，一是想见见老乡，二还想提一个建议，他的独立团里，也有很多川籍战士，新来一名政治教员听说也是自流井人；他想请他们的官兵还有四川慰问团和独立团一起搞一次联欢。很快就要上战场了，应该给大家鼓鼓劲！

孟天成听完分外激动，连连击掌，说正好想找个机会好生向你们八路军请教一下游击战法和思想管教方面的诀窍呢！那就明天晚上，到贵团驻地大联欢！

雄壮的《在太行山上》的歌声响了起来。一堆堆燃烧的篝火，一盏盏高悬的汽灯，让八路军独立团驻地亮如白昼。

在联欢现场，童克敌和孟天成相互介绍自己手下的军官，大家敬礼寒暄，煞是热情。当童克敌介绍到一位身着八路军军装、英姿飒爽的女干部时，孟天成和孟天许如雷轰顶、呆若木鸡——这个八路军女干部竟然是当年在釜溪河上投水自尽的燕知秋。

童克敌没有发现孟氏兄弟的异样，笑嘻嘻地介绍：这个指挥大合唱的女同志就是刚调来我们独立团的政治教员燕知秋。听说也是自流井的人，我都还没有来得及和她细谈呢。

而燕知秋却英姿飒爽地向他们问候，平静地敬了一个军礼，脸上始终挂着淡淡的笑容，洋溢着朝气、健康、明丽和自信，与当年那个孱弱的女学生判若两人。

看着两人诧异的表情，童克敌表示不解。燕知秋爽朗地解释：童团长有所不知，当年我因一些难以了断的事走投无路，在自流井跳河自尽，所有人应该认为我早就不在这个世界上了。突然出现，他们有些接受不了，特别是我曾经的同窗——孟会长、孟旅长。

随后，燕知秋又跟二人解释了后来的经历，她说，那年釜溪河的桃花水最大最急，她落水以后很快就被冲出好远。就在她准备默默迎接死亡来临的时候，一艘下行盐船的船老大救起了她。她讲述了自己的遭遇，求他把她带走。那个船老大是个好人，他托人将她送到武汉还帮她谋了一个教会医院药剂员的职位。安顿下来后她想，就让自流井的人们认为她已经死了吧，这样大家都解脱了。1936年，燕知秋到了延安，她的个人遭遇让她迫切想为建立一个公平的民主社会做点什么，所以，后来她就干了八路。

孟天许两眼茫然，仍然不敢相信这是真的。孟天成也是久久地沉默，不知该说什么。

燕知秋看着孟氏兄弟，爽朗地说：一切惆怅和不快都忘掉吧！民族存亡是当前的头等大事，让我们大家为抗战胜利那一天早日到来而在各自的岗位上努力奋斗！

同时，燕知秋还告诉孟天成，她很快会被派到他们旅工作，所以，不希望因为个人恩怨而影响两军团结抗日的大局，何况这恩怨早就随着时间的流逝而淡漠了。

接着，她又告诉孟天许：带头支援前线的义举令人鼓舞，你代表了绝大多数川商的爱国情怀。你们回四川的时候，我建议你顺路去延安看看，看看那个不一样的社会，对你的实业救国理想或许会有帮助的。

一个面对的是昔日两情缱绻志同道合的恋人，一个面对的是已下聘书却未过门的媳妇，孟天许和孟天成百般滋味涌上心头。

慰问团要返川了，燕知秋前来送行。她掏出一个笔记本递给孟天许，说：送你一个边区生产的笔记本，把延安之行的所见所闻记下来。我真正的新生是在那里获得的，生命的价值也是在那里顿悟的。希望你也会有收获。

孟天许犹豫有顷，终于问道，我们什么时候还能再见？燕知秋没有正面回答他，而是说：我们见与不见不再重要，在民族灾难面前，我们每个人的生命并不属于自己。回到自流井请告诉我爹，国家危亡，我不能在他身边尽孝，希望得到他的原谅。胜利以后，我一定会回自流井的。

孟天许品味着燕知秋的话，伤感万千。

4

自打离开天下滋味之后，孟若因一直过着魂不守舍的生活。为了报复孟天运对她的抛弃，她甚至天真地去半济堂找何汉儒，开一剂剧毒的药，然后一点一点地收集，指望着有一天她可以借此报复。

然而，这天她在半济堂，正好邂逅了来给曾语蓉抓药的文一佳，文一佳关心孟若因。孟若因却冷淡回应，还出言相激，说以文一佳的身份，干吗要给孟天运的老婆做丫鬟,她无论如何都不能理解。文一佳却说她是真想帮帮孟天运,觉得他心里有好多苦。孟若因依然表示不解,质问文一佳,当孟天运遭到几乎所有人唾弃之时,你却倒行逆施跟他走得更近了,还极力替他辩解,勇气可嘉呀!莫不是那个人想效仿我三哥,许诺讨你做二房太太,才让你无所顾忌、奋不顾身的?我奉劝你文小姐,清醒一点,看清那个人的真面目吧!跟追腥逐臭的人混在一起,自己身上不可能没有异味!

　　文一佳被孟若因说得眼泪都出来了,孟天慕恰好赶来,拉着孟若因离开。孟天慕得知了孟若因的毒药计划,说你太天真了,如果你真这么做了,把二哥弄残了,那他们一家人可就惨了。孟若因不解,孟天慕就说,不信你自己去看看,看看你二哥娶了什么样的女人你就知道了。

　　孟若因果真又去了天下滋味,当她发现曾语蓉的情况后,孟若因哑然了,百思不得其解询问孟天运,孟天运却依然语讷,说这是一件我根本无法跟你解释的事情。

　　怀揣着一肚子的误解,孟若因不知所措。孟天慕只是告诉她,二哥娶曾书记长的女儿,绝非仅仅攀附权贵那么简单。我们首先得弄清楚他的真实想法,才能找到应对之策,以摧毁其心智。

　　孟若因问孟天慕,该怎么做?孟天慕说,大娘对你到旭光小学教书很不放心,让我想办法。我认真想了想,你还是到我市党部来做事吧。我们刚组建了电讯科,我找人教你收发电报,曾书记长希望电讯科组建以后,每周都能给你二哥接发一封家事电报。你接受这件事之后,所有的收发电文都经你之手,不正好可以从电文中嗅出点东西来吗?

　　孟若因闻言,当即答应。

　　于是,孟若因进入党部,学起了收发电报,而她这方面的悟性也是相当高的,很快便掌握了技巧,还说就这简单的一滴一答,便能把想说的话传递给对方,挺有意思的。

　　孟天慕说:发报和抄报不是你要学的重点。接下来,还会找高手教你译电,相信你会更喜欢。而那才是他让她进电讯科的重点。

　　孟若因随后又在开始学习"栅栏移位法"、"凯撒移位密码"、"维杰尼亚密码"、"进制转换密码"和"字母频率密码"等诸多密码,很快便成为高手。

　　孟天宝虽然入主了合盛公,可是如今的自流井,威望在孟天运手中。自打他的酒楼开张后,来堂口吃讲茶的是愈来愈少,都跑对门找孟二爷去了。堂口的威望、信誉一天不如一天!

为此，孟天宝心中不忿，想找麻烦给孟天运添点儿恶心。他派出堂口的几个小流氓去饭馆里点菜吃饭找碴，还说菜里有苍蝇，要赔偿。

孟天运出来，三言两语地寻问，要他们把菜里的苍蝇找出来，找不出来就算你们吃下去了，那也麻烦你们吐出来给我看看，一只苍蝇一千，有好多赔好多，照点！

结果，两个流氓顿时蔫了，慌忙收了场子，掏出两张纸币往桌上一扔，仓惶出门。饭馆内一阵哄笑。

孟天宝去找曹子才诉苦，曹子才说不是跟你说了，现在的二哥不比以往，莫招惹。你不听，横竖非要遣人去肇堂子。这下安逸啰，猫钻灶洞撞一鼻子灰，活生生让人看了堂口收刀捡卦的笑话！

孟天宝不服。曹子才就说，下三滥的招数，赶紧收捡啰！当初他回自流井在你们对门开酒楼，文大爷就找人试了他的深浅，他绝不是灯草牌坊，是黑白通吃的主！不过，这口气也未必然打碗凉水吞了，要想找到拣顺他的办法，就不能着急，俗话说急不暇择！现如今他又做了曾书记长的东床，在自流井可以说就是天潢贵胄了！哪个惹得起？连孟家老五都要礼让他三分！一切还需从长计议！

孟天宝叹气，看来这口阴气他还要受一阵子喽。

孟天慕去看孟天运，孟天运正陪着曾语蓉玩游戏。曾语蓉坐在小方桌后，细细撕着一张云斑纸。她将纸先撕成条状，再撕成碎片，一直撕到再无可能碎小。孟天运则在八仙桌上将大张的云斑纸裁剪成三十二开大小，摞成厚厚一叠。

孟天慕由衷地佩服孟天运内心的坚韧，他询问孟天运：你幸福吗？

孟天运淡淡一笑：每个人对幸福的理解都不一样，就我而言，做着自己喜欢做的事，就是一种幸福。开酒楼啊，办夜校啊，发明红汤牛杂啊，都是我喜欢做的事！

孟天慕说：国共都已经合作，统一战线了，二哥你还不现出真身？

孟天运笑答：如果我是共产党，我不会现身。我不能忘了四一二的教训。赶跑了日本人，中国也未必太平。我们也许还得继续较量，可不管怎么较量，我们也是兄弟。

孟天慕说：我近来也常常想起当年的事。如果不是二哥为我筹钱，为我游说马帮带我出城，我怕是已经不在这个世上了。救命之恩未报，始终是我的心结。这个恩情，我也一定要报。一直以来我所做的种种努力，都是为了报答二哥当年救我的恩德。我发誓把你从歧途拉回来，因为你走的是一条不归路！

孟天运却大笑着说：我怎么觉着我的前方一片光明呢？

孟天慕蹙眉：虽然国共合作了，但那只是抵御外侮的权宜之计，彼此之间的血海深仇总有清算的一天。我相信眼下这场战争中国必胜，到那时，正面御敌的国民党和蒋委员长的威望将如日中天，万民拥戴。蜗居陕北的中共想要问鼎中原没有丝毫可能。娶曾语蓉这步棋堪称妙着，但不是胜负手。我之所以不把这层窗户纸捅破，就因为我们情如手足，否则二哥哪能还在这里坐着呢？苦海无边回头是岸啊二哥！

孟天运摇摇头：一局棋还没弈到中盘，你怎么就笃定你的对手将要投子认负呢？恰恰相反，彼岸莺歌燕舞一片祥瑞，我岂能半途而废？

两人正说着，老索突然找来，说省党部曾书记长来电话，请您即刻赶到成都去！还要您带上文玉琨、夏青城一案的所有文件。

孟天慕点头，当即离去。

二十四

1

　　成都，孟天慕来到国民党四川省党部书记长办公室，曾纪周一言不发，仔细阅读卷宗里的两封信函。

　　孟天慕忐忑不安地坐在他对面。阅毕，曾纪周将两封信分别装回信封当中：天慕，你惹大麻烦了！这桩案子牵扯的人很多，你虽然没有贸然深究，仅仅控制在自流井范围以内来处理。还网开一面，放了夏青城一马，如今却给你惹出事端来了！你以为饶过夏青城一命，他真就皈依伏法啦？他官场中混了这么多年，而且担任富甲全川的自流井盐务局局长十余年之久，最不缺的就是钱！自从被免了职，此人一刻都没停止活动，国民政府迁都重庆，更方便了他的上下打点！你扣下大部分鸦片并凭此办了一所小学，是处理此案一大败笔；而更大的失误在于不该留下这两封要命的信函！谁能搞清楚你留下这两封信的真实目的？尤其是当事人盐务总局颜局长和李督察？

　　孟天慕不解：如此重要的物证，我没深究，但也不能轻易把它毁了吧？

　　曾纪周道：结症便在于此！留下物证，我相信你有自保的意思；可案发之后，所有收过夏青城贿赂的大小官员，没有一个不是度日如年！他们谁也不知道你是否会在某年某月的某一天，出于某种目的而抛出这两封信来，让他们丢失官职甚至项上人头！

　　孟天慕却说：书记长，不瞒您说，职下还真有此意！他们个个身居高位，不仅搜刮民脂民膏，甚至连非法之财都敢收入囊中。天慕虽不才，但还真想跟此等党国败类斗一番呢！

　　曾纪周拉开抽屉，取出另一个卷宗，还斗什么？这一阵你已经折啦！看看吧，都是各路神仙搜罗的你的罪状！往哪儿告的都有，有些已经告成了天状，白纸黑字就躺在委员长侍从室的办公桌上！真像你想的那样干，不单单你的仕途走到头了，连你的性命都堪忧啊！

　　孟天慕接过卷宗急速翻阅，卷宗里的举证颠倒黑白，一派胡言，孟天慕的脸色也随之越来越难看。

　　曾纪周说自己也相信这里面大都是不实之词，可是，他还是递给孟天慕一张公函，上峰已经要将孟天慕调离自流井了，降职到松潘县，当一个副县长。曾纪周苦口婆心地说：天慕，你精明过人，能力非凡，确为我党之干才，要是党国多一些你这样的人，先总理的理想或许早就实现了。可现实就像一张网，每个人都是这网上的一个结，横牵竖拽，彼此牢不可分。你如果想挣脱这牵拽做一个特立独行的人，这网就破了，网破了鱼不就跑掉么？于是你无形中伤及了这张网上所有结的利益，那别的结还能容你吗？不容，因为你坏了规矩，必然招致妒忌、诽谤、诬陷、嫁祸、打击！

　　孟天慕难过，愤怒，想要申辩。曾纪周知道他舍不得离开已然打下一定基础的自流井，便说：调职令我可以扣下，但你必须去做两件事情。第一，立即动身去一趟重庆，把这件案子的所有文件完整移交给盐务总局。关键是要把这两封信，当面交给盐务总局颜局长和李督察。第二，要设法把你三哥那位陈姓同学调离现职！虽然陈伍明推行的盐务政策，并无可以指责之处，但现行的盐务政策在自流井最大的获利者，是你的家族孟五德堂，不可否认吧？你三哥豪捐一千万的行为令人钦佩，可也引起了多少人的嫉妒和仇视啊！

　　孟天慕忍不住疑问，自流井在新的盐务政策鼓励下，盐业生产好过以往；盐商们大都发了财，国库也充盈了税收，这不是利国利民的好事吗？为什么又要改弦易辙呢？

　　曾纪周解释，因为自流井是一锅被无数双眼睛盯着的肥肉，没人不想分一杯羹。现行盐务政策就是把这口锅给紧紧盖上了，断了他人的念想，麻烦必然接踵而至！

　　然而，让孟天慕惊愕万分的还有，来接替陈伍明在自流井的现职的，就是他的前任——夏青城！如此贪官污吏，人中败类，怎么却能在党国如鱼得水、兴风作浪，这让百姓怎么看？而他，只是想为党国做点事，就有这么难吗？孟天慕心中的怒火翻腾。

　　孟天许从延安回到自流井，怀揣着一肚子的话，第一时间便来找孟天运诉说，燕知秋不仅活着，还参加了革命，童老幺也做了八路军独立团的团长！

　　孟天运不解，燕知秋既然没死，这么多年了为什么不给家里写封信呢？她不晓得燕先生有多悲伤吗？

　　孟天许说：开始的时候，是怕她的行踪被大哥知晓前去纠缠，后来参加了共产党，抗战又爆发了，就想着等胜利的时候再回来给家里一个惊喜。

二十四

孟天运看孟天许心里很乱，怕他控制不住情绪，便和他商量，明天一起赶紧去向燕先生报告这个喜讯！老人家凄苦了半辈子，儿子也送到前线去了，孤苦伶仃的，这个消息让他多欣慰啊！

孟天许听说燕先生现在在育英小学代课，有点收入，吃饭不成问题。但他老人家一把年纪了，一个人生活有诸多不便，孟天运虽然安排酒楼的伙计每天早晨去给燕先生挑水，每旬再把柴火送过去，可帮忙一多了老人家就吹胡子瞪眼睛，一辈子也不愿意给人弯腰。孟天许便决定要以燕知秋的名义，给燕先生找个佣人，每天帮他做做家务，让他安心上课。

听说女儿还活着，燕伯卿老泪纵横，浑身颤抖；他用袖口抹着泪水，强抑着喉咙里的呜咽。孟天许又说起燕家成的情况，他目前在大哥孟天成的部队里，会受到关照，可以彻底放心！

燕伯卿感慨万千，说没想到有生之年还有机会再见到女儿，一定要等到这一天。

2

从成都回到自流井的孟天慕好像死过一回，没有一分钟想面对现实的转化。陈伍明的调令很快到达，他被调任国民政府财政部第三厅副厅长，听着好像很大的官，可是实际上根本没有什么权力，一个闲职而已，他深深地明白，自己是被别人算计了！

接替陈伍明的人正是当初被推翻的夏青城，而对于稳坐钓鱼台的孟天慕，陈伍明心中也是满腔的不忿。临走前，陈伍明还告诉了孟天许一个不好的消息，现行的盐务政策很有可能被推翻，军事委员会已经通知财政部，即将把食盐列入战略物资加以控制！他让孟天许千万不要轻举妄动，国家非常时期，四周人物关系又错综复杂，要尽力维持现状最为稳妥！

孟天慕去育英小学，燕伯卿指着黑板上的"廉"字，教导学生：廉，是指气节清高、品行峻洁的高尚操守。按人之本性，谁不喜清高而恶污浊呢？但往往有许多人过不了贪欲和私利这一关而身败名裂。古往今来有多少因欲多而亡者，却未见以无欲而危者？明智者必以清操为励，以不贪为宝，效仿圣贤虽贫不受贿金，虽渴不饮盗泉。公廉约己，以身作则，即可明达政事；以德化民，廉洁为政，则可民安国治。孟天慕神情沮丧地听着。

夏青城官复原职，自流井盐商哗然一片，人们哀叹，自流井怕是又要变天了！而曹子才却是兴奋不已，他想，又到我出手动作的时候了。他立即跑到川南盐务局，却没能见到夏青城，当即表示要办接风宴，骆阿宝连连拒绝，说要低调。曹子才见骆阿宝正在按夏青城要求，把办公室完全恢复以前的样子，便当即表示要让夏局长住回以前住的地方，而且还都得恢复原样。

果不其然，夏青城回来之后，当即抛出了战时盐业新政，规定盐价由盐务局统一核定，不得竞争；盐运收归盐务局，官收官运！

这些规定将一度繁荣的自流井盐市又推到了进退维谷的境地，盐商们莫不义愤填膺。盐价由盐务局统一核定不得竞争，这盐生意还怎么做？盐务局把盐运权收了，那我们的盐船拿来干什么？盐商们主张商会像之前抗缴官运积欠一样，号令盐场各井灶即刻停产，拒绝售盐，要求盐务局重新调整盐政。

孟天许作为商会会长，面见五弟孟天慕陈述盐商们的要求。孟天慕淡淡地对孟天许说，食盐既然列为了战略物资，它就不是寻常商品了，请你务必向盐商们陈述明白这一点。万莫一时冲动，企图用停产井灶拒绝售盐等非常规手段抵制新盐政，反致遗恨终生。况且眼下不比平常，多一事不如少一事，保证孟五德堂正常运转就行了。你就是一个做盐生意的商人，不要以为顶了商会会长的头衔真就是首领，真就去享受千营共一呼的拥戴。

孟天慕的刻薄语言让谈话不欢而散，孟天许决定去找二哥孟天运讨问对策。

孟天运听说孟天许欲领导盐商们抵制夏青城的新政，大呼不可，他分析说，如果没有上面的指令，夏青城哪有胆量敢实施官收官运？他这次回来，背景莫测；又是抗战期间，无论如何不能轻举妄动！

孟天运虽然理解孟天许咽不下去这口气，可是，国民党政府的腐败已经败到了根子上，前方将士浴血奋战，后方官员蝇营狗苟！官收官运的盐政目前只能顺从，与孟五德堂积下大怨的夏青城没有立地成佛，一旦让他抓住把柄他不会轻易撒手的！那时候只怕老五也没办法出手相援！他提醒孟天许，现在军需物资的供应极为紧张，不要把眼光只盯在食盐上面，应该发挥所学特长开发化工副产品，既支援了抗战，又另辟了生路。

孟天运的话让孟天许眼睛一亮，对啊，盐场生产只取食盐，制盐过程中大量产生的废弃胆水、胆巴遍地都是，一定能从这些废弃物当中开发出衍生品来的！说到这里，孟天许心头明朗了许多，谢过二哥以后，回去便将孟五德堂的管理交予了曹大欢和汤俊川。自己则把精力放到研制、开发盐卤衍生品上面。

孟天慕发现孟天许去延安的消息被南京方面知悉，害怕三哥的赤化会给孟五德堂带来祸事，他要求戴宗重写了报告，不要只报流水账，而是把八路军高级将领接见三哥都说了些什么，写得越详细越好。

而对于千鹤的事情，孟天慕也是充满担心，此前曹大欢已经暗暗告诉他，千鹤可能不在成都治病。曾纪周找他去成都时，他还顺带着去千鹤所在的医院打听，可是，那里的人都说，从来没有叫孟千鹤的病人。

孟天慕告诉孟若因，千鹤很有可能是个日本人，真的很怕现在有人借事出徐州，拿这件事做文章，我们会很被动啊！

孟天慕去找孟天许，孟天许正在埋头做实验，刺鼻的味道让孟天慕捂住了鼻子，不解地询问，好好的盐生意放了不做，搞这些名堂干什么？孟天许回答，不是你告诫我，保证孟五德堂正常运转就行了吗？再说他也不能一头栽进盐锅里，让孟五德堂除了盐巴再无别的生存手段！

孟天许说，他正在从一钱不值的胆水、胆巴里分离、提取氯化钾和硼酸。氯化钾是生产炸药的重要成分。他已经跟泸州二十三兵工厂联系过了，只要他的试验一成功，能生产多少他们要多少。硼酸更厉害，它是制造外伤止血药品的必备原料。正在试验的这些东西可都是前线急需的紧俏物资，市场供不应求不说，是不是比单纯制盐对支援抗战更有用？这都是孟天运提醒孟天许的，他的思路非同一般，不服不行！

孟天慕不置可否，他今天来见孟天许其实是想追问千鹤的下落，可是孟天许却表示要保持隐私，即便以后有什么可怕的事情，那他都认了。

很快，孟天许的实验便取得了成功，他告诉宛如，孟五德堂要减产，把孟五德堂所有炭花灶统统停了，只保留烧瓦斯的火花灶！宛如大愕，这相当于三分之一的井灶要停产，她不能理解。孟天许说，一斤硼酸的市场价格顶得上两担花盐的市价，而且分离、提取这两样东西的原材料在自流井遍地都是一文不值！而用点炭花灶煮盐，平均三担多煤才能煮出一担盐来，成本太高！他打算改建鱼煎滩的盐仓，成立五德化工厂，专门生产硼酸和氯化钾！

宛如担心开办工厂需要多少钱，孟天许说，炭花灶停产省下来的预购煤炭款足够了！宛如这才放心，不在煮盐这一棵树上吊死，这个思路是对的，她没有任何意见，让孟天许放手去干！

3

巨大的地图前，孟天慕拿着截获的日军密电报说，年初，日军陆军航空兵第三飞行师团实施了他们的百零一号作战计划，集中轰炸重庆、成都中心城市和近郊机场。如今，日本海军航空兵第二联合航空队已于近日完成在汉口、孝感等地的集结，恐即将实施百零二号作战计划，纵深轰炸四川各地资源城市、军事设施、物资仓库和重要工厂。

自流井虽然既无军事设施又无重要工厂，可是日军是冲着盐来的，军部号称"盐遮断"战略轰炸，目的便是切断中国食盐补给，造成社会恐慌！孟天慕让胡主任、李局长还有盐务局的夏青城，马上过来党部开会！

胡祖善报告说，敌间汉奸潜入内地活动，其联络标志有两种。一、身上带火柴五根与铜元一枚；二、随身携带有小圆镜一面。汉奸手号一般有两种，一种是伸出四个指头；还有一种是拇指与食指合为圆圈，其余三指伸直掀开衣襟。但凡冲天举起帽笠，或者手扬白布巾者，必有为敌机指示轰炸目标之嫌疑，当立即予以拘捕；另外，手持小圆镜在阳光下摇晃者，也是为敌机指示目标的！

除此严防汉奸渗透，孟天慕还要求尽快在市区周边丘陵地带，挖掘防空洞若干。

自流井，所有居民都在收拾东西。正往箱子里收拾书籍、古玩的宛如也气哼哼地埋怨，日本人也是，打不进四川就用轰炸来吓人！

跟德娃子一起正往窗户玻璃上粘贴防震米字条的孟天许说，日本是一个资源极度匮乏的国家，长期打下去必定大量消耗国力，它哪里拖得起？便用上了轰炸这种手段，意图以炸迫降、以炸迫和！可是，仗都打到这个份上了，哪个有骨气的中国人能轻言投降或者媾和！

汤俊川让裴二娃把后花园地窖收拾出来了。宛如就说她不愿往外边跑钻什么防空洞，都是在地下挖洞子藏人，不如躲在府里的地窖。

孟天许闻言哭笑不得，说那是不一样的，可以把家里值钱的细软、现金还有您这些宝贝放进地窖，人是不能钻到地窖里躲空袭的，因为地窖只有一个进出口，万一炸弹落在地窖附近封住了这个口子，一个人也出不来，都会被捂死在里面！

宛如闻言不再反驳。

井潮报社，夏楷在处理完新的一版报纸之后，又把一个拼字游戏放了上去。孟天运看见之后，脸色骤变，急忙拿起一支铅笔，在报纸上填起字来。

他首先在"风骤雨"空格中填上一"急"字。

又在"伪存真"空格中填上一"去"字。

再在"马识途"空格里填上"老"字。

二十四

接着,在"谈天说"空格中填上"地"字。

又在"天各一"空格里填上"方"字。

最后,在"固持己"空格当中,填上了"见"字。

急去老地方见!孟天运指点着铅笔填上的字,回忆着老地方指的是哪里。升通客栈,公益旅社,荣县大佛寺?最终,他觉得应该是文庙。

文庙碑亭,孟天运见到夏楷,询问不是说不到万不得已,你我之间不要联系吗?夏楷说,现在就是万不得已的时候了!市党部稽查处安派密探跟随你三弟孟天许的慰问团去了延安,重庆军统也派了特务混进慰问团一同前往!他们极有可能知道了你三弟的二房太太是日本人,让她继续留在四川已经很不安全。为了保护孟五德堂这样的民族工商业,保护孟天许这样的爱国资本家,上级指示我们必须立即把孟千鹤转移走!

孟天运询问,转移到什么地方?夏楷说,通过八路军西安办事处,把她转移到陕北去,具体的方案就是先把她送到釜溪河上游川主山上的水月庵,剩下的事情就不用管了。

除此之外,夏楷还让孟天运提醒孟天许,他有旅日经历,思想上又靠近我们,已经成为对方的重点怀疑对象,提醒他千万小心!

一个特别平常的日子。有人蹲在街沿边刷牙;有人挂上店铺店招;有人卸去店铺门板。突然,一阵急促的锣声骤然响起,两名警察沿街跑来,让众人纷纷注目。

一名警察举着话筒狂呼:预行警报!预行警报!日本飞机已经出动空袭自流井!请各家各户收拾好东西,赶紧去防空洞躲避!

他喊完一句,另一警察便猛敲三下提在手上的大锣。街面上的人们顿时慌乱起来,一阵惊呼鼠窜。

曹永茂堂,曹子才抱着曹二欢出了大门,径直抱上停在大门外的轿车内,又转身询问老爷。薛老五回答,老爷说才喊预行警报,还早得很!他要把早烟吃了再走!曹子才只好让大家先走,安顿好了再回来接老爷!

送走了宛如和一家人,孟天许又折回孟府,说还要收拾一些东西。曹大欢觉得孟天许心中有鬼,也跟着回去,发现许久不在家的杜鹃突然回来。

杜鹃是回来给千鹤收拾东西的,孟天许还特别不放心,又掏出一大叠钞票,要她把这些钱交给三姨奶奶,告诉她,安定下来马上给家里写信!

杜鹃从后门出去,打算跟孟天运的人接头,却没想到,刚走到街口拐角,就被曹大欢拦住,揪住杜鹃的衣领,将其拽进小巷里。

曹大欢将杜鹃顶在青砖墙上，威胁说我问一句你答一句！要是胆敢说谎话骗我，一定叫人把你舌头割了，眼珠子挖了，还把脚筋给抽了！

杜鹃吓得瑟瑟发抖，曹大欢开口询问三姨奶奶是不是回自流井了，现在人在哪儿？

杜鹃不敢不答，只好说出前天夜里回来，在川主山的水月庵里。之前一直躲在蜀南竹海的山上面，至于下面将要去哪里，她也不晓得，只是回来取点东西。

曹大欢闻言放了杜鹃，但也要求她不要跟任何人说她问过这些事，否则后果自负。

防空洞里，宛如继续埋怨着搅了大家安生日子的日本人，却没有注意到，一旁的东儿手里拿着一个小圆镜子正在玩着。

远处，釜溪河对岸一高地，孟天慕、老索、戴宗和胡祖善站在挂着"自流井防空指挥部"牌子的防空洞外，朝釜溪河对岸望去。

此时的市区内已经分片区规定了市民各自该进入的防空洞，可是，正在这时，正前方一异常耀眼的光斑吸引了大家的注意。孟天慕急忙拿起望远镜，发现是东儿蹲在防空洞外的地上，正玩耍着那面小圆镜。

胡祖善当即怀疑这是有汉奸间谍在给敌机指示轰炸目标。戴宗连忙在一旁解围，他觉得那不过是一个三四岁的孩子在那儿调皮、玩耍，不值得大惊小怪。胡祖善发现情况后，也赶紧附和。

及时赶到防空洞的孟天许发现了东儿在玩镜子，急忙把它收了起来，避免了危险。

刺耳的防空警报响了起来，街道上狼奔豕突，一片混乱。

薛老五冲回曹永茂堂找老爷，依然斜卧在烟榻上吸着大烟的曹原三一脸不悦地骂他：鬼撵来啦，慌个啥子？他这锅南土还没烧完呢！梭口烟都梭不清净！日本人不就来几架飞机嘛！

薛老五一脸哭丧相，心中害怕。曹原三却说，天上那么多麻雀子屙屎都落不到老子脑壳上，小日的炸弹就瞄得那么端正正好落到我头上？他就还不走了，等飞机来了，到后院烟窖里坐一会儿就是了！

曹原三刚赶走薛老五，日军的飞机就来了。一阵轰隆轰隆的声音自远而近越来越清晰，一群日军九七式重型轰炸机以品字队形逐渐飞临市区上空。

倾泻而下的炸弹、燃烧弹着地之后是震耳欲聋的爆炸声，烈焰、浓烟、尘土、炙浪混合在一起，仿佛炼狱。街边的房屋陆续倒塌，哀号声不绝于耳。

一通狂轰滥炸，日军飞机又结队远去。

街上一片碎砖断木，残肢断臂，有人在浓烟滚滚的街道奔跑哭号，有人在瓦砾中刨着亲人的尸首，有人被炸断了双腿，艰难地在废墟上爬动。

天下滋味大酒楼，孟天运吩咐赵国梁等人，这场大轰炸自流井损失惨重，不知有多少人连家都没有了，难民一定不少！酒楼没有挨炸是幸运，但不能窃喜。从现在开始，酒楼停止接待酒筵，改做大众饭菜，和红汤牛杂一起，廉价供应难民！除了店堂以外，门外还要搭上席棚，接待的人越多越好，也是支援抗战。

曹子才也带着曹二欢急忙赶回曹永茂堂，薛老五连滚带爬地跑出大门，告知地窖被炸断了，曹子才浑身一紧，忙把曹二欢放上轮椅，让一旁的丫鬟看好小姐，自己和薛老五急忙朝院内跑去。

曹永茂堂后院，一颗炸弹爆炸后掀起的黄土像座小山，满地的瓦砾和杂物。曹子才跑到烟窖伸头一看，烟窖已经被炸塌了，木柱歪斜，仅剩一个黑黢黢的孔洞。

曹子才让薛老五爬进去查看情况，老爷果然在里面，只是一根大柱子把老爷压着了，一个人还搬不动，得多叫几个人来帮忙！

曹子才听说老爷还活着，也跟着爬进了烟窖。

只见曹原三下半身被垮塌的砖土掩埋，上半身被一根半尺见方的木梁死死压住。整个烟窖只靠一根已经歪斜的柱子支撑着。

一看如此情景，曹子才就把薛老五打发出去找人。等薛老五走了，曹原三询问曹子才，这么着急把薛老五打发走，是不是打算不救他了。曹子才迟疑一瞬，然后咬了咬牙，回答是的。曹原三鼓了鼓眼睛，一股气上涌，把脸都憋紫了。

曹子才赶紧说，趁您还没咽气之前，把想跟我交代的赶紧交代吧，要不当真没机会啦！曹原三大骂曹子才畜牲，悲愤至极地说：孟天佑，我把你招上门真是瞎了狗眼！

曹子才连忙劝他别骂自己，多不好，还有，他早改姓曹而不姓孟了，一根柱子就把您给压糊涂啦？

最终，曹原三老泪纵横，语态悲凉交代曹子才，我就一句话，看我待你不薄的分上，莫甩了可怜的二欢！

曹子才答应：您这一走，我和二欢还要相依为命呢！他伸手在曹原三身上摸索，在腰间取下一串钥匙捏在手里，然后，三步两步爬出烟窖，嘴里念叨您老人家马上就不受罪了，回身狠狠朝那根支撑木柱一蹬。

一声闷响，一股尘土，烟窖彻底塌了。

曹子才立即扑到地窖口，放声哀号。他哭号得很悲切，但眼睛里没有一点眼泪。薛老五带着几个伙计跑进后院，见状全愣住了。

4

听说了曹原三被砸死在地窖里，宛如惊愕不已，自己还差一点点钻地窖呢，差点跟他一样，正是享福的时候，一念之差就把命给送了！

曹家，曹二欢哀声恸哭，曹子才一脸悲戚，曹大欢步履杂乱地冲进偏厅，一把拽开曹子才，掀开搭在曹原三脸上的白布，放声哭号。

晚上，在布置好的灵堂里，披麻戴孝的曹子才跪在正厅中，在一铜盆里烧着纸钱，念叨着后悔没亲自回来接一趟爹。悔死了悔死了！

曹大欢愤恨着日本人怎么偏偏就把炸弹甩到我们家里来了，不仅如此，曹永茂堂日产最高的永盛井也被炸了，天车烧塌了，井房也毁了，还把井口给堵死了。除了这些，还炸毁了井口四座，七个灶房，连永通枧也被烧了两里多！可谓损失惨重。

而孟五德堂听说只是德荣枧的枧管被炸断了一截，曹子才眼珠一瞪，心中觉得蹊跷，孟五德堂的井口天车比永茂堂多得多，灶房也数倍于曹永茂堂，单说孟府那个城堡一样的大院子，也是曹府一倍以上的面积，为什么单单曹永茂堂挨了若干炸弹而孟五德堂没一处井灶挨炸，包括偌大的孟府都可以躲过轰炸安然无恙，日本人炸弹又不可能长眼睛，背时倒灶为什么偏偏就让曹家撞上了？

曹子才万分不解，唯一的解释就是，炸弹是没长眼睛，可地面要是有奸细先在地图上做好标记，再神不知鬼不觉给天上的日军轰炸机发出信号，不等于让炸弹长了眼睛吗？

曹大欢猛地一震，对曹子才说，你说对了，自流井不仅有奸细，这个奸细还就是一个日本人！然后，她将千鹤的事情说了出来。

曹子才立即将这件事告诉了孟天宝，还拍着胸脯保证说，她一定是为日军空袭提供了地面轰炸的目标！

孟天宝要带人去抓，曹子才说你没有得到上峰指令就领人去了，师出无名，说不定还会让你惹一身臊气呢！再则说，逮住日人女奸细之后，绝迈不过

二十四

299

孟家老五这道坎，人还得落到他手上。万一他要袒护，我们是无能为力的！

曹子才的意思是，现在自流井民众仇日情绪之高，一根火柴就能点着！一旦他们晓得自流井地界藏着日人奸细会怎样？肯定群情激愤，立刻把人踩扁！这个时候的孟老五即便有意出面袒护，也挡不住愤怒的民众了！这是我们借他人之手，宰杀它孟五德堂的绝好良机，杀招！

一听到这些，孟天宝来了情绪，询问具体步骤。曹子才说他俩分头行动，他去说服井灶被炸的盐商，孟天宝的堂口派人去鼓动挨炸的市民，尤其是家里死了人的；告诉他们，这可是为亲人报仇雪耻再好不过的机会，万莫错失！最后让大家都汇集到釜溪河上游川主山，水月庵！

天下滋味大酒楼，正在分配食物的孟天运看见一个头上缠着孝帕的年轻人飞跑而来，情绪激昂地对席棚下吃饭的难民说着什么。听着他的话，越来越多的难民放下饭碗围了上去。

孟天运好奇地过去打听，得知大家都在说有一个日本奸细躲在尼姑庙，自流井凡是家里挨了炸的，都要到盐业会馆外面会合，然后一起去找那个日本人算账呢！

孟天运闻言脸色骤变，急忙把黄三更叫了过来，水月庵已经暴露了，要是不把此人顺利交给上级，等于我们没有完成任务，现在只能让他用最快的速度跑到水月庵，先把人转到荣县居先客栈，找一个姓曲的掌柜，就说此人是木铎的朋友。

与此同时，孟天慕也接到了一份军委会调查统计局的密电，上面说怀疑孟天许是日本间谍，下令逮捕。孟天慕焦头烂额，如果拒绝执行，那他就是阳奉阴违，正好落入军统预设的圈套里了！而倘若军统坐实孟少东家乃日本间谍，何必假借他手逮捕嫌犯？早派特工将人秘捕邀功去了！军统这回扮的是项庄，如此紧要时刻舞了这套剑法出来，其意还是在孟天慕。

孟天慕心中明了，却又处境尴尬。最好的处置方式是，将计就计，把三哥羁押起来待审，静观事态发展，反正绝不能让军统染指此事！否则，即便指认三哥的罪名是虚妄不实之词，他的命也完了！

麦芒及时通过一张十元钞票，将这一消息递给了孟天运。孟天运将纸币放入一个盛满盐水的木盆中，须臾，纸币上显现出几行红字：军统认定孟天许为日谍，恐加害，设法迅速转移。孟天运面色陡变。

自流井去往水月庵的难民扑了个空，孟天慕得知幕后推手是曹子才和孟天宝，怒骂二人是挟私泄愤的小人。事态虽然没有意想不到的发展，但是此刻让孟天慕更加焦虑的还是孟天许。

孟天运已经将孟天许找到了酒楼，孟天许听完事情原委，脸红筋涨，询问证据何在，孟天运情绪也很激动，让孟天许别天真了！国民党军统想加害于你，需要什么证据？这帮人指鹿为马的事情还干少了？孟天许现在必须立刻马上转移出自流井！

孟天许梗着脖子拒绝，说自己哪儿也不去！现在抽身而去，岂不是更加黑白不辩，连申诉的机会都没了？

孟天运怒骂他这是坐以待毙，这就是一个肆意颠倒黑白的世道！若是真让臭名昭著的军统把你扣押了，哪还容你有机会申诉？

两人正吵着，门外传来一阵杂沓的脚步声，德娃子来找孟天许，说昨天在水月庵没找着三姨奶奶的人，今天把孟五德堂给围了，非要进府去搜！

孟天许怔了一刹，抬脚向外冲去。孟天运阻拦不及，也跟着追了过去。

孟天慕得知后，除了担心孟府的情况之外，还特别担心有别有用心的人趁此机会把孟天许转移走了，那样的话，他的麻烦就更大了。

孟天慕眉头一竖，赶紧交代老索：就照你说的办吧！

二十四

二十五

1

数不清的人众将孟府大门围得水泄不通，还有人往大门里扔着烂红苕、臭鸡蛋、瓜皮、菜帮子。远远地，能看见汤俊川和裴二娃站在大门台阶上，挥着手声嘶力竭地跟情绪激愤的民众解释着。

曹子才和孟天宝在远处监视。忽然，曹子才想起汤俊川可能是在耽搁时间，等着孟天慕赶来救场，赶紧盼咐祝三爷，让大伙别再跟汤俊川啰唆纠缠非要找那个日本婆娘了，他敢肯定她早就脚底板抹油溜走了！就喊孟府把日本婆娘生的那个杂种儿子交出来，否则，今天大家都脱不了干系！

祝三爷一招手，身后四五名袍哥跟随他也挤进人群，直接找汤俊川要人。汤俊川煞白了脸解释，说自己也跟大家一样，也憎恨日本人，可也不能把怒气发泄到一个不懂事的娃娃身上。

人群中，管五爷伸出脑袋反驳，日本人甩炸弹怎么不说把大人娃娃分开呢？还不是红白不说，男女老少通炸！他让汤俊川别再帮日本人说话了！要不然，莫怪我们不认黄，把你当汉奸来收！

说完，他又招呼众人：想想你们亲人死得好惨哦，我们不难为汤总管！冤有头债有主，敢不敢跟我冲进去把那个日本杂种抓扯出来，踩扁报仇？

众人答应，管五爷一挥手，人众潮水般跟着管五爷朝大门内涌去。在门口奋力阻挡众人的汤俊川、裴二娃以及伙计们顷刻间被挤到一边。

孟五德堂风雨廊，满脸怒气的宛如挺直胸脯，站在台阶上，她的身后是紧紧拽住她衣角的东儿。

宛如逼视着黑压压的人群：诸位齐扑扑打上门来所为何事？少东家的姨太太欠了诸位钱物？

众人被宛如气势所迫，管五爷好大一会儿才愣过神来，说我们不是来为难贵府的，我们是来找你们少东家的姨太太算账的，她是一个日本奸细，今天来的这些都是被日本人的飞机炸毁、烧塌了井灶，炸死、炸伤了家人的事主！我们只想找那个日本婆娘算账,跟孟大太太和府上其他人无关!

宛如迟疑一刹,说:孟府三姨太太是日本人我们承认,可是,日本飞机轰炸自流井,跟我孟府三姨太太无干,你们哪个有证据证明她是奸细?早在此次轰炸前很久,三姨太太就已离开孟府了;诸公如若不信,可挑选几人在府里上下找找看?

管五爷摆出一副得理不饶人的样子,说相信孟大太太所言不虚,找就不必了!既然当妈的跑了,母债子偿,要把日本婆娘生的这个杂种带走去说子曰!

众人齐齐附和管五爷的话,东儿吓得瑟瑟发抖,紧紧抱住了宛如。宛如一把拉过身后的东儿,说大家可都看清楚了,这娃娃姓孟,是我孟常氏的亲孙子!哪个想要把他从我手上带走,先得把我打翻在地咽了气,从我身上跨过去才行!

众人都被宛如怔住了。孟天宝在外面怒吼着让堂口的兄弟们动手抢,曹子才提醒他,不远处的孟天许和孟天运正一阵风似的跑来。他们忙不迭地扒拉开人群,冲进大门内。

孟天运站在怒气冲冲的群众面前,对着大家说,我能够理解大家仇恨日本人的情绪,因为我们自流井在这次日军大轰炸中的确损失惨重,许多人家破人亡,什么都没了!但我们仇恨的不应该是所有的日本人,而是残暴的日本侵略者!因为日本普通老百姓和我们一样,也是这场罪恶战争的受害者!想当年,滇军与川军为争夺自流井盐税兵戎相见,死伤民众无数;那是不是凡客居自流井的云南籍人士都将被视作对方的奸细呢?不能吧?孟少东家的二太太的确是日本人,但她仅仅就是一个普通的日本女人,因为深爱他的中国丈夫来到我们自流井。自流井被日军轰炸,大家迁怒于一个热爱中国的日本女人,并且在没有任何证据的前提下便想加害对方,你们难道不觉得荒谬吗?更有甚者,还想加害一个无辜的孩子,我只能认为这里面有人别有用心!

孟天运的话让众人无语,不想,人群背后却响起了一阵掌声,孟天慕大呼着说得好,带着李德贵、四大金刚以及数名警察现身孟府。

人们抬头的抬头,扭脸的扭脸,自动在风雨廊内闪让出了一条通道,让孟天慕朝上走来。

孟天慕向宛如微微鞠躬,然后拍拍孟天运肩膀,不等他开口,又转身面向一院子的民众宣布:刚才孟老板讲得很好,确实没有任何证据证明孟天许的妻子孟千鹤乃日本奸细;所以,你们对此人进行讨伐便显得十分牵强和无理!但是,据可靠情报,孟千鹤的丈夫孟天许却有日本间谍之嫌疑!

此言一出，所有人哗然、骚动、惊诧、愕然。孟天许、宛如以及汤俊川等人都惊呆了，孟天运的眼睛死死盯住孟天慕。

孟天慕脸上没有一丝表情：孟天许虽是我兄长，但我也只能大义灭亲了。他吩咐手下李德贵将孟天许带走。

孟天慕临走之前，转头对孟天运说，拜托你替我照看好大娘吧！

一场闹剧最终由孟天慕带走孟天许告终，目睹这一切的宛如，面色越来越难看，突然，她胸膛一阵抽搐，嘴角溢出一抹鲜血来。在众人的惊呼声中，腿脚一软，歪倒在地。

孟天运急忙将宛如背起，疾步跑上街道，送往医院。

街角的孟天宝和曹子才看见这一幕，兴奋之情溢于言表，本来见孟天慕来了，还以为今天这出戏唱不下去了，殊不知居然帮了他们的忙，真搞不懂孟家老五怎么跟孟府说翻脸就翻脸呢？

孟天宝说孟天慕必然是为了自保，如果孟家真的挖出一个日本间谍，他再不反目，等着他的只有一条路，收监候审！

曹子才眼睛一转，立即就想起孟府少东家是日本间谍，它孟五德堂为数众多的井灶枧号那就应该是敌特物资，他拉着孟天宝，立即去鼓噪夏青城把孟五德堂的资产查封罚没，回头他们才有机会将其收入囊中！

孟天运将宛如送到了自流井的一家西立医院，看着金发碧眼的医生，宛如非常没有安全感，可是，听德娃子说孟天运背着宛如跑去半济堂，何先生不在，又背着宛如来到这里，一口气没歇，都快跑断气了，宛如又分外感动。

孟天运安抚宛如，让她安心吃药，先把身体治好，孟五德堂交给他和汤总管，他们一定会维持好它的。至于老三，孟天运也答应一定要想办法救他，因为他是被人诬陷的。

孟天慕也来到医院，宛如很生他的气，这种兄弟相残的事情都干出来了，能不生气吗？

孟天慕只好耐着性子跟宛如解释，之所以把老三抓走羁押待审，其实是为了救他。他也深信三哥不是日本间谍，可他要是不动手羁押他，让三哥落在别人手里，当真是生死未卜了。

宛如感叹，孟天许娶千鹤时，哪能料到中日会开战，现在怪谁也来不及了。

孟天慕却埋怨孟天许行事不慎，带着慰问团去了延安才会授人以柄，这等公然跟当局唱反调的举动能不引起某些人的猜疑吗？

虽然场面上互相尴尬，但是孟天慕还是悄悄跟宛如保证，既然他迫不得已上手处理这个案子，就不会让旁人插手，更不会为难三哥。

2

曹子才想重新修复永盛井，可是，天车重举，井口复淘，都不是一点点钱可以解决的。正在生气时，曹大欢突然回来，跟曹子才倾诉三哥刚遇不测，孟五德堂又遭了难，井灶枧号被查封。曹子才心知肚明，表面上却还是装着不知道，欷歔嗟叹，甚至忽悠曹大欢，说孟天许现在顶着日本间谍的嫌疑，那可是通敌的死罪。

曹大欢被曹子才说得分外紧张，就拜托曹子才，不惜一切，上下使钱！第一不能让天许在里面受苦；第二想办法撤案，说什么也要把人捞出来。曹子才装模作样地仰头盘算一瞬，问曹大欢要了20万。

曹大欢又跑到市党部要见孟天许，被老索挡在了外面，曹大欢发狠说在自流井，哪个让她曹大欢难堪了，她还给对方的一定是难过！

曹大欢说到做到，事后召集了五名中年妇女，每人每天十块钱为基数，到市党部门口去哭丧，谁哭得好另有奖红！

几个年长的妇女走到市党部门前盘腿一坐，呼天抢地地哭号开来：哎呀冤枉啊！硬是比窦娥还冤啊！我们孟家在自流井做了那么多好事，咋个就看不到呢？哪里去找这边捐款一千万抗战那边又去当奸细的人嘛？是哪个龟儿子黑心烂肺给我们少东家下烂药啊？冤枉哦！

曹大欢退后几步，一屁股坐在一把圈椅上，有丫鬟忙举起阳伞，另有丫鬟递上了茶碗。

她用手指着当街哭号的妇女：她们要是哭不动了，你们赶紧去接着哭！哭什么内容不打紧，有哭喊声就行，关键是不能停！哼！臊皮哪个不会？孟家让人毁了，要脸面有什么用？老娘这回要给他扯一大场子摆起来！

转眼间，整个街面便被围观市民拥堵，人们指指点点，饶有兴味地看着这一幕。

孟天运也手书一封，吩咐德娃子，马上动身去重庆，找少东家的同学陈长官疏通！让汤总管再给你多带些钱交给陈长官去打点，动作要快。

仁爱医院，孟天宝、管五爷和另一袍哥去探望宛如。找到病房后，孟天宝打发走了管五爷和袍哥，揣着一个纸包进了病房。

宛如与汤俊川一见孟天宝，呆愣住了。

孟天宝笑嘻嘻地询问：没想到吧？没想到我能登门探望？

汤俊川张口结舌。孟天宝大剌剌地在椅子上坐下，说你们现在还可以叫我孟大爷，合盛公孟大爷！唉，本想把这个孟字改了，可转念一想不妥；有这个孟字我才须臾不敢忘记我是怎么离开孟府的，孟大太太说是不是这个道理？

宛如回过神来，抬起一只手指着孟天宝，说让他滚。

孟天宝却并不恼怒，依旧笑嘻嘻地说：诗礼传家的孟大太太如今也变得粗俗了，我笑脸上门来送礼，竟被恶语相向，这真让斯文蒙羞啊！莫忘了，我可是给你做了好多年的乖儿子哦？人情世故都不讲了呀？我就算了吧，那我那个四哥呢？在你眼里，他也算得畜生一个吧？贵为盐场首富又自称好善的孟五德堂居然一次就养下两个畜生，实在是孟大太太阴德积得太厚，老天爷无法不犒赏啊！

宛如气得脸色发白，今生今世她追悔莫及的就是养大了两个畜生！

汤俊川也强忍愤懑，在一旁劝道，说孟大爷，看在大太太将你抚养成人的恩德上，你不该如此粗言恶语吧？何况她大病一场正在恢复。

汤俊川话还没说完，孟天宝就抬手让他闭嘴，问他有什么资格跟他讲话，在孟府他不就是一条狗吗？孟大爷是不跟狗讲话的！

汤俊川被孟天宝一口气噎在咽喉，脸涨得通红。

孟天宝继续挤对宛如，说：您真真家门不幸啊！含辛茹苦养大六男一女，如今已近耄耋之年，哪个又在你面前尽孝了？掰着手指数数每个人的归宿，你不觉得心寒如冰吗？唯一留在身边的老三也做了汉奸等着砍脑壳，孟五德堂情何以堪啊！时至今日，我贵为合盛公孟大爷，你们即便怄气，又拿我没奈何。这就叫鱼龙变化，天地翻覆！我今天来，一是告诉你们，孟五德堂气数已尽，树倒猢狲散指日可待；二是感念孟大太太将我养大又把我扶持到江湖老大的交椅上，特奉上一份薄礼，以免您老黄泉路上两手空空凄惶赶路！

孟天宝说着将手中纸包拆开，满满的冥币露了出来，孟天宝递给宛如，说拿着吧，谢字就不用说了！

忍无可忍的宛如骂了一句畜牲，抓过冥币向孟天宝狠狠砸去，冥币散开，满屋飘散。

孟天宝笑着起身，说我希望你再苟延残喘几日，看看我坐在孟五德堂的正厅里收拾旧山河，然后再咽气哈。

宛如使尽全身力气捶打床框，声嘶力竭地喊道：做梦！我死不了，我要活着看你遭雷劈！

汤俊川看着孟天宝，也是老泪盈眶，责问他为何如此过分。

孟天宝谦恭拱手，浮生若梦，不就那么回事吗！他毫不在乎地转身离去。宛如却声嘶力竭，说自己这辈子永不要再见他。

汤俊川也悔不当初，不该出手相救孟天宝。

夏楷在新一期的《井潮》报纸上，一一列举了孟天许作为爱国商人在抗战期间种种大义之举，不仅心思缜密，而且文笔犀利，字字如刀啊！

读完报纸，白丁也有一种无处还手之感。

孟天慕却说，夏楷所言也绝非虚妄之词，干吗要还手，现在着急的也不该是我们，而是文章里面所暗示的别有用心之人。共党报纸上的这篇连载文章无形中帮了我们的大忙。最终催我结案的人，必是这一事件的始作俑者！

外面，曹大欢雇的哭丧妇在大门外扯场子干号，孟天慕也丝毫没觉得自己脸上挂不住，相反，他想要的就是这种效果。先等她们哭半天，然后找一适当机会暗示曹大欢，她男人羁押在市政委员会，她自然会把摊子挪到那边去的。

不仅如此，孟天慕把孟天许关在后院，不审他的同时，还让白丁去见孟天运，授意孟天运，号令被查封井灶拒绝复工。孟天运勉强答应下来。但是对于孟天慕想借夏楷的笔说点儿话，孟天运坚决不答应，国共虽在合作，可毕竟还是两个阵营，倘被异己获悉颇有不便。他把信退回给白丁，让他转告孟天慕，他不想跟朋党之争沾上关系！

3

关于查封孟五德堂的事情，孟天慕叫来了夏青城，夏青城说明理由，并说有鉴于井灶被炸毁的盐商具名提出赔偿要求，他打算把孟五德堂的井灶枧号挂牌拍卖，将其所得部分用于赔偿盐商损失，其余充公。

孟天慕不置可否，询问夏青城，一旦孟天许通敌罪名不成立，你盐务局却已将其资产拍卖，那该如何收场？

夏青城愣了。他回去就暴跳如雷地指责曹子才和孟天宝，你们龟儿子给老子出些什么馊点子？敌特物资查封暂扣，这下安逸了，老子是猫抓糍粑脱不倒爪爪了！要是井灶拍走了，提审下来孟天许间谍罪名不成立，人又被放回来，是我盐务局去退赔他孟五德堂的资产还是你们去退赔？

曹子才和孟天宝被骂得脸上红一阵白一阵。

夏青城还有更要命的，孟五德堂占有自流井近三成井灶，老子把他的井灶封了，短期内不复工产盐，老子的帽儿就要掉，你们晓不晓得！

孟天宝被夏青城逼急了，也跟着怒了，猛一拍案，说夏青城，你把嘴巴放干净点！睁开你的癞疙宝眼睛看清楚老子是哪个？你龟儿子不想吃汤圆舍得围着锅边转？查封他孟五德堂井灶你还不是想分一碗汤喝？现在觉得是个炭圆了？喊醒了说，井灶是你封的，你各人端着！老四，走人！

曹子才走也不是，不走也不是，只好说，夏局长，您要实在为难，把查封井灶的封皮撕了就是；你一个大局长，总不能跟人讲是听我们的号令来行事的嘛？告辞了哈？

他也跟着溜出了房间。夏青城彻底傻了。

孟天宝盛怒夏青城对他呼来喝去，他不敢拍卖井灶，把他们眼看到手的浮财给搅黄了！曹子才也在一旁附和，你今天把夏青城的神光褪了，以后这个他要畏你三分啰，至于井灶，喝不着汤，就给他桶子底下戳几个洞洞，大家都捞不到好处！

于是，孟天宝便在手下浑水袍哥里挑一些可靠之人，选好孟五德堂产量高的井灶，趁月黑风高动手，能烧则烧，能毁则毁。事后对外面说，这些是家被日军飞机炸毁且有亲人炸死、炸伤的人自发泄愤而为，且人数众多，当局难以治罪！再说，现在井灶在盐务局手里，烧了毁了，事主只能去找它盐务局说子曰！

夏青城万般无奈，只好去找孟天运，求他开工，说都怪自己听信谗言，一时糊涂。孟天运让他去找在他面前进谗言的人，谁说的谁负责。

夏青城见孟天运不为所动，又威胁说，孟老板若再执意不下开工令，可要担破坏抗战罪名的哦！

孟天运毫不畏惧，吼道：你吓哪个？井灶视号统统遭你查封了，不给老子把理由说清楚，对不到子午的人，不是我！

曹大欢的哭丧团已到胡祖善的窗口下，胡祖善觉得丧门到家了。夏青城说不动孟天运，又来找胡祖善，胡祖善埋怨他都是那点一己私念坏了大事！

胡祖善说，不满孟天幕特立独行的不仅是你我！原本可以借势出徐州的，拿给你画蛇添足这么一搅，成了一锅夹生饭，咽，咽不下，倒，倒不掉！你现在跑我这儿喊黄有什么用？门口那个母老虎我还不知道怎么打发呢！赶紧找人继续斡旋，谈条件先把生产恢复了，没有别的捷径可走！

夏青城都要哭了：要是能谈妥，我何必来叨扰您啊？孟家老二是个油盐不进的人，我是软硬兼施，什么法子都使上了，可他死活只有一句话，孟少东家哪天回来哪天就复工。孟家老五把人扣了既不审也不查，甚至把人关哪儿都讳莫如深，明摆着就是以逸待劳，而且在财政部任职的陈伍明捏着大把钞票上蹿下跳、四处帮孟天许打点，连委员长侍从室的门都敲开了！《井潮》报也在煽风点火推波助澜！任由事态这么下去，可不是个好兆头啊！

胡祖善不吱声。夏青城只好求胡祖善，赶紧想办法解开这个死扣，拉兄弟一把。目前的结，是盐务局跳起八丈高，生拉活扯去跟别人结下的，可要这么一直拖下去，孟天许涉嫌间谍一案若不尽快开审，不消旬月，军需民用的食盐必定短缺，盐税也会短一大截，我还能在这位置上坐下去？

两人正说着，胡祖善突然接到省府机要室发来的加密电报，胡祖善连忙备车走后门去找孟天慕，生怕惊了曹大欢。

原来，迫于各方压力和斡旋，曾纪周决定避开军统方面，迅速公开审理孟天许涉嫌间谍一案。

孟天慕一脸严峻地告知胡祖善：疑犯不能由我押到省法院去庭审，要交给你才行，我得避嫌，回头我会把疑犯连同初审材料一并在省法院门口交给你。

胡祖善走后，孟天慕当即让白丁把审判孟天许案件的卷宗找人誊抄一份，以匿名方式邮寄给《井潮》报社并把庭审的日期、地点透露给他们。他们自会利用各种方式给当局施加压力，这是他们的强项。

收到这份匿名材料后，夏楷当即判定，是孟天慕希望利用他们在民众中的威望来对案件审理施加影响，他们就干脆来个将计就计！上级指示，不仅要不惜一切代价营救孟天许这样的爱国商人，还要利用这次机会揭露国民党内部一小撮人不顾抗战大局而不遗余力铲除异己的丑恶嘴脸！所以，大家就分头动员成都、重庆乃至全国所有新闻媒体聚焦这次颠倒黑白的所谓庭审，为上级组织营救孟天许而大造舆论声势！

除了舆论造势之外，法庭上，夏楷还亲自担任了孟天许的辩护人。

军方指派的那位检察官显然对孟天许的起诉材料准备不足，面对夏楷对指控的逐条诘问拿不出丝毫证据反驳。夏楷的辩护，条理清晰、逻辑缜密，非常精彩！

而孟天许的最终被释放，与共党这次不遗余力的推波助澜、大造舆论声势是分不开的。当然，孟天许的同窗、财政部陈伍明陈长官的上下活动以及曾书记长也起了相当作用。孟天运与曾纪周的关系摆在那里，曾纪周无论如何也不能让自己的女婿有一个日谍兄弟。

所以，法庭最终只好以"事出有因，查无实据"的结论释放了孟天许。孟天许风尘仆仆地回到了孟五德堂，与家人团聚。

孟天慕的密探回报，从监听电话录音分析，胡祖善很有可能就是整个间谍案的幕后推手，可是，此人老奸巨猾，从不在电话中商谈重要事情；要么通过密电，要么亲自往成都、重庆跑，很难让人抓住把柄。

同时，戴宗还查出两名由军统授意胡祖善安插在市党部的密探，孟天慕眼中掠过一丝阴霾，要戴宗先严密监控这两个人，不能再让其接触机密。过一阵子交给金焘去办，按执行任务失踪，上报给省党部备案就行了。

孟天许回到家中，宛如一脸病容却还是坐在上首，郁郁寡欢地跟大家一起吃着饭，正不知该如何提高情绪时，孟天慕突然回来。

曹大欢一脸不乐意，问他还有脸回来，孟天慕心中坦荡，这是我家，我怎么就没脸回来？曹大欢还是不肯罢休，质问孟天慕，家？你还晓得是自己的家？这个家差点让你给毁了！

宛如在一边帮孟天慕说话，说这事怨不得他。孟天慕知道其中事情一句两句，跟曹大欢也解释不清楚，干脆不去解释。曹大欢哼了一声，气咻咻地起身离席，拂袖而去。

当着宛如的面，孟天慕坦白承认，羁押孟天许是有自保的意思，但究竟谁是始作俑者，孟天慕还是不能说。

孟天许又问，是谁把孟千鹤是日本人的消息捅出去的？

孟天慕说，现在追究谁把孟千鹤是日本人这个消息捅出去不是最重要的，你只要能回来，孟五德堂便不会因此事而崩塌，我也不会受你牵连遭革职查办。三哥，你是生意人，低头做你的生意就是了，千万不要去跟这党那派勾肩搭背。孟五德堂本就是众矢之的，你让人抓住把柄加以中伤，就是领着慰问团跑了一趟延安！

4

阴霾密布的天空下，孟五德堂的三进大院有些萧索。

昔日庞大的家产被罚没，为营救孟天许出狱，孟府又几乎掏空了所有的现金，有些钱花得冤枉，还有可能被人敲了竹杠子。可为了把孟天许救出来，当时也顾不得那么多了。汤俊川告诉孟天许，现在维持日常生活的现金还是孟天运叫人送来的，否则，府上怕是连锅都要揭不开了！

而让孟天许更为吃惊的是，虽说盐务局已把孟五德堂井灶封条揭了，可井灶被人烧的烧、毁的毁，盐务局说，是被日军飞机炸毁了房屋，炸死炸伤了亲属的人为了泄愤，不肯站出来担责。以至于是哪个领头干的都不晓得，告都找不着对手！

孟天许端详着手中的单子，痛心疾首，那些可都是孟五德堂产量最高的井灶！如今没有资金，根本无法投入生产，再这么熬下去，孟五德堂恐怕几乎就要靠典当过日子了。

孟天运皱着眉头交代：这些事，千万别让大娘晓得！

曹子才怂恿个别盐商以孟天许有间谍嫌疑污点的缘由，提出改选商会会长。曹子才通过如今的曹永茂堂总管薛老五私下贿选，如愿以偿当上了自流井新的商会会长。

就在曹子才志足意满时，薛老五却告诉他，府上来了一个老头儿一个老娘子，说是曹子才的亲生父母。

曹父见到了曹子才，有点战战兢兢地讲述过去的经历。说他们是因为欠了堂口的高利贷还不起，文大爷又是一个吃鱼都不吐刺的人！实在没得办法了，只有逃命躲债一条路可走！当时他们身上一文钱都没有，要再带个娃娃，肯定跑不脱，一狠心，就把娃娃给放在了孟五德堂门口。当时也没想太多，就想心地善良又没有子嗣的孟大太太一定会对儿子好的！

曹母如今已经是个满脸皱纹的瞎子，从送走儿子之后，她天天哭，没过两年就把眼睛哭瞎了。

这些年里，曹父曹母先是到处要饭讨口。好在曹父那时还有把气力，落脚嘉州继续做装人匠的活路，算是安顿下来了。后来，因为曹母想儿子想得心慌，听说文大爷遭枪毙了，就悄悄溜了回来。

从文大爷枪毙之后这些年，曹父回了自流井，因为会纸扎手艺，就在万寿桥头租佃了一间小门面，开了一个纸扎铺过活，有空就到曹府或者盐业会馆偷偷看看儿子。不承想纸扎铺让日本人甩的燃烧弹给烧得精光，什么都没剩下，他们断了生计，这才找上门来认亲。

曹子才强自镇静，嘴角故意一撇，不以为然说故事编得不错嘛，有头有尾的，老娘子还哭瞎了一双眼睛，足够凄凉！我咋觉得像是来吃老子诈钱的呢？

二老见曹子才疑心，只好说出他左边屁股上有一铜钱大小的紫色胎记。曹子才傻了，认与不认他也纠结了一瞬。可是，眼下他春风得意，马上就要做自流井盐商的老大，一个背死人的装人匠跑来这么一搅肇，他以后在自流井还怎么混？

二十五

于是，曹子才一口咬定两人系上门诓骗钱财的叫花子，坚决不肯认亲，还让薛老五令他们永远闭嘴。

这天，薛老五让曹父曹母穿着一新，开着福特轿车把他们带到码头，摆好酒菜。二老不解薛老五这是要将他们往哪里带，薛老五说曹老板想来想去，二老以什么身份进出曹府都不合适，下人们也不好称呼，堂堂曹府，也不能因为你们上了门，曹永茂堂改字号叫作阆永茂堂吧？所以，曹老板准备把二老安置在仙市。已经把几年前在仙市买的一座宅院收拾出来了，专等你们去住！

薛老五给曹父斟酒，曹父客气了一番之后，一杯酒下肚，脸已变成猪肝色，一只手使劲掐住自己的脖子，当即毒发身亡。

一旁的曹母慌忙失措，可又不知道发生了什么，惊慌询问。薛老五抬起一脚，将瞎眼的曹母也踹下了河。

薛老五在船头跪了下来，他将酒壶里的酒统统倒进河里：二位，实在对不住了哈，到了阎王爷面前帮我解释几句。不是我要害你们，是你们的儿子心狠，我是奉他之命推你们下河的！莫怨我，每年七月半，薛某我会记着替两位烧纸的！

另一边，孟天许带着三大摞纸币来到天下滋味，他用孟天运当初支的招，先把五德化工厂恢复了生产，第一批出厂的氯化钾和硼酸，刨除成本净赚了七位数。所以，才有能力来还孟天运解燃眉之急的钱。

孟天许还自信满满地说：不出半年，孟五德堂又可以在自流井重新站起来了，稳做自流井盐场翘楚！至于商会会长被改选掉，纯属小人背后作祟，孟天许毫不在意。但对于那么多盐商良莠不辨、助纣为虐，也感到令人心寒！孟天许决意不再与这些人为伍，也就无所谓得失！

至于孟五德堂的未来，孟天许决定将不再把汲卤、煮盐作为孟五德堂的唯一主业来经营，被烧、被毁的井灶，能修复的当然要修复，尤其是井口。不能因为他个人遭人诬陷而使盐场盐斤大量短缺，徒然影响全民抗战的大局！

孟天运赞许孟天许有点爱国主义商人的味道了，还告诉他，千鹤现在在延安，听说她主动要求加入了在华日人反战同盟，不过为了避嫌，还是不能和孟天许通信。

聊完了自己的事，孟天许又告诉孟天运，宛如交代说今天是孟敦甫的祭日，让孟天运回家祠去烧炷香，磕个头！

孟府家祠，神龛上是孟氏列祖列宗神主牌，神主牌前放置着烛台、香炉和果品等物。

老态龙钟的宛如拄着拐杖，神色悲凉地望着神龛上写有"故显考孟氏讳敦甫老大人之灵位"的牌。

孟天运走上前去，恭敬地将三根香点燃，插进香炉，跪在牌位前磕了三个头，然后拿过一叠打了孔的黄表纸，在铜盆里烧了起来。

家祠里很安静。光线从屋顶亮瓦透射进来，明暗鲜明。母子俩一个佝偻着背颤巍巍地站着，一个跪着默默烧纸。铜盆里火焰熊熊，纸灰翻飞。

宛如开了口：老二，当着你爹的面跟大娘我说实话，当年离家出走究竟为什么？

孟天运烧完最后一张纸，站起身来：大娘，想听我说实话，您得答应我，不论我说什么，您都不能生气！

宛如答应，她已年过古稀，从心所欲不逾矩，没啥气可生了，尽管说吧！

孟天运点点头，说道：我眼里的世界和您眼里的世界是不一样的。在我眼里，这个世界充满了极度的不公平！人生而平等，并无高低贵贱之分；造成贫富分化和对立的根本原因是不公平的社会制度和剥夺绝大多数人分享社会财富的集权苛政！我改变不了您的世界观，但我愿意付出我的一切，去改变这个不公平的社会！

宛如明白，她赞许孟天运：做任何一件事情，只要你是心甘情愿的，总是很简单！

宛如又询问孟天运是不是共产党人。孟天运依然含混，除了共产党人，还有许多正直的人也对改变这个不公平的社会充满希望！

宛如提出让孟天运搬回来住。孟天运说：大娘当初您曾教育我们兄弟，男人不能食言！我欠您的抚养费还没还，就这么搬回来，有赖账之嫌！

宛如老泪纵横：好！我等着你来还钱！

孟天运上前搀住宛如，两人四目相对。

宛如感叹道：我养了你们六个儿子，老四、老六做了败类，不说了。老三接了我的班，正直善良，也是经商的好手，我不用操太多的心；老五做了自流井的大官，但为人阴晦难测，说不上吉凶，他自己好自为之吧。我现在最放心不下的就是你和老大了！你舍弃荣华富贵也要帮盐工们讲话做事，一副慈悲心肠；但世道凶险，你要走的路，难啊！老大哩，从小莽撞，虽说带了兵，可眼下是和日本人真刀真枪地干，我怕呀，怕他什么时候就、就……

孟天运安抚：大娘，老三是我的好兄弟，也是孟五德堂如今的顶梁柱，他若有需要，我会全力帮他的，因为没有孟五德堂就没有我的今天。老五走的是一条跟我们大家完全不一样的道路,他的信仰很坚定,似乎无法改变;至于今天在抗日前线浴血奋战的大哥,是我们孟五德堂的骄傲,也是四川人、中国人的骄傲;他和他那些川军兄弟们的生和死,早已属于国家、民族!

宛如感慨:你说得不错,可是,我从来没有像现在这样牵挂老大,就像有一根绳子拴住了心肝五脏,时不时就扯一下子,痛哩!听老五讲,山西前线战事吃紧,我、我真怕他回不来了啊!……

二十六

1

山西，古城，一队队川军士兵正在集结，有的队伍已经出发，荷枪实弹全部装备。古城祠堂里，孟天成俯身看着地图，燕家成进来报告，孟天成让燕家成去送送燕知秋，他们要撤到黄河南岸布防，而八路军独立团要北上太行山打游击，燕知秋必须归队了。孟天成有几句话要燕家成询问燕知秋。

燕家成立即跑到后院，找到正在收拾行装的姐姐。

燕知秋叮嘱燕家成一定要小心，燕家成担心燕知秋要去太行山打游击，说：童团长不会让你也扛枪打仗吧？燕知秋说自己就偏要让小日本见识见识扛枪打仗的中国女人！燕家成于是说，女人天生应该是让男人心疼的，怎么能够扛枪打仗，天成哥喜欢你得很，你是怎么想的？你都三十多了，这辈子不打算嫁人啦？

燕知秋立即明白燕家成是孟天成派来的说客，于是说，我告诉你家成，只有彻底打败日本鬼子，把他们赶出中国去，我燕知秋才会考虑个人问题！

燕知秋该走了，她恋恋不舍地摸了摸燕家成的脸，然后转身跟孟天成告别。孟天成也是满脸眷恋，嘱咐燕知秋：你虽是军人，但毕竟是文职人员，能远离战火最好还是远离。

燕知秋表情自然地回答孟天成，我们彼此保重吧！祝你们多打胜仗！说罢，燕知秋离去。目送燕知秋离开，孟天成和燕家成的心里满是迷茫。燕家成说，今天送我姐走，心里头长了草一样，感觉特别不好，不会出事吧旅长？

孟天成说，你姐走了，我还是把你调到我的警卫排来吧？留在我身边安全！燕家成坚决摇头，打死也不！我姐刚才还叮嘱我不能让你照顾，当怕死鬼！让我一定要在最前线多杀日本鬼子，只不过多加小心就是！

孟天成叹了一口气：你们燕家的人一个比一个脾性倔！对了，我让你问她的话问了没有？燕家成说，问了，她没说话。

孟天成于是信心满满，你娃娃不懂，女人不说话就是默认，就是同意！哈哈！从现在起，你就算我孟天成的小舅子啦！

不久，师部急件到达，104师没能在桑树岭挡住从夏县尾随而来的219冈野联队，军部只好放弃在马岭一线渡河，改从古城渡河。

孟天成的部队中，还没有渡河的只剩任继愈他们团和旅部，孟天成当即让所有还没渡河的部队停止渡河，把电台重新架上，用剩下的两个营加一个机枪连的人马死守古城三天。

任继愈连呼办不到，我们大半个团却要对付北路垣曲来犯的池田大队，东路邵源来的西村大队，再加上冈野联队，日军兵力数倍于我，就算弹药充足，能守上半天时间就要给菩萨磕头了！

孟天成说：这些我比你清楚！挡不住也得挡，军部转到古城渡河，再加上104师的伤员，一共好几千人，靠那几条渡船，三天三夜都不一定能把人全部渡过黄河去！

孟天成心里很明白，池田大队是机械化部队，只要冲过柴家沟踏上荒峪桥，就再无险隘，顺着毫清河谷，大半天时间就能兵临古城城下。北面才是防御重点！孟天成让一营火速赶往柴家沟，在沟两侧构筑阻击阵地，决不能让池田大队踏上荒峪桥！东面的西村大队虽不是机械化部队，可打仗凶得很，二营去王茅镇抢占制高点，挡住西村大队！凭借地势，有可能完成阻滞日军三天的任务！机枪连和旅部作为总预备队待命！孟天成让任继愈亲自去二营，他到柴家沟一营，有后退半步者，杀无赦！

柴家沟阻击阵地，弯曲狭窄的山沟两边山上，川军士兵挥动镐、铲奋力挖掘着战壕；另一些士兵则往麻袋里装填砂土；还有士兵扛着弹药箱疾步穿行。

少校军衔的彭营长在战壕上边走边喊，看见了坐在战壕里装填子弹的胡打鱼和燕家成，还忍不住又提醒胡打鱼一遍，说旅座把燕家成托付给我，是看得起我；我把他交给你也是看得起你！你要把燕家成给老子守好，他身上掉一块皮，我就把你身上也砍一块皮下来！

胡打鱼点头，说：放心营长，我活着他就活着！彭营长却一瞪眼珠子：你死了他也得活着！燕家成，你自己也要把细点哦，莫让我提着脑壳去见旅长！燕家成立正敬礼，答应彭营长。

胡打鱼也是燕家成的自流井老乡，等着开战之前，两人还说起了故乡。胡打鱼说，等我们把日本鬼打跑了，我还想回自流井去接着撑我的船打我的鱼过自在日子哩！说着，他唱了两句川戏：秋江河下一只舟，满河撒下钓鱼钩。钓得鱼儿沽美酒，这般快活哪里有？……

燕家成也说：我家只有我爹一个人，我也要回自流井！我还要回天下滋味接着干伙计！班长你是不晓得，天下滋味的老板对我们这些人可好了！肚儿吃得饱不说，他还给我们买衣服穿哩！给他做活路累归累，可心里头之安逸之巴适！现而今自流井好多人连合盛公的账都不买，只认他！

战斗随即打响了，池田大队首先发动了进攻，他们把野战炮都拖出来了，估计也是知道东线王茅镇居高临下地势险要，易守难攻，只要被卡死很难攻破，只能把赌注全压在北线的柴家沟了！

孟天成把总指挥任务交给了孙参谋长，带着十几个士兵呼啦啦赶往柴家沟。

炮弹带着刺耳的啸叫声在川军阵地上四处爆炸。弹片横飞火星四溅，碎石乱舞烟尘遍地。整个阵地湮没在震天动地的隆隆炮声之中。战壕里，一个个川军士兵抱紧步枪紧缩着。不停有士兵被炸飞，被炸碎。尘土、石块和着川军士兵的残肢断臂雨一般落下。惨叫，哭喊，哀号不绝于耳。

有顷，炮击渐渐稀落了。连长高叫着活着的人都出来，日本人马上就要进攻啦。

阴沉沉的天空下，阵地前沿绿色的钢盔和黄色的军装密密麻麻一大片，几百名日军士兵在军官咿咿呀呀的吆喝下，杀气腾腾地朝川军阵地缓慢涌压上来。

远山近谷均被硝烟笼罩着，川军阵地静寂无声。川军士兵默默趴伏在战壕上，连长下令，日本鬼再多总没有我们子弹多，把龟儿子尽量放近了打，听见我的枪响了再扣火！

柴家沟后侧高地营指挥所，及时赶到的孟天成拿着望远镜，看阵地上的士兵们趴伏在战壕上，严阵以待，一动不动。日军距川军阵地只有一百多米了，日军指挥官抽出指挥刀，刀尖朝阵地一指，嘶吼着前进。

阵地里的川军，一连长猛地伸臂击发驳壳枪，同时大叫：打狗日的！战壕里，枪火齐发。一支支枪口喷吐出子弹。士兵们拉动枪栓，扣动扳机，捷克式轻机枪哒哒哒地响个不停。日军纷纷中弹倒地，原本气势汹汹的进攻队形霎时乱了套。

虽然打退了日军的这一轮进攻，可是彭营长统计了一下数据，阵亡三十八人，重伤十九人，轻伤的还没计，都是因为日军炮火击中的。

他刚跟孟天成报告完这些，一阵炮弹的啸叫响起。山坡阵地顿时又被日军炮火笼罩，烟火弥漫，川军士兵四散奔逃，第二轮炮轰又来了！

二十六

317

2

　　无奈之下,孟天成只好命令赶紧撤回来,这样下去,一个旅全拉上来也不够!

　　他研究了一番地图,命令彭营长,把防线布在荒峪桥南侧,日军冲出柴家沟,荒峪桥是必经之路,我军集中火力把他们压制在桥北侧!其一,日军的散兵队形无法施展,集队冲锋正好让我们打个痛快!其二,我们退回桥南阻击,日军的野战炮绝不敢像现在这么放肆,他怕炸塌荒峪桥令他的机械化部队困死在柴家沟,这是他最大的忌惮!隔桥对峙,他的迫击炮对我们来说就是毛毛雨了!

　　按照孟天成的安排,队伍都悄悄撤到了荒峪桥一头。次日早上六点十五,孟天和衣躺在土炕上小寐了一会儿,听见日军又开始用密集的炮火轰炸昨天的阵地,他们还不知道孟天成昨天晚上已经命令队伍悄悄撤回桥南了,朝一个空无一人的阵地扔半天炸弹,回头等他们爬上柴家沟一看,还不气死!孟天成想到这里心里很高兴,命令大家趁空隙吃个早饭。

　　等日军壅塞在桥北侧的狭窄沟谷里,迫击炮、重机枪、轻机枪排在前面,立马开始了疯狂的射击,希望摧毁川军的阻击阵地。

　　彭营长弯腰奔跑在战壕里,低声吼道:日本鬼子上桥再开火,把狗日的打到沟下面去!上桥再开火哈!大家都缩在战壕里,等待时机。可是,胡打鱼却占了个好位置,刚好能看见日本鬼子的两门迫击炮和一挺重机枪,忍不住便撺掇燕家成亮一亮手艺!

　　燕家成虽然忌讳彭营长说了,等上了桥才能开火,可还是忍不住打了两发冷枪,刚好命中一名日军迫击炮手的脑袋,又一枪从后面击穿日军重机枪副枪手的钢盔,那个副枪手就像被伐倒的木桩似的扑倒在重机枪上。

　　燕家成欣喜不已,自己丢翻了两个。可是,这两枪却让日军很快判定出冷枪方向,几挺轻重机枪一起向胡打鱼和燕家成的方向打来。沙包被打得噗噗作响,战壕上方的岩壁弹坑累累。胡打鱼和燕家成缩了身体,一动不敢动。

　　在迫击炮和轻重机枪的攻击下,川军阵地阒无声息。日军决定发起冲锋,两路纵队挺枪从沟谷里走出,向荒峪桥行进。

　　等到日军士兵已经接近荒峪桥中线,彭营长的手狠狠劈下:打!川军士兵猛地起身,伏在战壕上扣动扳机,弹雨倾泻而下。日军士兵猝不及防且无遮掩，瞬间倒了一片，没死的也惊呼着拖起伤兵、尸体往后退去。

　　日军很快将两路纵队改四路纵队，四路纵队改六路纵队，想靠人多冲过桥面，来回六七次，没有一次不是被川军打得鬼哭狼号、屁滚尿流！彭营长估算了一下，日本鬼这几次冲锋，折了怕有六七十个！川军伤亡加起来也才十来人，忍不住一脸兴奋。

　　孟天成却提醒道：别高兴得太早了！日本人的战术素养你不是没有领教过，哪有轻轻松松让你挺到明天下午的好事？

　　果不其然，话音还没落，沟谷里赫然推出两门日军九九式一零五山炮，停在桥头。炮手急速摇动手柄，炮口渐渐降低，硕大的炮弹被推入弹槽，炮栓合上。

　　一连长趴在沙包后抬眼一看，目瞪口呆，刚吩咐一声：都趴下！都趴下！

　　几乎平射的两门山炮相继发出两声闷响，由于距离近，巨大的爆炸瞬间就在川军的两道战壕间轰然开花，黄土、人体、枪械、弹药箱腾空而起，四散而飞。

　　日军炮手继续填弹，川军阵地几乎成了人间炼狱，战壕坍塌，掩体无踪；浓烟烈火中，士兵们纷纷毙命。活着的四散奔逃，惊恐万状。

　　几轮平射炮击后，日军士兵再次从沟谷出发，向荒峪桥挺进。彭营长声嘶力竭地让大家守桥，操起一支步枪率先冲了下去。

　　杀声中，没有牺牲的川军士兵连滚带跑地向荒峪桥冲去。已不成形的战壕里，胡打鱼也扶着被炸得晕晕乎乎的燕家成，胡打鱼让燕家成千万别上桥，然后冲入阵地。

　　几十米长、数米宽的桥面上，两军相遇，剿杀在一起。一方要拼死过桥，一方誓死不让，搏杀异常惨烈。看着眼前这一切，燕家成愣怔有顷，提起步枪跳了出去。

　　日军川军杀红了眼，刺刀相交的铿锵声，枪托击中肉体发出的闷响声，落桥者的惨叫声，杀得性起的吼喊声响成一片。日军向前推进几步，很快又被川军压制回去；仿佛拔河，双方在桥面上你来我往杀作一团，异常惨烈。

　　躲在桥栏旁的燕家成四处寻找目标，他不断地拉栓退弹，推弹上膛，而后击发。不停有日军中弹倒地。

　　彭营长一手拎大刀，另一只手不断扣响手中驳壳枪，直到打空弹仓，一名日军挺枪向他扑来，彭营长扔出手中的驳壳枪击中日军钢盔，发出沉闷一响，另一名日军也端枪冲向彭营长。彭营长连忙用大刀挡开日军的枪刺，回身挥刀一劈。日军一声惨叫，大刀片已经从肩胛处深深陷了进去，鲜血喷溅。可由于用力过猛，彭营长怎么也拔不出自己的大刀。几名日军趁机同时将刺刀捅向彭营长。

一连长拼死杀到，枪刺狠狠插进一个日军胸脯，但刺向彭营长的另外几把刺刀同时刺中了他，鲜血飞溅。

胡打鱼一记不规范的捅刺，日军倒地，他又用枪托照另一日军面门狠狠一击。日军血流满面，捂脸倒退，栽下桥去。

燕家成打完了子弹，抬头。一个大块头日军和一川军士兵格斗在一起，他挺身而起，端起步枪向没有防备的大块头日军扑去，刺刀将其狠狠扎穿。可是，就在这时，另一日军从后面将刺刀捅进燕家成的身体。燕家成一声大叫，扑倒在地。

目睹这一切的胡打鱼疯了一样抡起枪托死命劈去，那个日军头颅迸裂，血雾一片，倒栽下桥。燕家成壮烈牺牲，临死前还嘱托胡打鱼：回自流井告诉我爹，还有天运哥，我没给他们丢脸。

胡打鱼愣怔一瞬，突然，将燕家成腰间的两枚手榴弹抽出来，猛地站起身，一拉手榴弹火绳，高举着向几个日军冲去，口中叫道：狗日的日本鬼，老子和你们拼啦！

一声巨响。

听说燕家成牺牲，荒峪桥告急，孟天成急红了眼，把所有能派遣的人马都派了出去，自己也举着大刀疯了似的朝日军冲去。

一个个闪亮的火球伴随着剧烈震动的同时，也升腾起浓浓的烟雾。挥刀奔跑中的孟天成好似一尊怒目金刚，一枚手榴弹在孟天成身后爆炸，他被高高地掀起然后落下。

3

1945年8月15日，日本无条件投降，抗战终于胜利了。

自流井的民众与全中国人民一样，纷纷冲出家门、店铺奔走相告。有人掩面而泣，有人抱头痛哭，有人欢呼雀跃，有人欣喜若狂。喊叫声，欢呼声，鞭炮声，鸣枪声，使这座城市沸腾起来，流着热泪欢呼这来之不易的和平。

在自流井各界庆祝抗战胜利的大会上，夏楷高声诵读中共《新华日报》10月8日发表的社论《感谢四川人民》：

在八年抗战之中，这个历史上最大规模的民族战争之大后方的主要基地，就是四川。

自武汉失守以后，四川成了正面战场的政治军事财政经济的中心，随着正面战线内移的军民同胞，大半居于斯、食于斯、吃苦于斯、发财亦于斯。现在抗战结束了，我们想到四川人民，真不能不由衷地表示感激。

四川人民对于正面战场，是尽了最大最重要的责任的，直到抗战终止，四川的征兵额达到三百零二万五千多人；四川为完成特种工程，服工役的人民总数在三百万人以上；粮食是抗战中主要的物质条件之一，而四川供给的粮食，征粮购粮借粮总额在八千万石以上，历年来四川贡献于抗战的粮食占全国征粮总额的三分之一，而后征借亦自四川始。

此外各种捐税捐献，其最大的一部分也是由四川人民所负担。仅从这些简略统计，就可以知道四川人民对于正面战场送出了多少血肉，多少血汗，多少血泪！

虽然四川人民的热血洒遍了整个正面战场，滇西缅北之役，更把四川男儿的大量头颅抛掷到国境之外。然而出征军人的父母妻子，却仍在家乡为抗战忍受了一切的痛苦。

这几年来由于官贪吏恶，特务横行，役政、政府的腐败，物价的狂涨，更使得四川人民处于水深火热之中，但是四川人民吞下一切的痛苦，像一头牛，被人们挤着多多的奶，被人们喂着少少的草，没有一句说的！

现在抗战结束了，全国规模的复员虽还在开始，但是我们对这个为正面战场出了最多力量的四川人民，决不能忘恩负义，无所报答。

一切稍有良心的人们，都应在经济上努力使四川人民有一个休养生息，安居乐业的机会，废除苛杂，豁免粮款，发还侵占人民的财产粮食，撤销一切统制专卖的机构；在政治上，努力使四川人民能够解除身上的一切束缚，实现四川的地方自治，结束一党专政与特务活动，解散四川的一切集中营，建设一个新的民主的四川！

千千万万的自流井人八年来血泪交织的回忆一幕一幕浮现在《感谢四川人民》的话语里，胜利是靠血与泪换回来的。

八年抗战，孟天运、孟天慕这两个情若手足又势不两立的对手为了民族大义暂时偃旗息鼓，度过了一段相对平静的岁月。

眼下和平来临，都充满相逢一笑泯恩仇的期待。然而很快，国民党撕毁和平协议，国共再起兵戈。孟天慕知道，与二哥决战的时候到了，他要不遗余力

二十六

地将亲爱的二哥从"歧途"拯救回来，免遭地狱之苦。于是，他开始布置再次恢复对天下滋味等重要目标的监视；还让孟若因所在的电讯科紧密跟踪侦讯不明电报。

这几年，一直在电讯科的孟若因不是虚耗的，孟天慕来来去去为她请了许多译电高手前来点拨，一点收获都没有是不可能的。孟天慕让她盯着《井潮》报社那部电台，很快，孟若因便译出了一份重要电报。

电文上说：告木铎，急唤泸、叙、荣各支委冬至节聚首，择其地并迎老家来人。曾公。

孟天慕当即表扬孟若因，有可能为党国立下了一桩殊功！因为他知道，这个木铎应该是中共自流井特支首脑的代号，也许还是一位熟人呢！

孟天慕当即把老索、白丁、戴宗和金焘，叫到办公室来安排抓捕任务。

现在时间、人物都有了，只剩最后一节，地点！白丁设想木铎是自流井共党首脑的话，让他召集泸州、叙府、荣县加上本地的共党头脑，人数会在二十上下。什么样的场合能够不为人知地容纳下这么些人呢？

金焘当即表示，很可能会借本地人家婚丧嫁娶这样的机会。孟天慕让他赶紧去一趟合盛公，不露声色地向孟大爷打听一下，冬至这天有没有婚丧嫁娶的人家。

孟天慕还分析说，这位神秘的曾公很有可能就是川南特委头目，而他引来所谓的老家之人则很有可能是高于川南特委、中共南方局从重庆遣来的特派员，总之，这网鱼要打起来，大大小小可真不少。这是他们从成立以来，将川南共党一锅端掉的最好机会，所以绝不容许有一丝的疏忽大意！

孟天慕还一脸严肃地将这次行动确定为市党部自组建以来最高机密行动，说：知道的人目前只能限于我们五个！哪怕我们人手不够，也不能叫自流井之外的人。警察局那帮废物也决不打算惊动，更莫说别的人了！

一夜未眠，孟天慕、白丁、金焘、戴宗和老索五人都是满眼血丝，可还是精神抖擞地坐在沙发上翻阅着卷宗。

突然，孟天慕从天下滋味的订餐记录里找到了线索。冬至节这天，大酒楼楼上六个雅间都订出去了，且都有订餐人、订餐规模的记录；根据订餐规模，很容易推测出来宾人数。唯独最大的豪华包间朵颐，却挂出早已预订、恕不接待的牌子。他满眼放光，笃定地认为，这种语焉不详，甚至连订餐客人姓氏都没留下的迹象，确实令人生疑。

这个朵颐包间很大，足以坐下二十人！要是这里是他们碰头议事的地点，那冬至节裕民街孙老板娶媳妇就可以排除啦？五个人交头接耳地商量着，最终一致觉得天下滋味大酒楼的可能性更大，因为越是靠近危险之地，反倒会越安全。而且，自流井乃川南商埠中心，水路码头，不仅本地盐商众多，外地商旅也如过江之鲫。中共选择年节之日在天下滋味这样人头熙攘、川流不息的高档大酒楼开会，意料之外，但很高明。

可是，孟天慕也不敢贸然下令，全力以赴就盯死这一处，而是要两头开花，兜肚连汤一起拿下！

他站起身看了看日历，说：今天是二十七，后天便是冬至，傍晚日入酉时，两边同时动手！金焘、戴宗，你俩各自挑选三十名精悍手下，不得告诉他们任何计划内容，须在行动前最后一分钟才能对其明确任务、地点！诸位，我要你们务必严守机密，手下人马准备就绪之后，力求一击得手！

孟天慕自信满满。

4

可是，孟天运那边却依然滴水不漏。天下滋味大酒楼后厨灶台上，一口大锅热气蒸腾。孟天许、文一佳、赵国梁以及黄三更、德娃子还有四五名伙计人人手上端了个小碗，拿着双筷子，伸长了脖子，眼巴巴地望着灶台边也端着一个小碗正在品尝牛杂的孟天运。

孟天运重新调了红汤牛杂的味道，众人品尝之后，纷纷表示，麻辣咸甜香，五味俱齐！孟天运忍不住补充，还得加一个字，烫！这是特点不是味道！

七八双筷子也顾不得仪态，争先恐后伸进锅内。文一佳建议孟天运，要是换成小锅，火炉搁在桌子下边，不就可以进店堂啦？这么好吃的东西，绝对是天下滋味的特色！而且所煮汤料虽然热灼红燥，锅里所煮之物又粗陋，却可以在食材上想办法呀！比如，把牛肝、牛心和牛肚切成大块放大锅里就这么始终煮着，当然粗陋！如果可以仿效成都生片汤锅的吃法，把生的鱼片、肉片、腰片在沸开的小锅里一烫就吃，这不就解决了你说的粗陋？

赵国梁也跟着在一旁补充说，若嫌文一佳说的那些东西太贵，怕普通人吃不起的话，自流井牛多，我们还是在牛的身上想办法。你看啊，牛肉、牛肝既然可以炒食，切成薄片也可以烫食，对吧？现在锅里煮的牛肚实际上是牛的真胃，牛用来反刍、叫毛肚的胃是不能煮的，一煮就嚼不动了，但可以在我们汤锅里烫食啊？还有、牛骨髓、牛脑花也可以用篾篓装着烫食，各种蔬菜还有菌菇也是可以现烫现吃的。

听到这里，孟天运展开了笑脸，这才是大众都吃得起的伙食，不过这种吃法还叫红汤牛杂，好像是不太合适了，得想个新的名字。

文一佳想来想去，觉得这火要旺，锅里的汤才能红滚，不如叫火锅！

大家听了，都显得很兴奋，齐声叫好。

事实上，孟天运早就接到了麦芒悄悄送过来的情报，知道了孟天慕的行动计划，并且对此作好了准备。

冬至节当天，一切准备妥当，没有发现任何异常情况，孟天慕胸有成竹，掏出勃朗宁手枪，拉枪栓上膛，将枪插进后腰，又叮嘱戴宗，到时准时动手，然后告诉老索，只要他一走进天下滋味，就不许任何一人再离开！绝对不能出现上次婚宴有人趁乱逃脱的事情！

时间一分一秒地过去，两队黑衣人分左右将酒楼死死包围，另一队黑衣人紧跟孟天慕进入酒楼。人声鼎沸的店堂，众食客眼见孟天慕和那一队杀气腾腾的黑衣人，不禁都住了声音。

赵国梁迎上前来：孟书记长是带人来吃饭？现在没有座了……话还没说完，孟天慕就询问孟天运在哪。赵国梁结结巴巴地指着说：他在二楼，在、在朵颐包房里。孟天慕手指往上一指。那队黑衣人迅疾奔上了二楼。

孟天慕神色恢复平静，让四周惴惴不安的食客们继续用餐，然后迈开步子朝二楼走去。

二楼，黑衣人们已经分左右靠在了朵颐包房外的墙上。孟天慕走上楼来，停在了朵颐包房门前。他深深吸了一口气，伸手推开了包房的门。

朵颐包房的门被推开，门外的孟天慕顿时目瞪口呆。硕大的圆桌主位上竟然坐着曾纪周，两旁坐着曾杨氏、孟天运、曾语蓉和文一佳。孟天慕如雷轰顶。他的手在背后摇了摇，指示黑衣人们悄悄退去。

曾纪周看孟天慕一脸诧异，连忙招手，孟天慕跨进包房，煞白着脸，询问曾纪周怎么会在这里。

曾纪周回答，说冬月三十是你师母的寿辰，今年恰好没有三十这一天。前天天运来了电报，盛情相邀我们到自流井来过寿。你师母也想语蓉了，我也希望避一避成都的喧嚣，所以轻车简从昨夜就到了，也没去惊动你们。又不是外人，既然来了，就一起入席吧！

孟天慕强忍愤懑，尴尬坐下。孟天运笑嘻嘻地说：老五，没料到你要来，我这就去给你要一份拔丝山药，清心安神，还去火呢。

曾纪周见孟天慕脸色不好，关心是不是病了。孟天慕搪塞，说工作太忙，可能这几天没休息好。曾纪周说没事就好，正好有个私事想拜托你，你师母想带语蓉回一趟叙府老家祭祖，我呢，明天又急着要赶回成都。方便的话，你明后天派辆车，送他们一趟！

孟天慕虽点着头，可他犹如兜头被浇了一盆冰水，冷彻心扉不说，桌上的人在说些什么，已经听不大清楚了。

回到国民党市党部后，孟天慕把自己关在办公室里，直到第二天还没动静。老索、戴宗、金焘和白丁只好把孟若因叫过来，因为他们从没看过孟天慕那张黑脸，太吓人了，就像随时都可能掏枪！

戴宗告诉孟若因，是因为昨晚他们有一个抓捕行动，两边都扑空了。孟若因于是叫伙房做了点饭，端了进去。

办公室内，孟天慕敞着衣襟，蓬松着头发，瘫坐在沙发上。他瞪着一双血红的眼睛，极力思索着什么。就昨晚的行动而言，这是市党部自组建以来最高机密行动，知道的人只限于孟天慕、老索、戴宗、金焘和白丁这五个人，可是，孟天慕拧紧眉头，不敢相信究竟是谁，出卖了他。

孟天慕见孟若因进来，顿了顿，然后搓搓脸，端起面碗，一边吃一边让孟若因去给他打盆洗脸水来。然后告诉老索，让财务给他准备点现金，再把车准备好，他要出去一趟！

孟天慕去的是合盛公，找的是孟天宝。中间还被曹子才进来打断了一下，他听说曾纪周大驾光临了，他硬是脚打后脑壳地跑来迎接，结果呢，还是晚了一步，为这事来跟孟天宝白话一下孟天运的不是。

孟天慕将曹子才赶走后，询问孟天宝内江袍哥堂口，有没有擅长汽车驾驶和修理的人。孟天宝想来想去，还真想到一个这样的人，以前在成渝马路上开客车，后来自己开了一家修车铺。

孟天慕让他务必在今天晚上把人找来，他要亲手制造一场车祸，车祸不能在自流井地界内发生，而且车里坐什么人也决不能透露，选好车祸地点，最好是连人带车一并消失，包括内江这人，也不能留活口，孟天慕放下一个装钱的信封，给他家人留的钱，是他一辈子都攒不下的。

孟天宝不解孟天慕跟二哥结了什么血海深仇的梁子，要做这么决绝的事情，孟天慕却说，任何梁子也没结，他是要救孟天运出苦海。而且自己手下虽然神勇，袍哥是凭信义生存的，什么该说什么不该说比市党部的公事人了然，包括孟天宝在内，如果不把嘴闭严，下场也会很惨。

就这样，次日，孟天运手提一皮箱，搀着曾杨氏在前，文一佳牵着曾语蓉在后，四人走出大门，朝停在门外的雪佛兰轿车走去。司机和一黑衣人一左一右拉开后车门，文一佳将曾语蓉扶上车。孟天运关上后备箱车门，对司机摆摆手，汽车发动、开走。这一幕，就是孟天运和这对母女的最后一面。

雪佛兰轿车沿着弯曲的山路，缓慢行进，缓慢地爬上一段坡道以后，一个转弯便是一段长长的下坡。司机一踩刹车，轿车没有反应。他猛踩几下刹车，依然没有效果。雪佛兰轿车猛地一下冲断路边路桩，一头栽进江水之中。一眨眼工夫，轿车已经看不见踪影，只剩一团浑浊翻滚的江水。

孟天慕在党部办公室听说这一消息后，装作一脸震惊的表情，现在他的四个手下，他个个都怀疑，谁都不能信。他当即给曾纪周打了电话，又带着孟天运赶往现场。

站在涛涛的长江边上，孟天运不看孟天慕，心里却明镜儿似的：这是你干的？

孟天慕也不正面回答，只说这是天意。孟天运问，你不觉得太残忍了吗？孟天慕却说，与你当年狠心抛弃孟若因相比，只能算个平手。孟天运问孟天慕，什么时候动这念头的？孟天慕说，是你迈过若因，把曾书记长叫来给你圆场之后的事。

孟天运震惊，为了割断我跟你顶头上司的关系，竟然不惜搭上四条无辜的生命，我想你一定是把退路想清楚了的？

孟天慕说：那当然！为了崇高的事业，任何人都得作出牺牲，概莫能外。当初，你不正是这么做的吗？

可孟天运说，我决不会采用这么卑劣的手段来达到目的。

孟天慕又一次劝说孟天运，如果你还想较量的话，我奉陪，因为如今我们又站在分不出高低的平台上了。你估量一下，徒手和政府机器打擂台，你的赢面有多大？我奉劝你鸣金收兵，我们依然是好兄弟！掏心窝子说句话，我是真心为你好，急流勇退吧！人生很短，机会很多，为何非得蜷缩在共党那一小块阴影里面呢？

孟天运摇了摇头，我告诉过你，我虽是一个开酒楼谋生的人，但我有梦想；追求这个梦想是我一生的目标！我还想告诉你，你和你的政府已经走进永无退路的绝境！老五，苦海无边，回头是岸！只有悟得这道，你也才能获得超脱！

回到天下滋味后，孟天运心头百味杂陈，他一脸悲伤地枯坐在门槛上。文一佳则在衣柜前,默默地收拾着曾语蓉的衣物。孟天运让她都收完了,别漏下什么。文一佳点点头,收完了,再没她的东西了。

两人相互对望着,都不知该说什么,孟天运渐渐湿了眼圈,低下了头。

文一佳上前一步,用手轻轻抚摸着孟天运的头:当你难过时,当你孤独时,你不必恐慌,不必过于忧伤。这个世界上,至少还有一个人是懂你的,理解你的。

孟天运依然低埋着头,他伸手抱住了文一佳,哽咽有声:我知道!知道!

文一佳发现,孟天运的肩背,竟然微微颤抖着。

二十七

1

  因为怀疑自己手下的四大金刚，孟天慕把他曾经在川军里的袍泽，宪兵第二团中校情报参谋王用之请来了。王用之曾经跟孟天慕一起在百丈战役立下战功，曾经荣获国民政府云麾勋章，孟天慕费好大劲把王长官从宪兵第二团挖来，不是到这里来吃香喝辣、游山玩水的，而是上峰饬令在自流井成立警备司令部，他让王用之来担任司令。

  王用之一身戎装，肩扛中校军衔，站得笔挺。他面带微笑地颔首，而对面的四大金刚却纷纷露出惊讶的神情。

  孟天慕说，很惊讶是吧？别以为重庆谈判签署了《双十协定》国共之间就太平无事了，国军精锐正在东北四平与共军林彪所部激战呢！我料定，全面内战爆发是迟早之事，我们必须未雨绸缪啊！王司令自流井履新，除了手边的几个人，没带别的部属，几乎就是一光杆司令。我打算把电讯科孟若因调派给他，充实其力量。虽然警备司令部直属于国防部，筹备期间需要什么，王兄别客气！市党部同警备司令部虽分属两个系统，但实现三民主义的目标却是一致的！所以，必须得精诚团结与合作！

  孟天慕很快便给王用之安排好驻地，王用之好像也听出来了，刚才在办公室，孟天慕跟手下说话时，似乎话里有话，对部署也有戒备之心。孟天慕对王用之的发现面露欣喜，说几年不见，你进步不小！的确如此，这是我拉你来自流井做警备司令的初衷之一！

  孟天慕告诉王用之，前一阵子，他已经把军统安插进我市党部的两粒老鼠屎拈掉了，但随后又有一桩事让他震惊不已，无孔不入的共党早就把楔子插进了市党部，而且就在他曾经最最信任的人当中！每想及此，令人不寒而栗，寝食难安！可这个人究竟是身边的哪一个，孟天慕至今无法让他显形！

  王用之这才明白，现在孟天慕身边没有一个可以信赖的人，如坐针毡，希望他来助他一臂之力！孟天慕足够信任他，依赖他。

  王用之说，至于警备司令部的一营官兵，我已经托国防部兵、兵役署供职的同乡，从整编复员的部队里，给我遴选出一营人马来，已经待命了。

孟天慕颔首，你是搞情报出身的，甄别、精选人员是你本行，不用我提醒。再有就是通讯，通讯科是你司令部里的重中之重。说着他从身上掏出一个精致的黄牛皮小本，告诉王用之：这个密码本，你马上誊抄一份，随身携带。

王用之好奇孟天慕为何不让妹妹孟若因来抄，她不是搞电讯的行家吗？孟天慕回答，以后你会知道的！

李德贵听说警备司令部成立的消息，从椅子上一弹而起，他是警备司令部司令官，也就是说，以后可以随便支务我警察局和盐警部队了？

夏青城告诉他，不仅如此！当他觉得需要的时候，驻防地管辖范围内的军队、宪兵和团防，反正只要是吃扛枪饭的，他都有权调动、指挥。除了没有人事权。这就是常说的，警备司令官不大，权可不小！

李德贵傻眼了，央求铁青着面孔的胡祖善说：胡主任，得想点办法呀？孟家老五把这顶紧箍咒罩到我们头上，大家、大家……

胡祖善无奈怒道：别吵！警备司令部直属国防部，同时也受总裁行营指挥，我有什么办法？是要想点办法，把孟家老五抬来的这尊门神拿捏到手，不能让我们始终处于极为不利的下风，可也别轻举妄动。按道理，自流井是没有资格成立警备区的，而且司令官还是现役宪兵团的人，不晓得孟书记长是把哪尊菩萨的门给敲开了！我明天就去南京，一切都等我回来再说！

得知孟天慕趁宪兵第二团从双流移驻成都之机，突然把他在川军服役时的生死之交王用之弄到自流井来了，夏楷又一次在文庙碑亭偷偷约见了孟天运。

把干宪兵的弄到自流井来，成立自流井警备司令部，就是说，他在为明火执仗、行所无忌作准备了。夏楷已通过电台向省委作了汇报，省委决定抓紧时间关闭《井潮》报社，夏楷也需要马上转移，他跟孟天运商量，时下国共两党军队爆发大规模武装冲突的迹象越来越明显，相信他孟天慕也是看到了这一步，才着手成立警备司令部的。上级指示，不能听凭对手如此嚣张，要尽快组建一支武装力量与之抗衡，进行针锋相对的斗争！

孟天运沉吟道：目前只有在山区组织游击武装，才能在川南地界生存！夏楷点头道：就是这个意思。你有办法？孟天运思忖着点了点头。

次日，孟天运和文一佳在孟天慕安排的一众特务监视下上了孟天许的福特轿车，麻烦他送他们去火车站。外勤组跟了半天，赶到火车站，孟天运和文一佳已经上火车走了，还好根据票根，戴宗发现他们是去叙府的，已经在叙府车站布置好了跟踪人手。孟天慕却淡淡地说道：你低看你的对手了！他的目的地绝不是叙府！

更让孟天慕生气的是，《井潮》报社姓夏的共党头目不知去向。两天前，戴宗他们打进报社的密探传出情报，姓夏的会去大众戏院看文明戏，外勤组也在戏院盯上了他。可是中途停电，戏院发生了踩踏，等恢复供电，他就不见了。直到今天，仍没发现其人的踪影。宿舍里的衣物、用具，办公室里的文件、档案没有挪动过。

孟天慕当即意识到，姓夏的早有预谋，金蝉脱壳！有价值的东西不是转走，就是已经毁掉了！

川南，写着"菜子坝站"的站牌竖立在简陋站台上，一声悠长的火车汽笛鸣响，惊起小溪边觅食的白鹭，窄轨火车喷吐着浓烟，轰隆隆迎面驶来，几声刺耳的哨声响过后，机车吐出白色雾气，停在了站台上。

孟天运、文一佳走下车厢，四处张望。等候在站台的赵国梁迎了上去：天运，文小姐！夏先生在车站外面等你们呢！

蜀南竹海，一条人迹罕至的山间小路，蜿蜒曲折伸进竹海深处。

孟天运、夏楷在前。两人身后，一瘸一拐的赵国梁竟然搀着文一佳，兴致盎然地讲着什么。

夏楷交代孟天运，电台和密码本绝不能放在一起，用油纸多包裹几层，别受潮，一定会有发挥作用的时候。

孟天运发现国梁好像对文一佳颇有好感，夏楷说他早看出来了。革命者不该是苦行僧，而那场蹊跷的车祸发生后，他也很关注孟天运的个人生活问题。

孟天运倏然间黯了脸色：作为一名职业革命者，我这种工作的危险性，有可能时刻连累家人。至少现在不宜考虑这个问题，这也是我迟迟不愿回孟五德堂去住的原因之一。而至于那没有血缘的妹妹孟若因，这个话题太沉重，孟天运无力去谈。

夏楷告诉他，回避不是解决问题的办法！你都不曾拥有，为何选择放弃？等待是永远无法知道答案的。

四个人一路走着，登上了岩弯头。举目望去，小路尽头竹林掩映下，一茅屋小店前竖着一蓝底白字的"茶"幌。这里是赵国栋设在山下的一个通风点。他们之前没跟国栋打招呼，如果四人猝不及防要闯进山见他，通风点里的人不一定放我们上山，会陡然生出许多麻烦。所以赵国梁决定，他先去幺店子搭上线，再招呼大家上山！文一佳提出跟他一道进去，能让对方放松戒备不至于那么紧张。

330

2

　　山顶，赵国栋在院子里摆了几张大桌子，请四人吃饭。赵国栋现在已经做上了老大，他讲述着这几年自己的经历，说他蓝滚龙劫人家财喜也就罢了，还把人家新媳妇儿、新郎官儿一起弄上山来！当天晚上就把人家新媳妇儿糟蹋了，第二天又把新郎官抹了，做得太绝了！等他回到山上，那个新媳妇儿已经在树上挂了好几天了！他肺都气炸了，当天晚上就把蓝滚龙给毛了！这种人渣，不配再活在世上！

　　赵国栋说完又给孟天运和夏楷夹菜倒酒，赵国栋端起酒碗猛喝了一口，却奇怪另外二人怎么都不喝，孟天运说他和夏先生还有正事要讲。说完正事，你这点酒怕还不够！

　　赵国栋敛了笑意，认真聆听。孟天运道，打开天窗说亮话，夏先生和我都是共产党的人，而且这次上山，的确是为你和你这帮弟兄的前途而来，希望能够说服你改扛我们那杆旗的，我刚才在你屋子里发现了不少近期的各种报刊，相信你是关心时事的。通过那些残缺不全的报刊，当下的有些事也许你知道个大概，而更多的事你却未必知道。我想我和夏先生有必要从头说起……

　　一番恳谈。赵国栋慷慨接受共产党的收编，也同意夏先生来做政治委员，从此他便得了一个川南游击支队队长的职务。赵国栋心中盘算着这也就是一个小连长的职务，可是，只要是为穷苦人出头，没什么好计较的！说完，举起酒杯，跟大家一起喝了起来。

　　另一边文一佳也好奇地询问赵国梁，赵国栋真的是你的亲弟弟吗，你这个当哥哥的这么善良淳朴，弟弟为什么上山当了棒老二？

　　赵国梁说，一直没有跟你讲过他，其实他也是被逼得没办法了，才走上了这条路。还记得当初你问我腿是怎么残的，我跟你讲的往事吗？就是那次灾难之后，他才落草为寇的，属于走投无路之后的选择。赵国梁一边说着，一边叹了一口气。

　　未免他人疑心，孟天运先独自回到了自流井。这天，孟天慕和孟天许来找他吃火锅，孟天许想跟孟天慕打听千鹤的下落，孟天慕却冷淡地说，谁帮你把她从自流井弄走的，你去找谁打听啊！

　　孟天许只好说其实是自己弄走的，可是，没在目的地出现，各种可能性都有。兵荒马乱的世道他还能怎么办？只能盼着她还活着，会给家里写信回来的。

孟天慕在酒楼里不见文一佳身影，好奇打听，孟天运搪塞说，国梁跟她进山收山货去了。孟天慕顺带说起，孟天运以后要想给曾书记长发电报，不必再到市党部去了，若因调到警备司令部去了，王司令官格外器重她的译电才能，硬把她挖走了，还提携她做了警备司令部电讯股中尉译电员。

孟天运闻言手一抖，酒洒了一点在桌子上。

孟天慕观察着孟天运，接着说道：当初，若因离开你这里的时候，已经没有了悲伤，有的只是对二哥你无情抛弃她的仇恨。如今她效力于党国，要是知晓二哥是党国的敌人，她会如何？你们这对饱经患难的情侣会不会刀戈相见呢？抑或是一方弃械俯首，再续前缘？

孟天运听着孟天慕的话，心胆俱裂，一字一句地说：老五你变了，你的血正在一点点变冷！

地下党员黄三更的老母病重，孟天运托人在成都买了西药，这晚天下滋味打烊后，他拎上西药给黄三更送去。

黄三更家住牛滚凼，这是自流井出了名的贫民窟，麇集着大量苦寒的盐工和贫民。送了药，孟天运又安慰了黄母一番，嘱托她这西药劲儿大，一天只能吃一片，千万不能多吃。药快没了，让三更提前告诉我。黄母格外感谢孟天运，孟天运摆手，然后告辞。

低矮破烂的棚屋中间，孟天运从黄家出来，深一脚浅一脚地走在凹凸不平的小路上。

天很黑，他什么都看不见，突然一个趔趄，好像撞上了什么，差点摔倒。

蹲在窝棚前搓洗一大堆衣服的妇人连忙起身，忙不迭地道歉。孟天运觉得语音熟悉，忙回头仔细一看，这一看，令他瞪大了眼睛。那名衣衫褴褛、骨瘦如柴的洗衣妇竟是当年的三娘水香。

水香揉了揉浑浊的眼睛，询问他是谁，孟天运说，我是老二啊，孟天运啊！跟着上来的黄三更也没想到，靠给盐工洗衣、缝补过活的沈婆婆竟然是孟天运的三娘。

孟天运关切地询问三娘，不是都说您回重庆娘家了吗？怎么会在这个地方？您的眼睛又怎么了？

水香说，她在这里是为了等她的女儿。黄三更也说，牛滚凼的人都知道，沈婆婆是想她女儿，哭得太多了，把眼睛都快哭瞎了。

孟天运见此情形，一定要带三娘走，您也算是我的养母，我当然有义务赡养您。想自食其力那是以后的事，今天我无论如何要把您弄走！

孟天运把水香带回酒楼，好生安置在后院。孟天运得知水香娘家是重庆开酱园铺的小业主，她自小就在酱园铺长大，熟悉那份生意。孟天运说，我给您开一家酱园铺，您继续自食其力。水香说，我的眼睛不行了，做不了生意了。孟天运道，我找个人服侍您，和您一起经营。再说了，我开酒楼，您就是供我一家的货，生意也差不了！

孟天许和孟天慕也匆匆忙忙赶了过来，孟天运把水香的事跟孟天许和孟天慕说了。又是一个封建家庭造成的悲剧。

水香态度很坚决，绝不回孟五德堂。而且，对于孟五德堂来说，这也是桩丑事，大娘也不一定会收留三娘的。水香亦不答应住在孟天运的酒楼，孟天运就说三娘是在酱园铺长大的，我准备给她开家酱园铺，地方都选好了，就在三道拐那条小巷子里。巷子很僻静，应该没人认出三娘是谁。

水香现在将近失明，孟天运打算让文一佳过去帮她，孟天许则许诺：治三娘眼睛的事你们就别管了，我来负责。而孟天慕则说自己清贫得只剩理想了，只能时常抽空去看她，而且最好别让大娘知道，也别告诉老六，让三娘安安静静地生活吧！

文一佳对于自己要去酱园的事情闷闷不乐，孟天运主动上前搭腔，说自己一直弄不明白，你为啥就对宫保鸡丁、姜汁热窝鸡百吃不厌呢？味觉记忆也太单调了！

文一佳说，那是因为你做的这两道菜，给我留下深刻的记忆，她都几乎不吃别的师傅做的这两道菜。

孟天运见她情绪低落，只好主动询问，一佳，情绪不高是因为我让你去酱园铺帮我三娘？他跟文一佳解释，为什么这样做我不是没考虑清楚。不纯粹是因为我个人的私事，而是借事出徐州，把你从孟天慕爪牙的视线中忽略掉，打消他对你的怀疑。

文一佳的回答却是：我仅仅是不想离你太远。

孟天运说，隔了十来条街算远啊？三娘在那儿，我也有了再正当不过的理由时常去看你和三娘的。而且，夏先生走时留下的电台也得藏到酱园铺里去。你尽快熟悉那栋房子，找一个不易受潮，稳妥的地方。

文一佳点头答应。之后，赵国梁很兴奋地招呼伙计把大大小小的陶制缸、坛、罐搬运进铺子里，没几天便弄出个大模样来了。

二十七

3

为在牛滚凼贫民窟建警备司令部兵营，孟天慕的手下遇上了拆迁阻力，气哼哼的金焘火冒三丈，说那些个刁民实在难缠，什么条件都给了，可有几家人说死都不搬！再让他弄下去，老子可是要杀人的！

老索在一旁安慰，说金科长息怒，书记长没点头，你杀人谁也兜不住。书记长令我们协助筹建警备司令部兵营，是这段时间市党部的头等要务，不会因你撒手不干这件事就作罢！届时，恐怕书记长也不会给你留情面。

为了解决问题，老索还帮金焘想了个办法。

老索去合盛公找孟天宝，孟天宝听后，高跷着二郎腿觉得事儿太小。老索说：孟大爷，常言尺有所短，寸有所长，市党部在自流井不是什么事情都能所向披靡。有些争端，我们是不能出面的，只好倚重地方来解决。

孟天宝毫不在意这些有的没的，只在意堂口拔了这十来户钉子有多少报酬。老索打开公文包，从包内拿出几沓钞票，这是弟兄们的脚力劳顿费。事后，我再奉上另外一半。

孟天宝满意地拿起一沓钞票，看来五哥要建这个兵营，是迫不及待的了。三天之内，帮他铲平这个事情。老索还强调，别出人命！事情倘若闹大了，你得找人兜着！孟天宝答应，拿人钱财，替人消灾。放心，江湖上的规矩我比你懂！

结果，孟天宝指使向麻子，领着一帮叫花子将上下道路堵死，把点燃的火把绑在牛尾巴上，又把几串鞭炮拴在狗尾巴上也点燃了，上下路口被人堵死，受了惊吓的狗和牛，就在牛滚凼里发疯乱跑，踩死了不愿拆迁的三人，三更瞎眼的妹妹不会躲闪，当场毙命。火把还引燃了席棚，一眨眼的时间全被烧了！黄妈妈想抢点值钱的东西出来，结果席棚塌了，没出来。

黄三更双手各拎一把菜刀，声嘶力竭叫嚷：哪个都莫拦我，老子要去找他们拼命！四五名伙计围着黄三更，惧着他手里的菜刀，拦也不是，不拦也不是。

孟天运这才知道，孟天慕要拆了牛滚凼贫民窟建什么兵营，出通告说，每户补偿二百元拆迁费。好些人是租佃别人的席棚，拿了钱就去别的地方了。可三更他们家和另外几家人当初是自己花钱搭的棚子，补这点钱当然不够！争吵了好几天，哪晓得昨晚上就出事了！

334

孟天运去找孟天慕说理，孟天慕一脸诧异，答应立即调查，并保证不会徇私枉法，更不会对民众疾苦置若罔闻！

孟天运说，那好，我就和民众一起等候你的处理结果！说完，起身离去。

孟天慕青着脸叫来老索和金焘，严厉斥责了两人，说住在贫民窟已然是这个社会的最底层了，体恤一下人家的疾苦，也就是多给点拆迁费的事，何至于弄成现在这样？徒然让共党抓着辫子骂我们漠视贫困人群，执政无方？生存无望，人的本能反应就是斩木为兵、揭竿而起！你们是希望四处都冒出几个陈胜、吴广来，把你们家的祖坟都掀了是不是？党员守则，仁爱为接物之本，助人为快乐之本忘哪儿去啦？我不听任何辩解！四条人命，这么大的事情，必须得有人负责，不管是谁！马上去把他给我找来！

老索、金焘灰头土脸出了房间，商量着谁干的谁负责，只好去把孟天宝带来交差了。

怒气未息的孟天慕翻看着卷宗，从南京风尘仆仆赶回的戴宗汇报，已经查明，胡祖善的后台便是原军统局帮办、现任内政部警察总署唐署长。孟天慕手里看的那两份密件足以证明，是胡祖善上下串通，一手炮制了所谓的间谍案，目的就是要把市党部一锅端掉。如今，军统局缩编为国防部保密局，编余之人转业成为内政部警察。巧的是，戴宗在南京马台街22号国防部保密局院子里，撞上胡祖善了。

孟天慕一惊：他去那里干什么？

戴宗说，胡祖善已征得保密局情报处何处长首肯，秘密在自流井建一情报站，由他兼任站长。任命书就差毛局长签字，估计十天左右，便能到胡祖善手上。也就是说，姓胡的一旦接到这份任命，就犹如穿上了铁罩衫，我们再也奈何不了他了。

孟天慕心下了然，估计是筹建警备司令部把他给吓坏了，可他如果是无私坦荡，一心为公，又有何可怕的？

两人刚说完，老索带着孟天宝回来。没进门前，还交代说这回孟天慕是真怒了，他是从没见过他发那么大的脾气。

孟天宝毫不在乎，抬脚进了孟天慕办公室，开口就让他别那么看着他，吓人！不就是四条人命吗，弄死人就偿命嘛！向麻子应了我的差，收了我的钱，后果自负是他红口白牙亲口说的！

孟天慕其实也料到孟天宝早就把堵他嘴的话想好了才走进这间屋子的！他也很清楚，田单火牛阵这种阴招儿，也只有孟天宝这样的损人才想得出来。孟天慕说，既然会打滥条，不妨再打一个！事成了，我就不再追究你拆迁弄死人的事了！

孟天慕要孟天宝帮自己杀了胡祖善，可是孟天宝却万分为难，不能明杀，只能暗刺？还要让人觉得是意外失手，这可难办了！

孟天宝在合盛公茶馆二楼的包房里，来回走着，焦躁难安。正巧曹子才来了，他赶紧拽着他给自己出个主意：具体杀谁，你最好不要打听，对你没有丁点好处！而杀这个人不能让任何人看到，此其一；二呢，要让想破案的人认为是意外失手以致毙命；最关键的是，与死者有关系的所有人，事后还不敢声张，怎么整？

曹子才挠头思索：不能让外人看见？那只有在被害者家里头动手。在你的浑水袍哥里精选两人，装扮成入室行窃者，怀揣利刃，摸进卧室，乘其不备，下手即可！意外失手则要处理一下现场，先喊你的兄弟伙，把死者手脸抓破，最好再把衣服撕烂几块，造成双方厮打的痕迹；再把屋子里外都翻遍，只要稍微值钱之物，统统弄走，造成小蟊贼图财害命的迹象！还要让官方和死者家属不敢声张，则要麻烦点，曹子才询问，堂口管辖内，最近有没有需要收拾惩治的梭夜子？

孟天宝略加思考：还真有！富顺凤鸣苑当家花魁跟一跑滩匠私奔被逮回来了，寻死觅活，打都打不服，刚才还问我怎么收拾呢？

曹子才就说，弄死！把衣服扒光抬到死者床上！这样一来，家属也好，官方也罢，哪个都不敢声张！

孟天宝一拍大腿，称曹子才此招是绝杀！不过最好还是把嘴闭紧喽！他这趟生意做完没做完，只要让不相干的人晓得了，来要你命的人，不是一堂口大爷挡得住的！

孟天宝照着曹子才所说，在一个夜黑风高的晚上，干掉了胡祖善。

孟天慕翻看着一沓黑白照片，是各个角度拍摄的凶杀现场：屋里凌乱不堪，胡祖善倒在血泊中，一个女人一丝不挂横陈在床上，也是满身血迹……

白丁前来汇报，说内政部警察总署的人把各路媒体记者都挡在院子外面，估计是不想张扬这件案子。

孟天慕让他先反其道而行之，强烈要求把案情真相公诸于众，严惩凶犯，不过也要把握好分寸！他们若再次表明不能公开案情，借坡下驴，你见好就收吧！

4

这天，苍老了许多的宛如正在家里，兴致勃勃地跟东儿下象棋，汤俊川站在一旁观战。两人正在争执笑闹着，裴二娃来报，说大少爷回来了！

宛如愣怔一瞬，挂着拐杖站起身，一旁的丫鬟忙上前搀扶，曹大欢闻声也跑了来。

身穿中将军装的孟天成大步走进后院，大家的目光都集中在孟天成左胳膊空荡荡的袖子上，只见他走到台阶前，双膝跪下：大娘，我回来了！

宛如先是颤巍巍地捏了捏孟天成的衣袖，随即又捧起孟天成的脸，老泪纵横：回来好！回来就好！能回来就好！她赶忙让裴二娃去把少东家还有二少爷、五少爷、小姐都叫回来！又让韩胖子赶紧准备接风席，并给孟天成收拾一间屋子出来。

等大家都走了，宛如一把抓住孟天成的空袖子，大放悲声，诉说着这些年，你大娘和孟五德堂这些年真的是九死一生啊！七个孩子，陌路的陌路，冤家的冤家，仇人的仇人，大娘心里苦啊，苦啊！

一桌丰盛的菜肴。宛如坐在主位上，左边依次坐着孟天成、孟若因和孟天慕，他的右手边则坐着孟天许、曹大欢和孟天运。面对菜肴，似乎谁都没有品尝的兴致，燕家成去世的消息让气氛沉闷。

孟天许又开口问起了燕知秋，得知燕知秋没死，曹大欢分外讶异。孟天成瞪了孟天许一眼，回答说古城那战打响之前我们就分开了，以后再没消息，生死不明。孟天运一直让店铺伙计给燕老先生担水、送柴，一天也没间断过，最近他去看了他两次，每次都看见荷花姐在帮老先生做饭、洗衣服。孟天许也表示以孟五德堂的名义给"反日后援会"捐款一千万元建立的伤亡士兵基金，是该拿钱出来给燕老先生养老送终了啊。

大家吃着饭，说着话，孟天慕说起胡祖善死了，他待会儿还得去市政委员会过问一下这件事。大家问起胡祖善死因，得知是被杀，死状虽惨，可现场还有人所不齿之况，在他的卧室同时被害的，还有一名一丝不挂的妓女！

一身戎装，肩佩中尉军衔的孟若因瞪大了眼睛：堂堂市政委员会主任，居然干出这种龌龊事情！

孟天慕也长叹一口气：让这种人窃据自流井市政委员会主任一职，实乃党国之不幸！难怪人家共党会理直气壮地谴责我们！

而得知孟天成的178师打残了，他也只剩一只胳膊，可还是衔国防部之命，重建新编178师，军令不可违。

孟若因义愤道，日本人赶跑了，自己人又准备开仗，怎么就不想让老百姓过几天消停日子？孟天慕唬脸觉得若因不该说这样的话，孟天运却反唇道，每个人都有自由表达自己意愿的权利。老五，中华民国宪法都颁布了，贵党还搞训政那一套，恐怕不合时宜吧？刚说完，孟若因就狠狠一拍筷子，明显对孟天运帮她说话不满。

三人奇怪的关系，不由让饭桌上的众人面面相觑，宛如只好招呼大家赶紧吃饭。

合盛公茶馆，为了感谢曹子才帮忙支招，孟天宝解开了一蓝布包袱，他知道曹子才不稀罕钱，但是这个东西他肯定会稀罕。说着，孟天宝掏出了一精致的紫檀木盒，打开盒子，是一支晶莹剔透，碧绿如洗的翡翠烟枪。

曹子才很诧异：这把枪我认识，夏青城告诉我他送给胡祖善了……突然，他眼珠都要掉出来了，难道胡祖善真是你……

孟天宝竖起指头在嘴边：嘘！我终于见识什么叫贪官了！他屋里的现金就装了整整两麻袋，还有好多这把烟枪一样的稀罕物件！孟天宝从口袋里摸出一张支票：这是你该得的那份，含有封口费在里面哈！

曹子才看了一眼票面：三十万？

两人正说着，门外有人轻轻敲门。李德贵着急来找孟天宝，孟天宝让曹子才把烟枪和钱收好，从后面出去。

李德贵来求孟天宝：赶紧出手救兄弟一把吧，内政部警察总署限定我五天之内侦破胡祖善被杀一案。我哪有那通天的本事？这不是赶紧来求堂口出手相援嘛！

孟天宝轻描淡写地说：堂口帮你寻凶是有价码的哦？寻真凶还是找人顶罪，价码不一。

李德贵挑了个便宜的找人顶罪，孟天宝还是开出了三十万的价码，李德贵也只能认了。

至味山房，孟天成去看望燕老先生。天井小桌上，整齐摆放着燕家成的衣物、相册、书籍和证书之类的遗物。孟天成泪流满面，从皮箱里一件一件地往外取出勋章、奖章：这是青天白日勋章，是在山西长治壶关之战后荣获的。这是云麾勋章，也是在山西，古城之战后得的。这是忠贞奖章；这是干城奖章；这是勋刀……

浑身颤抖的燕伯卿老泪纵横。他一一接过孟天成递过的勋章,用袖口擦拭着哽咽着。孟天成也抹了把泪水,从皮箱里拿出几沓钱来码放在桌上,这是国民政府铨叙厅发下来的,是因家成阵亡,政府给遗属的抚恤金。

燕伯卿说,老朽食不过三餐,眠无非五尺,不需要钱!把儿子送去打国仗是我自愿的,不需要谁来抚恤!有家成这些奖章陪我,足矣!他捧着勋章放出了悲声,儿子呀!你是燕家的骄傲,我要给你立一块碑!

孟天成伤感无措,他只好把这些钱留给了孟天运和孟天许。孟天运很好奇,家成阵亡时,军衔是上等兵,据他所知,国民政府对阵亡士兵遗属的抚恤标准是,上等兵一次恤金2000元,年恤金800元。你这里,少说有十好几万!

孟天成只好说,家成是她姐姐交我手上的,没把他活着带回来,我对不起燕老先生,也对不起知秋!这些是我这几十年积攒下来的官饷,我身无他物,只有拿这些去补偿他老人家了!

孟天许答应孟天成,一定会让燕先生收下这些钱。孟天成还想请大家一起来聚会,可是大家纷纷推托不能来。孟天运说:大哥,虽然当年是一口锅里吃饭长大的兄弟姊妹,可如今分道扬镳各走各的路,且现在彼此之间矛盾不浅,他们不愿来,该是在预料之中的。

孟天成说:我只是觉得兄妹们一个不差都聚在自流井,机会太难得。毕竟从小一起长大,也算是有生死情谊的。道不同不相为谋罢了,纯粹以兄妹间的身份聚一聚,又有何妨呢?

孟天运只好劝他:算了吧大哥,即使相聚了恐也无话可说,何必讨这无趣呢?

孟天成难过着回了孟五德堂。孟天运、孟天许也情绪委顿,无言枯坐着。孟天许说,没想到今天大哥这么难过,不把钱留给燕老先生,他心里那道坎迈不过去,自己也只能先答应下来帮大哥减轻点内疚,以后再想办法。

孟天许询问孟天运:真的要全面内战了吗?孟天运说:打仗其实不可怕,不打,就是现在这样一个黑暗腐朽、民不聊生的世道;打,也许就会打出一个老百姓当家做主、人人平等的新中国来!得天下有道,得其民,斯得天下矣!反言之,失民心者失天下。

孟天许说他相信二哥,他学着孟天运借鸡下蛋的招儿,又把生产氯化钾和硼酸两种化工产品的技术资料无偿公布了,而生产氯化钾、硼酸必不可少纯碱和盐酸。德兴化工厂专门生产这两种东西,只需开足马力生产,何愁没有大笔回笼的资金?所以,不出一个月,他就攒够了资金,准备建五德制药厂了。孟天运赞叹孟天许现在在商场很有点游刃有余的味道啦！

裴二娃一直觊觎汤俊川总管一职，而且汤总管年纪也大了，上月的账，汤总管又做得乱七八糟，少东家是当真急眼了，碍着大太太的面不好张嘴撵人。他就想将当年孟天成亲生父母惨死的旧事透露给孟天成，让大少爷出面，把汤总管体体面面请回家去，腾出总管的位置来！

虽然荷花极力反对，但是裴二娃还是抵不住内心的欲望，敲开了孟天成的门。

当着孟天成的面，汤俊川对自己的罪状，供认不讳，出奇平静地说：这件事揣我心里三十多年了。我知道，迟早有一天会要有个了结的，如今我愿听凭大少爷发落！

孟天成让汤俊川先带自己去父母坟前。高一脚矮一脚的乱坟岗，汤俊川手指两座并排的坟头，告诉孟天成，左边是令尊大人，右边是令堂。

孟天成奇怪，碑都没立一座，你咋么肯定？汤俊川说：不奇，清明、中元不说了，每月十五，我都要来给二老烧点纸，顺便把坟上的草给除了。

孟天成这才发现，跟前两个坟包迥异于乱坟岗中其他杂草丛生的荒坟。虽年头久远，坟冢上却没什么杂草，四周有不久前明显培过泥土的痕迹。

孟天成双膝一软，跪了下来，语无伦次地哀声恸哭：爹、娘！你们听见我说话吗？儿子来晚了！这么多年，让你们孤零零躺在冰冷的土里，我连一张纸都没来烧过，你们不会怨我吧？二老放心，我不会轻易放过汤俊川的！我还没想好怎么收拾他，你们委屈了这么多年，要是想好了让我怎么报仇，就托梦给你们的儿子吧！

他一回头。

乱坟岗早已没了汤俊川的身影。

二十八

1

　　孟五德堂中院书房，汤俊川跟宛如一番剖白，想他十五岁进府，到今年已经快六十年一个甲子了，他时常在想，能陪大太太这么多年，是汤家祖上烧了高香，修来的福分！

　　宛如不明白汤俊川想说什么。

　　汤俊川继续道：有人说，不管你去做什么，只要这件事是为你自己做的，就会无怨无悔。我说不对！我在孟五德堂做了很多事情，可没有一桩是为我自己，我依然毫无怨悔；哪怕有些事在当事者眼里是丧天良的，我能做到梦稳心安，就在于要报答大太太您对我那份从未生出一丝狐疑揣度的信任！当年，陪老爷念书时，我记住了两句话，"仰不愧于天，俯不怍于人"。前一句我做到了，后一句我一直以为做到了，可今天，我才知道我没做到！

　　宛如询问，那你到底做了什么事情要怍于人啦？

　　汤俊川说，你以为你最熟悉的人和事，往往是最不了解的。想当年要是我亲手去做这件事，哪有今天冒出来的这些个麻烦？弄得晚节不保，还有可能身败名裂！不过，我是从内心深处真的原谅了别人，才能在这里心安理得地跟您讲这番话的！

　　宛如被汤俊川一通没头没脑的话，说得云里雾里，汤俊川又说他有样东西要拿来给大太太看，看完她就会明白。汤俊川满含深意地瞥了宛如一眼，然后去了账房。

　　他把账房里的伙计都赶了出来，一个人反锁在屋子里。孟天许回来，见大家都围在门口不知所措，赶紧招呼大家把门给撞开了。汤俊川已经喝胆水自尽了，孟天许冲在人群前，他疾步走到汤俊川身旁，探了一下鼻息，又摸了一下颈脉，已经没救了。

　　得知汤总管去世后，裴二娃始料不及，荷花更是气不打一处来，一个大耳光抡在了裴二娃的脸上，直骂他是个畜牲。

一片哀泣声中，宛如由曹大欢搀扶着，颤巍巍走到正厅台阶上。裴二娃跪在前面，终于跟宛如讲了当年汤俊川是如何让他杀了孟天成的亲生父母，然后将孟天成抱回孟府领养。宛如颤抖着，伤心地再看了一眼去世的汤俊川。他青紫着面孔，嘴角还残留着白沫。宛如再也忍不住，大张着嘴，哀哭起来：俊川，你怎么就扔下孟五德堂走了呢？

听闻消息，孟天运把孟天慕叫了出来，在当年孟天运送孟天慕出逃分别的街头，孟天运问孟天慕你还记得二十年前你在自流井杀了人，在此出逃！当时我给你的三百个大洋是汤总管私人的钱，要是没有他的帮助，你早成孤魂野鬼了，哪有今天？这就是我要在这里跟你说这件事的原因！

孟天慕愣怔，他让老索帮忙算一下，二十年前的三百个大洋，值现在多少钱。老索估计，若照官方公布的关金券1元折合法币20元比价，至少要值一万五千法币。

孟天慕惊讶：值那么多？老索摇头：通货膨胀，没办法的事。

孟天慕当即问老索借了两万，赶紧回了趟孟五德堂，汤总管的家人已经把人入殓，打算运回荣县十字坡老家去下葬，他要赶在之前把钱还了。

裴二娃的下场也不太好，荷花不让他再回去，府里上下也没人再搭理他，曹大欢建议裴二娃不如去叙府找大少爷。可是，裴二娃也不敢，当年烧他父母那把门锁是他挂的，火是他点的。他要哪天想起这事，摸枪把他给敲了，他才是找不到地方埋哦！

曹大欢听裴二娃这么说，也很无奈。裴二娃哑了口，愣了半响说，拜托曹大欢帮他给荷花捎句话，就跟她说对不起她和儿子，没脸再见他们，回乡下老家去了！

裴二娃凄惶颓丧地转身离去，望着裴二娃的背影，曹大欢不由生出一丝怜悯来。

曹原三的祭日，曹大欢和曹二欢去给父亲扫墓，两个人都过得不幸福也不快乐，最近盐场生意凋敝，曹子才没什么事情可做，整天蒙头大睡，曹二欢又没有孩子，觉得悲凉透了，心里寒得要命！

曹大欢劝了劝曹二欢，说好了别哭了好妹妹！其实姐心里的苦楚不比你少，心里常常荒凉得跟长了草似的！而且她都已经不是心寒，而是心碎了！自打嫁给孟天许，这么多年可以说没有一天不是在希望中睁开眼睛，而每每又是躲在被窝里以泪洗面地睡去。孟天许对曹大欢始终是冷淡怠慢，漠然置之，比动手打人还让人难过。

曹二欢讶异，他们一直都以为曹大欢过得挺好的。曹大欢说，这桩婚姻是我自己给自己安排的，跟你们诉苦不是自讨奚落吗！她常常想，因他孟天许而生气、伤心，说明她还在乎他，不想失去他。可他那颗对她从来就是冷若冰霜的心，没有一天真正属于过她。她做过无数尝试，但不管是为他还是为那个家做了些什么，仿佛都无法将他的心融化！她真不知道该怎么办了！

孟天慕从南京开会回来之后，便在自流井掀起了打贪官，反污吏的行动。他说：一个在野党，一个曾经被我们撵得惶惶不可终日的政党，短短几年时间竟然拥兵百万，不仅能与美械装备的国军抗衡，甚至有了攻打我们的实力！诸位想过这是为什么吗？是因为我们自己不争气！各级官员全面贪污腐败，蝇营狗苟，不仅没有给民众创造安居乐业的机会，还鱼肉百姓，蒙骗国家。不仅给了人家攻打我们的口实，还搞得民生凋敝，沸反盈天，是可忍孰不可忍！如今，前方将士正与共军浴血奋战，我们后方如何支持他们？那就是建立一个干干净净的清平社会，要让共产党没有任何理由与政府为敌，要让老百姓死心塌地地拥戴政府！

孟天慕亲自挂帅，成立一个反贪腐机构，自流井各级官员均要接受调查和审理，老索、戴宗、金燊、白丁、李德贵和夏青城等一干自流井官员个个神情忐忑。

随后，孟天慕开始查胡祖善过去的账，正查着，缺了一条腿、拄着双拐的伤兵李老二破口大骂冲进来，把胸前挂着的奖章拽了下来扔进院子。原来，孟天许当日给"反日后援会"基金捐了一千万，加上其他盐商的捐款，大概有将近两千万。现在是只找着一份进账目录，别的什么都没有。

孟天慕疑惑胡祖善一人不可能独吞这笔钱。一定是通过什么冠冕堂皇的方式把钱先转走，而后再洗进自己腰包。拽住这个线索，彻底追查！

与此同时，夏青城也在焦头烂额，没想到孟天慕从南京一回来，就跟打了鸡血似的，要开始打贪官、反污吏了。他手书一封，让骆阿宝赶紧去绍兴把邱师爷接来。邱师爷做的账可经得起高手审计的，胡主任仓猝一死，他转来的那一大笔钱就还没来得及做账呢！他让骆阿宝要快，赶在姓孟的还没理出头绪，一定把这笔账给做平了，否则，自己的麻烦就大啦！

孟天运收留了无家可归的李老二，还安慰他别骂了，要是咒骂能把这贪污腐败、鱼肉百姓的政府骂垮的话，我陪你一起骂！

李老二看了一眼自己的残腿，不肯麻烦孟天运，说你这里又不是荣军院，我都这个样子了咋好意思给你添麻烦。孟天运安抚他，说上不了灶台掌勺，可

二十八

你的手艺还在啊！天下滋味头灶的椅子依然由你来坐，只需动动嘴，点拨点拨那些个晚辈后生足矣！你就是被打成瘫子了，我孟天运也照样养你！

李老二热泪盈眶，起身作势要跪。孟天运一把扶住李老二，别忘了，你是我入厨帮的师父，该我给你磕头、养老送终才对头呢！

李老二热泪盈眶地望着孟天运说：肉麻的感谢话我就不说了，以后，以后这儿就是我的家啰！

2

魏菜刀肩扛磨刀马凳，摇着薄铁片"惊闺响板"走进店堂，给孟天运送来了新的消息，上级鉴于孟天慕的排兵布阵，步步紧逼，指示孟天运立即建立备用联络点以防不测。具体内容是唤醒文一佳为孟天运的秘密助手，工作重点是分化孟若因与孟天慕的关系，如有可能争取孟若因投入我方阵营为最佳结果。

为掩护文一佳，由一直没有暴露身份的赵国梁与她结为假夫妻，入住天香酱园开展工作。赵国梁早就猜到文小姐有可能是自己的同事，只不过没敢违反纪律来问。

孟天运跟文一佳交代任务，说：川南特委经过慎重评估认为，赵国梁虽遭到市党部特务长期跟踪、监视，但他的身份并没暴露，遂决定指派他来担任这个备用交通站的站长，你做他的助手。

文一佳表示服从组织上的安排。可是，孟天运却说，是要你跟国梁结婚，来掩盖他突然离开天下滋味这个不寻常的举动！文一佳顿时傻了。

孟天运说，当然，你们这种夫妻关系是名义上的，也就是俗话说的假夫妻。这个交通站建立之后，暂时不能使用。孟若因被孟天慕安排进警备司令部所做的译电工作，对于我们来讲威胁是最大的。而你的工作重点，就是要分化孟若因与孟天慕的关系，如有可能争取孟若因投入我方阵营为最佳结果。

文一佳闻言沉默不语。孟天运见她好像难以接受这种安排，询问她心里怎么想的，文一佳听了，眼圈渐渐湿了，哽咽着说，我相信，没人能对这样的安排欣然领命。她问孟天运，能让孟若因幡然改途的，是又孑然一身的你，对吧？你心里，依然给孟若因留有位置？

孟天运点了点头。

文一佳眼里噙着泪：天运，我爱你，崇拜你，我多么想有这么一天，我的手和你的手能牵在一起，再也不分开！可是，我现在必须去做另一个女人的工作，让她重回你的怀抱！这、这对我来讲实在太残忍了，不是吗？

孟天运无奈，只好说：一佳，我们举起拳头向党旗宣誓的时候说过，为了党的事业，为了我们的理想，牺牲生命也在所不惜。我们的个人情感只能这样，就跟当初我必须抛弃若因，娶曾语蓉一样。

文一佳抬起头望着孟天运说道：赵国梁喜欢我很久了，他对你的不忿，大多源于我俩走得太近，而孟若因对你的恨也是由爱而生的。天运，对世界来讲，你是一个人；但对于某些人，你却是她的整个世界，她的眼里已容不下别的男人！

孟天运垂首无语。文一佳请孟天运抱一抱她，因为她知道，今天他离开这里之后，她就再也没有可能被他揽入怀中了！

孟天运再也难以自持，他一把将文一佳紧紧抱在怀里。文一佳控制不住自己的情绪，在孟天运怀里哭泣。

经过一番设计，孟天运与赵国梁当着孟天慕的面争吵一架。缘由就是赵国梁要求离开天下滋味，他要娶文一佳，要和文一佳一起经营天香酱园。孟天运非常气恼，说人家文一佳是大学生，你是什么？当真是人心隔肚皮啊！这么多年我待你不薄，你怎么打起翻天印来了？癞蛤蟆居然想吃天鹅肉！赵国梁说，你没吃着天鹅肉不能迁怒于我，我们是自由恋爱！孟天运不解，她看上你什么了？豁嘴儿吹不响哨子，瘸腿儿抬不起轿子！赵国梁让孟天运不要侮辱人，这事儿是木已成舟了。

孟天运颓然坐在椅子上，语焉不详地哀叹道，老子的命怎么就这么苦啊！赵国梁又说，他在天下滋味干了这么多年，虽说是付了工钱的，可他现在要成亲，攒的钱不够。孟天运说，算算算，看在文小姐还在酱园铺照看我三娘的分上，就借你一千块，不过要写张欠条，回头还我！婚礼别请我啊，我也不会去，免得大家尴尬。

孟天慕好奇地询问孟天运，连他都看出赵国梁倾慕文小姐，你难道会没觉出？孟天运只好说：我以为两人差距太远，纯属赵国梁在那儿自作多情。文一佳的举动也可以理解，这些年来的错待，让她对我心生怨怼，故意用这种方式朝我凉水浇头，表达其不忿之情！再说之前若因还曾当面羞辱过文一佳，女人真是难懂啊！

孟天慕提醒孟天运，你不着急续弦，曾书记长可是已经续了，要不要我来撮合你跟若因再续前缘？孟天运说，我要萌生了这种意愿，知道该怎么做，不劳你费口舌！

二十八

出了酒楼的大门，老索问孟天慕，那个姓赵的瘸子跟了孟天运这么多年，会不会被发展了，也是一名共党？这两人会不会是在演戏给我们看？

孟天慕道，这种可能性是存在的。但看样子，我二哥今天作怒怕是真的，脸都急红了。姓赵的我已经观察多年，以他的智商，还有待人接物的轻贱、卑微，要说已经加入共党了怕还为时尚早！也就是我二哥心软，怜惜他，否则，他也只能去做守门的校工，敲锣的更夫！

就这样，赵国梁与文一佳吹吹打打成了亲，离开天下滋味进了天香酱园。真假无所谓，只要能和文一佳在一起，赵国梁心满意足。至于两人最终能不能真的喜结连理，赵国梁相信只要心诚，石头也能开花。好在水香视力模糊，没有发现她身边的这对夫妻是假的。

王用之来到自流井之后，曾经觊觎过孟若因的美色，三番五次让孟天慕请她吃饭，都被孟若因推辞。这天，孟天慕终于趁着兵营建好，王用之正式走马上任的机会，请了孟若因一起吃饭。

席间，王用之喝了不少酒，一直盯看着孟若因，夸孟若因长得好看，有名媛之相。孟若因听着不对劲，重重地把筷子往桌上一拍，起身走人。

王用之被吓了一大跳，孟天慕当即提醒他：舍妹是我手中一枚无可替代的棋子，在关键时候，用她来劫杀对手的。奉劝你别在她身上打轻薄主意，免得自讨没趣！再说了，你也降不住她；若因貌似柔弱，但这主可是敢给背弃者投毒的！

冷面寒铁的一番话，顿时让王用之冷汗都出来了，酒也醒了一半，连连点头称是。

3

得知三娘在酱园，孟若因来看望。这天，水香眼睛裹着纱布，文一佳正用勺喂她粥喝，一身便装的孟若因拎了好多礼品进来。

孟若因抓着水香的手，分外感念。文一佳在一边提醒，你三哥刚带你三娘做了眼部手术。医师嘱咐，最好不要使她受刺激而情绪波动，不利于视力恢复。

说完，文一佳和赵国梁出门，留下孟若因不胜欷歔地在水香身旁坐下。

水香则抓住孟若因的手不松，生怕对方跑掉一般，万分可惜她现在已经看不见孟若因变成啥样子了！水香跟孟若因不住地赞叹孟天运的为人，说：

老三老五人都不错，常常来看我。可更感激老二啊！娃娃仁义哟，这辈子还是头一次遇上如此厚德之人！你想想，她就是孟五德堂一个无足轻重的姨太太，又犯了过失被撵出家门；他竟然像待亲娘一样厚待我，花大笔钱办了这家酱园铺不说，还请来温婉善良的文小姐照料，让她老有所依。他图什么呢？他图什么呢？

孟若因似乎不为所动，只是静静聆听着。

水香一边絮叨着，一边摇头叹息，这些年，她时常在想。那年老二带着若因去了成都，大娘追问你俩的下落，她要是装傻，说不知道就好啦！那样的话，你俩就能走到一起啦！唉！

言及此，孟若因不由一颤，伤感之色浸上面庞。

和三娘一通叙旧之后，孟若因又去特别感谢了文一佳对三娘的照顾，文一佳说自己是答应了别人的恳求，就得信守承诺，不值得称谢。

孟若因停顿一下，还是忍不住询问文一佳，听说你嫁给赵国梁，实在让人很难理解。文一佳说，没什么不好理解的。女人终究是要嫁人的，或迟或早的事。

孟若因说：我只是不解，你不是一个能随便把自己嫁掉的女人。文一佳说，在我眼里，让人幸福的事只有三件，有人爱，有事做和有所期待！赵国梁他爱我，这就不难理解了吧？说罢，她又试探性地询问孟若因，你呢？难道你不想去追求属于你的幸福吗？

孟若因惨淡一笑：我的幸福已经被人葬送了，西风留旧寒，还追求什么呀？

此后，孟若因便常常来酱园看三娘，文一佳便借机和孟若因熟络起来，她甚至跟孟若因有意无意透露自己曾经苦苦暗恋孟天运，这让孟若因对她有了深入了解的愿望。

文一佳告诉孟若因，自打自己遇上孟天运之后，第一眼便让他给迷住了。那时她还在念书。整天神魂颠倒的，满脑子都是他的样子。可以说，是因为孟天运，她才留在了自流井。因为在她认识的人里，只有他最为可靠。后来，听赵国梁讲了孟天运和孟若因的故事，心里是既羡慕又沮丧，曾经一度想离开这里，可又实在是无处可去！之后他虽然成亲，还是心甘情愿去伺候他的弱智老婆，也是为了想让他知道她对他的爱慕之情。

孟若因问文一佳是否对孟天运表白过，文一佳点头，但是孟天运是个君子，一个出类拔萃的男人！他一直没有忘了另一个女人，他的心早就让这个女人占满，容不下别的任何女人了！这样跟你说吧，他娶了曾语蓉，却一天都没跟她同过房，一直都是我在陪着他妻子。而那个女人，就是你，孟若因。

文一佳原本以为，时间能改变一切，所以她选择了等待。可她发现，她错了！一味等待，能发生的事情只有一件，那就是不会有任何结果的一天天变老。

文一佳问孟若因：能不能不掩饰，真实地回答我一句话，夜深人静的时候，你还为这人流过泪吗？

孟若因点头。文一佳说，能流出眼泪，说明你的心还没有干涸。虽然你们不可能恢复到原来那种关系了，但是要知道，没有人可以回到过去，但谁都可以做到从现在开始，主动去书写一个全然不同的结局！

孟若因被文一佳说得神情恍惚，被孟天慕发现，询问她为什么闷闷不乐，孟若因说，没什么事能让我开心的，剩下的可不就只有闷闷不乐了。孟天慕问她去了哪儿，孟若因说，文一佳嫁给赵国梁了。

孟天慕忖度片刻，说：懂了！他询问孟若因，是否有些伤感？因为你被曾经最亲近的人深深地伤害过！要想让自己开心起来，只能把你满腹的冤仇宣泄而出。而宣泄冤仇的最好途径就是做好眼前的译电工作，揭开有负于你的二哥的真实面目，让其彻底拱手折服、俯首投降！

孟若因默然无语。

釜溪河，一只木船船篷内，孟天运见到了许久不见的丁一轩。丁一轩告诉他，解放大军势不可挡，全国解放已是必然。省委对我们今后一段时期的工作做了较大的调整，决定把川南特委迁到川南重镇自流井来，保护自流井盐场的安全，迎接新中国的到来！

他让孟天运马上成立一家盐号，为川南特委做掩护。盐号名字叫曾万盛，是组织上给取的，也是川南特委的代号。动作要快，给孟天运十天时间完成曾万盛盐号的组建！他化名曾肃做盐号老板，可他对盐生意一窍不通，还得仰仗孟天运，还有他的盐业世家鼎力相助！

孟天运表示：这些问题都不大，三弟孟天许也倾向我们的主张，应该还算一开明爱国、有良知的盐商，他早已全盘接掌了孟五德堂，估计能帮不少忙。只是，孟天运不安地询问，您是要作为这家盐号的老板公开在自流井活动？

丁一轩肯定，他作为川南特委书记使用这个身份做掩护，是省委的决定！

孟天运面露难色，说：我的妹妹孟若因去过成都的稻粱谋饭庄，见过您本人。她现在完全投入敌方阵营，被孟天慕安插进警备司令部电讯股做译电员，她一旦撞上您且认出了您，整个特委的安危可虞，危险系数太大啦！

丁一轩霎时也阴沉下脸，忖度片刻说：这样，你这边抓紧组建盐号。我马上回泸州用电台向省委汇报这一情况，看看上级有何指示！

回去之后，孟天运立即把筹办盐庄的事情拜托给孟天许，说这人姓曾，是我泰山八竿子打不着的一个远亲，做药材赚了点钱，眼红自流井的盐生意，想来蹚一水。我却磨不过情面，答应帮他。

孟天许见孟天运拿了十万块钱，觉得这钱也就够开一家小盐号，赚点小钱！

孟天运道，就是开小盐号，盐号名字他自己已经起好了，叫曾万盛。等孟天许见了他就知道了，人还不错，可丁点盐场生意都不懂，得多帮帮他。他没来之前先把地方找好，把盐号内所需人手聘了，等人来了再带着他做几单生意，就可以撒手了。

临走之前，孟天运还提醒孟天许，说他自己没亲自去办这些事，是有难言之隐想避嫌。你也最好别让任何人知道我跟他的关系！孟天许答应。

不久，魏菜刀送来了上级的消息：加紧促使孟若因倒戈，若无成效，将其清除以确保三日后抵至曾之安全。

孟天运蓦地眼前一黑，他赶紧扶住桌子。屋里静极了，只有屋外魏菜刀磨刀发出的霍霍之声。心碎欲裂的孟天运，不能自持地浑身战栗起来。

孟天运心情极为晦暗地低埋着头。从他的头顶透望过去，后面院子里，文一佳正在给眼部仍缠着绷带的水香喂饭吃。有顷，赵国梁端着一盘菜走来，他接过文一佳手中的碗，冲店铺努努嘴。

文一佳看孟天运的神情，询问什么事，孟天运衰颓地摇摇头，眼泪就忍不住流了下来，文一佳大骇，连忙拉着孟天运出去，不让水香听见，担心。

孟天运跟文一佳说了情况。文一佳询问孟天运的打算，孟天运猛擦了一把涕泪满面的脸，还能怎么办？上级的命令必须执行！他问文一佳，孟若因的工作你做到哪一步了？

文一佳说：从女人的角度，我的工作已经做足了。她的心理防线，似乎有所松动，归根结底的疑惑，还是在你为何要娶曾语蓉这件事上面。我再深入就太过露骨，继续说服下去的话，很容易引起她的警觉，会疑心我的动机。铤而走险，你亲自上阵吧！

孟天运惊诧，他不知道自己该如何面对她，可是现在又到了无法面对也得面对的时刻，没有退路可以走。他想了很多理由来说服她，可是这些年，孟若

二十八

因肯定把他当初那个举动假设了各种可能性,稍有不实的理由都会很苍白,惟有跟她摊牌!

文一佳思忖,那岂不是要作好,策反不成、必须亲手除掉这个危险的心理准备!孟天运的手不由自主地战栗了一下。

文一佳帮孟天运约好了孟若因,然后把三娘拖到戏院听戏去,国梁会挂上盘点的牌子,在店铺内负责警戒。

孟天运则准备好了一把匕首,他试了试,很锋利。想着或许会手刃自己深爱一生又负疚多年的爱人,孟天运手在颤抖,心在滴血。他已没有退路,他必须用最小的可能去博取最大的希望。可是女人繁复缜细的心思他也不懂,他只能靠着自己对所热爱事业的忠诚去完成这次悬崖边的悲怆一搏。

窗外,残阳似血。孟天运枯坐在椅子上,微闭双眼。看得出,他在尽最大努力抑制自己的紧张。

随着一阵清脆的脚步声传来,他的手抽搐了一下。孟若因走进客厅,蓦地愣住了。迟疑一瞬,她正欲转身。

已经站起身的孟天运挡住了她:我有话要跟你说,怕你拒绝才让一佳约你的。

孟天运开门见山诉衷肠说:我知道,你一直试图想弄明白,当初我为什么会突然娶曾语蓉?我猜想你这些年,应该把各种可能性都假设了,但今天我想告诉你真正的原因,因为我是一个共产党员,木铎是我的代号。

孟若因没料到对方会如此坦诚,却极力否定:即使如此,也解释不了你匆促娶人的举动。

孟天运问她,你还记得当着我们的面,饮弹自尽的林茂森林先生吗?当时,他是用那种方式警示自己的同事撤离。我也一样,在用这种方式掩护我的同事撤离!当爱情和工作摆放在我面前而又只能二选其一时,我选择了后者。因为我觉得,如果放弃了我的一干同事保住了爱情,无疑是背叛了我的工作,我们的爱情将绝不可能快乐,甚至可以说是丑陋、猥琐的。

孟若因不语,然后反问:告诉我这些,就不怕我反目出卖你?

孟天运说,你不会,你不懂政治,也不关心。你只是想找一份职业,摆脱内心的困扰而已。直到今天,你依然是我最信任的人!我能告诉你这些,就是基于这份信任!当年我愤然离家出走,有你被大娘狠心嫁人、国梁父亲被逼上吊以及对这个社会贫富悬殊、极度不公平的现状不满等等诸多因素!但我的世界观的形成,是在你也去过的那家叫作稻粱谋的饭庄里形成的!在那里,我明白了许多道理，也知道自己此生最该做的事情是什么！若因，我爱你，我也爱这个国家。如果我选择与你两厢厮守而不问苍生，是一种生活态度，一种绝大多数人选择的生活态度。但我做不到，我希望在一个平等、清明的社会中，与所有人一起，享受属于自己的爱情，我正是在为这个平等、清明的社会早日到来而工作，我希望你也加入进来！加入到正义一方来！

孟若因死死盯着孟天运：如果我不答应你呢？孟天运有些悲凉地言道：那，就是我选择错了自己的爱情！孟若因似有所动：你真的爱我？孟天运回答：真的爱你，天荒地老、矢志不移！孟若因终于被孟天运打动，不能自已，热泪盈眶地扑进孟天运怀里，哽咽言道：二哥，你给了我第二次生命，我愿意把它再交给你！

4

丁一轩到达自流井，孟天许按照孟天运的交代给他一一介绍盐商，可是，丁一轩做梦都没有想到的是，就在一刻钟之前，他刚刚到达自流井火车站，从火车上面下来时，就被一个故人瞧见了。

王用之有一个叫康三的阆中老乡，专门从成都请来给他做饭的厨子。今天家里出了点急事，跟王长官告了假，而后去了车站。正在售票窗口掏钱买票的当口，猛然发现售票窗口一扇玻璃反射出一头戴礼帽，身穿长衫人的影像。

康三愣了一霎，急忙回头。看见一个伙计接过丁一轩手中的皮箱，唤他一声曾老板，然后离开，他也要了辆车跟上了这位曾老板，开头还不太敢确信，可后来看他进了盐业会馆，又去了盐号，盯了半天之后，方才确定，他肯定就是当年成都祠堂街稻粱谋饭庄的丁老板。

王用之还告诉孟天慕，今天孟若因刚破了一个密电，是重庆警备司令部发来的，说抓住一名共党高等级交通员，根据这人交代，共党自流井特支的头头，代号叫"木铎"；打入你市党部的共党特工，代号叫"麦芒"。所以，他推测，这个曾老板很有可能就是"木铎"。

孟天慕却觉得他的级别应该在木铎之上！他说：你从警备司令部选一个排的人，不能要本地人，换便装，秘密把这位曾老板请到你那儿去！千万不能让此人溜了！

王用之不解为何要用一个排的人，孟天慕提醒他，别忘了麦芒还卧在我市党部里！而对于丁一轩的交通员，孟天慕则要特意留下，要发挥他的作用。

王用之办公室,孟天慕特地避开自己的四大金刚,跑到这里来办公。他听说丁一轩抓到了,分外激动,喜形于色,说早就耳闻此人的存在,没料到得来全不费功夫!此人到手,有些谎言便会不攻自破了!

当着孟若因的面,孟天慕说只要把丁一轩的嘴撬开了,共党川南特委、自流井特支包括木铎,可尽收网底!三天,他料定最多三天,他就会跟木铎坐在一起,面对面屈膝详谈!

可是,背着孟若因,孟天慕又告诉王用之:我太清楚共产党这一级别的干部,我们是休想从他的嘴里获得任何有价值的东西。花费时间审不出名堂,反而给他的部属提供了从容隐匿、逃逸的时间!不如把此公被捕正在审讯当成诱饵,令对方自乱阵脚。而他的真正目标是,木铎!至于丁一轩,把康三叫过来,到大门口等着,验明正身后马不停蹄即刻把人送到重庆白公馆,这才叫打他个措手不及!

除此之外孟天慕还知道,共党在川南收编了一支土匪武装,组建成了川南游击队,大概有百十来人枪。一旦得知他们的老大被抓了,这帮人必然拼了命想办法营救。虽然只是一群乌合之众,可是毕竟人家在暗处,我们在明处,占不到便宜。况且,好不容易逮住条大鱼,要再出点意外,吃不了兜着走的不仅仅是王用之,还得把他也给捎上!

所以,孟天慕则急着把人犯押走,押完之后,就要开始撒网了。一是等鱼入网,他让王用之叫下面的人换上便装,等他们来你这里劫狱救人,自投罗网!二是要敲山震虎,让王用之的另一半部队把自流井水路码头所有的路口大张旗鼓地封了,盘查来往人众!把自流井的共党都轰撵出来!这就叫疑为叩实,察而后动!

孟天慕还将此次行动完全避开了自己手下的四大金刚,四人守在党部里,摆会儿龙门阵。金焘率先开口,说老索,你我共事多年,算是患难之交,理当知无不言。你跟书记长时间最长,该是最了解他的人。你说实话,最近书记长是不是疑心你我四人之中有共党奸细?

此言一出,其他三人汗毛都竖了起来。金焘继续解释,说自打书记长把王长官请来,我们就被晾到一边了,有哪回喊过我行动科执行公务的?今天自流井水陆交通都让警备司令部的人闸断了,我是一丁点风声都没闻到!作何解释?

白丁也有同感,上周始,电讯室译出的密电关键词语便出现了乱码,根本无法获知电文原意,显然是更换了密码。

戴宗也苦涩一笑，说我也感同身受啊！不说远了就说今天的事。一早，警备司令部的人招呼也不打一个，把中兴街和兴隆街两个路口所有摊位全给我占了。这不明摆着对我稽查处盯守天下滋味的人不满？或者说，是对我戴某人不放心嘛！

老索最后补充，说坦率讲吧，我也好不到哪去！我手头挖出了这么大一个贪腐案，可是他却置之不理，想必也是遇到了一个足以让人掉脑袋的案子，而且不愿我们介入。

而正如孟天慕所料，孟天运等人也立即预料到了事情不妙，黄三更说：从兴隆街拐过来一直到我们酒楼，沿街摆摊的没一个熟脸面，全是生面孔，而且一看就不像是在做买卖！孟天运立即让黄三更去趟天香酱园铺，让文小姐送一桶菜油一桶豆瓣来！还有，去把魏菜刀叫来！

孟天运让文一佳去联系交通员，结果他没在家。留了句话，说家里死人了，奔丧去了！孟天运一震，脸色骤变，这是交通员发出的危险暗语。

而且，现在警备部封锁自流井大小路口，不知道他们设卡盘查是什么目的，这是最被动的！孟天运他们根本不知道出的是什么事！经过核实，除了孟天运亲自派去竹海送药的赵国梁，没发现有任何异常。可如果是赵国梁出了意外，也不该由他单线联系的交通员来发出危险信号！孟天运突然意识到什么，坏了！有可能是我们的上级，川南特委出事了！

孟天运立即让大家分头通知几名支委作好改名换姓、变更住址、终止一切活动的准备。只要见天下滋味酒楼挂出"盘点"的牌子，马上照设计好的路线撤！然后他写了一封信，让黄三更火速跑一趟五德制药厂找孟天许。

孟天运心中的预感非常不好，可能出了非常大的事！

二十八

二十九

1

　　警备司令部电讯科，孟若因心神不宁、焦躁不安地坐在办公室里；她的身后，是一排亮着灯的无线通讯器材和不间断传来的滴滴答答接发报声。

　　她身旁的电讯股女股长李小姐轻声惊讶道：这人谁呀？规格这么高！重庆宪兵二十四团派了一连的人在内江接上这个人，正往白公馆送呢！

　　孟若因一惊：今天抓的那个共党送走了？刚才在王用之的办公室，孟天慕似乎不是这么说的。孟若因将电文放入文件夹，说：我头疼得厉害，还是回家去吧，家里有专治头疼的药。王长官要是问起，帮我告一假！

　　孟若因说完就起身，不待对方回话，径直起身出了门。

　　一路上，她神思恍惚，害怕丁一轩把孟天运告发出来，孟天运就是自流井中共负责人，她想起孟天运跟她的一次一次告白，想起一路走来他们的爱情经历过的诸多考验，她不知道该走向何方。

　　孟天慕得知孟若因离开了警备司令部回家，心中当即知晓，她会去给孟天运通风报信，然后只有两种后果，一是两人会再度私奔，那他们不用费劲就廓清了异类；二是中共会想方设法救他们的老大，他们可以一网打尽。

　　与此同时，孟天运也在四处寻找着丁一轩的下落，可是表面上依然一副云淡风轻的样子。他若无其事地走出酒楼，左右张望一眼，朝停在街边的福特轿车走来。

　　他走到车旁，勾腰看了一眼车内，询问车里的孟天许，我让你请的客人呢？坐在副驾座的孟天许说：自流井找遍了，没人知道他去哪儿了！最先去了他的曾万盛盐号，盐号伙计说，曾老板一早出门吃早餐、买报纸就再也没回去过。之后又去了盐业会馆、盐垣，还有盐务局，反正我知道他常去的地方都找了，除非他还有什么隐秘的去处！

　　孟天运一脸着急，孟天许不解，你跟曾老板又不熟，怎么突然这么急着要请他吃饭？

孟天运只好搪塞说，上次曾老板对火锅提了不少意见我都加以改进了，想再请他来品尝、指点一下。

孟天许看孟天运着急的样子，觉得不太像。孟天运只好顾左右而言他，正巧看见一头汗水的魏菜刀连磨刀的工具都没带，脚步慌乱地走进了酒楼。孟天运便把孟天许打发走了，赶紧回了酒楼。

魏菜刀带来了一张紧裹着的报纸，拆开后里面是一只再普通不过的圆口布鞋。他满面悲戚地告诉孟天运，曾老板被捕了，这只鞋是曾老板与他交通员之间的一个暗语。他翻开布鞋，鞋帮内侧写着一个"曾"字。

魏菜刀说，他今天一开铺子就收到了紧急信号，门打开，地面上有一份报纸，他拾起报纸，一封信掉了下来。他再弓腰捡起信，两面一看，一个字迹也没有。信封内也是空空如也，什么都没有。

他立即吩咐家人，说自己要出去一趟。要是有人来喊我磨刀，跟他说家里死人了，奔丧去啦！然后，照事先约定的地方，他找到了丁一轩的随身伙计冬瓜，就是那个交通员。从冬瓜口中得知，今天一大早，冬瓜陪曾老板出门吃早餐。等包子出屉过程中，他跑到街角去买报纸，回来曾老板便不见了。据目击者称，七八名穿便装的人绑走了曾老板。冬瓜追了一截捡到了这只鞋，追出巷口看见一辆车开走，知道出大事了，于是跑来发出了紧急信号。

之后，魏菜刀便没让冬瓜回盐号，把他藏起来了。他一直打听，弄清楚了抓曾老板的，是警备司令部的人干的，人也是关押在那里面。

孟天运沉思片刻，拉开抽屉，拿出稿纸，抬笔疾书。然后，他让魏菜刀明天一早把这封电报发给老家的人，请他们追查曾老板身份是怎么暴露的，同时还要把冬瓜看管好，他出卖曾老板的嫌疑很大。

之后，他又写了一封信，让黄三更马上到湾子井去找李来财，让他连夜上路回一趟竹海，把这封信交给游击队夏政委，要喊游击队下山来想办法搭救丁一轩。

孟若因失魂落魄地走在昏暗的街道上，不知道走了多久，她开始担心孟天运会被吊在刑讯室里严刑拷问，然后笑着跟她说，若因，我这辈子不能跟你在一起了，来生吧！

孟若因潸然泪下，她抹了一把眼泪，再也控制不住自己，拔腿走向了天下滋味大酒楼。

王用之办公室，孟天慕一直派人跟着孟若因，焦心地等待着电话回来告知孟若因的去向。听说孟若因还是去了孟天运的酒楼后，孟天慕喜不自禁猛击一掌，太好啦！终于入我瓮中了！

孟若因将丁一轩被捕之事告诉了孟天运，细密的汗珠已经渗出了孟天运的额头，可他却故作轻松地说道：老五疑心我是共党不是一天两天了，我不信老五他没有证据就敢指鹿为马把共党这顶帽子硬戴在我头上！虽然我在成都帮工那家饭庄的老板是共党头目，可他刚回自流井时，我就同他撇清了这层关系，而且我也相信老五抓走这人不会乱咬，牵扯不到我身上来！

可是，孟若因还是不放心，说五哥已经把这人送到重庆白公馆去了。这个人要是招架不住那里面的刑讯逼供，肯定会供出你来的，二哥！

得知丁一轩已经被送走，孟天运反倒镇定了。他凝视着孟若因，询问你是什么意思？孟若因终于说出：我想跟你一起走，走得远远的，离开自流井这块是非之地！她嘤嘤地哭了起来，一把抓住孟天运的手，让他就像小时候那样，牵着她的手，紧紧地牵住，然后一起走！

良久，孟天运痛楚地把脸转向了一旁，轻轻拿开孟若因的手：好妹妹，二哥我真的想带你走，但不是现在。你想，现在我和你一走，不是等于向老五承认我是共产党了吗？

孟若因不解，说：当年那位敢作敢当的二哥还是你吗？孟天运说，我也给你说句心里话，我渴望跟你在一起，你能等二哥几年吗？很快，一个全新的社会就将来到了！

孟若因难掩失望，但她还是说，那好吧二哥，我信你说的话！

孟天运接着问她，孟天慕是怎么把那个人抓住的？孟若因说稻粱谋饭庄有一叫康三的二灶师傅你还有印象吗？他是王用之的老乡，王用之想吃家乡菜，就把他弄来了，是他认出了丁先生。孟天运闻言狠狠咬紧了牙关。

孟天慕听说孟若因一个人又走出酒楼了，二哥没有跟她一起走，心里充满了愤懑。顾不得王用之说他打草惊蛇的话，连忙夺门而出。

孟天慕来找孟天运，开门见山地提出，你的一位故人出事啦！孟天运故意询问，孟天慕说是曾万盛盐号老板曾肃，此人化名曾肃之前叫丁一轩，是成都祠堂街稻粱谋饭庄老板！已经确认，此公乃中共川南特委书记，任何人都保不了。

孟天运故作惊惶状，说丁先生人不错，待我也不薄，你们是不是搞错了？孟天慕说，错不了！丁书记已经亲口跟我承认，警备司令部的人还在其盐号搜出不少不及销毁的文件，铁证如山。孟天运于是恭喜孟天慕立功了！可是，孟天慕却说，我对立功受奖不感兴趣，我只想拯救一个人，一个代号叫作木铎的中共自流井特支书记。

2

孟天慕始终无法证实孟天运的中共身份，孟天运却为了燕家成和李师傅的事，找到了孟天慕。李师傅自愿跟随儿子去当了壮丁，山西前线打日本人儿子战死，他打残了一条腿，一文钱没拿到不说，还被市政委员会的人羞辱一通轰撵了出来！孟天运说，老五要是不管，我会组织这些伤残士兵和你过不去的！

孟天慕这才知道伤残士兵基金出了问题，他怒气冲冲地叫来老索，可是，老索的证据确凿，都是直指夏青城，却不知该如何处理。孟天慕不苟言笑地放下卷宗，这一回决不能放过这个党国败类！

他让白丁根据卷宗里的材料马上撰写一份布告出来，又让金焘立即领人去把夏青城羁押回来，然后游街示众，就地正法！

老索还是有点担心，夏青城连伤残士兵基金的钱都敢贪污，且数额之巨实属罕见，确应严惩不贷。可他背景深厚，非一般无名鼠辈啊！

孟天慕却咬牙切齿，上次走私鸦片一案的错误不能再犯，让戴宗立即去一趟地方法院，让他们马上整理一套庭审记录和判决书出来！另外，动用合盛公的人作为临时法警！我答应过用他们，这趟差事正合适，以烂治烂！

喧闹的大街上，法警押着五花大绑、插着死囚背标，坐在鸡公车上的夏青城，穿街而过。

围观的赵国梁说夏青城死有余辜！孟天运却感叹国民党根子都烂掉了，才想起来要反贪腐！苟延残喘而已！

十字路口，披头散发的夏青城被押到马路当中，四周围满了看热闹的民众。

身穿警服的孟天宝大声吆喝：夏青城你这狗贪官，还有啥话要说？

夏青城怒斥孟天宝：你个人渣，你的下场比老子好不了！

孟天宝打开左轮手枪击锤：那老夏你就在鬼门关等着我，那时候我们再来比比谁的下场更好！走好！

说罢，他对准其后脑就是一枪，夏青城一头栽倒在地，围观民众发出一阵惊呼之声。

丁一轩被捕后，新的特委书记没有来，便由孟天运代理特委书记一职，他告诉大家，行将就木的国民党当局已经肆无忌惮地把牙露出来了，我们得格外谨慎。特支委一致认为，天下滋味和孟天运已然被警备司令部还有稽查处的特务们盯死，不再适合做交通站，决定废弃天下滋味启用天香酱园铺作为新的交通站。

赵国梁一脸兴奋：太好啦！我闲了好长时间，终于等到有事可做了。工作上有什么具体要求？

孟天运说：非常时期，尽量减少特支委们开会的次数，不到万不得已不要碰面。所有情报书写均采用密语并且用交通员传递。

不久，麦芒给孟天运递出了最后一个信息。木盆中纸币显出几行小红字：速去荣县居先客栈接特派员薄蚀。麦芒字。另，我身已危，中断联系，革命将成，同志坚持！

看着渐渐在盐水中洇开消失的字迹，孟天运的泪水夺眶而出。

居先客栈，孟天运见到了代号叫薄蚀的特派员，却没想到那就是燕知秋。

燕知秋见孟天运张着嘴，不知该说什么，就自报家门告诉他：为了便于在自流井展开工作，我现在更名叫楚逍，清楚的楚，逍遥的逍。我的身份想必麦芒已经告诉你了，有两件事情必须由你帮我办，第一，尽快帮我找一正当职业做掩护，才好立住脚开展工作，中学或者小学教员太显眼，最好不要抛头露面。我曾经学过护理和药剂，如果能安排到药房或者医院，可以戴口罩。

孟天运当即答应，将燕知秋安排到仁爱医院。

燕知秋又说了第二件事：我虽然是特派员，但主要任务是协助你工作，你要把夏楷同志留下的电台交给我，由我负责对外联系。组织上今后给我们的具体任务，一是增强党组织的力量，保卫盐场，迎接解放；二是寻机策反驻防川南的国民党军队起义，就是你大哥的暂编178师。

燕知秋还告诉孟天运：关于丁书记的被捕，你也别太难过，组织上正在设法营救老丁，而解放大军已经渡过长江，其势摧枯拉朽，国民党军队闻风而逃，新中国诞生在即！西南是国民党反动政权盘踞的最后一块土地了，我们要动员一切积极力量保护好自流井的民族工业，防止敌人的破坏，迎接解放！

听了燕知秋的话，孟天运的眼里忍不住闪烁着兴奋的光。

3

阵阵锣鼓声和川剧演唱声隐隐传来。青砖墙上挂着一个三尺见方的水牌，上面写着"'长庆社'莅临献艺，欢迎惠顾。本社台柱花想容、风满楼，今夜倾情演唱全本《绣襦记》"等字样。

文一佳搀扶着青布衣衫的水香伫立在戏报前，水香告诉文一佳，这个长庆班班主我认识，她曾经是孟五德堂的二太太，孟天运的二娘。她想她们怎么说也在一口锅里吃了好多年的饭，应该进去看看她。

　　水香和颂莲重逢。看着水香的模样，颂莲讶异：你也离开孟五德堂啦？为什么事呢？水香很淡然地点点头，却不想深聊，只说路过门口，看见你的戏班水牌，只想进来看看你。上次见你还是在成都的悦来茶园，快十几年不见你了，还好吗？

　　颂莲对好坏不置可否，只问水香觉得我变化大吗？水香端详她，说：没什么太大的变化。颂莲却说，你可变得差点没让我认出来。水香浅浅一笑：长庆社你不是台柱嘛？咋啦？换人了？颂莲摆摆手，老了，唱不动了！现在这台柱花想容是我干女儿，很久以前我和云娃子一起收养的一个孤儿，一手一脚调教出来的；扮相也好，嗓子也好，戏班全指着她卖钱呢！

　　水香又问起云娃了，颂莲脸上极快地掠过一丝阴影，说有天去一人家里唱堂会，那家人点了出武戏，武生打摆子演不了。云娃子只好硬着头顶演，结果从高台上摔下来，把脊椎骨摔断了站不起来了！

　　如今的云娃子，已经是一个头发花白，满脸皱纹的干瘪老头，坐在木制轮椅上，不停地流着口水，颂莲跟他介绍水香，他也毫无反应。水香简直不敢相信自己的眼睛，惊愕得合不上嘴。

　　水香更不敢相信，颂莲已经照顾这样的云娃子有十年之久！颂莲说，出了这件事，我几乎是哭干了眼泪，甚至都不想活啦！可后来我也想通了，我要是一抹脖子死了，云娃子咋办？他也只有死路一条了！好在我能活在他当年眉清目秀的模样当中，这就是我的命，认了呗！

　　水香听了欷歔不已。颂莲说，水香妹妹，你离开孟府肯定也是有故事的。你别紧张，我不会打听具体什么事情的。唉，要说，你和我都是经历了生活磨难的；我经常在想，有些事情你真说不清楚到底是劫难还是缘分！

　　两人正说着，前台传来一阵喝彩声和掌声。她走到门口大声吆喝，让大家抓紧时间去伙房吃饭，吃完饭赶紧来把夜戏再合一下，然后又叫了一声容儿，你过来一下。

　　扮成《柳荫记》中祝英台的花想容脱了戏装，穿着香汗衣走进化妆间。颂莲把容儿介绍给水香，吹嘘这个干女儿，不仅扮相好，人还有灵气学什么一遍就会，天生就是吃开口饭的。

　　她打量着镜子中的花想容，又看了一眼水香，忍不住赞叹容儿长得和水香

二十九

359

还有几分挂像。

水香凑过脸来，端详着镜中的花想容。倏然，她脸色骤变，化妆镜中，花想容左边额头上，赫然有一明显的伤痕。

水香震惊了，着急地询问花想容：这个伤疤是啥时候摔的？花想容莫名其妙，她也不知道，转头又问颂莲。颂莲说：从别的戏班把你接回来时，头上就有这伤疤。水香又询问，还能找着那个戏班吗？颂莲说，哪去找呀？那个戏班当年在自流井买了她不久就散伙了。水香更加震惊，容儿是自流井的人？她当即决定要去问问戏班那人，容儿是从哪家人手里抱走的，然后匆匆离开。

花想容觉得水香好生奇怪，怎么对她这么感兴趣，颂莲却猜了个八九不离十，说她要是没猜错的话，这个三娘多半是你的亲娘！

因为孟天慕怀疑市党部潜伏有共党特工，现在待在办公室里的时间越来越少，谁都懒得见，重要的电报都是由警备司令部电讯股代为发送和接收，甚至连重要的电话，都要上那里去打！

这天，老索特地把孟天宝叫过来，实情相告，说他们市党部的人现在人人自危，如坐针毡，而孟天慕又跟王用之是生死之交。

所以，老索让孟天宝想办法巴结一下五哥眼前的这位红人，最好还能同他捆在一起。

长庆社在自流井一演好几天，这天，花想容扮演的李亚仙和风满楼扮演的郑元和，正在台上演唱着《绣襦记》中"刺目劝学"一折。

舞台下，王用之入迷地看着戏台上的花想容，一旁的孟天宝乜眼瞧着，凑近王用之耳畔嘀咕了几句，王用之露出丝丝的笑意。

孟天宝一招手，伺立一旁的管五爷趋步走近，俯首，孟天宝跟管五爷耳语了几句。

管五爷立身一招手，四五名袍哥跟随管五爷朝后台走去。

管五爷开口就对颂莲说：等一会儿夜戏幺了台，有人要请花想容去宵夜。颂莲紧张支吾，说小女这几天染了风寒，改天行不行？管五爷却说，我看那个小婆娘在台上精神得很，不像有病的嘛？你是想敷衍、搪塞老子？

颂莲连忙摆手说不敢，管五爷却倏然暴怒，一跃而起，掐住颂莲的脖子将她顶在墙角：少跟老子废话！莫给脸不要脸哈！晓得是哪个人想请花想容宵夜不？颂莲脸都被掐变紫了，胆战地摆头。

管五爷说，是警备司令部王司令！要是再从你嘴里挤一个不字出来，老子先砸戏班，再把你甩进班房吃几天不要钱的伙食，你就知道这个不字不是敢随便张嘴乱说的!

花想容从台上下来,坐在化妆镜前一边卸妆,一边拒绝管五爷,说自己今天人不舒服,不去!管五爷先好言劝她去,花想容依然拒绝,管五爷就怒了:莫敬酒不吃吃罚酒啊,不去把你捆了也要去!

说着,他回头使了个眼色。四五名袍哥一拥而上,花想容惊声尖叫,奋力挣扎着,化妆间里顿时乱成一团。管五爷一把将上前解围的颂莲推倒在地,拿个毛巾塞住花想容的嘴,然后让两袍哥抓住花想容的手臂,另外两人抬起她的腿正准备出门。

风满楼握住一把尖刀站在门外,大喝让把人放下!管五爷一愣,没想到一个戏子也敢在袍哥人家门前耍刀,让手下去收拾收拾他!戏班里的人怕风满楼吃亏,连忙将他抱走,一行人架着花想容扬长而去。

孟五德堂大门外,水香偷偷跑回去,碰到出来倒水的德娃子,德娃子看见水香,吓了一大跳。水香让德娃子帮自己去叫汤总管,她有话问他,德娃子却告诉水香,汤总管去年就去世了。水香错愕,又让德娃子去叫裴二娃,得知他也走了,回乡下种地去了。想来想去,水香只好让德娃子去把杜鹃叫了出来。

杜鹃告诉水香,她也不知道,她就跟汤总管把孩子抱去找何先生包了包头。出了半济堂的门,汤总管就不让她跟着,把她给轰回来啦!

水香谦恭地谢过杜鹃之后,嘱托她和德娃子,别告诉大太太我找过你们,然后转身离去。德娃子纳罕地望着水香的背影:都过去十好几年的事情了,三太太咋会突然跑回来问这件事呢?

水香又想去看花想容,可是,走进后院霎时怔住了,颂莲披头散发地坐在后院进入后台的台阶上哽咽抽泣,她告诉水香,你来晚了,我十几年的心血白费了,花想容这孩子也毁啦!

水香听了颂莲的话犹如五雷轰顶,连忙询问花想容的下落,得知是在袍哥堂口合盛公,水香转身,没命似的往那儿跑。

与此同时,风满楼正在没命似的拍着合盛公茶馆紧闭的大门,孟天宝询问外头号丧的人是谁,得知是对花想容有好感的小生,就让人把他弄进来:格老子活腻啦?把他龟儿子吃饭的碗砸了,让他长点记性!

一袍哥猛地将风满楼拽进茶馆,他手里的刀也被孟天宝拿去,嚯!看不出,你还有持刀行凶的胆量嘛?

孟天宝告诉风满楼,花想容从今天起就是王司令的人了,你就莫乱想汤圆吃了!想清楚了点脑壳赶紧走人,孟大爷我放你一马!天下好女人多的是,你何苦……

孟天宝一边说一边拔掉风满楼嘴中的破布，风满楼将嘴里一口带血的唾沫狠狠吐在孟天宝的脸上，骂道：你个畜生！

孟天宝咬紧了腮帮，把破布重新塞回风满楼嘴里，慢条斯理掏手帕擦了脸上的吐沫；再用风满楼那把刀的刀刃，在风满楼脸上一通游走：你娃娃是要为这泡口水付出代价的！骂我是畜生？好，那老子就把你变成比畜生还丑陋的东西，让你一辈子不敢照镜子！

说罢，他招呼四五名袍哥齐齐上前，将风满楼死死地摁在地上，抬起那把刀，朝风满楼俊秀的脸划下去。

一声撕心裂肺的惨叫。

王用之折腾半天，没想到花想容的性子刚烈，死都不从，还在他的肩膀上咬了一口，鲜血淋漓，他只好系着衣扣走下楼来，让孟天宝等那小婆娘把气喘匀了，送到警备司令部来！

心急如焚的水香疯了似的一路狂奔，上气不接下气跑到茶馆门口，用力拍响了门。

孟天宝没想到来人竟然是三娘，霎时愣住了。一脸怒容的水香询问孟天宝，你把花想容弄哪儿去了？孟天宝不解，听说孟家老二给你开了家酱园铺，跟长庆社一戏子有啥关系。

水香怒喝着要找人，孟天宝被呵斥得有点发懵，只好说在楼上。水香冲上楼去，却为时已晚，衣衫不整的花想容已经用一把剪刀戳穿了自己的脖子，血流如注。

水香紧紧搂住快要咽气的花想容，泣不成声地爱抚着：女儿，女儿，你就是我可怜的女儿啊！

花想容竭尽全力睁开双眼望着水香，却说不出话来。水香泪如雨下，呼唤着女儿，花想容竭力想张开嘴说什么，却没有发出任何声音，然后合上眼睛，软了身体。

水香悲惨地叫着容儿的名字，孟天宝跑到门口，愣怔一瞬后赶紧摆脱干系，说这跟我没关系！是警备司令部王司令看上她了想娶她做老婆。这女子怎么就想不明白呢？你想，跟了王长官是什么概念？官太太呀！不比在台上咿咿呀呀、搔首弄姿当戏子强？

水香将花想容轻轻放在地上，就像怕吵醒了她睡眠似的，然后询问孟天宝那个姓王的畜生在哪儿，她要去找他偿命！

孟天宝有些慌神，劝三娘乱来不得，警备司令部不像我这儿，你可以随便打进打出！再说了，哪个看到是王长官糟蹋了花想容？是她自己想不开嘛，算了吧算了吧，我现在就喊人去买副棺材，再给戏班一笔钱，事情就了了。

水香对孟天宝瞬时变换的流氓嘴脸惊愕不已，她怒从心头起，恶向胆边生，一跃而起冲到孟天宝跟前一把拽住他的衣领：我当年怎么会捡回你这个坏蛋！

孟天宝依然辩解着，说：三娘，这个花想容是你什么人嘛？一副拼命的样子？莫非她是你老人家的私生子不成？对了，我想起来了，听四哥说过，三娘当年在成都跟一白面书生是风流过的，花想容该不会是你们两个整弄出来的孽种吧？

水香像一头被激怒的母狮，张嘴便朝孟天宝的脖颈处咬去。孟天宝吃痛不住，号叫着将水香奋力一推。水香踉跄着撞向门外围栏。

围栏碎了，水香重重地摔在一楼店堂内，不再动弹。浓稠的鲜血，缓缓地从水香头部溢出。

4

这晚，文一佳见水香一直没回来吃晚饭，以为是班主留她，也就没在意。可越等越觉得不对劲，才跑到盐业会馆去找。班主说，她听说花想容被堂口绑走，发了疯似的去堂口找人去了！

文一佳情知事情不妙，就立即去找了孟天运、孟天慕、孟天许和孟若因，五个人脚步慌乱地赶到堂口，正巧看见了这一幕。孟天宝毫不在乎地让管五爷去买口大点的棺材，把两个人装一起，找个荒坡埋了！孟家兄妹和文一佳出现在门口。

孟若因看见水香的尸身，一声惨叫，回身紧紧抱住孟天许，失声痛哭。文一佳一把捂住嘴，没让哭泣声发出来。孟天运三步并作两步跑上楼去。孟天许满脸悲怆。而孟天慕双眼则似要喷火。

孟天宝一脸无辜，继续替自己开脱，五哥！绝对不是我干的呀！我敢赌死咒，跟我没关系！三娘她跑来管我要人，我哪知道花想容跟她的关系呢？她一看花想容自己抹了脖子，一下子就疯啦！大喊大叫撞栏杆上自己摔下来的！你看嘛，把我这儿还咬了一口，差点把肉咬一块下来！

孟天慕走到水香身旁，一声不吭脱了外套，轻轻搭盖在水香头上。

二十九

孟天运抱着花想容走下楼，盛怒道：老三，去把你的车开来，三娘和她女儿我要带走！

孟天许扶着啜泣的孟若因转身离开。

孟天运将花想容轻放在水香身旁。他直身，愤怒地指着孟天宝的鼻子：你这畜生都不如的东西！三娘把你捡回孟府，待你如同己出，你却把她活下来的唯一希望给毁了！

孟天宝还欲辩解，孟天慕扬手，一个重重的耳光扇在孟天宝脸上。孟天宝一个趔趄被打蒙了，他捂脸愣了片刻，倏然作怒：有话说话，五哥干吗动手啊？哪个怕哪个！他说着，从后腰掏出左轮手枪。孟天慕一把抓住孟天宝的手，回手一翻，卸掉了他手中的枪；再一肘击其下颌，趁孟天宝捂面，脚下又是一扫。孟天宝重重地摔倒在地，呻吟不止。

孟天运咬牙切齿：老五，这种人渣就不配活在世上！你如果还想让他苟活着做你的帮凶、走卒的话，我是不会入殓三娘母女的，与你也绝不会善罢甘休！

被孟天慕踩在地上，满嘴是血的孟天宝，口齿不清地告饶，可是，孟天慕的目光也渐渐显出几分狰狞。

这件事情过后，长庆社一行便随即离开了自流井。吱嘎吱嘎的车轮辗过湿漉漉的石板街面，一前一后两辆骡马大车拉着戏班的衣箱、道具，穿街而过。

后一辆车上坐着脸上缠满纱布、失魂落魄的风满楼，最后是一辆黄包车，坐着神情恍惚，紧紧搂着云娃子的颂莲。个个都是脚步蹒跚，神色凄惶。

王用之跟孟天慕承认罪行，说自己是喝了酒，酒后一时没控制住自己，孟天慕把他喊至自己跟前，用令人胆寒的目光注视对方。

孟天慕要王用之出面公开枪决孟天宝之前，武力解散合盛公这个非法社团。如有负隅顽抗者，杀无赦！而他这条命，是暂寄在他手上的，得靠自己挣回去！

王用之答应：从此以后，你指哪打哪，绝无半点迟疑。

处决孟天宝的场面也是人山人海。五花大绑的孟天宝嘴里横塞了一根木棍，两端用棕绳系在后脖子上，使其不能发出声音，后背插着死囚标。

他眼含着泪，满脸不忿，呜呜地发出哀鸣。孟天宝身后不远，五名宪兵整齐举枪，拉栓上膛。王用之一挥手，五支步枪齐射，孟天宝一头栽倒在河滩上。

5

一天，孟天许的儿子东儿突然生病，浑身烫得跟要着火似的，嘴上还喊冷，浑身都在发抖！孟天许怕他得了天花，要是出天花可就麻烦喽，赶紧把他送到仁爱医院。

他吩咐曹大欢留在家里主事，要是孩子得的是天花，他用过的所有东西都得处理掉，房间也得彻底消毒！曹大欢怏怏地关上车门，目送汽车启动开走。

好在，金发碧眼的梅医师很快便证明东儿得的不是天花，就是普通的感冒发烧引起了肺部感染，住院治疗再观察一段时间就好了。

孟天许大松了口气，拿着梅医师开出的昂贵药单去药房取药，结果没想到，一个熟悉的声音从小窗口内传来：这两种药一定不要过量服用；还有这种药，一天只能吃一次。

孟天许低头循着声音朝药房小窗口望去，戴着大白口罩，只露出一双眼睛的燕知秋正好抬头。四目相对，两人都是浑身一颤。孟天许脱口而出，叫出了燕知秋的名字，燕知秋赶紧将食指竖在口罩外制止孟天许。她低头在一张纸上草草写了几个字，递出窗口后随即离去。

孟天许低头看那纸条。纸条上草草写着：后花园见。

后花园，燕知秋告诉孟天许，自己回来有一阵子了。她现在不叫燕知秋，叫楚逍，若在公众场合碰见，别叫错了名字。

孟天许当即明白她是北边下来的人，他问她还走吗，燕知秋说，全国即将解放，自流井需要建设，我要留下来，而且还有很多事要办，希望能得到你的帮助。

孟天许问什么事，燕知秋就说，听说你有一辆汽车？明天开车送我去一趟叙府。我还有话，路上跟你说！

第二天，孟天许一早便开车出门，曹大欢不理解他干吗这么早出门，狐疑着追撵了出去。

只见孟天许把福特轿车停靠在狭窄的路边，然后不时探出头来前后焦急张望。不一会儿，一个女人拎着小皮箱走近车旁，孟天许接过女人手里的小皮箱，同女人低语两句，女人弯腰钻进车内。

她在进入车厢之前的一回脸，曹大欢差点叫出声来，因为她发现，那是燕知秋。曹大欢不解，她怎么又回来了？

福特轿车沿着蜿蜒的公路缓缓驶来。路上，燕知秋告诉了孟天许，千鹤的消息。

燕知秋说，我正式得到这消息是在抗战胜利之后，他们在华日人反战同盟一位翻译告诉我的。他们是在从寿阳往盂县转移的路上遭遇到了日机轰炸，随即遇难的，就地掩埋的。

得知这个消息的孟天许不得不把车停在路边，下车疾步走到马路边扶住一棵大树，失声痛哭。

燕知秋也下了车，她静静地走近孟天许身旁，劝慰道：天许，我也替你感到很难过，一个日本女人，为了中国人民的民族解放，长眠在这块土地上，值得我们去敬仰和缅怀！

孟天许抹了一把泪水：等不打仗了，天下太平了，我还是要把她移葬回日本去！

两人沉默片刻后燕知秋说：我听天运讲了不少关于你的事情。你能始终保持一颗纯洁的爱国之心与我们站在一起，令我无比欣慰。天许，你失去了妻子，我也失去了弟弟，我们都化悲痛为力量吧！让我们一起为一个崭新的中国即将喷薄出世而努力，并以此来告慰那些为了这个伟大理想而献身的烈士们，也告慰你的妻子，告慰我无数的亲密战友。

孟天许望着燕知秋，怅然无语。

叙府，孟天成见到燕知秋，首先介意的就是她让老三送她来。燕知秋端着一杯茶，打开了收音机开关，在周璇嗲声嗲气的歌声中说：我让他先回去了。火车或者长途车上的密探少不了，让他送我来是相对隐秘的一种方式。

两人说了一些关于燕老先生的话，孟天成又问燕知秋，我们在山西古城边分手时，我曾托家成问过你的话，他说你啥也没说，那么，你现在还是一个人？

燕知秋点点头。孟天成说：我老婆亡故了，我也是一个人。不像老三，日本老婆遇了难，自流井还有个曹大欢。知秋，能与你再续前缘一直是我的梦想。我知道，你曾经跟老三情深意浓，我们三人之间还发生了那么一场冲突。现在人是物非，你在我和老三之间如何选择？

燕知秋淡淡地笑了笑：在古城边，我曾跟我弟弟发过誓，革命不成功，绝不考虑个人问题！

孟天成疑惑：那你回到家乡，又专程来叙府是为了……

燕知秋：我来叙府见你，不是来讨论个人感情纠葛的。我要谈的这个事很重要,而且还有一人等着见你呢!

燕知秋带着孟天成来到长江边上,孟天运早就等在那里,又是一番掏心掏肺的劝说和解释。道理孟天成都懂,形势也了然于胸,可是,孟天成心里还是有顾虑,历史上他是打过共产党的。围剿川北红军吃了败仗,可百丈战役他是杀过不少共产党人的,能得到谅解?能轻易放过他?

孟天运跟他保证:这你放心!率部起义得到谅解的你孟天成不是第一人,也不会是最后一人。既往不咎是我党一贯的政策,只要你爱国,只要你能和反动势力决裂,就是共产党的朋友!除此之外,孟天运还告诉孟天成,你想替别人卖命,可人家始终是防着你这支暂编178师的,据我所知,大哥你的一言一行,每周都会有一份报告出现在国防部第二厅的办公桌上!

孟天成愕然,这才知道,原来自己已经被人监控了!

孟天运说:大哥你没想到的远不止这些呢!在人心向背、大势所趋的形势下,连号称固若金汤的长江天堑都让解放大军摧枯拉朽一般攻破。若还执迷不悟,盲目认为能够固守住西南一隅,就叫不识时务了!

孟天成也说,不瞒你们说,这些日子我每天都在思索,国民党几百万军队,不到两年时间竟然都打没了,看来的确是没前途了。当年在山西打日本,狗日的就排斥异己,让我的部队像叫花子一样穿着草鞋、短裤在雪地里和日本人干,还是共产党八路军不计前嫌给我送来棉衣,那份情义我孟天成至今难忘!好!孟某人决定了,不再为蒋公抬轿子,率部易帜,不做历史罪人!

燕知秋和孟天运喜形于色,等的就是孟天成这句话,而关于下面的具体行动方式,则还要请示上级。孟天运说:鉴于现在安插进你部队的特务实在太多,千万不要流露出意图。做好你身边亲信和嫡系的思想工作,讲清楚起义是必由之途。待时机成熟,等候我给你的指示,即在叙府易帜起义。

聊完了这些,燕知秋又要回自流井了,她得回去通过电台跟上级联系。孟天成很不放心,老五孟天慕现在已然变成一个冷血动物,燕知秋的身份又是公开的,他怕她回自流井不安全。

燕知秋说,她这次回自流井除了策动孟天成起义之外,还有一项任务是要和自流井的同志们一道,将一个完好无损的盐场交给新中国!他们担心,有人狗急跳墙了,要毁自流井。

孟天成却不管不顾地追问燕知秋:我归顺了共产党,你是不是就可以嫁给我了?

二十九

367

三十

1

看到孟天许把燕知秋送走的并不止曹大欢一个人，戴宗也发现并且跟孟天慕汇报了这一情况，并在随后监听了孟天成和她的对话，只是燕知秋很聪明地打开收音机进行干扰，说到紧要处还调高了音量；显然，她非常清楚有人监听。所以戴宗截听到的只言片语，没有任何价值。

戴宗推测这个女人不是寻常人物，孟天慕突然说：几年前你让手下写的那份三哥孟天许率慰问团去延安的报告，前一部分当中，有八路军派了一名女教官去川军独立旅的内容。孟天慕明白了，如果自己判断没错的话，这名女教官和这位神秘女人很有可能就是，三哥的初恋情人，大哥的未婚妻，开蒙先生的千金，还与他同窗共砚好几年的燕知秋！

孟天慕觉得燕知秋这个时候的出现非比寻常。此人也绝非等闲之辈，不会是大哥当年没过门的媳妇跑回来要再续缘分那么简单，很有可能是共产党在打暂编178师的主意了！国共开战以来，已有不少国军部队在中共策反下起义或投诚，若暂编178师出了问题，川南可就门户洞开了。孟天慕让戴宗赶紧去白丁那儿把这份报告找出来！同时，他还让老索准备一辆车，要亲自去一趟叙府！

叙府，孟天成告诉孟天慕，燕知秋确实来过，现在他让勤务兵陪她下重庆采购婚庆用具去啦！他只是很惊奇，孟天慕居然监视他。

孟天慕赶紧否定，轻描淡写地说：我哪能对你干这种事。是保密局给我打了电话，让我过问一下燕知秋的行踪。不过，对于燕知秋真跑回来跟大哥再续前缘，他还是感到有一点不可思议，毕竟他的身份是八路军的政治教官。

孟天成解释说：这几年里，燕知秋负了伤，也见过太多的死人，心生倦意，脱离部队，便想回来做官太太啦！那年我们在黄河古城边上分手时，她就对我表达了这种意愿。没你想的那么复杂！

孟天慕还是疑心燕小姐突然间跑回来嫁大哥，有不纯的动机，能够引起保密局关注的人，不会是寻常之辈！

孟天成被孟天慕的话激怒，一拍桌子道：他妈的！老子好不容易守来自己喜欢的人，未必那帮人还敢跳出来阻挠老子娶亲不成？

孟天慕连忙摆手，大哥息怒，息怒！我看他们也没这意思。不过，我倒是要给大哥提个醒，共党是穷人党，难改壮大之后初贫乍富器小易盈的本质！你是在百丈战役立过战功的，谁能保证这场让共军蒙羞的战役不让彼耿耿于怀、什么时候又翻出旧账来清算呢？大哥，事关你的身家性命，得仔细掂量清楚了，别受人蛊惑而若干年后懊悔不及！一席话说得孟天成沉默不语。

回到自流井，孟天慕分析，燕知秋很有可能化了名，已经不叫燕知秋了。他让戴宗和金焘把手下分到若干个区域，要像箧子箧虱子一样，把这人箧出来！

正说着，警备司令部来电话，电讯股股长李小姐说她上周在侦测台上偶然发现了一个从未出现过的无线电台呼号，17千赫波长是固定的，可通讯时间并不固定，所以并没引起注意。结果前两天，这个呼号又出现了，而且接连两天都准时开机通讯。她判断不会是一般的电台，而通讯时长都在半小时左右。此人发报手法不是很专业，但从收发报时间上来分析，发出和收到的电文内容应该都在两百字符以上，这可是他们目前截获的电码里很少见的。

孟天慕推测这个神秘的发报人，很有可能是共党高层派来的特派员或者是接替被抓捕的川南特委书记职位的，他问李小姐，如果这个电台今天准时开了机，你有把握在半小时之内找到它的位置吗？

李小姐说，自流井范围太大，方向、位置侦测到以后，才能用信号定位仪由远到近找出电台所在地。恐怕时间不够。

孟天慕说，那我可以给你划定一个区域，让部里给你准备一辆车，把侦测台搬到车上去，随时待命！此事要在绝对隐秘情况下进行，不可走漏半点风声，这可是为党国再立新功之绝佳机会！

除此之外，孟天慕还交代李小姐，把这个神秘的无线电台呼号、波长告诉你的手下孟若因，只是别告诉她通讯时间，让她守在机房把发报人所发电码抄收下来，准备破译密码。还有，让王用之分出十个人手来，把天香酱园铺那个姓赵的瘸子盯死了，此前对此人的判断可能有误。捕获共党川南特委书记当晚，他声称进货连夜赶往竹海的举动很不寻常。现在回想起来，多半是赶去通风报信的！

孟五德堂，德娃子拎着一个五层食盒匆匆往大门外走，被曹大欢拦住，之前杜鹃已经给少爷送过饭了，曹大欢问德娃子这是给谁送的，又是水煮牛肉，又是麻辣豆腐，又是宫保鸡丁之类的家常菜肴？德娃子被曹大欢逼得没办法，只好承认是少东家吩咐的，送给仁爱医院药房的一个女药剂师，但具体是谁，叫什么名字，德娃子一概不知道。

孟天慕回来找孟天许，得知东儿生病住院，便跟曹大欢有意无意地问起，他在街上遇上一人，很像燕知秋，她回来了你知道吗？

曹大欢脱口而出，你也碰上她了？孟天慕心中知道看来燕知秋是真回来了，便继续询问是否知道她在哪里。我是坐车上看见的，一晃而过，我三哥不会跟她旧情复燃吧？曹大欢醋意顿生道，那可难说。说不定，两人正在医院药房互诉衷肠呢！孟天慕说三哥这就不对了，吃着碗里看着锅里，我得说说他去！说完拔腿便走了。

仁爱医院，孟天慕带着果篮来了，德娃子连忙到药房告知孟天许，孟天许让燕知秋赶紧到别处转转，别着急回病房。燕知秋预感不好，怀疑自己的行踪是不是暴露了，虽然自流井知道燕知秋长啥样的没几人，可是她现在还不能撤，有一封电报必须今晚发出，午夜过后她才能撤。

孟天许只好答应，那他先去把孟天慕给搪塞支走。孟天慕在东儿的病房里给东儿讲笑话，孟天许去将他叫出来后，一脸怒气地问他：你在发什么神经？燕知秋在哪儿啊？满大街捕风捉影地搜查，有病啊？

孟天慕也说：你别跟我演戏了。你开车送燕知秋去了叙府大哥的兵营，不是秘密。孟天许说，你既然知道她的去向，还搜查，用意何在？孟天慕说，我是公事人，上峰来了饬令，样子总得做做吧！再说了，据说她是中共派来的说客。孟天许不屑，贵党真是虚弱，一个弱不禁风的说客都如临大敌？孟天慕赞叹孟天许说得好，其实他也在反思，反思之后决定，撤了所有的监视！

孟天慕之所以撤监，是因为当晚有李小姐戴着耳机背着侦测仪、手拿天线，四处测探。果不其然，发射点就是在仁爱医院的燕知秋宿舍内，王用之一挥手，隐蔽在暗处的十几名军警蜂拥进医院大门。

闯进宿舍后，发现黑黢黢的房间里有微弱的小灯在闪烁，房间内空无一人，而后窗户，却洞开着。就在大家都以为燕知秋从窗户跑了的时候，孟天慕拿手电筒四处查看，认为这个后窗下面足有四五米高，她不是从这儿跑的，然后他返身摸了摸来不及关机的电台，确定人还没走远，将目光集中在一衣柜上，他举枪打开衣柜，里面只挂了些女人寻常的衣物，就在他正要关上衣柜，突然发现了衣柜下层有一显眼的脚印。孟天慕三下两下扯开衣物，衣柜后面的墙上赫然有一大洞。有人告诉孟天慕，衣柜后面是堆杂物的仓库。很显然，燕知秋是从这里跑了。

　　一直追到医院门外，只得知刚才有一个穿风衣戴礼帽的男人出去，孟天慕怒骂手下那就是女扮男装的燕知秋，他让一组人留下仔细搜查她的房间，其余的，全城搜捕此人！

　　这晚，从仁爱医院回家的孟天许告诉曹大欢，千鹤逃出自流井去山西当了日本八路，在转移的路上，被日本飞机炸死了。孟天许说着说着，泪水情不可抑地夺眶而出。曹大欢也手脚无措，走近孟天许身旁，拿出手绢递给孟天许。

　　曹大欢爱抚着孟天许的头，询问是燕知秋回来告诉你的吧？孟天许惊讶，你怎么知道燕知秋回来了？老五也说他看见了。孟天许愣了，他猛地站起身来，担心老五说不定已经返回医院抓人去了！他拔腿就朝外走，曹大欢跟着，孟天许指责她，如果这事你是有意为之的话，那你就太不善良了！

　　两人刚走出前院，啪啪两声枪响，紧接着远处响起阵阵吆喝声。

　　孟天许一惊，急忙往大门奔去，一阵杂沓脚步声之后，大门外的门环被人拍响。德娃子拔掉门闩，神色惊慌的燕知秋推门便入，她迅速看了孟天许和曹大欢一眼，说道，天许，他们把自流井封死了，我无处可去了！你能找个地方把我藏起来吗？

　　德娃子又迅速返身插上门闩，孟天许要带燕知秋进去，曹大欢却叫住两人，要跟燕知秋换了衣服、帽子。燕知秋怔了一下，才反应过来，迅速脱衣摘帽，递给了曹大欢。

　　孟天许拉着燕知秋迅疾消失在黑暗中。曹大欢则穿上风衣，戴上礼帽，吩咐德娃子，等会儿有人敲门，让他们多敲会儿，看见我给你手势再开门。

　　孟天慕也思忖着，现在的燕知秋犹如惊弓之鸟，全城搜捕的情形下，料定她只有一处地方可去！

　　孟府门口，孟天慕跟王用之说，这是自己家，家母尚在府内自己须回避，还是请你领弟兄们进去抓人吧！我去另外一处地方，守株待兔！

　　王用之带人把孟府大门拍得山响，曹大欢则过了好大一会儿，才给德娃子挥了一下手，放军警们进门，听到王用之询问穿风衣的人，她一闪身，消失在偏院，引军警们蜂拥去追。

　　孟天许则把燕知秋带到了后院柴房，抱开几捆柴火，揭开一块壁板，现出一个暗道。他回过身：这是孟家早年间为防棒老二挖的一条暗道，可以通到附近一座盐井的天车下，而且孟天慕应该不知道，是日本人轰炸自流井时大娘才告诉他的，他以前也不知道。

三十

371

孟天许催促燕知秋快走,他还得回去看看曹大欢。

身穿风衣的曹大欢在偏院、中院、后院,时而消失,时而闪出身影。一帮军警在迷宫似的孟府里,没头苍蝇般乱窜,孟府上下乱成一片。

后门,曹大欢轻轻拉开门闩,准备出去,一支泛着蓝光的手枪伸进门来,孟天慕已经等在那里,说燕小姐,孟某人在这里恭候你多时啦!许久不见,孟某只是想请你去叙叙旧而已。不愿抬头示人,莫不是变得面容全非啦?

等孟天慕问完这一句,曹大欢才笑吟吟地抬起头来。孟天慕大愕:怎么会是你?三嫂,燕知秋呢?你怎么穿着这一身?

曹大欢说,谁规定我不能穿这一身?躲开,我还有事呢!言毕,她用风衣一拂孟天慕的枪口,顺势一把推开孟天慕便要出门。

王用之忙不迭地赶到,举起了枪。在孟天慕大叫别开枪的当口,王用之一枪打中了曹大欢,他以为曹大欢要抢孟天慕的枪。

孟天许急急忙忙跑来,抱起了曹大欢,她的前胸已经被鲜血浸透,孟天慕面色难堪地解释说是意外,赶紧救人,赶紧送医院。可是,曹大欢嘴唇已经慢慢变紫,她跟孟天许说:我好冷,你抱紧我,我有话跟你说。

曹大欢哆哆嗦嗦地说:当年你和燕知秋私奔,是我告的密,孟千鹤是日本人,也是我说出去的!为了燕知秋,你记恨了我一辈子。我心里内疚,一直想找机会还给她,没想到今天我是拿命还的!天许,我不想死,我不想就这么死了!我欠她们的还了!可是你这辈子欠我,欠我你知道吗?你得还啊,我等着让你还!

曹大欢的声音越来越小,慢慢地表情凝住不动了,瞳孔一点点地散开,空洞的瞳孔似乎装不下此生这个女人所有的爱恨情仇。

孟天许抱着曹大欢,失声痛哭,悲痛欲绝。

坐在雪佛兰轿车内的孟天慕以手扶头,有军警来跟他汇报,把所有地方翻遍了,没找到人,更没找到密码本。孟天慕不相信,怎么可能?没有密码本,电台就是一堆废铁!王用之怒斥手下,让他们挖地三尺,也要找到。

孟天慕突然悟到了什么:等等!我知道她把密码本藏在何处了!他把手一挥,轿车急速启动,车轮卷起一阵尘烟。

至味山房门外,孟天慕、王用之领着大群军警前来。孟天慕轻轻推了推紧闭的大门,回头说道:我先敲开门来文的,要是老先生不买账,你再带人动武!

王用之点点头,后退了两步。

孟天慕轻轻敲响了门,跟里面的燕先生说,黉夜造访,有一件东西,知秋说寄存在您这里，托我来取一下。

屋里，燕先生让他一边等着，一边不慌不忙地将一个瓦罐里的液体淋遍屋子的各个角落。燕知秋确实将一紫红封皮的小本交到燕伯卿手中，还交代他说，这个小本子关系到咱们老百姓能不能过上好日子。你一定要给我保管好，命丢了也不能让它落在外人手上！

燕老先生说到做到，拿起一盒火柴，神定气闲坐在房间正中一把椅子上，等孟天慕他们进来时，他的手一松，燃烧的火柴落地，整个房子轰的一声爆燃，熊熊火光中依稀可见燕伯卿又露出了他那矜持的笑容。

孟天慕等一干人被大火逼出了房子，逼到了街角。望着那能够吞噬一切的冲天火焰，孟天慕的脸由狰狞变得无奈，变得失落。

2

孟天慕也在积极为最后的对决作准备，他听说盐场总工会组织了一个护场队，总共有四五百人，武器是让铁匠铺打了几百把梭镖和大刀片子。孟天慕不屑道：哼，大刀、长矛也敢跟枪炮叫板抗衡？

他又询问对盘踞在竹海一带土共的清剿计划出来了吗？金焘说，据悉，这帮土共也就百十来人，还没做到人手一枪的地步。我打算只动用保安团的人马前去清剿，足矣！

孟天慕叮嘱他不要轻敌。还是请警备司令部王司令派一个连的正规部队主攻，保安团协助清剿。他们在那里盘踞多年，地形熟悉，一网打尽的可能性不大，但至少要把他们撵出川南去！

见白丁神情委顿、无精打采，孟天慕询问他是否还在为换了密码而没及时通告他闹情绪？白丁嘴上否认，可还是瞒不过孟天慕的眼睛，白丁只好承认，他是在担心党国形势危如累卵，前程渺茫了，自打年初蒋总统通电引退以来，行政院长孙科宣布迁政府于广州，代总统李宗仁坐守南京总统府，而国防部却在上海掌管军事局面。造成的局势就是现在这样，金融紊乱，物价疯涨，经济崩溃，而战场上又节节败退。

孟天慕不想听白丁继续说下去，大声喝止，然后说，哪怕就是武汉失守了，北有秦岭、大巴山脉，东有三峡、乌江阻断，日本人连半只脚都未踏进过川省，他共军的装备和战斗素养还能比日本人更胜一筹？总裁提出固守西南不是虚妄之词！

众人闻言不语。孟天慕又把李德贵找来，拿出一张记着李德贵所有坏事的账，要挟他道：不要以为只有我给你记了账，隐藏在自流井的共党，同样记着你的账，现在的时局迷离扑朔很难说，未雨绸缪总是没害处，一旦国军防线顶不住，共军攻进了四川，绝不会放过作恶多端的你！

李德贵被说得满脸僵硬。孟天慕拉开抽屉，拿出一张委任状：我给你找了件护身符。现在我任命你为"川南游击挺进军"第一路纵队中校司令官。迫不得已，就跟我上山打游击去！除此之外，你从保安署到警察局干警务干了二十多年，自流井该比谁都熟悉！

孟天慕摊开一张地图，让李德贵在那上面，把水厂、电厂、邮局、粮仓以及产量高的所有盐井盐灶等重要的处所都标注出来，警备司令部的人会根据标注，埋上炸药接上电线，情势危急只需一个指头，便可把这座城炸成废墟，给共党留一堆过冬烤火的木炭！

李德贵听后感到不寒而栗。

初五，是中共自流井特支商量好接头的日子，今天魏菜刀要来天香酱园磨刀，天下滋味的人也要来取货，可是，文一佳却病了，额头烫得不行，赵国梁担心不已，不想等在家里，就打算出去到何先生那儿再给拣一服药回来。

买完药，走过一个路口时，赵国梁迟疑了一下，看看天色，稍作思忖，退回去拐弯而行。

赵国梁来到魏菜刀家大门街对面，停住了脚步。他左右张望了两眼，一屁股坐在地上，脱掉鞋子，假意抖落沙石，观察人迹寥寥的街面。

有顷，魏菜刀送一客人出来。赵国梁似乎下定了决心，撑起身体，朝魏菜刀家走去。刚刚回到堂屋的魏菜刀回头，看赵国梁进来，脸色大变，故意高声打招呼，赵国梁则笑嘻嘻地说，我是来取刀的，走你家门口路过，免得你再跑一趟了嘛！

魏菜刀并没称谢，而是黑着脸把赵国梁带进了厨房。赵国梁跟魏菜刀解释，之所以违反规定，自己过来取信，主要是因为老婆病了，着急回家给她熬药，保证不会有下次了！

魏菜刀一边蹲在地上往刀柄内塞纸条，一边厉声斥道：什么叫几年了都没事？胆子太大了，你这是严重的违纪行为知道吗？这件事不能不了了之，我必须向组织汇报！

两人正说着，突然冲进来几个人，有算命的，有行乞的，气势汹汹地说：都别走！也不用去向你们的组织汇报啦！

魏菜刀、赵国梁大惊。赵国梁愣了一瞬，正欲将手中的纸币往嘴里塞，算命先生一个箭步上前掐住了赵国梁的脖子，其余几名特务蜂拥而上，将赵国梁、魏菜刀摁倒在地。

来人是孟天慕分别安排在天香酱园铺瘸子掌柜和盯守魏菜刀家的两组不同的特务，今天因为赵国梁违反规定，自己跑到魏菜刀家来，两组人或许为了争功，不及请示擅自冲进家门，才抓住这两名共党并缴获不及销毁的情报，有了今天的斩获。

孟天慕得知消息后，立即让手下封锁消息，把赵国梁和魏菜刀带到警备司令部，亲自审问。他也这才明白过来，酱园铺，酒楼，通过磨刀匠连成了一条线，魏菜刀无疑就是他们之间的交通员！他感觉自己似乎已经站在木铎的门外，只差一把开门的钥匙了。

从赵国梁嘴里挖出来的纸条，两寸宽、三寸长，摊展在桌上，上面用阿拉伯数字写着：1846541981230962117376 91……

孟天慕审问与这些数字对应的书籍，赵国梁和魏菜刀死都不肯说，魏菜刀还把自己的舌头给咬了。为了撬开赵国梁的嘴，孟天慕觉得不能一味只靠刑讯逼供，得找出对方身上的软肋！他想赵国梁年出四十身有残疾，能娶到出尘脱俗的文小姐当是倍加珍视的，从她身上想想办法或许能事半功倍。

于是，孟天慕当即派人去编一个套子把文一佳哄到警备司令部来，别让任何人发觉。否则，自流井共党有可能闻风作鸟兽散！还有，调人把那家酱园铺彻底搜查一遍，酱园铺的人也押回来，换上你的人，让酱园铺照常开着！

天香酱园，换了身伙计衣衫的算命先生骗文一佳说赵国梁在城外出事了，急忙要带文一佳去现场，文一佳上了他找来的黄包车，却被拉进了警备司令部。

随后，黄三更去天香酱园铺取货，因为之前去炭场买炭，所以耽误了一会儿时间，等他再赶到酱园铺时快晌午了。令他感到奇怪的是，以前柜上就一名伙计，可今天他赶到时，前厅柜房居然蹲了五六个人！柜上的人告诉他，赵掌柜去内江买黄豆了，文小姐生病了，黄三更听着觉得不对，就说自己是从内江赶来收黄豆账的伙计，吵着让他们付钱。他们二话不说便把黄三更给轰走了！

逢五逢十黄三更取货的日子，赵掌柜一般不会出门，即便出门也会留下暗语。按道理，他更换伙计会在事前知会，估计十有八九是出事了！

孟天运又猜不准会出什么事儿，只好说等魏菜刀来磨刀时，问问情况。

赵国梁被打得遍体鳞伤、满脸血污，艰难地睁开肿成一条缝的眼睛。孟天慕进来后，故作惊讶地问怎么把人打成这样啦？赶紧放下来！又是喂水又是安抚，之后，孟天慕坐下来，看着赵国梁，问他，能告诉我你现在的感受吗？我想听你的真心话，你我好歹同窗数载有共砚之谊，当坦诚以待的。

赵国梁回答：很多年前，当我被拘押进你家井上踩碓板还账让碓板打断了腿之后，任何肉体上的疼痛都不足以让我屈服！听说他们还想再给我上一套刑具，我愿一试，来吧！

孟天慕叹了口气：我非常钦佩你们共产党人的坚强意志，但你们也不是机器，你们是有血有肉有情有义的人。否则怎么会有贵党周文雍、陈铁军那感天动地的刑场婚礼？怎么会有贵党陈觉、赵云霄临刑前写给女儿的那封铁石心肠也会动容的遗书？我相信国梁你也是个有血有肉有情有义之人！

赵国梁为之一颤，两名特务上前，扭住赵国梁的胳膊，将他拉到一扇小窗户前。王用之说，我们有幸邀请了你的家人来劝劝你。

隔窗只见几名特务正在另一间审讯室将挣扎的文一佳往一张椅子上捆绑。文一佳高声叫嚷，这边的赵国梁也挣扎着大叫。

王用之又让人把赵国梁拉回来，说放过你媳妇是有条件的，只要你答应跟我们合作，当然就能放过他。

赵国梁像一头被激怒的野兽，号叫着。那边，文一佳的咒骂、尖叫声，也一声紧过一声从另一间屋清晰地传来。

孟天慕淡淡地提醒他：主义信仰是为别人，婆娘才是自己的。

耳听着文一佳衣服被撕扯的声音清晰传来，但她的咒骂依然不绝于口。赵国梁眼中的愤怒神色渐渐熄灭，他再也挺不住，彻底崩溃了：放过我老婆，你们想知道什么，说吧？

孟天慕赞叹赵国梁够明智：先来第一项，数字密语对应的书籍。

赵国梁回答：是民国三十五年版蒋委员长写的那本《中国之命运》。

孟天慕自嘲自讽地咧嘴笑了一下：高明！随即让手下译出了纸条上写的是：速遣人去荣县居先客栈取电台密码本赓即送竹海转交薄蚀。木铎。

然后，孟天慕又让王长官请赵国梁沐浴更衣，他要一网打尽中共自流井特支，便让赵国梁逐一发消息，将他们约到预定的地点召开紧急会议。

却没想到，算命先生和乞丐给衣不蔽体的文一佳松了绑，文一佳猛地推开算命先生，一头撞在青砖墙上，霎时瘫软在地，鲜血慢慢流溢出来。

目瞪口呆的特务们面面相觑。孟天慕得知文一佳死讯后勃然大怒，立即让手下封锁消息，尤其不能让赵国梁知道这件事。他想起当年在回自流井的火车上，曾与文一佳相遇，文一佳机智地躲过军警的调查，如今却落得这样的下场，不由心寒，吩咐买口好一点的棺材，厚葬！

孟若因手拿一份文件夹走出电讯股，突然她愣了一下。她看见众人将头缠纱布的赵国梁带到楼上。孟若因狐疑起来，思量一瞬，跟了上去，蹑手蹑脚走近办公室外。

刚想偷看具体情况，就被孟天慕发现，孟天慕对孟若因说：今天你啥也不干了，随同王长官去荣县参加一项抓捕行动，借故把她支走。

3

某茶馆二楼包房，七八名支委七嘴八舌询问刚刚到来的孟天运，搞什么名堂，通知我们来开紧急会议？孟天运急切制止大家：你们先别说了！今天有人见到赵国梁吗？

大家都说见到了，头上缠着纱布，说是被车撞了，就是他通知大家到这儿来见，之后就没再见到了。

孟天运又询问文一佳，李来财说，听说是上午跑来一个人，说赵掌柜出了车祸，慌慌张张把她叫走再没回天香酱园铺！

孟天运面色骤变，不好！赶紧撤！就在众人开门准备离去时，孟天慕已经站在门口了，看着屋里的人，说了一句，不错嘛，都来齐了？人不少嘛！然后告诉一脸愕然的孟天运：二哥，我刚才掐指算了算，我等候今日这一刻，足足等了十三年！

孟天运从容镇定，那你现在一定很得意？孟天慕摇摇头，不不二哥！坦率讲，是有些失落！孟天运询问，难道是因为觉得靠叛徒出卖抓获我们，胜之不武？孟天慕回答，那也不是！迷失了目标，倏然间有种茫然之感。

孟天运笑着说，哈！你以为抓获了我们几位，自流井的共产党员就绝迹啦？别说废话了，带我们去哪儿？孟天慕被孟天运咄咄逼人的气势吼矮了半截，他看了一眼孟天运身后：他们去警备司令部，木铎书记你得跟我走！

可是，孟天慕刚把孟天运带到党部，就听说王用之着急跟重庆发电报邀功请赏了，说一网打尽了自流井特支，全国首例，他勃然大怒地把王用之赶出了办公室。

听说孟天运被捕，孟若因着急地把事情说给了宛如和孟天许，三人一起开着福特轿车，急忙来到党部。孟天许、孟若因搀扶着老态龙钟的宛如，宛如奇怪老五的衙门为何这么阴森森的。

三人的出现让正处在真空状态的孟天慕回过一点点神来，可是，面对宛如的请求，孟天慕说，现在谁也救不了我二哥，只有他自己。

宛如不明白为什么谁也救不了，谁也救不了是什么意思？他究竟犯了什么事情嘛？当年老二可是救了你一命的！

孟天慕说，现在的二哥，就是跟当年我逃离自流井犯的事一样，而在官运积欠一事，我已经在盐务局那里把这份情还了！

宛如被孟天慕说愣了，询问道：大娘我现在倾家荡产也保不下他吗？孟天慕只好回答，不关乎钱的事！二哥只有改变他所信奉的东西，才行！

孟天慕给孟天运写好了一份悔过书，亲自带着食盒去了关押孟天运的房间。进门之前，孟天慕深深地吸了一口气，对于他来说，也不轻松。

进门之后，孟天慕换了一张脸，他笑容可掬地走进房间说：我中午就没吃饭，二哥你肯定也饿了！专门让人去富和园订的菜，来，趁热！

横躺在床上的孟天运就像什么都没发生似的，翻身下床，看了看从食盒里往桌上端菜的孟天慕问：酒呢？酒都没给我买啊？

孟天慕顿了下，发现疏忽，立即转头朝门外，让老索再去买一坛酒来！然后拿起筷子递给孟天运，说没有酒，好像是缺点什么！要不我们一边吃着一边等老索的酒来？

孟天运也不客气，操起筷子便吃开来，还评价了几句菜肴的口味，虽然不如自己做的，但物无定味，适口者珍。他又问孟天慕，把他请到这儿来，不会是只为了品尝名厨菜肴吧？

孟天慕这才放下手中的筷子，开始说正事，他先询问二哥有什么打算，孟天运回答，怪事！是你把我拘禁在这里，还问我有什么打算？我打算吃完饭、拉开门回我饭馆做生意，行吗？

孟天慕说：怎么不行！他掏出那张写满字迹的稿纸，只要你在这上面签上你的名，我马上让你回去！

孟天运接过稿纸，是那份孟天慕之前亲自起草的悔过书。孟天运正看着，老索把酒送进来，孟天运将看完的稿纸，轻飘飘往桌上一放，大口喝酒，也不说话。

孟天慕询问孟天运态度，孟天运说：我不想表态，是怕把话说难听了，让你脸上挂不住，难堪。

孟天慕见孟天运不肯说，又说：算了，要不你告诉我麦芒是谁也行！孟天运反问，麦芒？干什么的？孟天慕说，打入我市党部的贵党特工。孟天运回答，我今天第一次听见这人名。不会是你们内讧想借刀杀人吧？孟天慕含义不明地一笑，也端起酒杯：好，今天不谈这事了。喝酒！

孟五德堂，灰蒙蒙的天空，似铅般凝重。宛如坐在一把藤椅上，呆呆地望着天空发愣，她搭在藤椅上的手微微颤着。孟天许也垂头丧气坐在台阶上，望着地面发呆。

半晌，宛如有气无力地问道：老五会把你二哥咋样？

孟天许颓丧地说：不知道。我给陈伍明打了电话，连他都知道了这件事情，可见我二哥的案子已然捅到高层去了！

两人缄默。

有顷，宛如又问：老五说签名就行了，也就是说，老二还是有救的？

孟天许说：可那大概是想让我二哥在退出共产党申明之类的东西上签字，依照我二哥的脾气，大概是把他手剁了他也不会签这种字的！他要是真不签的话，恐怕就是一个难逃劫数啊！

宛如哀叹，这孩子怎么这么一根筋呢？先签字退出去，把这个劫迈过去了，转身还可以再进去嘛。

孟天许无语以对。

警备司令部电讯股，孟若因悄悄地回去，她警惕地看了看四周，打开电台电源开关，戴上耳机。

她手搭电键，滴滴答答敲击起来。

三十一

1

　　蜀南竹海，赵国栋接到自流井传来的消息，昨天晚上约好了去取电台和密码本的人回来说，他等了一夜也不见人来，便去了荣县，可居先客栈已经被警备司令部的人捣毁！

　　夏楷、燕知秋大惊失色，荣县居先客栈可是川南特委最高等级的交通站，只有极少数的几个人知道，而且这套密码也是最新的，要是落在敌人手里，麻烦可就大啦！

　　屋子里的气氛顿时紧张起来。夏楷说，要不给老家发电报，请他们设法再唤醒一次麦芒了解情况？燕知秋谨慎地拒绝，说密码本若在敌人手里，我们收发的任何电文都将摊在敌人面前！夏楷又问，那赶紧派人下山去跟木铎联系！燕知秋则担心，他也出事了！

　　话音还没落，一个学生模样的报务员走到门口，说他们收到一封很奇怪的电报，有人呼叫我们的电台，连续发了三遍内容相同的电文。电文的内容是：木铎被抓，羁市党部，设法营救！

　　众人惊慌失措，燕知秋一把接过电文，从发报手法上看，推断是从警备司令部电讯股电台发出来的，这份电报内容八成是真的。

　　赵国栋和夏楷不解燕知秋为何这么确凿，燕知秋说因为这封电报的发报人很有可能是警备司令部电讯股译电员，孟若因！

　　赵国栋因为孟天运被捕，一定要下山救他，可是，警备司令部和保安团马上就要进山清剿，大战在即，赵国栋只好坚持自己的观点，说游击队武器装备太差，面对数倍于我们的敌人，不宜同其正面冲突，最好是跳出包围圈，保存实力！

　　燕知秋也支持了赵国栋的想法，在没有获得新的密码之前，你们的电台得关机静默。找两个熟悉周边路径的人，把她带到叙府暂编178师去，通过他们设法和组织上取得联系。而赵国栋的短枪队则马上下山，先去天香酱园铺找赵国梁问明情况，寻找机会，能救人就救人，救不了人也尽快把情况通知她。夏楷则留下来，带着剩下的游击队员往珙县方向转移！

市党部后院，孟若因要去给孟天运送点换洗衣服，被便衣挡住，孟天慕有令，任何人都不许靠近嫌犯房间！

孟若因坚持要见，争吵声引来了孟天慕。孟若因询问他打算把二哥怎么样，孟天慕只好告诉孟若因，我能把他怎么样？他是你二哥，也是我二哥！他只需答应退出共产党，我保证他平安无恙！你还是先回去吧，回去跟大娘也说一声，我正说服二哥背暗投明、弃旧图新！

打发走孟若因，孟天慕回到关押孟天运的房间。孟天运听见了若因的声音，问孟天慕为什么不敢放她进来，孟天慕脸上掠过一丝窘迫，口讷无语。

孟天运让孟天慕不必搜肠刮肚，寻找借口，他继续和孟天慕侃侃而谈刚才的国共政治。

孟天运说：民国十七年以后，以蒋介石为首的国民党由于向军阀势力妥协，致使贵党抛弃了三民主义中的革命成分，已然失去了抗御腐败的思想武器。所谓民权，实际上则为官权、绅权和土劣之权。从此以降，它已非中山先生健在时颇有生气的资产阶级革命党，而是沦为代表资产阶级和官僚政客利益集团的政党。贵党党员不再是为革命入党，而是为私利入党。握有这张党票的人，便能在利益集团升官、发财，无可避免就会滋生出一大批与民争利、贪污腐败的国民党员来！

孟天慕觉得孟天运的话似有以偏概全之嫌。

孟天运却从鼻孔里哼了一声，继续说道：即使在抗战期间同仇敌忾的民族主义情绪下，也掩盖不了腐败官员层层克扣原本就稀少的军费，也掩盖不了军官大肆贪污军饷，吞吃空额的丑行！其实，抗战胜利，贵党得到一笔堪称丰厚、至为珍贵的政治资本，可在敌占区物资接收中大规模的贪污舞弊使这笔政治财富倏然间让物质财富给吞噬了！如果你还以为官员腐败仅是不合法私人行径的话，那么法币兑换率的规定，则几近于国家掠夺，是在用公开合法的方式剥夺收复区的财富，仅这一项政策便使贵党失尽了民心！

孟天慕不得不承认孟天运的论点，他说：抗战之后推行的一系列经济政策是有待商榷、待改进的地方。但毕竟我们是从一个封建王朝过渡过来的，大可不必求全责备！至于贪腐问题，我不讳言，的确存在；可贵党向民众大肆蛊惑的我党已到"逢官必贪，遇吏必污"的地步，我就不敢苟同了！你看我贪吗？腐吗？从中央到地方正在实施一场反腐倡廉运动，近在眼前的夏青城被查处正

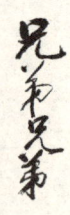

法，二哥不能漠视吧？

孟天运却说，已不正焉能正人？国民党的贪腐已经不是你一个小小自流井官员能够左右的了。

孟天慕被孟天运说得无力反驳，只好说：诚如二哥所言，党国遭遇了空前危难！国民经济陷于困境，民生凋敝，民气消沉，物价高涨，人心思乱。可也要看到，共军虽已渡过了长江，但已属强弩之末。国军固守着西南半壁江山，尚可以励精图治，重整河山的！

孟天运劝他，别掩耳盗铃、自欺欺人啦！四百万全美械装备的国军守不住五分之三的国土，想靠北边秦岭一线胡宗南兵团和东边宋希濂、白崇禧兵团守住西南三省，无异于痴人说梦！日本人虽然止步于川省之外，以共军的装备，战斗素养虽然不能比日人更胜一筹，但是，决定这场战争胜负的，已经不完全依赖装备和战斗素养，而是靠——人心！

孟天慕被孟天运说愣了。

孟天运继续解释：共产党的土地政策，取得了占人口八成以上农民的鼎力支持。由于担心到手的土地失去，农民自觉自愿、斗志昂扬踊跃参军支持我们，从根本上解决了的兵源问题。反观贵党，为维护地主阶级土地所有权，征兵路线走的是公开用兵饷招募和绳捆索绑抓壮丁的方式，这样虽暂时解决兵源，但士兵无法真心实意为之拼命作战，这下你该清楚国军为啥一触即溃啦？连蒋公本人也自认不讳"民众与党对立，失去广大群众基础"。人心向背既决定战争胜负也决定着政权兴亡。孰为明，孰为暗？老五，是不是该我劝你背暗投明了啊？

孟天慕有些沮丧：二哥，兴许你说得有道理。但是，打死我也不会放弃三民主义理想！大多数人想要改变这个世界，但却鲜有人想改变自己。中共历史上改变信仰，或者放弃信仰的人也有，若不改变，二哥，你怕很难把这条路走通的！

孟天运却一脸平淡地说：既然认准了一条道，何必去打听还要走多久？

两人正聊着，门外有人敲门。老索给孟天慕送来一份电报，南京方面为了监督处理孟天运，特地派了一位特派员来。

孟天慕知道后，一脸的没好气。

2

赵国栋带着短枪队回到自流井后,首先在天香酱园找到了赵国梁。听赵国梁说完事情经过,赵国栋暴怒,一弹而起,动作利索地从后腰抽出一把驳壳枪,打开机头顶住了赵国梁裹满纱布的头,睚眦欲裂质问赵国梁,你怎么做得出这种事情来?

赵国梁面如槁灰,让赵国栋尽管开枪吧!哥我现在生不如死,快给我一枪!帮我解脱!你要下不了手,等我见你嫂子最后一面,我自己会了结的。

赵国栋痛苦万分,可怎么也扣动不下扳机,感叹自己要不下手毙了你,锄奸队迟早有一天会打爆你的头!可他最终也下不了手,只能询问孟天运现在关在哪里。

赵国梁说:就天运一人在市党部,别的人关在警备司令部。至于具体的情况,他得去找孟若因。

孟若因给赵国栋等人画了一张党部草图,赵国栋分析两个明的岗哨好办,我们有六个人,就怕除了两名便衣,还有别的暗哨。孟若因拍着胸脯说还有我呢!我至少能干掉一个!说着,她掏出一把精致手枪,拉枪套上膛。

赵国栋于是对围在桌旁的五名游击队员吩咐道:都听着,按道理劫人该晚上行动,可晚上他们必定会加岗,我们人手不够想把人救出来就更难了,所以必须现在行动!你,负责解决门内这名警卫,能不用枪最好别用枪。之后他让赵国梁去给他们找辆黄包车,然后大家两人一组分头出去,在市党部后门路口集结行动。

而孟天慕从金焘处得知,竹海的土共已经朝珙县方向的深山逃遁,还得知土共的头领没随大队去珙县,而是领着短枪队神秘失踪。

孟天慕询问短枪队大概有十来人,又推算从竹海赶到自流井最快火车也就四五个小时,估计他们已到自流井了!而电报里的那位特派员才刚刚从重庆出发,下午六点之前才能到。

孟天慕立即让大家把富和园包了,他以抓获共党木铎书记庆功为由,请市党部所有同仁聚餐,只在大门和后门各留一个警卫。老索当即明白了孟天慕的意图,立即出去安排。

可是,不幸的是,火急火燎赶路的孟若因、赵国栋不小心被坐在凉轿上巡查的李德贵碰上了。李德贵瞧着赵国栋很面熟,半天才想起来他是被悬赏捉拿的土共头目赵国栋！当即命令手下去追，赵国栋只好和孟若因分头跑，自己引开警察。

一时间，街面上枪声大作。赵国栋灵猫似的左躲右闪，边跑边回身还击，他打空了弹仓，蹲下身卸下空弹夹，摸出一压满子弹的新弹夹装仓时，那幅简易地图被顺手带出了口袋，掉在地上。

赵国栋继续奔跑，还击，追上来的李德贵却发现了地上的空弹夹和那幅简易地图，一看上面画的是井神庙，知道他们在打市党部的主意，立即让一半弟兄继续追，自己则带着另一半弟兄去市党部堵！

孟若因刚赶到党部门口，与另外两人会合，还有两人听见枪响，反身去迎赵国栋了，三人正不知所措时，只见李德贵领着十几名手持长短枪的警察，气势汹汹地跑来，吩咐手下把党部大门守好了，别让任何人进去！

孟若因大惊失色，心中惊叫这下完啦！

富和园饭店，老索一脸焦急地跟孟天慕说了这一情况，孟天慕顿时煞白了脸，将手里的酒杯狠狠砸在地上。

屋里所有人霎时都定住了。孟天慕猛地起身：不关你们的事，你们继续用餐。他边说边朝门外走。

错过了营救孟天运的最好时机，跟着中执委的特派员就到了，竟然是许久不见的骆阿宝。他一身笔挺的玄色中山装，左胸别着醒目的国民党党徽，不苟言笑，人模狗样。

骆阿宝先给孟天慕递上了嘉勉状，赞赏他此番设计智捕中共自流井特别支部且一网打尽，令我党上下同仁钦佩不已！

孟天慕只想快点把他打发走，说舟船辛劳还没安顿吧？让老索找一家好点的旅社！可是骆阿宝却说自己明天下班之前，必须赶回重庆复命。所以，在您刚才不在时，骆某已同共党木铎书记孟天运晤面攀谈过了，是一个相当顽固的家伙！至于下榻的地方他也看好了，就在这院子里随便找一房间凑合一晚。明早八时，他要一个明确答复，之后便动身上路。

孟天慕不明白他说的明确答复是什么。

骆阿宝拿出一份脱党申明，一份悔过书，二选其一，签上名字他便自由了，而倘若他不愿签这个名，上级的指令是，劝说不成，就地正法！

孟天慕闻言犹如五雷轰顶。

骆阿宝还奉令带来的宪兵，将接替对疑犯的看守，孟天慕什么也听不下去，让老索赶紧把骆阿宝请出。

3

下雨了，屋檐下有雨滴淅沥淌落，绵绵不绝。孟天慕站在关押孟天运的房间窗外，苍白着脸，泥塑木雕一般。从小到大，他与孟天运在一起的许多往事涌现在他眼前，他的眼睛里渐渐有了些许泪光。

雨雾弥漫的天空，凄清、阴冷。一边注视孟天慕，一边低声议论的老索、戴宗、金焘和白丁，神色惶遽。

四个人都在替孟天慕担心着，就地正法，书记长是不可能接受这个结果的。可是，特派员又是带着尚方宝剑来的。老索感叹着，一切难料啊！今天突然聚餐不是书记长的行事方法，况且是把这院子里的人马全拉了去，坐了富和园九个包房！用意还用揣度吗？只不过无意中被李德贵搅了局，功亏一篑。

白丁这才明白，原来书记长冒着革职严办的风险，想放他二哥。可是，事到如今，他们也只有当看客了！

淅淅沥沥的雨声中，窗外透进的天光十分黯淡。孟天运坐在木桌前，望着密布纹枰之上的黑白棋子，凝神思索着什么。门开了，孟天慕走了进来。他阖上房门，走到孟天运对面，平静地坐下，抬眼。

孟天运让孟天慕继续下棋，该他落子了。孟天慕却说：这局棋没有胜负了，我现在就投子认输，大娘要见你，若因也要见你。她们在家，在孟五德堂，你现在必须回去。

孟天慕说：我要安排老索、戴宗、金焘、白丁四人送你回去与大娘见面。至于你还愿不愿意回来，听便。四大金刚个个身怀绝技，而其中某一个人正是你们的神秘特工你也不用否认。离开这座院子，他一定有办法让你脱身，这我毫不怀疑。

孟天运不禁好奇：你处心积虑十三年，终于如愿以偿，现在却要放虎归山，这又是为什么？这太不像你老五的为人行事了！

孟天慕咬咬牙道：二哥，认输也是男人应有的气度之一。我想明白了，让你低头的可能根本没有，既然没有，何必鱼死网破连兄弟都做不成？我既输给了兄弟情谊也输给了我的信仰，刚才你对时局的那一番剖析，并非捕风捉影夸张臆测，我非愚钝之人，深陷官场多年，能不有所痛悟？大半个中国都失去了，那一定是坐江山的一方出了大问题。古往今来，朝代兴替成王败寇，输的一方都是自己先打败自己而后他人乘虚而入，概莫能外。至于兄弟情谊，不夸张地说，我的第二次生命都是二哥你给的，就让我还你一次吧。燕先生从小教导我们，情义无价。不过，我坚信我信仰的东西只是在某个环节出了问题，我无力探究和改变，但我不能背叛我自己追求的人生目标。

孟天慕似乎已经打算承担放走孟天运之后的后果，他不想再多说，也不想再多想，只想让孟天运尽快离开这个屋子，可孟天运却还想劝他：你都既然有勇气放我出这间屋子，既然知道你所依赖的大厦即将崩塌，你又何必做没有任何价值的殉道人？

孟天慕则说，如果是殉道，那我是在为我一生的追求殉道，无悔无愧。他一边说着一边拉开房门，却在这时，一把反射着阴冷天光的勃朗宁手枪缓缓伸了进来，直指孟天慕的眉心。

举枪走进房间的是王用之。他一身戎装，满脸戾气，他质问着孟天慕，为什么要放走共党要犯孟天运？我王用之追随、崇拜你多年，深知你把二哥视为你生命中最重要的人物，可是，他是自流井的要犯，在党国危亡之际，你怎么可以徇私枉法，放走他？

孟天运淡淡一笑，忍不住挤对起了王用之，说共党要犯还站在这间屋子里，还站在你的面前，他何罪之有？看来，凭臆测定罪真乃贵党专利。

王用之语噎一瞬，然后赞叹孟二哥说得好，说得一点没错。现在警备司令部的人马已经把这个市党部围了一个密不透风，连只蟑螂也爬不出去！我们大家少安毋躁，如果孟二哥不按特派员的要求签字，那我们就静候明天上午那个时刻的到来，那时孟书记长就是清白的了。

孟天慕白了脸色，跟王用之说你我有共过生死的交情，我对你怎么样你心里清楚，为什么要在这个时候为难于我？

王用之的枪口始终没有离开孟天慕的眉心，吼道：你别忘了，我是跟着你才走上这条路，你应该算我的领路人。你教导我说，放弃生命也不能放弃信仰，今天我决意践行你的谆谆教诲！

孟天慕无奈地闭上眼睛。

这天晚上，不管市党部的前院后院，都布满了警备司令部的士兵，几乎每个房门前都站了持枪士兵，虎视眈眈。

孟天运和孟天慕坐在房间里继续喝酒。

孟天运语调和缓地问孟天慕：记得你曾说过穷得只剩理想的话，我跟你的感受不太一样。我的理想就像黑暗中的一簇亮光，没了这簇亮光，我难以坚持。风可以轻易地吹起一张纸来，却无法吹走一只小小的蝴蝶，想过为什么

386

吗？那是因为，生命本身有不顺从的力量！

两人遂即无语。屋里静极了，只有屋外的雨滴声清晰传来。孟天慕一直睁着眼睛，孟天运却把被子铺好，翻身躺下打算睡一会儿。

孟天慕替孟天运盖上被子，并掖好被角，目不转睛地看着平静入睡的孟天运。

也不知道过了多久，有人轻轻敲响了门。孟天慕一颤，轻手轻脚拉开门，对门外的老索比画了一个轻声的手势。老索跟孟天慕耳语了几句。

等孟天慕掩上门，再一回头，孟天运已经下床，正很认真地铺叠被子，是到点了吧？

孟天慕也不回答，他挤开孟天运抬手铺床叠被。

孟天运继续很平静地刷牙，盥洗，一丝不苟地穿上外衣，让孟天慕帮忙系上最上面的扣子。

收拾好了，孟天运要出门，孟天慕一把拽住孟天运：二哥，就这样跨出这道门，再也不回头啦？

孟天运说，人有千万般种活法。穿金戴银是一辈子，穷困潦倒也是一生，但都得死却是一样的！我愿高贵地死去令人敬佩，不愿苟且活着让人鄙视，别再说啦！

有泪滑出了孟天慕的眼眶，他想了想，还是说：二哥，还有一件事，我现在必须得告诉你了。你的表妹，文一佳文小姐，她死了！没料到文弱的她会如此刚烈。趁看守大意，以头撞墙。

孟天运不说话了，过了好一阵子，他哽咽道：有其父必有其女啊！他问孟天慕，你知道文一佳的亲生父亲是谁吗？就是当着我们面，饮弹自尽的林先生！

孟天慕想起当年林茂森为了通知在他房间的战友，不惜饮弹自尽，他犹如遭到重击，差点跌坐在地。

孟天运抚着孟天慕的肩，安慰他说：别难过老五。这下你该清楚我为啥能够做到从容不迫了吧？

言毕，他昂首迈步而出。

后院三步一岗、五步一哨，伫立着二三十名一脸肃杀的宪兵，骆阿宝趾高气扬站在院子一角，俨然一副监斩官的模样。

孟天运在院子正中站定，仰头看着灰蒙蒙的天空。老索给他倒上一碗酒，在党部蹬了一晚上的宛如、孟若因和孟天许走了过来。

宛如老泪纵横，责备孟天运，你咋就这么固执这么死心眼呢？你信的这个仰，就非得把命搭上？

孟天运说，大娘，这两天我悟出一个道理。人过四十，哪怕他没信仰，都该为他这张脸负责！我不愿低头苟且活着，说直白了，是为这张脸不至遭人唾弃！革命，永远是在用少数人生命的代价，去换取更多人自由美好的生活！

宛如无语凝噎。

孟天运端起酒碗：大娘，孩儿不能在床前给您尽孝以报答您养育之恩，乃我此生最大憾事！这碗酒，您先喝一半，剩下是我的，权当大娘给我饯行啦！

泪流满面的宛如，颤巍巍接过酒碗：昨晚老三才跟我说，你根本没跟娶回来的婆娘同过房，你是在等若因啊！我的瓜娃娃呀，你低个头，就能跟若因在一起啦！

孟天运也有些动容：今生是我把这个机会错过了！来世吧！来世我一定抓住若因不再松手了！

孟若因泪飞如雨。

宛如喝下半碗酒。

孟天运接过酒碗，豪迈地一饮而尽。

孟若因悲伤欲绝。

孟天运又对她说：好妹妹，你就这样来给二哥送行？二哥我始终记住的岂不都是你这张哭脸？

孟若因并没止住哭泣：二哥，你知道我心里有多痛吗？

孟天运安抚：人生没有永远的伤痛，再深的痛，伤口总会愈合的。来，好妹妹，哥还没好好抱过你，让二哥好好抱抱！

孟若因不管不顾扑进孟天运的怀里。

孟天运在孟若因耳旁轻语：当你把眼泪流尽之后，剩下的应该是坚强！还记得哥让你等我吗？这下，该是二哥在另一个地方等你了！

孟天许倒了一碗酒：二哥，其实我心里很纠结。我知道你不会卑躬屈膝存活，但又希望你能躲过此劫！

孟天运说：你我被大娘收养那是缘。我珍视这份缘，但我必须直面你所说的劫！缘和劫都是人生的组成，躲它干什么？

孟天许悲从中来：可我再也找不到比你更亲近的人倾诉心声了！

孟天运拍拍他的肩膀：以后会有的，会有很多。然后探身降低了声调，交代孟天许，帮我照顾好若因，二哥拜托你啦！替我收尸，别让大娘再受刺激，也别让若因看见我走的样子！

孟天许含泪点头。

孟天运猛地直身，接过孟天许手中的酒碗，一口喝干碗中酒后，摔碎碗，一脚踢开面前桌子，盘腿一坐，双手往怀中一抄，来吧！

骆阿宝给李德贵努了下嘴。李德贵走到孟天运身后，掏出枪：孟二爷，得罪啦！

孟天运扭头看了李德贵一眼，转身叫孟天慕，不想让二哥走得有遗憾吧？他用手指身后的李德贵：这人太龌龊，我不愿他枪膛里的子弹脏了我的头颅！你来送二哥吧！

孟天慕愣了。所有人都愣了。

孟天运打破尴尬：咋啦？下不了手？要不把枪给我，我自己来？

李德贵欲将驳壳枪递给孟天慕。孟天慕推开他，微抖着掏出他那把精致的勃朗宁手枪，拉枪套上膛。

孟天运仰天啸道：大娘！我走啦！下辈子投生还给您当儿子！老三，拜托你的事别忘啦！

宛如泪如雨下，孟若因涕泪涟涟。孟天许搂住二人！

孟天运挂着笑意闭上了眼：来吧老五，我无话再说了！

孟天慕浑身僵硬着，抬枪对准了孟天运的后脑勺。

孟天许用力将孟若因的头埋在自己肩上。

孟天慕表情痛楚地大张着嘴，却没发出一点声来。

他战栗着扣动了扳机。

4

天色如铅，朔风呼啸。大街上各店铺生意冷清，萧条。寥寥的行人们大多裹紧衣衫，缩着脖子匆匆走过。

胡子拉碴、面容憔悴的孟天慕捧着一封信看着，白丁还说，曾书记让您看完信如果方便的话，给他去一电话。

电话里，曾纪周告诉孟天慕，贺龙的共军绕过胡宗南秦岭防线，从青海玉树攻进四川了。我得到的最新消息是，总裁已经电令胡宗南，火速往成都方向撤退集结。

孟天慕忍不住询问，美国人不是说，他们要出兵支援吗？

曾纪周否认，画饼充饥的大话谁都敢说。天慕啊！你非作战人员，又没有家眷拖累，收拾收拾马上到成都来！我们一起逃命吧！内人通过关系搞到几张民航机票，我给你留了一张，先飞香港，再换船去台湾！

孟天慕手拿电话，泥塑木雕般定住了。

曾纪周继续说道：信上不是同你说得很清楚了吗？我们败了，而且败得很难看，可以说是一败涂地！天慕，赶紧跟我走，你乃党国干城，现在必须保存实力以图东山再起！带太多行李，要是赶不及，后天中午12点成都北郊凤凰山机场。

孟天慕轻轻将话筒放回话机上，怔在那里，一句话不说。

站在孟天慕对面的老索、戴宗、金焘和白丁面面相觑，谁也不敢张嘴。

半晌，孟天慕指着青花笔洗里已经烧成灰烬的信纸：上峰命你们四位，明天日沉之前赶到成都纯化街省党部，衔领新的任务，至于他自己，他还要处理一点事情，随后便去。

说完，他让四人先出去，又让老索辛苦一趟，去把曹永茂堂的曹子才叫来，他有话跟他说。

曹子才一脸恭谦来到孟天慕办公室，说这个时候人心惶惶，书记长把我叫来是为何事？孟天慕一边擦着那把枪杀孟天运的勃朗宁手枪，一边跟曹子才说，今天别叫我官职，叫老五。

孟天慕请曹子才来的目的，是想请曹子才给他下一评语，首先，他们毕竟兄弟一场，一口锅里吃了十几年的饭，相比别人自然多一份了解；其次，曹子才若是没有超群越辈的洞悉力和察言观色的能力，不可能改变自己的命运；再次，他现在和曹子才之间，从根本上讲，没有利益和观念上的冲突，所以他能从他嘴里听到既非刻意恭维，又不带偏见诋毁的真话！

曹子才想了想：你说得还真对！那我就斗胆直言，纵观孟家六兄弟，你是我们当中脑子最为聪慧，心思最为缜密之人。如果不是当年那桩看似偶然的事件，你也许早就坐在孟五德堂少东家那把椅子上傲视盐场，那自流井这几十年的历史便要改写！

孟天慕说：人生没有如果，只有后果和结果！你为什么要对那个偶然事件冠以看似一词？

曹子才说：我曾很笃定地以为，不临财，全是谦士；不遇色，都是正人！可在二哥和你身上，这两句箴言不成立。这足以说明，你俩骨子里具有士之风，是以天下为己任的贤良志士，鄙薄蔑视的是逐利之辈。所以那桩偶然事件即便不发生，你也不会囿于盐场井灶之间，至少也会循二哥奋袂而起离家出走之覆辙的！

曹子才还没回家，薛老五却开始洗劫曹家了，他把一根棍子插进曹二欢的轮椅两轮中，让她不能动，然后开始四处找东西。曹家的下人也早就让他轰回乡下去啦，曹二欢几乎是叫天天不应，叫地地不灵。

曹二欢斥责薛老五是个贼，爹真是瞎了眼，怎么会没认出你是这么个东西？薛老五叹一声，说自己也是被逼无奈呀！而且，你爹瞎眼，找回家最不是东西的人不是我！

怒不可遏的曹二欢斥责薛老五，说：等一会儿曹子才回来了，看把你个砍脑壳的千刀万剐！

薛老五万分不屑：我告诉你，他才够得上是最大的畜生！看来我是有必要把曹府姑爷为啥是最大的畜生告诉你啦！

薛老五说着，卸开偏厅的一墙裙板，藏在里面的银元、银锭以及金元宝呼啦啦滚了出来。门口的曹二欢目瞪口呆。

薛老五说：看见了吧？这就是你曹府姑爷从永茂堂总账房多年日积月累为自己留下的私房钱！不过，这些钱里也有钱家富钱总管从你们家偷的。还记得这人吧？就是他把曹姑爷推荐到府上做帮账的！可是，精明过人的钱总管，没想到还是死在这人手里啦！当年，钱总管吃里扒外被姑爷发现，逼钱总管跳河自尽以保全家人，侵吞下来的钱，自然便被姑爷占有。二小姐，你说姑爷这种忘恩负义的举动算什么？

曹二欢不能相信薛老五的话。薛老五利索地从后腰拽了条布口袋，一边忙着往里装银元、银锭，一边又说：不相信吧，那再告诉你一个劲爆一点的，知道你爹是怎么死的吗？当时日本鬼子在自流井撂炸弹，老爷确确实实是被压在地窖里了。可当时要把那根横梁一抬，老爷死不了，最多像你一样！可是呢，你男人却把我打发走了，然后，地窖塌了。就是说你男人根本没打算救你爹，二小姐，你说你男人是什么？是不是畜生？

曹二欢捂嘴哭了起来。

薛老五还不肯罢休，继续说道：还有比畜生都不如的事情呢！他是不是让你看过他屁股上的胎记？你男人的亲生父母找上门来啦！晓得他是如何收拾他们的吗？他把他的亲生父母毒死了，然后推进了釜溪河。

曹二欢已然哭成了泪人。

薛老五把装满银元的口袋系上：二小姐，我只不过拿点你们家的钱财，比起曹府姑爷你男人来讲，只能算个小畜生，他才是个连畜生都不如的东西！恩人，泰山，自己的爹娘，啧啧啧！你小心点，谨防哪天他在赌场里赌输了，把你卖了！这种事情，他是做得出来的哦！

说完，他奋力将口袋扛上肩，消失在门外。

曹二欢号啕大哭，然后一脸惨白而且艰难地转动轮椅，来到水榭。她望着落满残叶的池塘，悲怆欲绝地说：爹！姐！我来找你们来啦！

说着，手上用力把轮椅往身后一推，滚进了池塘里。

等到曹子才从党部回到家时，看到家里一片狼藉，有点傻眼。他似乎意识到什么，转身便跑进偏厅，看到了被卸下的裙板和散落地上零零星星的银元以及账簿。

曹子才彻底傻了，他捶胸顿足、咬牙切齿骂道：狗日的薛老五！老子要是逮到你，不把你剐了！剐了！老子不姓曹。

他猛然一愣，想起二欢，追进后院时，却看见曹二欢一动不动，仰面漂在池塘上。

曹子才急得在水榭上双脚乱蹦，捡了根树枝试图去捞人，可怎么也够不着，凄厉地大叫，也没有一个人来帮他。

5

孟天慕最终还是用他擦干净的那把勃朗宁自杀了，而他的死也特别意外地救了孟若因一命。

这天，得知文一佳死讯的赵国梁，在腰上捆了一圈圆筒状炸药，谨慎地穿上一件外套，依依不舍地又看了一眼天香酱园的厅堂，然后出门。

孟若因前脚接到孟天慕死讯，出门赶往党部，赵国梁后脚便来到了警备司令部，说是有重要的事情要跟王用之汇报，然后抱着王用之拉响了身上的炸弹。

一声巨响，已经离开的孟若因又折回头去。她猛然想起了王用之曾交代电讯科妥善保存了一份毁灭自流井的"涅槃计划"，拔腿便朝烟尘尚未消散的办公室跑去。

办公室内，满地的断肢残臂，一片狼藉，孟若因径直奔向侧倒一旁的李小姐。她伸手摸了摸李小姐的颈脉，迅速从她腰间卸下了钥匙，然后打开了保险箱，取得了"涅槃计划"。

孟若因藏好文件，急忙赶到了党部。孟天慕已经被抬到了他的行军床上，白布遮盖着，永久地睡着了。他的办公桌上，有留给家人的三张信笺，还有孟天慕和孟天运在成都驷马桥头的合影照片。照片上，孟天慕和孟天运笑得阳光灿烂。

孟天慕留下的三封信，分别是给孟若因、宛如和孟天许的。

在给孟若因的信里，他说：若因妹妹，五哥我没有一分钱存款，在我心中最有价值的两样东西，我毁了一件，剩下的一件请你代我交给大娘吧。她老人家曾经对二哥和我寄予厚望，我们不仅没能让她如愿，还让她担惊受怕几十年；最终以这样的方式一起离开，一定更让她难以接受。替二哥和我给她老人家磕一个头，原谅我们不能为她尽孝。这张照片，是我们唯一能够留给大娘的纪念了。

在给宛如的信里，他说：大娘，您看见这封信时，我已经和二哥结伴走了！本来害怕惊扰您老人家，想悄然而去的，但雁过尚且留声，何况还是您养育的儿子呢？于是留下几行遗墨，让您知道我们为何走到了今天这一步！想我同二哥不约而同参加革命，虽加入的是两个不同阵营，可为天下人谋幸福，造一个宁静、祥和世界的理想却是一致的。孰料，我们阵营的路越走越窄、几近临渊。而二哥信奉的共产之说却受人追捧、大行其道，我百思不得其解。与二哥昼夜论道，积年凝滞豁然雾解。二哥对时政的一番宏论，摧折了我的自信，甚至动摇了我的精神支柱！我自幼与二哥情谊笃重，即便双方是主张相悖的夙嫌，我也不忍加害。孰料会撞上王用之这样一条恶犬，他让我解救二哥的最后一线可能彻底破灭。大娘，我不能让外人龌龊的枪口玷污二哥高贵的头颅，我也不愿二哥独自上路，唯有与二哥同赴黄泉，在另一个世界仍旧做他的弟弟，才能让我心安，因为在他面前，我彻彻底底折服了！大娘，就请三哥和若因替二哥和我给您磕一个头吧！要是您不嫌弃，来世二哥和我还愿做您的儿子，把这一世的遗憾统统弥补上！……

给孟天许的信则很短，他说：三哥，我不名一文，把今生最有价值的东西托付给若因保存了，勋章留给大娘，望她睹物还能想起我。三哥，请你替我收尸，我想同二哥埋在一起……

宛如湿着眼圈，半晌说不出话来。

孟天许、孟若因垂手站在她面前，也不知该说什么好。

宛如手捧那枚威武鹰扬图案的国光勋章，浊泪滚涌询问，老五说的最有价值的东西是什么呀？

泪流满面的孟若因将那张照片递给了宛如，那张孟天慕和孟天运在成都驷马桥头的合影照片，摊在宛如手中。滴滴泪水落在上面，泅成一朵朵泪花。

当晚，守灵的时候，孟若因突然问起孟天许：你跟二哥来往最多，知道如何找到他们的人吗？

孟天许问孟若因想干什么。孟若因说：我想帮一把二哥，我从警备司令部偷了密码本和文件出来，想交给二哥他们的组织，用这两样东西去告慰二哥的亡灵！她把那本黑色密码本和卷宗掏出来，告诉孟天许，这是除战区之外的甲级密码；这是他们打算炸毁自流井的计划，你能帮我把它们交给二哥的人吗？

在孟若因的拜托下，孟天许马不停蹄地跑到了叙府，将这两样东西交给了孟天成和燕知秋。看着手里的密码本和卷宗，燕知秋说，如果那份炸毁自流井的计划是真的，我们不及时赶去加以阻止的话，无疑将会是一场巨大的灾难，几千年的自流井势必毁于一旦！他让孟天成将原定起义时间提前，把部队开回自流井，武力阻止他们实施炸毁自流井的"涅槃计划"！

孟天成答应了燕知秋的建议，当即下令，暂编178师就地起义，立刻开拔，回自流井。

喧天的锣鼓、鞭炮声中，井神庙门侧青墙上，那块印有国民党党徽并写着"中国国民党自流井市党部"的木牌被人取了下来。另外一块披着红绸，写着"中国人民解放军自流井军事管制委员会"的木牌挂了上去。

在过去孟天慕的办公室里，童克敌和孟天成再次会师。而警备司令部，正忙着交接的孟若因却被一个衣着亮丽、时髦的中年女子叫住，她说她的名字叫郝爽，是五哥的未婚妻。

郝爽告诉孟若因：你和我想象中几乎一样。我曾经是你五哥的未婚妻，现在也是，我们有过约定，彼此永远属于对方。我相信，十几年的距离无法分开我们。所以我找到自流井来了，找到了你。我听你五哥多次讲到你，同为女人，通过你来找你五哥应该是最合适的。我不想我们的故事惊动太多人，何况十几年没有联系，这中间的距离还是需要一座桥梁的，我希望你是。

孟若因惊讶于郝爽这么多年都没有嫁人，而孟天慕也终身未娶，两人都没有食言。可是，孟若因能带给郝爽的，就是两座紧紧相邻的崭新坟墓。

这两块比肩而立的墓碑，两座坟墓的主人名字赫然在目：孟天运、孟天慕。

两个女人站在坟墓前。林间有鸟语莺声，天上有流云飞絮。

郝爽满面泪痕：我做梦也想不到，他这十几年的人生与我们曾经的梦想竟是如此相悖，他果然是一个理想主义者，经不起一点挫折。

孟若因欷歔不已：他是为了你。你是他心头永远的痛，他走上这条路是为了化解这伤痛。他确实是一个理想主义者啊，否则也无从解释他和我二哥的同归于尽。

望着墓碑，两个人沉默了好大一会儿。有顷，孟若因说：其实，这些年你可以用各种方式来告知他你还活在世上，这样，他一定会活下来等你。真要那样，我相信我的二哥也能幸免于难。

郝爽万分悲伤：这个念头十几年来几乎每天都萦绕在我心头。但是不能，我的工作不容许。如果我不是在秘密战线工作，如果我从莫斯科回国的时候……郝爽停顿了一下，叹了一口气，人生哪里有如果呢？一切的结局都是必然的。

她转脸望着孟若因，孟若因满目苍凉。

郝爽搂住她的肩膀：他们在里面，我们在外面，如果阴阳能够相通，我想告诉他和你二哥的是，他们的较量和搏杀证明了一个道理，大爱可以赢得整个世界，而孟天慕所不具备的正是这一点。所以他和你二哥的争斗必然失败。我们作为深爱他们的女人，爱情不完美，有太多遗憾。但是作为他们一生搏斗的证人，我们是幸运的，因为我们见证了一个时代是怎样在痛苦中诞生的。

郝爽的这些话，孟若因在解放后的学习中，也渐渐理解了。可是，她望着郝爽的眼睛，还是忍不住问道，在我们的一生中，有多少爱可以重来呢？

最后这句话，久久回响在山谷里。

6

解放后的自流井，焕发着生机，孟若因每天带着东儿玩，害怕他会因为缺少母爱而失落。而这天，一个身穿女军装的女人突然出现在孟府门口，等她走近了，孟若因才看清楚原来那是千鹤。

千鹤抱着已经长高好大一截的东儿，泣不成声。德娃子当即去盐业会馆把孟天许找了回来。

千鹤告诉大家：那次日军空袭，炸弹掀起来的土，把我完全埋了。搜救人员找了一晚上也没发现我，就把我按失踪人员报上去了！第二天的一场大雨把我给浇醒了。其实我并没受伤，只是被震晕了。在老乡家躺了十来天就去找部队，费了好大劲也没找到，就跟着别的部队去了东北。到东北后我被安排进了一家从日军手里接管下来的兵工厂。那是个保密单位；自流井一直是国统区，上级不让往这边写信。

所以就这样，千鹤一直未能和家里联系。她看见德娃子领着孟天许回来，不管不顾地扑进孟天许怀里，孟天许也抱着久违的妻子，泪流满面。

燕知秋得知千鹤回来之后，决定还是放弃自己的感情，让孟天许一家团圆，虽然她和孟天许经历了那么多的苦难，又情投意合，但终究是无缘的。她心里异常清楚，人生只售单程票，过去的，永远不会再回来！

燕知秋最终还是申请归队，跟随十八军先遣队挺进西藏啦。临走前，她拒绝再见孟天许一面，她说，许多年前我的心被灼伤之后，我就学会了一样东西，坚强地沉默！她让孟若因告诉孟天许，还是别见了，我不想给他留下伤感的记忆！

曹子才的家产被薛老五卷跑，曹二欢又跳池塘淹死，家破人亡之后，他就彻底疯了。每天头上戴了顶破礼帽，两旁绑了两根芭茅草，穿一身辨不出颜色的长衫，光着两条腿，趿着一双破布鞋，在街上又唱又跳。

而孟天成也离开了部队，转业回来去林业局当局长；孟若因则进了电报局，继续在那里上班；孟天许被盐商们推举为了政协委员，刚选出了自流井首届人民政府，下一步就要进行社会主义改造了！

宛如眼见着新社会的到来，感叹换了人间啊！她指着身后那张合影说：这张老相片早就该换了，来，我们再照一张新的吧！

于是，在孟府的庭院里，宛如又坐在了太师椅上，她左右张望着，看见她心痛了半辈子的孟若因，叫着：因儿，我的因儿，和大娘坐在一起吧。

孟若因说：大娘，我还是站在我的老位置吧。

于是，宛如剩下的三个子女依然站在他们多年前拍照时的位置上又留下了一张照片。照片上空缺的四个位置虽然格外刺目，但留在照片上的人还是在忧伤中露出了笑脸。